PAULINE GEDGE

PHARAO

Zu diesem Buch

«Eine streckenweise elegante, spannende, ja faszinierende ‹Hof-Berichterstattung› aus der Zeit des großen Umbruchs Ägyptens. Ihre Natur kam Pauline Gedge zupaß: Wohl kaum ein Mann hätte soviel Gespür für angedeutete Erotik ... soviel Mitgefühl für Frauen-Schicksale zu Papier bringen können. Die historische Vorlage ist für derlei Vorhaben aber auch wie geschaffen ... ‹Pharao› ist die Geschichte der Gottkönige Amenhotep III. und IV. (Echnaton), es ist aber auch die Geschichte von Teje und Eje, dem einflußreichen Geschwisterpaar in unmittelbarer Nähe der zwei Gottkönige. ‹Pharao› stellte aber auch die uns als Verkörperung Alt-Ägyptens zum Sinnbild schlechthin gewordene Königin Nofretete in einem anderen Licht dar.» («Die Rheinpfalz»)

«Ein historisch und menschlich fesselnder Roman.» («Die neue Bücherei»)

«Pauline Gedge, geboren 1945 in Auckland/Neuseeland, lebte zwischen ihrem sechsten und vierzehnten Lebensjahr in England, wo ihr Vater – eigentlich Küstenschutzpolizist – das Anglikanische Priesterseminar besuchte. Sie absolvierte zunächst die Central Girl's School in Oxford, später, nachdem die Familie nach Kanada übergesiedelt war, die High School. Pauline Gedge schreibt seit ihrem zehnten Lebensjahr (hauptsächlich Gedichte). Sie hat zwei Söhne und ist geschieden.

Von Pauline Gedge erschien außerdem im Bechtermünz Verlag: «Der Sohn des Pharao».

Pauline Gedge

Pharao

Bechtermünz Verlag

Die Originalausgabe eschien 1984 unter dem Titel
«The Twelfth Transforming»
bei Harper & Row, Publishers, New York
Ulla H. de Herrera übersetzte das Erste Buch.
Margaret Carroux das Zweite Buch und das Dritte Buch
Umschlagbild König Echnaton
Porträtstudie aus dem Bildhaueratelier in Amarna
18. Dynastie, um 1350 v. Chr.
Berlin, Ägyptisches Museum

Genehmigte Lizenzausgabe für
Bechtermünz Verlag im
Weltbild Verlag GmbH, Augsburg 1997

Gesamtherstellung: Bercker Graphischer Betrieb GmbH, Kevelaer
Printed in Germany
ISBN 3-86047-660-2

Meinen Söhnen
Simon und Roger in Liebe

ERSTES BUCH

I

Königin Teje verliess, von vier Gefolgsmännern Seiner Majestät und ihrem obersten Herold begleitet, ihre Gemächer. Unter den Fackeln, die den Gang zwischen ihrem Schlafzimmer und der Gartentür säumten, standen die Palastwachen, die Krummsäbel in ledernen Scheiden, die weißen Schurze und blau-weißen Lederhelme in kaltem Kontrast zur dunklen Haut. Als sie vorbeiging, wurden die Speere gesenkt und die Köpfe neigten sich. Der Garten war unbeleuchtet, die Dunkelheit unberührt vom Licht der Wüstensterne, die droben glänzten. Die kleine Gruppe eilte durch den Park, betrat durch ein Tor in der Mauer das eigentliche Gebiet Pharaos und ging dort an der Rückseite des Palasts entlang.

Vor der großen Doppeltür, durch die Pharao oft ins Freie trat, um in seinem Garten spazierenzugehen oder von dort aus auf die westlichen Hügel zu blicken, befahl Teje ihrem Gefolge zu warten. Dann verschwand sie mit ihrem Herold in dem Korridor hinter der Tür. Während sie weiterging, wanderte ihr Blick von den vielfältigen Malereien an den Wänden zu dem Fries unter der Decke hinauf. Pharaos Thronname, in Blattgold geschnitten, das in duftendes Zedernholz aus Amki eingelegt war, wiederholte sich fortwährend: *Nebmaatrê: Der Gott der Wahrheit ist Rê.* Nirgends im Palastbereich konnte man diesen Worten entgehen.

Teje blieb stehen, und Pharaos Oberhofmeister, Surero, erhob sich von seinem Platz neben der Tür und warf sich zu Boden.

«Surero, bitte melde Seiner Majestät, daß die Göttin der zwei Länder gekommen ist und wartet», sagte der Herold, und Surero verschwand, um wenig später zurückzukehren und Teje unter Verbeugungen in Pharaos Gemach zu geleiten. Der Herold ließ sich auf den Boden des Korridors nieder, während sie hineinging und die Tür sich hinter ihr schloß.

Pharao Amenhotep III., Herr über die ganze Welt, saß auf einem Stuhl neben seinem Löwenbett. Er war nackt, abgesehen von einem schmalen Streifen Leinen, der um seine Lenden geschlungen war, und einer blauen Perücke mit Haarbeutel, gekrönt von einer goldenen Kobra. Das sanfte gelbe Licht aus zahllosen Lampen in Ständern und auf den niedrigen Tischen, die im Raum verstreut waren, glitt wie kostbares Öl über seine breiten Schultern, die schlaffe Wölbung seines Leibes und die Blässe seiner massigen Schenkel. Sein Gesicht war ungeschminkt. Die einst so energische, eckige Kinnlade verlor sich jetzt in dicken, herabhängenden Falten, während die Wangen tief eingesunken waren – ein Beweis für die verlorenen Zähne und die Entzündung des Zahnfleisches, an der er litt. Seine Nase war mit zunehmenden Alter platt geworden, und nur die hohe, straffe Stirn sowie die schwarzen Augen, die auch ohne Kajal-Striche noch immer gebieterisch blickten, gemahnten noch an den gutaussehenden, blühenden Jüngling, der er einst gewesen. Sein rechter Fuß ruhte auf einem Schemel, während ein Sklave, den geöffneten Schminkkasten neben sich und den Pinsel in der Hand, auf dem Boden kniete, um die königliche Fußsohle mit Henna zu färben.

Teje sah sich um. Der Raum roch nach Schweiß, schwerem syrischem Weihrauch und welkenden Blumen. Obgleich ein Sklave leise von einer Lampe zur anderen ging und die Dochte stutzte, strömte von den Flammen ein graues Miasma aus, das Teje im Hals brannte und den Raum so verdüsterte, daß sie kaum die riesigen Figuren von Bek, dem Gott der Liebe, der Musik und des Tanzes, erkennen konnte, die lautlos und schwerfällig um die Wände kreisten. Hin und wieder beleuchtete eine aufflackernde Flamme eine herausgestreckte rote Zunge oder einen silbernen Nabel auf dem geschwollenen Leib des zwergenhaften Gottes oder lief rasch die löwenartigen Ohren entlang. Aber an diesem Abend war Bek vornehmlich unsichtbar gegenwärtig. Tejes Blick kehrte zum Bett zurück, das zerwühlt und mit zerquetschten Mandragora-Blättern und Lotosblüten bestreut war, und jetzt bemerkte sie die kleine, schwarzhaarige Gestalt, die schlafend und ruhig atmend unter dem Laken lag.

«Nun, Teje, du hast dir heute abend außerordentliche Mühe mit deinem Aussehen gegeben», sagte Amenhotep. Seine Stimme hallte dumpf von dem in Dunst gehüllten Plafond wider. «Bist du gekommen, um mich von neuem zu verführen? Ich erinnere mich genau, daß du Blau und Vergißmeinnicht trugst, als du zum erstenmal in dieses Zimmer kamst.»

Teje lächelte und ging rasch auf ihn zu, um vor ihm niederzuknien und seine Füße zu küssen. «Die Höflinge würden sterben vor Entsetzen, wenn ich heute etwas so Unmodernes trüge», erwiderte sie neckend, dann stand sie auf und blieb vollkommen ruhig und gelassen vor ihm stehen. «Wie geht es Pharao heute?»

«Es ist Pharao schon bessergegangen, wie du sehr wohl weißt. Mein Mund tut weh, mein Kopf tut weh, mein Rücken tut weh. Den ganzen Tag haben die Zauberer vor der Tür geleiert, und ich habe sie ertragen, weil ich es Ägypten schuldig bin, nichts unversucht zu lassen, was mir Heilung bringen könnte. Aber diese Narren singen, um den Klang ihrer eigenen Stimme zu hören. Schließlich sind sie fortgegangen, um ihr wohlverdientes Bier zu trinken und ihre Schriftrollen nach Zaubersprüchen zu durchstöbern. Glaubst du, ich habe einen Dämon im Leib, Teje?»

«Du hast dein ganzes Leben lang einen Dämon im Leib gehabt, mein Gemahl», entgegnete sie. «Das weißt du genau. Ist das Wein dort in dem Krug?»

«Nein, es ist Mandragora-Tee, schwarz und abscheulich schmeckend. Ich habe ihn mir selbst verordnet. Ich habe entdeckt, daß er nicht nur die Potenz steigert – was jeder zwölfjährige Junge weiß –, sondern er lindert überraschenderweise auch meine Schmerzen.» Er blinzelte ihr verschmitzt zu, und sie lachten beide.

«Prinzessin Taduchipa bringt Ischtar aus Mitanni mit, damit sie dich kuriert», sagte Teje leichthin. «Die Göttin hat dir schon einmal geholfen, erinnerst du dich? Tuschratta war sehr zufrieden.»

«Freilich war dieser habgierige König von Mitanni zufrieden. Ich habe ihm seine kostbare Ischtar mit Gold überzogen zurückgeschickt, und einen Haufen Goldbarren dazu. Jetzt mache ich ihn wieder reich, diesmal für seine Tochter. Ich hoffe, sie ist all die Kosten wert.» Er zog seinen Fuß aus den Händen des Sklaven. «Das Henna ist trocken, und die andere Sohle ist fertig. Geh! Du auch!» rief er dem Lampenputzer zu. Als sie hinausgegangen waren und die Tür sich lautlos hinter ihnen geschlossen hatte, wurde Amenhotep ernst. «Nun, meine Teje, was hast du auf dem Herzen? Du bist doch nicht gekommen, um einen fetten alten Gott mit verfaulten Zähnen zu lieben.»

Sie unterdrückte rasch die Besorgnis, die sie jedesmal empfand, wenn er so sprach. Er war scharfsinnig und nüchtern, dieser Mann, und er fand ein erbarmungsloses Vergnügen an jeder menschlichen Schwäche, selbst seiner eigenen; er war sich besser als jeder andere der Ironie bewußt, die in dieser Beschreibung seiner Person lag. Denn in Soleb, in Nubien, huldigten ihm seine Priester Tag und Nacht mit Weihrauch und Gesängen, und tausend Kerzen brannten vor einer Kolossalstatue von Amenhotep, dem lebendigen Gott, einer Gestalt, die weder alterte noch erkrankte.

«Ich möchte unter vier Augen mit dir sprechen, Horus.» Sie deutete auf den Jungen. «Bitte, schick ihn fort.»

Amenhotep zog die Brauen hoch. Er hob sich aus dem Stuhl, ging mit überraschender Behendigkeit zum Bett, schlug das Laken zurück und strich sanft über die nackte Seite des schlafenden Knaben. «Wach auf und geh», sagte er. «Die Königin ist hier.»

Der Junge stöhnte, drehte sich auf den Rücken und öffnete die dunklen, Kajal-umrandeten Augen. Als er Teje sah, schwang er die Füße von Pharaos Bett, stand auf, beugte das Knie und ging wortlos hinaus.

«Er ist älter, als er aussieht», bemerkte Amenhotep gelassen. «Er ist dreizehn.»

Teje setzte sich auf den Rand des Betts und musterte ihn kühl. «Nichtsdestoweniger weißt du sehr wohl, daß es verboten ist. Von allen alten Gesetzen ist dies das strengste, und der Mann, der solch einen Fluch über sein Haus bringt, wird mit dem Tode bestraft; sowohl er als auch sein Geliebter.»

Amenhotep zuckte die Achseln. «Ich bin heute das Gesetz. Außerdem, Teje, wie kann dieses kleine Vergehen dir Sorgen bereiten? Wir zwei, du und ich, haben gemeinsam jedes Gesetz des Reiches gebrochen.»

Einschließlich desjenigen gegen Mord, dachte Teje bei sich. Laut sagte sie: «Es ist der abergläubische Klatsch, der mir Sorgen macht. Deine Unersättlichkeit ist allgemein bekannt, und die Gerüchte haben über die Jahre hinweg nur dazu gedient, deinen Untertanen und ausländischen Vasallen Respekt einzuflößen. Aber dies . . . dies wird nur häßliches Geflüster mit sich bringen, das Betasten von Amuletten, Feindseligkeiten gegen dich, wo es bisher nur Verehrung und Furcht gegeben hat.»

«Ich mache mir nichts daraus, nicht das geringste. Warum sollte ich? Ich bin der mächtigste Gott, den die Welt je gesehen hat. Ich spreche, und die Menschen leben oder sterben. Ich tue, was mir beliebt. Und du, die Große unter den beiden Federn, Herrin mit unbegrenzter Macht, du Sphinx mit Brüsten und Krallen, warum runzelst du die Stirn über diese kleine Schwäche?»

«Ich runzle weder die Stirn noch lächle ich. Ich berichte dir lediglich über die Stimmung deines Volkes. Vielleicht machen die Höflinge sich nichts daraus, aber alle anderen sehr wohl.»

«Dann soll Sebek sie holen!» Er ließ sich auf das Bett sinken und lehnte sich schweratmend zurück. «Ich habe dich nach dem Bild des Mannes geschaffen, der ich hätte sein können. Ich wollte nicht dieser Mann sein. Du regierst, während ich mich damit zufriedengebe zu suchen – nun, was immer es ist, wonach ich noch dürste und was ich noch nicht gefunden habe. Unsterblichkeit in einem Krug Wein vielleicht. Die latente Fruchtbarkeit im Körper einer Frau. Den Kern meiner eigenen Männlichkeit in diesem Jungen. Die Götter haben es nicht, und auch Ägypten hat es nicht. Was auch immer es ist.»

«Ich weiß», sagte sie leise, und einen Augenblick lang erwiderte er ihr Lächeln. Sie sahen sich an mit einem ruhigen, vertraulichen Blick, der aus Jahren des vollkommenen gegenseitigen Verstehens geboren war, und Teje ließ alles unbeachtet, außer dem unberechenbaren Mann hinter dem verwüsteten Körper, ein Mann, den sie immer lieben würde. Sie seufzte, reichte ihm den Becher mit Mandragora-Saft und wog in den Sekunden, die diese kleine Geste ihr gab, sorgsam ihre nächsten Worte ab.

«Der Sohn des Hapu ist seit langem tot», sagte sie.

Er trank, schnitt eine Grimasse, dann fing er an zu lachen. «Der einzige Tod, der mich je erschüttert hat. Er war schon so alt, als ich den Thron bestieg, daß ich glaubte, er habe die Götter gezwungen, ihm Unsterblichkeit zu verleihen. Ihr Zauber hatte ihn vor der meinen schon durch zwei Regierungen hindurch erhalten. Seit dem Beginn Ägyptens hatte kein Wahrsager solche Visionen, solche Träume.»

«Er war ein Bauer aus einer armseligen Hütte im Delta. Er hatte kein Recht, über solch gewichtige Fragen wie die Thronfolge zu entscheiden.»

«Warum nicht? Als Orakel der Sphinx und Sprachrohr Amuns war er ebenso befugt wie jeder andere. Und seine Weissagungen sind fast achtzig Jahre lang in Erfüllung gegangen.»

«Alle außer einer, Amenhotep.»

Pharaos Mund wurde schmal, und er bewegte sich ruhelos auf den verdorrten Blättern, den welkenden Blumen. «Solange ich lebe, bin ich weiterhin in Gefahr; deshalb, noch ehe du fragst, nein, ich werde diesen Jungen nicht freilassen.»

«Warum kannst du ihn nicht deinen Sohn nennen?»

«Mein Sohn ist tot», sagte er kurzangebunden. «Thutmosis der Jäger, der tapfere Prinz, der es wie kein anderer verstand, den Krummsäbel zu schwingen. Vor neun Jahren hat das Wagenrad, das brach und ihn in den Tod schleuderte, die direkte Thronfolge in Ägypten zunichte gemacht.»

«Du bist ein störrischer Mann, der immer noch von dem träumt, was hätte sein können», zwang sie sich zu erwidern; sie wußte, daß er mit Verachtung auf jegliche Spur von Erregung in ihrer Stimme reagieren würde. «Es sieht dir nicht ähnlich, einen Groll gegen das Schicksal zu hegen. Oder ist es ein Groll gegen den Sohn des Hapu, weil er es versäumt hat, Thutmosis' Tod vorauszusagen?» Sie beugte sich zu ihm hinüber. «Amenhotep, warum hat dein Schmerz nicht nachgelassen? Warum kannst du nicht zugeben, daß der junge Mann im Harem dein und mein Sohn ist, der letzte unseres Stammes, und daher berechtigt, bei deinem Tod den Thron Ägyptens zu besteigen?»

Amenhotep umschloß den Mandragora-Becher mit beiden Händen und wich ihrem Blick aus. «Ich wollte ihn töten, als das Orakel mir sagte, was es im Anubisbecher sah. Jener Tag hat sich mir ins Gedächtnis gebrannt, Teje. Ich kann immer noch die feuchten Lotosblüten riechen, die gepflückt und unter meinen Thron gelegt worden waren, und den Sohn des Hapu sehen, wie er, das glitzernde Horusauge auf der Brust, dort zu meinen Füßen stand. Ich hatte Angst. Der Sohn des Hapu selbst riet mir, das Kind erwürgen zu lassen, und ich hatte in der

Tat bereits den Befehl gegeben, da hielt mich irgend etwas zurück. Vielleicht fühlte ich mich nicht genügend bedroht. *Wie kann dieser Sohn, dieses drei Tage alte winzige Würmchen, mir etwas antun?* sagte ich mir. ‹Ich habe zweimal in den Becher geblickt und die Vorzeichen gedeutet›, wandte Hapu ein. ‹Es besteht kein Zweifel. Er wird heranwachsen und dich ermorden, o Mächtiger Stier . . .›» Amenhotep befühlte vorsichtig seine geschwollenen Wangen und zuckte zusammen. «Aber ich gab nach. Ich sperrte ihn statt dessen in den Harem.»

«Wo er sicher aufgehoben war, aber nur bis zu Thutmosis' Tod.»

Amenhotep zog die Augenbrauen hoch. Er stellte den Becher wieder auf den Tisch und schwang die Beine über den Rand des Bettes. Teje fühlte, wie sich sein weicher Schenkel an den ihren legte. «Ich wußte, daß du es warst, die den Anschlag verhindert hat», flüsterte er. «Aber sosehr sie sich auch bemühten, meine Spione konnten nie ganz sicher sein. Ebenso wie ich nie mit Sicherheit feststellen konnte, daß du es warst, die Nebet-nuhe vergiftet hat.»

Teje zuckte nicht mit der Wimper. «Ich verstand deine Panik, als Thutmosis starb», sagte sie so sachlich, wie sie konnte. «Du hast dir vom Sohn des Hapu einreden lassen, daß es ein mit Vorbedacht geplanter Anschlag von seiten eines zehnjährigen Jungen war, der niemals den Harem verlassen hatte, dessen Wächter jede Woche gewechselt wurden, und dem man niemals gestattet hatte, auch nur einen einzigen männlichen Freund zu haben. Aber es gab keine Verschwörung. Der Sohn des Hapu wollte lediglich seine Macht über dich geltend machen.»

«Nein. Er wollte mich nur überreden, endlich zu tun, wozu ich vorher zu schwach gewesen war.»

Teje legte den Kopf an seinen Arm. «Wenn du deinen Sohn wirklich hättest töten wollen, so hättest du es immer wieder versucht, bis es dir gelungen wäre. Aber ganz gleich, wie sehr du den Jungen verachtest, tief in deinem Herzen, o Gott Ägyptens, erkennst du dein eigen Fleisch und Blut. Er wird König werden, wenn dein Ende kommt, und ich würde es lieber sehen, daß du ihn jetzt zum Kronprinzen ausrufst und ihn seine Zeit in Memphis abdienen läßt, statt daß ich später den Kampf über mich ergehen lassen muß, der kommen wird, wenn du ohne offiziellen Erben stirbst. Wäre er mit seiner Schwester verheiratet worden, sobald Thutmosis begraben war, so würde der

Übergang bei deinem Tod glatt vor sich gehen, und ich könnte jetzt beruhigt sein.»

Er saß regungslos da. Nur sein schweres, mühsames Atmen durchbrach die dumpfe Stille des Raumes. Irgendwo im Halbdunkel knisterte eine Lampe und ging aus, und der süßliche Geruch von parfümiertem Öl verstärkte sich. «Aber ich wollte Sitamun für mich. Und ich nahm sie. Thutmosis hatte seine Schwester gut geschult, und sie war mit sechzehn ein Preis, zu köstlich, um ihm zu widerstehen.»

«Aber jetzt ist keine unverheiratete Königstochter mehr übrig, und nur ein Sohn. Und deine Tage sind gezählt.»

Er streckte die Hand aus und streichelte ihre Wange. «Ich habe dich gelehrt, jeden außer mir unbekümmert anzulügen», murmelte er. «Jetzt finde ich deine Ehrlichkeit erschreckend. Aber ich gebe mich keinen Illusionen hin. Angenommen, ich befehle, diesen . . . diesen Schwächling, den ich gezeugt habe, freizulassen, und er nutzt tatsächlich seine Freiheit aus, mich zu töten?»

Teje beschloß, alles auf eine Karte zu setzen. «Dann hättest du die Befriedigung zu wissen, daß das Orakel recht gehabt hat, obgleich ich mir nicht vorstellen kann, daß solch ein sanfter, harmloser junger Mann wie dein Sohn jemals an Mord denken könnte, ganz zu schweigen von Mord an seinem eigenen Vater. Und außerdem, mein Gemahl, was wäre, wenn der Prinz es durch irgendeinen unglückseligen Zufall tatsächlich fertigbrächte, dich zu töten? Die Götter würden dich lediglich ein wenig früher in der Barke des Rê willkommen heißen. Dein Sohn wird Pharao, was auch immer du tust.»

«Es sei denn, ich lasse ihn sofort hinrichten und mache damit diesen Streitereien ein für allemal ein Ende.»

Er sprach in gleichgültigem Ton. Sein Gesicht hatte einen Ausdruck höflicher Gelassenheit angenommen, und Teje wußte nicht, ob er zornig war oder sie einfach mit einer Erinnerung an seine Allmacht verspottete.

«Gut», sagte sie munter, obwohl sie spürte, daß ihre Hände plötzlich eiskalt geworden waren. «Sprich das pharaonische Wort, Majestät. Ich werde selbst dafür sorgen, daß der Befehl ausgeführt wird. Ich bin ein treuer Untertan. Ich weiß zu gehorchen. Und dann, wenn du deinerseits stirbst, werde ich mich mit gutem Gewissen und dem Bewußtsein, meine Pflicht getan zu haben, auf meine Privatgüter zurückziehen. Was macht es aus, wenn die Regelung der Thronfolge geringeren Männern überlassen bleibt, die in ihrem Kampf um den Horusthron Ägypten mit Blut tränken werden? Mir wird es gewiß nichts ausmachen, daß der Mächtige Stier keine königliche Saat hinterlassen hat!»

Er sah sie lange Zeit aufmerksam an, dann nickte er nachdenklich. «Das entscheidende Argument», murmelte er, «und siehe da, meine anmaßende Teje, ich bin jetzt bereit, auf dich zu hören. Drück mein Gesicht nicht länger in das bittere Gemisch meines Stolzes und meines Verlusts. Mit Thutmosis' Tod haben die Götter einen hohen Preis für den Reichtum und die Macht gefordert, die ich mein ganzes Leben besessen habe.» Er lächelte schwach. «Sie sollten für mich in der königlichen Schatzkammer arbeiten. Ich gebe nach. Laß ihn auf freien Fuß setzen. Ich habe alles getan, alles gehabt, und ob ich durch Krankheit oder den Dolch eines Mörders ausgelöscht werde, ich muß auf jeden Fall sterben. Zumindest kann ich dir den Ärger einer Meute von Schakalen ersparen, die dich umringen und dir ins Gesicht bellen, wenn ich ohne offiziellen Erben sterbe. Aber bilde dir nicht ein, daß du ihm Sitamun geben kannst. Ich brauche sie.»

Schwach vor Erleichterung platzte Teje heraus. «Ich dachte an Nofretête.»

Er warf den Kopf zurück und lachte laut. Dann drehte er sich um, griff nach ihrem Hals, knetete und drückte ihn. Die goldene Kette, an der das Pektoral der Sphinx hing, preßte sich schmerzhaft in ihre Haut, aber sie wußte, daß sie weder Furcht zeigen noch sich widersetzen durfte. «Eine Familientradition», stieß er keuchend hervor, ohne seinen Griff zu lockern. «Wieder einmal sicherst du den Thron zugunsten einer Schar von Abenteurern aus Mitanni. Denn das ist es, was ihr seid, allesamt. Ihr dient treu der Krone, habt jegliche Belohnung verdient, aber mögen die Götter sich des Pharaos erbarmen, der euch in die Quere kommt.»

«Meine Familie hat Ägypten drei Generationen lang selbstlos gedient, Horus. Du bist ungerecht», sagte sie mit erstickter Stimme. «Mein Vater hat dich nicht gezwungen, mich zur großen Königsgemahlin zu machen. Er hatte nicht diese Art von Macht. Du hast mich selbst zur Göttlichkeit erhoben.»

Er ließ sie plötzlich los, und sie versuchte, behutsam wieder Luft zu holen. «Ich habe Yuya geliebt. Ich habe ihm vertraut. Auch dich liebe ich und vertraue dir, Teje. Es ist der Schmerz. Manchmal kann ich ihn nicht ertragen. Kassiamark, Nelkenöl, die Mandragora, nichts hilft wirklich.»

«Ich weiß», sagte sie, während sie aufstand und sich zwischen seine Beine stellte. «Es gibt nur dies.» Sie legte die Hände auf seine Schultern, beugte sich hinunter und küßte ihn. Er seufzte leise und zog sie auf seine Knie. Bald löste sich sein Mund von dem ihren, um ihre bemalte Brustwarze zu suchen. So vieles hat sich geändert, Amenhotep, aber dieses nicht, sagte sie im stillen, während sie regungslos in seinen Armen lag. Trotz allem liebe und verehre ich dich immer noch. «Nofretête?» flüsterte sie, dann schrie sie leise auf, als er sie biß. «Wenn du willst», erwiderte er mit einem leisen Lachen. Er zog ihr die Perücke vom Kopf und vergrub beide Hände in ihren eigenen langen Haaren.

Er schlief ruhig und friedlich, für ein paar Stunden frei von Schmerzen, als sie ihn kurz vor dem Morgengrauen verließ. Sie wollte bleiben und ihm leise etwas vorsingen, ihn in die Arme schließen und ihn wiegen, aber statt dessen hob sie ihre Perücke auf, legte die Kette mit der Sphinx um den Hals, ging hinaus und schloß leise die Tür hinter sich. Surero und ihr Herold schliefen, der eine vornübergeneigt auf dem Schemel, der andere gegen die Wand gelehnt. Die Fackeln, die den langen Korridor säumten, waren ausgegangen, und die Wachen hatten gewechselt; die neuen Gesichter waren schwer vor Müdigkeit, aber mit wachsamen Augen. In die kurzlebige Kühle der Sommernacht drang ein schwaches graues Licht. Teje hatte gerade den Fuß gehoben, um ihren Herold zu wecken, da hörte sie eine Bewegung und drehte sich um.

Sitamun war auf den Korridor getreten und stand, in weißes Leinen gehüllt, einen hauchdünnen, plissierten Umhang um die schmalen Schultern, unschlüssig da. Sie war ohne Perücke, ihre eigenen braunen Locken umrahmten ihr Gesicht, und ein silbernes Diadem schmückte ihre Stirn. Amulette aus Silber umschlossen ihre Arme, und silberne Skarabäen und Sphinxe hingen auf ihrer Brust. Teje, erschöpft und gesättigt, hatte den erschreckenden Eindruck, daß sie über die Jahre hinweg auf ein Bild ihrer selbst zurückblickte, und eine Sekunde lang war sie wie gelähmt vor Angst und schmerzhafter Sehnsucht nach dem, was gewesen war, was nie wieder kommen würde. Dann ging sie auf ihre Tochter zu. «Er braucht dich heute nacht nicht, Sitamun», rief sie, und beim Klang ihrer Stimme stand ihr Herold hastig auf. «Er schläft jetzt.»

Als sie Eifersucht und Enttäuschung über das Gesicht ihrer Tochter ziehen sah, unterdrückte Teje rasch ein Gefühl von rein weiblichem Triumph. Es ist meiner nicht würdig, daß ich Vergnügen daran finde, Sitamun entgegenzuarbeiten, sagte sie sich reumütig, während die junge Frau zögernd dastand. Solch eine Kleinlichkeit paßt zu alternden Konkubinen in großen Harems, nicht zu einer Großen Königsgemahlin. Sie lächelte liebevoll. Sitamun reagierte nicht. Nach einer Weile verneigte sie sich steif und verschwand im schläfrigen Halbdunkel.

Wieder in ihren Gemächern angelangt, aß Teje zur Musik der Lauten- und Harfenspieler, die sie jeden Morgen weckte, und dann schickte sie nach Neb-Amun. Er hatte darauf gewartet, daß sie ihn rief, und kam sofort, ein rundlicher, leichtfüßiger Mann in einem langen Schreibergewand, den Kopf kahl geschoren, das Gesicht tadellos geschminkt. Er legte seine Schriftrollen nieder und verneigte sich mit ausgestreckten Armen.

«Ich grüße dich, Neb-Amun», sagte sie. «Es ist zu heiß, dich auf meinem Thron zu empfangen; deshalb werde ich mich niederlegen.» Sie tat es und legte den Nacken auf die kühle Rundung ihrer Kopfstütze aus Elfenbein, während Piha sie mit einem Laken zudeckte und ihr Fächerträger anfing, die blauen Federn über ihr hin und her zu bewegen. «Ich werde auch die Augen schließen, aber meine Ohren bleiben offen. Setz dich.»

Er setzte sich auf den Stuhl neben dem Bett, und Piha zog sich in ihre Ecke zurück. «Es gibt nicht viel, was deiner Aufmerksamkeit bedarf, Majestät», sagte Neb-Amun, während er seine Papiere durchsah. «Aus Arzana die üblichen Beschwerden über die Chattis, und natürlich ein Brief von den Chattis, die gegen einen Raubzug Arzanas über die gemeinsame Grenze protestieren. Das kann ich selbst beantworten. Aus Karduniasch nach den üblichen Grüßen eine Bitte um mehr Gold. Ich rate dem Großen Horus, ihnen nichts mehr zu schicken. Sie haben bereits viel von uns erhalten, und hinter ihren

Forderungen stehen verschleierte Drohungen, daß sie Verträge entweder mit den Kassiten oder den Assyrern schließen werden, wenn Pharao ihnen nicht auch weiterhin seine Freundschaft beweist.»

«Pharao wird Vorkehrungen für Heeresmanöver im Osten treffen», murmelte Teje. «Das müßte genügen. Gibt es irgend etwas aus Mitanni?»

«Ja. Tuschratta hält die Mitgift zurück, bis die Stadt Misrianne offiziell ihm gehört, das heißt, bis ihn die Schriftrolle mit der Bestätigung seines Eigentumsrechts erreicht. Er hat das Gold und Silber erhalten. Prinzessin Taduchipa ist in Memphis eingetroffen. Die Nachricht kam heute morgen.»

Tejes Augen öffneten sich weit, dann schlossen sie sich wieder. «Also wird es tatsächlich einen Zuwachs zum Harem geben», murmelte sie. «Nach all dem Feilschen und der Entführung von Gesandten, den leeren Versprechungen und Beleidigungen, ist die kleine Taduchipa in Ägypten.» Ich möchte Mitanni nur einmal sehen, dachte sie plötzlich. Die Heimat meiner Vorfahren. Wer weiß, vielleicht ist dieser neue König, Tuschratta, ein entfernter Verwandter von mir. Wie seltsam! «Gibt es sonst noch etwas?»

Neb-Amun schwieg einen Augenblick, dann sagte er: «Es gibt noch keine offizielle Bestätigung, Majestät, aber es heißt, daß ein neuer Prinz im Land der Chattis aufgetaucht sei, der die Leute um sich schart. Es scheint, daß die Chattis sich am Ende doch von der Plünderung von Hattusa erholen werden.»

«Vielleicht, obgleich ein Feind, der bis zur Hauptstadt eines Landes vordringen kann, vermutlich nicht leicht zurückzuschlagen ist. Besonders wenn er heimlich mit Waffen und Lebensmitteln versorgt wird.» Teje wandte den Kopf und sah Neb-Amun an. Sie runzelte die Stirn. «Wir wissen, daß Tuschratta sich das Chaos unter den Chattis zunutze gemacht hat, um seine eigene Position zu stärken, indem er den aufständischen Vasallenstaaten der Chattis half. Das Gleichgewicht der Macht zwischen Mitanni, Ägypten und den Chattis war prekär, und jetzt ist es gestört.»

«Chatti ist jetzt sehr schwach.»

«Und ein schwaches Chatti bedeutet ein viel stärkeres Mitanni. Wir müssen die Situation sorgfältig beobachten. Wir können nicht zulassen, daß Mitanni zu stark wird, aber wir dürfen auch die Chattis nicht zu anmaßend werden lassen. Haben wir Verträge mit den Chattis?»

Neb-Amun nickte. «Ja, aber sie sind alt.»

«Nun, wir können sie, wenn nötig, wieder hervorholen. Weiß man irgend etwas Näheres über diesen Prinzen? Wie heißt er?»

«Die Wüstenpolizei sagt, er sei jung und kraftvoll, und verwegen genug, die Risiken einzugehen, die notwendig sind, um Herrscher über Chatti zu werden. Er hat eine Palastrevolte siegreich beendet, Majestät. Er heißt Suppiluliuma.»

Teje lachte. «Ein Barbar! Ägypten wird, wenn nötig, leicht mit ihm fertig werden. Natürlich auf diplomatischem Weg. Was noch?»

Es gab wenig anderes an diesem Tag. Eine Schiffsladung aus Alaschia, neue Ochsen aus Asien, Gold aus den nubischen Minen und eine Sendung Vasen aus Keftiu. «Schick mir eine. Ich möchte die Qualität sehen», sagte Teje. «Du kannst jetzt gehen, Neb-Amun. Pharao wird sich um das Versiegeln der Schriftrollen kümmern.» Er nahm sofort seine Papiere auf und ging in gebückter Haltung rückwärts hinaus.

Nachdem Teje gebadet und in frisches Leinen gekleidet war, schickte sie nach einem Herold. «Ruf meine Wache. Wir gehen in den Harem.»

Sie kamen unter dem hohen Dach der Terrasse des Palasts heraus, Teje mit Soldaten vor und hinter sich, ihre Fächer- und Wedelträger zu beiden Seiten. Trotz der frühen Stunde wimmelte es im Vorhof bereits von Kindern, die in den Wasserbecken planschten. Sklaven und Diener, die Teje vorbeigehen sahen, warfen sich mit dem Gesicht zu Boden. Auf dem breiten, gepflasterten Platz, der zu Amenhoteps öffentlichem Audienzsaal führte, drängten sich die Angehörigen der ausländischen Gesandtschaften, deren Unterkünfte auf dem Palastgelände lagen, und die geduldig den Zeitpunkt abwarteten, wo Pharao oder seine Minister sie empfangen würden. Auch sie vernahmen den Ruf des Herolds und verneigten sich ehrfurchtsvoll, als Teje durch ihre Mitte schritt. Sobald sich die streng bewachte Tür zwischen dem öffentlichen Bereich und den Stufen des Harems geschlossen hatte, ließ der Lärm nach. Als die kleine Gruppe unter dem mit Säulen geschmückten Eingang nach links zu den Frauengemächern abbog, kam Cheruef, Tejes oberster Haushofmeister und Hüter der Haremstür, auf sie zu; sein kurzer Leinenschurz flatterte in dem Zugwind, der durch die offene Gartentür an der Rückseite des Gebäudes drang. Teje hielt ihm die Hand hin.

«Du wirst neue Räumlichkeiten herrichten und weitere Sklaven kaufen müssen», sagte sie, während er ihre Fingerspitzen küßte. «Die ausländische Prinzessin Taduchipa trifft binnen weniger Tage hier ein.»

Cheruef lächelte höflich. «Prinzessin Gilupchipa wird sich sehr freuen, Majestät. Seit der Ermordung ihres Vaters und dem Aufstieg ihres Bruders zur Macht hat sie verzweifelt auf Nachricht aus Mitanni gewartet. Taduchipa ist ihre Nichte und wird einen Hauch von Vertrautheit in Gilupchipas Gemächer bringen.»

«Wenn ich bedenke, daß Gilupchipa schon fast so lange wie ich Königsgemahlin ist, scheint es mir unbegreiflich, daß sie sich immer noch nach den Unbequemlichkeiten und Gefahren eines unzivilisierten Landes sehnt», bemerkte Teje trocken. «Aber ich will nicht über Pharaos Mitanni-Frauen sprechen. Ich bin gekommen, um den Prinzen zu besuchen.»

«Er ist gerade aufgestanden und ist unten am See, Majestät.»

«Gut. Sorge dafür, daß wir nicht gestört werden.»

Als Cheruef fort war, ging Teje allein durch die köstliche Kühle des Korridors. Zu ihrer Rechten und Linken standen die Türen offen. Sie durchquerte die kleinen Empfangshallen, wo die Frauen ihre Verwalter und Familienangehörigen empfingen, und die kleineren, intimeren Räume, wo sie sich an Winterabenden um die flachen Kohlenpfannen scharten, um zu plaudern. Von dem breiten Hauptgang zweigten andere Korridore ab, die mit granitenen Statuen von Mut, Hathor, Sachmet und Ta-Urt gesäumt waren, den Göttinnen, vor denen die Frauen zu stehen pflegten, Weihrauch opferten und um Schönheit; Fruchtbarkeit, das Fortdauern ihrer Jugend und die Gesundheit ihrer Kinder beteten. Diese Korridore führten zu den Gemächern von Pharaos Ehefrauen, die in demselben Flügel tief im Inneren des Palasts wohnten. Die Konkubinen hatten ihre Räumlichkeiten in dem ausgedehnten Harem selbst, und als Teje dort hindurchging, spürte sie mit Unbehagen seine seltsam drückende Atmosphäre. Schrilles Lachen und Geschwätz hallten ringsum wider. Da klirrten bronzene Fußringe, klingelte silberner Schmuck, leuchtete gelbes, scharlachrotes und blaues Leinen auf und verschwand um eine Ecke herum. Irgendwo am Ende des Korridors, der zu den Kinderzimmern führte, weinte ein krankes Kind. Weihrauch wogte Teje plötzlich aus einer halbgeschlossenen Tür entgegen, und mit ihm kam der rhythmische Tonfall von ausländischen, vielleicht syrischen oder babylonischen Gebeten. Durch eine andere Tür sah sie einen nackten Körper mit ausgestreckten Armen und hörte den klagenden Ton einer Flöte.

Ich hasse den Harem, sagte sich Teje zum tausendstenmal, als sie ins blendende Sonnenlicht hinaustrat und auf den See der Frauen zuging. Die Monate, die ich als verängstigtes, entschlossenes Kind von zwölf, als eine Ehefrau wie all die anderen Ehefrauen, hier verbracht habe, waren die frustrierendsten meines Lebens. Meine Mutter hier zu haben, hat mir auch nicht geholfen. Sie beherrschte die anderen Frauen, wie ein Divisionschef seine Truppen beherrscht, mit einer Peitsche und einem Fluch, und es ärgerte sie, mich frühmorgens nackt, ohne Schminke, über diesen Rasen laufen zu sehen, während die anderen Frauen noch tief in ihren parfümierten Träumen lagen. Hätte Amenhotep sich nicht in mich verliebt, ich hätte Gift genommen.

Sie schob diese Gedanken beiseite, denn jetzt sah sie ihn, ihren letzten lebenden Sohn, der, von einem kleinen Sonnendach beschattet, mit gekreuzten Beinen auf einer Papyrusmatte am Rand des Sees saß. Er war allein und hockte regungslos da, die Hände im Schoß seines weißen Schurzes, die Augen auf das ständige weiße Flackern und Tanzen des Lichts auf den kleinen Wellen geheftet. Nicht weit von ihm warf eine Baumgruppe einen gesprenkelten Schatten, aber er hatte es vorgezogen, sich sein Schutzdach im grellen Sonnenlicht aufstellen zu lassen. Teje ging mit raschen Schritten auf ihn zu, aber erst im letzten Augenblick hob er die Augen und sah sie. Er stand auf, warf sich aufs Gras, dann nahm er wieder seine frühere Stellung ein.

Teje ließ sich mit einer anmutigen Bewegung neben ihm nieder. Er sah sie nicht an, sondern schien völlig in sich selbst versunken zu sein, während seine Augen weiterhin auf die Oberfläche des Wassers blickten. Wie immer, wenn sie ihn besuchte, überkam sie auch diesmal ein Gefühl der Verwirrung und Unsicherheit. Sie hatte ihn sich noch nie anders als passiv verhalten sehen, aber sie konnte nach den neunzehn Jahren seines Lebens immer noch nicht mit Sicherheit sagen, ob seine Selbstbeherrschung Ausdruck einer überragenden Arroganz war, ein stoisches Sichabfinden mit seinem Schicksal oder das Merkmal eines arglosen Menschen. Sie wußte, daß die Haremsfrauen ihn mit einer Mischung von Zuneigung und Geringschätzung behandelten, wie einen unerwünschten jungen Hund, und sie hatte sich im Laufe der Jahre mehr als einmal gefragt, ob ihr Mann wohl wußte, wie verderblich solch ein Einfluß auf die Dauer für den jungen Mann sein konnte. Aber natürlich wußte er es. Die Entwürdigung von Menschen war für ihn ein gut geplantes, vertrautes Verfahren.

«Amenhotep?»

Er wandte ihr langsam seine sanften, klaren Augen zu, und seine dicken Lippen verzogen sich zu einem Lächeln, das für einen Augenblick die abfallende Linie seines vorspringenden, unnatürlich langen Kinns ein wenig verkürzte. Er war kein gutaussehender Mann. Nur seine schmale, leicht gebogene Nase bewahrte ihn vor absoluter Häßlichkeit.

«Mutter? Du siehst müde aus. Alle sehen heute müde aus. Das macht die Hitze.» Seine Stimme war hoch und hell wie die eines Kindes.

Sie wollte nicht unnötig schwatzen, aber sie war vorübergehend beeindruckt von der Nachricht, die sie ihm brachte, daß sie nicht die richtigen Worte fand, um es ihm sanft beizubringen. Nach kurzem Zögern sagte sie: «Jahrelang habe ich davon geträumt, dir dies zu sagen. Ich möchte, daß du deinen Haushofmeister und deine Diener beauftragst, alles einzupacken, was du mitnehmen willst. Du verläßt den Harem.»

Das Lächeln verschwand nicht, aber die langen braunen Finger, die auf dem schimmernden Leinen lagen, strafften sich. «Wohin gehe ich?»

«Nach Memphis. Du sollst zum Hohepriester des Ptah ernannt werden.»

«Ist Pharao tot?» Der Ton war fragend, weiter nichts.

«Nein. Aber er ist krank und weiß, daß er dich zu seinem Erben ernennen muß. Ein Thronfolger dient immer als Hohepriester in Memphis.»

«Dann liegt er im Sterben.» Er wandte den Blick von ihr ab und sah zum Himmel empor. «Memphis liegt nah bei On, nicht wahr?»

«Ja, ganz nah. Und du wirst die mächtigen Gräber der Vorfahren sehen und die Stadt der Toten in Sakkara, und Memphis selbst ist wundervoll. Du wirst in Pharaos Sommerpalast wohnen. Gefällt dir das?»

«Ja, natürlich. Kann ich meine Musiker und meine Tiere mitnehmen?»

«Alles, was du willst.» Teje war ein wenig enttäuscht über seine schwache Reaktion und sagte sich, daß er vermutlich noch nicht ganz begriffen hatte, wie drastisch sich seine Lage ändern würde. «Ich schlage vor, du räumst deine Gemächer hier», fuhr sie lebhaft fort. «Du wirst nicht dorthin zurückkehren. Im übrigen wirst du als angehender Horus heiraten müssen, und du kannst schwerlich von einer künftigen Königin von Ägypten erwarten, daß sie etwas Geringeres als einen eigenen Palast bewohnt.»

Sie hatte ihn zum erstenmal beeindruckt. Sein Kopf fuhr herum, und eine flüchtige Sekunde lang sah sie einen Schimmer der Befriedigung in seinen Augen. «Werde ich Sitamun bekommen?»

«Nein. Pharao fordert das Recht, sie zu behalten.»

«Aber sie ist eine Schwester mit rein königlichem Blut.» Sein Mund war gespitzt, seine Stirn gerunzelt. Ist er froh oder enttäuscht, daß er sie nicht bekommen kann? fragte sich Teje. «Mein Sohn, die Zeiten, wo die Thronfolge nur einem Mann zustand, der rein königliches Geblüt heiratete, sind vorüber. Jetzt trifft entweder Pharao selbst oder das Orakel des Amun die Wahl.»

Amenhotep lächelte verächtlich. «Ich bin der letzte, den der Sohn des Hapu gewählt hätte. Ein Glück, daß er tot ist. Ich habe ihn gehaßt. Du bist es, Mutter, die Pharao diese Entscheidung aufgezwungen hat, nicht?» Er hob die Hände an den weißen Lederhelm, den er trug, und zog nachdenklich an seinen Flügeln. «Ich will Nofretête.»

Teje war überrascht. «Ich hatte auch an Nofretête gedacht. Sie ist deine Cousine, und sie wird eine gute Gemahlin abgeben.»

«Sie kommt mich manchmal besuchen und bringt mir die Paviane des Onkels. Sie ist für mich in die Bibliothek gegangen und hat mir Schriftrollen zum Studieren gebracht. Wir sprechen über die Götter.»

Nofretête ist schlauer, als ich angenommen hatte, dachte Teje bei sich. «Das war nett von ihr», sagte sie laut. «Du wirst ein Jahr in Memphis dienen. Danach wirst du nach Theben zurückkehren, heiraten und deinen eigenen Hofstaat gründen. Ich werde dir helfen, Amenhotep. Ich weiß, nach so vielen Jahren der Gefangenschaft wird es nicht leicht für dich sein.»

Er griff nach ihrer Hand und streichelte sie. «Ich liebe dich, meine Mutter. Dies verdanke ich dir.» Seine sanften Finger liebkosten ihr Handgelenk. «Wird Pharao mich sehen wollen, ehe ich fortgehe?»

«Ich glaube nicht. Sein Gesundheitszustand ist nicht gut.»

«Aber seine Angst vor mir ist lebendig genug! Nun gut. Wann gehe ich fort?»

«In ein paar Tagen.» Sie stand auf und er mit ihr. Einer plötzlichen Regung folgend, beugte sie sich vor und küßte ihn auf die glatte Wange. «Wird Prinz Amenhotep einen eigenen Harem begründen wollen?»

«Später einmal», erwiderte er ernst. «Aber ich werde mir meine Frauen selbst wählen, wenn ich soweit bin. Ich werde in Memphis sehr beschäftigt sein.»

«Dann verlasse ich dich jetzt, damit du deinen Dienern die nötigen Anweisungen geben kannst. Möge dein Name ewig leben, Amenhotep.»

Er verneigte sich. Als sie sich einen Augenblick später nach ihm umsah, stand er immer noch dort, wo sie ihn verlassen hatte, und sein Ausdruck war unergründlich.

Ehe Teje mit der offiziellen Tätigkeit des Nachmittags begann, sandte sie eine Botschaft an ihren Bruder Eje und bat ihn, seine eigenen Pflichten Gehilfen zu überlassen und zu Hause auf sie zu warten. Dann brachte sie so schnell wie möglich zwei Audienzen hinter sich, hörte sich den täglichen Bericht des Aufsehers der Königlichen Schatzkammer an und wies geistesabwesend das Obst zurück, das Piha ihr während einer kurzen Ruhepause anbot. Ihre Gedanken drehten sich um das wechselnde Geschick ihres Sohnes und die neue Last der Verantwortung, die seine Freiheit ihr aufbürden würde, und sie war begierig über all diese Dinge mit Eje zu sprechen. Noch ehe der letzte Minister unter Verbeugungen ihren Audienzraum verlassen hatte, war sie bereits von ihrem Thron aufgestanden und befahl, ihre Sänfte zu bringen.

Das Haus ihres Bruders lag eine Meile flußabwärts vom Palast. Eje wartete bereits auf sie, und als die Träger ihre Sänfte niederstellten und sie in den kühlen Schatten seines Gartens trat, kniete er im Gras nieder. «Bleibt am Tor, bis ich euch rufe», befahl sie ihren Dienern, dann ging sie auf Eje zu, um seinen Kuß auf ihre Füße zu empfangen, ehe sie sich auf den bereitstehenden Stuhl setzte. Eje nahm auf dem seinen Platz.

«Ich weiß, ich sehe müde aus.» Sie lächelte, als sie seinen Gesichtsausdruck sah. «Ich hatte letzte Nacht wenig Gelegenheit zu schlafen. Aber ich werde etwas von diesem verdünnten Wein trinken und mich hier bei dir ausruhen. Dieser Ort ändert sich nie, Eje. Das Haus wird mit Anmut alt, die Blumen, die ich als Kind geliebt habe, blühen immer noch, die Bäume sind so knorrig und krumm wie eh und je. Du und ich, wir haben hier in all diesen Jahren gemeinsam viele Probleme gelöst.»

Auf einen Wink von Eje füllte ein Diener Tejes Becher und zog sich zurück. «Darf ich aus deiner Munterkeit schließen, Majestät, daß du Pharao bei guter Laune angetroffen hast?» fragte er lächelnd.

Teje stellte den Becher wieder auf den Tisch und begegnete seinem Blick. «Es ist geschafft», sagte sie. «Er wird den Prinzen freilassen. Mein endgültiger Sieg über den Sohn des Hapu, möge Sebek seine Knochen zermalmen! Ich kann immer noch nicht glauben, daß er wirklich tot ist. Die meisten Höflinge waren überzeugt, daß er von den Göttern selbst erhalten werde und unsterblich sei.»

Eje nahm seinen mit Juwelen besetzten Wedel zur Hand und begann, nach den Fliegen zu schlagen, die über seiner feuchten Haut schwebten. «Wir beide haben oft genug die Möglichkeit erwogen, ihnen gewaltsam das Gegenteil zu beweisen», murmelte er trocken. «Wann wird Amenhotep freigelassen?»

«So bald wie möglich. Ich möchte, daß du ein Kommando deiner Soldaten von der Division des Ptah bereithältst, damit sie ihn nach Memphis begleiten, wenn ich dir Bescheid gebe. Es wäre wohl das beste, wenn Haremhab den Befehl übernimmt. Er ist jung, aber sehr tüchtig.»

«Er wird hocherfreut sein, nach Memphis zurückzukehren. Das wäre jeder. Theben ist ein stinkendes Loch voller Bettler, Bauern und Diebe. Zu dieser Zeit des Jahres zieht der Gestank von der anderen Seite des Flusses an meinen Sykomoren vorbei und läßt die Blumen welken. Gut, Teje, ich werde die Männer sorgsam auswählen. Ich bin sehr zufrieden. Die Welt wartet darauf, deinem Sohn zu huldigen.»

«Mögen die Götter ihm eine Entschädigung für die verlorenen

Jahre gewähren», sagte sie leise. «Pharao ist auch bereit, den Ehevertrag zwischen Amenhotep und Nofretête zu besiegeln. Er will Sitamun nicht aufgeben. Das habe ich auch nicht erwartet, und es ist nicht wichtig. Ich habe meine Verpflichtung gegenüber der Familie erfüllt. Ich habe unseren Einfluß aufrechterhalten, und deine Tochter und mein Sohn werden das gleiche tun. Für die Brut eines Maryannu-Kriegers aus Mitanni, der von Osiris Thutmosis III. als Kriegsbeute nach Ägypten gebracht wurde, ist es uns nicht schlecht ergangen.»

Sie saßen eine Weile schweigend da. In den Tagen ihrer Kindheit, als man sie Pharao versprochen, aber noch nicht übergeben hatte, war Eje ihr Mentor gewesen, hatte sie gelehrt, was sie tragen mußte, was sie sagen mußte, wie sie das Interesse des Jungen wachhalten konnte, der ihr Gemahl werden sollte. Er sagte ihr, was der König gern hatte und was nicht, sprach zu ihr von seinen Schwächen, seinem Geschmack, was Frauen betraf, und erinnerte sie Tag und Nacht daran, daß sie nicht hoffen konnte, mit ihrem Körper allein einen Mann zu fesseln. Die Kette mußte aus Intelligenz und Humor, einem scharfen Geist und einem klugen Herzen geschmiedet sein. Als sie im Alter von zwölf schließlich vor Amenhotep stand, mit Perücke und geschminkt, hatte sie in seine schwarzen Augen geblickt und etwas darin entdeckt, was ihr Bruder nicht in seine Berechnungen mit einbezogen hatte: Sie hatten sich verliebt. Amenhotep hatte sie in den Rang der Großen Königsgemahlin erhoben, und nachdem er schon längst aufgehört hatte, nur sie allein in sein Bett zu nehmen, blieb das Band zwischen ihnen bestehen. Und sie hatte ihn nicht enttäuscht. Sie stammte aus einem robusten Geschlecht, erfüllt von einem Verlangen nach Macht und Herrschaft, das über Generationen hinweg nie nachgelassen hatte, so daß ihre Familie, Bürgerliche ohne einen Tropfen königlichen Blutes, es fertiggebracht hatte, seit der Zeit von Osiris Thutmosis III. zur wahren Macht hinter jedem Herrscher zu werden. Seither hatte die Familie jeden Pharao sorgfältig abgeschätzt, seine Stärken erprobt, seine Schwächen aufgewogen und ausgenutzt. Tejes eigener Vater war Verwalter des Wagenparks, Oberstallmeister und Erster Instruktor des jungen Amenhotep in der Kriegskunst gewesen, eine Aufgabe, die er dazu benutzte, den Jungen an sich zu binden. Ihre Mutter war eine Vertraute von Mutemwija, der Königin, gewesen und Erste Dame des Harems des Amun. Ländereien, Reichtum und Prestige hatten sich

Jahr um Jahr vermehrt wie die Ablagerungen von fettem Nilschlamm, aber solche Privilegien konnten weggefegt werden, um sie alle zitternd im kalten Wind von Armut und königlicher Ungnade zurückzulassen. Deshalb wurde nichts als selbstverständlich angesehen, und jeder Schritt bedurfte einer sorgfältigen Prüfung.

«Nofretête ist mürrisch, ruhelos und sehr eigensinnig», sagte Eje nach einer Weile. «Aber niemand bemerkt ihre Fehler, weil sie so ungewöhnlich schön ist, und sie ist von allen verwöhnt worden, von ihren Kindermädchen und Erziehern bis zu meinen Kavallerieoffizieren. Ob sie auch ehrgeizig ist, bleibt abzuwarten. Sie wirft mir mit achtzehn vor, daß sie nicht schon verheiratet und Mutter ist.»

«Du kannst ihr sagen, daß sie bald beides sein wird. Sicherlich legt sie sich jetzt mit allen an, weil sie gelangweilt und beunruhigt ist. Sie wird im Palast sehr schnell Disziplin lernen.»

«Erwarte nicht zuviel», sagte Eje kurzangebunden. «Sie ist meine Tochter, und ich liebe sie, aber meine Liebe ist nicht blind. Vielleicht wenn ihre Mutter noch lebte, wenn ich nicht so beschäftigt gewesen wäre . . .»

«Es ist nicht wichtig», unterbrach Teje ihn. «Die Fehler einer Königin werden durch Schminke, Juwelen und das Protokoll verborgen.» Sie hob das feuchte, salzige Leinen von ihrer Haut und fing an, sich zu fächeln. «Wenn Isis nicht bald zu weinen beginnt, sterbe ich noch an dieser Hitze. Ich bin eine Göttin. Sicherlich kann ich einen Priester zu ihrem Schrein schicken, um ihr zu drohen.»

Das leise Klatschen von nackten Füßen auf den kühlen Fliesen der Terrasse unterbrach sie, und sie drehte sich um. Mutnodjme, Ejes jüngere Tochter und Nofretêtes Halbschwester, tauchte aus der Dunkelheit der Empfangshalle ihres Vaters auf und kam auf sie zugeschlendert. Sie war nackt, abgesehen von einem goldenen Reif um den Hals und einem scharlachroten Band, das aus ihrer Jugendlocke herabhing. In einer Hand hielt sie eine blaue Weintraube und in der anderen eine kleine Peitsche. Hinter ihr trippelten ihre zwei Zwerge, ebenfalls nackt, einer Handtücher hinter sich herziehend, der andere einen roten Straußenfächer. Sie blieben stehen, als sie die Königin sahen, und fingen an, erregt miteinander zu murmeln und Grimassen zu schneiden. Mutnodjme kam auf Teje zu und warf sich zu Boden, dann stand sie auf und gab Eje einen lässigen Kuß auf die Wange.

«Der Nachmittag ist weit fortgeschritten», schalt Teje, als sie die geschwollenen Lider und das gerötete Gesicht des Mädchens bemerkte. «Hast du den ganzen Morgen geschlafen?»

Mutnodjme hob die Trauben an die Lippen, biß hinein und wischte mit dem Rücken ihrer mit Henna gefärbten Hand den Saft aus den Mundwinkeln. «Es gab gestern abend eine Gesellschaft im Haus von Meje und Werel, und danach sind wir rudern gegangen, und danach haben wir Fackeln und Sänften genommen und sind durch Theben gestreift. Ehe ich wußte, was geschah, war das Morgengrauen da.» Sie kaute nachdenklich. «Die Huren auf der Straße der Bordelle haben angefangen, Halsketten aus vielen kleinen Tonringen in verschiedenen Farben zu tragen. Ich nehme an, daß wird die nächste Mode bei Hof sein. Ich muß mir welche machen lassen. Geht es dir gut, Majestät Tante?»

«Ja, danke», sagte Teje, bemüht, ihre Belustigung zu verbergen.

«Dann hat Ägypten Glück. Ich gehe baden, ehe meine Haut in dieser Hitze zu Leder wird. Götter! Rê ist diesen Sommer erbarmungslos!» Sie warf den Rest der Trauben auf den Tisch, gab den Zwergen einen leichten Klaps mit der Peitsche und ging fort. Teje beobachtete, wie die Muskeln unter ihren geschwungenen Hüften spielten, als sie vom Schatten in den grellen Sonnenschein trat. Die Zwerge trotteten laut schwatzend hinter ihr her.

«Ich bemitleide den Mann, der diese hier heiratet», bemerkte Teje. «Er wird eine feste Hand haben müssen.»

«Sie sollte eigentlich schon verheiratet sein», erwiderte Eje. «Auf jeden Fall, wenn Nofretête den Erben heiratet, wird Mutnodjme dem Thron zu nahe sein, als daß man sie jemandem geben kann, dessen Treue der Familie gegenüber fraglich wäre. Ihre eigene Loyalität gilt jedem, der sie zu unterhalten versteht.»

«Haremhab wäre imstande, sie sehr gut im Zaum zu halten», sagte Teje nachdenklich. «Ich frage mich, ob man ihn veranlassen könnte, sie zu heiraten. Es widerstrebt mir, ihn zu zwingen. Er ist ein guter Kommandant, und er nimmt seine Bestechungsgelder nicht heimlich, sondern offen, wie es sich für einen Minister der Krone gehört.»

«Es wäre besser, sie in Reserve zu halten, bis Nofretête und der Prinz verheiratet sind», wandte Eje ein. «Da ist noch Sitamun, ich weiß, aber die läßt Pharao erst gehen, wenn er tot ist. Sie ist für ihn das

Bindeglied zu Thutmosis, seinem Sohn, und zu seiner eigenen Vergangenheit.»

Teje bewunderte im stillen seinen Scharfsinn und seine Härte. «Du sprichst zu respektlos von meinem Gemahl», schalt sie ihn leise.

Er entschuldigte sich nicht. «Ich spreche ohne Bosheit von einer politischen Notwendigkeit», erwiderte er. «Wir wissen beide, wenn man es zuließe, daß der Prinz Sitamun an Stelle von Nofretête zur Hauptgemahlin macht, würde Sitamuns Eifersucht auf dich und ihr Mangel an politischem Scharfsinn dich nach Pharaos Tod in die einflußlose Stellung einer Königinwitwe verweisen. Sitamun würde dich nicht in die Nähe der Minister lassen und würde sich selbst auch nicht mit ihnen befassen. Wenn Amenhotep später seine Schwester heiraten will, soll er es tun, aber erst, wenn Nofretête die Hauptgemahlin ist.»

Sie schwiegen eine Weile, während Teje über seine Worte nachdachte. Sie und Eje hatten diese Frage schon oft erörtert, und es war ihr immer wie eine Geistesübung erschienen, ein Schutz gegen die Langeweile von brennend heißen Sommernachmittagen. Aber jetzt waren die Erwägungen nur allzu real und die Alternativen lebenswichtig. Sie beobachtete Ejes Paviane, die in dem trockenen Gras am anderen Ende des Gartens hockten. Sie gähnten, schwatzten lustlos miteinander, kratzten sich unter ihren mit Juwelen besetzten Halsbändern oder suchten sich gegenseitig das Fell nach Läusen ab.

Schließlich sagte Teje: «Falls Nofretête irgend etwas widerfahren sollte, ehe ein Heiratsvertrag besiegelt ist, würde ich lieber Mutnodjme als Sitamun an ihrer Stelle sehen. Aber wir werden abwarten und versuchen, uns keine Sorgen zu machen. Ich wünschte, du könntest sie überreden, ihre Jugendlocke zu entfernen und ihre Haare wachsen zu lassen. Sie ist jetzt schon seit vier Jahren eine junge Frau.»

Eje lächelte kläglich. «Ich habe den Kampf aufgegeben. Mutnodjme will anders sein. Es macht ihr Spaß, ihre Untergebenen zu schockieren und ihresgleichen in Staunen zu versetzen. Sie ist tonangebend in allem, was in Theben Mode ist.»

«Und solange sie sich mit Mode befaßt, wird sie keine gefährlicheren Spiele spielen.» Teje stand auf und klatschte in die Hände, und Eje sprang sofort ebenfalls auf. Eine Schar von Dienern strömte aus dem stillen Halbdunkel des Hauses. Teje nahm die Huldigung ihres Bruders entgegen und hielt ihm beide Hände zum Kuß hin. «Ich werde Cheruef zu dir schicken, wenn ich bereit bin. Möge dein Name ewig leben, Eje.»

«Auch der deine, Majestät.»

Trotz der Zuversicht, die ich nach außen hin immer gezeigt habe, habe ich nicht wirklich geglaubt, daß dieser Tag jemals kommen würde, dachte Teje bei sich, als sie zum Tor ging, wo ihre Sänftenträger aufstanden, um sich vor ihr zu verneigen. Amenhotep ist frei. Ägypten hat einen Kronprinzen, und das übrige sind Nebensächlichkeiten. Dies ist mein größter Sieg, und ich bin glücklich.

2

Tejes Befehle wirbelten wie ein Wüstenwind durch den Palast und die Kaserne, so daß ihr Sohn bereits drei Tage, nachdem sie ihm die Nachricht von seiner Freilassung überbracht hatte, mit der ganzen Prachtentfaltung, die einem Thronfolger gebührte, nach Memphis aufbrechen konnte. Während dieser drei Tage hatten die Männer, die den Wasserstand maßen, ein leises Ansteigen des Flusses gemeldet, und es war eine sowohl erleichterte als auch erregte Menge, die sich an der Anlegestelle des Palastes versammelte, um den Prinzen zu sehen, der wie ein lebendig gewordenes Gerücht unter ihnen erscheinen sollte. Teje saß, von dem mit Juwelen besetzten Sonnendach geschützt, auf ihrem Thron aus Ebenholz. Sitamun saß neben ihr. Sie war in Gelb gekleidet, und die Federkrone, die sie als Erste Gemahlin zu tragen berechtigt war, zitterte bei jedem Atemzug. Eje schritt unruhig auf und ab zwischen dem vergoldeten Boot ‹Aton glänzt› und den Soldaten, die schwitzend in Reih und Glied standen und darauf warteten, daß der Prinz an Bord ging. Mutnodjme, in weißes Leinen gehüllt und stark geschminkt, um sich gegen die Sonne zu schützen, schlug gelangweilt mit der Peitsche nach den Dattelpalmen über ihr, während ihre Zwerge, zu erhitzt, um sich zu streiten, keuchend zu ihren Füßen hockten.

Eine kleine Gruppe von Priestern aus Karnak, von Si-Mut, Amuns Zweitem Propheten angeführt, stand mit Weihrauch und Sistren bereit, um den Prinzen mit Gebeten zu verabschieden. Teje, die aus dem Augenwinkel auf das ernste, schweißbedeckte Gesicht von Si-Mut blickte, fühlte plötzlich eine schmerzhafte Sehnsucht nach ihrem Bruder Anen, der noch vor einem Jahr, ehe das Fieber ihn verzehrte,

Amuns Zweiter Prophet gewesen war. «Gib mir den Wedel», befahl sie ihrem Wedelträger und begann gereizt nach den Fliegen zu schlagen, die über ihren feuchten Hals krochen und versuchten, das Salz um ihren Mund und ihre geschminkten Augen aufzusaugen.

Eje kam zu ihr und verneigte sich. «Majestät, ich habe Haremhab angewiesen, dem Prinzen sein Haus in Memphis zu öffnen, bis jeder Diener und Beamte dort im Palast untersucht worden ist. Es ist jetzt, da Pharao diesen Schritt offiziell verfügt hat, nicht sehr wahrscheinlich, aber es könnte doch immer noch Menschen geben, die ihm einen Gefallen tun wollen, indem sie versuchen, Amenhotep aus dem Weg zu räumen.»

«Oder er selbst könnte seinen Entschluß bereuen», erwiderte sie leise. «Ich werde keine Ruhe haben, bis das gesetzlich vorgeschriebene Jahr vorüber ist und ich meinen Sohn wieder hier in Malkatta unter meiner Aufsicht habe. Tritt zur Seite, Eje.»

Einem erregten Stimmengemurmel folgte tiefe Stille, als die Soldaten und ihr Schutzbefohlener sich näherten. Haremhab kam mit langen Schritten auf den Thron zu. Die silbernen Armreifen, die ihn als Kommandanten einer Hundertschaft auswiesen, blitzten bei jeder Bewegung, der blaue Helm, den er als Wagenlenker zu tragen berechtigt war, umrahmte ein edles Gesicht, das, obgleich jung, bereits von der frühen Reife gezeichnet war, die ihm die gewählte Laufbahn aufgezwungen hatte. Als Ejes Schützling war er dazu bestimmt, es im Heer und bei Hof weit zu bringen, und das wußte er; aber er hatte sich nicht auf die Gunst seines Mentors allein verlassen. Die Männer, die unter ihm dienten, hatten gelernt, daß seine Disziplin zwar streng, sein Urteil aber gerecht war. Er kniete nieder, um der Königin die Füße zu küssen.

«Du weißt, wie groß diesmal deine Verantwortung ist, Haremhab», sagte Teje, während sie ihm mit einem Wink bedeutete, daß er aufstehen sollte. «Ich erwarte deutliche und regelmäßige Berichte von dir.»

Er neigte den Kopf, erwiderte jedoch nichts.

Sie sah sich nach ihrem Sohn um, und als sie die Stufen hinunterstieg, um ihn zu umarmen, bemerkte sie zu ihrer Überraschung, daß Nofretête neben ihm stand, hochgewachsen und fraulich in einem gelben Gewand, die hüftlangen Locken ihrer Perücke mit Vergißmeinnicht aus Lapislazuli, der Farbe des Haares der Götter, umwickelt. «Schick mir sooft du kannst Nachricht, wie es dir geht», sagte Teje, während sie die Arme um Amenhotep legte. Er nickte an ihrer Wange, dann löste er sich lächelnd von ihr, und Teje sah, wie sein Blick über ihre Schulter zum Palast schweifte. Plötzlich schien sich eine Maske über seine langen, bläßlichen Züge zu legen, und er wandte sich abrupt ab. Teje blickte verstohlen nach hinten. Halb verdeckt durch eine der kannelierten Lotossäulen an der Vorderseite der Empfangshalle und nur von seinem persönlichen Diener begleitet, stand dort ihr Mann und beobachtete die Szene. Ein überraschtes Murmeln ging durch die Menge, und als Teje sich wieder umdrehte, sah sie, wie ihr Sohn die Lippen auf Nofretêtes scharlachroten Mund preßte. «Möge dein Name ewig leben, Cousine», sagte er laut und ließ eine schimmernde Locke durch seine Finger gleiten, während sie, gegen die Sonne blinzelnd, ihn anlächelte. «Komm mich besuchen, wenn dein Vater es erlaubt. Ich werde unsere Unterhaltungen vermissen.» Empört über diesen Verstoß gegen die guten Sitten, sah Teje ihren Bruder mit funkelnden Augen an.

«Mögen die Sohlen deiner Füße fest sein, Prinz», antwortete Nofretête keck, und er wandte sich ab, ging die Rampe hinauf und verschwand im Halbdunkel der kleinen Kajüte. Haremhab gab einen Befehl, und die Leinen wurden losgemacht. Si-Mut begann mit monotoner Stimme zu singen, der Weihrauch stieg empor, und die Soldaten nahmen ihre Positionen längs der Reling ein. Die Ruder wurden ausgefahren; das Galaboot mit seinen kleinen blauen und weißen Wimpeln entfernte sich rasch von den Stufen und steuerte quer über den See auf den Kanal und die Freiheit des Flusses zu.

Während das Boot allmählich aus ihrem Blickfeld verschwand, hielt Teje den Fliegenwedel fest umklammert. Sie hätte ihn ihrer Nichte in das blumengleiche kleine Gesicht schlagen mögen, schlug ihn aber statt dessen energisch gegen ihre eigenen Beine. Noch ehe das Mädchen sich davonschleichen konnte, faßte sie einen raschen Entschluß. «Nofretête, du wirst so bald wie möglich deine Habseligkeiten einpacken und in meinen Palast bringen lassen», sagte sie kurzangebunden. «Laß deine Dienerschaft bei deinem Vater oder schick sie nach Achmin oder verkauf sie, es ist mir egal. Ich werde dir Dienerinnen besorgen. Es ist Zeit, daß du lernst, dich wie eine Gemahlin und nicht wie eine einfältig lächelnde Konkubine zu benehmen.»

«Ich bin noch keines von beidem, Majestät Tante», erwiderte Nofretête unerschrocken. «Amenhotep hat mich geküßt. Ich habe ihn nicht geküßt.»

«Du weißt sehr wohl, daß du einen Schritt zurücktreten und auf ein Knie hättest sinken sollen, um zu zeigen, daß du dich geehrt fühltest durch seine Aufmerksamkeit, und gleichzeitig peinlich berührt von seiner öffentlichen Zurschaustellung. Was ist los mit dir?» Und was ist los mit mir? fragte sie sich im stillen. Warum bin ich so ärgerlich über diesen kleinen Fauxpas meines Sohnes, der heute sicherlich von einem Jubel erfüllt ist, den er schwer unterdrücken kann? Fürchte ich, daß mein Einfluß auf Amenhotep nachlassen wird, weil er nicht mehr ausschließlich auf mich angewiesen ist, wenn er Zuneigung braucht? Sie lächelte Nofretête kühl zu und fühlte, wie die Eifersucht verschwand.

«Ich weiß, was ich hätte tun sollen», erwiderte Nofretête halb trotzig, halb schuldbewußt, «aber mein Vetter hat mich überrascht. Er hat mir mit dieser Geste seine Gunst bewiesen, und ich fühle mich geehrt.»

Die Priester hatten sich zum Rand des Sees begeben, und Si-Mut warf Blumen auf das Wasser, während die Menge sich zu zerstreuen begann. Mutnodjme hatte sich zu Teje gesellt und hörte sich interessiert das Gespräch an.

«Das solltest du auch», sagte Teje verdrießlich. «Wir wollen die Angelegenheit vergessen. Du könntest ruhig anfangen, einige der Pflichten einer Prinzessin zu übernehmen, Nofretête. Gesandte von diesem emporgekommenen Prinzen aus Chatti sind gestern eingetroffen, und Pharao gibt ihnen heute abend eine Probe von ägyptischer Gastfreundschaft. Er erwartet, daß ihr alle zugegen seid. Ein Jammer, daß Tiê noch in Achmin ist. Ich möchte sie sehen.»

«Mutter kann Theben im Sommer nicht ertragen, Majestät Tante», mischte sich Mutnodjme ein. «Sie hält sich am liebsten auf dem alten Landsitz der Familie auf. Aber ich werde da sein. Dürfen Nofretête und ich jetzt gehen?»

Teje nickte, und die beiden Mädchen verneigten sich. Mutnodjmes Peitsche knallte über den Köpfen der schläfrigen Zwerge, und sie sprangen unter zornigen Gezeter auf. Das Mädchen fuhr sich mit der Handfläche über ihren kahlgeschorenen Kopf, warf ihre mit Bändern geschmückte Jugendlocke über die Schulter und entfernte sich in Richtung von Ejes Boot, das unter den Sykomoren am anderen Ende der Anlegestelle festgemacht war. Nofretête gab ihren Dienerinnen ein Zeichen und folgte ihr. Als sich Teje mit einem unhörbaren Seufzer wieder dem Palast zuwandte, sah sie, daß an der Säule, hinter der sich die schweigende Gestalt ihres Mannes verborgen hatte, jetzt niemand mehr stand.

Die Erregung, die Amenhoteps Abreise verursacht hatte, wurde bald von der Ankunft Prinzessin Taduchipas überschattet. Der Fluß war inzwischen gestiegen, floß, wie ein unlenksames Pferd an seinen Ufern zerrend, schnell dahin, und obwohl er noch nicht angefangen hatte, auf die ausgedörrten Felder überzulaufen, waren die dornigen Akazien, deren Wurzeln jetzt im Wasser hingen, bereits mit einem Hauch von Grün überzogen. Die Luft war nicht kühler geworden. Das Atmen erforderte eine fast bewußte Anstrengung, und jede Arbeit wurde durch die enervierende Atmosphäre erschwert. Krankheiten waren unter den Kindern im Harem ausgebrochen.

Teje saß neben Pharao auf ihrem Ebenholzthron und wartete auf die Ankunft der Prinzessin. Obgleich ihr Schutzdach einen dünnen Schatten warf und Fächer aus scharlachroten Straußenfedern sich unaufhörlich über ihrem Kopf bewegten, war ihr Leinengewand in Schweiß getränkt, und das schwarz-rosa Marmorpflaster unter ihren Füßen brannte durch ihre weichen Sandalen hindurch. Amenhotep saß, Krummstab, Flegel und Krummsäbel auf dem Schoß, regungslos da; der Schweiß sammelte sich unter dem Rand seiner Doppelkrone und tropfte ihm über die Schläfen hinunter. Teje nahm an, daß er schlief. Unmittelbar vor ihr plätscherte kühles, dunkles Wasser verführerisch gegen die Stufen. Der Lärm von Theben auf der anderen Seite des Flusses war gedämpft, und die Tausende, die das Ostufer säumten, schienen in der flimmernden Hitze zu einer einzigen Fata Morgana zu verschmelzen. Rings um Teje herum warteten Pharaos Höflinge mit ihren glänzenden Perücken und schneeweißen Leinenröcken, schlugen müßig mit ihren juwelenbesetzten Wedeln und wechselten hin und wieder ein paar Worte. Teje fühlte sich schwach und schwindlig. Zu ihrer Linken drängten sich Ptahhotep, Si-Mut und die anderen Priester aus Karnak unter ihrem eigenen Schutzdach, umwölkt von dünnen Weihrauchfahnen, die ihr Unbehagen noch vermehrten. Die Haremsfrauen, Gilupchipa unter ihnen, saßen auf dem Rasen im Schatten der Palastmauer; ihre Dienerinnen servierten ihnen kühle Getränke und Zuckerwerk, ihre Katzen und Affen flitzen zwischen ihnen umher.

Schließlich ertönte der Ruf eines Beobachtungspostens. Teje beschattete ihre Augen und ließ den Blick über das Wasser schweifen. Das Boot ‹Aton glänzt›, das von seiner Fahrt nach Memphis zurückkehrte, war in den Kanal eingebogen und näherte sich vorsichtig der Anlegestelle; seine Segel waren zusammengerollt, und seine Ruder hoben und senkten sich in schwerfälligem Rhythmus. Jetzt, da es den neugierigen Blicken des thebanischen Pöbels entronnen war, hatte man die seidenen Vorhänge der Kajüte zurückgebunden. Die Hofmusikanten schlugen einen Trommelwirbel und begannen zu zupfen, zu blasen und mit den Sistren zu klappern. Das Boot stieß an die Stufen; seine Fahnen hingen schlaff herab, und seine feuchten goldenen Seiten spiegelten sich gelb in dem marmornen Pflaster. Sklaven eilten herbei, um die Rampe aufzustellen; im Halbdunkel der Kajüte war eine Bewegung zu sehen, und Taduchipa kam heraus. Sobald sie den Schutz der Kajüte verließ, hielten die Frauen, die sie begleiteten, einen Baldachin über ihren Kopf, ein seltsames steifes Gebilde aus weißem Satin, das von dem grinsenden Kopf irgendeines barbarisches Gottes gekrönt wurde. Amenhotep stand keuchend auf, nahm die Symbole seines Königtums in die Hand und wartete.

Teje musterte die Prinzessin. Sie hatte ein kleines, dunkelhäutiges Gesicht mit lebhaften schwarzen Augen, und sie trug auf dem Kopf eine weiche Kappe aus Goldstoff, deren Quasten ihr in den Nacken hingen. Die kleinen Brokat-Pantöffelchen an ihren Füßen verschwanden beinahe unter dem schweren Rock in vielen grellen Farben, der mit goldenen Fransen besetzt war, und ein loser Schal aus dem gleichen Material verbarg alles außer ihren Armen. Sechs weitere Boote hatten an den Stufen angelegt und spuckten eine schwatzende Schar von buntgekleideten Frauen aus, das Gefolge der Prinzessin.

Taduchipa kam mit kleinen Schritten auf den Thron zu, kniete nieder, um die Füße ihres Ehemannes zu küssen, zögerte, warf Teje einen schüchternen, aber interessierten Blick zu und küßte dann auch ihre Füße. Trotz ihres kleinen, schwankenden Baldachins wurde sie offensichtlich sofort von der Hitze angegriffen, die ihr entgegenschlug, und Teje sah, daß ihr der Schweiß auf dem Gesicht ausbrach.

Amenhotep nickte seinem Herold zu. «Im Namen Amuns des Allmächtigen und Atons des Ewig Schönen heiße ich, Nebmaatré-Hech-Waset, Gott dieses Landes, dich Taduchipa, Prinzessin von Mitanni und Tochter meines Freundes und Bruders des Herrn Tuschratta, in Theben willkommen», rief der Mann, seinen Amtsstab vor sich haltend. «Möge diese Heirat ein Zeichen der guten Beziehungen zwischen uns sein.»

Amenhotep erhob sich. Dann beugte er sich hinab und hob Taduchipa auf, eine Geste, die ihn viel Mühe kostete. Teje war mit ihm aufgestanden. Plötzlich fühlte sie seinen Ellbogen an ihrem Arm entlanggleiten; sie wußte sofort, was er wollte, schob unauffällig die Hand unter seinen Arm und stützte ihn.

«Mein Vater sendet herzliche Grüße», sagte Taduchipa stockend in stark fremdländischem Akzent. «Er gibt mich vertrauensvoll in deine erlauchten Hände. Er schickt dir auch die Göttin Ischtar, denn er ist bekümmert über deine Krankheit. Ischtar freut sich, wieder das Land, das sie liebt, zu besuchen.» Sie wandte sich um und gab dem Sklaven hinter ihr ein Zeichen. Ein schwarzes Tuch glitt von dem Gegenstand, den er in den Händen hielt, und enthüllte eine kleine goldene Statue. Die Anwesenden verneigten sich. Taduchipa reichte sie Amenhotep mit bebenden Händen.

Er glaubt nicht daran, wünscht aber trotzdem, daß Ischtar die Macht besäße, die er braucht, dachte Teje bei sich, als sie sah, wie er den Krummstab, Flegel und Krummsäbel dem Bewahrer der Königlichen Insignien übergab und mit sanften Fingern über die Göttin strich. Ich wünsche es auch. Ihre eigenen Finger legten sich besitzergreifend und ängstlich zugleich fest um seinen Arm. Ich will nicht, daß es endet, sagte sie sich verzweifelt. Heute bemüht er sich, seine Jugend wiederzugewinnen wie ein Blinder, der sich Asche in die Augen reibt. Dies ist keine diplomatische Heirat. Es ist der letzte Versuch, den Tod zu überlisten. Oh, Amenhotep! Was ist aus der herrlichen Verheißung unserer Jugend geworden! Ein alter Gott, der unter dem funkelnden Blick einer erbarmungslosen Ewigkeit zittert, und eine alternde Göttin, die jeglicher Illusion beraubt ist.

«Ptahhotep!» rief Pharao krächzend, und der Hohepriester kam rasch herbei, um Ischtar an sich zu nehmen. «Stell die Göttin in den Schrein in meinem Schlafgemach und sorge dafür, daß man ihr Speisen, Wein und Weihrauch bringt. Und jetzt laßt uns Amun für die glückliche Ankunft meiner Frau danken.»

Ein tragbarer Altar war vor der Terrasse aufgestellt worden, und daneben ein großes steinernes Becken, in dem Flammen züngelten, die in der Mittagsonne kaum zu sehen waren. Amenhotep ging, Teje immer noch an seiner Seite und Taduchipa zu seiner Linken, hinter den Priestern her. Der gesamte Hofstaat schloß sich ihm an. Ein Stier, die Vorder- und Hinterbeine zusammengebunden, lag auf dem Altar, schnaubte durch den Maulkorb und rollte die Augen. Zimbeln klirrten und Sistren begannen zu rasseln. Amenhotep mußte einen Augenblick stehenbleiben und dem eintönigen Gesang der Priester lauschen, und Teje, die seine Qual durch ihre Finger spürte, konnte nur beten, daß er nicht zusammenbrechen würde.

Ptahhotep hob das Messer. Eine Trommel begann zu schlagen. Während ein Schrei aus tausend Kehlen drang, schoß das Messer in einem weiten Bogen herunter, und Blut spritzte dampfend in den irdenen Krug, der unter dem Hals des Tiers stand. Noch ehe es zu zucken aufgehört hatte, schlitzten Akoluthen ihm den Bauch auf, die Eingeweide quollen heraus und fielen in den Trog, der für sie vorbereitet war. Die Menge begann Beifall zu klatschen und zu schreien. Andere Priester zerlegten das Opfer fachmännisch in die vorgeschriebenen Teile, und Amenhotep griff mit einer letzten Kraftanstrengung nach den Stücken und schleuderte sie ins Feuer. Die Tänzerinnen begannen, sich im Takt der Musik zu wiegen.

«Laß Ptahhotep die Antilopen und Gänse verbrennen», flüsterte Teje ihrem Mann zu. «Es ist gestattet. Laß Cheruef das Mädchen in den Harem bringen. Du mußt dich ausruhen.»

Amenhotep nickte. Er griff nach Taduchipas Hand und lächelte ihr zu, wobei er es sorgsam vermied, den Mund zu öffnen, um nicht in der gnadenlosen Helle des Tageslichts seine verfaulten Zähne zu zeigen. «Der Hüter der Haremstür wird dir mit Freuden jeden Wunsch erfüllen», sagte er, «und deine Tante Gilupchipa wartet schon lange darauf, mit dir zu sprechen. Geh.»

Er wartete nicht, bis sie fortgegangen war. Auf Teje gestützt, ging er langsam die Terrasse entlang und in die wohltuende Dunkelheit des Audienzsaals. Hinter ihm gab es ein allgemeines Hasten und Drängeln, während die Höflinge sich bemühten, zum Blut des Stiers zu gelangen, das ihnen angeboten wurde. Mit roten Fingern rieben sie sich Stirn, Brust und Füße ein, denn ein Dankesopfer brachte Glück.

An diesem Abend wurde ein formelles Festmahl zur Begrüßung Taduchipas abgehalten. Sie saß neben Pharao auf dem Podium des Bankettsaals, eine steife, stark geschminkte Puppe, die nur sprach, wenn sie angeredet wurde, und schüchtern die unverhohlen abschätzenden Blicke der zahllosen Höflinge und Gäste ertrug, die den großen Saal füllten. Zur Rechten von Amenhotep, majestätisch unter der gehörnten Krone mit den beiden Federn, beobachtete Teje aufmerksam die Diener, um sicher zu sein, daß Taduchipa nicht vernachlässigt wurde. Aber in Wirklichkeit galt ihre Sorge mehr ihrem Mann, der zusammengesunken in seinem Sessel saß, die Augen oft geschlossen, schwer atmend und sich mühsam aufraffend, um seiner neuen Frau ein paar höfliche Worte zu sagen. Neben Teje flitzten Sitamuns Finger über den kleinen vergoldeten Tisch, der mit Blumen überhäuft war. Sie aß und trank mit beharrlicher Konzentration und hielt nur inne, um sich an ihrer Mutter vorbei Amenhotep zuzuneigen und ihm einen Leckerbissen anzubieten. Hin und wieder wehte eine leichte Brise von der dunklen Oberfläche des Sees herüber, aber die Luft blieb stickig, durchtränkt von den Gerüchen der Speisen und des parfümierten Öls, das von den schmelzenden Kegeln tropfte, die an den Perücken der Gäste befestigt waren.

Zwischen den Tischen wiegten sich nackte Tänzerinnen zum Klang der Trommeln und Harfen von Pharaos Hofmusikanten. Ihre Fußringe klirrten, und die silbernen Ketten, die in ihr Haar geflochten waren, blitzten, wenn sie an den Fackeln vorbeikamen. Anmutig bückten sie sich, um die Goldstücke, die gekritzelten Stellenangebote oder Anträge einzusammeln, die ihnen von der Gesellschaft zugeworfen wurden. Teje sah, daß Prinzessin Tia-Ha sich von den Kissen erhob, wo sie zwischen Pharaos Frauen saß, aus ihrem langen blauen Gewand schlüpfte und nackt zum Fuß des Podiums glitt. Amenhotep brummte, Tia-Ha verneigte sich vor ihm und warf ihm eine Kußhand zu, während ihr Körper sich lockerte und sich zum raschen Rhythmus der Musik wellenförmig zu bewegen begann. «Diese Frau wird niemals sterben», sagte er bewundernd. «Sie ist zu voll von Hathors fruchtbarer Lebenskraft. Tanzt du gern, Prinzessin?»

Taduchipa errötete und sah ihren Herrn überrascht an, während unten im Saal die Gäste für Tia-Ha zu pfeifen und zu klatschen begannen. «Man hat mich die Tempeltänze für Savriti, die Vielarmige gelehrt», sagte sie. «Wenn du es wünschst, Majestät, werde ich für dich tanzen.»

«Später, Taduchipa», erwiderte er freundlich, als er ihre Verlegenheit sah. «Du hast die zerbrechliche Schönheit einer Frühlingsblume, zu zart für die Augen dieser betrunkenen Gesellschaft.» Er streichelte ihren Arm, dann wandte er seine Aufmerksamkeit Teje zu. «Suppiluliuma hat mir bereits seine diplomatische Vertretung geschickt», sagte er, «aber der Gesandte dieses emporgekommenen Chatti-Prinzen ist ungeschlacht, offensichtlich nichts weiter als ein abenteuerlustiger Soldat.» Er deutete mit dem Kopf auf die Stelle, wo der Mann unter den anderen ausländischen Würdenträgern saß, die nackten Füße auf dem Tisch, die Arme um zwei Tänzerinnen gelegt, die er eingefangen hatte, sein langes, zerzaustes Haar und der buschige Bart in ständiger Bewegung, während er rasch mit Eje sprach, der auf einem Kissen neben ihm saß und ihm höflich zuhörte.

«Die Chattis haben sich nie für gesellschaftliche Formen interessiert», erwiderte Teje, den Blick nachdenklich auf den lachenden Soldaten geheftet, «und sie haben nur knapp die elementaren Regeln der Diplomatie gelernt. Ihre Arroganz und ihre rohe Kraft machen sie gefährlich. Laß Eje sich mit diesem Mann befassen, von Soldat zu Soldat. Eje spricht die Sprache der Kaserne und wird rasch herausfinden, was dieser Suppiluliuma von Ägypten will. Abgesehen vom Gold natürlich. Er wäre klug, den Gesandten von Mitanni morgen in Audienz zu empfangen und zu erfahren, was Tuschratta von ihnen hält. Schließlich sind sie Nachbarn.»

Sitamun beugte sich vor und betupfte sich die roten Lippen mit einem kleinen Leinentuch. «Die Chattis leben für den Krieg», erklärte sie. «Invasionen erhalten sie gesund. Palastrevolten sind ein Grund zum Feiern, und Töten fördert ihren Appetit. Kein Wunder, daß sie keine Zeit für kulturelle Betätigungen haben. Mit den Babyloniern kann man wenigstens vernünftig reden, und sie sind welterfahren genug, um Vergnügen am Spiel der Politik zu finden; aber nicht die Chattis. Sie verstehen nur die Sprache des Speers.»

Unter einem erneuten Beifallssturm kehrte Tia-Ha zu ihrem Kissen zurück und schlüpfte gelassen in ihr Gewand, ehe sie sich setzte und nach Wein rief.

«Es ist oft der Tyrann, der mit Drohungen eingeschüchtert und mit vagen Versprechungen ermutigt werden kann», antwortete Teje ihrer Tochter. «Eje wird mir einen Bericht bringen, wenn er soweit ist. Bis dahin müssen wir dafür sorgen, daß der Ausländer alles bekommt, was er will.»

Sitamun lächelte und tauchte ihre Fingerspitzen in den Wein. «Gib ihm Mutnodjme», sagte sie träge. «Sie sind vom selben Schlag. Zieht mein Herr sich zurück?»

Amenhotep hatte sich erhoben, und sofort erstarb der Lärm im Saal. Der Bewahrer der Königlichen Insignien stand ebenfalls auf, holte die kostbaren Embleme aus dem Kasten, den er überallhin mitnahm, und hob sie hoch über seinen Kopf. Pharao nickte seinem Herold zu.

«Mani, tritt vor!» rief der Mann.

Ägyptens Gesandter in Mitanni erhob sich von seinem Kissen und kam zum Fuß des Podiums, ein magerer, würdevoller Mann mit weißem Haar und gebeugten Schultern. Er warf sich behende zu Boden und blieb mit dem Gesicht auf den kühlen Fliesen liegen. Teje fühlte, wie ihr Mann seine letzte Kraft zusammennahm, ehe er sprach.

«Mani, Geliebter der Götter und wahrer Diener Ägyptens», sagte er schließlich mit erzwungen lauter, gebieterischer Stimme. «Für die Geschicklichkeit und Hingabe, mit der du deine Pflichten erfüllt hast, und als Zeichen unserer fortgesetzten Anerkennung belohne ich dich mit dem Gold der Gunst. Steh auf.»

Mani tat wie geheißen und streckte die Hände aus, während Pharao anfing, seine Juwelen abzulegen, und sie Stück für Stück dem ernsten Mann hinwarf. Armbänder, Ringe, Ohrringe, das schwere goldene Pektoral, alles fiel rasselnd und klirrend auf die Fliesen. Mani verneigte sich. Die Leute begannen zu rufen. Amenhotep wandte sich gleichgültig ab, gab seinen Dienern ein Zeichen und verließ das Podium. Teje nickte Cheruef zu, der sich Taduchipa mit einem Lächeln näherte und ihr zu verstehen gab, daß sie sich ebenfalls entfernen sollte.

«Hast du schon Nachricht aus Memphis erhalten?» fragte Sitamun.

Teje riß den Blick von ihrem Mann los, der sichtlich bemüht war, sich aufrecht zu halten, während er durch die Tür des Saals schlurfte. «Nein, nur eine Mitteilung von der Nil-Patrouille, daß Haremhab und der Prinz gut angekommen sind.»

Sitamun leerte ihren Becher, dann fuhr sie mit der Hand über ihre mit Öl beschmierten Brüste, zog eine Locke ihrer Perücke herunter und fing an, sie mit dem Öl einzureiben. «Ich glaube, wenn der Fluß zu sinken beginnt, werde ich Nofretête nach Memphis begleiten», sagte sie, ohne ihre Mutter anzusehen. «Das wird eine angenehme Abwechslung sein. Ich bin immer gern in der Nähe meiner Güter, wenn die Trauben zu reifen beginnen, um eine Vorstellung von der Ernte zu haben, mit der ich rechnen kann. Du weißt, man kann nicht einmal seinen Verwaltern trauen. Und außerdem habe ich der Werft in Memphis drei Schiffe in Auftrag gegeben und will dabeisein, wenn sie vom Stapel laufen.»

Teje beugte sich langsam zu Sitamun hinüber, und die blauen Augen der jüngeren Frau begegneten den ihren. «Nein, Sitamun, das wirst du nicht tun», sagte sie nachdrücklich. «Dein Bruder ist nicht für dich bestimmt. Du hast dich von ihm fernzuhalten. Wenn Pharao stirbt, werde ich die Situation abwägen, und wenn Eje und ich es für notwendig halten, kann Amenhotep dich haben, aber bis dahin wirst du dich deinem Vater widmen. Deine Macht ist bereits groß genug.»

Sitamuns Brauen hoben sich, und sie zuckte die Achseln. «Es ist schwer, mich einem Mann zu widmen, der nachts mit diesem Jungen schläft und seine Tage mit Trinken verbringt», sagte sie mit verdrießlich gespitzten Lippen. «Mein Leben ist unvorstellbar langweilig. Als du in meinem Alter warst, Mutter, warst du schon seit langem Große Königsgemahlin und die mächtigste Frau der Welt.»

Teje sah das Glitzern von Goldstaub in den feuchten Locken, die über Sitamuns Stirn fielen. Spuren von Unzufriedenheit waren unter dem Rouge auf den runden Wangen ihrer Tochter zu erkennen, und die dichten, schwarz geschminkten Brauen waren gerunzelt. Lag in meinem Gesicht bereits ein Ausdruck von Eigensinn, als ich in ihrem Alter war? fragte sich Teje. Sie stand auf, und wieder verebbte der Lärm. «Ich würde dich nicht gern bestrafen lassen, Sitamun, also hab Geduld. Nofretête wird die Große Gemahlin, aber es ist möglich, daß du zweite Frau wirst.»

«Ich bin bereits die zweite Frau des Pharaos, und ich will nicht den Rest meines Lebens damit verbringen, die zweite Frau eines anderen zu sein. Ich habe die Stellung einer Großen Gemahlin verdient. Glaub nicht, daß du mich im Harem bestrafen kannst, wie du es mit Prinzessin Nebet-nuhe getan hast, Mutter. Ich habe einen Speiseschmecker unter meinem Personal.»

Teje packte Sitamun bei der Schulter. «Ich war ein Kind und handelte aus der grundlosen Panik eines Kindes heraus», stieß sie hervor. «Du bist zu weltklug, um diese Situation so naiv zu betrachten, Sitamun. Jetzt geh zu Bett. Herold! Sag Tia-Ha, sie soll zu mir in den Garten kommen, falls sie nüchtern genug ist. Ich möchte schwimmen. Schlaf gut, Tochter.» Ohne auf das Meer von geneigten Köpfen zurückzublicken, verließ sie den Saal durch die rückwärtige Tür, und als der Türhüter sie hinter ihr schloß, hörte sie Mutnodjmes Peitsche durch die Luft sausen und einen der Zwerge vor Schmerz aufheulen. Der Rest ging in Musik und betrunkenem Gelächter unter.

Teje wachte plötzlich mitten in der Nacht in Schweiß gebadet auf. Eine beschattete Lampe bewegte sich neben ihrem Bett, und Pihas respektvolle Hand berührte ihr Haar. «Cheruef wartet draußen», flüsterte die Dienerin. «Horus hat nach dir geschickt, Majestät.»

Stöhnend setzte Teje sich auf und griff automatisch nach dem Becher mit kühlem Wasser, der immer auf dem kleinen Tisch neben dem Bett stand. Piha half ihr in ihr Gewand und kämmte ihre schweißnassen braunen Haare. «Ich habe vom Mond auf dem Wasser in Achmin geträumt», murmelte sie verschlafen. «Eje war noch ein Junge, und mein Vater stand, das Wurfholz wiegend, im Boot. Hat solch ein Traum irgendeine Bedeutung, Piha?»

«Das weiß ich nicht, Majestät. Soll ich dich waschen?»

«Nein, ich bin zu müde. Wahrscheinlich habe ich zuviel Wein getrunken. Bleib auf und warte auf mich, und zieh die Vorhänge an den Fenstern hoch. Ich kann hier drinnen kaum atmen.»

Vor der Tür verneigte Cheruef sich wortlos, und die Haremswächter ordneten sich vor und hinter ihr ein. Sie gingen schweigend die menschenleeren Korridore entlang, durchquerten Tejes Privatgarten und betraten durch das kleine Tor in der Mauer Pharaos Palastbereich. Als sie sich dem Haremsgarten näherten, vernahm Teje, die lautlos über das federnde Gras schritt, das leise Gemurmel aus zahllosen Kehlen, das über die Mauer drang, und den klagenden Ton einer einzigen Harfensaite. Als sie zum Dach des Gebäudes hinaufblickte, sah sie, daß seine gleichmäßige Silhouette von undeutlichen Höckern und sich bewegenden Schatten durchbrochen war, denn die Frauen hatten sich in der Hitze aufs Dach geflüchtet und lagen dort auf ihren Kissen, um die leiseste Brise aus dem Norden aufzufangen. Unten, wo die Blumenbeete und Rasen der gepflasterten Anlegestelle und Palmengruppen wichen, lief der Fluß rasch dahin und erzeugte ein ständiges, schläfriges Gurgeln und Klatschen an seinen Ufern, wo die Frösche in Scharen quakten. Die Nachtluft war feucht, aber kühler als der Tag; Teje atmete sie tief ein, ehe sie wieder den Palast betrat, und fühlte, wie die letzten Spuren von Schlaf verschwanden.

In dem halbdunklen Labyrinth von «Glanz des Aton», Pharaos Privatgemächern, hing noch übelriechend und erbarmungslos der heiße, nächtliche Atem von Rê. Tejes Begleitmannschaft machte halt und zog sich zurück. Die Wachen öffneten die Tür, der Herold meldete sie, und sie betrat Pharaos Schlafgemach.

Er saß mit Kissen gestützt auf seinem Bett; sein Mund war halb geöffnet, seine Augen waren geschwollen und zusammengekniffen gegen das schwache Licht der Alabasterlampen, die im Raum verstreut waren. Fliegen schwirrten und krochen über seinen schlaffen, nackten Körper, aber er schien sie nicht zu bemerken. Ein Weinkrug stand in Reichweite seiner Hand, das aufgebrochene Siegel lag zerbröckelt daneben; der leere Becher war auf den Boden gerollt. Teje kam rasch zum Bett und verneigte sich.

«Horus, wo ist der Träger des Wedels?» fragte sie bestürzt, holte den Fächer zwischen den zerwühlten Laken hervor und bewegte es leicht.

Die Fliegen stiegen als zornige Wolke hoch, und Amenhotep lächelte schwach. «Soll ich den Fliegen Ägyptens das Recht verwehren, sich an ihrem Gott zu laben?» fragte er heiser. «Sie sind so gierig und unersättlich wie seine übrigen Untertanen. Wahrhaftig, meine Teje, ich habe sie nicht bemerkt. Ich habe die Diener schon vor Stunden weggeschickt. Selbst ihre Schritte waren mir lästig.»

«Soll ich Wasser und frische Laken und vielleicht etwas Obst bringen lassen?» Sie sah sich im Zimmer um, aber der Junge war nirgends zu sehen.

«Nein. Wenn du fortgehst.» Er sprach abrupt, seufzend und schien ihre Worte nur halb gehört zu haben; Teje wartete schweigend, daß er ihr sagte, weshalb er sie hatte rufen lassen. Gleich darauf drehte er sich auf dem Bett um und vergrub den Kopf zwischen den Kissen. «Irgendwo auf dem Tisch steht eine Schüssel mit Öl», murmelte er. «Massier mich, Teje. Ich kann heute abend die Berührung eines Sklaven nicht ertragen.»

Gehorsam streifte sie ihre Ringe ab, schlüpfte aus dem losen Gewand, nahm die Schüssel und kniete sich neben ihn. Dann goß sie etwas Öl in die Handfläche, verteilte es auf seinem breiten Rücken, rieb es knetend und streichend in das weiche Fleisch und fühlte unter ihren Fingern die vor Schmerz verkrampften Muskeln. Lange Zeit war außer Pharaos keuchendem Atmen kein Laut zu hören. Der süßliche Geruch des Öls stieg Teje in die Nase und beschwor Bilder von längst vergangenen Nächten herauf. Und als hätte er ihre Gedanken erraten, sagte Pharao in diesem Augenblick: «Niemand anderes hat das je so gut gekonnt wie du, Teje. Erinnerst du dich an unsere ersten gemeinsamen Jahre, wo ich jede Nacht nach dir geschickt habe, und das Öl immer bereit stand? Heute nacht sind meine Gedanken erfüllt von dieser Zeit. Eine Weile hatte ich es vergessen, als dein Körper aufhörte, mich zu überraschen, und ich mich anderen zuwandte, aber ich sehne mich wieder so sehr nach dir.»

Seine Worte verwirrten und bewegten sie zugleich. Obwohl ihr Rücken zu schmerzen begann und ihre Handgelenke protestierten, zwang sie ihre Hände, weiter über die massigen Schultern und die Wirbelsäule hinunterzugleiten, während ihre Augen auf seine warme, glänzende Haut, die vertrauten Linien seines Körpers geheftet waren. «Die kleine Prinzessin hat ihr möglichstes getan, mich zufriedenzustellen», fuhr er nach einer Weile fort, und Tejes Herz begann schneller zu schlagen, als sie den seltsamen, ablehnenden Ton seiner Stimme hörte. «Sie hat sehr hübsch getanzt, nur in ihre Juwelen gekleidet. Sie hat mir die Lieder ihres Landes vorgesungen. Sie hat mich geküßt und liebkost, aber sie ist fortgegangen und hat in ihrem Inneren nichts mitgenommen außer einer Geschichte über meine Impotenz, die sie im Harem verbreiten kann. Ich habe es versucht, aber ich bin heute nacht wie Osiris, verstümmelt und zerstückelt. Ihre Jugend und Unschuld haben mich nicht erregt. Sie haben mich in Angstschweiß ausbrechen lassen.» Er drehte sich ächzend herum und sah Teje an, und sie entdeckte in seinen dunklen Augen etwas, das sie noch nie zuvor gesehen hatte: die Verwundbarkeit eines Opfertiers, das um Gnade fleht. Das Bewußtsein ihrer Macht über ihn stieg wie eine heiße Woge des Triumphs in ihr auf, wurde aber gleich darauf von tiefem Mitgefühl verdrängt.

«Sie ist als Königskind erzogen worden», erwiderte sie sanft. «Sie weiß bestimmt, daß es Grenzen gibt für den Klatsch, den sie sich im Harem erlauben darf, und sie wird sich daran halten. Möchtest du, daß ich den Jungen hole?»

Seine Augen blitzten vor spöttischem Vergnügen. «Nein, lieber nicht. Ich habe für heute genug von der Blüte der Jugend. Deine Hände haben Zauberkraft. Ich fühle mich viel besser.»

Die Worte hätten eine Verabschiedung sein können, aber Teje wußte, daß sie es nicht waren. Er lag wartend da, stumm um Erlösung bittend, und sie neigte sich mit einem Lächeln über ihn.

3

In den folgenden Monaten herrschte im Palast eine Atmosphäre von gespannter Erwartung, denn trotz Tejes beruhigender Worte hatte es nicht lange gedauert, bis der gesamte Hofstaat wußte, daß Amenhotep außerstande gewesen war, seine Ehe mit der kleinen Prinzessin aus Mitanni zu vollziehen. Dies, mehr als alles andere, überzeugte seine Umgebung, daß ihr Gott nicht mehr lange zu leben hatte, denn seine sexuelle Unersättlichkeit war allgemein bekannt. Aber obwohl seine Tage eine einzige Tortur waren – Schmerz und Fieber, stinkende Absude besorgter Ärzte und das endlose Geleier der Zauberer –, klammerte er sich ans Leben und fand die innere Kraft, den allmählichen Verfall seines Körpers mit bissigem schwarzem Humor zu beobachten. Er schickte nicht wieder nach Taduchipa, und sie ertrug das, was sie als ihr persönliches Versagen ansah, mit würdevollem, schüchternem Schweigen. Der Junge, Teje und Sitamun füllten seine Nächte. Der Fluß überflutete das Land und gab ihm wieder Leben, sickerte in den ausgedörrten Boden, lockerte und bewegte die fruchtbare Erde. Auch Krankheit kehrte ins Land zurück, und im Harem, in den Hütten der Armen in der Stadt und auf den Bauernhöfen jammerten die Frauen, wenn die Särge der Blinden, der Verkrüppelten und derjenigen, die von Seuchen dahingerafft worden waren, in die Gräber getragen wurden.

Schließlich trafen Briefe aus Memphis ein, und Teje, die auf ihrem Thron neben dem leeren Stuhl von Pharao saß, das Kinn in der mit Henna bemalten Handfläche, die Augen auf ihre in goldenen Sandalen steckenden Füße geheftet, hörte aufmerksam zu, während ihr persönlicher Schreiber ihr die Schriftrollen vorlas. Die Schreiben ihres Sohnes waren kurz, schmeichlerisch und beruhigend. Es ging ihm gut, und er hoffte, daß sich seine ewig schöne Mutter auch wohlbefand. Das kosmopolitische Leben von Memphis begeisterte ihn, vor allem die Verschiedenartigkeit des religiösen Denkens, die dort zu finden war. Er erfüllte gewissenhaft seine Pflichten im Tempel des Ptah. Teje glaubte, zwischen den Zeilen eine seltsame Einsamkeit zu spüren, den sehnsüchtigen Wunsch, wieder in der vertrauten Umgebung des Harems zu sein, fand es jedoch natürlich, daß ein junger Mann, der zum erstenmal in neunzehn Jahren in Freiheit lebte, sich manchmal nach der Sicherheit eines solchen Schoßes sehnte. Und es entging ihr auch nicht, daß Amenhotep sich niemals nach dem Befinden seines Vaters erkundigte. Der einzige Hauch von menschlicher Zuneigung, der von dem steifen gelben Papyrus ausging, abgesehen von den Sätzen, die sich an Teje selbst richteten und der gelegentlichen Frage nach Nofretête, galt Haremhab. Amenhotep schilderte begeistert, wie gütig und entgegenkommend sich der junge Kommandant ihm gegenüber verhielt. Teje fand die Beteuerungen rührend und zugleich erschreckend, denn ihr Sohn erwähnte keine anderen Freunde.

Sie wandte sich von seinen Briefen den zwangloseren, ausführlicheren Schriftrollen zu, die regelmäßig von Haremhab selbst eintrafen und anschaulich beschrieben, wie der Prinz sich in sein neues Leben eingewöhnt hatte. Es gab, wie Haremhab schrieb, kein größeres Vergnügen für ihn, als sich in einem goldenen Triumphwagen durch die Stadt fahren zu lassen, damit die Leute sich vor ihm verneigten. Amenhotep hatte On zweimal besucht, hatte in den Tempeln von Rê-Harachte und Aton gebetet und mit den Priestern der Sonne bis spät in die Nacht über Religion gesprochen. Die Priester des Ptah waren ärgerlich auf ihn, denn er entledigte sich seiner Pflichten in ihrem eigenen Tempel sehr unaufmerksam und hatte immer etwas an ihnen auszusetzen. Er hatte angefangen, Laute zu spielen, und komponierte selbst seine Lieder, die er Haremhab und seinen Konkubinen vorsang. Seine Stimme war hell, aber rein.

Teje hörte, prüfte, überlegte. Sie schickte die Briefe zu Eje in sein Büro auf dem Gelände des Palasts, wo er die Pflege von Pharaos Pferden überwachte und die Division «Glanz des Aton» beaufsichtigte. Sie ließ die Briefe von Amenhotep an Nofretête abfangen und las sie, ehe sie wieder versiegelt und dem Mädchen ausgehändigt wurden.

Aber sie erfuhr nur wenig Neues. Seine Worte an seine Verlobte unterschieden sich kaum von den Worten an seine Mutter, abgesehen von Anspielungen auf Gespräche über die Verehrung Amuns und seine Stellung als Beschützer von Theben, die er und Nofretête offensichtlich geführt hatten, als er noch im Harem lebte.

Nofretête war in eine Zimmerflucht im Palast gezogen, die neben den Gemächern von Teje lagen. Es schien ihr nichts auszumachen, daß ihre eigenen Dienerinnen entlassen und ihre Sklaven verkauft worden waren. Mit denjenigen, die jetzt für ihr Wohlergehen sorgten, war sie sehr streng, achtete genau auf alle Einzelheiten und duldete keine Fehler, und es verging kein Tag, ohne daß in den Räumen der Dienerschaft Tränen vergossen wurden. Teje machte sich keine Gedanken über die Launenhaftigkeit ihrer Nichte, denn Nofretêtes Fähigkeit zu regieren war das einzige, was sie interessierte. Aber das Mädchen war hochmütig und lernte nicht leicht. Wenn sie, von ihren Dienerinnen, Fächerträgern und Kosmetikern gefolgt, mit ihrer Tante von Audienzen zu formellen Empfängen ging, hörte sie aufmerksam zu und sprach kein Wort. Mit ihrem glänzenden schwarzen Haar, den blaßgrauen, mandelförmigen Augen, der dunklen, seidigen Haut und dem sinnlichen Mund hatte sie bei Hof äußerlich nicht ihresgleichen, und das wußte sie. Ihr Wedelträger hatte stets einen kleinen Kupferspiegel dabei, in dessen brünierte Tiefen Nofretête mehrmals am Tag blickte – wohl um sich zu vergewissern, sagte sich Teje oft ärgerlich, daß seit dem letzten Auftragen von Schminke kein Fältchen auf ihrem Gesicht erschienen war.

Teje kannte ihre Nichte seit ihrer frühesten Kindheit. Nofretêtes Mutter, Ejes erste Frau, war bei ihrer Geburt gestorben, und Nofretête war liebevoll, aber ziemlich geistesabwesend von Tiê, Ejes zweiter Frau und der Mutter von Mutnodjme, erzogen worden. Tiê, eine zerstreute, nervöse, aber auffallend schöne Frau, zog das Leben auf dem Familienbesitz in Achmin der anspruchsvollen Aufgabe vor, zwei Mädchen zu erziehen und für ihren einflußreichen Mann ein gastliches Haus zu führen, obgleich sie auf ihre eigene Art sie alle liebte. In Achmin entwarf sie Schmuck, diktierte lange Briefe an ihre Familie und flirtete auf harmlose Weise mit den männlichen Angehörigen ihres Personals. Es war ein Jammer, sagte sich Teje, mehr als einmal, wenn sie an Nofretêtes Seite ging, daß weder sie noch Mutnodjme die

Gaben ihres Vaters geerbt hatten. Aber zumindest beantwortete Nofretête sehr eifrig die Briefe ihres künftigen Gemahls, und wenn sie von ihm sprach, was nicht oft geschah, gebrauchte sie überschwengliche Worte der Zuneigung und Sehnsucht.

An einem Tag voll frischen, saftigen Grüns, an dem überall in Pharaos Gärten die Knospen aufbrachen, begaben sich die Frauen des Harems auf ihre Boote und trieben unter Gelächter und lautem Geschwätz im windigen Sonnenschein den Nil hinauf und hinunter. Teje lag auf ihrem Bett; sie sehnte sich danach, sich ihnen anzuschließen, ließ sich jedoch statt dessen ungeduldig von ihrem Arzt untersuchen. Nach einigen Anfällen von Schwindel und einer lähmenden Müdigkeit hatte sie ihn widerwillig gerufen, aber jetzt bedauerte sie es und ärgerte sich über die vergeudete Zeit. Schließlich beendete er seine Untersuchung und zog sich lächelnd zurück. «Du bist nicht krank, Majestät, du bist schwanger.»

Teje setzte sich auf; das Blut wich aus ihrem Gesicht, und ihre Hände umklammerten das Laken. «Schwanger? Nein! Das muß ein Irrtum sein. Es ist zu spät, ich bin zu alt! Sag mir, daß du dich geirrt hast!»

Der Mann verneigte sich und ging langsam zur Tür. «Es ist kein Irrtum, Majestät. Ich habe dich bei der Geburt jedes königlichen Kindes behandelt.»

«Raus mit dir!»

Als die Tür sich hinter ihm geschlossen hatte, schwang sie sich vom Bett, warf den Elfenbeintisch um und stieß mit dem Fuß nach dem Schrein, der daneben stand. «Ich dulde das nicht, nein, keinesfalls!» rief sie ihren sich duckenden Dienerinnen zu. «Ich bin zu alt! Zu alt . . .» Sie setzte sich kraftlos und niedergeschlagen auf ein Kissen auf dem Boden; ihre Brust hob und senkte sich erregt, und ihre Hände zitterten. «Ich möchte wissen», murmelte sie erbittert, «was Pharao dazu sagen wird.»

Amenhotep sagte nichts. Er lachte, bis er sich an seinen geschwollenen Leib klammern mußte, und Tränen die Augenschminke über seinen Wangen laufen ließen, lachte über den Widersinn der Neuigkeit und aus rein männlichem Stolz. «So gibt es also noch Leben in meinem göttlichen Samen», frohlockte er, während Teje, wider Willen belustigt über seine Heiterkeit, zu ihm hinuntersah. «Und eine frühlingshafte Fruchtbarkeit in deinem winterlichen Körper. Die Götter lachen sicherlich auch.» Als hätte die Nachricht ihm neue Kraft verliehen, schwang er sich von seinem Bett, warf die Laken beiseite und stellte sich neben sie. Teje hatte vergessen, wieviel größer er war als sie. Sie hob den Kopf und begegnete seinem Blick. «Bist du froh, meine Teje?»

«Nein, ich bin überhaupt nicht froh.»

Er legte die Hände um ihr Gesicht. «Was bin ich doch für ein fruchtbarer Pharao! Wir müssen das Orakel der Sphinx sofort nach der Zukunft des Kindes befragen.» Er sah Teje mit einem verschmitzten Lächeln an. «Und wenn es ein Junge wird? Gesund und kräftig? Dann könnte ich mir die Frage der Thronfolge noch einmal überlegen.»

Teje zog ruckartig den Kopf aus seinen Händen. «Ich finde, das Orakel sollte erst nach der Geburt befragt werden», sagte sie kurzangebunden, «und alles Feilschen um die Thronfolge hat auch noch Zeit.»

«Es macht mir Spaß, dich zornig zu sehen.» Er grinste jungenhaft. «Ich fühle mich heute besser, als ich mich seit Monaten gefühlt habe. Komm, wir lassen das Galaboot holen und schließen uns den Haremsfrauen auf dem Fluß an. Ich werde in der Sonne sitzen, und du kannst mich verfluchen und nach den Fliegen schlagen.»

Teje befragte ein Orakel, aber für sich selbst, nicht für das Kind, das sie trug. Sie stand mit Geschenken in den Händen vor dem Wahrsager in dem kleinen Tempel der Sphinx hoch über den westlichen Klippen, während der Mann sich über das Wasser in dem schwarzen Anubisbecher beugte. Als sie sah, wie er zögerte, wünschte sie zum erstenmal, daß der Sohn des Hapu noch am Leben wäre. Obwohl sie ihn als Rivalen in Pharaos Zuneigung gehaßt und sich seiner Politik energisch widersetzt hatte, war er ohnegleichen als Orakel. Er war ein unparteiischer Interpret der Mysterien gewesen, hatte gedeutet, was die Götter ihm zeigten, ohne sich um seine persönliche Sicherheit zu kümmern. Seine Visionen hatten ihn groß gemacht. Teje sah ihn jetzt im Geist in diesem selben kleinen Heiligtum, den schön geformten Kopf in völliger Konzentration über die Schale geneigt, das arrogante Gesicht hinter den herabfallenden Locken der seltsamen weiblichen Perücke verborgen, die er immer trug. Wenn er sich aufrichtete, um seinen Spruch zu fällen, lag in seinen Augen nie Untertänigkeit oder Bewunderung für sie. Vielleicht war das einer der Gründe, weshalb ich ihn nicht mochte, überlegte sie, ruhelos und bedrückt in der anhaltenden Stille. Er konnte mich mit seinem Blick auf das Niveau des niedrigsten Bauern herabsetzen, und das Bewußtsein, daß er es nicht absichtlich tat, machte es nur noch schlimmer.

Das Orakel bedeckte die Schale, drehte sich um und winkte seinen Akoluthen, und die Jungen kamen eilig herbei, um die Matten aufzurollen, die die Sonne ausgeschlossen hatten. Licht strömte in den Raum, und Teje blickte blinzelnd auf das strahlende Blau des Himmels, das stumpfe Gelb der Felsen, die heiß und zitternd schimmerten. «Nun?» fragte sie ungeduldig.

«Du hast nichts zu fürchten, Majestät», sagte er, den Blick gesenkt. «Die Geburt wird normal sein und dein Leben lang.»

«Eine normale Geburt kann schwer und lang sein oder kurz und leicht. Was willst du damit sagen?»

«Ich will sagen, daß du das Kind ohne Komplikationen zur Welt bringen wirst.»

«Ist das alles? Wie steht's mit dem Geschlecht des Kindes? Haben die Götter es dir gezeigt?»

Er zuckte die Achseln und streckte die Hände aus. «Nein, Göttliche.»

Obwohl sie ihm die Geschenke am liebsten an den Kopf geworfen hätte, legte Teje sie ihm behutsam zu Füßen. Wortlos verließ sie, von ihren Begleitern gefolgt, den Tempel und ging mit langen Schritten in den von Vögeln bevölkerten Nachmittag hinaus. Sie hielt kurz inne, um die Sphinx anzusehen, deren ruhige Augen über die staubigen Häuser der Toten und das braune Band des Flusses weit unten blickten, dann bestieg sie ihre Sänfte für den langen Weg ins Tal. Der Sohn des Hapu wäre nicht so zaghaft gewesen, grübelte sie, ohne auf den belebenden, trockenen Wüstenwind zu achten, der das mit Silberfäden durchzogene Leinen von ihren Beinen hob und an den langen Locken ihrer Perücke zerrte. Er hätte mir die Farbe der Augen des Kindes und sein Geschlecht genannt und mir gesagt, wieviel Zeit vergehen würde, ehe es den ersten Schrei ausstößt. Ich habe gerade drei goldene Ringe und ein Armband mit Amethysten einem Mann geopfert, dem man, was auch immer geschieht, nicht beweisen kann, daß er sich geirrt hat.

Ich frage mich, ob es Amenhotep besser ergeht, wenn er das Orakel Amuns aus Karnak kommen läßt und wissen will, wie lange er noch zu leben hat.

Die unerwartete Schwangerschaft der Königin verursachte wenig Aufsehen in Theben. Statt wie üblich die Passanten zu belästigen, saßen die Bettler jetzt im Schatten der Gebäude und nahmen Wetten an, ob Ägypten einen neuen Prinzen oder eine Prinzessin bekommen werde. Es gab viele Bürger, die bereit waren, ihnen Geld dafür zu geben, aber die Mehrzahl der Thebaner zuckten einfach die Achseln und vergaßen die Angelegenheit. Die fürstlichen Persönlichkeiten, die die langgestreckten braunen Gebäude jenseits des Flusses bewohnten, waren ohne Bedeutung. Malkatta war lediglich ein weiteres Grab wie diejenigen, die es umgaben, ein Grab für lebende, aber nie erblickte Götter. Nur Pharaos Minister mit ihren parfümierten Leinengewändern und den geschminkten Gesichtern berührten unmittelbar das Schicksal des Pöbels und gingen unter ihnen umher wie kreischende Geier, die auf Raub aus waren. Es war unmöglich, Interesse an der Geburt eines Kindes zu bekunden, das die meisten von ihnen niemals sehen würden, oder an einer Mutter, die nichts von dem verkörperte, woran die Thebanerinnen ihre eigenen Erfahrungen messen konnten.

Im Palast hingegen wurde das Thema von den klatschsüchtigen Höflingen gierig aufgegriffen und durchgekaut. Die Augen derjenigen, die sich erwartungsvoll einem neuen König und einer neuen Regierung zugewandt hatten, kehrten vorübergehend zu einem Pharao zurück, der mit der Hoffnung auf neues Leben frische Kräfte gesammelt hatte, und zu einer Göttin, die sie immer noch überraschen konnte. Der Hof wurde sentimental. Man betete wieder zu Mut, der göttlichen Mutter von Chons, Amuns Gemahlin. Bildhauer wurden beauftragt, für reiche Kunden, die an der Rückkehr ihres Herrschers zur Jugend teilhaben wollten, Skulpturen des Kindes Horus zu meißeln, das an der Brust seiner Mutter, Isis, trinkt. Juweliere verkauften Hunderte von Amuletten an Frauen, die hofften, daß ihre eigene Fruchtbarkeit dadurch angeregt werden könnte.

Teje, die durch ihre Spione von diesen Dingen erfuhr, war verärgert und belustigt zugleich. Aber sie konnte nicht leugnen, daß es ihrem Mann besserging, daß er sich wieder für Staatsangelegenheiten interessierte und daß auch sie selbst sich so gut fühlte wie schon lange nicht mehr. Überall herrschte Optimismus. Die Luft war voll vom Geruch der Feldfrüchte, die rasch der Ernte entgegenreiften, und der üppigen Pracht der Sommerblumen, deren betäubender Duft Tag und Nacht in der warmen Zugluft des Palasts hing. Nur in den kühlen Stunden vor dem Morgengrauen, wenn der Schlaf aufhörte, Ruhe zu schenken, und zu einer Droge wurde, kehrten Tejes böse Ahnungen zurück, sie war plötzlich hellwach, und das Baby bewegte sich unruhig in ihrem Leib. Dann lag sie da, beobachtete das Muster von rotem Licht und tiefem Schatten, das die Kohlenpfanne an ihre Decke warf, lauschte auf das Heulen der Schakale draußen in der Wüste, den gelegentlichen Schrei eines Esels und einmal der Stimme einer unbekannten Frau, die schrie und schluchzte – Töne, die vom Wind herangetragen wurden wie das Echo eines anderen Ägypten, dunkel und übervoll von einer mysteriösen Traurigkeit. In diesen Augenblicken, die so langsam vorübergingen und so grenzenlos waren wie die Ewigkeit selbst, schien die heitere Stimmung, die am Hof herrschte, etwas Oberflächliches, Künstliches zu sein, das von einer Sekunde zur anderen weggeblasen werden konnte. Teje versuchte energisch, die Verzweiflung zu bekämpfen, die über sie kam, während sie unter den Decken lag, aber diese Verzweiflung hatte keinen erkennbaren Ursprung und ließ sie nicht los, bis sie wieder in einen schweren Schlaf versank.

Nicht lange danach brachte Teje an einem heißen Spätnachmittag einen Knaben zur Welt. Ihre Wehen waren kurz, die Entbindung leicht. Es war, als hätte sich die Fruchtbarkeit der ägyptischen Ernte auf den Palast ausgedehnt, um ihren Überfluß mit der Königin zu teilen. Beim ersten kräftigen Schrei des Kindes ging ein beifälliges und erleichtertes Gemurmel durch das Schlafgemach, und Teje, erschöpft und zufrieden, wartete darauf, über das Geschlecht des Kindes unterrichtet zu werden. Eje löste sich aus der kleinen Gruppe, drängte sich an ihrem Arzt vorbei und flüsterte: «Du hast einen Jungen. Gut gemacht», und sie fühlte, wie seine Lippen ihre feuchte Wange streiften. Sie tastete nach seiner Hand, zog ihn auf das Bett herunter und klammerte sich an ihn, während die Würdenträger einer nach dem anderen herbeikamen, um ihr zu huldigen. Er saß teilnahmslos da, beobachtete die Reihe der Gestalten, die sich verneigten und wieder aufrichteten, und hielt während der ganzen Zeit seine Hand schützend um die ihre gelegt, obwohl sie, noch ehe der letzte Höfling den Raum verlassen hatte, schon längst fest eingeschlafen war.

Nach langwierigen und umständlichen Beratungen gelangten die Orakel zu dem Schluß, daß der Königssohn den Namen Semenchkarê tragen sollte. Pharao war einverstanden und kam persönlich, um es Teje zu sagen. Er saß im Sessel neben ihrem Bett, saugte genüßlich an grünen Feigen und spülte sie mit Wein hinunter. «Es ist angemessen, daß dieses Kind, dieses Symbol eines neuen Anfangs, einen Namen trägt, den noch niemand in meiner Familie getragen hat», sagte er. «Und natürlich überaus passend, daß es Rê geweiht wird, da ja alle Welt die Sonne verehrt. Ich frage mich, wie das nächste Kind wohl heißen wird.» Er warf Teje einen neckenden Blick zu, während er mit einem langen roten Fingernagel einen Feigenkern zwischen seinen grauen Zähnen herauspickte.

«Horus, du überraschst mich!» Sie lachte, von seiner Begeisterung mitgerissen, von ihren Ängsten befreit, bereit das Unglaubliche zu glauben. «Es scheint, daß dir entweder die Anwesenheit von Ischtar oder dein neuer Sohn die Jugend zurückgegeben hat.»

Er lächelte beglückt. «Wahrscheinlich beides. Ich habe beschlossen, den Hof nächsten Monat für die heißeste Zeit des Sommers nach Memphis zu verlegen, wie wir es früher getan haben. Überlaß das Baby der Pflege seiner Ammen, Teje, und komm mit mir.»

«Memphis.» Sie lehnte sich zurück und schloß die Augen. «Wie ich die Stadt liebe. Du und ich auf Kissen unter den Dattelpalmen, wo wir die Bienen beobachten und träumen können. Ich frage mich, ob die Gesandten wohl auch mitkommen wollen.»

«Schick sie mit irgendwelchen Aufträgen zu ihren kleinen Königen, um sie für eine Weile loszuwerden. Diktiere Botschaften, die viele Überlegungen erfordern, damit sie so lange wie möglich fortbleiben.»

«Was für eine großartige Idee!» Teje hielt schläfrig und zufrieden die Augen geschlossen. «Es ist Jahre her, seit wir zum letztenmal so schamlos unseren eigenen Wünschen nachgegeben haben. Aber verzeih mir, Horus, ich muß zuerst schlafen.»

Er stand schwerfällig auf und beugte sich hinunter, um sie auf die Wange zu küssen. «Erhole dich schnell, Teje, dann gehen wir nach Memphis, setzen uns auf die Stufen des Palasts und blicken unter einem freundlicheren Rê zu dem grünen Wald hinüber.»

Sie wartete, daß er die Anwesenheit ihres Sohnes in Memphis erwähnte, aber er legte nur die Hand auf ihre Stirn – eine überraschende sanfte Berührung für einen so großen Mann –, dann öffnete Piha die Tür, und er war fort. Teje lauschte auf die Warnrufe seines Herolds, bis der Ton immer schwächer wurde und sich schließlich mit dem Gezwitscher der Vögel im Garten vermischte, und sie lächelte bei der Erinnerung an seine Finger, die kühl auf ihrer Stirn gelegen hatten. Oh, laß es geschehen, betete sie inbrünstig. Sie achtete nicht auf die Stimme der Vernunft, blickte nur in ihr Herz und das seine und sah zwei atemlose Kinder, berauscht von der grenzenlosen Macht, die das Schicksal in ihre Hände gelegt hatte, und von einer Liebe, die noch nicht durch Betrug getrübt oder durch Vertrautheit abgestumpft war.

Die freudige Erregung, die den Hof bei Semenchkarês Geburt erfüllt hatte, schwand bald dahin, denn es schien, daß Pharao die letzten Reste seiner Kraft und seines unbezähmbaren Willens erschöpft hatte. Einen Monat später wurde er wieder vom Fieber geschüttelt, und ein Abszeß, der an seinem Gaumen aufbrach, verursachte ihm unerträgliche Schmerzen. Teje durfte ihn auf seinen eigenen Wunsch tagelang nicht sehen, aber sie rief seine Ärzte zu sich und hörte sich ihre verschleierten, höflichen Berichte an. Er klammerte sich verzweifelt ans Leben, während er in einem Halbdunkel, das mit der zunehmenden Hitze immer drückender wurde, stöhnend auf seinem Bett lag.

Der Junge lag die langen Nächte hindurch neben ihm, regungslos und still, während sein Herr sich herumwarf und mit unzusammenhängenden Worten über längst verstorbene Leute sprach und über Ereignisse, die bereits in die Geschichte eingegangen waren. Amenhotep ließ ihn nicht fort, obwohl er nicht die Kraft hatte, ihn zu berühren. Oder zumindest vermutete Teje das, wenn sie die Ärzte anhörte, verbittert wegen der vergeblichen Hoffnungen, die sie und ihr Mann gehegt hatten, und schuldbewußt, weil die Freude über seinen kleinen Sohn ihn veranlaßt hatte, kurz und glückselig über seine Kräfte zu leben.

Es gab auch noch einen anderen Grund für Schuldgefühle, einen Grund, den sie sich reumütig eingestand. Jeden Abend, wenn die untergehende Sonne den Raum in rötliches Licht tauchte und ihrer Haut einen überirdischen bronzenen Ton verlieh, stand sie vor ihrem hohen Kupferspiegel und staunte über die frische Lebenskraft, die der kleine Semenchkarê ihr gegeben hatte. Sie wußte, daß sie nie die kalte, unnahbare Schönheit ihrer Nichte besessen hatte, aber das machte ihr nichts aus. Ihre Anziehungskraft lag in ihrer Vitalität, ihrer erdgebundenen, unverhohlenen Sinnlichkeit. Sie musterte aufmerksam ihren Körper, der gedrungen und in keiner Weise bemerkenswert war – die Hüften gut geformt, die Taille schmal, aber nicht ungewöhnlich schmal, die Brüste weder klein noch groß, aber eindeutig im Begriff, ihre Elastizität zu verlieren. Ihr Hals war lang und anmutig. Er war etwas, worauf man stolz sein konnte, aber Teje war nicht mehr stolz auf einen Körper, der nützlich war und ihr Vergnügen bereitete, der jedoch nicht mit den Freuden eines scharfen Verstandes konkurrieren konnte. Sie betrachtete kritisch ihr Gesicht. Hier, sagte sie sich, zeigt sich mein Alter. Meine Augenlider hängen zu weit herab. Die Linien, die meine Wangen vom inneren Augenwinkel zum Kinn durchfurchen, könnten von der rachsüchtigen Sphinx gezeichnet worden sein, die ich zwischen meinen Brüsten trage. Mein Mund, den Amenhotep sinnlich nennt und so sehr liebt, ist zu groß und biegt sich, wenn ich nicht lächle, sehr unkleidsam nach unten. Aber . . . Teje lächelte ihrem goldenen Spiegelbild zu. Ich fühle mich wie neugeboren, während mein Pharao sich müht, den Tod in Schach zu halten. Sie wandte den Blick vom Spiegel ab. «Nimm ihn fort!» befahl sie Piha. «Sag den Musikanten und den Tänzern, daß sie kommen sollen. Ich bin nicht müde genug, um zu schlafen.»

Sie hatte auf Ablenkung gehofft, fand jedoch keine. Die Musikanten spielten, die jungen Männer tanzten fehlerlos, aber Teje wußte, daß nichts sie von der Kluft ablenken konnte, die sich jetzt zwischen ihr und ihrem Mann auftat.

Der Monat schlich erbarmungslos heiß dahin. Der Neujahrstag näherte sich, und mit ihm der Anfang des Monats von Thoth, dem Gott der Weisheit. Es war der Monat, wo Amun sein Heiligtum in Karnak verließ und in seiner goldenen Barke zu seinem südlichen Tempel in Luxor fuhr, den Amenhotep während der letzten dreißig Jahre errichtet hatte. Es war Sitte, daß Pharao den Gott nach Luxor begleitete, daß er während der vierzehn Tage des Festes Amuns Identität annahm und eine weitere Inkarnation zeugte.

Zwei Wochen vor dem Fest rief Teje Ptahhotep und Surero zu sich.

«Surero, das Opet-Fest naht. Du bist Pharaos Oberhofmeister und bist täglich mit ihm zusammen. Wird er imstande sein, nach Luxor zu fahren?»

Surero zögerte. «Er sitzt neben seinem Bett und nimmt Nahrung zu sich. Gestern ist er ein wenig in seinem Garten spazierengegangen.»

«Das ist keine Antwort. Ptahhotep, ich weiß, daß du heute morgen lange bei ihm warst. Was ist deine Meinung?» Teje nahm sich nicht die Mühe, ihre Geringschätzung zu verbergen. Der Hohepriester mochte sie nicht, das wußte sie. Er war ein mürrischer, nüchterner Mann, der ängstlich besorgt über das Schicksal seines Gottes wachte, und er hatte sein Leben lang mit Argwohn die Leichtfertigkeit beobachtet, mit der Amenhotep hinter den feierlichen Riten und Masken der Tradition Amun betrachtet hatte. Eine fromme Gemahlin wäre imstande gewesen, das zu ändern, aber Teje erkannte, daß er sie als Bürgerliche ansah, ganz gleich, wie wohlhabend und einflußreich ihre Familie war, und noch dazu als eine ausländische Bürgerliche, und daß er daher nicht erwartete, daß sie verstand, was Amun mit Pharao verband. Und schlimmer noch als das, sie hatte Pharao in seinem Bemühen unterstützt, Rê und seine physische Erscheinung auf Erden, den Aton, in den Vordergrund zu rücken. Teje hatte versucht, Ptahhotep zu erklären, daß dieses Vorgehen den meisten Äyptern nichts bedeuten werde, denn die Anbeter von Rê als der Sichtbaren Sonnenscheibe bestanden nur aus einer kleinen Gruppe von welterfahrenen Priestern und einigen wenigen Höflingen. Es sollte lediglich eine kluge politische Maßnahme sein, dazu bestimmt, ein Gefühl der Einigkeit unter den Vasallenstaaten des Reiches und den von ihm abhängigen Nationen zu fördern. Alle Menschen, ganz gleich zu welchem Gott sie beteten, verehrten die Sonne. Den Aton-Kult zu fördern, würde engere Beziehungen zwischen Ägypten und den unabhängigen fremden Königen schaffen und zu neuen Verträgen und Handelsabkommen führen. Obwohl die Bedrohung Amuns, die Ptahhotep so offensichtlich gefürchtet hatte, nicht eingetreten war, hatten die allgemeine Lockerung der religiösen Moral und die frivole Respektlosigkeit eines gelangweilten Hofes seine Mißbilligung verstärkt. Es kamen jetzt mehr Bauern als Adelige nach Karnak, und die Opfergaben waren entsprechend bescheiden. Teje beobachtete kühl, wie der Hohepriester sich würdevoll aufrichtete, um ihre Frage zu beantworten.

«Die Göttliche Inkarnation war heute morgen gut gelaunt, Majestät. Er spricht von seinem Jubelfest.»

Er hatte sie überrumpelt. Tejes Hände, die auf den Armlehnen des Throns lagen, strafften sich über den grinsenden Mündern der Sphinxe. «Die Pläne für noch eine weitere Verherrlichung seiner erfolgreichen Regierung wurden aufgegeben, als mein Mann vor einigen Monaten erkrankte. Er hat Ägypten bereits mit zwei Jubelfeiern gesegnet. Das ist sicherlich genug.»

Ptahhotep genoß offensichtlich die Überraschung seiner Königin. «Pharao hat mir befohlen, die korrekten Riten zu suchen, die für sein erstes Jubelfest gesammelt und in der Bibliothek aufbewahrt wurden», erwiderte er zufrieden. «Er hat beschlossen, es am Opet-Fest zu feiern.»

Wäre mein Bruder Anen am Leben, hätte ich schon lange darüber Bescheid gewußt, sagte sich Teje verärgert. Ich wäre darauf vorbereitet gewesen. «Surero, ist das wahr? Sag mir ehrlich, wird es nicht zu anstrengend für ihn sein?»

«Er hat sein Herz daran gehängt, Majestät. Er ist sicher, daß er diesmal voll genesen wird. Er will es seinen Untertanen und seinen ausländischen Herrschaftsgebieten mit dieser öffentlichen Zurschaustellung beweisen.»

Oh, dachte Teje bei sich. Er ist mir voraus. «Ptahhotep, du bist entlassen», sagte sie kurzangebunden, worauf der Mann sich verdrießlich zu Boden warf und rückwärts hinausging. Als er fort war, entspannte sich Teje und lehnte sich zurück. «Glaubt Amenhotep, seine lange Krankheit habe seine königlichen Brüder in anderen Teilen des Reiches nervös oder vielleicht habgierig gemacht, Surero? Ist das der Grund, weshalb er ein Jubelfest angeordnet hat?»

«Ich nehme es an, Majestät. Staatsangelegenheiten sind nicht meine Sache, da ich mich nur mit Angelegenheiten des Palasts befasse. Aber Pharao spricht oft von der Notwendigkeit einer anhaltenden Stabilität, der Leugnung von Schwäche, damit sein Sohn ein solides Fundament erben kann.»

«Sein jüngerer Sohn, nehme ich an.»

Surero blickte verlegen drein. «Ich glaube ja, Erhabene Göttin.»

«Nun gut. Sorge dafür, daß der Hohepriester die Riten nicht unnötig kompliziert. Ich glaube, Pharao überschätzt seine Kraft.» Kein

Wunder, daß er mir nicht gestattet, ihn zu sehen, sagte sie sich im stillen. Oh, listiger Pharao! So fängt es also wieder von neuem an!

«Majestät, ich besitze keine Autorität über den Hohepriester. Nur Pharao und das Orakel können ihm etwas befehlen.»

«Gewiß, aber du bist durchaus imstande. Ptahhotep taktvolle Andeutungen zu machen. Es wäre ihm nicht lieb, wenn man sich erzählte, daß er absichtlich die Gesundheit seines Königs schwächt. Hilf meinem Gedächtnis ein wenig nach, Surero. Verlangt nicht das Gesetz, daß bei einem Jubelfest der angehende Horus zusammen mit Pharao seines Amtes waltet?»

«Ja, das stimmt.»

«Wird Pharao heute frische Luft schöpfen?»

«Er wird beim Untergang von Rê im Garten sitzen.»

«Gut. Du bist entlassen.»

Es ist nicht wichtig, sagte sie sich, während sie, von Nofretête und ihrem Äffchen gefolgt, vom Audienzsaal zu den privaten Empfangsräumen und von dort zu den Büros ihrer Minister ging, Fragen stellte, Erklärungen abgab und Urteile fällte. Lange ehe der kleine Semenchkarê das Alter erreicht, wo sein Ehrgeiz fest umrissene Formen annimmt, wird Pharao tot und Amenhotep Herrscher sein. Warum bin ich so besorgt? Soll er sein Jubelfest haben, soll er sich einbilden, daß es ihm gelingen wird, die Zukunft zu gestalten. Im Grunde weiß er ebensogut wie ich, daß nichts dabei herauskommt. Nein, es ist meine eigene Zukunft, die mir Kummer macht. Mein Baby ist eine unbekannte Kraft. Aber mein älterer Sohn ist ein schwankendes Rohr, das ich nach Belieben biegen kann.

«Majestät Tante, ist es klug, dem Assyrer Eriba-Abad Gold zu schicken, wo doch Assyrien von Kadaschman-Enlil bedroht wird, mit dem wir Freundschaftsverträge haben? Werden die Babylonier nicht ärgerlich werden und ihrerseits dann uns bedrohen?»

Teje zwang sich, mit ihren Gedanken in die Gegenwart zurückzukehren, um Nofretêtes Frage zu beantworten. Das Mädchen hatte sich ehrlich bemüht, sich im Labyrinth der Außenpolitik zurechtzufinden, und Teje tat ihr möglichstes, sie dabei zu unterstützen. «Nein, Hoheit. Ohne unser Gold könnte Assyrien besiegt werden, und das babylonische Königreich würde gefährlich stark aus dem Kampf hervorgehen. Wenn wir Soldaten zu Eriba-Abad schicken würden, so würden wir damit Kadaschman-Enlil direkt bekämpfen. Aber auf diese Art kann Assyrien Söldner und Waffen kaufen, und Babylonien kann sich nicht von uns angegriffen fühlen. Verstehst du?» Ohne auf eine Antwort zu warten, nahm sie Nofretête beim Arm, und sie blieben stehen. «Hier ist das Büro von Menna. Wir sind gekommen, um mit ihm über die Möglichkeit zu sprechen, nächstes Jahr mehr Land für Pharao unter Wasser zu setzen, und ihn zu bitten, den Keftiu die Glasvasen zu bezahlen, die Surero bestellt hat. Das überlasse ich dir. Normalerweise würde ich mich nicht mit diesen Einzelheiten abgeben, sondern würde sie Menna als Aufseher über die Staatsländereien und Wesir des Nordens überlassen, aber wenn du Königsgemahlin wirst, mußt du das alles wissen.»

«Aber Majestät, du hast Verwalter, die dir täglich über derlei Transaktionen berichten.»

«Gewiß. Diese Männer werden jedoch ständig bestochen. Dagegen habe ich nichts, aber es ist wichtig, daß man imstande ist, zwischen einer völlig unlauteren Transaktion und einer annehmbar krummen zu unterscheiden, und das kann man nicht, wenn man nicht selbst eine gewisse Zeit im direkten Gespräch mit den Ministern verbracht hat. Gehen wir hinein. Ich werde nicht reden.»

Nachdem sich Nofretête mit kühler, wenn auch gelangweilter Tüchtigkeit ihrer Aufgabe entledigt hatte, ging Teje mit ihr zu ihrem privaten See zum Baden. Es war Mittag; Rê hatte seinen höchsten Stand erreicht, und sandte ein flammendes weißes Licht über die Oberfläche des Wassers. Die beiden Frauen ließen sich dankbar in den mit Wasserrosen übersäten See sinken. Eine Zeitlang schwammen und planschten sie, während ihre Dienerinnen am Ufer mit Handtüchern und Baldachinen warteten, und der Affe schwatzend hin und her lief. Teje genoß die seidige Berührung des fließenden Wassers an ihren Schultern und ihrem Mund, aber Nofretête lag mit geschlossenen Augen auf dem Rücken, während sich ihre Hände wie kupferfarbene Fische unter der Oberfläche bewegten.

Später saßen sie Seite an Seite unter Tejes Baldachin. «Es wird dieses Jahr ein gutes Opet-Fest geben», sagte Nofretête, während sie behutsam trockene Grashalme von ihrem feuchten Schenkel wischte. «In etwas mehr als zwei Monaten kehrt der Prinz aus Memphis zurück.»

«Er scheint dich gern zu haben», erwiderte Teje. «Du mußt achtgeben, wie du dich ihm näherst, Nofretête. Seine Zuneigung zu dir verleiht dir große Macht über ihn. Die Eheverträge sind für Pharaos Siegel bereit.»

Die hellen Augen, die jetzt unter dem grellen Glanz der Sonne zu einem sanften Taubengrau verblaßt waren, sahen Teje blinzelnd an. «Und ich bin bereit, für Amenhotep zu sein, was du, Majestät Tante, für den Mächtigen Stier gewesen bist.» Sie lächelte mit großer Liebenswürdigkeit und pfiff ihrem Äffchen, das herbeigeschossen kam und anfing, ihr die feuchten Arme zu lecken.

«Was du nicht sagst!» entgegnete Teje beißend. «Solch ein Versprechen von selbstloser Hingabe gereicht dir zur Ehre. Dein Vater wird hocherfreut sein.» Nofretête sah sie unter ihren dunklen, dichten Brauen hervor scharf an, und Teje wußte, daß das Mädchen sie verstanden hatte. «Es gibt heute abend ein Festessen für den Bürgermeister von Nefruse», fuhr sie fort. «Er soll auf meinen Befehl das Gold der Gunst erhalten. Seine Stadt liegt unmittelbar an unserer Grenze mit Syrien, und er hat Haremhab sehr erfolgreich geholfen, die Grenze ruhigzuhalten. Ich möchte, daß du ihn an meiner Stelle ehrst, Nofretête, damit ich den Abend mit Pharao verbringen kann. Dein Vater und Sitamun werden das Podium mit dir teilen.»

Nofretête nickte wortlos. Das Äffchen war auf ihren Knien eingeschlafen. «Wird Haremhab mit dem Prinzen nach Theben zurückbeordert werden?»

«Warum?» fragte Teje scharf.

Das Mädchen zuckte die Achseln. «Weil er und der Prinz gute Freunde geworden sind. Amenhotep könnte sich ohne ihn einsam fühlen.»

Also bist du dir deiner Macht über meinen Sohn nicht so sicher, wie ich angenommen hatte, dachte Teje bei sich, aber du bist schlau genug, es zu erkennen. Soll Haremhab kommen oder nicht?

«Wenn ich es für notwendig halte, den Kommandanten mit meinem Sohn zurückzurufen, so werde ich es tun», sagte sie. «Hör auf meinen Rat, Nofretête. Versuche niemals, einen Mann durch seine Freunde zu beeinflussen. Entweder wird er es mißverstehen und eifersüchtig werden oder du wirst ihr Vertrauen nicht gewinnen können und dir damit ihre Verachtung zuziehen. Männer sind nicht wie Frauen. Es ist immer besser, direkt an sie heranzutreten.»

Nofretête biß sich errötend auf die Lippen, und Teje wurde weich. «Amenhotep hegt große Zuneigung zu dir», schloß sie sanft. «Du brauchst Haremhab nicht als Vermittler.»

Sie befahl Nofretête, sich schlafen zu legen, und ging ins Kinderzimmer, wo Semenchkarê, von zwei Gefolgsleuten Seiner Majestät bewacht, nackt in seiner Wiege ruhte; seine winzigen Gliedmaßen lagen entspannt auf dem Laken, und seine Nasenflügel bebten im Schlaf. Teje stellte den Männern und der Amme ein paar kurze Fragen, beugte sich hinunter, um das schwarze, vom Schweiß des Nachmittags durchnäßte Babyhaar zu küssen, dann ging sie zu ihrem Bett. Man muß Sitamun scharf beobachten, sagte sie sich schläfrig, während sie sich auf die Seite drehte und im Begriff war, in die Bewußtlosigkeit zu gleiten. Sie wird nichts unternehmen, bis Pharao tot ist, aber als Tochter von rein königlichem Geblüt hat sie einen entschiedenen Anspruch auf den Prinzen. Sie ist verschlagen genug, sich all der alten Gesetze über die Rangordnung zu bedienen, wenn man ihr Gelegenheit dazu gibt.

Pharao saß neben seinem Seerosenteich und warf einer Schar lärmender Enten Brotkrumen zu, als Teje später an diesem Tag quer durch den Garten ging. Die Sonne war bereits hinter die Mauer gesunken, die die Rückseite des Palasts von dem Sand und den Felsen der westlichen Wüste und den Toten abschirmte, die das Gelände dazwischen füllten. Die letzten roten Strahlen, noch durchtränkt von einer Hitze, die gegen ihre Beine schlug und Flammen ihren Leib hinaufsandte, lagen auf dem Rasen. Surero kniete zu Pharaos Füßen, während Apuia, sein Mundschenk, sich unter dem rhytmischen Schwirren der Straußenfächer über seine Schulter beugte. Teje sah das Glitzern des Wassers, das in den Becher gegossen wurde, den Amenhotep ihm hinhielt.

Einige Schritte entfernt lag der Junge ausgestreckt auf dem Bauch, das Kinn auf die mit Armreifen geschmückten Handgelenke gestützt, die glatte, nackte Haut seines Rückens in rosiges Licht getaucht. Als Teje näher kam, sah sie, daß er den langsamen, mühevollen Weg eines golden schimmernden Skarabäus durch das dichte Gras beobachtete.

Sklaven und Diener drängten sich hinter Pharaos Stuhl. Beim Ruf von Tejes Herold drehten sie sich um und warfen sich mit dem Gesicht zu Boden. Amenhotep winkte sie herbei, und Cheruef ließ eilig ihren Stuhl neben dem seinen aufstellen. Sie lächelte Pharao zu und setzte sich unter das Schutzdach.

«Ehe du fragst, ja, es geht mir besser», sagte er, während er den letzten Rest des altbackenen Brots den sich drängelnden Vögeln zuwarf und sein Wasser trank. «Sieh her, ich schwitze nicht einmal. Rê ist heute gütig in meine Knochen gesunken. Surero sagte mir, er glaube, du würdest heute erscheinen. Versuche nicht, mir mein Jubelfest auszureden, Teje. Ich werde es feiern.»

Der Junge hatte nach einem Stock gegriffen und stieß jetzt den Käfer von hinten an, so daß er auf den Rücken rollte.

«Es freut mich zu sehen, daß es dir so gut geht, mein Gemahl», erwiderte Teje. «Ich habe nicht die Absicht, dir das Jubelfest auszureden. Es wird ein guter diplomatischer Schachzug sein. Ich möchte dich nur daran erinnern, daß du jetzt einen gesetzmäßigen Erben hast, der bei den Riten zugegen sein muß.»

Er lächelte ihr höflich zu. «Natürlich. Man wird ihn in einem Korb neben mir hertragen.»

«Amenhotep, das Dekret ist erlassen worden. Laß es seine Gültigkeit behalten. Wenn du Semenchkarê zu deinem rechtmäßigen Erben machst und du in seiner Kindheit stirbst, wird es in Ägypten eine lange Regentschaft geben, mit all den Problemen, die das nach sich zieht.»

Er zuckte die Achseln, dann lächelte er ihr mutwillig zu. «Arme Teje! So völlig unfähig, Regentin zu sein! Mir ist um deinetwillen sehr schwer ums Herz!»

Sie mußte wider Willen lachen. «Dann stell dir vor, daß auch ich sterbe, ehe das Baby mündig ist.»

«Du?» Er wies mit einer Handbewegung das Zuckerwerk zurück, das Apuia ihm anbot. «Du lebst von Schmeichelei und Macht. Solange es etwas zu manipulieren gibt, wirst du nicht sterben.»

«Dann bedenke, daß du Amenhotep noch einen weiteren Grund gibst, dich zu hassen.»

«Oh! Jetzt kommen wir zur Sache! Aber warum sollte ich mich um die Liebe oder den Haß irgendeines Menschen kümmern? Ich bin Pharao. Ich bin der Gott von Soleb, der Gott von Theben, der Gott der ganzen Welt. Selbst die anderen Götter huldigen mir. Dieser Schwächling ist kein Sohn von mir und schon gar nicht ein künftiger Gott.»

«Wie ich sehe», sagte Teje so leise, daß nur er sie hören konnte, «ist mit deiner wiederkehrenden Gesundheit auch die Furcht zurückgekehrt. Nun gut. Tu, was du willst. Aber das Dekret bleibt gültig.»

«Natürlich bleibt es gültig. Ich kann mich nicht damit abgeben, es rückgängig zu machen. Du hast dir nicht die Mühe genommen herauszufinden, was das Orakel über Semenchkarê sagt, nicht wahr?» Er legte ihr die Hand aufs Knie. «Er wird Pharao. Darüber besteht kein Zweifel.»

«Und es besteht auch nicht der geringste Zweifel, daß der Nachfolger des Sohnes des Hapu zu sehr daran interessiert ist, seinen königlichen Herrn zufriedenzustellen, und nicht genügend interessiert, die Wahrheit zu sagen!» erwiderte Teje.

Ein lauter Zornesschrei veranlaßte sie beide, sich dem Jungen zuzuwenden. Es war dem Käfer endlich gelungen, dem lästigen Stock zu entkommen, und er hatte seine schillernden Flügel geöffnet und sich in die Luft geschwungen. Der Junge jagte ihm nach, warf den Stock beiseite und versuchte vergebens, ihn zu fangen. Teje und Amenhotep beobachteten den ziellosen Flug des großen Insekts, bis es plötzlich schwankte, niederschoß und schwerfällig auf der grünen Sphinx zwischen Tejes Brüsten landete. Der Junge, der offenbar im Eifer des Gefechts vergessen hatte, in wessen Gesellschaft er sich befand, stolperte auf den Käfer zu, und Tejes mühsam zurückgehaltener Zorn fand seine Zielscheibe. Ihre Hand schoß in die Höhe, versetzte der braunen Wange eine schallende Ohrfeige, und der Junge taumelte zurück. «Wie kannst du es wagen, über meine königliche Person herzufallen!» rief sie. «Wirf dich nieder!» Sie sah den abgrundtiefen Haß in den runden schwarzen Augen, als er sich aufs Gras fallen ließ.

Amenhotep lachte leise. «Die Sonne sucht Zuflucht vor einer Sphinx», bemerkte er trocken. «Interessant. Ich muß die Orakel befragen, was das zu bedeuten hat.»

«Es bedeutet», sagte Teje scharf, während das Insekt davonschwebte, «daß Rê sich nicht sonderlich darauf freut, seine heilige Barke mit dir, mein störrischer Gemahl, zu teilen. Steh auf, du törichter Junge.» Sie erhob sich, und ihre Fächerträger stellten sich rechts und links neben sie. Dann gab sie Pharao einen Kuß auf die behelmte Stirn und verließ ihn.

Eine Stunde lang ging sie in ihrem Audienzsaal auf und ab; ihr Schreiber saß, die Feder aus Schilfrohr über den Papyrus haltend, mit gekreuzten Beinen auf dem Boden neben ihrem Thorn, während sie versuchte, einen Brief an Haremhab abzufassen, der ihren Sohn in Memphis zurückhalten sollte, ohne seine Gefühle zu verletzen. Die Aufgabe erwies sich als unmöglich, und am Ende bat sie den Kommandeur lediglich, Amenhotep zu erklären, daß seine Aussicht auf den Thron gefährdet sein könnte, wenn er in Malkatta erschien. Schließlich ist er kein Kind mehr, sagte sie sich, während der Schreiber hastig schrieb. Er ist durchaus imstande, die Angst seines Vaters zu verstehen. Als die Schriftrolle aufgerollt und mit Tejes Ring versiegelt war und der Schreiber und der Herold sie verlassen hatten, ließ sie sich, plötzlich müde, auf einen Stuhl sinken. Piha und Cheruef warteten geduldig in der zunehmenden Dunkelheit auf neue Befehle, aber sie blieb einfach sitzen und ließ den Blick im Zimmer umherschweifen. Die Geräusche des Festes, bei dem Nofretête zweifellos mit anmutiger Selbstsicherheit als Gastgeberin fungierte, schlugen, von der nächtlichen Brise herübergetragen, an Tejes Ohr. Ich frage mich, ob Pharao sich die Mühe machen wird, den Brief abzufangen, dachte sie bei sich. Wahrscheinlich nicht. Ich habe wenige Geheimnisse vor ihm, und um die weiß er. Ich wünschte, Eje wäre hier. Gern würde ich ihn aus dem Bankettsaal holen lassen, mit ihm auf dem Boden meines Schlafgemachs sitzen, billiges Bier trinken und mir von ihm die groben Witze erzählen lassen, die er in meiner Jugend zu erzählen pflegte, als er noch bei Pharaos Wagenlenkern tätig war.

Ein Lichtschimmer drang durch die Tür, und Teje bemerkte mit Staunen, wie dunkel es geworden war. Huya, Cheruefs Gehilfe, kam sich verneigend hinter seinem Fackelträger herein. «Sprich», sagte sie geistesabwesend.

«Majestät, ich suche Cheruef. Zwei der babylonischen Frauen des Großen Horus kämpfen miteinander. Wenn sie Tehen-Aton wären, könnte ich nach ihnen greifen und sie trennen, aber sie sind über meinem Rang. Ich fürchte, sie werden sich verletzen.»

Teje nickte Cheruef zu. «Es ist mir egal, wenn sie einander umbringen, aber vielleicht solltest du hinübergehen, Cheruef. Piha, bring eine Lampe. Ich könnte ein wenig am See spazierengehen, ehe ich mich schlafen lege.» Sie hatt auf Frieden gehofft, fand ihn jedoch nicht. Das

Getöse des Festes verfolgte sie, und als die Gäste betrunken und liebeshungrig in die Gärten jenseits ihrer Mauer zu strömen begannen und den Lärm mitbrachten, zog sie sich in das Refugium ihrer eigenen Gemächer zurück.

4

DAS OPET-FEST, das am Neujahrstag begann, und Pharaos drittes Jubelfest wurden mit gebührendem Zeremoniell begangen. Am siebten Tag des Festes verließ Amun sein Heiligtum in Karnak und kam in seinem goldenen Schrein unter den begeisterten Rufen der Menge in den Sonnenschein heraus. Seine in weiße Gewänder gekleideten Priester reinigten den Boden vor ihm mit Milch und Trankopfern von Wein, die zusammenliefen und rötlich zwischen den Steinplatten dahinflossen. Zitternde Straußenfächer schützten den Gott vor dem grellen Glanz des Tages, und während die We'eb-Priester schwitzend und keuchend mit ihrer Last auf die heilige Barke zuwankten, die an der Anlegestelle des Tempels schaukelte, sangen andere Priester das Lob Amuns. Er war immer noch mächtig und gütig, Ägyptens Stolz, der Gott, der den großen Krieger Thutmosis III. in die Wildnis außerhalb der Grenzen geführt, ihn gesegnet, seine Hände mit Reichtümern gefüllt und ihn veranlaßt hatte, ein Reich zu gründen. Stolze fremdländische Fürsten demütigten sich vor seiner Inkarnation Amenhotep, und die Tausende, die sich versammelt hatten, um ihn die zwei Meilen zu seinem anderen Heim in Luxor ziehen zu sehen, stampften und lobpriesen ihn mit lauten Rufen.

Während Amun langsam in sein mit Gold beschlagenes Boot hinabgelassen wurde, hoben die Sklaven am Ufer die Schlepptaue auf, und in der Mitte des Flusses setzte sich das königliche Flaggschiff ebenfalls in Bewegung. Auf ein kurzes Kommando hin begann die Barke, schwerfällig das Wasser zu zerteilen; die Fähnchen Amuns an den vier hohen Fahnenmasten vor dem Miniaturtempel flatterten hörbar im Wind, die Sonne glitzerte auf dem goldenen Standbild Pharaos mit seinem Ruder, das den Gott symbolisch nach Luxor brachte. Die Menge, die das Flußufer säumte, zerstreute sich und drängte hastig vorwärts, um mit dem Boot Schritt zu halten; einige der Leute warfen Girlanden in der Hoffnung, daß eine um den Hals von Amun-Rê in seiner alten Gestalt mit einem Widderkopf fallen würde, von der je eine Statue am Bug und am Heck des Schiffs aufgestellt war. Dutzende von kleinen Booten kreisten im Wasser, angefüllt mit erregten Thebanern, die um Segen baten, Gänsefedern schwenkten oder Gänseköpfe in die Höhe hielten, um dem Gott, der mit Leinenvorhängen von dem profanen Getöse um ihn herum abgeschirmt war, von der Inbrunst seiner Anbeter zu überzeugen.

Hinter der Barke des Gottes kamen kleinere Boote mit seiner Gemahlin, Mut, und seinem Sohn, Chons. Viele weibliche Angehörige des Hofes hatten sich eingeschifft, um die Göttin zu begleiten. Die Trommeln schlugen fortwährend, die Musikanten spielten, und die Tempelsänger begannen zu singen. Die Straßenhändler am Ufer, die in ihren behelfsmäßigen Buden standen, hielten Amulette und Talismane in die Höhe, schrien den Unentschlossenen Ermutigungen zu und beschimpften diejenigen, die ungeduldig den Kopf schüttelten und weitergingen. Den Verkäufern von Speisen und Getränken erging es besser, denn viele in der Menge waren von weither gekommen und waren durstig und hungrig.

Auch an der Anlegestelle in Luxor drängten sich die Menschen, aber es war eine würdevolle, schweigsame Schar von Beamten und älteren Priestern. Pharao selbst beobachtete von seinem beschatteten Thron aus, wie das mit Juwelen beladene Boot langsam näher kam. Er trug heute das Leopardenfell eines Hohepriesters, und das Symbol seiner eigenen Göttlichkeit, den Schwanz des Leoparden, fiel zwischen seine Schenkel. Wenn er gelangweilt war, ließ er es sich nicht anmerken, obwohl Teje, die neben ihm saß und aus dem Augenwinkel sein Gesicht beobachtete, deutlich sah, wie sich die Muskeln seines Kiefers strafften – entweder ein unterdrücktes Gähnen oder ein Schmerzanfall. Die heilige Barke streifte die Stufen, und weitere We'eb-Priester kamen eilig herbei, um den Schrein herauszuheben. Wieder spritzte die Milch blaß auf den Steinfußboden, und der Wein tropfte, dunkel und verlockend, ins Gras. Amenhotep hob die Füße, und sein Sandalenträger kniete nieder, um ihm das Schuhwerk auszuziehen, damit er das Heiligtum nicht befleckte.

Im Inneren des Tempels, jenseits des Hofs mit seinen über fünfzig papyrusförmigen Säulen, den der Sohn des Hapu nach Pharaos Angaben entworfen hatte und der ins Heiligtum führte, brachte Amenhotep, von Ptahhotep und Si-Mut unterstützt, das blutige Dankopfer dar. Er sang die Gebete mit gebührendem Dekorum, und danach tanzte er, nur mit der Doppelkrone und einem Lendenschurz bekleidet, schwankend den würdevollen und mysteriösen Tanz, der von Jahrhunderten der Tradition festgelegt worden war. Teje beobachtete ihn, hin und her gerissen zwischen Besorgnis, daß er zusammenbrechen könnte, und Bewunderung für seine grimmige Willenskraft. Sie war erleichtert, als er sich neben sie setzte, um in Amuns Gegenwart das Festmahl einzunehmen, obwohl der Lärm der Menschenmenge, die sich draußen versammelt hatte, und der Gestank des warmen Bluts ihr den Appetit raubten.

«Ich habe für ein weiteres Jahr meine Pflicht getan», sagte Pharao, immer noch keuchend und schwitzend, während er seinen Wein trank. «Morgen beginnen wir mit dem Jubelfest, während Amun sich einfach hier drinnen aufhält.» Er deutete mit dem Ellbogen nach hinten auf den Gott, der jetzt den sonst meist leeren Thron einnahm. Amuns goldene Füße waren unter Blumen, Speisen und Weihrauch begraben; Rauch ringelte sich um sein leicht lächelndes Gesicht, und die beiden Federn seiner Krone schimmerten im Licht der Fackeln. «Wie leid tut mir sein Harem! Arme kleine Frauen und Tänzerinnen! Sie sterben alle als Jungfrauen.»

Es war kein Geheimnis, daß Pharao sich selten mit den Frauen des Gottes abgab, die hier und in Karnak verborgen lebten. «Es wird mir Spaß machen, liebe Teje, im rosigen Glanz des Sonnenaufgangs neben dir im königlichen Boot zu sitzen.»

Sie ließ sich seine Neckerei lächelnd gefallen. «Und mir wird es Spaß machen, dir zuzusehen, wenn du die Djed-Pfeiler im Jubiläumssaal aufrichtest.»

Sie grinsten sich an. Teje haßte Sonnenaufgänge und Amenhotep die würdelose, wenn auch großenteils symbolische Aufgabe, an den Tauen zu ziehen.

Es war nicht Teje, die in der Dunkelheit des Sanktuars von Luxor auf die rituelle Spende des königlichen Samens durch Pharao in der Gestalt des Gottes wartete. Eine gelangweilte Sitamun lag am Fuß der Statue und aß unbekümmert Melonenscheiben, in Honig getaucht, während ihr Vater gegen die Welle von Übelkeit kämpfte, die ihn im Vorzimmer ergriffen hatte, und sein Arzt ihm schluckweise den Mandragora-Tee zu trinken gab, den er eilig zubereitet hatte.

In der sommerlichen Morgendämmerung des folgenden Tages fuhren Amenhotep und Teje mit dem Galaboot nach Karnak. Das Opet-Fest war vorüber, und die Jubelfeier begann. Geschminkt und mit Juwelen beladen, saßen sie Seite an Seite, ohne zu sprechen, er, weil er die Zähne gegen die Fieberschauer zusammengebissen hatte, die wieder seinen verwüsteten Körper schüttelten, sie, weil sie noch schlaftrunken war. Ihre Fahrt symbolisierte die Bewegung eines jeden Pharao auf die Inkarnation und die Geburt als Gott zu und wurde bei jedem Jubelfest wiederholt. Welchen meiner Söhne kann man als die Inkarnation des Gottes ansehen? fragte sich Teje benommen, während Rê schimmernd am Horizont erschien, schon erbarmungslos bereit, das Land zu verschlingen. «Bitte, veranstalte keine Jubelfeste mehr», flüsterte sie Amenhotep ins Ohr, damit die Priester, die sie begleiteten, sie nicht hören sollten. «Ich brauche meinen Schlaf. Dies ist die reine Folter.» Er brummte, erwiderte jedoch nichts. Plötzlich fühlte sie, wie seine Hand, zitternd und schweißnaß, die ihre umschloß.

Später wurde in dem prachtvollen Saal, den er in Malkatta für sein erstes Jubelfest hatte bauen lassen, auch seine Krönung wiederholt. Die Göttinnen des Südens und Nordens, Nechbet und Uto, hoben die rote und die weiße Krone über seinen Kopf. Ptahhotep legte ihm wieder die königlichen Insignien in die Hände. Die versammelten Höflinge und ausländischen Gesandten beobachteten mit gebührender Ehrfurcht die Zeremonie. Aber Teje konnte sich nicht über den Anblick des kleinen Semenchkarê freuen, der von einem verwirrten Priester in seinem Korb getragen wurde. Amenhotep litt offensichtlich Qualen. Sein Atem ging schwer und keuchend. Die Würdenträger, deren ausdruckslose Augen jede seiner ungeschickten Bewegungen verfolgten, flüsterten untereinander. Wie königliche Schakale, sagte sich Teje zornig. Wie bleiche Sem-Priester, die begierig darauf warten, daß man ihnen einen Leichnam zum Ausnehmen überläßt. Sie saß neben ihrem Herrn unter dem vergoldeten Baldachin mit dem

Fries von Uräus-Schlangen und Sphinxen, die gefesselten und sterbenden Feinde Ägyptens unter ihr, ihr Körper angespannt vor Mitgefühl mit Pharaos Leiden, während Stunde um Stunde Reden gehalten und Geschenke gebracht wurden. Wenn Pharao nicht so störrisch gewesen wäre, würde der junge Amenhotep ihm jetzt zur Seite stehen, die Gaben empfangen und an seiner Stelle die Glückwünsche der ausländischen Gesandten entgegennehmen, dachte sie bei sich. Sie fühlte, wie die Blicke der Anwesenden von Pharao zu ihr flogen, kalte, abschätzende Blicke, und mehr als ein Adeliger erhob sich von seinem Platz zu Pharaos Füßen, um seine Lippen inbrünstig auf die ihren zu pressen. Es war nicht nur eine höfliche Geste. Es war eine Anerkennung ihrer Stellung als Herrscherin über Ägypten, ein Versprechen von künftiger Treue gegenüber dem Bindeglied zur nächsten Regierung.

Pharao stand nicht von seinem Thron auf, als gegen Ende der Zeremonie der Augenblick für das Aufrichten der Djed-Pfeiler gekommen war. Es war Ptahhotep, der auf seinen Wink hin statt seiner an den Seilen zog, um die großen hölzernen Pfähle mit ihren drei Querbalken aufzurichten. Die Anwesenden riefen «Stabilität!» und verneigten sich, um den Symbolen einer unveränderlichen Lebensweise zu huldigen, aber die Stimmen klangen nicht überzeugt, und der Nachtwind, der durch den Saal wehte, schien die bedrohliche Kälte des Unbekannten mitzubringen.

Nach der Anstrengung der beiden Feste legte sich Pharao wieder mit Fieber und Zahnschmerzen ins Bett, und als Teje einen Brief aus Memphis erhielt, der ihr mitteilte, daß Amenhotep der Jüngere in einem Monat zurückkehren werde, beschloß sie, keine formelle Begrüßung für ihn zu planen. Sie wußte nur zu gut, daß eine große öffentliche Zeremonie für einen Thronfolger sich leicht in eine Woge von hysterischem Jubelgeschrei der Höflinge verwandeln konnte, die eines Horus, der nicht sterben wollte, überdrüssig geworden waren. Sie hatte Vorkehrungen für einen kleinen Empfang – sie selbst, Eje und Nofretête – an der Anlegestelle des Palasts getroffen, da wurde ihr die Nachricht gebracht, daß das Boot ihres Sohnes bald anlegen werde, aber ihre Begrüßung verzögerte sich. Denn der Prinz fuhr direkt zum überfüllten Kai von Theben und überquerte erst den Fluß, nachdem er sich in seinem Triumphwagen langsam durch die engen, schmutzigen Straßen der Stadt hatte fahren lassen. Teje hörte sich erstaunt und beunruhigt Haremhabs Bericht an, nachdem sie schließlich von ihrem Thron aufgestanden war, um den Kuß ihres Sohnes zu empfangen, und ihn mit Nofretête zum Palast geschickt hatte, damit er den Flügel besichtigte, der für ihn reserviert worden war. Ihr Gleichmut war noch zusätzlich erschüttert worden durch den Anblick von Mutnodjme, die mit schwingenden Ohrringen, die Peitsche um den Unterarm gewunden, kühl und gelassen hinter Amenhotep aus dem Boot gestiegen war.

«Du hättest es nicht erlauben dürfen!» schrie sie den jungen Kommandeur an, als er ihr im Audienzsaal gegenüberstand. «Was ist in ihn gefahren, daß er sich vor dem gemeinen Volk wie eine Hure zur Schau stellt und, schlimmer noch, seine königliche Person gefährdet?»

Haremhab öffnete den Mund, um etwas zu erwidern, aber Eje kam ihm zuvor. «Majestät, es ist schwer für einen einfachen Kommandeur, einem Prinzen von königlichem Geblüt zu widersprechen, besonders da er von dem Entschluß des Prinzen, durch Theben zu fahren, kein Wort gehört hatte, bis Amenhotep dem Kapitän befahl, zum östlichen Ufer zu steuern. Er hatte auch keine Zeit, meinem Neffen von seinem Vorhaben abzuraten oder ihn durch andere Mittel daran zu hindern. Ihn trifft keine Schuld.»

«Natürlich ist er schuld!» fauchte Teje ihren Bruder an, aber das Gesicht, das so sehr dem ihren glich, blieb ruhig.

«Laß ihn sprechen, Teje.»

Teje spitzte die Lippen und nickte Haremhab kühl zu. Der junge Mann streckte die mit Ringen geschmückten Hände aus.

«Majestät, ich konnte entweder kostbare Zeit vergeuden, indem ich versuchte, Seine Hoheit von seinem Vorhaben abzubringen – und ich kenne ihn lange genug, um zu wissen, daß das ein aussichtsloses Unterfangen ist –, oder ich konnte die Minuten dazu nutzen zu entscheiden, wie ich meine Soldaten um ihn herum gruppieren sollte, um ihm den größtmöglichen Schutz zu bieten.»

«Das sehe ich ein. Fahr fort.»

«Ich beschützte ihn, so gut ich konnte. Ich rief die Gefolgsmänner herbei, die an den Lagerhäusern postiert waren, und beschlagnahmte alle Streitwagen, die es dort gab. Aber der Prinz wollte keine Leibwache. Ich habe ihn selbst gefahren. Er bestand darauf, so deutlich wie möglich gesehen zu werden.»

«Ist er erkannt worden?» fragte Eje ruhig.

«Erst als sein Herold mit dem weißen Kommandostab vorausging und seinen Titel rief. Aber die Leute waren seltsam still. Sie traten zurück und wandten natürlich den Blick ab, aber nachdem er vorbeigefahren war, jubelten sie ihm nicht zu.»

«Das überrascht mich nicht. Es ist das erste Mal seit hundert Jahren, daß ein Mitglied der königlichen Familie so tollkühn war. Ist er durch ganz Theben gefahren?»

«Ja, durch jede kleine Gasse.» Haremhab ließ die Schultern hängen, und Teje erkannte, daß er sehr müde war. Aber ihr Zorn hatte sich noch nicht gelegt.

«Ich muß leider feststellen, daß die Disziplin in der Umgebung meines Sohnes sträflich lax war», sagte sie gereizt. «Ich sehe ein, daß du in einer schwierigen Lage warst, Haremhab, aber hast du nicht daran gedacht, daß der Zorn meines Sohnes nicht so wichtig ist wie deine Verantwortung mir, deiner Königin, gegenüber? Und was ist mit Mutnodjme? Das war die größte Dummheit.»

Haremhab richtete sich auf und kam näher an den Thron heran. «Majestät, du weißt nicht, wie der Prinz seine Zeit in Memphis verbracht hat. Ich gestattete Mutnodjme, ihn zu unterhalten in der Hoffnung, daß sie seine Aufmerksamkeit von den Leuten aus On ablenken werde, die ihm überallhin folgen. Niemand interessiert sich weniger für Fragen der Religion als deine Nichte. Der Prinz fand Vergnügen an den Possen der Zwerge und an Mutnodjmes Geschick mit der Peitsche.»

«Ich hätte gute Lust, Mutnodjme sie an dir ausprobieren zu lassen. Lächle nicht. Ich habe dich vor deiner Abreise warnend darauf hingewiesen, daß man dich bestrafen werde, wenn deine Berichte nicht ausführlich und wahrheitsgetreu wären. Warum waren all diese Informationen nicht in den Schriftrollen enthalten, die du mir geschickt hast?»

«Ich habe versucht, offen zu sein, Majestät, aber es war schwierig. Der Prinz hatte seine eigenen Spitzel, und ich bin überzeugt, daß er meine Briefe an dich regelmäßig gelesen hat, ehe sie wieder versiegelt wurden. Mein Siegel hat nicht die Autorität des deinigen. Ich konnte mich auch nicht auf eine mündliche Botschaft verlassen.»

Teje trommelte mit den Fingern auf die Armlehnen des Throns. «Erzähl mir von den Leuten aus On.»

«Der Prinz hat viele Priester aus den Sonnentempeln um sich versammelt. Sie diskutieren von früh bis spät über Religion. Dein Sohn ist gut unterrichtet in diesen Dingen, und was er sagt, hat Hand und Fuß. Er hat eine Anzahl dieser Priester nach Theben eingeladen.»

«Und wie haben die Priester des Ptah darauf reagiert?»

«Sie sind natürlich verärgert.»

Teje musterte Haremhab einen Augenblick nachdenklich. «Vertraut der Prinz dir?» fragte sie schließlich.

«Ja, das tut er.»

«Dann kannst du deine Stellung als sein Leibwächter behalten, aber du wirst mir täglich Bericht erstatten. Eje, laß Mai vorübergehend an Stelle von Haremhab das Kommando über die Grenzpatrouille übernehmen. Werel wird hocherfreut sein, mit ihrer Familie nach Memphis zu übersiedeln. Haremhab, du kannst gehen.» Er verbeugte sich und ging rückwärts hinaus, und als sich die Tür hinter ihm geschlossen hatte, glitt Teje mit einem ungeduldigen Seufzer von ihrem Thron. «Sprich mit mir, Eje. Wozu diese sinnlose Fahrt durch die Straßen einer gefährlichen Stadt? Wozu diese Schar von Priestern, die er nach Malkatta geschleppt hat? Und führt Haremhab irgend etwas im Schilde?»

Eje verschränkte die Arme und begann auf und ab zu gehen; er hielt die Augen gesenkt, und die breite Stirn unter dem Rand seines gelben Helms war gerunzelt. «Wärst du nicht so sehr von Pharaos Zustand in Anspruch genommen gewesen, könntest du dir diese Fragen selbst beantworten. Pharao hat immer gefürchtet, von seinem Sohn getötet zu werden, und du hast über die Sache nachgegrübelt wie ein Hund, der ein Stück Fleisch von einem Knochen zerrt. Aber du vergißt, daß auch der Prinz täglich um sein Leben gezittert hat, und bis sein Vater stirbt, wird er nicht sicher sein vor den Launen eines alten Mannes, der sein Leben lang unter dem Einfluß des mächtigsten Wahrsagers der Welt gestanden hat und der seinen Sohn immer noch beschuldigen könnte, durch Zaubersprüche seine Krankheit verursacht zu haben. Mit seiner verrückten Fahrt durch Theben wollte Amenhotep Ägypten auf seine Existenz aufmerksam machen, sein Recht zu leben geltend machen, das Recht auf Rache, falls er stirbt.»

«Ach was! Du sprichst in albernen Rätseln! Ich glaube, es ist der Vorgeschmack der Macht, der ihn dazu getrieben hat. Er wird ebenso arrogant wie sein Onkel.»

Eje hörte auf, hin und her zu gehen, und seine Arme entspannten sich. Der breite Mund verzog sich zu einem verschwörerischen Lächeln. «Es ist ein Jammer, daß du kein königliches Blut in den Adern hast, Teje. Du und ich, wir hätten Mann und Frau sein sollen.»

«Eine Frau von rein königlichem Geblüt, die wie in alten Zeiten den Anspruch ihres Bruders legitimiert? Siehst du dich mit der Doppelkrone?»

Er schnitt eine Grimasse. «Nur in Augenblicken äußerster Langeweile.»

«Was sagst du zu Haremhab?» Teje wandte die Augen von dem liebevollen Blick ihres Bruders ab. «Er hat sich nicht sehr geschickt benommen.»

«Im Gegenteil, er hat mit dem instinktiven gesunden Menschenverstand des geborenen Soldaten gehandelt, als er die unmögliche Lösung aufgab und sich auf die mögliche konzentrierte. Und ich finde, du solltest Notiz nehmen von den Gründen, weshalb er Mutnodjme so ungehindert zum Prinzen gelassen hat. Auf jeden Fall ist sie bereits nach Hause zurückgekehrt. Ihr Vetter hat ihr Interesse nicht fesseln können. Der einzige Ehrgeiz meiner Tochter ist, ihr Leben so abwechslungsreich und bequem wie möglich zu gestalten.»

Teje griff nach den Henkelkreuzen, die an ihrem Armband hingen. «Worte, Worte», sagte sie leise. «Und unter ihnen allen liegt die Glückseligkeit, daß mein Sohn nach Hause gekommen ist. Du und ich, wir sind zu sehr wie Mäuse geworden, die gelähmt sind von der Angst vor Falken, die droben kreisen, und die wir nicht sehen können. Es ist Zeit, uns zu entspannen und unseren Blick auf die Üppigkeit der Felder um uns herum zu heften.»

«Eine hübsche Rede», murmelte er trocken, und sie lachte über ihre eigene Schwülstigkeit und entließ ihn.

Am Abend machte sie sich mit ihrem Gefolge auf die Suche nach ihrem Sohn. In seinen eleganten Gemächern herrschte noch heilloses Durcheinander; hastig packten seine Diener die Truhen und Kisten aus, die mit ihm aus Memphis gekommen waren, und die Handwerker des Palasts brachten die Möbel, die Teje bestellt hatte. Nach einem Blick durch die silberne Doppeltür, die in den Empfangssaal des Prinzen führte, ging sie in den Garten hinaus und entdeckte ihn schließlich am Rande des Sees, wo er inmitten einer Schar von Freunden mit untergeschlagenen Beinen im Gras saß. Teje musterte seine Gefährten mit einem raschen Blick, während ihr Herold ihnen befahl, sich vor ihr zu verneigen.

Nofretête hatte Arm in Arm mit Amenhotep gesessen, ehe sie niederkniete, um ihrer Tante zu huldigen, und Sitamun lag anmutig auf einen Ellbogen gestützt, das scharlachrote Leinen ihres Kleids eng an die verführerische Rundung ihrer Hüfte geschmiegt. Amenhotep stand auf und kam lächelnd mit ausgestreckten Armen auf Teje zu, griff nach ihren Händen und küßte sie sanft auf den Mund.

«Sag mir, wer diese Männer sind, die ihr Gesicht in den Staub pressen», sagte sie gut gelaunt, während Piha ihren Stuhl aufklappte. «Sitamun, du solltest dich nicht wie irgendeine kleine Konkubine öffentlich zwischen den Blumen rekeln. Piha, laß noch einen Stuhl bringen.»

Sitamun warf ihr einen gekränkten Blick zu, während sie aufstand und mit nervösen Händen den hauchdünnen blauen Umhang über ihre Brüste zog.

«Aber das Gras ist gerade gesprengt worden», sagte Amenhotep mit seiner hohen, leicht zitternden Stimme. «Sitamun hat die Kühle genossen.» Er deutete mit einer Armbewegung auf die Gesellschaft. «Majestät Mutter, dies sind meine Freunde. Pentu, Priester des Tempels, des Rê-Harachte in On. Panhesi, ebenfalls Priester der Sonne, den ich zu meinem Oberhofmeister ernannt habe. Tutu, der so eifrig meine Worte niedergeschrieben hat, und dessen Schrift du in meinen Briefen an dich gesehen hast. Kenofer, Ranefer . . .» Einer nach dem anderen hoben die Männer das Gesicht vom Boden, küßten ihr die Füße und sahen mit einem Gemisch von Ehrerbietung und Herausforderung zu ihr empor. Mit wenigen Ausnahmen waren sie durch die kahlrasierten Schädel und die langen weißen Kittel ihres Priesteramts gekennzeichnet. Um den Hals oder auf den Unterarm gemalt trugen sie die Embleme des Gottes des Horizonts, den Falken mit der Sonnenscheibe.

«Mahu», sagte sie, als einer der Männer sie aus schwarz umrandeten Augen ansah. «Was tust du hier? Hast du deinen Posten bei den Mazoi verloren?» Dies ist also der Spitzel meines Sohnes, dachte sie bei sich. Der Chef der Stadtpolizei von Memphis.

Mahu lächelte verlegen. «Nein, gewiß nicht, Majestät, aber der

Prinz hat es für richtig gehalten, mich, einen bescheidenen Soldaten, in den Kreis seiner Freunde einzubeziehen.»

Einen bescheidenen Soldaten mit einer gar nicht so bescheidenen Vorliebe für die Geheimnisse deiner Königin, sagte Teje im stillen. «Und du, Apy? Vernachlässigst du Pharaos Interessen, um im Gras in Theben zu sitzen?»

«Gewiß nicht, Göttliche», erwiderte der Mann rasch, während er sich vor ihr verneigte. «Ich habe lediglich den Prinzen auf seiner Reise begleitet und werde die Gelegenheit benutzen, um dem Aufseher über die königlichen Güter persönlich über den Zustand von Pharaos Besitztümern in Memphis zu berichten, ehe ich nach Hause zurückkehre.»

Teje ließ sich auf ihrem Stuhl nieder, und die Gesellschaft entspannte sich. Amenhotep sank aufs Gras, und Nofretête setzte sich sofort dich neben ihn, so daß ihre Knie sich berührten. Teje fragte sich, was sie wohl unterbrochen hatte; sie hatte einige Schriftrollen bemerkt, die neben Schüsseln mit den Resten von Kuchen und halbgeleerten Weinbechern auf dem Gras verstreut waren. Sie spürte, daß ihr Sohn sie ansah und wandte sich ihm zu. «Wie hat dir Theben gefallen, Amenhotep?»

Er erwog die Frage mit einer Ernsthaftigkeit, die sie nicht verdiente. «Die Straßen sind schmutzig», sagte er schließlich, «und das gemeine Volk riecht.»

Die kleine Schar brach in Gelächter aus, und Teje hörte den vertrauten Klang von unterwürfiger Speichelleckerei in dem Ton. Amenhotep lächelte nicht einmal, sondern hielt weiterhin den Blick auf sie geheftet. Ihr wurde plötzlich klar, daß er sie abschätzte, sie mit einer Waage wog, deren Bedeutung ihr rätselhaft war. Es machte sie verlegen, und sie wurde sich plötzlich ihres Alters unter dieser Versammlung der Jungen bewußt.

«Hattest du nach Mutnodjmes Erzählungen das Gefühl, daß du es sehen mußtest?» fragte sie höflich.

Er senkte den Blick. «Vielleicht.»

«Mir ist Memphis auch lieber –» sie lächelte – «aber wir dürfen nicht vergessen, daß unser Land ohne Thebens Fürsten früherer Zeiten noch unter fremdem Joch wäre. Außerdem ist Theben das Heim Amuns. Unter all dem Schmutz und Verfall liegt eine edle, stolze

Stadt.» Einige der jungen Männer warfen sich vielsagende Blicke zu. Amenhotep musterte seine Hände.

«Was du sagst, ist wahr, Majestät Tante», erwiderte Nofretête, «aber laß uns Theben lieber von dieser Seite des Flusses aus würdigen.» Teje bemerkte die Lebhaftigkeit des Mädchens, die blitzenden grauen Augen, die übertrieben anmutigen Bewegungen. «Sag mir, Große, was hältst du von dem neuen Gesandten von Chatti und seinem Gefolge? Regelrechte Wilde!»

Bei dem neuen Gesprächsthema lockerte sich die kleine Gruppe und begann zu schwatzen. Teje blieb noch eine Weile sitzen und sprach mit ihnen über nebensächliche Dinge. Sitamun war immer noch beleidigt. Ihre Antworten waren einsilbig, aber höflich. Schließlich stand Teje auf und wandte sich zum Gehen; sie hatte das Gefühl, daß die jungen Leute, sobald sie wieder unter sich waren, mit der Diskussion fortfahren würden, die sie unterbrochen hatte. Sie verdrängte den Gedanken und begab sich in Pharaos Schlafgemach. Die bunten Matten an den Fenstern waren ausnahmsweise hochgezogen, und da die Lampen noch nicht angezündet waren, lagen die abendlichen Schatten weich über dem Fliesenboden. Apuia servierte dem König seine Mahlzeit, und Surero stand daneben, bereit, ihm zu helfen. Diener liefen lautlos ihm Raum hin und her, und in einer Ecke spielte ein einzelner Harfner eine Klageweise. Der Junge war nirgends zu sehen, aber als Teje sich dem Bett näherte und sich verneigte, hörte sie draußen im Garten Gelächter und sah ihn, von Pharaos Windhunden gefolgt, am Fenster vorbeirennen.

«Siehst du, ich esse», sagte Amenhotep munter. «Ich habe kein Fieber mehr, und meine Zähne haben aufgehört, in meinem Gaumen zu zittern. Komm, setz dich zu mir. Tia-Ha war gestern abend hier und hat mir Quitten und eine Menge Klatsch gebracht. Der Schwächling ist also zurückgekehrt.»

Teje ließ sich neben seinen Füßen nieder; sie wies die Speisen zurück, die ihr sofort angeboten wurden, ließ sich aber von Surero Wein einschenken. «Ein Mann sollte nicht nur danach gemessen werden, wie er einen Bogen spannt oder einen Speer wirft, das hast du selbst mir oft genug gesagt», entgegnete sie, während sie mit Genuß an dem kühlen roten Wein nippte. «Dein Sohn hat nicht viel für kriegerische Künste übrig, obwohl er recht geschickt einen Streitwagen zu fahren versteht.

Ich nehme an, wenn du ihn einen Schwächling nennst, verunglimpfst du damit nicht seine religiösen und musikalischen Betätigungen.»

«Nun, er sieht wie ein Schwächling aus», brummte Pharao. «Mit dem dicken Mund und den herabhängenden Schultern. Ich nehme an, du willst, daß ich mein Siegel unter den Ehevertrag setze.»

«Es ist Zeit, Amenhotep.»

«Dann werden wir sehen, was für eine Art Schwächling dein Schwächling ist.» Er hob sein Glas und trank ihr mit mutwillig zwinkernden Augen zu. «Ich habe die Schriftrolle gelesen.»

«Es ist ein ganz normaler Vertrag.»

«Bring ihn mir morgen wieder. Ich werde mein Siegel anbringen. Hast du über einen Vertrag für den kleinen Semenchkarê nachgedacht?»

«Nein, aber ich vermute, du hast es getan. Bis er im heiratsfähigen Alter ist, wird Sitamun zu alt sein, um Erben von rein göttlichem Blut hervorzubringen.»

«Aber nicht zu alt, um Semenchkarê, falls er sie heiratet, einen ebenso stichhaltigen Anspruch auf den Thron zu geben wie unserem gegenwärtigen Erben.» Er schob die Reste seiner Mahlzeit fort und lehnte sich zurück. Trotz seiner erzwungenen Munterkeit sah Teje, daß seine eine Gesichtshälfte geschwollen war und daß kleine Schweißperlen auf seiner Oberlippe standen.

«In diesem Falle könnte es einen Bürgerkrieg geben, wenn Semenchkarê auf seinem Anspruch bestünde, und er wird bestimmt keine Kinder mit Sitamun haben», sagte sie verdrießlich. «Dein Sohn und Nofretête werden Dutzende von Königskindern hervorbringen. Das Spiel verliert seinen Reiz, Amenhotep.»

«Ja», pflichtete er ihr unerwartet bei; er hatte die Augen geschlossen. «Das stimmt. Surero, bring die syrischen Akrobaten herein und laß die Lampen anzünden. Gehst du, Teje?»

Sein Ton war fast weinerlich, und sie stand da und sah mitleidig zu ihm hinunter, denn er klagte sonst nie. «Ich gebe heute abend ein Festmahl für die Abgeordneten von Alaschia», erklärte sie. «Der Vertrag wird dir morgen vorgelegt, Horus. Möge dein Name ewig leben.»

Überrascht über diesen formellen Abschied, öffnete er die Augen. «Der deine ebenfalls. Sprich Nofretête mein Beileid aus.»

Er bringt es doch immer fertig, das letzte Wort zu haben, sagte sie sich mit stillem Lachen, als sie hinausging.

5

Wie Pharao versprochen hatte, wurde der Vertrag gesiegelt und in das Archiv des Palasts gebracht, und damit, daß er seinen Ring in das warme Wachs drückte, wurde Nofretête Prinzessin und die Frau seines Sohnes. Amenhotep lauschte zerstreut dem ausführlichen Bericht Sureros über das feierliche Festmahl, das zu Ehren des Paars abgehalten werden sollte, und schließlich ließ er Semenchkarê zu sich bringen und spielte mit dem Baby, bis Surero seinen Bericht beendet hatte.

Pharao nahm nicht teil an der schlichten Trauungszeremonie, die ein paar Tage später in Karnak stattfand, aber Teje war deswegen nicht beunruhigt. Sie wußte, daß die Bestätigung des Vertrags das wichtigste gewesen war. Für die Bürgerlichen war eine Heirat keine religiöse Angelegenheit, und nur königliche Götter erstrebten den Segen Amuns für die Vereinigung, die weitere göttliche Wesen hervorbringen würde. Nichtsdestoweniger fand Teje Freude daran, ihren Sohn und Nofretête, in Blau und Weiß, die königlichen Farben, gekleidet und mit Silber geschmückt, feierlich Hand in Hand vor Amuns mächtigem Heiligtum stehen zu sehen. Als es vorüber war, gab es ein Festessen, das allen offenstand, aber Teje, die sich plötzlich erschöpft fühlte, ging so bald wie möglich fort. Ich habe in kurzer Zeit viel erreicht, dachte sie bei sich, während Piha das gelbe Gewand von ihren Schultern streifte und ihr in das leichte Schlafgewand half. Jetzt bin ich müde. Ich brauche eine Zeit, in der ich absolut nichts tue.

Sie beschloß, ihre Privatgüter in Djarucha zu besuchen, eine Reise, die sie seit Jahren nicht mehr unternommen hatte. Die Jahreszeit machte sie auf eine Weise ruhelos, die sie nur allzu gut verstand. Der Fluß war gestiegen und hatte das Land in einen riesigen, ruhigen See verwandelt. Unbeschäftigte Bauern kamen in Scharen zu Pharaos Bauprojekten in Luxor, Soleb und dem Delta, und in seinem Grab, an dessen Eingang jetzt die Wellen der Überschwemmung schlugen, wurde die Arbeit fortgesetzt. Die Saat hatte begonnen, und bald würden neue Triebe durch die feuchte schwarze Erde dringen, während die Aguacate-Bäume und die Dattelpalmen zarte grüne Blätter einem Rê entgegenstreckten, der gütig und versöhnlich geworden war. Im Fluß und in den Kanälen wimmelte es von Fischen, junge Vögel schlüpften aus den Eiern in den Nestern längs der Ufer, und Tejes eigener Körper bebte unter der Lebenskraft des Frühlings.

«Komm mit, Eje», drängte sie, während sie Seite an Seite auf dem Dach ihres Audienzsaals saßen. Durch ihren Baldachin geschützt, genossen sie die duftende Brise und das Glitzern der Sonne auf dem Wasser hinter den üppig wogenden Getreidefeldern, die sich zwischen den schwarzbraunen Felsen hinter ihnen und dem sich träge dahinschlängelnden Nil erstreckten. «Wir bleiben ein paar Tage in Achmin und überreden Tiê, ebenfalls mitzukommen. Ich habe nichts zu tun. Keine ausländischen Krisen, keine politischen Entscheidungen, und Pharaos Gesundheit hat sich gefestigt. Ich fange an, mir einzubilden, daß ich Theben riechen kann, und ganz gewiß kann ich es hören. Ich sehne mich nach der Ruhe des kleinen Hauses, das Amenhotep vor Jahren für mich gebaut hat.»

Eje sah sie an, dann wandte er den Blick ab; er wußte ebensogut wie sie, was diesen plötzlichen Reisedrang verursacht hatte. «Wenn du es möchtest, Majestät», erwiderte er ruhig. «Aber bist du sicher, daß du nicht auch von ihnen fort willst?» Er deutete auf die kleine Gruppe an der Mauer, die das Gelände des Prinzen umschloß. Von der Stelle, wo Teje neben ihrem Bruder saß, konnte sie den Prinzen selbst deutlich sehen; er hockte wie gewöhnlich mit untergeschlagenen Beinen auf dem Gras; der weiße Leinenschurz, den er trug, war bis über die Knie hinaufgerutscht, der weiße Helm hüpfte auf und ab, während er mit lebhaften Gesten zu der aufmerksam lauschenden Gruppe sprach. Eje und Teje konnten seine Worte nicht hören, aber sie sahen die Autorität in den abrupten Bewegungen der Hände und das Selbstvertrauen in dem nach oben gerichteten Gesicht.

Teje schnalzte mit der Zunge. «Sieh ihn dir an!» sagte sie. «Er wandert mit Nofretête am Arm und von diesen Priestern umringt in seinen Gemächern umher und redet und redet, während draußen die Sonne scheint. Die Nächte verbringt er damit, Laute zu spielen und Lieder zu diktieren. Was ist los mit ihm? Er sollte im Wasser mit ihr planschen, nackt unter den Sykomoren umherlaufen, mit ihr unter den Sternen liegen. Worüber spricht er so eifrig mit ihnen?»

«Warum fragst du ihn nicht?»

Sie wandte sich um und sah ihn an. «Ich bin nicht sicher, daß ich es wissen möchte», erwiderte sie ruhig. «Seine Anwesenheit hier hat bereits die Stimmung im Palast verändert, aber ich kann nicht sagen, in welcher Hinsicht. Ich warte auf die Nachricht von Nofretêtes erster Schwangerschaft, aber diese Nachricht kommt nicht. Nur Dienstbotengeschwätz, das ich nicht beachte.»

«Du hast noch nie irgendwelches Geschwätz unbeachtet gelassen», wandte er ein. «Und du bist auch nie vor der Wahrheit zurückgeschreckt, so schmerzlich sie auch sein mochte. Warum willst du fortlaufen?»

«Weil ich anfange, mich zu fragen, ob das Spiel, das ich mit Pharao gespielt habe, nicht zu weit gegangen ist und ich unfähig bin, einen Fehler wiedergutzumachen. Es ist kein Spiel mehr. Dort sitzt der künftige Herr des größten Reiches der Welt, mit mehr latenter Macht in den Händen, als selbst die Götter haben. Was für eine Art Pharao zwinge ich Ägypten auf, um über einen toten Mann zu triumphieren und meine Macht über einen lebenden zu beweisen?»

«Du komplizierst die Dinge viel zu sehr», schalt er sie sanft. «Der Thron steht ihm rechtmäßig zu. Es ist die Aussicht, die Zügel aus der Hand zu geben, die dich erschreckt, und gleichzeitig sind es die Gerüchte von seiner Impotenz, die dich halb fürchten, halb hoffen lassen, daß Ägypten für immer in deinen Händen bleibt. Laß ihn zu dir kommen und frage ihn, was er diese Anhängsel lehrt, die er aus Memphis mitgebracht hat. Ruf meine Tochter zu dir und frage sie, ob sie noch Jungfrau ist. Warum schreckst du davor zurück?»

«Ich werde mit all meinen Musikanten und Freunden nach Djarucha gehen», sagte sie kurzangebunden. «Dort werde ich allein baden, werde in der Hitze des Tages lange schlafen und über das nachdenkend, was du gesagt hast. Ich werde mich bei Sonnenuntergang betrinken und über die albernsten Dinge unmäßig lachen. Oh, riech den Wind, Eje, so voll von Blütenduft!» Sie reckte sich wohlig. «Die

Jahreszeit des Peret weckt stets Erinnerungen in mir, gute Erinnerungen. Ich denke daran, wie es war, als Vater und Mutter noch lebten und wir alle in Achmin waren, oder an die vielen Sommer, die Pharao und ich, berauscht voneinander, im Palast in Memphis verbrachten.»

«Ich weiß», erwiderte er ruhig. «Dies ist die einzige Zeit des Jahres, wo ich mir einbilde, Nofretêtes Mutter unter den anderen Frauen lachen zu hören. Ich liebe Tiê zärtlich und möchte die Vergangenheit nicht noch einmal durchleben, aber die Erinnerung liegt jeden Frühling auf der Lauer.»

Sie sprachen weiter von vergangenen Zeiten, aber ihre Blicke wurden von der Gruppe auf dem Rasen angezogen, und schließlich erstarb ihre Unterhaltung.

Teje fuhr auf einem Fluß, der seine Ufer wiedergewonnen hatte, nach Djarucha und machte in Achmin halt, um Tiê und ihre Dienerschaft ins königliche Gefolge aufzunehmen. Als Theben aus ihrem Blickfeld verschwand und sie die grünen, sorgfältig angelegten Besitztümer der Adeligen hinter sich ließen, gab sich Teje der Atmosphäre des ländlichen Ägyptens hin. Sie, Eje und Tiê saßen unter Sonnenzelten an Deck und sahen zu, wie die kleinen, in das frische Grün der neuen Ernte gebetteten Lehmziegel-Dörfer vorbeiglitten. Auf dem Fluß selbst herrschte reger Betrieb von einheimischen und ausländischen Booten, die zwischen Memphis und Theben hin und her fuhren, aber Teje, die mit halbgeschlossenen Augen dalag, während ihre Sklavin mit dem Wedel die Fliegen um sie herum verscheuchte, ließ ihre Gedanken über die von Palmen gesäumten Felder zu den schützenden Felsen und der Wüste dahinter wandern, zu einem Ägypten, das unter dem oberflächlichen Lärm und Geschrei des Handels unveränderlich und friedlich von Ma'at durchdrungen war.

«Ich fühle mich bereits ruhiger», sagte sie zu ihrem Bruder und Tiê, als sie eines Abends nach ihrer letzten Mahlzeit gesättigt an Deck saßen, den leisen Klagetönen der Pfeifen am Heck lauschten und ihr Gesicht der duftenden nächtlichen Brise zuwandten. «Malkatta ist das Herz Ägyptens, aber man vergißt nur allzu leicht, daß das Land der Körper ist. Wenn wir einmal den Palast verlassen, um nach Memphis zu fahren, verbergen wir uns hinter geschlossenen Vorhängen vor den Blicken der Fellachen. Unsere Vorstellung von Schönheit beschränkt sich auf die Förmlichkeit von königlichen Seen und Blumenbeeten, die wie eine Heeresdivision in Reih und Glied angeordnet sind.»

«Vielleicht möchte Majestät einen Schreiber rufen und ein Gedicht diktieren», murmelte Eje trocken. «Irgend etwas, das die Tugenden des einfachen Lebens preist. Die Fellachen wären hocherfreut zu erfahren, daß der Boden, den sie mit ihrem Schweiß bewässern, schön ist.»

«Oh, das glaube ich nicht», sagte Tiê, während ihre Hände nervös in dem Durcheinander von Kosmetika, Schmuckstücken, kleinen Werkzeugen und ungeschliffenen Steinen kramten, das sie überallhin begleiteten. «Sie haben keinen Begriff von Schönheit, und es würde sie nur verwirren, wenn man versuchte, ihnen etwas beizubringen. Sieh dir diesen Jaspis an, Eje.» Sie hielt einen roten Stein in die Höhe, gegen dessen Oberfläche der Sonnenuntergang verblaßte. «Ich habe ihn selbst tagelang poliert. Künstliche Blumen kommen in Mode, und ich wollte versuchen, die rote Karkadeh nachzuschaffen, aber der Stein hat einen kleinen braunen Fleck in der oberen Ecke. Er war zuerst nicht zu sehen. Ich war verzweifelt.»

Eje nahm den Stein aus den rauhen, stumpfen Fingern seiner Frau. «Ich habe es nicht ernst gemeint, Tiê», sagte er, ihn zwischen Daumen und Zeigefinger drehend.

«Oh.» Sie riß ihm den Jaspis lachend aus der Hand und warf ihn in den Lederbeutel auf ihrem Schoß. «Ich muß ein paar Traubenhyazinthen pressen, wenn wir nach Djarucha kommen. Ich habe an ein Diadem in Gold und Karneol oder vielleicht sogar Elfenbein für Nofretête gedacht. Aber sie scheint zur Zeit nichts als Lapislazuli haben zu wollen.»

Teje sah sie scharf an, aber Tiê hatte wie gewöhnlich in zerstreuter Unschuld gesprochen. Der kleine Kopf mit seiner steifen, altmodischen Perücke war über die ruhelosen Hände geneigt. Tejes Augen suchten die ihres Bruders, aber Eje beobachtete seine Frau mit einem nachsichtigen Lächeln. Es hat keinen Sinn, mit Tiê über Nofretête sprechen zu wollen, überlegte sich Teje. Ich werde sie alle aus meinen Gedanken verdrängen. Und außerdem, was schadet es, wenn Nofretête sich mit dem Edelstein schmückt, aus dem das Haar der Götter gefertigt ist? Es ist nur eine Frage der Zeit, bis sie selbst zur Göttin erhoben wird, und das weiß sie. Die Kronen, die meine Bilder schmücken, sind mit Lapislazuli umrandet.

In Djarucha schwammen sie, aßen üppig und verbrachten die Abende mit Wein und Erinnerungen. Während Tiê ihre Blumensammlung unter Papyrusbogen legte und am Flußufer mit ihrem jungen Leibwächter spazierenging, saßen Teje und Eje in der Kühle der Empfangshalle, manchmal im Gespräch, aber meistens einfach in ihre eigenen Gedanken versunken. Eje wollte so schnell wie möglich zu seinen Pflichten in Theben zurückkehren, das wußte Teje, aber sie selbst hatte keine Eile; es machte ihr Spaß, sich vorzustellen, daß sie wieder eine junge Göttin wäre, auf die ein Pharao in der Blüte seiner Jahre in dem neuen Palast am Westufer wartete. Sie schlief lange und tief in dem Raum, von dem aus sie ihre eigenen, mit frischem Grün bedeckten Felder, ihre eigenen Obstgärten und Weinstöcke überblicken konnte, und keiner ihrer schönen Kupferspiegel wurde aus seiner Schachtel genommen.

Sie kehrten einen Monat später nach Theben zurück, nachdem sie Tiê unterwegs in Achmin abgesetzt hatten. Sobald sie wieder in Malkatta waren, verschwand Eje in seinen Büros, und Teje ging in den Harem, um von Tia-Ha die letzten Neuigkeiten zu erfahren. Die Distanz, die sie, wenn auch nur für kurze Zeit, zwischen sich und den Hof gelegt hatte, brachte ihr jegliche Veränderung deutlicher zu Bewußtsein, und als sie durch die breiten, widerhallenden Korridore ging, erkannte sie, daß ein neuer Wind wehte. Priester in weißen Kitteln verneigten sich vor ihr, als sie an ihnen vorbeikam. Fremde junge Männer mit den Armbinden der königlichen Schreiber und Tempelaufseher wandten sich ihr in respektvoller Ehrfurcht zu. Als sie um eine Ecke bog, sah sie sich einem stämmigen Soldaten gegenüber, der sichtlich überrascht schnell sein Gesicht bedeckte und niederkniete. Er trug einen kurzen Leinenschurz und einen schmucklosen weißen Helm, und seine breite Brust war nackt, abgesehen von einem goldenen Pektoral von Rê-Harachte, dem falkenköpfigen Sonnengott. An seinem Gürtel hing ein kleiner Krummsäbel, und in einer Hand hielt er einen Speer. Was hat ein Tempelsoldat aus On hier zu suchen? fragte sie sich, als sie, fast ohne ihn anzusehen, an ihm vorbeiging und die Haremstür sich vor ihr öffnete. Cheruef kam, den Amtsstab lässig unter den Arm geklemmt, das Kopftuch lose um den kahlrasierten Schädel gewunden, eilig auf sie zu. Sie erkundigte sich nach Tia-Ha und befahl ihm gleichzeitig,

Eje zu bitten, er möge bei Sonnenuntergang in ihren Audienzsaal kommen.

In den Gemächern der Frauen war es kühl und still; nur ein leises Geflüster und sanfte Schritte waren zu hören. Die Tür zu Tia-Has Gemach stand offen, und eine Duftwolke schlug Teje entgegen, als sie eintrat. Tia-Has Kosmetiker stand, in jeder Hand einen Löffel, über einen niedrigen Ebenholztisch gebeugt, der mit kleinen, geöffneten Alabastertöpfen bedeckt war. Er und seine Herrin ließen sich zu Boden sinken, und Teje bedeutete ihnen mit einer Handbewegung, daß sie aufstehen sollten. Der Geruch von Myrrhen, Lotos und unzähligen Essenzen war überwältigend.

«Was tust du?» fragte Teje neugierig. «Der starke Duft macht mich ganz schwindlig.»

«Ich versuche, ein passendes Parfum zu wählen, Majestät», erwiderte Tia-Ha, während sie mit dem Zeigefinger in einem Topf rührte und ihn dann an die Nase hielt. «Ich habe Myrrhen, Aloe und Aguacate satt. Außerdem hoffe ich, einige von diesen verkaufen zu können. Meine Kosmetiker sagen, es sei ein gutes Jahr für gehaltvolle Öle. Einige dieser Essenzen stammen aus einer Warenladung, die ich mir im Tausch gegen Leinen vom Großen Grünen Meer habe kommen lassen. Du kannst gehen», sagte sie, dem Mann zunickend, der daraufhin seine Geräte niederlegte und unter Verbeugungen rückwärts hinausging.

«Schick etwas davon meinen eigenen Kosmetikern», sagte Teje, «aber nicht Myrrhe. Der Palast ist ohnedies schon viel zu voll von religiösen Gerüchen.»

Tia-Ha hob die sorgfältig gezupften Augenbrauen, klatschte in die Hände, um Erfrischungen bringen zu lassen, und sank, nachdem Teje selbst sich niedergelassen hatte, auf die Kissen, die auf dem Boden herumlagen.

«Aber diese Gerüche bringen keine Freude, meine Göttin», erwiderte sie. «Ein Hauch von großem Ernst und ohne Frivolität. Ist Djarucha so weit entfernt, daß deine Spitzel dich nicht erreicht haben?»

«Ich wollte sie nicht sehen. Erzähl mir den Klatsch, Prinzessin.»

Tia-Ha rollte die schwarz umrandeten Augen. «Der Haremsklatsch ist immer sehr saftig, aber nicht sonderlich gehaltvoll. Und die königlichen Leibdiener sind sehr verschlossen.»

«Aber wir sind alte Freundinnen –» Teje lächelte – «und du wirst mir alles erzählen.»

Tia-Ha seufzte. Ihre Sklavin kam leise herein, um Datteln und Wein anzubieten. «Wir sehen den Prinzen fast ebenso oft wie zu der Zeit, als er noch in den Gemächern nebenan wohnte. Ihn und die Prinzessin, die Priester und die Königin.»

«Sitamun?» Teje horchte auf. «Tia-Ha, gibt es Gerede über Amenhotep und seine Schwester? Sie wird auf königlichen Befehl hingerichtet werden, wenn sie sich nicht vorsieht.»

«Natürlich gibt es Gerede, aber Ihre Majestät ist nie allein mit dem Prinzen. Dazu ist sie zu schlau.»

«Hast du Pharao gesehen, während ich fort war? Weiß er, daß man über sie klatscht?»

«Majestät», sagte Tia-Ha sanft, während sie eine klebrige schwarze Dattel aus der Schüssel nahm und sie nachdenklich anstarrte, «das sind Fragen eines Kindes, einer Anfängerin. Selbst die kleine Taduchipa, die mit einer Schulter an der Wand durch den Gang geht und mit niemandem außer ihrer Tante spricht, kennt die Antworten. Geht es dir gut?»

Nein, sagte sich Teje verzweifelt. Ich bin plötzlich alt und müde und will nicht die Kraft aufbringen, mich mit einer neuen Regierung auseinanderzusetzen. Sie stand auf. «Vielleicht möchte ich wieder eine Anfängerin und ein Kind sein», sagte sie kurzangebunden. «Deine Parfums haben mir Kopfschmerzen verursacht, Prinzessin.»

«Wenn du möchtest, daß ich für dich spioniere, werde ich es tun», erwiderte Tia-Ha ruhig, «aber Cheruefs Frauen können das besser. Ich ziehe es vor, das zu bewerten, was bereits bekannt ist.» Sie knabberte an der Dattel, dann griff sie nach ihrem Becher. «Prinzessin Hemut, die sonst so Würdevolle, ist vor ein paar Tagen mit einer der Babylonierinnen handgemein geworden. Hemut gehört einem schwindenden Menschenschlag an, Majestät. Sie hat seit jeher Amun-Rê verehrt, und der Weihrauch in ihren Gemächern würde einen Priester ersticken. Die Babylonierin hatte sich wichtig getan. Anscheinend hat der Prinz sie besucht und ihrem Gott gehuldigt. Die Frau hat vor Hemut damit geprahlt. Hemut hat mit einem Fliegenwedel nach ihr geschlagen. Die Babylonierin war töricht genug, der Prinzessin daraufhin eine Ohrfeige zu geben. Cheruef hat sie auspeitschen lassen.»

Teje starrte auf den schönen, vollen Mund, an dem ein paar Strähnen von Tia-Has langem schwarzem Haar mit Dattelsaft klebengeblieben waren. «Willst du damit sagen, daß im Harem ein Streit durch ... durch *Religion* ausgelöst worden ist?»

«Ja, das stimmt. Es scheint, daß Amun immer noch seine Befürworter hat.»

«Das kann ich nicht glauben!»

«Ich muß noch etwas dazu bemerken.» Tia-Ha stand auf und sah Teje an. «Der Prinz hat der Babylonierin ein Paar goldene Ohrringe geschickt, als er von ihrer Bestrafung hörte.»

Teje stöhnte. «Oh, Götter.» Die Hierarchie innerhalb des Harems war streng, und es war nach altem Brauch Pharaos der Hüter der Haremstür, der Strafen und Belohnungen austeilte. Diese Sitte zu mißachten, war nicht nur unklug, es war gefährlich. Wenn die Frauen glaubten, daß sie jemand anderen als den einen Mann, der sie beaufsichtigte, für sich gewinnen konnten, würde es eine Flut von Bestechungen, Schmeicheleien oder Drohungen geben, und der Harem würde zu einem undisziplinierten Pöbelhaufen werden. Amenhotep hat bisher sein ganzes Leben dort verbracht, sagte sich Teje ungläubig. Er muß doch die ungeschriebenen Gesetze kennen. War er der Meinung, daß die babylonische Frau zu seiner Familie gehört und beschützt werden muß? Sie machte auf dem Absatz kehrt und ging wortlos hinaus.

Der Prinz saß am offenen Fenster, den Ellbogen auf die Brüstung gestützt, die Augen auf den in die Nachmittagssonne getauchten Garten unter ihm geheftet. Zu seinen Füßen hockte ein Schreiber, der ihm aus einer geöffneten Schriftrolle vorlas. Teje hatte schon lange, ehe sie irgendwelche Worte verstehen konnte, das einschläfernde Geleier gehört. Das Halbdunkel im Gemach war kühl, abgesehen von den kleinen weißen Lichtflecken, die durch die Schlitze unter dem Dach drangen. Drei oder vier winzige Äffchen mit juwelenbesetzten Halsbändern hüpften umher und grinsten einander an, während sie sich unter lautem Geschrei dem Griff ihrer Wärter entzogen. Halb gewundene Lotoskränze, die nachlässig auf dem Stufenthron des Prinzen aufgehäuft waren, raschelten welkend unter den trägen Schwanzschlägen einer großen gefleckten Katze. Bei dem Ruf von Tejes Herold wandte sich Amenhotep hastig vom Fenster ab, und der Schreiber hörte zu lesen auf und verneigte sich.

«Majestät Mutter! Du bist zurückgekehrt! War Djarucha schön? Ist dort alles in Ordnung?»

Sie ergriff die ausgestreckten Hände, die sich kalt und feucht anfühlten, und dann erkannte sie bestürzt, daß er den kurzen Faltenrock der Priester trug, der tief unter seinem leicht gewölbten Leib hing, und daß seine vollen Lippen wie die eines Mädchens mit Henna gefärbt waren. Sie trat zurück und deutete mit dem Kopf auf den Schreiber, der hastig seine Schriftrolle unter den Arm klemmte und davoneilte.

«Djarucha war in der Tat sehr schön, aber ich kehre mit vielen Fragen an dich zurück, mein Sohn.» Wie immer, wenn sie mit ihm zusammen war, wollte sie keine höfliche Konversation machen. Sie schreckte vor den Dingen zurück, die sie, wie sie wußte, würde hören müssen, aber die aufrichtigen, hilflosen Augen schlossen das leere Geschwätz eines Höflings aus.

«Ich habe dich vermißt, Majestät. Der Palast ist nicht der gleiche ohne die Möglichkeit, dir auf einem der Korridore oder im Garten zu begegnen.»

Sie lächelte unverbindlich. «Amenhotep, ich bin heute einem fremden Soldaten begegnet, wenn ich mich nicht irre, einem Wächter aus On. Es gibt keine religiösen Zeremonien, die seine Gegenwart hier rechtfertigen würden. Jeder Wechsel in der Dienerschaft des Palasts sollte mit Pharao oder mir erörtert werden oder mit dem Aufseher, falls ich nicht da bin. Ich nehme an, dieser Soldat ist einer von deinen Leuten.»

«Vor einiger Zeit ist ein Truppenkontigent hier eingetroffen, um die Priester zu bewachen, die meine Freunde sind», erwiderte er gelassen.

«Warum brauchen die Priester hier, im Reich eines Gottes, einen besonderen Schutz?»

Er nahm sie beim Arm und zog sie zum Fenster. «Was für ein schöner Tag», sagte er träumerisch. «Sieh, wie die Enten ihre Federn aufplustern und den Schnabel in den See tauchen. Und wie das Wasser wie geschmolzenes Silber kaskadenartig aus den Eimern der Gärtner strömt. Meine Priester machen die Priester von Karnak manchmal zornig, Mutter, weil wir die Überlegenheit von Rê lehren. Sie wollten ihre eigenen Wachen bei sich haben.»

Teje fühlte, wie sich ihre Muskeln vor Erleichterung entspannten. Sie legte die mit Goldreifen geschmückten Arme auf die Brüstung.

«Das ist es also, worüber ihr mit soviel Heimlichtuerei gesprochen habt! Die Überlegenheit von Rê. Du Narr! Die Priester Amuns messen solchen Spielereien mit Worten keine Bedeutung bei. Es ist lobenswert, daß du ernsthaft versuchst, ebenso wie dein Vater, eine allgemeine Religion in Ägypten zu fördern. Diese Methode hat sich im Umgang mit Ausländern als recht nützlich erwiesen. Amuns Diener sind es gewohnt, die Religion mit Politik zu vermischen, und für den großen Gott selbst bedeutet solch eine Zweckdienlichkeit keine Bedrohung.»

Amenhotep trat näher an sie heran, bis seine magere Schulter die ihre berührte. «Amun gehört zu einer neuen Ordnung», sagte er rasch. «Er nimmt in Ägypten eine Machtstellung ein, aber er ist nicht der oberste Gott. Als Theben nichts weiter als eine Ansammlung von Lehmhütten war und Amun nur der Große Schwätzer, ein Nichts, ein Lokalgott, an ein Dorf gekettet, hat die Sonne in ihrer sichtbaren Pracht als Aton ganz Ägypten beherrscht. Der Aton muß ganz Ägypten wieder beherrschen.» Die kindliche Stimme war jetzt energisch und zielbewußt.

Teje wagte es nicht, ihm das Gesicht zuzuwenden, aus Angst, daß er ihre Verwirrung bemerken könnte. «Wo hast du all das gelernt?» brachte sie schließlich hervor.

«Ich weiß es. Ich habe es gewußt, seit ich geboren bin. Aber selbst wenn ich am Anfang meines Lebens in einem Irrtum befangen gewesen wäre, so hätten mich die Schriftrollen aufgeklärt, die zu Pharaos erstem Jubelfest nach alten Schriften abgefaßt worden sind. Die Ma'at hat an Ansehen verloren. Ich bin beauftragt, ihr ihre frühere Vollendung wiederzugeben.»

«Und natürlich sind die Priester des Rê sehr erpicht darauf, die Ma'at wieder in ihrer früheren Vollendung zu sehen.»

Er hörte den Spott in ihrer Stimme nicht oder gab vor, ihn nicht zu hören. «Natürlich», erwiderte er ernst.

«Amenhotep.» Sie wandte ihm das Gesicht zu und sah ihn scharf an. «Dein Vater ist Ma'at, in seinem Körper, in seiner Person, als Pharao des Reiches. Wo auch immer er ist, gibt es Wahrheit und Gerechtigkeit, die Ordnung der Dinge, Sitte, Tradition und Gesetz.»

«Das sagst du.» Seine vollen Lippen verzogen sich plötzlich zu einer Art Lächeln, und sie wurde einen Augenblick von Zorn gepackt.

«Behandle mich nicht gönnerhaft, Amenhotep! Hüte dich, die Sonnenpriester zu sehr zu ermutigen! Du bist Horus, der jugendliche Erbe, und wirst bald die Inkarnation Amuns in Ägypten sein. Karnak ist ebenso dein Heim wie Malkatta, und die Priester von On müssen dies früher oder später einsehen. Geh diesem religiösen Steckenpferd nach, wenn du willst, aber denk daran, wenn Pharao stirbt, müssen die Priester nach Hause gehen.»

«Du hast mich nicht verstanden.» Plötzlich packte er ihre Hände, neigte den Kopf und begann, sie mit solcher Inbrunst zu küssen, daß Teje sprachlos vor Überraschung war. «Aber du wirst es, Große Mutter, Göttliche Frau. Eines Tages werden dir die Augen geöffnet werden.» Die seltsame Anwandlung verschwand ebenso schnell, wie sie über ihn gekommen war. Er legte ihre Hände wieder auf die Brüstung, schob einen nach dem anderen ihrer Ringe zurecht und lächelte ihr liebevoll zu. Sie war so verblüfft, daß sie ihn nur wortlos anstarren konnte, während sie versuchte, ihre Gedanken zu sammeln.

«Amenhotep, ich wünsche, daß du dich von dem Harem deines Vaters fernhältst», sagte sie schließlich. «Du bist frei, du kannst anfangen, dir selbst Frauen zuzulegen. Du brauchst dich nicht länger von dem angezogen zu fühlen, was sowohl Heim als auch Gefängnis für dich war. Man hat mir berichtet, was zwischen Hemut und der Babylonierin geschehen ist.»

Er seufzte. «Majestät, du verstehst nicht, warum ich mit der Babylonierin gebetet habe, nicht wahr?»

Einen Augenblick herrschte angespanntes Schweigen. Hinter ihnen quietschten die Affen, und ihre Krallen machten leise, tickende Geräusche auf den Fliesen. Die Diener schwatzten unter sich; sie hielten die Augen auf das königliche Paar geheftet und warteten auf Befehle. Die Katze hatte die zerquetschten Lotoskränze verlassen und lag jetzt schlaff und ausgestreckt in tiefem Schlaf.

Teje zuckte ärgerlich die Achseln. «Ich verstehe nur, was ich sehe, und das ist alles, was man erwarten kann», sagte sie. «Ich verlange von dir als Prinz Gehorsam, Amenhotep. Gefällt dir Nofretête nicht? Warum hast du nicht angefangen, Konkubinen zu kaufen?»

«Ich will Tehen-Aton nicht», erwiderte er, und obgleich sein Gesicht ruhig blieb, überschlug sich seine Stimme vor Erregung. «Wenn Pharao stirbt, werde ich seinen Harem übernehmen.»

«Das hat Sitamun getan!» Teje fühlte, wie ihre Beine steif wurden und ihre Finger sich vor Zorn verkrampften. «Die Königsgemahlin hat dir Flausen in den Kopf gesetzt. Das dulde ich nicht!»

«Aber sie ist meine Schwester und von königlichem Geblüt, und sie gehört rechtmäßig mir.»

Teje näherte ihr Gesicht dem seinen. «Sie ist auch stark und schlau, und sie wird versuchen, dich zu beherrschen. Verstehst du das nicht? Sie will eines Tages Große Königsgemahlin werden, um Nofretête auszustechen.»

«Deine Augen sind so blau wie ein kalter Himmel, wie die Göttin Nut, wenn sie den Mund öffnet, um Rê am Abend zu verschlucken», sagte er sanft. «Ich mag sie. Ich mag auch Sitamun. Sie hat mir ihr ganzes Personal zur Verfügung gestellt. Sie verehrt mich.»

«Nofretête verehrt dich ebenfalls, und sie ist schön. Gib Ägypten einen Sohn von ihr, Amenhotep, und wenn du Sitamun nach Pharaos Tod durchaus haben willst, nimm sie einfach als Königsgemahlin.» Dann wirst du sehen, wie hingebungsvoll sie ist, setzte Teje im stillen hinzu.

Der Blick des jungen Mannes richtete sich wieder auf das sich langsam rötlich färbende Licht, das auf den Garten fiel. Er lehnte sich aus dem Fenster, und Teje konnte nicht erkennen, ob ihm die Verlegenheit das Blut in die Wangen trieb oder ob es die untergehende Sonne war, die sein Gesicht rot färbte. «Ein Gott zeugt nicht leichtfertig Kinder.»

«Aber du bist noch kein Gott. Laß deinen Körper spielen, mein Sohn, und laß deinen Geist eine Weile brachliegen. Schick die Priester fort!»

Er erwiderte nichts, und Teje drängte ihn nicht weiter. Sie gab ihrem Herold ein Zeichen und ging fort.

Kurz darauf saß Teje, hungrig und beunruhigt über die seltsame Unterhaltung mit ihrem Sohn, auf dem Thron in ihrem Empfangssaal und erzählte Eje, was sich zwischen ihr und dem Prinzen zugetragen hatte. «Wie viele dieser Soldaten sind jetzt im Palast?» fragte sie ihn.

«Hundert, Majestät. Aber die Priester übertreffen sie an Zahl.»

«Hundert!» Die Kopfschmerzen, die in Tia-Has stickigen Gemächern begonnen hatten, wurden plötzlich stärker, und sie stöhnte leise. «Nun, wir können nur hoffen, daß diese Torheit bald ein Ende nimmt und daß der Prinz das Interesse an Dingen verliert, die zur Ehrfurcht der Kindheit und nicht zur Mannesreife gehören. Ich will ihn nicht verärgern oder verletzen, indem ich den Priestern befehle, nach Hause zurückzukehren. Aber sie stören mich. Sie scharwenzeln um einen Jungen, der von guten Absichten beseelt ist, und benutzen ihn. Es ist mehr als nur einfache Bestechung.»

«Ich habe in meinem Büro einen Bericht aus Memphis vorgefunden. Es scheint, daß der Prinz dem Sonnentempel ein großes Geschenk gemacht hat. Aber er hat auch Getreide und Honig nach Karnak geschickt.»

Teje entspannte sich. «Dann ist es nicht so ernst. Armer junger Horus! Er versucht, es allen recht zu machen. Morgen werde ich mit Nofretête sprechen, aber jetzt, lieber Eje, möchte ich zwischen den Blumen auf dem Podium sitzen und essen und den Tänzerinnen zusehen.»

«Und Pharao?» Die Frage war sanft, behutsam.

«Es scheint ihm nicht schlechter zu gehen. Ich will ihm heute abend nicht gegenübertreten. Ich werde Cheruef anweisen, ihm Tia-Ha zu schicken.»

«Haremhab sagt mir, daß Pharao die Zahl der Wachen, die ihn umgeben, verdoppelt hat.»

«Also beherrscht der Sohn des Hapu ihn immer noch!»

«Er ist nicht töricht. Er weiß, daß die Augen der Höflinge sich Amenhotep zuwenden, und er kennt seinen Sohn nicht. Außerdem haben königliche Söhne und Väter sich auch in früheren Zeiten schon gegenseitig umgebracht. Amenhotep selbst hat alle Wachen, die ihm zugeteilt worden waren, entlassen, und bedient sich jetzt nur der Soldaten aus On.»

«Hat sich Amenhotep an irgendeinen der Befehlshaber außer Haremhab herangemacht?»

«Nein. Es wäre töricht von ihm, das jetzt schon zu tun. Das Heer hält sich an das, was ist, nicht an das, was sein wird. Er wird bald genug das Kommando übernehmen können.»

«Gut.» Sie stand auf und griff nach seinem Arm. «Iß heute abend mit mir an Stelle von Pharao. Wird der kleine Semenchkarê gut bewacht?»

«Gewiß, obgleich ich nicht annehme, daß Amenhotep schon erfahren genug ist, um einen Rivalen zu wittern. Es ist alles in bester Ordnung, Teje.»

Teje war nicht so sicher, aber an diesem Abend war es ihr gleichgültig. Sie fühlte sich so leer wie ein Leichnam, der darauf wartet, einbalsamiert zu werden.

6

Im Laufe der Wochen gewöhnten sich die Höflinge an die Gegenwart der Priester des Rê, die still ihren Verrichtungen nachgingen. Veränderungen im religiösen Leben waren am Hof keine Seltenheit, und während die Allmacht Amuns, seiner Gemahlin Mut und ihres gemeinsamen Sohnes Chons als selbstverständlich angesehen wurde, erfreuten sich die geringeren Gottheiten, und manchmal auch ausländische, einer kurzen Beliebtheit, ehe sie von neuen Göttern verdrängt wurden.

Teje war erleichtert zu sehen, daß sich Amenhotep nach seinem Ausbruch von kindlicher Rebellion der Verantwortung seiner Position bewußt zu werden schien. Er ging nur noch selten in den Harem, und wenn er es tat, so geschah es nur, um einige der älteren Frauen seines Vaters zu besuchen, die gut zu ihm gewesen waren. Wenn sein Blick zu Taduchipa oder den anderen jungen Frauen Pharaos schweifte, lenkte er seine Aufmerksamkeit rasch auf andere, weniger gefährliche Dinge. Er war höflich, liebevoll zu Teje, und sie fragte sich oft, ob die kaum merkliche Zurückhaltung, die neuerdings zwischen ihnen herrschte, auf ihr seltsames Gespräch zurückzuführen war, ob er ihr tatsächlich etwas hatte sagen wollen, was ihr entgangen war, und was ihn gewarnt hatte. Wenn sie in den stillen, dunklen Stunden vor dem Morgengrauen plötzlich aufwachte und nicht wieder einschlafen konnte, fühlte sie häufig seinen weichen Mund, der sich mit einer Dringlichkeit auf ihren Handrücken preßte, für die sie, so sehr sie sich auch bemühte, keine Erklärung fand.

Während der Monate der Ernte und der heißen, stillen Tage der Jahreszeit Schemus lebte Pharao in der dämmrigen Welt des chronisch

Kranken. Er kam nicht mehr heraus, um an einem Festessen teilzunehmen oder seinen Garten zu genießen, befaßte sich nur gleichgültig und widerwillig mit den wenigen offiziellen Dokumenten, auf die seine Frau nicht ihr Siegel setzen konnte, und kehrte müde zu seinem Jungen, seinen Zauberern und seinen nackten Tänzerinnen zurück. Er trank fortwährend mit der Entschlossenheit des Fatalisten, alles außer der Gegenwart auszulöschen, und bei ihren immer selteneren Besuchen traf ihn Teje fast stets aufgedunsen, fiebrig und unzusammenhängend sprechend an.

Sie selbst verbrachte einen großen Teil der Zeit im Amt für Ausländische Angelegenheiten und mühte sich mit diplomatischen Dingen ab, denn Eriba-Abad, der König von Assyrien, war gestorben, und sowohl die Chatti als auch die Mitanni beobachteten die Assyrer mit unverhohlener Habgier, während sie gleichzeitig die Freundschaft Ägyptens zu gewinnen suchten. Teje und Eje sprachen stundenlang über Briefe, die sie an Suppiluliuma und Tuschratta diktierte, Briefe, in denen sich verschleierte Drohungen mit Bestechung und Anspielungen auf Ägyptens militärische Überlegenheit vermischten. Es war eine Beschäftigung, die Teje schon immer besondere Freude bereitet hatte. Sie unternahm auch ihre alljährliche feierliche Pilgerfahrt stromaufwärts nach Soleb in Nubien, jenseits des zweiten Katarakts, und stand, mit der Sonnenscheibe und den Doppelfedern, der Uräus-Schlange und den Widderhörnern ihrer Göttlichkeit geschmückt, in dem Tempel, den ihr Mann dort für sie gebaut hatte. Ihre eigene Kolossalstatue starrte sie kalt durch den dünnen blauen Nebel des Weihrauchs an, und ihre Priester lagen wie eine Schar von flügellosen weißen Vögeln um sie herum.

Sie hatte die Reise nach Süden immer genossen, und trotz der alljährlichen Wiederholung der Zeremonie hatte es ihr stets von neuem Vergnügen bereitet, ihre eigene Überlegenheit bestätigt zu sehen. Aber in diesem Jahr lähmte die brennende Hitze jeden Nerv ihres Körpers, und sie kehrte erschöpft nach Malkatta zurück.

Eine willkommene Unterbrechung der Langeweile dieses heißen Sommers war die Ankündigung des Herolds der Prinzessin, daß Nofretête schwanger sei. Amenhotep nahm die formellen Glückwünsche des Hofs und die Verneigungen seiner erfreuten Familie mit Anstand entgegen, und Nofretête brüstete sich vor ihren erregten

Dienerinnen und verbrachte viel Zeit damit, die kleinen Geschenke zu betasten, mit denen die Bewohnerinnen des Harems sie überschütteten. Pharao stellte ihr seinen persönlichen Magier zu Verfügung, damit die schützenden Zaubersprüche gut gewählt werden konnten, und Teje schenkte ihr ein glückbringendes Amulett, das sie selbst getragen hatte, als sie Amenhotep erwartete.

Aber Tejes Erregung legte sich bald, und sie zog sich von der allgemeinen Begeisterung zurück. Es war zu heiß, um in einem Freudentaumel zu verharren. Manchmal ließ sie Semenchkarê und seine girrenden Kinderfrauen zu sich kommen und lächelte ihm zu, während er träge nach ihren Halsketten schlug. Aber sie war keine Frau, die sich in ihrer Mutterschaft sonnte, und sie dachte statt dessen über seine Zukunft als Prinz von Ägypten nach. Würde er zu einer Bedrohung für seinen Bruder Amenhotep werden? Vielleicht war Nofretêtes Kind ein Mädchen, eine passende Frau für ihn, wenn kein königlicher Erbe geboren wurde. Aber wenn ihr Kind ein Junge war, würde Semenchkarê für immer Prinz bleiben.

Aber ob sie durch die Säle von Malkatta schritt, auf ihrem Thron saß, um sich die Depeschen und Berichte anzuhören, oder an den nicht endenwollenden Festessen teilnahm, wo unter ihr auf dem Boden des Bankettsaals ein Dutzend fremde Sprachen durcheinanderschwirrten – Teje sah immer deutlicher das Land, das Reich und sogar sich selbst auf der schmalen Linie zwischen einem Urteil und seinen Folgen stehen, als ob Anubis in der dunklen Halle, wo die Geister der Toten geprüft wurden, alle Herzen auf die heilige Waage gelegt hätte. Sie konnte keinen äußerlichen Grund für diesen stets wiederkehrenden Eindruck erkennen, aber mit der Erfahrung von zwanzig Jahren der aktiven Herrschaft ging sie nicht achtlos darüber hinweg.

Eines Morgens, kurz bevor der Monat des Thoth begann, überlegte sich Teje gerade, daß es schwierig sein würde, ein neues Opet-Fest ohne einen Pharao zu feiern, der kundig genug war, die rituellen Handlungen zu vollziehen, da wurde ihr der Zweite Prophet Amuns gemeldet. Piha hüllte sie in ein scharlachrotes Gewand, und Teje, erstaunt über den Besuch, befahl, den Propheten hereinzulassen. Si-Mut trat mit einer tiefen Verbeugung ein; Schweißperlen glänzten auf seinem kahlrasierten Schädel, und die Priesterbänder klebten an seiner Stirn.

«Erhebe dich und sprich», sagte sie, während sie sich an ihren Kosmetiktisch setzte. «Aber ich erinnere dich, Si-Mut, daß ich für gewöhnlich keine Audienz in meinem Schlafgemach erteile.» Der Kosmetiker öffnete seinen Kasten und begann die gelbe Schminke auf ihre Wangen aufzutragen.

«Ich bitte um Entschuldigung, Göttin, und mir ist klar, daß meine Neuigkeit dir vielleicht bereits bekannt ist; aber da du seit Monaten nicht in Karnak gewesen bist, halte ich es in aller Bescheidenheit für möglich, daß sie es noch nicht ist.»

Teje schloß die Augen, während ihr Diener die grüne Schminke auf ihre Lider strich. «Wenn ich nach Karnak hätte gehen wollen, hätte ich nicht einen Priester dazu angestellt, meine Pflichten dort zu erfüllen. Was gibt's?»

«Prinz Amenhotep hat gestern innerhalb des geheiligten Bezirks die weißen Seile für seinen neuen, dem Aton geweihten Tempel gespannt.»

Teje zuckte die Achseln. «Das weiß ich. Er und seine Architekten beschäftigen sich seit Monaten mit den Plänen für eine Erweiterung des Aton-Schreins in Karnak. Es ist ein harmloses Projekt, und es macht ihn glücklich.» Sie öffnete die Augen und nahm einen Spiegel zur Hand, während der Kosmetiker einen frischen Pinsel in Henna tauchte. Hinter ihrem eigenen bronzefarbenen Spiegelbild sah sie das besorgte Gesicht des jungen Priesters.

«Heute morgen, Majestät, vollzieht Prinzessin Nofretête die gleiche Zeremonie.»

«Na und? Ich nehme an, du meinst, in Vorbereitung für den neuen Palast, den mein Sohn am Ostufer in Auftrag gegeben hat.»

Si-Mut holte tief Luft. «Nein, Majestät, das meine ich nicht.»

Teje beherrschte mit Mühe ihre Lippen, während der Pinsel sanft über sie strich, und ihre Augen wurden schmal, als sie sah, wie Si-Mut sich verzweifelt bemühte, seine eigene Besorgnis zu verbergen. Sie legte den Spiegel beiseite, und der Kosmetiker begann seine Töpfe wegzuräumen. Ihr Friseur wartete in der Nähe, die schwarze Lockenperücke zwischen den Händen, Teje drehte sich hastig um. «Willst du sagen, daß Nofretête den Grund für einen weiteren Aton-Tempel legt?»

«Ja, Heilige.»

«Verlaß mich. Und schicke sofort Nen zu mir.»

Si-Mut verneigte sich und ging mit ausgestreckten Armen rückwärts zur Tür hinaus. Der Friseur setzt die schwere Perücke behutsam auf das dicke rötliche Haar und fing an, die Locken mit parfümiertem Öl zu betupfen. Teje saß still da, aber ihr Geist arbeitete fieberhaft. Als Nen gemeldet wurde, stand sie auf und sprach, noch ehe er seine Huldigung beendet hatte.

«Du bist verpflichtet, mich über alles auf dem laufenden zu halten, was sich auf Karnak bezieht. Es scheint, du hast deine Zeit dazu benutzt, Wein an meinem Tisch zu trinken und in deinem Boot auf dem Fluß zu liegen.»

Er wurde blaß, als er ihren sanften Ton hörte. Sein Blick flog ängstlich zu ihren Händen, die trügerisch lose herabhingen.

«Majestät, wenn man mich der Nachlässigkeit beschuldigt, möchte ich den Namen meines Anklägers wissen.»

«Ich bin dein Ankläger! Du hast mir keine Mitteilung von den Plänen der Prinzessin für Karnak gemacht.»

Er hielt den Blick auf ihre Hände geheftet und sagte verwirrt: «Ich habe dir einen Bericht gesandt über die Pläne, die sowohl der Prinz als auch die Prinzessin für den Bau eines Tempels haben.»

«Du hast nicht erwähnt, daß die Prinzessin ihren eigenen Tempel baut. Ihre Architekten müssen den geheiligten Bezirk durchwandert haben, es muß Gerüchte gegeben haben. Ich liebe es nicht, in Unwissenheit gelassen zu werden. Du bist aus meinem Dienst entlassen, und ich ziehe meine Protektion zurück. Kehre heim nach Memphis.»

Der Augenblick, wo sie ihn hätte schlagen mögen, war vorüber, und er hob mit offensichtlicher Erleichterung den Kopf. «Majestät, Prinzessin Nofretête läßt niemanden in ihre Nähe außer den Dienern, die der Prinz für sie gewählt hat. Diejenigen, die du ihr zugeteilt hast, sind aus ihrer unmittelbaren Umgebung verbannt worden. Es ist sehr schwer, etwas über ihr Tun und Treiben zu erfahren. Es stimmt, daß sich ihre Baumeister in Karnak zu schaffen gemacht haben, aber immer in Begleitung der Männer des Prinzen. Sie haben alle die Architektenbüros von Königin Sitamun benutzt.»

Sitamun kennt meine Leute, dachte Teje bei sich. Es würde ihr nicht schwerfallen, ihnen Informationen vorzuenthalten. Sie bittet förmlich darum, bestraft zu werden; aber sie war ja schon immer eine Spielerin, und sie hat es nie verstanden, den richtigen Zeitpunkt zu wählen. Sieht sie nicht, daß es noch zu früh ist, so offenkundig zu sein? Wie ist es möglich, daß Pharao und ich solch eine Närrin hervorgebracht haben?

«Verlaß mich. Und Malkatta. Sofort.» Als er hinausgeschlichen war, wandte sich Teje an Piha.

«Die Ohrringe aus Onyx und die Königskrone heute. Häng ein Horusauge und ein Henkelkreuz neben die Sphinx an meinem Pektoral, und ich werde auch die neuen Tonringe um den Hals tragen. Wenn du mich fertig angezogen hast, laß das Galaboot, Fächerträger und meinen Herold kommen. Ich fahre über den Fluß.»

Der Tag war wie ein riesiger Schmelzofen, der Hitze durch die Vorhänge ihrer Sänfte sandte, und es wurde noch schlimmer, als Teje an der Anlegestelle von Karnak aus dem Boot stieg. Ptahhotep und Si-Mut warteten, um das brennendheiße Pflaster vor ihr zu küssen. Sie hatte schon immer den Eindruck gehabt, daß Theben im Sommer heißer war als das Westufer, übelriechender an feuchten Tagen, lärmender während der turbulenten Wochen des Opet. Teje hatte nie den Versuch gemacht, ihre Abneigung gegen die Stadt zu überwinden, und es beunruhigte sie nicht mehr, daß Malkatta so dicht bei den Häusern der Toten errichtet worden war. Über das Begrüßungsgeleier der Amun-Priester und das Klappern der Sistren hinweg, die sie in den Händen hielten, konnte Teje die Geräusche des Alltagslebens von Theben hören. Hausierer, Esel und Kinder schrien in wildem Durcheinander auf den Straßen, Fuhrwerke rumpelten über das Kopfsteinpflaster, Straßenmusikanten brachten schrille Töne hervor, Männer und Frauen stritten sich. Die Gerüche der Stadt drangen über die schützenden Mauern und durch die geheiligten Gärten von Karnak, ein Gemisch von faulendem Abfall und Küchengewürzen, das Teje veranlaßte, eine Locke ihrer mit duftendem Öl durchtränkten Perücke an die Nase zu halten. Hinter ihr schaukelte das Galaruderboot einladend auf dem Niedrigwasser des Flusses, der den übrigen Gerüchen noch seinen eigenen Gestank von Schlamm und feuchter Vegetation hinzufügte. Teje seufzte im stillen und stieg, ohne auf die in kleinen Gruppen herumstehenden Priester zu achten, in ihre Sänfte. «Bringt mich zu Prinzessin Nofretête», befahl sie, ehe sie die Damastvorhänge herabfallen ließ. Schweiß quoll unter dem straffen Band ihrer Perücke hervor, rann ihren mit scharlachrotem Leinen bedeckten Rücken hinunter und prickelte unangenehm in ihren Achselhöhlen.

Sie lag regungslos da, während die Sänfte über die gepflasterten Pfade von Karnak schwankte, dieser Stadt innerhalb einer Stadt, die das Heim jeder mächtigen von Ägypten verehrten Gottheit war. Schließlich setzten die Träger sie behutsam ab. Teje hob den Vorhang und sah sich einer Schar von überraschten Männern und Frauen gegenüber, die in ehrfürchtigem Schweigen zusahen, wie sie ausstieg. Ihre Fächerträger kamen eilig herbei, um sie abzuschirmen. Die Leute ließen sich auf die trockene, heiße Erde fallen. Teje erfaßte mit einem einzigen umherschweifenden Blick die Silberschüssel mit weißer Farbe, die ein Aton-Priester in den Armen hielt, die Rollen von dünnen Seilen zu seinen Füßen, den Bullen, der ruhig und geduldig dastand, während er auf das Messer wartete, und die trockene schwarze Erde, die für die Grundmauern ausgehoben worden war. Dahinter lag, halb zwischen Palmenhainen versteckt, der Tempel der Mut, und rechts und links schimmerten Säulenhallen, Pylonen und Alleen, von Standbildern gesäumt, in der Mittagshitze. Sollen sie liegen bleiben, dachte Teje grimmig, während sie unter ihrem Baldachin hervor auf die Gruppe hinunterblickte. «Die Prinzessin», sagte sie kurz und bündig zu ihrem Herold und beobachtete, wie er auf Nofretête zuging, die auf dem heißen Boden kauerte, sich aber nicht flach ausgestreckt hatte. In dem Augenblick der Stille war das leise Wispern der Wedel zu hören, und die Fliegen hingen wie schwarzer Staub in der Luft. Nofretête stand auf und kam trotz ihres geschwollenen Leibs leichtfüßig und anmutig auf ihre Tante zu. Teje entließ ihre Fächerträger und bedeutete dem Mädchen mit einem Wink, sich unter ihr Sonnendach zu setzen.

«Dies ist Karnak, Nofretête», sagte sie ohne Einleitung. «Warum baust du hier einen neuen Tempel für den Aton, wo doch dein Mann den bereits vorhandenen Schrein erweitert?»

Nofretête sah sie kühl an. «Weil es nur recht und billig ist, daß ich mir ein eigenes Ben-Ben schaffe, wo ich den Gott allein verehren kann.»

«Die Tradition verbietet die Errichtung eines Tempels für eine bloße Frau.»

«Aber ich werde bald Göttin sein, Majestät Tante. Amenhotep ist begierig, mich dem Gott in einem Tempel huldigen zu sehen, den zu bauen mein Glaubenseifer mich veranlaßt hat.» Sie schwieg einen Augenblick, dann setzte sie beißend hinzu. «Vergiß nicht, auch du hast in Soleb einen Tempel ganz für dich allein.»

«Man verehrt mich in Soleb als die Gottheit, zu der mich Pharao gemacht hat! Du bist vorläufig nur eine Prinzessin und wirst vielleicht nie diesen Grad von Unsterblichkeit erreichen. Die Priester Amuns sind nicht nur beunruhigt über diese offensichtliche Bevorzugung des Aton, sie sind auch bestürzt über deinen Mangel an Urteilskraft.»

«Halt mir keinen Vortrag über Fragen des religiösen Geschmacks, Majestät Tante», sagte Nofretête ruhig. «Du kommst kaum je nach Karnak, außer für die unvermeidlichen Zeremonien. Du willst lieber verehrt werden, statt selbst zu verehren.»

«Aber dies –» Teje deutete verächtlich auf das Baugelände – «könnte letztlich die Beständigkeit der Ma'at in Ägypten gefährden.»

«Das glaube ich nicht. Amenhotep baut auch in kleinerem Ausmaß etwas für Amun.»

«Eine beschwichtigende Geste?»

«Vielleicht. Aber zumindest zeigt mein Gemahl mehr Verehrung für die Götter, als sein Vater es getan hat, als er Malkatta auf dem Westufer baute und seine göttliche Person von allem entfernte, was heilig ist. Amenhoteps neuer Palast an der Peripherie von Karnak wächst mit jedem Tag.»

Ihre Blicke begegneten sich, und Teje meinte, ein spöttisches Funkeln in Nofretêtes hellen Augen zu entdecken. Ich verstehe den Wunsch meines Sohnes, sich völlig von Erinnerungen zu entfernen, die bitter für ihn sind, dachte sie bei sich, während sie das ovale, geschminkte Gesicht ihrer Nichte musterte, und es ist wahr, daß er sowohl für Amun als auch für Rê-Harachte baut. Warum ist mir dann kalt vor Unbehagen?

«Dein Interesse für die Angelegenheiten der Götter gereicht dir zur Ehre, Nofretête», sagte sie, «aber vergiß nie, daß die Staatsangelegenheiten an erster Stelle stehen. Du solltest dich lieber mit den Fragen der Diplomatie befassen.»

«Das tue ich.»

Nofretête lächelte zum erstenmal, und Tejes Wangen röteten sich vor Zorn. «Wenn du meinen Sohn schon nicht lieben kannst, solltest du zumindest Respekt vor seiner Güte und Unschuld haben», sagte sie in eisigem Ton. «Du bist ein Kind, das alberne Spiele mit ihm spielt. Sieh zu, daß du ihn nicht ausnutzt.»

«Du beleidigst mich, Majestät», erwiderte Nofretête, und Teje bemühte sich, ihren Zorn im Zaum zu halten.

Ich darf nicht in Gegenwart anderer wütend auf Nofretête werden, sagte sie sich. So unklug ihr Verhalten auch meiner Meinung nach sein mag, ich darf dem Hof keinen Anlaß zum Klatsch über Uneinigkeit in meiner Familie geben. «Ich finde, dieser Tempel ist töricht und möglicherweise gefährlich», sagte sie nach einem Augenblick, «aber wenn Amenhotep es wünscht, werde ich dich damit fortfahren lassen. Ptahhotep und die anderen Priester werden sich mit der Zeit damit zufriedengeben, wenn du taktvoll bist. Steh nicht zu lange in der Hitze, Kind. Du brauchst Ruhe und Stille.» Sie winkte ihren Sänftenträgern und ging rasch auf sie zu. «Zurück zu meinem Boot!» rief sie, nachdem sie sich mit erzwungener Ruhe auf die Kissen zurückgelehnt und die Vorhänge geschlossen hatte. Ich gerate neuerdings sehr leicht in Wut, sagte sie sich. Ich muß versuchen, einsichtig mit Sitamun zu sein.

Teje traf ihre Tochter auf der kühlen Marmorplatte ihres privaten Badehauses an, wo sie sich von ihrer Leibdienerin massieren ließ. Der Raum war halbdunkel, der Boden angenehm feucht unter den Füßen, und das Rauschen und Plätschern von fließendem Wasser erzeugte die Illusion von winterlicher Kühle. Sitamun lag auf dem Bauch, das Kinn auf die gefalteten Hände gestützt, während das Mädchen ihr festes Fleisch preßte und knetete. Sie begrüßte ihre Mutter mit schläfriger Stimme. «Ich fühle mich geehrt, Majestät.»

Teje nickte, erwiderte jedoch nichts. Sie sah zu, wie die respektvollen Hände das Öl in die Haut massierten, die matt glänzte wie Seide im Mondlicht. Sitamun ärgerte sie oft, amüsierte sie manchmal, ließ hin und wieder eine Flut von Liebe wie eine reine Quelle in ihr aufsteigen, versetzte Teje aber nur gelegentlich in Eifersucht. Heute war die Eifersucht plötzlich ungebeten da, als sie sah, wie die Sklavin das dichte, dunkle Haar beiseite schob, um den langen Hals, den anmutigen Rücken, die reizvolle Wölbung des nackten Hinterteils zu massieren. Sitamun murmelte zufrieden, drehte den Kopf in Teje eigener langsamer Bewegung zur Seite, lächelte leicht mit Tejes eigenem großzügigen Mund – eine Frau in der Blüte ihrer Jugend.

«Ich weiß, warum du hier bist, Mutter», sagte Sitamun mit halbgeschlossenen Augen, «also brauchst du deine Warnungen nicht zu wiederholen. Ich habe meinem Bruder und Nofretête mit Freuden meine Architekten für den Bau ihres neuen Palasts geliehen. Vermutlich werde ich selbst dort einziehen.»

«Es ist mir vollkommen gleichgültig, ob du Amenhotep Architekten zur Verfügung gestellt hast», erwiderte Teje. «Hast du über Nofretêtes Tempel Bescheid gewußt?»

Sitamun hob den Kopf. «Ja, natürlich. Meine Männer hatten den Befehl, mich über jeden Aspekt der Bauvorhaben zu unterrichten.»

«Warum hast du mir nichts davon gesagt?»

Sitamun blickte träge zu ihr hinauf. «Ich nahm an, daß alle es wußten. Nofretêtes Angeberei ist ein gutes Gesprächsthema. Hast du erwartet, daß ich empört über die Nachricht zu dir stürmen und dann bei ihr Einspruch erheben würde? Das wäre wohl schwerlich die richtige Art, in Amenhoteps Gunst zu bleiben.»

Teje biß die Zähne aufeinander. «Ist dir das wichtiger als mein Mißfallen?» fragte sie kalt.

«Ja, das ist es. Ich versuche, mich ihm unentbehrlich zu machen.» Sie drehte sich auf den Rücken, und Teje wandte die Augen ab von dem schlanken Leib, den straffen Brüsten. Sitamuns Haar fiel beinahe bis auf ihre Füße. «Ich war neun Jahre lang Königsgemahlin und habe gelernt, einen launischen, unersättlichen Mann zu befriedigen. Oh, ich weiß, daß Pharao mich in sein Bett genommen hat, weil ich ihn an dich erinnerte, aber es war meine eigene Geschicklichkeit, die mich dort gehalten hat. Versetz dich in meine Lage, Majestät. Wenn Pharao stirbt, werde ich für den Rest meines Lebens in den Harem verbannt. Du würdest dich ebensowenig wie ich mit solch einem Schicksal abfinden. Schließlich tue ich ja nichts Unrechtes. Ich mag meinen Bruder sehr gern.» Sie beugte das Knie, als die Finger der Masseuse sich in ihren Oberschenkel gruben. «Er wird mich zur Königin machen. Vielleicht sogar zur Großen Königsgemahlin.»

«Du darfst Nofretête nicht unterstützen. Weißt du nicht, daß sie ebenso ehrgeizig ist wie du?»

Sitamun öffnete die Augen und sah Teje scharf an. «Gewiß. Aber sie ist jünger und weniger erfahren. Du würdest es gern sehen, daß wir uns in den Haaren liegen, nicht wahr, Göttin? Du willst Amenhotep selbst beherrschen, aber du bist zu stolz, um mit Nofretête und mir zu konkurrieren, denn du weißt, daß du verlieren würdest. Du kannst nur politischen Scharfsinn gegen Jugend und Schönheit setzen, und Amenhotep ist sehr empfänglich für Schönheit.»

«Hast du gar keine Angst vor mir, Sitamun?» Die Frage war fast unhörbar.

«Doch», erwiderte Sitamun schläfrig, «aber solange mein Vater lebt, wirst du es nicht wagen, mich anzurühren, und wenn er stirbt, werde ich den Schutz eines neuen Pharao genießen. Und außerdem glaube ich nicht, daß du mir etwas antun wirst. So unsicher bist du nicht. Wenn du mich hättest umbringen wollen, so hättest du das schon vor langer Zeit getan, als wir beide Rivalinnen waren.»

Teje lachte freudlos. «Das waren wir nur in deiner selbstgefälligen Phantasie, Sitamun. Benutze zumindest deinen Einfluß auf den Prinzen dazu, diese Sonnenpriester in Schranken zu halten. Dir kann doch nichts an dem albernen Aton-Kult liegen.»

Sitamun schloß langsam die Augen und lächelte. «Nein, aber Amenhotep liegt viel daran. Oh, Mutter, du warst zu lange Regierungsoberhaupt von Ägypten. Du siehst düstere Probleme, wo es gar keine gibt. Er amüsiert sich, nichts weiter. Wir amüsieren uns alle.» Sie setzte sich auf, ließ sich von ihrer Dienerin ein Handtuch bringen, und Teje wußte, daß es keinen Sinn hatte, noch weiter zu reden. Mit einem kühlen Kopfnicken verabschiedete sie sich.

Ich nehme an, sie hat nicht ganz unrecht mit dem, was sie sagt, dachte Teje bei sich, während sie zu ihren eigenen Gemächern zurückkehrte. Man vergißt nur allzuleicht, zu lachen, zu scherzen, Torheiten um der Torheiten willen zu begehen. Und sie hat auch recht, wenn sie mich der Eifersucht bezichtigt. Ich will tatsächlich meinen Sohn beherrschen, will in den Kreis seiner Freunde aufgenommen werden und erreichen, daß er sich meinen Wünschen fügt. Und das werde ich. Sie irrt sich, wenn sie glaubt, daß es anders sein könnte.

In den folgenden Wochen beobachtete Teje aufmerksam den raschen Fortschritt der Bauarbeiten in Karnak und sah mit Befriedigung, daß ihr Sohn dem Gott Amun die gebührende Hochachtung zollte, während sein Tempel für den Aton sich rosa und neu inmitten der ehrfurchtgebietenden Türme früherer Zeiten erhob. Manchmal schien ihr, daß Amenhotep über die rituellen Handlungen lachte, die er bewußt pompös gestaltete, aber nicht auf die Art, wie sein Vater lachte, mit dem gutmütigen Spott des weltklugen Mannes, sondern mit der kalten Heimlichkeit eines Menschen, der in tiefere Mysterien eingeweiht ist.

Sie bemühte sich, mehr Zeit mit ihm zu verbringen, indem sie ihn, Nofretête, Sitamun und seine Anhängsel begleitete, wenn sie die Enten fütterten, die die königlichen Seen bevölkerten, Blumen pflückten, um sie zu Halsketten zu binden, oder eine einfache Abendmahlzeit auf dem Gras einnahmen und dabei beobachteten, wie Rê von der Nut verschluckt wurde. Amenhotep sprach bei diesen Gelegenheiten selten über religiöse Fragen, aber Teje konnte nicht sagen, ob das so war, weil er sich durch ihre Gegenwart gehemmt fühlte, oder nicht. Er redete viel über die Pracht und Schönheit der Natur, und es war deutlich zu erkennen, daß die Tiere ihm vertrauten. Affen, Katzen und die Windspiele seines Vaters folgten ihm auf Schritt und Tritt, und wenn er seine Division von Wagenlenkern inspizierte, kamen die Pferde in den Ställen furchtlos auf ihn zu und rieben ihre Köpfe an ihm. Teje war abgestoßen und fasziniert zugleich von der Arglosigkeit, die zu gekünstelt wirkte, um echt zu sein, einer Offenheit, die bloße Ehrlichkeit zu verspotten schien. Aber sie war gerührt über die Ehrerbietung, die er ihr entgegenbrachte. Er schrieb Lieder für sie, die er selber sang, wobei er sich auf der Laute begleitete, die er so gut zu spielen verstand. Er zog ihren Arm durch den seinen, während sie durch die Gärten schlenderten, oder hielt wie ein kleiner Junge ihre Hand fest.

Der Hof entdeckte plötzlich seine Liebe zur Natur. Blumen aus Amethyst, Jaspis und Türkis, in Gold gefaßt, erschienen an Halsketten und Gürteln und in rotbemalten Ohrläppchen oder wurden in das Haar von Perücken geflochten, die sowohl den Männern als auch den Frauen bis zur Taille reichten. Kein Höfling, der etwas auf sich hielt, promenierte in den Gärten ohne einen Affen auf der Schulter, einen Hund oder eine Gans an seinen Fersen und einen Diener oder zwei, die junge Kätzchen in Körben trugen. Ihre Frauen versammelten sich auf dem Rasen, um an einheimischem Bier zu nippen und über die Fähigkeiten ihrer Gärtner zu sprechen. Das Gelände des Harems, das für gewöhnlich bis zum Vormittag verlassen dalag, war plötzlich voll von Konkubinen, die im Morgengrauen schlaftrunken von ihren seidenen

Betten aufstanden, um die frische Luft zu atmen. Der Handel mit unparfümiertem Öl stieg schlagartig an.

Teje sah zu, wie die Höflinge Malkatta in eine teure Imitation des Sommersitzes eines wohlhabenden Städters verwandelten, während sich ihr Sohn, ohne etwas zu bemerken, im Mittelpunkt des neuen Zeitvertreibs bewegte. Sie hoffte, daß diese Spielerei nicht lange dauern würde. Ihre Blicke folgten Amenhotep, wenn er die Nase in das Fell seiner Katzen steckte, sich mit seinen Affen auf dem Gras wälzte und lachend hinter den zahmen Enten herlief, die ihm laut schnatternd zu entkommen suchten, und zum erstenmal versuchte sie ernsthaft, sich die Doppelkrone auf seinem seltsam mißgebildeten Kopf vorzustellen. Es beunruhigte sie, daß es ihr nicht gelang. Aber das gehört zur Kindheit, sagte sie sich, das Recht, fröhlich und arglos mit seinen Freunden zu verkehren. Wann hatte Amenhotep je Gelegenheit dazu? Er wird dessen bald überdrüssig sein. Er muß.

Nofretête wurde schließlich in Tejes eigenen Gemächern entbunden und brachte mit unerwarteter Leichtigkeit ein Mädchen zur Welt. Nachdem die Begeisterung, die unter den privilegierten Zuschauern ausgebrochen war, sich gelegt hatte und sie hinausgegangen waren, um das freudige Ereignis mit Wein zu feiern, nahm Amenhotep seine Tochter in die Arme.

«Ich werde sie Merit-Aton nennen», sagte er und preßte sie an sich, während sie mit ihren winzigen Ärmchen um sich schlug und zu weinen begann. «‹Geliebte des Aton› ist ein guter Name. Sie ist mein Fleisch und Blut.»

«Willst du nicht ein Orakel befragen, ehe du ihr einen Namen gibst?» fragte Teje.

«Ich bin der erste Diener des Aton und weiß, was der Gott will», erwiderte er feierlich. «Merit-Aton ist ein Name, der ihm sehr gut gefällt.»

«Wirst du deinem Vater eine offizielle Nachricht senden?»

Ohne ihre Frage zu beachten, übergab er Merit-Aton der Amme und setzte sich neben Nofretête. «Ich habe dir versichert, daß es leicht sein würde», sagte er, während er mit dem Finger über ihre feuchte Wange strich, «und es dauert nicht mehr lange, dann hast du wieder deinen schönen Körper. Das wird dich freuen.»

Nofretête entzog sich behutsam seiner Berührung. «Wenn es dich auch freut, Amenhotep», sagte sie. «Kann ich jetzt schlafen? Ich bin sehr müde.»

Amenhotep stand sofort auf. «Dann schlafe, Glückliche.» Er wandte sich an Teje. «Majestät, trink einen Becher mit mir.»

Teje nickte, und sie gingen in den kleinen privaten Empfangssaal am anderen Ende des Korridors. Während die Diener eilig die Lampen anzündeten und Cheruef Wein für sie beide einschenkte, ließ sich Teje in den Sessel sinken, und Amenhotep setzte sich auf den Schemel neben ihr.

«Pharao sollte diese Nachricht von einem deiner Herolde hören», sagte sie sanft. «Kannst du nicht wenigstens bei dieser Gelegenheit deinen Haß beiseite lassen?»

Er hob seinen Becher auf und fuhr mit dem Zeigefinger über den Rand. Seine silbernen Ringe blitzten. «Mutter die Sphinx», sagte er langsam. «Mutter die Unerkennbare, die Allmächtige.»

«Du redest törichtes Zeug. Dein Vater ist ein kranker Mann, und diese Nachricht wird ihn erfreuen.»

Amenhotep lächelte spöttisch. Er hob den Becher an die Lippen, leerte ihn und hielt ihn Cheruef hin, um ihn wieder füllen zu lassen. Seine braunen Augen funkelten belustigt. «Dein Gemahl ist tatsächlich krank. Er ist ein Mensch, nichts anderes als ein Mensch. Er wird sterben. Geh du selbst mit meiner Nachricht zu ihm.»

«Du bist grausam und erbarmungslos! Gibt es keine Versöhnlichkeit in deinem Herzen?» rief sie entrüstet.

Er starrte, ohne etwas zu erwidern, in seinen Becher. Gleich darauf sagte sie ein wenig ruhiger:

«Eine Tochter ist gut, Amenhotep. Sie wird Königin für Semenchkarê sein.»

«Es sei denn, ich bekomme einen Sohn.» Er hob den Kopf und sah sie freundlich an. «Ist die Geburt eines Sohnes schwerer als die einer Tochter, Majestät?»

Teje lachte. «Ob Sohn oder Tochter, es ist für eine Frau immer das gleiche.»

«Aber Semenchkarê hat dir Schmerzen verursacht.»

«Das kommt daher, daß ich nicht mehr jung bin.»

Er sah sie eine Zeitlang schweigend an; seine Augen wanderten von ihrem Gesicht zu der Sphinx, die auf ihrer Brust hing, und wieder zurück. Dann sagte er: «Du irrst dich. Du bist unsterblich.»

Glaubt er wahrhaftig, daß ich ewig leben werde, weil ich eine Göttin bin? fragte sich Teje. Gefällt ihm der Gedanke, oder möchte er lieber, daß ich sterbe, damit die letzten Reste der alten Regierung fortgefegt werden können? Sie sah zu, wie er seinen zweiten Becher leerte und ihn auf den Tisch stellte. «Ich bin natürlich unsterblich in meiner Göttlichkeit», erklärte sie in beiläufigem Ton, «aber mein Körper ist nur allzu sterblich!» Er lächelte nicht und schien plötzlich, die Augen starr auf ihr Gesicht geheftet, in eine düstere Trance zu sinken.

«Ich erinnere mich an Thutmosis», platzte er unvermittelt heraus.

Sie zuckte zusammen, als sie den Namen hörte. «Deinen Bruder?»

«Du hast ihn zu mir gebracht. Er kam einmal, widerwillig. Er stand in meinem Zimmer, den Arm um deine Schulter gelegt, lächelnd, ohne mir in die Augen zu sehen. Er war sehr braun gebrannt und roch nach Pferden und Sonne, und an seinen Sandalen haftete der Staub des Truppenübungsplatzes. Er sagte . . .»

«Ich weiß, was er gesagt hat.» Teje schluckte schwer; plötzlich stand ihr wieder alles deutlich vor Augen. Ihr ältester Sohn, so groß, die Berührung seiner kräftigen Hand in einer schützenden Geste auf ihren Schultern, sein Atem warm an ihrer Wange, weiße Zähne . . . Thutmosis lachte immer – wie sein Vater. Stets energisch ausschreitend, jagend, in seinem Streitwagen vorbeidonnernd, ein Prinz voll des Zaubers der Göttlichkeit und Herrschaft. Das Leben war damals einfacher gewesen. Thutmosis war ein mächtiger Falke-im-Nest, und Sitamun war seine Prinzessin. Ich hätte wissen müssen, sagte sich Teje leidenschaftlich, daß es nicht so bleiben würde. «Er sagte: ‹Kleiner Bruder, wenn du groß bist, werde ich mit dir auf Löwenjagd gehen.›»

«Ich habe tagelang davon geträumt», sagte Amenhotep, und wie immer war das Brechen seiner kindlichen Stimme das einzige Zeichen seines Kummers. «Jeden Morgen wachte ich mit dem Gedanken auf: Heute wird er kommen. Heute werde ich in seinem Streitwagen fahren, werde die Wüste und einen lebendigen Löwen sehen. Aber er kam nie.»

«Er war kein nachdenklicher junger Mann», wandte Teje sanft ein. «Er wußte, daß du ein Gefangener warst und fand es lächerlich; so sagte er einfach, was ihm in den Sinn kam, weil er verlegen war.»

«Und dann starb er.» Amenhotep erhob sich vom Schemel und stand schwankend da; der Wein, den er so schnell getrunken hatte, war ihm zu Kopf gestiegen. «Es war mein Schicksal, trotz allem am Leben zu bleiben, Pharao zu werden. Ich bin ebenso unzerstörbar wie du.»

«Du hast eine schöne Tochter, eine liebende Frau, ein Königreich, das darauf wartet, dich zu ehren», sagte Teje verwirrt und erschüttert. «Die Vergangenheit ist begraben, mein Sohn.»

«Ja.» Plötzlich fiel sein Kopf nach vorn. Er stützte sich mit einer Hand auf den Tisch, um das Gleichgewicht zu wahren, dann verneigte er sich kurz und ging mit schwerfälligen Schritten und wiegenden Hüften quer durch den Raum. Die Diener eilten herbei, um die Türen zu öffnen. In dem Halbdunkel dahinter hob sein Herold den Amtsstab, und sein Leibwächter aus On schloß sich ihm an.

Mitleid und Verachtung stiegen in Teje auf und übertrafen für einen Augenblick die schützende Liebe, die sie immer für ihn empfunden hatte. Er ist wie ein einfältiger Bettler, dachte sie bei sich, während sie sich auf den Weg zu den Gemächern ihres Mannes machte. Wozu jetzt diese Erinnerungen an Thutmosis? Ich habe ihm das Leben gerettet, aber er ist nicht dankbar. Er wünschte, neugeboren aus dem Harem zu kommen, wie Thutmosis zu sein. Aber ihr Ärger schwand, während sie durch die mit Fackeln erleuchteten Gänge schritt, die widerhallten von den eiligen Schritten der Diener und dem Gelächter von Höflingen, die sich auf einen festlichen Abend vorbereiteten, und nur Liebe und Verwirrung blieben zurück wie der bittere Rest eines herben Weines auf ihrer Zunge.

Pharaos Gemächer waren voll von gelbem Licht, als sie eintrat und die großen Doppeltüren sich schwerfällig hinter ihr schlossen. Der Junge hockte nackt auf dem Boden in der Mitte des Raums, ein Brettspiel zwischen sich und einer kleinen syrischen Tänzerin mit frischen Lotosblumen im Haar. Andere Tänzerinnen rekelten sich auf den Kissen oder saßen kichernd und schwatzend beisammen. Eine Gruppe von Musikanten stand neben einer kalten Kohlenpfanne, und der Lärm ihrer Becken, Sistren und Lauten vermischte sich mit dem Stimmengewirr. Am Fuß des Betts berieten sich drei Ärzte im Flüsterton, ohne auf das Getöse um sie herum zu achten. Tejes Stimmung hob sich, als sie das muntere Geschwätz vernahm. Es geht Pharao besser, dachte sie bei sich, während sie den Raum durchquerte, aber als sie sich dem Bett näherte und ihn sah, erkannte sie, daß es nicht so war. Amenhotep lag schwer atmend auf dem Rücken. Seine Haut war grau und durchsichtig; sie spannte sich jetzt straff über seine zuvor so schlaffen Wangen, so daß Teje fast glaubte, die großen Knochen darunter sehen zu können. Sein Mund war leicht geöffnet und enthüllte schwarze Zähne mit etlichen Lücken dazwischen. Als Teje sich hinunterbeugte, um ihn zu küssen, stieg ihr ein schwacher, süßlicher Geruch in die Nase, der ihr Blut erstarren ließ. Sie hatte ihn noch nicht oft gerochen, erkannte ihn aber sofort als Vorboten des Todes.

«Amenhotep?» flüsterte sie.

Er öffnete ein Auge und versuchte zu lächeln. «Ich weiß», brachte er mit pfeifendem Atem hervor. «Unser jüngster Gott ist Vater geworden. Zumindest ist irgend jemand Vater geworden.» Seine Pupille war erweitert und starr, und Teje fragte sich, wieviel Drogen man ihm wohl verabreicht hatte.

«Es ist ein Mädchen», sagte sie, den Mund dicht an seinem Ohr. «Nofretête ist wohlauf.»

«Nofretête hat hervorragend ihre Pflicht erfüllt. Ist der Schwächling zufrieden?»

Teje lachte kurz. «Du bist ein schrecklicher Mann, Mächtiger Stier», flüsterte sie, die Lippen an seine Schläfe gepreßt. «Ich liebe dich sehr. Ich sehe, daß ich kein Mitleid an dich zu verschwenden brauche. Ja, ich glaube, dein Sohn ist zufrieden. Er ist in seine Gemächer gegangen, um sich zu betrinken.»

«Glücklicher Amenhotep. Sag ihnen, sie sollen mich auf die Seite drehen, Teje, damit ich dich sehen kann.»

Auf ein Zeichen von ihr kamen seine Leibdiener eilig herbei und drehten seinen schweren Körper behutsam herum. Jetzt öffnete er beide Augen, und Teje wurde wie immer von einem Blick beherrscht, in dessen Tiefen, so verschleiert sie auch von den Drogen sein mochten, immer noch ein Schimmer von Lebenskraft zu sehen war.

«Warum läßt du diesen Lärm zu?» fragte sie. «Du brauchst Schlaf. Schick sie fort.»

«Nein. Dies sind die Dinge, für die ich gelebt habe. Ich trinke das abscheuliche Gebräu der Ärzte, und der Schmerz läßt nach, und ich sehe zu, wie die Körper sich recken und drehen, und die Musik reibt an meiner Haut, und ich schwebe – träume von rotem Wein, der in juwelenbesetzte Becher fließt, und blauen Augen, die von endlosem Genuß sprechen . . .» Die Worte wurden unzusammenhängend, und dann verloren sie sich.

Teje ergriff nicht seine Hand, um ihn zu beruhigen, ihn zu trösten. Sie wußte, daß er es nicht gewollt hätte. Sie saß da und blickte in seine Augen, bis sie erkannte, daß er sie nicht mehr sah. Dann stand sie auf und winkte die Ärzte herbei. «Wie ist sein Zustand?»

Ihr Wortführer hob die Brauen und zuckte die Achseln. «Er ist vom Fieber geschwächt. Sein Zahnfleisch ist mit Abszessen durchsetzt. Gestern hat er zwei weitere Zähne verloren. Seit fünf Jahren, Majestät, komme ich immer mit den gleichen Worten zu dir: Sein Lebenswille ist nicht menschlich.»

«Natürlich ist er das nicht!» erwiderte sie gereizt. «Du sprichst von Amun selbst. Gib ihm alles, was er will, und halte mich weiter auf dem laufenden über seinen Zustand.» Teje ging hinaus und war erleichtert, als sie die Tür hinter ihr ins Schloß fallen hörte und der Lärm im Schlafgemach der brütenden Stille des Korridors wich. Sie war erschöpft, und während sie durch die Gärten ging, war ihr, als ob sie den Geruch des Todes mit sich trüge, als ob er wie der Blütenstaub irgendeiner monströsen Blume an den Falten ihres Gewands haftete.

Die Nachricht von dem ernsten Zustand Pharaos verbreitete sich rasch, und eine erwartungsvolle Stille legte sich über Malkatta. Ausländische Gesandte präsentierten keine Beglaubigungsschreiben. Minister, die Arme voll von Schriftrollen, standen in den Gängen vor ihren Büros, als widerstrebte es ihnen hineinzugehen. Gelangweilte Höflinge schlenderten schweigsam in den Gärten umher und wandten hin und wieder das Gesicht den sporadischen Geräuschen von Amenhoteps Todeskampf zu. Teje, deren Augen geschwollen waren vom Mangel an Schlaf, ging von ihren Gemächern in die relative Stille ihrer Gärten und bereitete sich darauf vor, weitere Stunden schlaflos in der Dunkelheit zu liegen und ebenso wie ganz Malkatta auf das makabre Geschrei und Gelächter zu lauschen, das schrill und drohend durch ihre Fenster drang. Einmal befahl sie ihren eigenen Musikanten, für sie zu spielen, wandte sich aber bei ihren ersten klagenden Tönen angewidert von ihnen ab, denn ihre Melodien machten sie zur Teilnehmerin an der Orgie von Pharaos Sterben. Am Ende versuchte sie nicht mehr zu schlafen, sondern saß steif und aufrecht neben ihrem Bett, während ihr Schreiber zu ihren Füßen hockte und ihr vorlas.

Aber schließlich ließ Pharao sie rufen, und Teje wußte, daß dies das letzte Mal war. Sie empfand nichts weiter als Erleichterung. Jahrelang war der Hof vor einem Hintergrund von Spannung und der Erwartung schlechter Nachrichten aus Pharaos Gemächern seinen täglichen Geschäften nachgegangen. Die Minister hatten sich daran gewöhnt, mit ihm durch Teje zu verkehren. Oft war sein Platz bei den Festessen monatelang leer geblieben. Und wenn er dann wieder auftauchte, waren die Höflinge bestürzt, manchmal sogar ärgerlich. Nur wenige konnten sich an die Zeit erinnern, wo Amenhoteps Stimme und seine physische Gegenwart Malkatta durchdrang. Er war zu lange nur eine Atmosphäre gewesen, die über ihnen schwebte, ein unsichtbarer Gott. Sein Tod wird mehr als Schmerzen mit sich bringen, überlegte sich Teje, als sie ihrem Herold befahl, ihren Sohn zu wecken, und rasch durch das schläfrige Halbdunkel des Palasts ging. Es wird auch Zweifel geben. Der Lärm in den königlichen Gemächern wuchs zu einem regelrechten Getöse an, als die große Doppeltür vor ihr aufgerissen wurde. Einen Augenblick blieb sie stehen, dann wandte sie sich an die Gefolgsleute Seiner Majestät, die hinter ihr standen. «Werft sie alle hinaus.»

Sie wartete mit verkniffenen Lippen, während die Soldaten die erstaunte Menge zerstreuten. Die Musik erstarb, und die Musikanten flohen mit einer hastigen Verbeugung an ihr vorbei. Die Tänzerinnen und Höflinge folgten, ein stolpernder, aufgeschreckter Haufen von schweißglänzenden Körpern, die an ihr vorbeiwankten; einige fielen auf die Knie, als sie Teje erkannten, andere gingen unter Verbeugungen rückwärts hinaus, bis die Soldaten sie alle auf den Gang gedrängt hatten.

Teje sah sich um. Auf dem Boden lagen in buntem Durcheinander leere Weinkrüge, zerrissene Blumenkränze, Tand von den Tänzerinnen, ein abgeworfener gelber Umhang und sogar ein zerbrochener Topf Augenschminke, dessen Inhalt schwarz und klebrig über die staubigen blauen Fliesen sickerte. Der Junge erhob sich mit einer geschmeidigen Bewegung aus der Ecke, wo er gehockt hatte, und kam vorsichtig auf sie zu, die Hand krampfhaft um etwas geschlossen, das durch seine gebogenen Finger schimmerte. Er fiel zu Boden. Teje nickte wortlos dem Soldaten zu, der neben ihr stand, und er befahl dem Jungen aufzustehen.

«Zeig es mir», sagte sie schroff.

Der Junge sah sie mit kalten, impertinenten Augen an. «Er hat ihn mir geschenkt.» Die kleine Hand öffnete sich, und auf der Handfläche lag ein goldener Ring, gekrönt von Pharaos königlicher Kartusche aus Türkis. Der Soldat nahm ihn an sich, und der Junge starrte ihn wütend an. «Er hat ihn mir geschenkt!»

Im Gang ertönten rasche Schritte, und Eje kam, von Haremhab gefolgt, eilig herein. Teje nickte, als sie sich verneigten, und wandte sich an Haremhab. «Nimm diesen Jungen mit. Schick ihn sofort ins Delta und laß ihn in eine deiner Grenzpatrouillen einschwören. Stell ihn unter das Kommando eines Hauptmanns, der dafür sorgt, daß er nicht wegläuft.»

«Wenn er es tut, bedeutet das die fünf Wunden und eine rasche Enthauptung», sagte Haremhab grimmig. Der Junge fing an, lauthals zu fluchen, und stürzte sich auf ihn. Seine langen Nägel zielten auf Haremhabs Augen, und seine nackten Füße schlugen ein regelrechtes Trommelfeuer gegen Haremhabs Beine, aber der diensthabende Gefolgsmann trat rasch dazwischen, und nachdem er ihm einen betäubenden Schlag gegen die Schläfe versetzt hatte, hob er ihn vom Boden auf und verschwand in dem Halblicht hinter der Tür.

«Verlaß uns ebenfalls, Haremhab», befahl Teje leise. Sie zitterte. Er verneigte sich sofort und ging hinaus.

Erst jetzt fand Teje den Mut, durch den langgestreckten Raum und die unheilvoll stillen Schatten auf das breite Bett zu blicken, neben dem eine Steinlampe brannte. Im Halbdunkel hinter ihr standen, gebeugt und resigniert, die Ärzte. Mit Eje an ihrer Seite ging sie auf Pharao zu, und als sie bei ihm angekommen waren, öffnete sich abermals die Tür, und Amenhotep und Sitamun schlüpften herein. Teje sah sie nicht einmal an, als sie am Fuß des Betts stehenblieben. Ihr Blick ruhte auf ihrem bewußtlosen Mann, der sich im Bett herumwarf und unverständliche Dinge murmelte.

«Nun?» fragte sie, an die Ärzte gewandt.

«Wir haben alles getan, was wir konnten», sagte einer von ihnen in dem ausdruckslosen Ton der völligen Erschöpfung, «und er hat sich geweigert, die Zauberformel über ihm singen zu lassen.»

«Gut. Ihr könnt gehen.»

Sie nahmen sich nicht die Zeit, das Durcheinander von Kräutern, Amuletten und Salben einzupacken, das sich über den Tisch ergossen hatte, sondern gingen so rasch fort, wie die guten Manieren es erlaubten, und Teje konnte es ihnen nicht verübeln. Die letzten Wochen der Pflege Pharaos mußten ein Alptraum gewesen sein, den sie nie vergessen würden. Sie legte die Hand auf die feuchte Stirn ihres Mannes und flüsterte seinen Namen, aber er fühlte selbst in seiner Bewußtlosigkeit den Schmerz ihrer Berührung und wandte den Kopf. Sein ganzes Gesicht war geschwollen, getrockneter Schaum klebte an seinen Lippen, und aus seinen geschlossenen Augen sickerten gelbliche Tränen, die kleine Klumpen an seinen Wimpern bildeten. Teje zog ihre Hand zurück.

Lange Zeit verharrten die vier regungslos in der grabähnlichen Stille des Raums, und Teje erkannte verzweifelt, daß Pharao sterben würde, wie er gelebt hatte – selbstgenügsam, allein, mit arroganter Ablehnung all dessen, was außerhalb seiner Macht lag, und Verachtung für alle, die sich erboten, seine Bedürfnisse zu befriedigen. Er kam nicht wieder zu sich. Seine Ruhelosigkeit wurde spasmodischer, seine gemurmelten, unzusammenhängenden Sätze wurden schwächer und seltener. Ein Diener näherte sich Teje auf lautlosen Füßen und sprach mit abgewandtem Blick. «Der Hohepriester und seine Gehilfen sind draußen, Majestät. Sie bringen Gebete und Weihrauch für das Hinscheiden des Gottes.»

«Laß sie herein.»

Der Raum füllte sich langsam mit schweigenden Männern in weißen Gewändern, die glühende und stark duftende Weihrauchgefäße in den Händen hielten. Ptahhotep näherte sich dem Bett, kniete nieder und ergriff Pharaos schlaffe Hand, um sie zu küssen, während die übrigen Priester einen leisen, melodischen Gesang anstimmten. Ich möchte wissen, ob er das wahrnimmt, dachte Teje bei sich. Ich glaube, er würde den Tumult vorziehen, dem ich ein Ende gemacht habe, aber er würde meine Gründe dafür verstehen. Gott bist du, und Gott wirst du immer bleiben, Amenhotep. Sie warf einen verstohlenen Blick auf ihren Sohn, konnte aber seinen Gesichtsausdruck nicht deuten. In dem flackernden Licht wirkte sein Unterkiefer länger und schmaler denn je, seine Nase schärfer, seine dicken Lippen schlaffer. Sitamuns

Augen schossen von ihrem Vater zu den Priestern, und Teje glaubte, Ungeduld in den langen Fingern zu entdecken, die sie vor sich verschlungen hielt.

Nach und nach füllte sich das Gemach mit einem süßlichen Rauch, der in jede Ecke zog und den Geruch von abgestandenen Wein, Parfum und Schweiß vertrieb. Bleiches Licht begann durch die Fensterläden zu dringen. Irgendwo jenseits der Rasenflächen und Beete ertönte das ferne Rasseln eines Tamborins und das leise Wehklagen eines Morgenlieds – eine Dienerin auf dem Weg zu ihren täglichen Pflichten in Küche oder Harem.

In diesem Augenblick wurde sich Teje plötzlich bewußt, daß sie auf einen Leichnam hinunterblickte. Pharao war tot, aber seine Persönlichkeit war so stark gewesen, daß sie minutenlang nichts sagte und tat, nur darauf wartete, daß seine Augen sich öffneten und die ihren suchten. «Mögen die Sohlen deiner Füße fest sein, Osiris», murmelte sie schließlich. «Möge dein Name ewig leben. Zieht die Vorhänge hoch und öffnet die Läden», befahl sie den Dienern. «Es dämmert.» Sie taten wie geheißen, und Sitamun fiel steif auf die Knie. Teje hatte angenommen, daß das Mädchen dem Leichnam irgendein Zeichen der Hochachtung geben würde, aber Sitamun warf sich vor ihrem Bruder nieder und preßte den Mund inbrünstig auf seine Füße.

Das Licht war heller geworden, während Rê sich mühte, geboren zu werden. Die Priester stimmten übergangslos den Lobgesang an, den Pharao seit vielen Jahren nicht hatte hören wollen, und ihre Augen wanderten zu dem jungen Mann, der den Blick dem Fenster zugewandt hatte. Sitamun stand auf und entfernte sich. Einer nach dem anderen kamen die Priester herbei, um ihrem neuen Herrscher zu huldigen, und als die Hymne beendet war, gingen auch sie fort. Eje sank auf die Knie, um die jetzt göttlichen Füße zu küssen, und Teje tat es als letzte, fast ohne sich ihres Tuns bewußt zu sein. Amenhotep beachtete sie nicht, sondern starrte in den Garten hinaus, wo die Dämmerung vorüber war und das Licht von rosa zu weiß wechselte.

«Wie reizvoll beendet Rê seine endgültige Verwandlung», bemerkte er heiter.

«Ich werde sofort die Herolde aussenden», sagte Eje, an Teje gewandt, «und wenn du willst, werde ich den Schreiber des Ausländischen Amtes anweisen, Depeschen für diejenigen Königreiche vorzubereiten, mit denen wir Beziehungen unterhalten. Deine Gegenwart ist dafür nicht erforderlich.»

Teje nickte. «Schick nach den Sem-Priestern, damit sie ihn fortholen», sagte sie, «und nach seinen Dienern, damit sie seine Sachen einsammeln.» Eje nahm sie beim Arm, aber sie schüttelte ihn sanft ab. «Ich gehe zu Tia-Ha», sagte sie. «Ich trauere nicht, Eje, noch nicht. Ich kann einfach nicht glauben, daß ein Gott, dessen Ka das ganze Reich so lange durchdrungen hat, gestorben ist. Ich werde Cheruef Bescheid sagen.»

Die Tür fiel leise ins Schloß, und sie und Eje sahen sich überrascht um. Amenhotep war hinausgegangen.

Bis Teje die Gemächer ihrer Freundin betrat, hatte im Harem das Klagegeschrei begonnen. Die Frauen strömten in den Garten, zerrissen ihre Gewänder und streuten Erde über ihre Köpfe. Tia-Ha stand von ihrem Kosmetiktisch auf; sie trug noch ihr voluminöses Schlafgewand, und die vertraute, behagliche Unordnung des Zimmers löste Teje aus ihrer Erstarrung. Ihre steifen Gliedmaßen lockerten sich und begannen zu zittern. Noch ehe Tia-Ha niederknien konnte, griff Teje nach ihren Händen, zog sie nach vorn, und Tia-Ha umarmte sie. «Bring warmen Wein, und mach schnell», befahl sie ihrer Sklavin. «Setz dich auf mein Bett, Majestät. Wie kalt du bist!» Binnen weniger Augenblicke hatte sie einen wollenen Umhang um Tejes Schultern gelegt und ihr einen Becher mit warmem Wein gereicht. Teje trank ihn dankbar.

«Es ist die Erschütterung, Tia-Ha», sagte sie, als der Alkohol ihren Magen erreichte und eine wohlige Wärme durch ihre Glieder sandte. «Wir haben es schon so lange erwartet. Wir hätten bereit sein müssen.»

«Wie kann man bereit sein für den Tod eines Horus, wie er einer war? Weine, wenn du willst, Majestät. Wir sind hier ganz unter uns. Hör sie dir an! Die Haremsfrauen haben kein so aufregendes Erlebnis gehabt, seit Prinzessin Hemut die Babylonierin angegriffen hat. Eine Woge von köstlichem Kummer begleitet Amenhotep zur heiligen Barke.»

Teje lächelte gezwungen. «Er würde lachen, wenn er dich hörte. Aber nein, Tia-Ha, ich werde nicht weinen. Ich glaube, ich habe vergessen, wie man das macht. Pharao mochte keine Tränen. Er betrachtete sie als Schwäche.»

«Und für eine Königin sind sie das auch. Du wirst alle Hände voll damit zu tun haben, eine neue Regierung für deinen Sohn zu bilden und für das Wohl der Delegationen zu sorgen, die zur Beerdigung kommen.» Sie schwieg und saß, ihre Hände um den Becher gelegt, eine Weile nachdenklich da.

«Du hast deine Pflicht als Königsgemahlin mit großer Hingabe erfüllt», sagte Teje zu dem gesenkten, zerzausten Kopf. «Möchtest du, daß ich meinen Sohn bitte, dich aus dem Harem zu entlassen, Tia-Ha? Du könntest dich auf deine Güter im Delta zurückziehen. Ich mache mir nichts aus den anderen Frauen, aber du bist immer meine geliebte Freundin gewesen.»

«Mich zurückziehen?» Tia-Has Augen blitzten. «Oh, die üppigen Freuden des Deltas! Die Obstbäume, die duftenden Weingärten, die kraftvollen jungen Sklaven, die keuchend, mit schwellenden Muskeln die Trauben pressen. Es wäre nicht uninteressant. Aber ich glaube nicht. Ich möchte das Recht haben, zu kommen und zu gehen wie ich will, nicht nur bis zu den Märkten von Theben, aber ich habe mein Leben hier verbracht, und ich würde den Klatsch, die Kämpfe vermissen, und auch den Hauch von Macht, der durch jene großen Doppeltüren dringt. Vielen Dank, Göttin, aber ich möchte es nicht.»

Teje nickte; Tia-Has weiche, melodische Stimme tat ihr wohl, und eine gesunde Müdigkeit kam über sie. Sie hatte kein schlechtes Gewissen, als sie erkannte, daß sich unter ihrem Schmerz und ihrer Spannung ein Gefühl der Erleichterung zu regen begann. Ägypten hatte sich lange auf diesen Tag vorbereitet. «Ich glaube, ich werde jetzt schlafen», sagte sie. «Es war gut, zu dir zu kommen, Tia-Ha.» Teje stand auf, und diesmal wartete sie auf die Huldigung der anderen, ehe sie den Harem verließ. Als sie langsam zu ihren eigenen Gemächern ging, achtete sie nicht auf die stürmischen Bekundungen der konventionellen Trauer rings um sie herum. Es ist uns gut ergangen, dir und mir, sagte sie im stillen, als sie die Beine aufs Bett schwang und der Schlaf sie überfiel. Das Leben war schön.

ZWEITES BUCH

7

Während der siebzig Tage der Trauer für Pharao Amenhotep III. wurde seine Leiche von den Sem-Priestern einbalsamiert und seine prächtige Grabstätte bereitgemacht; und derweil strömten aus allen Ecken und Enden des Reiches fremde Würdenträger nach Malkatta, um Königin Teje ihr Beileid auszusprechen und deren Sohn ihrer ewigen Brüderlichkeit zu versichern. Amenhotep IV. saß feierlich auf einem Thron, aber die königlichen Insignien blieben in den Armen ihrer Verwahrer, die auf den Stufen standen, denn vor seiner Krönung durfte der junge Pharao sie nicht tragen. Er hörte sich huldvoll jedes schmeichelnde Wort an und antwortete höflich, doch die Anwesenden hatten den Eindruck, er sei mit den Gedanken woanders. Wenn er sich nicht im Audienzsaal des Pharaos aufhielt, konnte man ihn im Kinderzimmer finden, über das Bettchen der kleinen Merit-Aton gebeugt, oder er saß mit seiner Frau am See und lauschte seinem Schreiber, der ihm aus alten Schriften vorlas. Teje hatte erwartet, daß er die Sonnenpriester entlassen, die Amun-Priester beschwichtigen und seine Ministerien aufsuchen würde, aber er tat nichts davon. Sie fragte sich, ob er dadurch, daß er sich noch immer wie ein Prinz verhielt, der Möglichkeit vorbeugte, noch jetzt die Königswürde zu verlieren.

Nofretête hegte keine solchen Befürchtungen. Sie ließ sich das Kobra-Diadem kommen und verbrachte einen Nachmittag damit, es genau zu betrachten, während dessen Bewahrer schweigend dabeistand und fürchtete, sie könnte durch eine Voreiligkeit gegen die Sitte verstoßen. Aber sie wagte nicht, es sich auf den Kopf zu setzen. Stundenlang beobachtete die junge Frau den Bau des Palasts, den Amenhotep in der Nachbarschaft des Tempelbezirks von Karnak errichten ließ, obwohl die Architekten und Handwerksmeister ihre Besuche fürchteten, denn sie war nie zufrieden. Ihrem Mann gegenüber war sie liebevoll und aufmerksam, aber wer ihre Bekundungen von übermäßiger Zuneigung miterlebte, empfand sie als unaufrichtig.

Einige Wochen, ehe Sitamuns Vater auf den rituellen Schlitten zu seiner Grabstätte gezogen werden sollte, suchte sie den neuen Pharao auf, und als sie anmutig über seinen Rasen schritt, umwallten sie die durchsichtigen blauen Trauergewänder in dem leichten Wind sehr schmeichelnd. Der Fluß hatte seinen höchsten Stand überschritten und fiel jetzt, und die kahle Erde war schon mit dünnen grünen Schößlingen neuer Feldfrüchte bedeckt. Hoffnungsfreude lag in der Luft, und die Höflinge frohlockten fast über die Aussicht auf neue Intrigen, neu zu erwartende Ernennungen, auf ein unerprobtes Gesicht, das unter der gewichtigen Doppelkrone auf sie herabstarren würde. Sitamun hatte sich sorgfältig angekleidet und trug eine vierfache Kette aus buntbemalten und vergoldeten Keramikringen um den Hals. Ihre Perücke war mit Kornblumen aus Türkis und Lapislazuli geschmückt, und ein einziger, riesiger Jaspis hing auf ihrer braunen Stirn. Die Bänder, die das enge blaue Gewand unter ihren geschminkten Brüsten hielten, hingen flatternd herab bis zu den goldenen Sandalen an ihren Füßen, und um die Schultern trug sie einen kurzen, rotgesäumten Umhang. Die Armbänder an ihren Handgelenken klirrten leise, und ihre Ringe blitzten, als sie ihren Bruder mit ausgestreckten Armen und gesenktem Kopf begrüßte. Ihr Gefolge schwebte hinter ihr her wie bunte Blütenblätter.

Amenhotep lächelte, als sie sich aufrichtete. «Trauerkleidung steht dir, Sitamun. Sie paßt zum Blau deiner Augen.»

«Mein Pharao, mein lieber Bruder», sagte sie, ebenfalls lächelnd, «von Rechts wegen hätte ich mit meinem Geschenk bis zu deiner Krönung warten sollen, aber ich wollte, daß du es in einem ruhigen Augenblick bekommst, damit ich eigennützig deine Freude genießen kann. Willst du mit mir zum Kanal gehen?» Ohne eine Antwort abzuwarten, hakte sie ihn unter, und sie machten sich auf den Weg zum Vorhof. «Der Aton-Tempel braucht noch lange, bis er geweiht wird», fuhr sie fort, «und der Tempel der Prinzessin wächst auch langsam. Macht dich die Verzögerung ungeduldig?» Er taute auf, beantwortete ihre Fragen freundlich und spürte, daß sie die andere Hand auf seine legte. «Und Prinzessin Merit-Aton geht es gut, wie ich höre», sagte Sitamun, als sie oberhalb des Anlegeplatzes durch das flirrende Licht gingen. Die Volksmenge, die sich immer dort herumtrieb, warf sich vor ihnen zu Boden.

«Ja. Und sie ist bereits sehr schön. Ich glaube, sie wird Nofretêtes fremdländische Augen bekommen.»

Sie waren am Ufer des privaten Kanals zwischen dem Palast und dem Fluß angekommen und setzten ihren Weg nun im Schatten der Dattelpalmen und Sykomoren fort, die ihn säumten. Am Landungssteg schaukelte ein kleines Flußboot in der schwachen Dünung, dessen blau-weißes Damastsegel säuberlich am Mast festgezurrt war. Der Rumpf bestand aus Zedernholz, und Amenhotep konnte den Duft des ausländischen Holzes riechen. Die Planken waren mit Gold ausgelegt, das unter den Bäumen dunkel schimmerte. Eine riesige, strahlenförmige Sonne am Bug war mit Silber überzogen, und am Heck blickte ein silbernes Auge des Horus leidenschaftslos drein. In der Mitte des Decks befand sich eine Kajüte, ausgekleidet mit babylonischem Brokat, nubischem Leder und Seide aus Asien, die ganze Ausstattung in Blau und Weiß, den königlichen Farben. Kleine Klappstühle aus Zedernholz, mit Elfenbein eingelegt, standen ringsum auf dem Deck. Ein goldener Baldachin war zurückgeschlagen gegen die vordere Wand der Kajüte. Sklaven im blau-weißen Leinenschurz und mit ebensolchen Kopftüchern waren an der Reling angetreten, und als Amenhotep sich näherte, knieten sie nieder.

Sitamun hob einen juwelengeschmückten Arm. «Das ist mein Geschenk für dich, Horus. Ich habe veranlaßt, daß der Aton darauf dargestellt wird. Nimm es mit meiner demütigen Huldigung und Liebe entgegen.»

Ihre Diener hinter ihnen brachen in bewunderndes Gemurmel aus. Amenhoteps ernster Blick wandte sich seiner Schwester zu.

«Ich nehme es mit Erstaunen entgegen», sagte er. «Es ist gut gebaut. Deinem Vermögensverwalter muß der Angstschweiß ausgebrochen sein.»

Alle lachten pflichtschuldig über den zaghaften Witz, und Sitamun lächelte ihm zu. «Ich bin reicher als jede andere Frau, abgesehen von unserer Mutter», sagte sie kühl. «Daher kann ich großzügig Geschenke machen. Die Mannschaft und die Sklaven gehören dir auch.»

Amenhotep drehte sich um und umarmte sie herzlich. «Wir werden gleich eine kleine Fahrt machen», sagte er. «Es ist ein herrlicher Tag.» Auf seinen Wink erhoben sich die Sklaven, liefen zur Rampe, lösten die Vertäuung und ließen das Segel herunter. Pharao trat mit unsicheren Schritten in die Kajüte, und Sitamun folgte ihm. Die Diener kamen nach ihnen an Bord und ließen sich unter dem Sonnensegel nieder. «Bloß bis zur großen Biegung», befahl Amenhotep, und das kleine Schiff legte ab und begann den Kanal hinunterzugleiten. Amenhotep legte sich auf den Kissen zurück. «Nichts ist so angenehm wie ein Tag auf dem Fluß», sagte er verträumt. «Wenn du genau hinschaust, Sitamun, kannst du unter den Palmzweigen die fast versteckten Vogelnester sehen. Ich liebe es, an Scharen von Reihern und Ibissen vorbeizufahren – so blendendweiß, so dünne, zierliche Beine! Wahrlich, das Leben ist wundersam.»

Sitamun legte sich neben ihn und ließ zu, daß der warme Wind, der durch die Kajüte wehte, das blaue Leinen von ihren Beinen wegblies. «Schau, Amenhotep», sagte sie und deutete aufs Ufer, «ein Krokodil.» Sie sahen zu, wie das Tier leise ins Wasser schlüpfte. «Sie warten gern in der Nähe von Theben. Manchmal landen Leichen im Nil. Wie entsetzlich zu sterben, ohne einbalsamiert zu werden, keinen Platz in der nächsten Welt zu haben.»

«Das Schicksal des Körpers ist nicht wichtig», erwiderte Amenhotep freundlich. «Durch Atons Macht werden wir geboren, und durch dieselbe Macht überlebt der Ka.»

O nein, dachte Sitamun. Wenn ich mir wieder einen Vortrag über die Macht der Sonne anhören muß, werde ich einschlafen. Aber Pharao sprach nicht weiter, und als Sitamun aufschaute, sah sie, daß er sie anstarrte.

«Was willst du jetzt tun, da dein königlicher Gatte tot ist?» fragte er mit angeregter und lebhafter Stimme, während sein Blick träge über ihren Körper wanderte mit einer Wertschätzung, die zu offenkundig war, um beleidigend zu sein. Sitamun hob die Ringlein von ihrer Brust an und begann mit ihren Ketten zu spielen. «Was kann ich tun, Horus? Ich gehöre in den Harem. Ich bin eine Witwe. Aber selbst wenn ich den Harem verlassen könnte, würde ich es nicht tun. Ich möchte dir so getreulich dienen wie Osiris Amenhotep. Ich bin Prinzessin gewesen, Gemahlin eines Erben, Königin. Wenn meine lange Erfahrung im

Hofleben dir nützlich sein sollte, kannst du über mich verfügen, wie du es für richtig hältst.»

Er nickte ernst. «Du bist freundlich zu mir gewesen, Sitamun. Dein Rat in Regierungsfragen würde nützlich sein, wenn Mutter die Antworten nicht liefern kann, natürlich. Sag den Leuten, sie sollen die Vorhänge herunterlassen, dann werden wir das besprechen.»

Sitamun gab einen kurzen Befehl, und ein Diener eilte herbei, um ihn auszuführen. Als die warme Dunkelheit sie umschloß, schien es Sitamun, als glänzten die Augen ihres Bruders fiebriger. Seine schlaffen, langfingrigen Hände begannen zu zucken, strichen über seinen weichen Bauch, streichelten einander, zupften langsam an dem knöchellangen Gewand, das er trug. «In dieser Düsternis nimmt dein Mund ein unbestimmbares Alter an», murmelte er mit brechender Stimme. «Ich bin geneigt, dich zur Großen Königsgemahlin zu machen. Eine solche Schönheit sollte nicht brachliegen.»

Sitamuns Sinne waren plötzlich erregt, als sie spürte, wie seine Hand über ihren Körper strich, an den Bändern zupfte, die ihr enges Gewand hielten, und ihre Brüste liebkoste. Er nahm ihre Perücke ab, und ihr eigenes Haar fiel ihr über die Schultern. Der Anblick schien ihn mit unvermuteter Energie zu erfüllen, und seine dicken, herzförmigen Lippen senkten sich auf ihre. Einen Augenblick lang rebellierte ihr Körper, abgestoßen von seiner schieren Häßlichkeit, aber sie schloß die Augen, bot den Mut und die Geschicklichkeit auf, die sie bei ihrem Vater immer wieder bewiesen hatte, und fand die Aufgabe erfreulicher, als sie sich vorgestellt hatte.

Nachher setzte er ihr sanft die Perücke wieder auf und rief, damit die Vorhänge hochgezogen würden. Auf Deck plauderten und kicherten die Diener immer noch, und das Wasser plätscherte an den goldenen Schiffswänden. Amenhotep sah seine Schwester an. «Ich habe es genossen», sagte er. «Du verstehst mehr von der Liebeskunst als Nofretête. Vielleicht könntest du sie darin unterweisen.»

Fassungslos bemühte sich Sitamun um einen gleichmütigen Ausdruck und wußte nicht, ob es ein Scherz gewesen war oder er sich eine gehässige Bemerkung über seine Frau erlaubt hatte. Sie erkannte, daß beides nicht stimmte, sondern er einfach seine Gedanken laut ausgesprochen hatte. In dieser Hinsicht, befand sie, als sie ihr enges Gewand wieder festband und in die Hände klatschte, damit ihr etwas gebracht werde, das ihren Durst löschte, in dieser Hinsicht ist er gefährlich.

Die Neuigkeit von Sitamuns Geschenk für ihren Bruder, von ihrer Vergnügungsfahrt und der Zeit, die sie abgesondert von ihrem Gefolge verbracht hatten, ging von Mund zu Mund in Malkatta, wo die siebzig Tage der Trauer für den toten Pharao den Hof begierig gemacht hatten, zu seinen normalen Geschäften zurückzukehren. Zwei Tage lang brütete Nofretête über die Gerüchte, und am dritten Abend begab sie sich in Amenhoteps Schlafzimmer. Die Luft war kühl, und zwei Kohlenpfannen rauchten an beiden Enden des großen Raums. Die Türen zu Amenhoteps goldenem Aton-Schrein standen offen, und der Weihrauch, den er verbrannt hatte, während er seine Gebete sprach, glimmte noch. Er selbst saß, von Kissen gestützt, auf seinem Bett, die Knie bis zum Kinn hochgezogen und die Arme locker um die Beine gelegt, tief in Gedanken versunken wie so oft nach seinem täglichen Gespräch mit dem Gott. Sein Kopf war unbedeckt, und als Nofretête rasch auf ihn zutrat, fiel ihr wieder dessen seltsame Form auf. Sie war zu sehr daran gewöhnt, um Abscheu zu empfinden, sondern stellte vielmehr fest, daß sie sich immer mehr zu ihrem Mann hingezogen fühlte. Sie verstand ihn jetzt nicht besser als bei der Unterzeichnung des Ehevertrags, aber ihr Bedürfnis, seine sonderbare Unschuld zu beschützen, hatte zugenommen. Als sie zu ihm kam, ergriff sie seine schlaffe Hand und küßte sie zärtlich. Er hob den Kopf, zwinkerte und nahm die Beine vom Bett.

«Horus, du siehst müde aus», sagte sie.

Er nickte. «Ich mag die dunklen Stunden nicht, Nofretête. Ich fühle mich nur sicher unter der Hitze von Rê, dem Licht, das alles Verborgene enthüllt. Die Nacht ist erfüllt von Geflüster, sofern ich sie nicht verschlafen kann.»

Nofretête ballte die unter dem Nachtgewand verborgenen Fäuste. «Und hast du dich sicher gefühlt hinter den Vorhängen des prächtigen Flußboots, das Königin Sitamun dir geschenkt hat?»

«Oh, sehr. Sitamun gehört nicht zur Dunkelheit. Sie kann mich nicht verletzen.»

«Pharao, dein Vater ist tot. Niemand kann dir jetzt etwas zuleide tun. Aber du kannst ausgenutzt werden. Vermagst du nicht einzusehen, daß Sitamun dich ausnutzen möchte, um Große Königsgemahlin zu werden?»

Er stand unvermittelt auf und begann im Zimmer umherzugehen, und Nofretête bemerkte, daß er immer innerhalb des Lichtscheins der Dutzende von Lampen blieb, die an den Wänden standen und alle Tische beleuchteten.

«Sitamun hat ein Recht darauf, zusammen mit dir regierende Königin zu werden», erklärte er fast mürrisch. «Ich liebe dich, Nofretête. Du bist schön und warst gut zu mir, lange bevor Mutter mich aus dem Harem befreien ließ. Aber Sitamun ist von meinem Blut, meine Schwester, von Rechts wegen meine Frau.»

«Aber ein Pharao ist schon seit vielen Jahren nicht mehr verpflichtet, rein königliches Blut zu heiraten. Die Art und Weise, einen Erben zu wählen, hat sich geändert!»

«Das ist nicht der springende Punkt.» Er nahm eine grüne Glasvase aus Keftiu in die Hand und begann geistesabwesend den Umriß eines darauf eingeätzten Seeigels nachzuzeichnen. «Als Haupt einer auserwählten und heiligen Familie muß ich die Einigkeit dieser Familie erhalten. Die Dunkelheit dringt auf sie ein. Wir müssen uns zusammenschließen. Wir müssen einander sehr lieben.»

Er hatte schon manchmal in diesem Ton mit ihr gesprochen, und sie war erschrocken, als sie seine Andeutungen ganz zu verstehen begann. Sie fragte brüsk: «Hast du darum Sitamun hinter den Vorhängen ihres Boots geliebt?»

«Meines Boots, Nofretête.» Er blickte stirnrunzelnd auf die Vase, dann stellte er sie hin und ging zum Bett. Er hatte die Hände auf dem Rücken verschränkt, und sein Leinenschurz rutschte ihm unter den dicken Bauch. «Das ist zum Teil der Grund. Aber sie ist auch schön.»

«Wie kommt es, Pharao, daß Sitamuns Schönheit dich so erregen kann und die meine dich so wenig entflammt hat?» Sie war sich bewußt, daß sie sich auf ein gefährliches Gebiet begab, aber sie war den Tränen der Eifersucht nahe. Seine zeitweilige Impotenz war ein Geheimnis, das sie mehr aus Stolz denn aus Loyalität bewahrt hatte. Sie hatte oft über den Grund dafür nachgegrübelt, denn wenn er voller Begehren zu ihr kam, dann war er so leidenschaftlich, wie es sich eine Frau nur wünschen konnte. Er setzte sich neben sie und legte ihr einen Arm auf die Schulter. «Liebe Nofretête!» sagte er. «Was ist das Fleisch, es sei denn als Träger für den Ka? Wie kannst du dir Gedanken machen über Sitamuns Fleisch, wenn du und ich einen gemeinschaftlichen Ka besitzen? Du bist meine Frau, meine Cousine, meine Freundin. Das ist genug.»

Es ist nicht genug, wenn es bedeutet, daß meine Stellung als zukünftige Große Königsgemahlin gefährdet ist! dachte Nofretête wütend. Sie drehte sich zu ihm um und begann ihn zu küssen, schlang ihm die Arme um den Hals, aber seine Lippen blieben kühl und unempfänglich, und schließlich ließ sie von ihm ab. «Heirate Sitamun nicht, ich bitte dich darum», flüsterte sie. «Wenn du sie haben mußt, nimm sie in deinen Harem.»

«Aber ich habe es bereits beschlossen.» Er sprach freundlich. «Sie soll zusammen mit dir Königin sein. Sie ist meine Schwester.» Er betonte den letzten Satz, und Nofretête erkannte plötzlich sehr klar das Problem, dem sie sich gegenübersah. «Deine Schwester – und deines Vaters Frau», sagte sie zögernd mit klopfendem Herzen. «Natürlich. Darum reizt sie dich. Darum triffst du keine Anstalten, deinen eigenen Harem zusammenzustellen. Wirst du alle Frauen deines Vaters übernehmen, Amenhotep?»

Zum erstenmal erlebte sie, daß er wütend wurde. «Sage das nicht!» schrie er, die vollen Lippen zitternd von den Zähnen zurückgezogen, die Hände zu Fäusten geballt. «Du bist respektlos!» Zu ihrer Verwunderung sah sie, daß ihm Tränen in die Augen stiegen. «Dieser Mann war nicht mein Vater! Geh weg!» Er stieß sie mit dem Ellbogen an, und sie stand sprachlos auf. Sie verbeugte sich und wollte gehen, aber er rief ihr zu, seine schrille Stimme gedämpft: «Tiefer, Nofretête! Beuge dich ganz nieder! Du weißt, wer mein Vater ist. Ihr alle wißt es. Lege den Kopf auf den Boden!»

Sie tat, wie ihr geheißen, dann stand sie auf und flüchtete aus dem Raum. In ihrem Schlafzimmer war die Kammerfrau dabei, die Lampen anzuzünden. «Das hättest du längst tun sollen», fauchte sie, ging auf das Mädchen zu und schlug es zweimal mit aller Kraft, die sie aufbringen konnte. «Und warum ist mein Laken nicht zurückgeschlagen?» Das Mädchen rannte weg, und Nofretête warf sich auf das Bett. Sie packte das Laken mit beiden Händen, lag steif da und überließ sich ihrem Zorn aus Angst, dem Unheimlicheren ins Auge sehen zu müssen, das ihm zugrunde lag.

Der Tag von Amenhoteps Begräbnis brach kristallklar und kühl an, und Teje fröstelte, als sie in ihrem Ankleidezimmer stand, während ihr Piha und die anderen Sklavinnen die blauen Gewänder anlegten und der Bewahrer der königlichen Insignien mit ihren Kronen im Vorzimmer wartete. Heute werde ich meinem Ehemann Opfer darbringen, dachte sie. Ich werde voll Dankbarkeit zurückschauen. Sie wußte, daß sich der Leichenzug schon auf der Straße bildete, die in das Tal führte, in dem seit der Zeit von Thutmosis I., des Wiederherstellers Ägyptens, alle Pharaonen begraben worden waren. Die Haremsfrauen würden hin- und herlaufen, schwatzend und an ihrer Kleidung zupfend. Die ausländischen Delegationen in ihren barbarischen Kostümen würden ängstlich den Aufseher des Protokolls und seine Schreiber im Auge behalten. Die Minister und andere Höflinge würden sich zweifellos die Zeit mit Glücksspielen vertreiben oder die Süßigkeiten knabbern, die ihre Diener ihnen brachten.

Cheruef erschien persönlich an Tejes Tür. Er trug einen bodenlangen Schurz in Trauer-Blau und ein Kopftuch aus golddurchwirktem Leinen. «Es ist Zeit, Majestät. Alles ist in Ordnung.»

«Ich will nicht warten, während die Frauen aufgestellt werden.»

«Sie sind bereit, und Königin Sitamun sitzt in ihrer Sänfte.»

Die Menge verstummte, als Teje unter den Pylon trat, der Malkatta vom Bereich der Toten trennte, und sich zu ihrer Sänfte begab. Es wurmte sie, daß sie, weil der Brauch es vorschrieb, neben ihrer Tochter getragen wurde, aber sie ließ es sich nicht anmerken, sondern begrüßte Sitamun höflich, als sie auf ihrer Sänfte Platz nahm. Der Sarg ihres Mannes stand schon weit vorn bereit, angelehnt an die felsige Wand des Grabes, bewacht von tausend Priestern aus Karnak, die ihn in den frühen Morgenstunden begleitet hatten, als er, wie es Sitte war, auf dem von roten Ochsen gezogenen Schlitten zu seinem Ruheplatz gebracht worden war. Neben dem Sarg standen die vier Kanopen aus weißem Alabaster, gekrönt von den Köpfen der Söhne des Horus. Auch die Tempeltänzer waren da, sie saßen schweigend unter ihrem Baldachin.

Auf ein Zeichen von Teje setzte sich der Trauerzug in Bewegung, als die Sonne an Kraft zunahm. Weit hinter den Familienangehörigen und den Befehlshabern des Heeres begannen die Haremsfrauen zu wehklagen und sich Erde aus den Körben, die sie trugen, auf ihre schimmernden Perücken zu streuen. Ihnen folgten die Küchensklaven und Aufseher des Beisetzungsfestmahls, das nach Beendigung der Zeremonie vor der Grabkammer abgehalten werden sollte.

Der Tempel des Sohns des Hapu erhob sich links von Teje, und die riesige Statue ihres alten Feindes blickte heiter und, wie Teje fand, selbstgefällig über ihren Kopf hinweg auf den Fluß. An diesem Tag wurde er vernachlässigt, denn seine Priester folgten dem Trauerzug. Teje wandte den Blick ab und spielte kurz mit dem Gedanken, den Tempel niederzureißen. Ein Vorwand ließe sich finden, etwa daß die Steine anderswo gebraucht würden. Eigenhändig würde sie der Statue die Nase abschlagen, damit Hapu nicht mehr riechen könnte, und ihr die Augen auskratzen, damit er nicht sehen könnte. Aber sie gab den Gedanken rasch auf, denn das einfache Volk hatte schon die Gewohnheit angenommen, sich im Vorhof zu versammeln, die Arme voll Blumen oder Brot oder billigen blauen Perlen, und blinde Kinder herzubringen, damit sie geheilt würden. Welche Ironie, dachte Teje, daß ein irregeleiteter Seher Blinde heilen sollte.

Der Zug näherte sich dem gewaltigen Tempel ihres Mannes, der zu Tejes Rechten lag; seine Säulen ragten vor dem blauen Himmel auf, und in dem Streifen fruchtbaren Landes dahinter, das alljährlich überschwemmt wurde, standen wie zwei Wachtposten die vom Sohn des Hapu selbst entworfenen Kolossalstatuen, die Amenhotep in zehnfacher Lebensgröße darstellten und majestätisch über den Nil auf das wimmelnde Theben und Karnak blickten. Der Sohn des Hapu hatte roten Quarzit für die Skulpturen gewählt, und wer es gewagt hatte, ihn zu fragen, warum er sich mit derlei Dingen befasse, hatte als Antwort ein verstohlenes Lächeln erhalten. Als die Denkmäler aufgestellt und geweiht worden waren, wurde der Grund klar, denn die Statuen ließen tagtäglich im Morgengrauen eine wundersame Melodie von höchster Reinheit erklingen. Niemand wußte, durch welchen Zauber der Sohn des Hapu den Stein lebendig gemacht hatte, aber sogar Teje war von Bewunderung erfüllt. Ihre eigenen Steinmetze und Baumeister hatten ihre irritierten Fragen nicht zu beantworten vermocht. Angehörige des Hofes, die es fertigbrachten, ihr Bett zu verlassen, ehe Rê den Tag begann, pflegten zu Füßen der Kolosse im Gras zu stehen, um den Zauber zu hören.

Die Sänfte schaukelte weiter. Unter dem Wehklagen der Frauen hatten Unterhaltungen begonnen. Sitamun aß eine Quitte und hielt die Frucht weit von sich, damit der Saft nicht auf ihr fleckenloses Leinengewand tropfte. Teje ließ ihren Gedanken freien Lauf, bis die Prozession anhielt, um Erfrischungen einzunehmen. Als die Baldachine zusammengefaltet wurden, begannen die Unglücklichen, die zu Fuß weitergehen mußten, zu schwitzen, denn Rê näherte sich seinem Zenith.

Teje schaute noch einmal nach links, wo eine von Sphinxen gesäumte Allee zu einem schönen Totentempel führte, dessen weiße Terrasse anmutig zu drei aus dem Felsen herausgehauenen Schreinen aufstiegen. Thutmosis III. hatte ihn erbaut und ebenso eine weitere, kleinere Version errichtet, die jedoch nicht diese atemberaubende Symmetrie aufwies. Nur noch wenige Andächtige schritten die Straße entlang, und der Hain von Myrrhenbäumen, die aus irgendeinem geheimnisvollen Land hergebracht und hier gepflanzt worden waren, wurde nicht gehegt und gepflegt. Manchmal hieß es sogar, nicht Osiris Thutmosis habe den Tempel erbaut, sondern eine Pharaonin, ehe ihre Herrschaft in Wirren endete, aber Teje schenkte der Legende keinen Glauben.

Der Zug schwenkte nach rechts in den Schatten der Felsen und tauchte dann wieder im grellen Sonnenschein auf, wo die Priester schon warteten. Weihrauchspiralen stiegen in die klare Luft auf. Der bemalte Sarg stand bereit. Teje stieg aus ihrer Sänfte und schritt zusammen mit Sitamun und Amenhotep auf ihn zu. Die Zeremonie begann.

Mehrere Tage lang hausten die Höflinge in unterschiedlich komfortablen Zelten, wo immer sie Schatten finden konnten, und vertrieben sich die Zeit. Manche gingen in der Wüste der Jagd nach. Manche diktierten Briefe, ließen sich ausländische Weine schmecken oder gaben sich der Liebe hin, während die Amun-Priester unermüdlich sangen. Das Interesse regte sich, als die Mundöffnungszeremonie begann, denn allen war die Abneigung des neuen Pharaos gegen seinen Vater bekannt. Die Abergläubischen unter den Anwesenden warteten auf eine Manifestation des toten Gottes, als sein Sohn sich mit dem Messer in der Hand näherte und als Thronerbe mit höflicher Gleichgültigkeit den Ritus vollzog. Eine Woge des Mitgefühls schlug Teje entgegen, die den Sarg öffnete und als erste die bandagierten

Füße küßte. Die anderen Ehefrauen des Pharaos folgten ihrem Beispiel, und Tränen benetzten das sorgfältige Werk der Sem-Priester, aber Amenhotep blieb unter seinem Baldachin stehen, hatte die Arme über der eingefallenen Brust gekreuzt und den leeren Blick auf die Felsen ringsum gerichtet.

Die Erleichterung war allgemein, als der Sarg schließlich in die dumpfige Höhle getragen wurde, um von der Dunkelheit verschlungen zu werden. Teje und Sitamun folgten ihm mit Blumen und sahen zu, wie er in seine fünf Sarkophage eingebettet wurde. Die goldenen Nägel wurden eingeschlagen und die Blumen niedergelegt. Ringsum schimmerten im Fackelschein Pharaos Grabbeigaben, Gold und Silber, Edelsteine und kostbare Hölzer.

Der Abend kam violett und dunkelblau, und Pharaos letztes Festmahl wurde auf blauen Tüchern angerichtet, die wie ein Teppich den Boden bedeckten. Kissen wurden hingelegt, Fackeln angezündet, und während die Totenwächter das Grab verschlossen und den Schakal über den neun Gefangenen in den feuchten Lehm drückten, fiel die Trauergemeinde über das Essen und den Wein her.

Der Leichenschmaus zog sich über die ganze Nacht hin, bis das Tal vom Gekreisch der betrunkenen Gäste widerhallte und in der Morgendämmerung Unmengen von Knochen, Brotresten, angebissenen Früchten, zerbrochenem Geschirr und die von ihrem Rausch niedergestreckten Zecher sichtbar wurden. Teje hatte wenig gegessen und getrunken, und als sie sich in ihr Zelt zurückzog, lag sie schlaflos da und lauschte dem Tumult. Kurz vor Tagesanbruch ließ sie ihre Sänfte kommen, kehrte erleichtert nach Malkatta zurück und suchte gleich das Amt für Auswärtige Angelegenheiten auf. Die Regierungsgeschäfte gingen weiter, und bis zur Krönung ihres Sohnes war es ihre Pflicht, die Zügel in der Hand zu behalten. Sie konnte seinen Kurs nicht voraussagen, denn er hatte bisher wenig Interesse an den Staatsangelegenheiten bekundet. Vielleicht, dachte sie, wird er sich damit begnügen, nur die Krone zu tragen, und ich werde immer noch nützlich sein. Nofretête und Sitamun, zwei unerfahrene Sphinxe, werden darauf drängen, daß mein Sohn eine aktive Rolle spielt. Ich werde die Dinge auf mich zukommen lassen.

Einen Monat später brachte Teje ihrem verstorbenen Mann ihre persönliche Huldigung dar. In Karnak weihte sie ihm einen Opfertisch und stand barfuß davor, in den Händen Wein und Brot, während Ptahhotep reinigendes Wasser auf die große Steinplatte goß. Ein Feuer wurde entfacht, und Teje schnürte es die Kehle zu, und ihr Blick verschleierte sich, als die Flammen das Opferfleisch verzehrten. Auf den Seiten des Tisches waren ihre eigenen Kartuschen, die Insignien einer noch regierenden Monarchin, und die Worte eingemeißelt, die sie gewählt hatte, um Amenhoteps öffentlich zu gedenken: Die königliche Hauptgemahlin. Sie schuf es als ihr Denkmal für ihren geliebten Gatten Nebmaatrê.

«Für deinen Ka, Osiris Nebmaatrê», flüsterte sie, als ihr die Tränen schließlich über die geschminkten Wangen rannen. «Verzeih mir diese Bekundung von Schwäche, aber gewiß sind Tränen ebensowenig ein Zeichen von Schwäche wie Liebe, und ich habe dich geliebt.» Sie wandte sich um zu der hölzernen Stele, die sie auch in Auftrag gegeben hatte und auf der sie und er einander für immer in den Armen hielten, beide jung und hübsch, und das Leben lag zu ihrer Lust vor ihnen wie Ägypten selbst. Das Feuer zischte und prasselte, und Ptahhotep besang den toten Gott. Teje erlaubte sich den Luxus des Kummers, vor dem sie ihren eigenen Ka bewahrt hatte. Jetzt verzehrte er sie, der Kummer, der die grimmige Verheißung von Einsamkeit mit sich brachte, und sie ließ ihm freien Lauf. Sie weinte nicht wieder um ihren Gatten.

8

Amenhoteps Krönung fand gegen Ende des Monats Phamenat statt. Wie es Brauch war, nahm er zuerst die Huldigung der nördlichen Götter im Tempel des Ptah in Memphis entgegen, ehe er zur Krönungszeremonie nach Theben zurückkehrte. Gleich seinen Vorfahren saß er auf dem großen abgestuften Thron im säulengeschmückten Innenhof des Amun-Tempels in Karnak, über dem Lotos des Südens und dem Papyrus des Nordens, um mit Wasser gereinigt zu werden und die rote und die weiße Krone eines vereinten Landes zu erhalten. Der altehrwürdige, juwelenbesetzte Umhang wurde ihm um die schwachen Schultern gelegt, und er nahm Krummstab, Wedel und Krummsäbel entgegen. Er schien das alles mit derselben vagen Sanftmut hinzunehmen, die er bei der Begräbnisfeier bekundet hatte, und ließ die Zeremonien über sich ergehen, als wäre er ein Opfertier. Eine Gefühlsregung zeigte er nur, als der Herold seine Titel vorlas. Es waren viele, nicht nur die traditionellen, Mächtiger Stier von Ma'at und Erhabener der Doppelten Federn, sondern auch die Titel, die er selbst hinzugefügt hatte: Hohepriester des Rê-Harachte, der Erhabene am Horizont mit seinem Namen Schu, der in der Sonnenscheibe ist und groß in seiner Dauer. Am Ende der Zeremonie krönte der Bewahrer der königlichen Insignien Nofretête mit dem Kobra-Diadem, aber die Scheibe und die Federn einer Großen Königlichen Gemahlin blieben in ihrem mit Seide ausgeschlagenen Kasten.

Auch bekundete Amenhotep nicht viel Interesse an den dargebrachten Geschenken und dem Festmahl am nächsten Tag in Malkatta. Ausdruckslos nahm er die kostbaren Schmuckstücke und das Sichniederwerfen vor ihm entgegen, während Nofretête und Sitamun über den Berg funkelnder Gegenstände jauchzten, der höher wurde, als der Abend sich näherte. Gleich nach dem Krönungsfestmahl ernannte ein neuer Pharao gewöhnlich neue Minister, aber zu Tejes Überraschung wurde kein Beamter verabschiedet, und die Ergebenheit der jungen Männer, die mit ihrem Sohn im Palast eingezogen waren, als er aus Memphis zurückkam, blieb unbelohnt. Sie saß neben Amenhotep auf dem erhöhten Platz in der Halle, die sein Vater für sein erstes Jubiläum erbaut hatte, und als sich das Mahl seinem Ende näherte, fragte sie ihn, warum er niemanden ausgewechselt habe.

«Weil mein Palast in Theben noch nicht bewohnbar, mein Aton-Tempel für meine heiligen Füße noch nicht bereit ist, und weil ich mir noch nicht klargeworden bin, was ich tun will», erwiderte er, die Geräusche von tausend Unterhaltungen und das Geklapper der Kastagnetten der Tänzerinnen übertönend. «In Ägypten läuft alles glatt unter deiner Leitung.»

Teje stellte ihren Becher hin und drehte sich langsam zu ihm um. «Verstehe ich dich richtig, daß du mich bittest, dir als Regentin zu dienen?»

Er lachte, und das war etwas, das ebenso selten zu hören war wie früher das schallende Gelächter seines Vaters, aber Amenhoteps Heiterkeit äußerte sich im Gegensatz dazu durch gedämpftes Gekicher. «Ja, meine königliche Mutter, bis zu der Zeit, da ich selbst zu regieren wünsche. Darauf hast du doch gehofft, nicht wahr?»

Tejes beringte Finger umschlossen die seinen, und sie sahen einander lächelnd in die Augen.

«Natürlich, lieber Amenhotep, aber ich war durchaus bereit, mich zurückzuziehen und dir nur noch Rat zu erteilen, wenn du ihn brauchst.»

«Wirklich?»

Teje hatte ihn nie so glücklich gesehen. Sie küßte ihn auf die gerötete Wange. «Pharao Amenhotep IV.», sagte sie bewundernd. «Der Thron war schließlich doch für dich bestimmt. Gemeinsam werden wir Großes vollbringen, du und ich.»

Sie war noch freudig erregt, als sie sich in den frühen Morgenstunden endlich auf ihrem Bett ausstreckte. Der Palast war jetzt still. Sie schwelgte in dem Triumph und der Befriedigung des Tages, während die Dämmerung langsam durch die Stäbe des Fensterschutzes drang.

Sie war bereit gewesen, die Zügel der Regierung nur indirekt in der Hand zu behalten und sich auf sanfte Druckausübung und taktvolles Manipulieren zu beschränken, aber das war nun nach Amenhoteps eigenen Worten nicht mehr nötig. Ich werde weiterhin herrschen, dachte sie. Wie froh macht mich dieses Wissen! Bis heute abend ist mir nicht klargewesen, wie beängstigend die Aussicht war, meinem Sohn die Macht zu überlassen.

Nach wenigen Tagen schiffte sich Amenhotep zu der üblichen Reise nilabwärts ein, um jeden erreichbaren Schrein aufzusuchen und sich von allen örtlichen Gottheiten sein Königtum bestätigen zu lassen. Eingedenk seines mangelnden Interesses für die anderen Rituale seiner Krönung, vermutete Teje, daß er die Fahrt nur unternahm, um On wiederzusehen. Er verließ Malkatta auf dem prächtigen Boot, das Sitamun ihm geschenkt hatte, und die Boote seines Gefolges reihten sich dahinter auf wie goldene Perlen auf einem silbernen Faden. Sitamun und Nofretête begleiteten ihn, und Teje verfehlte nicht zu bemerken, daß er auch die kleine Taduchipa und mehrere der jüngeren Frauen seines Vaters mitnahm. Er hat es eilig, die Haremsfrauen in Besitz zu nehmen, die ihm gefallen, dachte sie, als sie ihn abfahren sah, und sie fragte sich, warum ihr dieser Gedanke Unbehagen bereitete.

In Amenhoteps Abwesenheit verfiel der Hof wieder in den behaglichen Trott genußsüchtigen Wohllebens. Die Minister und ihre Untergebenen brauchten nicht länger auf einem Meer religiöser Doppeldeutigkeiten zu schwimmen und zu befürchten, durch schiere Unwissenheit Anstoß zu erregen. Auch Teje kehrte zu der Routine vieler friedlicher Jahre zurück. Da Amenhotep sich geweigert hatte, in die Pharaonengemächer umzuziehen, und lieber in dem Flügel bleiben wollte, den er als Prinz bewohnt hatte, bis sein schöner neuer Palast auf dem Ostufer fertig wäre, beschloß Teje, diese Gemächer selbst zu übernehmen und ihre bisherigen Räume Nofretête oder Sitamun zu überlassen, je nachdem, welche von ihnen Pharao dazu verführen könnte, ihr die prächtige Wohnung einer ersten Gemahlin zu geben. Als sie auf dem Bett lag, das sie in das luxuriöse Schlafgemach ihres Gemahls hatte stellen lassen, wünschte sie dem Mann, den sie geliebt hatte, eine ewige Fortdauer solcher Freuden in dem Land, das die Götter bewohnten.

Teje machte sich auch das ruhiger gewordene Hofleben zunutze, um sich der vernachlässigten Familienangelegenheiten anzunehmen. Jetzt, da die Beständigkeit des materiellen Wohlergehens und der Stellung der Familie als erstes Adelsgeschlecht in Ägypten durch Nofretêtes Ehe und erwiesene Fruchtbarkeit gesichert war, wollte sich Teje mit dem ungelösten Problem befassen, das Mutnodjme darstellte. Das jetzt fast siebzehnjährige Mädchen war weit über das Verlobungsalter hinaus und am Hof ebenso wie in Theben berüchtigt wegen ihrer Vertrautheit mit den jungen Wagenlenkern. Mutnodjme war mehrere Tage lang nicht zu finden; aber schließlich tauchte sie auf, kam leichtfüßig über die blauen Fließen des königlichen Schlafgemachs geschritten, schlug im Vorbeigehen lässig auf die Säulen und erwies ihre Reverenz mit der gewohnten kühlen Selbstbeherrschung. Teje hieß sie aufstehen und auf dem bereitgestellten Stuhl Platz nehmen. Eine Weile sah Teje sie prüfend an. Der braune Kopf war immer noch kahlgeschoren bis auf die kecke Jugendlocke, die dem Mädchen jetzt bis zur schlanken Taille reichte und mit roten Bändern umwunden war. Die wohlgeformten Beine waren ungewöhnlich lang, und der Gürtel, an dem winzige goldene Glöckchen hingen, war so eng wie immer um die Taille geschnallt. An den Ohren trug sie große, mit Jaspis verzierte Reifen und an den Handgelenken Armbänder in Gestalt von Schlangen mit Augen aus rotem Jaspis. Die dunkelgrün geschminkten Lider ihrer eigenen mandelförmigen Augen waren schwarz umrandet und die vollen Lippen, ein Merkmal der Familie, mit Henna orangerot gefärbt. Das gefältelte Gewand bedeckte kaum ihre Knie, und um die Brüste hatte sie nachlässig einen Umhang geworfen.

«Du siehst nackt aus ohne deine Peitsche», sagte Teje.

Mutnodjme lächelte. «Der Narr an der Tür hat sie mir abgenommen. Majestät Tante, entschuldige bitte, daß ich erst nach drei Tagen deinem Ruf Folge leiste. Depet und ich waren bei Bek eingeladen. Er hat den Auftrag erhalten, einen Teil von Pharaos neuem Tempel zu bauen und mußte sich am nächsten Tag in die Steinbrüche von Assuan begeben. Depet und ich beschlossen mitzufahren. Wir requirierten das Fischerboot von irgendeinem untergeordneten Minister, auch die Besatzung und den größten Teil des Weins in seiner Küche. Wir kamen nicht bis Assuan.»

«Das wundert mich nicht. Die Boote von Privatpersonen dürfen nur von Pharaos Beamten für wichtige Aufgaben beschlagnahmt werden und sollen später bezahlt werden.»

«Ich weiß, aber alle tun es. Der arme kleine Wicht wurde bezahlt, keine Angst.»

«Mit Gold?»

Mutnodjme lächelte liebreizend. «Nein.»

Teje deutete auf den Haufen Papyri auf dem Tisch. «Ich habe gerade die im Lauf von zwei Jahren erstatteten Berichte über deinen Lebenswandel gelesen, Mutnodjme. Meine Spione teilen mir mit, daß du dich in den Bordellen von Theben verkauft hast.»

«Dann bezahlst du sie für falsche Informationen. Ich habe mich nicht verkauft. Ich habe meine Dienste verschenkt. Was sollte ich mit mehr Geld anfangen? Wenn ich eine Bezahlung annähme, würde das außerdem ein schlechtes Licht auf die Familie werfen.»

Teje schützte eine Entrüstung vor, die sie nicht empfand, und unterdrückte das Verlangen zu lachen, während Mutnodjme mit einem in einer eleganten Sandale steckenden Fuß wippte. «Das ist eine ernste Angelegenheit, denn dein Lebenswandel wirft jetzt ein schlechtes Licht auf Pharao. Du bist die Schwester einer Königin. Ich habe beschlossen, dich mit Haremhab zu verheiraten.»

Mutnodjme zuckte die Schultern. «Ich glaube, das ist eine kluge Entscheidung. Er tut sein möglichstes, mich aus den Kasernen herauszuhalten. Er ist ein guter Soldat, Majestät Tante, ein geachteter Truppenführer. Ich achte ihn auch. Wenn er nicht sofortigen Gehorsam verlangt, nehme ich an, daß wir lernen werden, uns zu mögen. Ich werde mich der Beaufsichtigung der Diener und dem Kauf hübscher Kleider widmen.»

Jetzt lachte Teje tatsächlich. Sie hatte keine andere Antwort von ihrer Nichte erwartet. «Dann werde ich den Vertrag aufsetzen lassen und mich mit Haremhab in Verbindung setzen. Sag mal, Mutnodjme», sie wechselte das Thema, einer plötzlichen Regung folgend, «wie spricht man in Theben über den neuen Pharao?»

Das Mädchen richtete sich auf und lehnte sich auf ihrem Stuhl zurück. «Das Volk ist erleichtert, glaube ich. Die Gerüchte von dem Jungen, den mein Onkel in sein Bett nahm, entsetzten und ärgerten die Leute. Die Bauern leben nach den alten Gesetzen. Sie verehren die alten Götter – Osiris, Isis, Horus –, und für sie ist die Unschuldserklärung mehr als ein Stück Pergament, das den Göttern selbstgerecht vor der Nase herumgewedelt wird, wenn man stirbt. Ein Pharao, der ein Gesetz der Götter verletzt, bringt Unheil über seine Untertanen.»

«Glauben sie, daß ein solches Unheil durch den Tod meines Mannes abgewendet wurde?»

«Ich weiß es nicht. Aber mit der Thronbesteigung meines Vetters erwarten sie zugleich eine Rückkehr zur Frömmigkeit. Aber seit wann hat ein Pharao die Ansichten des unwissenden Pöbels zu fürchten?» Mutnodjme unterdrückte ein Gähnen, und Teje sah, daß die Wendung, die das Gespräch genommen hatte, sie langweilte. Gutmütig entließ sie sie, und als das Mädchen hinausschlüpfte, bedauerte sie schon, daß sie durch die vorgeschlagene Ehe mit Haremhab ihre vielleicht beste Spionin in Theben verlor.

Der gesamte Hof fand sich ein, um Amenhotep zu begrüßen, als er einige Wochen später am Landungssteg von Malkatta von Bord ging und bleich, aber angeregt aussah. Reden wurden gehalten und Weihrauch verbrannt, doch Tejes Aufmerksamkeit war auf Nofretête und Sitamun gerichtet. Die eine war blaß und still, die andere lebhafter denn je, sprach mit lauter, melodischer Stimme und begleitete ihre Reden mit anmutigen Gebärden. Amenhotep lächelte sie zärtlich an, tätschelte oft ihren Arm und küßte sie einmal unerwartet auf den Mund, aber kein erstauntes Gemurmel war von den Höflingen zu hören, die sich schon an Pharaos unerklärliche öffentliche Liebesbezeigungen gewöhnt hatten. Teje fing einen Blick ihres Bruders auf, der vielsagend die dunklen Augenbrauen hob.

Nach der formellen Begrüßung machte sich die Gesellschaft bald in kleineren Gruppen zum Festmahl auf, das bei den Springbrunnen im Vorhof angerichtet war. Teje, die hinter Amenhotep zu den Tischen ging, hörte die Stimme ihrer Nichte und ihrer Tochter, die die Gespräche ringsum übertönten. Ihre Diener hatten vor Verlegenheit das Gesicht abgewandt, und mehrere Höflinge waren stehengeblieben, um zu hören, was gesagt wurde. Auch Teje hielt an.

«Majestät, du kreischst und plapperst wie einer der Palastaffen, aber dein albernes Posieren wird vergeblich sein», zischte Nofretête.

«Nicht nur, weil deine Jugendzeit vorbei ist, sondern auch, weil du unfruchtbar bist.»

Sitamun lächelte selbstgefällig. «Und du Majestät, bist eine arrogante Aufsteigerin. Die Scheibe und die Federn gehören mir. Finde dich mit deinem Platz ab und versuche, noch mehr Mädchen auf die Welt zu bringen, damit du beschäftigt bist. Oder fang an zu weben, um dir die Stunden zu vertreiben, die du im Harem verbringen wirst.» Das war eine absichtliche Beleidigung, denn nur Männer webten, ebenso wie das Brotbacken Männersache war. Hörbar rangen die Umstehenden nach Luft. Sitamun kam wieder zu sich, starrte alle wütend an und eilte an den Springbrunnen vorbei, um ihren Platz neben Amenhotep einzunehmen, der nichts bemerkt zu haben schien. Nofretête blieb stehen, biß sich auf die Lippen, und ihre grauen Augen funkelten. Als sie Tejes nachdenklichen Blick bemerkte, brachte sie ein höfliches Lächeln zustande, drehte sich um und schlüpfte mit so viel Würde, wie sie aufbringen konnte, auf ihre Kissen zur Linken von Pharao. Die interessierten Umstehenden zerstreuten sich rasch und warfen ängstliche Blicke auf Teje, die jedoch ihre Bestürzung für sich behielt, als Pharao sie heranwinkte und die Musikanten zu spielen begannen.

Aber diese öffentliche Bekundung der Feindschaft zwischen den beiden Frauen war nicht die letzte. Als die Tage vergingen, sah man sie nicht mehr zusammen, sie speisten nicht mehr gemeinsam und sprachen schließlich nicht mehr miteinander, und ihre zunehmende Feindseligkeit griff bald auf ihre Dienerschaft über. Obwohl Pharao nichts unternommen hatte, um seinen Entschluß, Sitamun in den Rang einer Großen Königsgemahlin zu erheben, schriftlich niederzulegen, drängte Teje ihn, dem Bewahrer der königlichen Insignien zu befehlen, Sitamun die Krone der Ersten Gemahlin auszuhändigen. Teje, die das Stadium, da ihr mehr an dem Drum und Dran der Macht als an der Macht selbst lag, längst hinter sich gelassen hatte, sah mit zunehmender Besorgnis, wie Sitamun stolz mit dem glitzernden, schweren Ding prunkte.

Pharao schien die gespannte Atmosphäre nicht zu bemerken, er eilte zwischen dem Architektenbüro, dem See und dem Speisesaal hin und her und blieb oft am Wasser stehen, um Enten und andere Vögel aus den Körben mit trockenem Brot zu füttern, die seine Diener bereithalten mußten, wo immer er war. Manchmal traf er sich im Amt für Auswärtige Angelegenheiten mit Teje, und eines Morgens nach einem besonders häßlichen Streit zwischen den Haushofmeistern der beiden Königinnen beschloß sie, ihn warnend auf die gefährliche Situation hinzuweisen, die er förderte. Er hatte neben einem großen Schreibtisch Platz genommen, und in der Sonne, die durch die hohen Fenster hereinschien, fütterte er zwei kleine Affen, die zwischen den Pergamenten herumhüpften, mit Nüssen. Er bevorzugte immer noch einen weißen Helm, je nach der Jahreszeit aus Leder oder Leinen, aber heute ragten golden über seiner hohen Stirn nur der heilige Uräus, die den König schützende Schlange, und der Geier empor. Er trug das lange, enge und ungefältelte Gewand eines Wesirs, das durch einen Leinenstreifen um seinen Hals festgehalten wurde. Sein Pektoral bestand aus Reihen von Karneol-Skarabäen, die silberne Sonnen über einen Türkis-Himmel rollten, und an den Fingern hatte er Kartuschenringe. Seine Lidränder waren mit einem ungewöhnlich dunkelblauen Schminkstift nachgezogen, so daß seine braunen Augen an den Samenstand von Tausendschönchen mit blauen Blütenblättern erinnerten. Ein Goldtröpfchen schimmerte an einem Ohr, das andere Ohrläppchen war blau geschminkt. Er spielte mit den Affen, die ihm das Futter aus der Hand schnappten, bis sie satt waren, dann warfen sie die Nüsse auf den Fußboden. Er lächelte nachsichtig.

«Stimmt es, daß mein Vorgänger als Pharao versprochen hatte, Tuschratta goldene Statuen zu schicken, und das sie nie geschickt wurden?» fragte er.

«Ja, ich glaube», antwortete Teje. «Ich muß in den Akten nachsehen lassen. Tuschratta hat auch mir einen Brief geschrieben, mich an Pharaos Versprechen erinnert und gleichzeitig eine große Menge sehr guten Öls geschickt. Die Beziehungen zwischen Ägypten und Mitanni waren immer gut, Majestät, obwohl es einige Mißhelligkeiten in der Frage der Frauen gegeben hat. Mitanni hat sowohl deinem Vater als auch deinem Großvater Ehefrauen vorenthalten, hat die beiden gezwungen, mehrmals Bitten vorzubringen und jedesmal höhere Zahlungen anzubieten. Deinem Vater machte das Spiel Spaß. Aber die Sache mit den Statuen sollte erledigt werden. Und ebenso muß die Göttin Ischtar zurückgeschickt werden.»

«Ich werde Tuschratta zwei Statuen schicken, aber aus Zedernholz, mit Gold überzogen», sagte Amenhotep und streichelte den Affen, der ihm auf die Schulter gesprungen war und seine Wange tätschelte, «denn ich weiß nicht, ob Statuen aus massivem Gold versprochen wurden. Aber ich möchte nicht glauben, daß er ein unehrlicher König ist.»

«Er wird beleidigt sein.»

«Nein. Er wird wissen, daß ich sie in gutem Glauben schicke, und wenn ich mich irre, wird er wieder schreiben.»

«Hier ist ein Brief aus Alaschia, mit dem eine Lieferung Kupfer an Ägypten angekündigt und als Gegenleistung um Silber und Papyrus gebeten wird. Mein Sohn . . .» Teje warf das Pergament auf den Schreibtisch. «Ich kann mich nicht mehr auf die Korrespondenz konzentrieren. Bist du bereit, der Torheit ein Ende zu machen, die den Palast ergriffen hat, und Sitamun formell zu deiner Ersten Großen Gemahlin zu ernennen? Weißt du, daß Angehörige des Hofes jetzt Partei ergreifen? Malkatta ist ein streitsüchtiger Ort geworden.»

Er sah sie leicht überrascht an. «Ich habe ihr gesagt, sie könne Große Königsgemahlin werden, und habe befohlen, ihr die Insignien auszuhändigen. Das genügt gewiß.»

«Du weißt ebensogut wie ich, daß solche Gesten nichts bedeuten, sofern sie nicht durch eine schriftliche Proklamation untermauert werden. Wenn ich Schreiber und Papyrus kommen lasse, wirst du dann die Texte diktieren und siegeln und sie deinen Herolden geben, um sie zu verkünden? Dann wird sich vielleicht die ganze Aufregung legen. Und da wir gerade von Edikten und Dokumenten sprechen: Cheruef berichtet mir, daß du einen Ehevertrag mit Taduchipa besiegelt hast. Stimmt das?»

Er lächelte. «Kleine Kia. So nenne ich sie. Ja, es stimmt. Aber in letzter Zeit habe ich keine von ihnen in mein Bett kommen lassen.»

«Warum?»

Er sah weg, beschäftigte sich mit dem Affen, kraulte ihm die Ohren, zog an seinen Pfoten. Teje mußte sich vorbeugen, um seine Antwort zu verstehen. «Ich weiß es nicht», flüsterte er. «Wenn du es wünschst, Mutter, werde ich Sitamun zur Großen Königsgemahlin machen.»

Teje rief, und ein Schreiber eilte herbei, ließ sich auf dem Boden nieder und legte seine Schreibtafel quer über die Knie. «Ist es das, was *du* wünschst, Amenhotep?»

Wieder senkte sich sein Kopf über das gesträubte Fell des Äffchens. «Ich glaube.»

Rasch diktierte sie das Dokument, während Amenhotep den Affen auf den Fußboden setzte und sich selbst zurückzuziehen schien, er saß ganz still, und seine Hände lagen locker auf dem Tisch. Als der Schreiber fertig war, wartete Teje nicht ab, bis er das Dokument in Hieroglyphenschrift übertragen hatte, weil sie fürchtete, Pharao würde weggehen und die Sache vergessen. Sie nahm den Papyrus und legte ihn ihm hin. «Dein Siegel, Amenhotep.» Er zog den Ring vom Finger und drückte ihn in das Wachs, dann stand er auf und war verschwunden, ehe sie sich genug gesammelt hatte, um sich zu verbeugen. «Gib das den Herolden», sagte sie zu dem Schreiber. «Sie werden wissen, was damit zu tun ist.» Er zog sich unter Verbeugungen zurück, und Teje sackte auf dem noch warmen Stuhl mit einem Seufzer der Erleichterung zusammen. Vielleicht würde es jetzt Frieden geben.

Tatsächlich bewirkte die formelle Ratifizierung von Pharaos Entscheidung eine überraschende Veränderung bei Nofretête. Mit aller Freundlichkeit, deren sie fähig war, wenn es ihr beliebte, tat sie kund, daß sie nun zufrieden sei. Sie nahm Merit-Aton mit, als sie die Große Königsgemahlin in ihren Gemächern besuchte und ihr frisch gepflückte Trauben vom Landgut ihres Vaters in Achmin und kostbare Gefäße mit den begehrtesten Weinen des Jahres brachte. Im Hochgefühl des Sieges war Sitamun großmütig, und ehe der Nachmittag endete, lachten sie und Nofretête miteinander beim Sennetspiel, während Merit-Aton strampelnd und prustend im Gras lag.

Teje war zwar erfreut, daß die Feindseligkeit ein Ende gefunden hatte, konnte aber eine leise, warnende Stimme in ihrem Inneren nicht zum Schweigen bringen. «Es ist ein schlaues Vorgehen», sagte Eje unverblümt. «Schließlich gehört Nofretête unserer Familie an, die sich nicht bereitwillig mit einer Niederlage abfindet. Sitamun sollte ihr nicht trauen.»

«Es ist schwierig, Nofretête nicht zu trauen, wenn sie ihren ganzen Charme ausspielt», erwiderte Teje, «und meine Tochter ist in mancher Beziehung eine einfältige Frau. Sie wird Nofretêtes Frieden annehmen.»

Und ich werde mich selbst mit Sitamun auseinandersetzen, wenn sie versucht, sich in die Regierung einzumischen, dachte Teje. Sie wird einfacher zu behandeln sein als eine Nofretête, die darauf erpicht sein würde, wirkliche Macht zu übernehmen. Aber ich bedaure es. Ich hätte Ägypten lieber Nofretête hinterlassen, wenn ich nicht mehr bin.

Die Jahreszeit Schemu brachte die Hitze, und Nofretête und Sitamun hatten sich in den Schatten des großen Baldachins auf dem Dach über Sitamuns Gemächern geflüchtet. Sie saßen mit dem Rücken zu dem großen gebogenen Windfänger, der aufgestellt worden war, um jeden Lufthauch aus dem Norden in das darunterliegende Schlafgemach zu leiten, und hatten die Beine auf Leinentüchern ausgestreckt. Teile des Sennetspiels, mit dem sie sich unterhalten hatten, lagen ringsum verstreut, umgeben von Schüsseln mit Früchten, Bändern, ihren Sandalen und Umhängen. Neben ihnen schwenkten Diener große Fächer aus Straußenfedern, die die stickige Luft kaum zu bewegen vermochten. Sitamun tauchte beide Hände in die Schüssel zwischen ihren Beinen und spritzte sich Wasser auf das ungeschminkte Gesicht.

«Ich wünschte, Pharao hätte beschlossen, in den Norden zu gehen», klagte sie und schloß die Augen, als die schimmernden Tröpfchen auf ihren nackten Busen rannen. «Der halbe Hof hat sich ins Delta zurückgezogen, und wir sitzen hier und keuchen. Sein Aton-Tempel wird gebaut werden, ob er da ist oder nicht.»

«Ich glaube, zu guter Letzt wird er doch flußabwärts fahren», erwiderte Nofretête, «aber vorher möchte er das erweiterte Heiligtum beendet und den Vorhof gepflastert sehen. Die Arbeiter sollten das eigentlich jetzt schon geschafft haben, aber vermutlich verlangsamt die Hitze alles.» Sie winkte, und ein Sklave wrang ein Tuch aus, und wischte ihr das Gesicht ab. «Wenn Teje ihm zusetzte, würde er uns alle nach Memphis mitnehmen, aber sie sagt, er sei im Augenblick zu beschäftigt. Mutnodjme hat mir einen Brief geschickt. Sie schreibt, während sie ihn diktierte, habe es geregnet. Regen in Memphis. So selten! Und wir versäumen ihn.»

Sitamun rutschte langsam nach unten, bis sie auf dem Rücken lag. «Osiris Amenhotep pflegte am ersten Tag des Schemu den ganzen Hof zu verlegen und erst am Neujahrstag zurückzukommen», sagte sie. «Ich erinnere mich, daß es einmal einen Schauer gab, als wir noch in den Booten waren, einen Tag vom Hafen entfernt. Alle drängten sich, Pharao zum Dank die Füße zu küssen, und dann zogen wir alle unsere Gewänder und Schurze aus und ließen uns nackt vom Regen benetzen. Es war ein gutes Omen. Es verhieß einen guten Sommer. In Theben bekommen wir nichts als Sandstürme und gelegentlich einen Kamsin, um die Langeweile erträglicher zu machen.

Nofretête ließ den Blick ihrer glitzernden grauen Augen über Sitamuns üppigen Körper gleiten und richtete ihn dann auf die hitzeflimmernden Felsen in der Ferne. «Ich gebe heute abend im Haremsgarten ein Fest», sagte sie. «Nur für die Frauen. Es kann sowieso niemand schlafen. Wir wollen im See baden und uns im Fackelschein den Lauf über glühende Steine ansehen. Willst du auch kommen, Majestät?»

Sitamun wandte träge den Kopf. «Wenn Pharao mich nicht braucht.»

Nofretête unterdrückte die Antwort, die ihr auf der Zunge lag; sie wußte sehr wohl, daß Pharao, umgeben von Hunderten von Lampen und einem Dutzend müder Diener, seine Nächte damit verbrachte, sich in die Pläne seiner Architekten für den Aton-Tempel zu vertiefen, zu beten und Gedichte zu verfassen. Die Gluthitze des Schemu schien jegliches sexuelle Begehren in ihm abgetötet zu haben.

«Gut. Die älteren Kinder werden auch kommen. Semenchkarê läuft jetzt, wußtest du das? Er rennt hinter Merit-Atons Kindermädchen her, wenn sie meine Kleine herumträgt. Es scheint dieses Jahr nicht so viel Krankheit im Kinderzimmer zu geben. Viele Fieberanfälle, aber kein Anzeichen einer Seuche.»

Sitamun antwortete ihr gelangweilt, träge und monoton, und der Nachmittag endete mit Schweigen, denn beide Frauen unterlagen schließlich der Hitze und schliefen ein.

Nofretêtes Fest begann, als die Hörner Mitternacht bliesen. Die Dunkelheit hatte keine Kühle gebracht, und während Sklaven im orangeroten Schein riesiger Fackeln am Ufer Matten ausbreiteten, rannten die Frauen mit schrillen Schreien und Gelächter ins Wasser. Taduchipa, deren langes schwarzes Haar schicklich auf dem Kopf zusammengebunden war, stand an einer seichten Stelle, und ihre Dienerin benetzte sie, denn sie hatte Angst vor dem Wasser. Tia-Ha saß im flachen Wasser, das ihr bis zum Kinn reichte, und ließ sich von ihrer Sklavin das Haar waschen und den Weinbecher reichen, an dem sie nippte. Teje kam spät mit ihrem Gefolge und ließ sich ihren Stuhl ein wenig abseits hinstellen.

Als die Musikanten zu spielen begannen, kamen die Frauen triefend und keuchend aus dem Wasser und ließen sich auf den Matten nieder, um zu essen und sich mit Kränzen aus Blumen und blauen Perlen schmücken zu lassen. Nofretête hatte keine Kosten gescheut. Weit draußen auf dem See vergrößerte sich ein Fleck gelben Lichts, als ein riesiges Floß in Richtung auf das Ufer gestakt wurde. Es hielt gerade außerhalb der Schwimmstrecke an, und die nackten Sklaven, die es hergebracht hatten, standen auf und begannen zu tanzen. Sie hatten goldene Rasseln in den Händen, ihre Stirnen waren mit Wasserrosen bekränzt, und das Licht der Fackeln schimmerte auf dem schwarzen Wasser. Als sie ihren Rundtanz beendet hatten, tauchten die Männer in der Dunkelheit unter. Plötzlich erschallten Hörner, und Frauen in silbernen Fischnetzen stiegen aus dem Wasser auf. Anmutig erklommen sie das Floß und warfen goldenen Staub in die Luft, wo er wie ein gelber Nebel hängenblieb. Während die Gäste von Haremsklaven mit Wein versorgt wurden, erschienen auf dem See kleine, golden angestrichene Holzboote, in denen Männer mit goldenen Angelruten saßen. Als sie sich dem Floß näherten, warfen sie die Angeln nach den Frauen aus, und die dünnen Angelschnüre wirkten im Licht der Fackeln wie Spinnenweben. Die Gäste am Ufer feuerten die Männer an und klatschten Beifall. Eine nach der anderen wurden die in Fischnetzen steckenden Frauen geangelt und unter gespielter Gegenwehr an den Rand des Floßes und ins Wasser gezogen, um Sekunden später wieder in den Booten aufzutauchen.

«Das war ein hübscher Einfall», sagte Sitamun zu Nofretête. «Ach, sieh mal! Da werden schon die Steine aufs Feuer gelegt für die nubischen Läufer.»

Nofretête winkte einem Sklaven, und Sitamuns Becher wurde wieder gefüllt. «Schmeckt dir der Wein, Majestät?» fragte sie liebenswürdig.

Sitamun nickte und trank. «Er ist großartig. Wo in aller Welt hast du ihn aufgetrieben?»

«Er kommt vom Landgut deines Vaters im Delta. Ein hervorragender Jahrgang. Rames, der Verwalter, hat ihn mir eigens für heute abend geschickt.»

«Du hast dir viel Mühe gemacht.»

Nofretête bemerkte die Röte, die der Wein auf Sitamuns Wangen hervorgerufen hatte, das leicht trunkene Stocken in ihrer Rede, und lächelte. «Keine Mühe ist zu groß für meine Freunde», sagte sie. «Außerdem brauchen wir alle eine Entschädigung dafür, daß wir hier während des Schemu schmachten müssen. Es ist ein Zeitvertreib.»

Merirê, ihr Oberhofmeister, kam und verbeugte sich. «Das Mahl ist bereit, Majestät.»

«Dann serviere es uns. Ich hoffe, du hast Hunger, Majestät.»

Nofretête stocherte nur im Essen herum, aber Sitamun langte herzhaft zu. Draußen auf dem See hatten die Angler jetzt silberne Messer gezogen, und indem sie so taten, als würden sie die gefügigen weiblichen Fische ausnehmen, tanzten sie zum rhythmischen Geschmetter von Flöte und Trommel.

«Es wird noch etwas dauern, bis die Steine für die Läufer heiß genug sind», sagte Nofretête. «Komm doch noch mal mit mir schwimmen, Majestät.»

Sitamun blickte auf den See. Viele Frauen waren jetzt wieder im Wasser und kreischten in trunkener Fröhlichkeit. Die am Ufer Zurückgebliebenen aßen noch und unterhielten sich. Kleine Wellen kräuselten plötzlich die Wasseroberfläche, als sich eine leichte Brise erhob. Sitamun war erhitzt, sie schwitzte, deshalb war sie einverstanden. Die beiden Königinnen legten ihre Gewänder ab, bahnten sich den Weg zwischen Gästen, die zu berauscht waren, um sich vor ihnen zu verbeugen, und gingen Hand in Hand zum Ufer. Zweimal stolperte Sitamun, aber Nofretête ergriff ihren Ellbogen und führte sie. Kaum war sie im Wasser, da wurde Sitamun wieder munter.

«Laß uns zum Floß schwimmen», rief Nofretête und strich sich nasses Haar aus dem Gesicht. «Aber hör auf, wenn es dir zuviel wird. Du hast eine Menge Wein getrunken.»

Gleich schürzte Sitamun trotzig die vollen Lippen. «Du warnst mich nur, weil ich die bessere Schwimmerin bin und dich abhängen werde!» höhnte sie. «Oh, wie kühl das ist. Komm!» Sie warf sich ins Wasser und begann im Widerschein der Fackeln rasch und gewandt zu schwimmen. Nofretête folgte langsamer. Als sie sich weiter vom Ufer entfernten, wurde der Fackelschein schwächer, und schließlich erreichten sie die Dunkelheit zwischem dem Licht am Ufer und den Fackeln, die das Schauspiel weit draußen auf dem See beleuchteten. Nofretête verlangsamte ihr Tempo, hielt ganz inne und begann Wasser zu treten. Sitamun schwamm weiter, aber ihre Atemzüge wurden kraftlos, ihre Beinschläge unregelmäßig. Nofretête sah sie in der Schwärze verschwinden, machte kehrt und schwamm gemächlich zum Ufer zurück.

Ich will nicht diejenige sein, die Halt gebietet, dachte Sitamun. Ich habe Nofretête in jeder anderen Beziehung übertroffen, und wenn sie glaubt, sie könne ihre Überlegenheit im Wasser beweisen, dann wird sie wieder den kürzeren ziehen. Mein Herz hämmert. Ich habe zuviel Wein getrunken. Sie erschauerte, holte tief Luft und warf einen Blick über ihre Schulter, aber sie sah Nofretêtes Silhouette nicht gegen die flackernden Fackeln. Nach mehr Luft ringend, schaute sie nach vorn. Da war Nofretête auch nicht. Das Floß hatte sich geleert, die Fackeln waren heruntergebrannt und am Erlöschen. In den kleinen Booten, die das Floß umringten, waren die Frauen, deren Fischnetze von den Messern der Männer geschickt aufgeschnitten worden waren, im Begriff, anmutig zu sterben. Die Männer sprangen einer nach dem anderen ins Wasser, und Sitamun hörte vom Ufer lebhaften Applaus herüberschallen. Sie ließ ihre Beine nach unten hängen und tastete mit den Füßen nach dem Grund, konnte ihn aber nicht erreichen. Sie wurde von Panik ergriffen, die sie jedoch rasch überwand. Na schön, dachte sie, ich werde mich treiben lassen und wieder Atem schöpfen und dann zurückschwimmen. Was führt Nofretête im Schilde? Sie muß gesehen haben, daß ich gewinnen würde, oder sie hat einfach keine Kraft mehr gehabt und ist umgekehrt. Keuchend, eine Hand auf ihr pochendes Herz gedrückt, begann sie Wasser zu treten und sich umzusehen.

Sie befand sich in einem Kreis von Dunkelheit, begrenzt von Fackeln, die unendlich weit entfernt zu sein schienen. Schwarzes Wasser leckte plätschernd an ihr, es war in dieser Tiefe viel kälter als an den von der Sonne gewärmten seichten Stellen. Der Mond am Himmel schwankte, als sie versuchte, den Blick auf ihn zu richten. Sie schloß die Augen, denn ihr wurde plötzlich übel. Zuviel Wein, dachte sie wieder. Ich möchte mal wissen, was unter meinen Füßen ist, verborgen in dem kalten Schlamm, der Dunkelheit. Sie bekam einen heftigen Krampf im Unterschenkel und zog die Knie an, um ihr Bein zu massieren. Wieder wurde ihr die Entfernung zwischen ihr und der warmen Fröhlichkeit der Frauen bewußt, eine lange Strecke schwarzen, wogenden Wassers, und ihr erstarrte das Blut in den Adern. Ganz plötzlich erbrach sie einen Strom von saurem Wein und unverdauter Nahrung; sie fühlte sich gleich besser, begann aber zu frösteln. Ich muß zurück, dachte sie benommen und knetete mit steifen Fingern ihr Bein, das wieder vom Krampf befallen war. Dann werde ich ein heißes Bad nehmen und mich massieren lassen, sonst werde ich krank.

Sie wandte sich um zu den Lichtern am Ufer und sammelte ihre Kräfte, als ein leises Platschen rechts von ihr sie erschreckte. Sie sah etwas Weißes, das sich auf der Wasseroberfläche bewegte, und gleich darauf schlug etwas gegen ihren Körper. Wieder von Panik ergriffen, wollte sie sich nach vorn werfen, spürte aber, daß ihre Schenkel von Armen umklammert wurden. Sie schrie, stieß heftig mit den Beinen und versuchte mit den Fingern den Griff zu lösen. Etwas drückte auf ihr Kreuz, und sie erkannte, daß es der Kopf eines Menschen war.

Bestürzt und plötzlich nüchtern, begann Sitamun zu kämpfen. Ihre Schreie gingen in den Beifallsrufen vom Ufer unter, wo der Lauf über glühende Steine begonnen hatte. Sitamuns Hände stießen auf Haare, und sie zog mit aller Kraft daran. Die Arme um ihre Beine gaben nach, und sie hob rasch die Knie und zielte auf das Kinn des Angreifers. Aber sie war schon geschwächt gewesen, als sie mit Nofretête ins Wasser ging, und ihr Stoß streifte nur eine kalte Wange. Sie fühlte, daß ihre Handgelenke umklammert und weggezerrt wurden, so daß ihre Finger das Haarbüschel loslassen mußten, und als sich der Kopf befreit hatte, sah sie plötzlich vor sich einen offenen, keuchenden Mund, zwei tiefliegende Augen und eine in das verfilzte Haar geflochtene Wasserrose. Sie grub beide Füße in den Magen des Mannes und stieß zu, so fest sie konnte. Ihre Handgelenke wurden losgelassen, und einen Augenblick war sie frei, aber ehe sie wegschwimmen konnte, schlossen sich die Finger um ihren Hals, und Sitamun wurde unter Wasser gedrückt. Sie kämpfte mit rasender Kraft, ihre Nägel zerkratzten die glatte Haut, sie stieß mit den Füßen, ihr Herz klopfte zum Zerspringen. Einmal gelangte sie an die Oberfläche und vermochte Luft zu schnappen, die wie Seide über ihre Lippen raschelte, aber ihre Kraft war erlahmt. Der Mann kniete sich auf ihre Schultern und drückte mit beiden Händen ihren Kopf nach unten. Sitamuns letzte

Bewegung war sanft und zart wie die einer Liebenden. Ihre Finger glitten über seine Oberschenkel und blieben neben seinen Knien liegen. Er stieß den Körper mit beiden Füßen nach unten und schwamm rasch davon.

Tia-Ha unterdrückte ein Gähnen. «Es war schön, eine heiße Sommernacht auf diese Weise zu verbringen», sagte sie, «aber wenn deine Majestät mich entläßt, werde ich wohl ins Bett gehen.» Teje nickte lächelnd, und die Prinzessin stand auf und reckte sich wohlig. Ihre Dienerinnen begannen, ihre Matte aufzurollen und ihre Sachen einzusammeln. Der Mond war zu einem leuchtenden Punkt am wolkenlosen Himmel geschrumpft. Die ausbrennenden Fackeln rauchten. Die Frauen wanderten zurück in ihre Gemächer, manche hatten ihren Freundinnen den Arm um die Schulter gelegt, manche wurden von ihren Dienerinnen gestützt, manche gingen ohne Hilfe mit beschwingtem, aber unsicherem Schritt. Teje ließ ihren Blick über den See schweifen. Nofretête saß am Ufer, immer noch in ein Gespräch mit Taduchipa vertieft. Das Floß tanzte auf und ab, alle darauf befestigten Fackeln waren bis auf eine erloschen. Die Boote waren schon früher weggefahren. Dann bemerkte Teje etwas, das sich in dem kleinen Wellenschlag des Sees hob und wieder senkte und dann und wann vom Ufer her schwach beleuchtet wurde. Tia-Ha hatte es auch gesehen und sagte, als Teje aufstand: «Ich kann nicht erkennen, was es ist. Ich frage mich, ob einer der Schauspieler etwas ins Wasser hat fallen lassen?»

«Cheruef», rief Teje über ihre Schulter, «schicke ein Boot hinaus und bringe es her, was immer es ist.»

Cheruef eilte davon, und die beiden Frauen gingen zu der Stelle, wo Nofretête und Taduchipa Wasserrosen geangelt hatten, um zu sehen, wie die Frösche wegsprangen. Als Teje kam, standen sie auf und verbeugten sich. «Majestät Tante, warum fährt das Boot hinaus?» Nofretête runzelte die Stirn. «Meine Tänzer sind schon fort, und das Floß wird am Morgen abgeschleppt.»

Eine Vorahnung befiel Teje, als sie das Boot über den See fahren sah, von dem Sklaven geschickt zu dem sanft schaukelnden Treibgut gestakt, und sie vermochte nicht zu antworten. Ein Schrei kam von dem Boot, als einer der Sklaven hinunterlangte, zurückfuhr und seinen Gefährten zu sich winkte. Gemeinsam hoben sie einen formlosen und offenbar schweren Gegenstand aus dem Wasser und kehrten dann überstürzt zum Ufer zurück.

«Es ist eine Leiche», flüsterte Taduchipa mit weit aufgerissenen Augen. «Einer der Tänzer ist ertrunken!»

Nofretête zuckte die Schultern und wandte sich ab, aber Teje, deren Knie plötzlich zitterten, packte ihre Nichte am Arm. Cheruef und zwei seiner Untergebenen wateten hinaus und halfen, das Boot aufs Gras zu ziehen. Teje konnte sich immer noch nicht rühren. Erst als die Männer die Leiche mit dem Gesicht nach unten hinlegten und Cheruef auf sie zuzulaufen begann, zwang sie ihre Beine, ihr zu gehorchen.

«Bleib bei mir», fauchte Tia-Ha Taduchipa an, den Blick auf Tejes bleiches Gesicht gerichtet. Sie ließ sich auf die Matte sinken und zog die kleine Prinzessin mit herunter. Taduchipa ergriff ihre Hand. Cheruef kam zu Teje und fiel ihr zu Füßen, die Hände über dem Kopf zusammengelegt in einer Geste entsetzter Unterwürfigkeit. Teje ging an ihm vorbei und hielt Nofretête immer noch fest.

Die nackte Frau lag da wie ein plumpes Tier, ein Knie gebeugt, ein Arm um den Kopf mit seinen dunklen, triefenden Haarsträhnen gekrümmt. «Bringt eine Fackel!» sagte Teje mit ruhiger Stimme. Einer der Sklaven rannte los und brachte sie. «Cheruef! Cheruef! Steh auf, du alter Narr. Dreh sie um.» Er erhob sich weinend und ergriff mit unbeholfenen zitternden Händen eine Schulter und die sanfte Erhebung einer Hüfte. Teje ließ Nofretête los, die steif und starr dastand und sich auf die Unterlippe biß. Langsam wurde der Körper auf den Rücken gewälzt, und dann blickte Sitamun an ihnen vorbei in den Himmel. Wasser tropfte aus einem Mundwinkel, und das Haar lag über ihrer Kehle wie ein zerfetztes Halstuch. Teje kniete sich auf das Gras und streichelte mit beiden Händen die kalten Wangen. Sie vermochte es nicht zu glauben. Einige der Umstehenden stießen Schreie aus und begannen aufgeregt, erschreckt zu reden. «Holt General Eje», befahl Cheruef barsch, «und dann einen Arzt. Verständigt Pharao, aber nicht vor Eje.»

Teje hob den willenlosen Kopf an und bettete ihn auf ihren Armen. Nofretête hatte mit ausgestreckten Armen zu wehklagen begonnen. Warum macht sie diesen närrischen Lärm? dachte Teje gereizt. Sitamun schläft. Sie hat sich auf dem Wasser treiben lassen und ist eingeschlafen. «Sitamun», murmelte sie und drückte ihre Lippen auf die weiße Stirn. Dann hoben warme Hände sie auf, und Eje nahm sie in die Arme. Neue Fackeln flackerten in den Händen der Soldaten, die er mitgebracht hatte. Sie merkte, daß ihr jemand einen Umhang um die Schultern legte, und plötzlich kam sie wieder zu sich. Eje hockte neben Sitamun, hob ihre Glieder an, untersuchte sie. Ein Arzt kauerte neben ihm und wechselte leise Worte mit Eje, die sie nicht verstehen konnte. Tia-Ha kam zu ihr und brachte ihr Wein. Nofretête hatte mit Wehklagen aufgehört, aber Teje sah, daß sie krampfhaft schluckte. Eje stand auf. «Es ist zu spät, etwas für sie zu tun», sagte er, und etwas in seiner Stimme ließ Teje ihn anstarren, mit einemmal hellwach. «Sie ist tot.»

Aus dem Augenwinkel sah Teje, daß Nofretête und ihr Hofmeister Merirê, der gleichmütig neben ihr stand, sich einen Blick zuwarfen. Es ging so rasch, daß sie sich fragte, ob sie es sich eingebildet habe, aber sie bemerkte, daß Eje es auch gesehen hatte – das Zeichen aufnahm und deutete in der Sekunde, die er brauchte, um sich zu fassen. Er drehte sich um und gab seinen Leuten Befehle. «Holt alle Diener, Sklaven und Tänzer zusammen, die heute nacht hier waren. Majestät, darf ich die Frauen vernehmen?»

Teje nickte. «Aber es wäre besser, bis morgen früh zu warten, wandte sie ein, überrascht, daß ihre Stimme so ruhig klang. «Die meisten sind nicht mehr der Sprache mächtig. Cheruef wird dir behilflich sein.»

Es gab eine Bewegung hinter dem grellen Schein der Fackeln, und jemand flüsterte: «Horus kommt!» Schon hatte sich die Menge ins Gras geworfen, die Gesichter auf den Boden gepreßt, und Teje wurde sich sofort klar, daß sie es nicht ertragen könne, die Erschütterung ihres Sohnes mitanzusehen. Sie warf einen letzten Blick auf das wächserne Gesicht, die glasigen Augen, die im Schein der Fackeln aufleuchteten, als wären sie lebendig, und ging fort.

Während des größten Teils der Nacht schritt Teje in ihren Gemächern auf und ab, denn sie war zu erregt, um zu ruhen. Sie erwartete, daß Eje um eine Audienz ersuchen würde, aber auf den Morgen folgte der Nachmittag und auf den Nachmittag die schale Schwüle einer Sommernacht, und er kam nicht. Sie machte keinen Versuch, ihn zu sich zu bestellen, denn sie wußte, er würde erscheinen, wenn es soweit war. Sie würgte etwas Essen herunter und erlaubte Piha, dafür zu sorgen, daß sie gebadet, angekleidet und geschminkt wurde, aber sie lehnte es ebenso ab, Tia-Ha zu empfangen, die mittags zu ihr gekommen war, wie Nofretête, die sich abends hatte melden lassen. Sie ging mehrmals vom Empfangszimmer in ihr Schlafgemach und wieder zurück und flüchtete sich in Gedanken in die Lösung eines Rätsels. Sitamun war eine ausgezeichnete Schwimmerin gewesen. Betrunken oder nüchtern, der See stellte keine Gefahr dar für eine Frau, die von Kindesbeinen an eine furchtlose Verehrerin von Fluß und See gewesen war. Sitamun war Große Königsgemahlin, und Nofretête hatte sich so rasch mit einem verlorenen Wettlauf abgefunden, zu mühelos, zu bereitwillig. Oder? Mißdeute ich den Charakter meiner Nichte, weil mein Blick durch Kummer getrübt ist? Sitamun war sehr betrunken, und die meisten anderen Frauen auch. War Nofretête nüchtern? Das Fest war Nofretêtes Einfall gewesen. Eine ideale Szenerie. Teje legte beide Hände auf die brennenden Augen und stöhnte laut. Ich wünschte, du würdest kommen, Eje, dachte sie, als sie an ihrem Bett stehenblieb und hörte, daß Piha leise hinter ihr die Lampen anzündete. Meine Tochter liegt unter den Messern der königlichen Sem-Priester. Mein Sohn hat sich in seinen Räumen eingeschlossen, und sein Schluchzen ist selbst durch die schweren Doppeltüren zu hören.

Eine Stunde später wurde Eje endlich angemeldet. Er befahl ihren Dienerinnen hinauszugehen, und schloß selbst die Tür hinter ihnen. Seine Augen waren verschleiert und eingesunken unter der schützenden Kajal-Schminke, und zum erstenmal sah Teje seine militärischstraffen Schultern gramgebeugt. Sie blickten einander im sanften Schein der Lampen an, bis Teje ihn durch einen Wink aufforderte, Platz zu nehmen, und sich selbst auf ihr Bett setzte. Zwar hielt er sich oft nicht an das für eine Audienz bei Angehörigen des Königshauses vorgeschriebene Protokoll, aber heute wartete er darauf, daß sie als erste sprach, und sie mußte tief Luft holen.

«Ich glaube, ich will es nicht wissen», sagte sie barsch.

«Du weißt es schon. Ich auch. Jedem Sklaven und Diener im Palast wurde gut zugeredet oder gedroht, oder sie wurden geschlagen. Jede einzelne von Osiris Amenhoteps Frauen und Tehen-Aton sind vernommen worden. Nur Prinzessin Taduchipa hatte etwas Zweckdienliches zu sagen.»

«Und zwar?»

«Sie sah Nofretête und Sitamun zusammen ins Wasser gehen, kurz bevor der Lauf über die glühenden Steine begann.» Er hob eine Hand, um Tejes entrüsteten Ausbruch zu verhindern. «Nein», sagte er, «meine Tochter hat die Tat nicht mit ihren eigenen zarten Händen begangen. Die Prinzessin sah nicht viel später, daß sie von ihrer Dienerin abgetrocknet wurde.»

«Hast du Taduchipa gewarnt?»

«Ich sagte ihr, sie solle niemals über das sprechen, was sie gesehen hatte, denn es würde Königin Nofretête in eine peinliche Lage bringen. Es dauerte lange, bis die Kleine es verstand.»

Teje blickte hinunter auf die Hände, die sich auf ihrem Schoß schmerzhaft verzerrt hatten. Vorsichtig lockerte sie sie. «Es bleibt immer noch eine Ungewißheit.»

«Natürlich. Aber nur der Schatten eines Schattens. Die Wüstenpolizei fand heute morgen einen Mann hinter den Wüstenbergen. Ihm war die Zunge herausgeschnitten. Ein Wunder, daß er nicht an seinem eigenen Blut erstickt war. Kaum erwähnenswert, daß er weder lesen noch schreiben konnte. Er war ein Palastsklave, das bezeugt eindeutig die Weichheit seiner Haut und Hände. Er hatte Kratzspuren an Armen und Leib. Ich habe ihn selbst gesehen.»

Sie blickten einander an. «Sie darf nicht bestraft werden», flüsterte Teje.

«Natürlich nicht. Selbst wenn ihre Schuld zu beweisen wäre, was nicht möglich ist – sie ist eine Königin und steht als solche über dem Gesetz. Wir können nicht einmal ihren Hofmeister Merirê verhaften. Das liefe auf das Eingeständnis hinaus, daß wir glauben, Nofretête sei zumindest in die Sache verwickelt.»

«Ich würde sie gern beide geschunden sehen, bis ihnen das Fleisch von den Knochen fällt!» rief Teje aus. «Was kann ich Amenhotep sagen?»

«Es hat keinen Sinn, ihm überhaupt etwas zu sagen, Majestät. Nur er kann in diesem Fall bestrafen, und ich glaube, er wird nichts tun und nur betrübt sein. Außerdem . . .»

«Außerdem haben wir alle uns aus Eifersucht und Angst ähnlicher Taten schuldig gemacht», beendete sie den Satz für ihn. «Nofretête wird Diskretion lernen, wie wir es auch taten. Ich möchte mich an dich lehnen, Eje. Ich bin todunglücklich und müde und kann nicht mehr denken. Ich möchte mich grämen wie irgendeine Mutter, und bei dir kann ich meine Göttlichkeit ablegen.»

Er stand auf und setzte sich neben sie. Sie bettete mit der Ungezwungenheit langer Vertrautheit den Kopf an seine Brust, und er legte ihr beide Arme um den Hals, wie er es in ihrer Kindheit so oft getan hatte. Sein gleichmäßiger Herzschlag tröstete sie, und zum erstenmal, seit sie am vorigen Abend über den See geblickt hatte, spürte sie, daß sich ihr Körper entspannte und ihr die Augen schwer wurden. Eje küßte sie, legte sie behutsam hin und zog das Laken über sie.

«Schlafe jetzt», sagte er. «Ich werde Piha und deine Fächerträger herschicken. Fühle dich nicht schuldig, Teje, bei dem Gedanken, daß du das hättest verhindern können, wenn du darauf hingewirkt hättest, ein Gleichgewicht zwischen deiner und meiner Tochter zu erhalten. Wäre Sitamun verschlagener und weniger selbstsicher gewesen, dann würde vielleicht jetzt Nofretête im Haus der Toten auf die Einbalsamierung warten.»

Sie murmelte etwas mit geschlossenen Augen und hörte, daß er hinausging und ihre Diener rief. Von allen Kindern, die Amenhotep und mir geboren wurden, haben nur Sitamun und mein Sohn das Erwachsenenalter erreicht, dachte sie, schon halb im Schlaf. Jetzt ist auch Sitamun tot. Oh, mein Gemahl, ist es möglich, daß alle unsere Leibesfrüchte verwelken und vergehen werden? So viel Liebe im Laufe der Jahre ohne eine lebendige Spur? Ich wünschte, du wärst hier in meinen Armen.»

9

PHARAO erschien in den siebzig Tagen der Trauer für Sitamun nicht in der Öffentlichkeit, und dem Hof kam es vor, als wäre er wieder im Gefängnis, diesmal freiwillig. Die dräuenden Doppeltüren, die zu seinem Empfangszimmer führten, blieben geschlossen. Er wurde weder im Garten noch auf seinen Bauplätzen gesehen, obwohl man Teje berichtete, daß er befohlen habe, in Silsilê neue Steinbrüche zu erschließen, um die Steinmetzen mit Sandstein zu versorgen. Sein Diener Parennefer und sein Oberhofmeister Panhesi gingen unauffällig durch die Korridore des Palasts und kümmerten sich um die Bedürfnisse ihres Herrn. Teje befragte sie gelegentlich, begierig zu erfahren, wie es ihrem Sohn gehe, und sie versicherten ihr, Pharao befinde sich wohl, sein Kummer habe sich fast gelegt und er reinige sich in grobem Leinen und mit Weihrauchasche vor seinem Aton-Schrein.

«Warum muß er sich reinigen?» fragte Teje Panhesi verblüfft. «Und wenn das sein Wunsch ist, dann ist doch gewiß nur Ptahhotep befugt, solche Riten zu vollziehen.»

Der ernste junge Mann senkte den Blick, verbeugte sich tief vor ihr und antwortete, das Gesicht zwischen den ausgestreckten, silberbeladenen Armen verborgen: «Es ist Pharao, der Mensch, der sich reinigt, nicht Pharao, der Gott, im Namen Ägyptens», sagte er schüchtern, und damit mußte Teje sich zufriedengeben.

Ebenso wie ihr Gemahl blieb Nofretête dem Tun und Treiben des Hofes fern. Man sah sie manchmal schicklich im Garten spazierengehen, nur in weißes Leinen gekleidet und ohne Schmuck an den Armen. Wenn Teje die ranke Gestalt flüchtig erblickte, was nicht oft vorkam, stellte sie erbittert fest, daß die Natürlichkeit, die Nofretête zur Schau trug, ihrer Schönheit zugute kam. Sie selbst hegte keinen Groll gegen ihre Nichte. Sie hatte für Nofretêtes abscheuliche Tat Verständnis dank der Weisheit einer Herrscherin, für die es keine eindeutige Grenze gibt zwischen Rechtschaffenheit und der Unvermeidlichkeit des Bösen.

Jeder Todesfall in der Königsfamilie rief Gerüchte und aufgeregten Klatsch hervor, besonders unter den Haremsfrauen. Tia-Ha erzählte Teje, es würden viele Mutmaßungen angestellt, die Frauen seien aber tolerant. Sie glaubten, Nofretête und Sitamun hätten beide Pharao geliebt, und Eifersucht und Leidenschaft hätten Nofretête veranlaßt, eine Nebenbuhlerin aus dem Weg zu räumen. Solche Liebesaffären waren gang und gäbe, man verstand derlei Dinge im Harem, und das Gerede war freundlich. Das einzige, was den Haremsfrauen Unbehagen bereitete, war die Entdeckung des verstümmelten Sklaven. Es war üblich, daß man seine Machenschaften durch Untergebene besorgen ließ, aber es war ein Verstoß gegen die ungeschriebenen Gesetze des Harems, das Werkzeug zu foltern, statt es zu belohnen. Sie billigten Tejes Entschluß, den Mann wieder gesundpflegen zu lassen und in ihren Dienst zurückzunehmen, und sahen ihr Verhalten als den einzigen wirklichen Beweis für Nofretêtes Schuld an.

Teje hörte sich genau an, was ihre Freundin erzählte. Sie wußte, daß der Klatsch verstummen würde, sobald Sitamun begraben war. Es galt also nur, die langsam vergehenden Tage der Trauer hinter sich zu bringen.

Das Begräbnis der Großen Königsgemahlin war eine maßvolle Huldigung für eine Frau, die bei fast jedem Wettlauf, den sie gewagt hatte, zweite geblieben war. Noch jung, als sie starb, hatte sie dennoch dem früheren Regime angehört. Nach nur wenigen, kurzen Jahren in den Armen ihres allseits beliebten Bruders Thutmosis mußte sie nach seinem plötzlichen Tod einem alternden, unberechenbaren Mann zu Willen sein. Seitdem stand sie im Schatten ihrer Mutter, denn sie war nicht so intelligent, nicht so energisch und tüchtig wie Teje. Daß sie die Krone der Großen Königsgemahlin errungen hatte, ihr einziger Versuch, ihr Schicksal selbst zu bestimmen, hatte ihr lediglich eine kurze Anerkennung ihres Anspruchs eingetragen.

Nur diejenigen Minister und Höflinge, die verpflichtet waren, an der Bestattung von Angehörigen des Königshauses teilzunehmen, bildeten zusammen mit der leidtragenden Familie den Trauerzug. Pharao tauchte aus seiner Periode der Meditation auf, wirkte linkisch und beunruhigend geistesabwesend und nahm schweigend seinen Platz neben Eje, Teje und Nofretête ein. Sie saßen in ihren Sänften, ohne ein Wort zu wechseln, und der Trauerzug folgte ihnen auf demselben Weg zu Amenhoteps III. Grab, den sie erst vor so kurzer Zeit zurückgelegt hatten.

Die Rituale wurden in derselben Stimmung würdevoller Schlichtheit vollzogen. Teje hatte sich vor dem Moment gefürchtet, in dem sie an den Besitztümern ihres Mannes vorbeigehen müßte, um die Grabkammer neben ihm zu erreichen, in der Sitamun ruhen sollte. Aber als der Zeitpunkt kam, an dem sie hinter dem Sarg ihrer Tochter durch das Grabgewölbe gehen mußte, stellte sie fest, daß infolge der Ereignisse in Malkatta seit seinem Tod alle Spuren von ihm nicht länger seinen persönlichen Stempel trugen. Die Zeit hatte die Lebenden in den Vordergrund geschoben. Die Throne, die er mit seiner königlichen Gestalt ausgefüllt hatte, die funkelnden Truhen, in denen zu Tausenden seine Gewänder lagen, die Schmuckkästen, die seine vielen Juwelen bargen, hätten irgendeinem seiner Vorfahren gehören können. Ich frage mich, ob sich etwas in der Dunkelheit regen wird, wenn ich diesen Ort verlasse, dachte sie, als sie vortrat, um Blumen auf Sitamun zu legen, ob durch die magischen Augen ihrer Sarkopharge Ströme zwischen Vater und Tochter fließen werden. Eine deiner Königinnen ist zu dir gekommen, mein Gemahl. Wie lange wird es dauern, bis auch ich in diesen feuchten Räumen ruhen werde?

Das Festmahl, das die mehrere Tage währende Zeremonie beendete, vollzog sich in ruhiger Förmlichkeit, und sobald es die guten Manieren erlaubten, machten sich die Höflinge zu ihren Sänften auf und entschwanden in Richtung Malkatta.

Teje wurde auf dem Rückweg zum Palast neben Pharao getragen. Er hatte an Sitamuns Grab still und mit einer Würde geweint, die alle erstaunt hatte, und er sprach nicht mit Teje, solange sie unter Rês grausamen Strahlen in den Sänften saßen. Sie kamen durch die Totenstadt, zu ihrer Rechten schimmerte der prachtvolle beige Totentempel Thutmosis III. wie eine paradiesische Fata Morgana, und sie waren schon fast in Sichtweite der Palastmauern, als Amenhotep einen schroffen Befehl gab und seine und Tejes Sänften nach links abbogen.

Der große Tempel seines Vaters begann über ihnen aufzuragen und Schattenstreifen auf den weißen Sand zu werfen, aber die Sänften folgten nicht der von Widdern gesäumten Allee, die zu seinem säulengeschmückten Vorhof führte. Die beiden Kolossalstatuen mit ihren in der Mittagsonne kurzen Schatten türmten sich vor ihnen auf. Amenhotep ließ die Sänften anhalten, stieg aus, forderte Teje auf, es ihm gleichzutun, und sie folgte ihm, als er zu der ersten Statue schritt. Er hob den Kopf und blickte einen Augenblick hinauf zu der überwältigenden Höhe, dann nahm er höflich Tejes Arm und zog sie in den Schatten.

«Majestät Mutter», sagte er mit belegter Stimme, die Augen noch verschleiert von den Tränen, die er vergossen hatte, und unter den geschwollenen Lidern ruhte sein Blick auf ihrem Gesicht mit einem Ausdruck, der fast eine Entschuldigung war. «Siebzig Tage lang habe ich in meinen Gemächern gebetet und geweint, mich an die Brust geschlagen und mir die Stirn mit Asche aus meinem Schrein eingerieben, denn ich hätte das Leben meiner Schwester retten können und habe es nicht getan.»

«Amenhotep», widersprach sie, «ihr Tod war nicht Pharaos Schuld. Warum machst du dir Vorwürfe?» Seine so lautere, aber fehlgerichtete Ehrlichkeit entwaffnete sie. Mit einem hennagefärbten Finger berührte sie seinen Mundwinkel, wie sie es oft bei ihm als Kind getan hatte, ein zärtliches Zeichen, daß sie anderer Meinung war. Er küßte sie und trat einen Schritt zurück.

«Es hieß, wie ich hörte, Sitamun sei ein Opfer ihres Ehrgeizes geworden, aber dem ist nicht so. Sie starb, weil ich ein Feigling war. Ich habe vor Gott Unrecht getan.»

«Wie kann das sein? Du bist die Inkarnation von Amun-Rê.»

«Ich wußte, was ich zu tun hatte, aber ich brachte den Mut nicht auf. Ägyptens Augen sind blind, seine Ohren durch Lug und Trug verstopft. Sonst hätte es seine Stimme laut gegen mich erhoben. Aber jetzt bin ich tapferer. Ich bin bereit.»

Teje unterdrückte den Seufzer, der sich ihr entringen wollte. «Du erschreckst einen mit deinen Rätseln», schalt sie freundlich. «Ein König muß sich klar und deutlich ausdrücken, damit sein Volk wie ein Mann gehorchen kann.»

«Es vergehen jetzt noch zwei Monate bis zum Ende von Schemu

und zur Feier des Neujahrstages», sagte er. «Ich möchte, daß wir in den Norden fahren, nur du und ich und unsere Diener. Kannst du den Hof so lange verlassen?»

Sein Wunsch löste eine Woge von Unbehagen in ihr aus. Sie wandte sich von ihm ab und ließ ihren Blick von den rissigen braunen Feldern vor ihren Füßen bis zu der Reihe staubbedeckter Palmen schweifen, die den Nil säumten. Warum zittere und zage ich auf einmal? dachte sie. Es ist ganz natürlich, daß er den Schmerz des Verlustes eine Zeitlang hinter sich lassen möchte. Aber nur wir beide? Hat er etwas Wichtiges mit mir zu besprechen? Es ist die Aussicht, daß er und ich allein zusammen sind, die mich beunruhigt. Warum? Sie spürte Amenhoteps warmen Atem auf ihrem nackten Rücken, als er ihr bittend die Hand auf die Schulter legte. «Ich nehme an, Nofretête kann mich eine Weile vertreten», sagte Teje, ohne sich umzudrehen. «In dieser Jahreszeit ist nie viel im Gange, und ich würde Memphis wirklich gern wiedersehen. Ich bin lange nicht dagewesen. Nicht seit dein Vater und ich . . .» Ihre Stimme verklang, aber dann fuhr sie fort: «Gut, mein Sohn. Ich möchte es sehr gern.» Es stimmte. Mehr als alles andere wollte sie dem Hauch des Todes entkommen, der schon so lange den Palast erfüllte, dem Getuschel und den versteckten Andeutungen, der Anstrengung, die es erforderte, hinter den Augen der Menschen ihre verborgenen Gedanken zu erkennen.

«Gut. Dann in drei Tagen, Teje.»

Sie drehte sich um und wollte sich verbeugen, sah aber nur seinen Rücken, das zwischen seinen hängenden Schultern schimmernde Gegengewicht zu seinem Pektoral, und das weiche Leinen, das leicht gegen seine bleichen Unterschenkel schlug. Als seine Sänfte außer Sicht war, lehnte Teje die Wange an den Sockel der Statue ihres Gemahls und schloß die Augen.

Am Morgen des dritten Tages verließen sie Malkatta an Bord des Bootes, das Sitamun Amenhotep geschenkt hatte. Er hatte beschlossen, es ‹Cha-em-Ma'at› zu taufen, eine andere Form seines Titels, «In Wahrheit leben», und ließ den Namen von seinen Kunsthandwerkern auf dem schönen Rumpf eingravieren. Eine verärgerte Schar von Höflingen hatte sich an der Landungsstelle eingefunden, um die Abfahrt mitanzusehen. Nofretête saß unter ihren scharlachroten Fächern. Jetzt, da die Beisetzung vorbei war, hatte sie Andeutungen gemacht, daß ihr die Krone der Großen Königsgemahlin zustünde, aber ihr Mann war dafür taub gewesen. Semenchkarê und Merit-Aton planschten im Wasser an den Stufen, Semenchkarê mit zaghafter Begeisterung, und das kleine Mädchen keuchte und kicherte, als ihr Kindermädchen sie in die kühle Flut tauchte. Gebete für Pharaos Sicherheit wurden angestimmt, die Höflinge verbeugten sich mißmutig, und die Flottille mit König und Königin, Dienern, Priestern und Soldaten an Bord glitt den Kanal entlang und hinaus auf den Fluß.

Im Sommer wehte der Wind gewöhnlich von Norden, so daß alle Boote von Rudern starrten. Teje beugte sich über die Reling von ‹Cha-em-Ma'at› und lauschte den Rufen des Kapitäns Pasi, dem Tappen nackter Füße, wenn die Matrosen seinen Befehlen Folge leisteten, dem Gurgeln des schlammigen Wassers, wenn die Ruder kleine Strudel hervorriefen. Hinter ihr standen unter dem zurückgeschlagenen Baldachin Früchte, Honigwasser und Wein bereit, falls es sie danach gelüstete. Ihr Sohn saß träge auf Kissen neben dem niedrigen Tisch, einen Fliegenwedel in der Hand, und summte vor sich hin. Die Ufer waren verlassen und glitten vorbei wie der Rand einer alptraumhaften Ödnis, in den Dörfern regte sich nichts Lebendiges. Die Felder waren braun, die Blätter der Palmen verdorrt. Sogar der Himmel war leer, die kleineren Vögel hatten den Schatten der Pflanzen am Fluß aufgesucht. Nur die Habichte schienen an die Hitze gewöhnt zu sein. Sie segelten mit weit ausgestreckten Flügeln, um auch den kleinsten Lufthauch zu erwischen, und kreischten ab und zu, wenn sie mit ihren scharfen Augen den kahlen Boden nach Beute absuchten. Tejes Fächerträger hatten Mühe, sie zu beschatten, als sie sich weiter hinauslehnte, fasziniert von dem braunen Wasser, das wogend unter ihrem Blick vorbeizog. In ein oder zwei Tagen wird es blau sein, dachte sie. Das erste Anzeichen, daß die Unfruchtbarkeit Oberägyptens hinter uns liegt. Ah, das schöne Memphis! Die Krone der Welt.

Am Abend des vierten Tages nach ihrer Ankunft von Theben, als das königliche Boot am Ufer vertäut wurde, kam Pasi zum Baldachin und verbeugte sich vor Amenhotep. «Ich hatte gehofft, wir könnten ein wenig weiter flußabwärts festmachen, wo es ein Dorf gibt und etwas Vegetation, Mächtiger Horus», entschuldigte er sich, «aber ich hatte die Langsamkeit der Strömung und die Stärke des Windes unterschätzt. Verzeih mir, wenn ich darum bitte, daß du die Nacht an diesem Ort verbringst.»

Amenhotep lächelte und entließ ihn, dann schaute er mit Teje zusammen zu, wie die anderen Boote anlegten und die Diener an Land gingen, um die Zelte aufzuschlagen, Teppiche auf dem Sand auszubreiten, Fackeln anzuzünden und die Abendmahlzeit zu bereiten. «Es ist einsam hier», sagte er zu ihr und ließ den Blick schweifen. «Ich kann mich nicht erinnern, hier vorbeigekommen zu sein, weder auf dem Weg nach oder von Memphis.»

«Das liegt wahrscheinlich daran, daß der Kapitän des Bootes, mit dem du fuhrst, es sehr gut verstand, deinen Zorn nicht dadurch auf sich zu ziehen, daß er hier anlegte», erwiderte Teje. «O Götter! Ich kann fast hören, daß meine Gedanken an diesen finsteren Felsen widerhallen. Es sieht so aus, als wären nicht einmal Bauern töricht genug gewesen, sich hier anzusiedeln.»

«Friedlich», murmelte ihr Sohn.

Sie waren durch eine Rampe mit einer Seite eines riesigen Bereichs jungfräulichen Sandes verbunden, durch den sich der Fluß in einer sanften Kurve schlängelte. An beiden Biegungen reichten die Felsen bis ans Wasser, aber hier traten sie zurück, erhoben sich in einem gezackten Bogen auf der westlichen Seite, wurden aber auf der östlichen von langen, geheimnisvollen Schluchten zwischen Felsvorsprüngen durchzogen, in deren Schatten schon Dunkelheit herrschte. Die Sonne stand schon tief, ihr roter Rand ließ die Bergspitzen schwarz erscheinen, ihre letzten Strahlen fielen auf den unberührten Sand. Hinter dem fröhlichen Treiben der Menschen am Ufer wurde die Totenstille spürbar und flößte den Eindringlingen Ungeduld ein.

«Eine entsetzliche Hitze muß hier tagsüber herrschen», sagte Teje. «Was meinst du, wie weit ist es von einem Ende des Tals zum anderen, Majestät?»

«So rein», seufzte er, sich seiner Versunkenheit entreißend. «Nichts als schroffer Fels und blendender Sand, eine riesige Schale, um Rês tägliches Gold aufzunehmen.»

Auf dem Ufer begann eine Gruppe von Dienern plötzlich zu lachen. Die Laute, die sie von sich gaben, kehrten hundertfach zu ihnen zurück, als würde ein unsichtbar in den Bergen verstecktes Heer sie nachäffen. Teje überlief es kalt. Unten an der Rampe stand ihr verstümmelter, zungenloser Diener mit einem großen Gefäß Lampenöl in beiden Armen, und ihr zweiter Hofmeister rief ihm einen Befehl zu. Teje ging zurück in die Kajüte und ließ die Vorhänge hinter sich herunter.

Am nächsten Tag war die gespenstische Stille des Tals nur noch eine Erinnerung, und nach drei weiteren Tagen legten sie in Memphis an und wurden stürmisch begrüßt. Tausende säumten das Ufer, einige waren auf die Dächer der Lagerhäuser geklettert oder hatten sich ins Wasser gestürzt, damit sie die königlichen Besucher flüchtig zu sehen bekamen. Amenhotep lächelte ihnen nachsichtig zu und hob Krummstab und Wedel, als er über die Rampe schritt und in der wartenden Sänfte Platz nahm. Teje ließ sich ihre Sänfte an Bord kommen und zog die Vorhänge fest zu, ehe sie an Land getragen wurde, denn sie fand, die Gesichter lebender Götter sollten nicht den rüden Blicken von Bauern ausgesetzt werden. Sie blieb unsichtbar, bis sie hinter den Palastmauern abgesetzt wurde, und begab sich dann gleich auf das Dach. Amenhotep folgte ihr. «Ich hatte vergessen, wie schön es hier ist», flüsterte sie. «Was für eine prächtige Aussicht bietet der Palast. So viele Bäume, Amenhotep, und eine solche Fülle wildwachsender Blumen. Sieh nur, wie die Sonne auf dem See glitzert, der in alter Zeit angelegt wurde. Ich sehe, daß der syrische Reschep-Tempel ein neues Dach bekommen hat – du kannst es zwischen dem Laub erkennen. Unser Handel mit den Syrern muß lukrativ für sie sein. Ich glaube, hier sind noch ein paar Frauen im Harem. Wirst du sie aufsuchen?»

Er lächelte unverbindlich. «Ich glaube nicht. Aber ich werde in die Tempel gehen, wie ich es zu tun pflegte, als ich Hoherpriester des Ptah war. Würdest du gern morgen eine Bootsfahrt zu den Papyrus-Sümpfen im Delta unternehmen? Sie sind nur eine halbe Tagesreise entfernt.»

«Dein Vater und ich pflegten vor vielen Jahren in diesen Sümpfen Wildvögel zu jagen», sagte sie verträumt. «Ja, da würde ich sehr gern hinfahren. Ist dir aufgefallen, wie sehr sich die Geräusche in Memphis von dem ärgerlichen Lärm in Theben unterscheiden?»

Er hatte sich abgewandt, blickte mit zusammengekniffenen Augen zur Sonne auf und schenkte ihren Worten keine Aufmerksamkeit mehr. Vermutlich darf ich seinen Vater nicht erwähnen, dachte sie verärgert. Na schön, ich werde mich bemühen, es zu unterlassen in

Anbetracht dessen, daß er mich hierher eingeladen hat, aber er muß einen Haß überwinden, der nicht mehr berechtigt ist.

Einen Monat lang gingen sie und ihr Sohn ihre eigenen Wege. Pharao verbrachte viel Zeit damit, sich in die unzähligen Tempel der Fremden tragen zu lassen, die Memphis jetzt ihre Heimat nannten, und obwohl er eine Abordnung vom Tempel des Ptah empfing, stattete er ihm keinen offiziellen Besuch ab. Teje führte Besprechungen mit dem Bürgermeister von Memphis und dem Kommandeur der Grenzpatrouillen, dessen Soldaten in der Zeit zwischen ihren Einsätzen in der Stadt stationiert waren. Sie empfing auch viele der wohlhabenden Kaufleute und ausländischen Diplomaten, die der Geschäfte wegen ihren Wohnsitz in Memphis hatten, und bewirtete sie in der schönen Empfangshalle, die auszuschmücken ihr Gemahl sich hatte angelegen sein lassen. Sie besuchte den Harem, fand ihn gut geleitet, aber trübsinnig, halb leer und still.

Doch nachdem sie ihre Pflichten erledigt hatten, wanderten Teje und Amenhotep gern durch die kühlen Räume des leeren Palasts oder ergingen sich ziellos auf den verschlungenen Gartenwegen. An den heißen Nachmittagen trennten sie sich und schliefen, eingelullt vom Sausen der Fächer und von gedämpftem Harfenklang. Einen Tag verbrachten sie damit, sich durch die schulterhohen, raschelnden Papyrusstauden in den Sümpfen staken zu lassen. Amenhotep war zwar ein guter Wagenlenker und konnte schlecht und recht mit dem Bogen schießen, weigerte sich aber entschieden zu jagen. Teje juckten die Finger nach einem Wurfholz, als Scharen von Gänsen, Enten und anderen Wasservögeln rings um sie unangefochten aufstiegen, aber dennoch war es schön, in dem kleinen Stakkahn zu liegen und die federigen Schöpfe der Papyrusstauden zu sehen, die sich über ihrem Kopf von dem tiefen Blau eines Himmels abhoben, der keine Spur von der bedrohlichen bronzenen Färbung eines südlichen Sommers aufwies.

Die Zeit verrann aufs angenehmste, und Teje konnte sich nicht darüber klarwerden, ob es an den bittersüßen Erinnerungen lag, die jeder Winkel des Palasts in ihr weckte, oder an dem ereignislosen Verlauf sorgenfreier Tage, die alle Anzeichen von nervöser Anspannung aus ihrem Gesicht tilgten.

Als sie einmal in der Dämmerung zusammen auf der Terrasse saßen und auf den duftenden Garten hinunterschauten, drehte sich Amenhotep auf seinem Stuhl um und gab dem hinter ihm stehenden Diener einen Befehl. Der Mann ging weg und kam mit dem Bewahrer der königlichen Insignien zurück, der einen schweren Kasten trug. Teje kannte ihn nur zu gut.

«Sei gegrüßt, Channa», sagte sie überrascht. «Ich wußte nicht, daß du uns begleitet hast.»

Er verbeugte sich und murmelte eine respektvolle Antwort. Amenhotep wies ihn an, den Kasten auf den Tisch zu stellen, und befahl dann ihm und dem anwesenden Diener, sich zurückzuziehen. Nun saßen nur noch sie beide auf der Terrasse.

Amenhotep beugte sich vor und schenkte Teje selbst den Wein ein. Sie hielt den Blick auf den Kasten gerichtet, ihr Herz klopfte plötzlich, ihre Kehle war trocken. Um ihre Erregung zu verbergen, ergriff sie ihren Becher und trank rasch. Pharao begann zu sprechen, zuerst stockend, aber dann beherzter, als die zunehmende Dunkelheit sein Gesicht verhüllte.

«Zu Füßen von Osiris Amenhotep habe ich dir gesagt, ich sei schuld an Sitamuns Tod», sagte er, und Teje war verblüfft, daß sie ihn zum erstenmal den Namen seines Vaters hatte aussprechen hören. «Jetzt werde ich dir sagen warum. Der Gott, das wußte ich im Grunde meines Herzens, wollte nicht, daß ich sie zur Großen Königsgemahlin mache. Ich hätte sie heiraten und gelten lassen sollen, daß sie nur Königin blieb. Sie war meine Schwester, und ich hatte das Recht und die Pflicht, sie zu heiraten, aber das Blut des anderen rief stärker. Der Gott bestrafte mich für meine Feigheit, indem er sie tötete. Hätte ich getan, wovon ich wußte, daß es richtig war, dann wäre sie noch am Leben. Nein –» sagte er leise, als sie ihn unterbrechen wollte – «ich denke nicht an die liebe Nofretête.»

Er schlug den Deckel des Kastens zurück und zog die Krone der Großen Königsgemahlin heraus. Die Scheibe schimmerte dunkel, und die um sie gebogenen silbernen Hörner der Hathor glitzerten im Sternenlicht. Die beiden Federn erzitterten, als er die Krone mit nervösen Händen auf seine nackten Knie legte. «Ich wußte, ich hätte sie dir anbieten sollen, nicht Sitamun», fuhr er fort, «aber ich mißtraute dem Willen des Gottes. Ich werde es nicht wieder tun. Die Krone gehört dir.»

Teje erstarrte auf ihrem Stuhl. Ihre Hände umklammerten die Armlehnen. «Mein Sohn», vermochte sie schließlich zu sagen, als sie sicher war, daß sie ihrer Stimme vertrauen konnte, «Sitamun starb wegen der Rivalität um die Krone, die zwischen ihr und Nofretête herrschte. Du trägst keine Schuld. Du hast die eine Frau der anderen vorgezogen und damit dein Recht als Pharao ausgeübt.»

«Ich habe das Gerücht gehört», unterbrach er sie. «Menschenhände haben Sitamun getötet, aber es war der Gott, der verfügte, daß sie leiden sollte. Ich muß dich haben, Teje.»

Teje begann zu zittern und packte die Sessellehnen fester. «Laß mich versuchen, dich zu verstehen», sagte sie. «Du wünschst, einen Ehevertrag zwischen uns aufzusetzen? Du willst, daß ich Hauptfrau und Große Königsgemahlin in Ägypten sei?»

«Ja. Die Urkunde kann hier geschrieben und gesiegelt werden, ehe wir nach Malkatta zurückkehren.»

«Nofretête sollte die Titel führen.» Sie konnte nicht atmen, ihre Kehle war wie zugeschnürt, ihre Worte klangen fast wie ein Krächzen.

«Nein. Ich liebe meine Cousine, aber sie ist nicht meines Blutes.» Er legte die Krone behutsam auf den Tisch zwischen ihnen. Teje hielt den Blick auf den schummerigen Garten gerichtet, aber ihre Gedanken kreisten nur um den Gegenstand auf dem Tisch. Er war eine Herausforderung, ein Preis, ein Unheilbringer.

«Du schlägst natürlich nur eine formelle Heirat vor.» Sie nahm die Hände von den Sessellehnen, faltete sie auf dem Schoß, drehte sich um und sah ihn an.

«Nein.» Er legte beide Arme um die Krone. Die auf dem Tisch stehende Lampe beleuchtete nur eine Seite seines Gesichts und ließ die andere im Dunkeln wie eine nur halb gemeißelte Skulptur. «So viel ist mir rätselhaft gewesen, seit ich alt genug war, meine Gedanken zu beherrschen», fuhr er fort. «Ich wußte nicht, warum ich geboren worden war, warum der Sohn des Hapu vor mir gewarnt hatte, warum ich der Fürsorge der Haremsfrauen überlassen worden war. Als Kind weinte ich oft. Ich hatte seltsame Träume. Ich wurde älter und saß im Haremsgarten, beobachtete, daß sich die Blumen öffneten wie Schmetterlingsflügel und die Schmetterlinge über das Gras flatterten wie fortgeflogene Blumen.» Er strich mit beiden Händen über sein Gesicht, und obwohl Teje ihn nie zuvor mit so wohlüberlegter Ruhe hatte sprechen hören, zitterten seine Finger. «Ich ging durch die Korridore des Harems und hörte die Gebete der ausländischen Frauen, sah, wie sie sich vor den Göttern niederwarfen, die sie aus allen Ecken und Enden des Reiches mitgebracht hatten. Ich begann mir darüber klarzuwerden, daß sie unter allen Namen – Savriti, Reschep, Baal – nur einen Gott verehrten. Ich bat um Papyrusrollen aus dem Palast und dem Tempel und begann zu lesen, aber ich begriff es erst bei Pharaos erstem Jubiläum.» Seine Stimme brach plötzlich, er hielt inne, schluckte und suchte nach Worten. «Vor vielen tausend Hentis waren die Könige Ägyptens nicht die Inkarnationen von Amun. Sie stammten von der Sonne ab. Sie herrschten als Rê auf Erden. Nachdem die Fürsten von Theben die Hyksos-Herrscher aus Ägypten vertrieben hatten, machten sie ihren Lokalgott Amun zum Staatsgott, und ebenso wie Theben nahm er an Macht und Reichtum zu. Aber seitdem haben die Pharaonen vergessen, daß nur Rê der ganzen Welt Leben schenkt und Amuns Macht auf Theben beschränkt ist. Deinem Gemahl dämmerte die Wahrheit, aber es war das Aufleuchten eines schwachen Lichts in einem dunklen Raum. Er versuchte, ihm mehr Bedeutung zu verleihen, aber nur zum Schein.» Er beugte sich vor und sah ihr in die Augen. «Mutter, ich bin die Inkarnation von Rê. Ich wurde geboren, um die Macht der Sonne in Ägypten wiederherzustellen. Mein Vater ist Rê-Harachte, Gott am Horizont bei seinem Aufgang. Indem er deinen Leib erwählte, um mich zu gebären, hat er Ägypten ein neues Zeitalter gebracht, ein glorreiches Zeitalter.»

«Dein Vater war Osiris Amenhotep, Amuns Inkarnation auf Erden!» Teje schrie die Worte fast.

Er lächtelte sie freundlich, fast herablassend an. «Nein, er war nur ein Mensch, wie mein Bruder Thutmosis. Thutmosis mußte sterben. Es war mein Schicksal, aller Wahrscheinlichkeit zuwider Pharao zu werden, damit die Sonne verherrlicht werden kann.»

Teje vermochte nicht zu denken. Alle möglichen Gefühle rangen in ihrem Inneren miteinander; Abscheu, Furcht, Faszination, Entsetzen. Ihr Herz flatterte und tat ihr weh, und sie legte eine steife Hand unter die Brust. «Ich sehe die Notwendigkeit nicht ein, mich zu deiner Frau zu machen», brachte sie mühsam hervor.

Er beugte sich über die Krone, und seine braunen Augen erhielten einen gelben Schimmer, als sie sich der Lampe näherten und ihr Licht auffingen. «Amun ist reich und stark geworden», flüsterte er. «Meine Magie muß noch stärker sein. Sie sind rings um mich, die Bösen, die Teufel, die mich des Nachts bedrängen und am Tag bekämpfen. Ich habe viel von den Frauen gelernt, die die Schreine ausländischer Götter öffneten. Mit Beschwörungsformeln und Zaubersprüchen kann ich mich schützen. Aber der beste Schutz von allen ist die Verbindung des Körpers eines Sohnes mit dem seiner Mutter. Eine solche Vereinigung wird von dem Sonnenvolk in Chatti und Karduniasch jenseits der Großen Biegung von Naharina als heilig angesehen. Ich habe mit den ausländischen Frauen gesprochen. Ich weiß es. Das ist nicht nur heilig, sondern für mich, die Inkaration der Sonne, unumgänglich. Aus deinem Leib kam ich. Deinen Leib muß ich besitzen.»

Ein Nachtfalter war in die brennende Lampe geflattert. Teje hörte, wie er mit versengten Flügeln, die sanften schwarzen Augen geblendet, verzweifelt gegen den Alabaster schlug und von einer tödlichen Trunkenheit verzehrt wurde. Der Mond ging auf, eine kalte, silberne Scheibe, deren Licht auf die Terrasse schien. Teje sah es farblos auf ihren Füßen liegen, ein gewichtsloses Leichentuch. Denke nach! schalt sie sich wütend. Denke nach. Eje, was haben wir getan? Dieses Kind, um dessen Überleben ich verbissen und heimlich gekämpft und um dessen Geburtsrecht ich die Gefahr auf mich genommen habe, Pharaos Zorn zu erregen, dieser Fanatiker, dieser Mann, der jetzt in seiner Machtstellung bestätigt ist. Kann eine solche Verrücktheit im Zaum gehalten, gebändigt werden? Aber eine innere Stimme flüsterte: Und wenn der Sohn des Hapu das vorausgesehen hat, es aber zu ungeheuerlich war, um von einem Pharao verstanden zu werden, dem religiöse Dinge gleichgültig waren? Der Sohn des Hapu wollte, daß mein Sohn getötet werde. Er war das Orakel von Amun. Hat er darum vorausgesagt, der Knabe werde einmal seinen Vater ermorden? Meinte er seinen Vater Amun? Was soll ich tun?

Sie versuchte zu sprechen, aber ihre Stimme gehorchte ihr nicht. Sie wartete einen Augenblick, versuchte es noch einmal und bemühte sich um einen beschwichtigenden Ton. «Amenhotep», sagte sie, «daß ein königlicher Prinz seine Schwester heiratet, ist angebracht und richtig, denn der Samen eines Gottes darf nicht an Nichtadelige übertragen werden. Es ist angängig, wenn ein Pharao aus demselben Grund seine Tochter heiratet. Derartige Verbindungen wurden einst als notwendig angesehen, als zur Nachfolge nur derjenige berechtigt war, dessen Mutter von königlichem Blut war. Aber jetzt ist die Nachfolge eine Angelegenheit der Orakel, und Amun verleiht die Göttlichkeit entsprechend deren Verkündigungen. Ehen zwischen Bruder und Schwester oder Vater und Tochter werden jetzt nur aus dynastischen Gründen oder zur Reinerhaltung des königlichen Bluts geschlossen.» Mit erhobener Stimme fuhr sie fort: «Nach dem Gesetz von Ma'at gibt es zwei Paarungen, die Fluch und Strafe heraufbeschwören und nicht erlaubt sind. Die eine ist zwischen zwei Männern, und die andere zwischen einem Mann und seiner Mutter. Was du mir vorschlägst, würde die Fundamente von Ma'at in Ägypten erschüttern und von allen mißbilligt werden, von Höflingen und Priestern bis zu den Fellachen auf den Feldern.»

«Rê ist allmächtig», erinnerte er sie, «und überragt an Bedeutung nicht nur Amun, sondern auch die Ma'at. Die Ma'at muß ihre alte Einfachheit zurückerhalten. Rês Familie ist klein, und seine Macht muß bewahrt und in ihr aufgeteilt werden, sie muß gestärkt werden, um einen Zauberbann zu bieten, den weder ein Mensch noch ein begehrlicher Gott brechen kann. Als Rês Inkarnation verlasse ich mich auf seine Gesetze, die die einer korrupt gewordenen Ma'at aufheben. Dein Gemahl hat mit einem Knaben geschlafen, und deine Höflinge verstoßen tagtäglich gegen die Gesetze der Ma'at. Aber diejenigen, die mir, dem erwählten Abgesandten der Sonne, folgen, können nicht auf Abwege geraten, und die Familie des Heiligen kann die Ma'at nur stärken.» Er schob die Krone zu ihr herüber. «Du bist bereits eine Erwählte. Ich brauche dich.»

«Und wenn ich mich weigere?»

«Das wirst du nicht tun. Wie könntest du? Der Kreis der Macht um mich ist noch nicht geschlossen, und die Dunkelheit sickert zu mir durch. Du kannst ihn schließen, Teje. Du und ich werden Kinder der Sonne zeugen.»

Sie stand auf, verkrampft und erschöpft, und mußte sich mit beiden Händen an der Sessellehne festhalten, um nicht hinzufallen. «Ich werde über alles nachdenken, was du gesagt hast», murmelte sie, «aber jetzt muß ich schlafen.»

«Du zitterst. Piha! Bring der Göttin einen Umhang!» Er stand ebenfalls auf, kam um den Tisch herum und küßte sie mit seiner üblichen Sanftheit auf den Nacken. «Schlafe nun, Königsgemahlin. Rê wird mit seinem Aufgang alle Zweifel vertreiben.» Frohlockend, fiebernd vor Erleichterung und Erwartung, verließ er so beschwingt die mondbeschienene Terrasse, als sei er einer schweren Bürde ledig.

Teje ging in ihr Schlafgemach und war sich kaum bewußt, wo sie war. Sie stand stumm und in sich gekehrt da, während Piha und ihre anderen Dienerinnen sie auszogen, die Schminke von ihrem Gesicht, den Händen und Füßen entfernten, alle Lampen bis auf das Nachtlicht am Bett löschten und das Laken für sie zurückschlugen. Teje legte sich hin, die Dienerinnen zogen sich unter Verbeugungen zurück, Piha rollte sich auf ihrer Matte in der Ecke zusammen, und ihre ruhigen Atemzüge verrieten bald, daß sie eingeschlafen war. Vor der Tür ging der Leibwächter schlurfend auf und ab und hustete einmal leise. Teje setzte sich auf und legte die Stirn auf die angezogenen Knie. Nun ja, dachte sie. Welche andere Möglichkeit bleibt mir? Ägypten scheint keine Gefahr von meinem Sohn zu drohen, denn er spricht nur davon, ihm einen Teil seiner früheren Größe wiederzugeben. Wenn er verrückt ist, dann ist es eine Verrücktheit, die die militärische oder diplomatische Vormachtstellung des Reiches nicht gefährdet. Ich bin Regentin. Ich überwache diese Vormachtstellung, und wenn ich Pharaos Große Königsgemahlin werde, kann ich sie weiterhin überwachen. Er ist an der Regierung wenig interessiert und kann seinem religiösen Wahn nachgehen, ohne Schaden anzurichten, während ich für die Sicherheit des Landes sorge. Natürlich wird es einen allgemeinen Aufschrei geben. Alle Priester werden mich verfluchen, alle Bürger mich verdammen. Wie lange wird das anhalten? Wie lange waren Theben und der Hof entrüstet über den Knaben meines Gemahls? Nicht lange. Aber jetzt wird es anders sein. Es geht hier nicht um eine Entgleisung des Königs, begangen im Dämmer seiner Gemächer. Die Krone auf meinem Kopf wird tagtäglich in den Audienzhallen den Verstoß gegen ein Gesetz der Ma'at offenkundig machen. Die ausländischen Delegationen werden sich nichts dabei denken; es ist richtig, wenn er sagt, daß ausländische Adlige und Fürstlichkeiten oft ihre Mütter heiraten. Ägypten indes muß empört sein. Es ist besser, abzulehnen und darauf zu bestehen, daß Nofretête die gehörnte

Scheibe trägt. Aber wenn er nun recht hat? Wie lange ist es her, daß ein Pharao im Grunde seines Herzens wirklich glaubte, er sei Amun, der Gott von Theben? Wie oft haben Osiris Amenhotep und ich über unsere Göttlichkeit gescherzt? Wir glaubten, nur unsere Macht habe sie uns verliehen. Das Leben meines Sohnes war seltsam, wie er gesagt hat. Ist es möglich, daß Rê Hand an Thutmosis legte? Daß der Sohn des Hapu erschreckt war über das, was er in der Anubis-Schale sah? Vielleicht handelt es sich hier nicht bloß darum, eine Gelegenheit zu ergreifen, um weiterhin die Macht auszuüben, die mein Gemahl mir gab, sondern um etwas Erschreckenderes? Wenn ich eine falsche Entscheidung treffe, wird dann Rês Zorn über mich kommen?

Sie zog das Laken um sich, verließ das Bett und schlich zum Fenster. Kühle Luft blies ihr ins Gesicht. Der Garten war still und dunkel, nur dann und wann sah man die Fackel eines Soldaten oder einen Diener, der einen Auftrag ausführte. Teje dachte immer von neuem über Amenhoteps Worte nach, und dabei begann die reine, weiße Flamme seiner Überzeugung einen reagierenden Funken dunklen Lichts zu berühren, das tief in ihr verborgen war. Sie wußte, daß ihre Empfindlichkeit abgestumpft war durch lebenslange Intrigen, Dekadenz und die mit der Ausübung absoluter Macht verbundene Korruption. Sie hatte nie jemanden so offenkundig überzeugt von geistigen Dingen sprechen hören, und unter den Schichten von Zynismus, dem rostzerfressenen Panzer fragwürdiger Entscheidungen, die im Interesse politischer Notwendigkeit oder sozialer Stabilität getroffen wurden, schlug Amenhoteps ernste Gewißheit eine Saite bei ihr an. Und wenn er wirklich der Verkünder eines eifersüchtigen Gottes wäre, gekommen, um das in Jahrhunderten des Fehlverhaltens gestörte Gleichgewicht der Ma'at wiederherzustellen?

Am Fenster kniend, den Kopf auf das Fensterbrett gebettet, schlief sie ein. Irgendwann gegen Morgen wachte sie erschreckt auf, als Piha ihr besorgt die Hand auf die Schulter legte, taumelte zu ihrem Bett und sank gleich wieder in einen traumlosen Schlaf.

Drei Tage lang rang sie mit sich, und Amenhotep schnitt das Thema nicht an. Er ließ sich nach On rudern, um seinen Gott im Tempel der Sonne zu verehren, verbrachte viel Zeit damit, vor seinem tragbaren Schrein zu knien und mit seinen Affen und Katzen zu spielen. Wenn er gemeinsam mit Teje die Abendmahlzeit einnahm, trug er alle königlichen Insignien, die Doppelkrone, den Leopardenschweif und den Pharaonenbart, und zu seinen Füßen lagen Krummstab und Wedel. Er sprach wenig, und auch Teje war nicht zum Reden aufgelegt. Sie beobachtete ihren Sohn aus dem Augenwinkel, wie er langsam aß, Obst und Gemüse manierlich zum Mund führte, wie seine Augen erhellt waren von schweifenden Gedanken, die flache Brust sich mit dem Atem hob und senkte; und der falkenköpfige Sonnengott Rê-Harachte, den er immer um den dünnen Hals trug, warf ihr hin und wieder reflektierte Lichtstrahlen ins Gesicht.

Als sie am vierten Tag erwachte, war ihr Entschluß gefaßt. Als sie angekleidet und geschminkt war, rief sie ihren Herold und Leibwächter und machte sich zu ihrem Sohn auf, den sie am Fuß der Terrasse fand, wo er die ihn umschwirrenden Vögel mit Brot fütterte. Auf der Stufe neben ihm saß sein Schreiber und las ihm einen Brief vor, der, wie Teje bald erkannte, von Nofretête war. Sie ging allein zu ihm hinunter, und als er ihre Sandalen auf dem weißen Stein hörte, drehte er sich um und lächelte.

«Ich werde die Krone nehmen», sagte sie ohne Einleitung, «vorausgesetzt, die Abmachung wird schriftlich niedergelegt und mit dem Pharaonen-Siegel bestätigt. Tu es jetzt, Amenhotep.» Bevor ich mich eines Besseren besinne, dachte sie.

Er tat, als wollte er sie umarmen, aber als er ihr starres Gesicht sah, zögerte er und ließ die Arme sinken. «Nimm eine neue Papyrusrolle», sagte er zu dem Schreiber. «Schreibe auf, was ich dir sagen werde.»

Er begann zu diktieren, und plötzlich konnte Teje es nicht mehr ertragen, reglos dazustehen und sich die schrille, kindliche Stimme anzuhören. Die Sonne schien ihr schon heiß auf den Kopf, der Stein unter ihren Füßen war zu kühl. Mit einer kurzen Verbeugung verließ sie ihn und rief, als sie wegging, nach Piha und ihren Baldachinträgern. Sie rannte fast, als sie an dem schönen See ankam, dann zog sie ihre Armbänder ab, riß ihre Ketten vom Hals und die Perücke vom Kopf und warf alles beiseitse. Mit einem Schrei stürzte sie sich ins Wasser, tauchte unter und ließ es in Mund und Ohren und die offenen Augen eindringen. Als sie die Luft nicht länger anhalten konnte, kam sie an die Oberfläche und begann zu schwimmen. Was habe ich getan? dachte sie. Was? Erst als ihre Glieder ihr nicht mehr gehorchten, kam sie aus dem Wasser, legte sich erschöpft unter den Baldachin am Ufer und rieb sich die Wassertropfen in die Haut.

In dieser Nacht kam Amenhotep zu ihr, angekündigt von seinem Herold, der dann ihre Dienerinnen hinausschickte und sich gleichfalls zurückzog. Sie stand vom Bett auf, warf sich zu Boden und küßte die nackten Füße, die vor ihr stehengeblieben waren. Er bat sie, sich zu erheben, und einen Augenblick starrten sie einander an. Er überragte sie um Haupteslänge, – war ebenso groß wie sein Vater. Er hatte mit Lotosessenz versetzten Wein getrunken, sie roch es an seinem Atem. Seine Lippen waren mit Henna gefärbt, seine Augen stark mit Kajal umrandet. Die losen Falten des weißen Tuchs über seiner Perücke ruhten auf dem Nacken.

«Fürchtest du dich?» fragte er freundlich, und nahm ihre Hand, und als seine schlanken Finger die ihren drückten, wußte Teje, daß sie keine Angst hatte. Sie schüttelte den Kopf. Er nahm seine Perücke ab, legte sie sorgsam auf den Tisch und strich mit der anderen Hand über seinen geschorenen Schädel. Sein langer, schräger Unterkiefer und die mandelförmigen Augen schienen hervorzutreten und verliehen ihm einen brutalen Ausdruck, aber sein Blick war sanft. Unter dem durchsichtigen Umhang, den er jetzt abwarf, war er nackt, sie sah die bleichen, vollen Hüften, die gerundeten Oberschenkel im Lampenlicht beben. Teje war einerseits abgestoßen von seiner absonderlichen Erscheinung und fühlte sich andererseits hingezogen zu dem Teil von ihm, der sie selbst war. Der Gott, den ich geliebt habe, dachte sie, ist in diesem Mann, und auch mein eigenes Blut.

Sie setzte sich auf das Bett, und er ließ sich neben ihr nieder. Er nahm ihr Gesicht in beide Hände und drehte ihren Kopf zu sich um, und jetzt glomm in seinen Augen ein fiebriger Glanz, ein Funken von Vitalität, der eine Röte auf seinen hohen Wangenknochen zurückließ. «Sitamun würde in sehr wenigen Jahren diese grausamen Furchen im Gesicht gehabt haben», flüsterte er, «aber ihre Augen hätten nie die tiefe Ausgeglichenheit der deinen erlangt. Ich liebe dich, meine Mutter. Lege die Arme um mich.»

Ein Gefühl der Unwirklichkeit begann sie zu beschleichen, als sie ihn umfing. Es war, als läge sie schlafend an einem anderen Ort, zu einer anderen Zeit, als träume sie diese Vision eines anderen Ichs, als erlebe sie das alles aus zweiter Hand, beobachte es aus sicherer Entfernung. Er liebte sie nicht mit der beherrschten Leidenschaft seines Vaters, sondern mit einer hartnäckigen Beharrlichkeit, die sie als die ihre erkannte. Er schien nichts dagegen zu haben, daß sie, Böses ahnend, passiv blieb und sich immer noch, sogar als er in sie eindrang, fragte, welche Verrücktheit sie begangen hatte. Sie erschauerte, noch ehe er aufhörte, sich zu bewegen, und mit der raschen Intuition, deren er manchmal fähig war, zog er sich aus ihr zurück und legte sich, tief atmend, neben sie.

«Kein Leid wird dir geschehen, Teje», sagte er, als habe er ihre Gedanken gelesen. «Kein Gott wird es wagen, dich zu verurteilen. Du stehst unter meinem Schutz.»

In der folgenden Woche, ihrer letzten in Memphis, kam er jede Nacht zu ihr und liebte sie mit derselben freundlichen, doch seltsam leidenschaftlichen Zärtlichkeit, und die Vertrautheit brachte es mit sich, daß Teje reagierte. Ihr Körper sehnte sich nach der kundigen Berührung ihres toten Mannes, und oft tauchte sein Gesicht vor ihrem geistigen Auge auf, wenn sie und Amenhotep beieinander lagen; freilich hatte er sie nie mit der fürsorglichen Sanftheit behandelt, die ihr Sohn ihr bekundete. Oft sprach sie kein einziges Wort mit ihm, als würde das Reden ihr Verbrechen bestätigen und eine Situation, die noch etwas Traumähnliches an sich hatte, in den Brennpunkt der Wirklichkeit rücken. Entweder verstand er es, oder er zog ihr Schweigen vor.

Tagsüber gingen sie Arm in Arm im Garten spazieren oder spielten unter den Bäumen Brettspiele. Amenhotep stattete On einen letzten Besuch ab, forderte sie aber nicht auf, ihn zu begleiten, worüber sie erleichtert war. Die neue, stille Beflissenheit ihrer Dienerinnen, als sie ihre Sachen für die Rückkehr nach Malkatta einzupacken begannen, war ihr nicht entgangen.

Den größten Teil der Strecke flußaufwärts legten sie segelnd zurück und erreichten den Anlegeplatz des Palasts drei Tage vor dem Beginn des Opet-Festes. Ihre Ankunft war angekündigt worden, und fast ohnmächtig in der Hitze, die sie vor fast zwei Monaten verlassen hatte, sah Teje vom Deck aus, daß auf dem ganzen Vorhof und zu beiden Seiten des Kanals Höflinge standen. Nofretête, die beiden Kinder und ihr Bruder saßen ihrem Rang entsprechend für sich unter einem

Baldachin. Ptahhotep, Si-Mut und eine kleine Gruppe von Amun-Priestern drängten sich unter ihrem eigenen Sonnenschutz. Haremhab stand mit seinen Soldaten dort, wo die Rampe ausgeschoben werden würde, aber Mutnodjme stolzierte ungeduldig auf und ab und schlug mit ihrer Peitsche dürre Blätter von den Bäumen, während ihre Zwerge, fett und nackt, im Kanal wateten.

Keine Willkommensrufe erschallten, als das Boot durch den Kanal glitt und gegen die Stufen stieß. Der Widerhall von Pasis Befehl, es zu vertäuen, kam klar zurück von den Säulen der Audienzhalle hinter dem von Menschen wimmelnden Vorhof. Pharao schritt über die Rampe, Teje folgte ihm, und die Scheibe und die Federn glitzerten auf ihrem hocherhobenen Kopf. Die wartende Menge warf sich zu Boden, immer noch in unheilvollem Schweigen. Eje und Nofretête verbeugten sich und blieben wartend stehen. Teje sah, daß ihre Nichte ihr einen haßerfüllten Blick zuwarf. Als sie entschlossen weiterging, hatte sie die Genugtuung, daß Nofretête die Augen senkte. Sie wußte, daß diese Sekunde entscheidend war für ihr künftiges Verhältnis, und sie stieß in Gedanken einen Seufzer der Erleichterung aus. Pharao sah sich mit einem freundlichen, vagen Lächeln um. «Ihr dürft alle aufstehen», rief er mit schriller Stimme. «Nofretête, laß mich Merit-Aton auf den Arm nehmen. Mein kleiner Liebling ist gewachsen in meiner Abwesenheit.» Er herzte das Kind und ging weiter, sein Gefolge scharte sich um ihn, seine Affen kreischten vor Vergnügen und sprangen auf die Bäume, seine Katzen, aus ihren Käfigen befreit, schlichen sich in den Schatten. Teje verspürte einen Anfall von Eifersucht, als er Nofretête lächelnd aufforderte, ihn zu begleiten, aber sie unterdrückte diese Regung, drehte sich um und winkte Ptahhotep.

«Hoherpriester, erwarte mich in einer Stunde in meiner Halle.» Sie wandte sich an Eje. «Komm mit mir.»

Gefolgt vom Bewahrer der königlichen Insignien, ihren Fächerträgern und anderen Angehörigen ihres Hofstaats, begab sie sich in die Privaträume ihres Gemahls. Sie nahm die Krone ab, übergab sie dem Bewahrer, schickte die Dienerschaft hinaus, ging forsch zum Thron und nahm darauf Platz. Eje blieb in feindseligem Schweigen stehen, bis der letzte Diener sich zurückgezogen und die Türen geschlossen hatte. Als Teje ihn durch einen Wink zum Sprechen aufforderte, rannte er fast zu den Thronstufen.

«Hast du den Verstand verloren?» fragte er mit zusammengebissenen Zähnen. «Bist du verrückt geworden? Ist es wahr?»

Sie sah ihn kühl an. «Ja, es ist wahr.»

«Der ganze Palast war in Aufruhr, als das Edikt verlesen wurde. Die Leute fielen übereinander her und schrien die Nachricht von einem Büro zum anderen . . . Warum, Teje, warum? Ptahhotep ist jeden Tag mit dem Boot herübergekommen, vor Sorge fast von Sinnen.»

«Ich werde mich gleich mit Ptahhotep befassen. Schrei mich nicht an, Eje. Ich habe schon lange aufgehört, deine kleine Schwester zu sein. Ich wäre nicht gern dafür verantwortlich gemacht worden, wie Pharao sich verhalten hätte, wenn ich die Krone nicht genommen hätte.»

«Du hättest irgendein taktvolles Prinzchen in dein Bett nehmen können», höhnte er. «Der Hof hätte sich nichts dabei gedacht. Aber dein eigener Sohn . . .»

«Wenn du nicht aufhörst, mich anzuschreien, werde ich dich auspeitschen lassen. Ich bin die Große Königsgemahlin! Ich bin eine Göttin! In diesem Ton spricht man nicht mit mir!»

Er funkelte sie an, atmete schwer, dann verbeugte er sich kurz. «Es tut mir leid.» Aber er sah nicht so aus, als ob es ihm leid täte. Teje bemerkte, daß seine Wangen gerötet waren, und er ballte die Fäuste, als er versuchte, sich zu beherrschen.

«Nichts wird damit erreicht, daß wir einander anschreien», sagte sie. «Ich brauche dein Urteilsvermögen, Eje, nicht deine lächerliche Verurteilung. In ein paar Tagen wird sich die Entrüstung des Hofes in einen angenehmen Kitzel verwandelt haben, wie wegen des Knaben meines Gemahls.»

«Ich hoffe, du hast recht. Du riskierst, bei dieser Sache das Gesicht zu verlieren, und damit wird eine gefährliche Schwächung der Macht einhergehen.»

«Ich habe geglaubt, ich müsse die Chance wahrnehmen.» Sie berichtete ihm, was in Memphis geschehen war, und Eje vergaß seinen Ärger und hörte nachdenklich zu.

«Dennoch», sagte er, als sie geendet hatte, «war es ein nicht wiedergutzumachender und übereilter Schritt. Du hättest bis zu deiner Rückkehr warten und es mit mir besprechen können.»

«Vielleicht. Aber ich habe es sorgfältig erwogen. Wenn Amenhotep unrecht hat oder sich bloß täuscht, dann werde ich lediglich den Palast schockiert, die Priester betrübt und gegen ein Gesetz der Ma'at verstoßen haben. Ein Skandal ist rasch vergessen. Hätte ich mich geweigert, und seine Behauptungen sind berechtigt . . .»

«Unsere wichtigsten Anliegen waren immer unsere eigene Sicherheit und die Sicherung des Reiches, in dieser Reihenfolge», unterbrach er sie. «Beide sind eng verknüpft mit der Person der Pharao. Es wird offensichtlich, daß Amenhotep nicht regieren wird, wenn seine religiösen Bedürfnisse nicht befriedigt werden, und wenn er nicht gut regiert, werden wir und das Reich leiden.»

Teje war beleidigt. «Glaubst du, ich sei eines seiner religiösen Bedürfnisse?»

Eje lächelte betrübt. «Das glaube ich, Teje. Es geht natürlich um mehr, aber das ist sein Hauptgrund für diese Ehe. Um Ägyptens willen und um deinetwillen hoffe ich, daß du das nicht vergessen wirst.»

«Ich werde mich bemühen», sagte sie sarkastisch und entließ ihn.

Am späteren Vormittag gewährte sie dann Ptahhotep eine Audienz und war bestrebt, ihn darüber zu beruhigen, daß ein Verstoß gegen die Ma'at die Stabilität des Landes oder die Oberhoheit Amuns nicht bedrohe und niemals bedroht habe. Sie betonte nachdrücklich ihre eigene lange Regierung mit einem Pharao, der seinen Vergnügungen nachgegangen sei und Ägypten ihr überlassen habe, und erweckte bei Ptahhotep bewußt den Eindruck, daß sich unter der Herrschaft ihres Sohnes nichts geändert habe. Sie hütete sich, ihm zu schmeicheln oder schön zu tun, und als er ging, war er beschwichtigt. Ich täte gut daran, an meine eigenen Worte zu glauben, dachte sie, als sie in ihr Schlafgemach ging, um während der unerträglichen Hitze der frühen Nachmittagstunden zu ruhen. Ich habe einen Pharao gegen einen anderen ausgetauscht. Ich bin immer noch Herrscherin und Große Königsgemahlin.

Aber als sie in ihrem verdunkelten Zimmer lag, von Fächern gefächelt, sah sie plötzlich den Mund ihres Sohnes vor sich, der sich auf den ihren drückte, der mit sanfter Entschlossenheit ihren Körper küßte, und seine Augen, wenn er sie liebte . . . sie konnte nicht schlafen. Als Piha kam, um die Vorhänge aufzuziehen, und die tiefstehende, aber immer noch heiße und sengende Sonne den Raum durchflutete, ließ sie Cheruef zu sich kommen.

«Fahre über den Fluß und gehe in die Stadt», befahl sie ihm. «Kaufe mir eine Unschuldserklärung. Schicke keinen Sklaven. Erledige es selbst.»

«Majestät», erwiderte er mit ausdrucklosem Gesicht, «darf ich mich erkühnen, daran zu erinnern, daß du als eine unter den Göttern zählst, und die Götter brauchen die Erklärung nicht.»

«Cheruef, ich habe nie in meinem Leben etwas dem Glück überlassen. Du bist mein Hofmeister. Tu, wie du geheißen wirst.» Er verbeugte sich und ging hinaus. Sie hatte vorgehabt, sich bis zu seiner Rückkehr mit anderen Dingen zu beschäftigen, aber sie konnte sich auf nichts konzentrieren. Dieses Schuldgefühl ist anders als jenes, das ich wegen der Ermordung von Nebet-nuhe empfand, dachte sie, als sie mit verschränkten Armen und gesenktem Kopf in der Mitte ihres Schlafgemachs stand, anders als das schlechte Gewissen wegen der Machenschaften im Audienzsaal, wegen des Auspeitschens, der Verbannungen und Bestrafungen, die ich verfügte. Warum?

Cheruef kam erst bei Sonnenuntergang zurück, und obwohl er sich offensichtlich die Zeit genommen hatte, sich in seiner Unterkunft eilig zu waschen und einen sauberen Leinenschurz anzulegen, war auf seiner Wange immer noch verschmierter Staub zu sehen. Teje lächelte verkniffen.

«Du bist noch schmutzig, Cheruef.»

«Ich hab mich in die grobe Tracht eines Fellachen gehüllt und bin zu Fuß in die öffentlichen Vorhöfe gegangen, Majestät», erwiderte er steif. «Ich nahm an, du würdest nicht wünschen, soviel für die Erklärung zu bezahlen, wie ein Mann in feinem Leinen, der nach den Göttern duftet, hätte bezahlen müssen.»

«Darum bist du mein Hofmeister», antwortete sie. «Lies sie mir vor.»

Er entrollte den Papyrus, ließ sich auf dem Boden nieder in der Haltung des Schreibers, der er einst gewesen war, und begann zu lesen: «Heil, Usech-nemtet, *du mit den langen Schritten*, ich habe keine Schandtat begangen. Heil, Hept-seschet, *du von Flammen umschlossen*, ich habe nicht geraubt oder geplündert. Heil, Neha-hra, *du mit dem häßlichen Gesicht*, ich habe weder Mann noch Frau erschlagen. Heil, Ta-ret, *du mit dem feurigen Fuß*, ich habe mich nicht in Gram verzehrt. Heil, Hetsch-abehu, *du mit den schimmernden Zähnen*, ich bin in keines

Menschen Land eingedrungen. Heil, Am-senef, *du Säufer des Bluts*, ich habe keine Tiere geschlachtet, die Eigentum des Gottes sind.» Cheruef las weiter in dem monotonen Singsang, der Gebeten, Zaubersprüchen und der Beschwörung von Geistern vorbehalten war, und Teje lauschte, ohne ihre Erregung zu verraten. «Heil, Sechet-cheru, du Ordner der Sprache, ich habe mich nicht taub gestellt gegen die Wörter Recht und Wahrheit.» Nein, dachte Teje, das habe ich nicht getan. Ich versuche, es nicht zu tun, aber die Frage bleibt bestehen: Spricht Amenhotep Wörter von Recht und Wahrheit, oder nicht? «Heil, Maa-ant-f, du Seher dessen, was ihm gebracht wird, ich habe nicht der Ehefrau eines Mannes beigeschlafen. Heil, Tututef, ich habe nicht Hurerei getrieben, ich habe nicht widernatürliche Unzucht betrieben, ich habe die Zeugungskraft nicht gezügelt.» Als Cheruefs Stimme vorübergehend stockte, spürte Teje, wie ihr die Wörter unter die Haut drangen und sanft und anklagend über den Nacken strichen. «Ich habe die Zeugungskraft nicht gezügelt.» Aber gewiß, folgerte sie, gilt all das nicht für diejenigen, die für Staatsangelegenheiten verantwortlich sind, für die das Brechen von Gesetzen oft eine Notwendigkeit ist.

Sie hörte Cheruef bis zu Ende an, ohne ihn anzusehen, bis der Papyrus sich aufgerollt hatte. «Gib mir Pinsel und Tinte», sagte sie. «Ich werde es selbst unterzeichnen.» Er stellte eine Schreibpalette auf den Tisch, legte die Papyrusrolle hin, gab ihr einen angefeuchteten Pinsel in die Hand und deutete auf die für die Unterschrift vorgesehene Stelle. Zweimal schrieb sie ihre Namen und ihre sämtlichen Titel. Dann rollte sie den Papyrus zusammen und steckte ihn unter ihre Kopfstütze. «Das ist alles, du kannst gehen», sagte sie und gab ihm den Pinsel zurück.

Er nahm ihn, legte ihn wieder auf die Palette, dann zögerte er, warf sich vor ihr auf den Boden, ergriff mit beiden Händen ihre Füße und küßte sie.

Teje trat zurück. «Was ist denn Cheruef?» fragte sie erstaunt. «Steh auf!»

Er richtete sich zwar auf, blieb aber auf den Knien liegen. «Majestät Göttin, ich bitte dich demütig, entbinde mich von meinen Pflichten bei dir und im Harem. Ich möchte mich zur Ruhe setzen.»

«Unsinn! Warum?»

«Ich bin alt geworden in deinem Dienst. Meine Kinder sind Fremde für mich, meine Frauen sind einsam.» Er vermied es, ihr in die Augen zu sehen.

«Du Lügner, Cheruef», sagte sie, ohne die Stimme zu erheben. «Du bist meine Augen und Ohren, im Harem mein Mund und unter der Dienerschaft meine Zuchtrute. Ich kenne dich besser als mich selbst. Wenn du mich so beleidigst, werde ich zornig werden.»

«Wie du wünschst.» Er holte tief Luft. «Majestät, was du mit Pharao gemacht hast ist sündhaft, eine Befleckung. Deswegen kann ich dir nicht länger dienen.»

«Woher willst du wissen, daß wir nicht bloß eine politische Abmachung getroffen haben?»

Er brachte ein Lächeln zustande. «Bin ich nicht deine Augen, deine Ohren? Ist es nicht meine Pflicht, dir jedes Gerücht zu hinterbringen? Die Diener in Memphis sind nicht stumm.»

«Ich verstehe diese plötzliche Selbstgerechtigkeit nicht.» Ihr Ton war scharf. «Du bist mit mir aus Achmin gekommen, als ich als Kind in den Harem eintrat. Du hast jeden meiner Befehle ohne weiteres ausgeführt.» Ihre Blicke trafen sich, und sie wußte, daß er ihre Anspielung auf die Vergiftung von Nebet-nuhe sehr wohl verstanden hatte.

«Das hier ist anders», widersprach er ruhig.

«Wieso?» fuhr sie ihn wütend an und trauerte schon um ihn.

«Ich kann es nicht sagen, Göttliche.»

«Töricht wie die Worte einer Frau», zitierte sie sarkastisch ein altes Sprichwort, und dann kapitulierte sie rasch, denn sie fürchtete, sie könnte zu betteln anfangen. «Ich werde deinen Rücktritt annehmen. Du hast meine Dankbarkeit verdient. Gib Huya dein Abzeichen und deinen Amtsstab und geh nach Hause, Cheruef.»

Er stand freudlos auf. «Ich liebe dich, meine Königin, meine Göttin.»

«Ich liebe dich auch. Mein Vater hat wohl daran getan, dich mir zu geben. Möge dein Name auf immer leben.»

«Entlasse mich.» Er weinte.

«Geh.»

Aber, meine liebe Teje, die Götter leiden keine Schmerzen, hörte sie die spöttische Stimme ihres Gemahls, als Cheruefs Schritte auf dem Gang verhallten. Nun ja, sagte sie sich entschlossen, es wird nicht lange weh tun. Treubruch ist mir nicht fremd. Sie rief Piha, sie solle Wein bringen und die Musikanten kommen lassen, und saß am Bett, während die munteren Melodien den Raum erfüllten und in den dunkelnden Garten hinausdrangen.

Amenhotep kam in dieser Nacht zu ihr, geschminkt und in durchsichtiges blaues Leinen gekleidet, und sie kam seiner gelinden Lust mit einer Leidenschaft entgegen, die sie seit dem Tod des mächtigen Stiers nicht empfunden hatte. Ich will es, gelobte sie sich im stillen, als sie sich der Liebe hingaben, und ich werde der Welt meine Allmacht beweisen.

10

Wie Teje vorausgesagt hatte, wurde der Skandal ihrer Heirat bald nur zu einem Gesprächsthema für Höflinge, die zu stumpfsinnig waren, um über andere Dinge zu diskutieren. Der Widerstand der Priester wurde allmählich schwächer, als sie sahen, daß Pharao, wenngleich nachlässig, die Pflichten erfüllte, die Amun von ihm verlangte. Teje erinnerte sich mit nachsichtigem, inneren Lächeln ihrer Angst, als sie sich in Memphis entschieden hatte. Sie hatte recht gehabt, ihren Instinkten zu trauen. Hatten sich das Regieren, das Leben am Hof und die Beziehungen innerhalb der königlichen Familie nicht durchaus annehmbar eingespielt? Ein neuer Pharao erlebte immer eine schwierige Periode der Anpassung.

Gleichsam um die Rückkehr zur Normalität zu betonen, begann der Fluß an dem Tag zu steigen, den die Isis-Priester vorausgesagt hatten, und zugleich hob sich die Stimmung der Menschen. In Malkatta war man allgemein der Meinung, daß ein neues Zeitalter angebrochen sei, und das sichtbarste Symbol der Wiedergeburt war Pharao selbst. Seine eheliche Verbindung mit Teje schien Amenhotep aus seinem geistigen Gefängnis befreit zu haben. Die Impotenz, die ihn geplagt hatte, war verschwunden, und wenn er auch niemals die vielfältigen Begierden seines Vaters haben würde, so verbrachte er seine Nächte doch nicht mehr in seinen von Lampen und Fackeln erhellten Schlafzimmer. In den dunklen Stunden suchte er seine Große Gemahlin oder seine Königin auf, und selbst die Nebenfrau Taduchipa hatte endlich die Jahre ihrer Jungfräulichkeit hinter sich gelassen.

Zu dieser Zeit begann Amenhotep seine «Unterweisung». Was vor Jahren als religiöse Diskussionen zwischen ihm und den Priestern aus

On im Garten begonnen hatte, wurde jetzt ein fast täglicher Vortrag in Pharaos öffentlicher Audienzhalle. Er saß auf dem Thron, auf dem Kopf manchmal den weißen Helm, den er früher vorgezogen hatte, aber öfter eine Perücke, Krummstab und Wedel auf dem breiten Schoß, und seine Stimme trug dünn und hoch über die unruhige Menge. Die Priester aus On und die Leibwächter saßen rings um ihn unter dem goldenen Baldachin und behielten die Anwesenden im Auge. Nofretête war immer dabei, ihr schmales Gesicht hochmütig unter dem kristallenen Glitzern des Kobra-Diadems, und die kleine Kia ließ sich ihren Stuhl oft zu seinen Füßen hinstellen. Sein Publikum bestand anfänglich nur aus seinem eigenen Hofstaat und ein paar neugierigen Höflingen, aber eben diese Höflinge gaben im Palast bald zu verstehen, daß Pharaos Gunst davon abhing, ob man in der Halle war, um ihn sprechen zu hören.

Amenhotep strahlte die immer größer werdende Menge an und sprach mit freundlicher Herablassung von der allumfassenden Vorherrschaft von Rê, wie sie sich in dessen sichtbarer Form als Aton-Scheibe zeigt. Amun erwähnte er nie, und Teje, die gelegentlich kam, um ihm zuzuhören, wenn sie nicht mit dringenderen Angelegenheiten beschäftigt war, fragte sich, ob ihr Sohn Amun absichtlich auslasse oder ihn für so unbedeutend halte, daß er es einfach vergesse, den Gott zu erwähnen. Der Inhalt dieser Ansprachen langweilte Teje immer, aber oft blieb sie die ganze Zeit dabei, weil das Selbstvertrauen, das in der Stimme ihres Sohnes anklang und das zu anderen Zeiten nie zu vernehmen war, sie fesselte. Seine Augen leuchteten, seine langen Hände wurden lebendig, wenn sie anmutig gestikulierten. Zu ihrer Überraschung fanden seine Worte Widerhall bei manchen Höflingen, aber wenn sie später mit ihnen sprach, argwöhnisch nach irgendwelchen Anzeichen von Unaufrichtigkeit spähend, sah sie in ihren Augen nichts als aufkommende Mutmaßungen. Sie und Eje sprachen manchmal über die möglichen Folgen, falls sich Amenhoteps merkwürdige Überzeugungen in Malkatta durchsetzen sollten, kamen aber zu dem Schluß, daß sie bedeutungslos seien. Die Zeiten, da die Religion dem Leben der Adeligen eine moralische Kraft verliehen hatte, waren lange vorbei, und außer bloßen Bekundungen von Frömmigkeit – Schreine im eigenen Haus, Weihrauch und, der Form halber, Befolgung der Riten – war wenig davon geblieben.

Ihre Sorglosigkeit hinsichtlich der Unterweisungen wurde jedoch erschüttert, als Ptahhotep eines Tages mit einem seiner jungen Priester zur Stunde der offiziellen Audienz erschien. Sie hatte ihn schon gesehen, als er weit hinten in der Halle wartete, und etwas an seiner Haltung – die nervös gekreuzten Arme über dem priesterlichen Leopardenfell auf seiner Brust, der gesenkte Kopf – beunruhigte sie. Der junge Priester neben ihm war zappelig, trat von einem Bein aufs andere und zupfte an den weißen Bändern, die um seinen Kopf gewunden waren. Kein We'eb, dachte Teje. Vielleicht ein Mysterienmeister, aber ich kann seine Armbinde nicht sehen. Sie mußte sich noch drei weitere Ministerreden anhören, ehe Ptahhotep und der junge Priester sich dem Thron näherten und sich verbeugten. Die Halle war jetzt fast leer, und Tejes Magen erinnerte sie daran, daß die Zeit des Mittagessens schon vorüber war.

Ptahhotep kam näher, zögerte, und Teje winkte ihrem Herold und dem Leibwächter, ihm aus dem Weg zu gehen.

«Du magst sprechen, Hoherpriester.»

Er trat an die Thronstufen. «Majestät und Göttin, ich weiß nicht, wie ich es bedachtsam ausdrücken soll. Seit der Große Horus seine Unterweisung begann, herrscht zunehmende Unruhe in Karnak. Kein Priester hat seine täglichen Pflichten vernachlässigt, aber unter den Jüngeren hat es Auseinandersetzungen, Diskussionen, sogar Streitigkeiten gegeben, und Frieden und Ordnung in den Zellen sind bedroht. Meine Aufseher sagen mir, daß die jungen Priester nachts nicht immer schlafen. Sie besuchen sich gegenseitig in ihren Zellen, sie holen sich Papyrusrollen aus der Bibliothek des Tempels, plötzlich brechen kleine Feindseligkeiten aus. Außer im Allerheiligsten flüstern die Priester überall von Rê-Harachte. Andere bezweifeln sogar Amuns Allmacht. Ich selbst, Si-Mut und die Älteren wissen, daß das nur eine kleine Kontroverse ist, die bald überwunden sein wird, aber andere sind nicht so duldsam.»

«Wir haben schon einmal darüber gesprochen. Pharao will nicht unehrerbietig gegen Amun sein. Hat er dir nicht befohlen, weiterhin jeden Tag in seinem Namen Opfer darzubringen? Überwache deine Priester selbst, Ptahhotep, und erwarte nicht von mir, daß ich es tue.»

«Majestät, es ist nicht ein Problem meiner Überwachung», erwiderte er beleidigt. «Es handelt sich vielmehr um diesen Priester.» Er deutete auf den verlegen dreinblickenden jungen Mann an seiner Seite. «Er hat um Erlaubnis gebeten, Amuns Dienst zu verlassen und sich den Aton-Priestern anzuschließen, die sich auf den Dienst in Pharaos neuem Tempel vorbereiten. Wenn ich ihn gehen lasse, werden ihm dann andere folgen? Soll ich ihn bestrafen, ihm befehlen, in Unehren zu seiner Familie zurückzukehren, oder ihm befehlen zu bleiben?»

«Wirklich, Ptahhotep, ich . . .» begann Teje, dann hielt sie inne. Die Entscheidung war nicht einfach. Mehrere Höflinge hatten in letzter Zeit ihre Amun-Schreine geschlossen und bei ihren Goldschmieden neue Schreine für den Aton bestellt, aber für sie war das nur ein neues Spiel. Hier handelte es sich um etwas Ernsteres, um den ersten Priester, der aus Überzeugung handelte. Unter Pharaos Zuhörern waren Teje manchmal einige in Priestergewändern aufgefallen. Würde sie Ptahhotep befehlen, diesen Mann zu bestrafen oder ihn nach Hause zu schicken, dann wäre das ein Eingeständnis, daß seine Priester zum Tempeldienst gezwungen wurden. Würde dieser Priester für den Aton freigegeben, könnte das eine Massenabtrünnigkeit in Gang setzen. Sie wandte sich an den jungen Mann: «Wie heißt du, und welche Stellung hast du inne?»

Der Priester verbeugte sich: «Ich bin Merirê, Mysterienmeister im Haus des Ben-Ben von Amun.»

«Was wünschst du?»

«Ich möchte aus dem Dienst für Amun entlassen werden. Er ist ein großer Gott, Ägyptens Retter in den Tagen der Hyksos-Herrschaft, aber ich glaube nicht mehr an seine Allmacht. Aton ist es, der die ganze Welt bescheint.»

«Warum kannst du nicht beiden Göttern dienen?»

«Ich kann Amun verehren, aber dienen kann ich nur dem Aton. Ich wünsche keinem Menschen etwas Böses. Meine Rede ist rein, und ich habe nie Ärgernis erregt, weder mit meinem Körper noch mit meinen Worten. Majestät, ich möchte Karnak nur in aller Stille verlassen und in den Tempeldienst des Aton eintreten.»

«Weiß Pharao das?»

«Ja. Aber er will es nur mit Genehmigung meiner Vorgesetzten erlauben.»

Wenigstens in diesem Fall war Amenhotep diplomatisch, dachte Teje. Ich verstehe, warum Ptahhotep mit seiner Beschwerde nicht zu

Pharao gegangen ist. «Es ist sinnlos, Menschen gegen ihren Willen festzuhalten», sagte sie zu dem Hohepriester. «Sie werden Amun nur widerwillig dienen und Scherereien machen. Laß diesen Mann gehen. Aber, Merirê, wenn du gehst, ist alles, was du besitzt, dem Gott verfallen, dem du abtrünnig wirst, verstehst du?»

Er sah sie an, ohne mit der Wimper zu zucken. «Ja, Majestät.»

«Ptahhotep, du solltest in Karnak bekannt machen, daß jeder Priester, der um Atons willen weggeht, automatisch arm wird. Dann werden nur die Entschiedenen gehen und die Zauderer bleiben. Gibt es noch etwas?»

«Deine Majestät ist huldvoll.»

«Dann geht. Ich möchte essen.»

Es wäre gefährlich und töricht, diesen jungen Mann gegen seinen Willen festzuhalten, dachte sie, als sie und ihr Gefolge zum Bankettsaal gingen. Ich hoffe nur, daß mein Sohn genug gesunden Menschenverstand hat, den Verräter an Amun nicht öffentlich zu belohnen, sonst wird eine ganze Schar habsüchtiger Priester von einem Tempel in Karnak zum anderen strömen. Na, zum Sebek mit ihnen allen. Heute will ich Bier zu meinem Brot trinken.

In den folgenden Wochen erwies sich Tejes Entscheidung als weniger wirksam, als sie angenommen hatte. Zwar wurden die Amun-Tempel nicht in dem von ihr befürchteten Ausmaß verlassen, aber eine ganze Reihe unzufriedener Priester fühlte sich durch Ptahhoteps Bekanntmachung ermutigt, zu Aton überzutreten. Sie wußte, wie wichtig es sein würde, alle religiösen Aktivitäten im Auge zu behalten und regelmäßig mit ihren Spionen in den Schlafsälen der Priester zu konferieren, um nach Möglichkeit ähnlichen Problemen vorzubeugen.

Die wenigen kleineren Schwierigkeiten, die es gab, wurden gleich bereinigt, und Teje hatte von neuem das Gefühl, die Lage in der Hand zu haben, als sie von Eje aufgesucht wurde, der sichtlich beunruhigt war. Es war die Schemu-Zeit, die Überschwemmung schien noch in weiter Ferne zu sein, und Rês zorniger, sengender Atem verbreitete Fieber und Verheerung im ganzen Land.

Sie war gerade aus ihrem Nachmittagsschlaf erwacht, war noch abgespannt und erschöpft und saß auf dem Bettrand, als ihr Bruder angemeldet wurde. Sie nickte ihm zu, er möge sprechen.

«Teje, ich möchte, daß du mit mir über den Fluß fährst. Pharaos Aton-Tempel ist fast fertig. Es ist viel geredet worden über die Statuen, die den Vorhof säumen, und wir sollten sie uns ansehen, ehe der Tempel geweiht wird und wir nicht mehr nach Belieben herumlaufen können.»

Teje stand lustlos auf, und Piha zog ihr ein weißes Gewand an und hängte ihr Schmuck um Hals, Handgelenke und Knöchel. «Ich habe die Gerüchte auch gehört. Amenhotep wollte mich überreden, mir die Arbeit seiner Handwerker anzusehen, aber ehrlich gesagt, Eje, ich brachte das Interesse nicht auf.» Sie setzte sich an ihren Schminktisch und griff nach dem Spiegel. Er zeigte ihr ein verschlafenes, aufgedunsenes Gesicht und eine fahle Haut. Sie legte ihn hin, als der Schminkmeister seine Töpfe öffnete.

«Bringe das Interesse heute auf. ‹Aton glänzt› wartet darauf, uns hinüberzubringen. Es könnte ein Lufthauch auf dem Fluß wehen.»

«Spotte nicht über mich. Meine Augen tränen, Nebhhemi, sei also vorsichtig mit dem Kajal. Ich habe Mutnodjme lange nicht gesehen, Eje. Wo ist sie?»

«Sie und Haremhab sind nach Memphis gefahren und von da nach Hnes, um Haremhabs Vater zu besuchen. Die Ehe scheint ein Erfolg zu sein, Teje. Depets und Werels Feste sind ohne meine Tochter nicht mehr, was sie einmal waren.»

«Deine andere Tochter ist nicht so zurückhaltend. Ihre Feindseligkeit verschlägt mir jeden Abend den Appetit. Huya hat mir gesagt, sie sei wieder schwanger.» Ihr Bewahrer der Perücken setzte ihr diejenige, die sie geistesabwesend ausgewählt hatte, auf den Kopf und stopfte ihr kastanienbraunes Haar darunter, und ihr Bewahrer der Juwelen breitete ein mit Karneolen übersätes Goldnetz darüber. Nachdem der Bewahrer der königlichen Insignien ihre Stirn mit dem Kobra-Diadem geschmückt hatte, nahm Teje den Spiegel wieder zur Hand, und diesmal brachte sie ein Lächeln zustande.

«Das hat mir ihr Hofmeister erzählt.» Eje lachte. «Sie hat jedem Seher und jedem Orakel unsinnige Summen gezahlt, damit sie ihr einen Knaben verheißen, und von denen des Anubis hat sie sogar Zaubersprüche gekauft.»

«Ich weiß. Laß eine Sänfte kommen, Eje. Ich möchte zum Kai getragen werden. Zum Gehen ist es zu heiß.»

Sie plauderten, während sie übergesetzt wurden, und Teje wurde erfrischt durch einen leichten Wind, der von Norden her über den Fluß wehte. In Karnak warteten am Landungssteg Sänften und eine Wachmannschaft, die sie an Nofretêtes Aton-Tempel vorbei geleitete. Teje, die ihren Blick träge hatte schweifen lassen, ließ plötzlich anhalten, als sie den ersten Pylon des Tempels erreichten. «Steig aus, Eje, und komm her. Ich glaube, ich habe Sand in den Augen.» Gehorsam ging er zu ihrer Sänfte, und die Fächerträger eilten herbei, um sie zu beschatten. Teje empfand Zorn und Bestürzung, als sie nach oben schaute.

Der Pylon ragte über ihnen empor. Auf jeder seiner Stützen, tief in den Stein eingeschnitten und leuchtend in Blau und Gold bemalt, schritt eine riesige Nofretête über die Leichen von Nubiern und abscheulichen Asiaten. Es war die ungefähre Nachbildung einer in Tejes Thron eingemeißelten Szene. Nur daß Teje dort als Sphinx mit Klauen und Brüsten dargestellt war, die die Feinde unter sich begrub. Hier trug Nofretête den kurzen Leinenschurz eines Mannes, und ihre Haltung war jene, in der niemand außer einem regierenden Pharao jemals abgebildet worden war. Mit einer rächenden Hand hob sie das königliche Krummschwert, die andere war gesenkt und hielt den Wedel. Die Gestalt hatte keine Brüste und auf dem Kopf eine hohe, oben abgeflachte Krone mit der Kobra. Nur das Gesicht war erkennbar weiblich und unverkennbar das von Nofretête.

Teje und Eje sahen einander an. «Die Tage, da ich wußte, was in meinem Reich geschah, ehe es sich ereignete, sind vorüber», murmelte Teje mit zusammengebissenen Zähnen. «Wie kann sie das wagen? Es ist ein Frevel! Was will sie damit beweisen?»

«Sie sagt in Stein, was ihr Mund nicht sagen kann», erwiderte Eje. «Ich hoffe, deine Majestät hat redliche Vorkoster und unbestechliche Leibwächter.»

«Das würde sie doch nicht wagen!»

Eje wandte sich wieder zu den Sänften um. «Sie hat schon einmal ohne Warnung zugeschlagen. Das hier ist eine Warnung.» Es war dumm von mir, von dem Bau hier keine Notiz zu nehmen, dachte Teje voller Zorn. Ich habe das Gefühl, daß die Bande, die Ägypten allein mit mir verknüpfte, von Nofretêtes geschickten kleinen Fingern gelöst werden. Bedrückt nahm sie wieder Platz in ihrer Sänfte, und Eje gab Befehl, daß sich der Zug wieder in Bewegung setzte. Er brütete vor sich hin und hatte wenig zu sagen, während sie sich Amenhoteps Tempel näherten.

Sie verließen die Sänften unter dem ersten Pylon, der zu dem riesigen gepflasterten Hof führte, und gingen im Schutz eines Sonnenschirms zum Innenhof. Gruppen von Aton-Priestern in prächtigem weißem Leinen unterbrachen ihre Gespräche und verbeugten sich tief. Schwitzende Steinmetze legten ihre Werkezuge beiseite und warfen sich auf den heißen Steinboden. Mehrere Säulen, die die Außenwände bezeichneten, waren schon errichtet, aber zwischen ihnen waren noch Gruben, in denen die anderen versenkt werden würden.

Teje und Eje kamen zum zweiten Pylon, der höher und breiter war als der erste. Fahnenstangen, an denen die blauen und weißen Königsembleme flatterten, standen davor. Sobald der Tempel geweiht wäre, würden Priesterwachen zu beiden Seiten des Eingangs stehen, um das gemeine Volk am Betreten des inneren Hofs zu hindern, aber heute war der Pylon verlassen und sandte Hitzewellen aus, die auf sie prallten, als sie hindurchgingen. Teje hatte so etwas wie ein Dach erwartet, unter dem die Andächtigen geschützt stehen könnten, aber es gab keins. Die Sonne strahlte unbarmherzig auf den riesigen Platz.

Noch im Eingang blieb sie stehen. Hunderte von Opfertischen, jeder auf einem zweistufigen Podest, erstreckten sich vor ihr in anscheinend endlosen Reihen, und ließen zwischen sich nur gerade genügend Raum für Prozessionen. An der Mauer des Hofs befanden sich in regelmäßigen Abständen Säulen, die aber nur zu Dreiviertel aus der Mauer vorragten. Auf jeder Säule war ein Bildnis von Pharao – Hunderte der gleichen Bildnisse Amenhoteps starrten hinunter auf den heiligen Ort. Eje berührte Tejes Arm. «Komm und sieh sie dir an.» Sie gingen um die Opfertische herum zur Mauer und blickten hinauf.

Die Skulpturen waren riesig, aber gut ausgeführt und brachten die Pharaos Göttlichkeit innewohnende gelassene Unfehlbarkeit trefflich zum Ausdruck. Kobra und Geier erhoben sich gemeinsam von dem Flügelhelm. Amenhoteps Augen standen schräg nach unten und verliehen dem sonst heiteren Gesicht einen Anflug von abweisender Strenge. Die Nase war schön herausgearbeitet, auf den vollen Lippen lag ein leichtes Lächeln, der Pharaonenbart überragte Krummstab und Wedel – es war bereits allgemein bekannt, daß Amenhotep das

Krummschwert verschmähte –, die vor Pharaos Brust gekreuzt waren. Die steinernen Hände hielten die Insignien mit festem Griff, und auf den Armbändern um jedes Handgelenk und um die Oberarme waren die königlichen Kartuschen eingemeißelt. Die Figuren waren nicht bemalt. Teje trat einen Schritt zurück und sah an den anderen entlang, den unendlich vielen Bildnissen ihres Sohnes, die auf die Tische herabblickten, von denen die Flammen der seinem Gott dargebrachten Opfer emporlodern würden.

Dann bemerkte sie, daß sich Pharaos beleibter Bauch zu den Hüften und Oberschenkeln hinunterwölbte, die ihrerseits zur unteren Hälfte jeder Säule wurden. Abgesehen von den Helmen waren die Statuen nackt, und da kein Lendenschurz dargestellt war, wurde sichtbar, daß die Gestalten keine Genitalien hatten. Die Oberschenkel lagen aneinander wie die einer Frau. Teje begann an der Mauer entlangzugehen, den Blick auf die langsam vorbeiziehenden Statuen gerichtet, und sie wurde von einer starken seelischen Erregung erfaßt, die von den Skulpturen über ihr ausging; eine unsichtbare Aura umflutete sie. Schließlich glaubte sie, ihre Augen täuschten sie, die steinernen Münder schrien eine qualvolle, nur von ihnen empfundene Wahrheit heraus und erfüllten den Tempel mit dem Krämpfen ihrer innerlichen Pein. Sie kam zum Ende der Mauer und wandte sich um, entsetzt und furchtsam.

«Wo ist der Ben-Ben?» flüsterte sie.

«Es gibt keinen Ben-Ben», erwiderte Eje. «Keinen Gott, keine Pyramide, keinen heiligen Stein. Aton ist nicht anwesend in diesem Tempel.»

«Eje, ich habe Angst. Dieser Ort hat etwas Unheilvolles an sich, und ich komme mir vor wie ein Kind, das in einem verlassenen Tal auf etwas ganz Schreckliches stößt. Mein Sohn weiß, daß Pharao der Mächtige Stier ist, das Symbol der Fruchtbarkeit in Ägypten, der Garant des lebensspendenden Samens von Mensch und Feldfrucht gleichermaßen. Sich ohne Zeugungsorgan darstellen zu lassen heißt, in ganz Ägypten der Unfruchtbarkeit Tür und Tor zu öffnen.» Sie ging zum nächsten Opfertisch und lehnte sich daran. «Aber das ist nicht das schlimmste Vergehen. Pharaos Wesen wohnt jeder Statue von ihm inne, jedem Gemälde, jeder Stelle, auf die in der Kartusche sein Name geschrieben wird. Er ist ganz und gar anwesend, wo immer diese Dinge sich befinden, als Gott, der er ist, wirkt seine männliche, ewige Magie auf alle, und noch lange nach seinem Tod schützt und fördert er sein Volk. Welchen Schutz für Ägypten bieten diese häßlichen Abbilder?»

«Ich kenne diese Wahrheiten, Teje», erinnerte Eje sie freundlich. «Aber vielleicht versucht Pharao, andere Wahrheiten darzulegen. Er hält sich für Rês Inkarnation, Aton, die sichtbare Sonnenscheibe, und im Gegensatz zu Amun hat Aton kein Geschlecht. Ich nehme an, daß er glaubt, Ägypten habe von diesen Darstellungen seiner Person nichts zu befürchten, weil ihre Magie stärker sei als die von Amun. Er spricht sehr viel davon, daß er und alle anderen in der Wahrheit leben müssen. Diese Bildsäulen sind ein Beispiel dafür.»

«Aber Nofretête wird durch die lästerlichen Bilder von ihr, die wir gerade gesehen haben, die Zustimmung und Anerkennung der Götter erringen. Sie werden glauben, Nofretête sei Pharao und mein Sohn nichts als ein verletzlicher Mensch!» Teje war blaß geworden.

Eje trat zu ihr. «Laß uns aufbrechen», sagte er. «Es wird hier anders sein, wenn sich auf den Tischen Opfergaben und Blumen häufen und an jedem ein Priester mit Weihrauch steht. Unfertige Baustellen haben oft etwas Abschreckendes.» Seine Stimme klang nicht aufrichtig.

«Nicht wie diese.» Sie sah ihm in die Augen. «Eje, ich bin schwanger. Ich war deswegen nicht ärgerlich oder ängstlich, sondern hatte mich damit abgefunden. Aber jetzt bedrückt es mich. Ich hatte es nach Möglichkeit verhindern wollen, aber als es geschah, freute ich mich für Amenhotep, und ich war auch ein bißchen schadenfroh, wenn ich an Nofretêtes Reaktion dachte. Jetzt könnte ich mich nach Memphis zurückwünschen, mit einer Absage an meinen Sohn auf den Lippen.» Sie sprach voll Verbitterung. Eje legte den Arm um sie und führte sie hinaus zu den Sänftenträgern, die im Schatten des Pylons herumlungerten. Ihre Haut war kalt.

Als Amenhotep in jener Nacht zu ihr kam, hatte sie ihre Stimmung noch nicht abgeschüttelt. Er lächelte ihr zu, sprach von unbedeutenden Dingen und liebte sie, wie es ihr schien, trotz guten Willens unerwartet widerstrebend. Sie vermochte nicht zu reagieren. Ihr Besuch im Aton-Tempel hatte ihre Vorstellung von ihm verändert, und jetzt war es, als sähe sie ihn zum erstenmal. Seine harmlosen Worte kamen ihr unheimlich vor, die Bewegungen seines ungestalten Körpers wie eine unausgesprochene Drohung. Sie hatte den Wunsch, ihn zu befragen, wagte es aber nicht.

Am nächsten Tag stattete sie Tia-Ha einen Besuch ab, denn sie hoffte, der fröhliche, gesunde Menschenverstand ihrer Freundin würde ihre Angst beschwichtigen und es ihr ermöglichen, die Dinge wieder objektiv zu sehen. Die Prinzessin sichtete mit Hilfe ihrer Dienerin ihre Gewänder, und das Gemach war noch chaotischer als gewöhnlich. Teje begrüßte sie, nahm ihre Verbeugung entgegen und suchte sich durch die unordentlichen Haufen von Kleidungsstücken einen Weg zu den Kissen, die beiseite geräumt worden waren und an der Wand lagen.

«Bei dir herrscht immer Durcheinander, Tia-Ha», sagte Teje, als sie sich auf den Polstern niederließ. «Du hast mehr Dienerinnen als alle anderen im Harem, und doch können deine Besucher kaum durch die Tür kommen.»

«Mir fehlt die richtige Einteilung», antwortete Tia-Ha und gab ihrem Mädchen ein Zeichen, sie allein zu lassen. «Ich nehme mir immer vor, ordentlicher zu werden, und diktiere lange Listen von Dingen, die erledigt werden müssen, aber ehe meine Dienerinnen die Anweisungen ausführen können, bringt mir jemand ein neues Brettspiel, das ich ausprobieren soll, oder ich bekomme eine Einladung und muß mich schön machen, und schließlich spielen meine Frauen und ich zusammen oder wir geben uns mit Schminken ab.» Sie sank Teje gegenüber auf einen Stuhl und stieß mit dem Fuß die herumliegenden Kleider beiseite. «Der heutige Tag ist ein gutes Beispiel», fuhr sie fort. «Ich beschließe, meine alten Gewänder wegzugeben, sie meinen Dienerinnen zu schenken, und was geschieht? Kaum haben wir angefangen, da besucht mich die Königin! Natürlich ist es mir ein großes Vergnügen, mit dir zu plaudern, liebe Teje. Du siehst gut aus. Pharao auch, wenn ich das sagen darf.»

«Ja, ich nehme an, es geht ihm gut», erwiderte Teje zurückhaltend, den Blick auf Tia-Has Füße gerichtet. «Sag mal, Prinzessin, bist du zufällig über den Fluß gefahren, um dir das Allerheiligste von Amenhoteps Aton-Tempel anzusehen? Es wird bald fertig und dann für die Bevölkerung geschlossen sein.»

Tia-Ha lachte. Sie setzte sich aufs Bett, kuschelte sich in die Kissen, begann ihre Ringe von den plumpen Fingern abzuziehen und einen nach dem anderen klirrend in eine Glasschale auf den Fußboden fallen zu lassen. «Zufällig, Majestät? Wenn die Höflinge zu Hunderten wie eine Hammelherde zu ihren Booten gelaufen sind, um sich über den Fluß staken zu lassen, bloß um ihren nackten Pharao in Stein zu sehen? Nein, nicht zufällig. Auch ich habe mich von meiner Neugier leiten lassen und bin hingefahren, um zu sehen, um was da soviel Aufhebens gemacht wurde.» Der letzte Ring klapperte in der Schale, und Tia-Ha begann ihre Knöchel zu massieren.

«Und wie fandest du es?»

«Ich war auf eine schwere Schändung der Ma'at gefaßt, doch die Bildsäulen verletzen nur meine Vorstellung von gutem Geschmack. Aber, Majestät, du bist ja aufgebracht!»

Teje hatte den Blick auf ihre Hände im Schoß gerichtet. «Kunst ist ein heiliges Unterfangen», sagte sie zögernd. «Ein König darf nicht zulassen, daß sein wahres Aussehen wiedergegeben wird. Jede Statue und jedes Gemälde darf den König nur als göttliche Inkarnation ohne menschliche Makel darstellen.»

«Aber Pharaos Vorgänger hat es zugelassen. Erinnerst du dich, welche Freude es unserem Gemahl bereitete, die kleine Stele zu enthüllen, die ihn zusammengesackt auf einem Stuhl zeigte, nur einen dünnen Frauen-Schurz um den Körper geschlungen?»

Teje wurde leichter ums Herz. Sie lächelte die Prinzessin dankbar an. «Ich erinnere mich. Aber diese Stele steht im Palast. Tempelkunst ist anders.»

«Nicht sehr. Außerdem ist in Pharaos neuem Tempel kein Gott, der seinen Körper sehen könnte, also was macht es aus? Wollen wir etwas Kuchen essen?» Teje nickte, und Tia-Ha klatschte laut in die Hände, eine Dienerin erschien, nahm den Auftrag entgegen und verschwand. «Ich finde es amüsant, daß die Höflinge sich geradezu danach drängen, sich als kleine Kopien deines Gemahls abbilden zu lassen. Bei der Unterweisung sagt er ihnen, Rê habe ihm als Zeichen seiner besonderen Gunst einen einzigartigen Körper verliehen, und jetzt stürzen sie zu ihren Handwerkern und weisen sie an, die Wände ihrer Häuser und Gräber mit verzerrten Bildern von sich zu bedecken. Wenn eine solche Häßlichkeit eine wohltätige Magie enthält, dann wollen sie daran teilhaben. Aber wie um alles in der Welt die Götter in derart grotesken Gestalten Aufseher, Verwalter, Generale und Heerführer erkennen sollen, das weiß ich nicht! Selbst die beiden mächtigen Wesire befolgen sklavisch die Mode. Alle wollen sich bei Pharao einschmeicheln. So ist es immer gewesen.»

«Du meinst also, es ist ein modischer Zeitvertreib und wird vorübergehen?» Tia-Has Dienerin war mit einem Kuchenteller zurückgekommen, und Teje, die plötzlich hungrig war, nahm zwei Stücke.

«Natürlich glaube ich das.» Tia-Ha zögerte noch, welchen Kuchen sie wählen sollte. «Und nun möchte ich mit Erlaubnis deiner Majestät das Thema wechseln.» Sie warf einen listigen Blick auf Teje und erging sich dann in einem verworrenen Bericht über die Bootsfahrt, an der sie am Abend zuvor teilgenommen hatte, und bald lachte Teje und vergaß ihre Befürchtungen für eine Weile.

Um die Mitte der Jahreszeit Achet, als der Fluß stieg und die Luft etwas kühler wurde, brachte Teje ein Mädchen zur Welt. Es war eine schwere Geburt. Sie hatte um ihr Leben gefürchtet, es sich aber nicht anmerken lassen, denn sie wußte, daß die flüchtigen Blicke der Höflinge die Erwartung verschleierten, sie werde für das Eingehen einer verbotenen Beziehung bestraft werden. Trotz Pharaos Mißbilligung ließ sie in ihren Gemächern Statuen von Ta-Urt, der Göttin der Niederkunft, aufstellen, und als ihre Wehen begannen, befahl sie Magiern, mit Amuletten zu ihr zu kommen und Zaubersprüche zu rezitieren. Deren Stimmen und ihr Stöhnen waren das einzige, was in dem überfüllten Raum zu hören war, denn die wenigen Höflinge, die das Vorrecht hatten, bei einer königlichen Geburt anwesend zu sein, standen stumm dabei. Wehrlos und von Schmerzen betäubt, spürte Teje ihre Feindseligkeit. Es gab kein Gemurmel, als die Geburt bekanntgegeben wurde, und immer noch vorwurfsvoll schweigend verließ die kleine Gruppe den Raum. Amenhotep drückte das Kind stolz an die eingefallene Brust.

«Schwester-Tochter», sagte er und schaute hinunter auf das winzige, schlafende Gesicht, «du vor allem bist der Beweis für meine Frömmigkeit. Ich werde dich Beket-Aton nennen, Dienerin des Aton. Und deine Befürchtungen, Teje, geliebteste Gebieterin, waren unbegründet.»

Teje öffnete ihre Augen halb, die belastet waren mit allen Jahren, die sie gelebt hatte. Ihr Gemahl stand neben ihrem Bett, eine undeutliche, gebückte Gestalt, deren Perücke locker auf die knochigen Schultern herabhing. Sie murmelte etwas, hatte aber nicht die Kraft, eine verständliche Antwort zu geben. Doch ein flüchtiger Eindruck war in ihr Bewußtsein eingedrungen, und obwohl der Schlaf, auf Beute lauernd, sie umschlich, hielt sie ihn in Schach und versuchte, sich darüber klarzuwerden. Sie hörte, daß Amenhotep der Kinderfrau den Säugling gab, einige Worte mit ihr tauschte und zur Tür ging. Sie spürte die Hand des Arztes auf ihrer Stirn. Die Tür öffnete sich, sie erkannte Ejes Stimme, der eine Frage stellte. Die Tür schloß sich wieder. Es hatte etwas zu tun mit dem Kind, das ihr Mann an die Brust gedrückt hatte. Nein, nicht mit dem Kind, sondern mit seiner Brust. Das Pektoral. Goldsilber, keine Edelsteine, bloß eine feingliedrige Kette, an der . . . Eine böse Vorahnung durchfuhr sie. Der Aton hing daran, das Symbol von Rê-Harachte am Horizont, aber das war nicht recht. Wo war der falkenköpfige Gott? Nur die Sonnenscheibe war geblieben, umgeben von königlichen Uräusschlangen und Sonnenstrahlen, die in Händen endeten. An Atons Hals hingen Henkelkreuze. Ich muß es Eje sagen, dachte sie benommen. Was bedeutet es? Aber ehe sie richtig darüber nachdenken konnte, schlief sie ein.

11

Das folgende Jahr war äußerlich eine Zeit des Optimismus. Die königlichen Kinder in den Kinderzimmern des Harems gediehen. Einige Wochen nach Teje brachte auch Nofretête ein Mädchen zur Welt, und Amenhotep nannte es Mehet-Aton, beschützt von Aton. Es schien ihn nicht zu bekümmern, daß er bisher keinen Königssohn gezeugt hatte. Nofretête erholte sich rasch, von Erleichterung erfüllt, weil Teje ebenfalls eine Tochter bekommen hatte und es keine überstürzte Streiterei wegen der Ernennung eines Thronfolgers geben würde. Aber Teje war noch lange körperlich geschwächt, und in all den Wochen der Überschwemmung ruhte sie, erledigte notwendige Angelegenheiten vom Bett aus und überließ sich bereitwillig einer friedlichen Schläfrigkeit. Vielleicht war das der Grund, warum sie für die kleine Beket-Aton mehr Zärtlichkeit empfand als für ihre anderen Kinder, abgesehen von ihrem ersten Sohn Thutmosis. Ihre Liebe zu dem jungen Amenhotep war im Grunde ein leidenschaftliches, irrationales Beschützen gewesen, weil er sich in Lebensgefahr befunden hatte, aber als sie Beket-Aton herzte und liebkoste und ihre Kraft ebenso langsam zurückkehrte, wie das Kind wuchs, entstand eine wirkliche Bindung zwischen beiden. Sie erwog nicht kühl die Zukunft ihrer Tochter als Gemahlin ihres Sohnes Semenchkarê, sondern drückte das winzige, schlafende Bündel an ihren warmen Körper. Die Gegenwart war genug.

Semenchkarê war jetzt fast vier Jahre alt, ein ruhiger kleiner Junge, der zu Ausbrüchen von Redseligkeit neigte und die angeborene Anmut seines toten Bruders Thutmosis besaß. Für ihn hatte der offizielle Unterricht im Harem unter den wachsamen Augen von Huya begonnen, und es bereitete ihm Kummer, denn Merit-Aton war erst zwei Jahre alt, also noch nicht schulreif, und die beiden waren unzertrennlich. Sie war ein puppenhaftes kleines Mädchen mit Nofretêtes grauen Augen und der kräftigen Nase ihres Vaters, ein Geschöpf, dem die weichen Leinengewänder, die Juwelen und Wohlgerüche, von denen sie umgeben war, gebührten. Sie pflegte vor dem Schulzimmer zu stehen, wo Semenchkarê und die Kinder von Pharaos Ministern ihre Lektionen herunterleierten, heftete die grauen Augen mit ernsthafter Geduld auf die Tür und nahm keine Notiz von den Seufzern und den scharrenden Füßen ihrer Dienerinnen. Wenn sie das Gebet an Amun und die kurze Hymne an den Aton hörte, mit denen der Unterricht beschlossen wurde, straffte sich ihr zarter Körper vor Erwartung, bis Semenchkarê erschien. Er löste sich von der aufgeregten Horde schreiender Jungen und rannte auf sie zu, um mit dem ruhigen Strahlen fragloser Zuneigung das entgegenzunehmen, was sie ihm mitgebracht hatte – eine Blume, einen glitzernden toten Mistkäfer oder eine Keramikscherbe. Während der heißen Nachmittage führten sie keine langen Gespräche, sondern beschäftigten sich mit Spielen, nach denen ihnen gerade der Sinn stand, und dabei schwiegen sie, aber es war ein geselliges Schweigen.

Nofretête freute sich über das Einvernehmen zwischen ihnen und betrachtete es als Ausgangspunkt für zukünftige Verhandlungen, aber Teje hörte sich einfach die täglichen Berichte aus Schul- und Kinderzimmer an und behielt sie im Gedächtnis. Liebe hatte nichts zu tun mit dynastischen Erfordernissen.

Teje selbst war in diesem Jahr auf dem Gipfel der Macht angelangt, gesichert durch Amenhoteps beständige Zuneigung. Nofretêtes Eifersucht schien abzuflauen und nur noch zu schwelen, gedämpft nicht nur durch die Tatsache, daß sie beide Töchter geboren hatten, sondern auch durch das Wiederauftreten von Pharaos Impotenz. Wenn er nicht mit ihr schlief, dann erfuhr sie von ihren Spionen in Tejes Gemächern, daß er auch Teje nicht aufsuchte. Das Feuer, das ihn verzehrte, war die unsichtbare Flamme des religiösen Eifers.

Amenhotep erging sich oft in seinem noch unfertigen Tempel und sah seinen Handwerkern zu, die Atons Namen, umgeben von den Kartuschen eines regierenden Monarchen, als das neue Symbol einmeißelten, das er dafür eingeführt hatte. Bis spät in die Nacht betete er in seinem hell erleuchteten Schlafgemach, stand vor dem Aton-Schrein in den gefältelten Frauengewändern, die zu tragen er begonnen hatte, und hielt in beiden Händen goldene Weihrauchgefäße. Die Menschen, die sich in Scharen in der Audienzhalle einfanden, um seine Unterweisung zu hören, schrie er oft an, seine schrille Stimme hob sich, wenn er sich vom Thron auf der Empore über sie beugte und der Schweiß seiner Verzückung das Gewand über seinen geschminkten Füßen befleckte. Nach der Unterweisung pflegte er sich ins Bett zu legen und in tiefen, erschöpften Schlaf zu sinken, während sich seine Zuhörer zerstreuten; einige überließen sich schleunigst Beschäftigungen, die ihnen mehr zusagten, aber eine immer größer werdende Zahl begab sich in den Vorhof oder in den Garten und diskutierte wütend. Unter der prächtigen Fassade der täglichen Regierungsgeschäfte war der Palast erfüllt von kleinlichen Animositäten, und in seinem Mittelpunkt lebte Pharao, umgeben von seinen Affen, ein bekleidetes und sich bewegendes Spiegelbild der grotesken Darstellungen von ihm, die jetzt mehr und mehr die ausgiebig bemalten Wände von Malkatta schmückten. Als die Atmosphäre am Hof gereizter wurde, flüchtete sich Teje in das Amt für Auswärtige Angelegenheiten, dessen Korrespondenz nie geringer zu werden schien, und verbrachte viel Zeit mit Höflingen ihrer eigenen Generation, mit denen sie Erinnerungen an ihren ersten Mann austauschen konnte.

Eines Tages befand sich Teje mit ihren Dienern und ihrer Leibwache auf der Straße, die von Amenhoteps III. Totentempel nach Malkatta führte. Sie hatte ihrem toten Gemahl Opfer dargebracht, Speisen und Blumen zu Füßen seiner Statue niedergelegt und Gebete für das Wohlergehen seines Ka gesprochen. Es war ein Ritus, den sie gern vollzog, denn wenn sich die Türen des Heiligtums hinter ihr schlossen, war sie mit einemmal um Jahre zurückversetzt. Amenhoteps spöttische, warmherzige Persönlichkeit schien die riesige Säulenhalle zu erfüllen und ihr ein Gefühl der Sicherheit zu vermitteln. In Gegenwart ihres Sohnes, in seinen Armen, fühlte sie sich immer beklommen und trotz ihrer anerkannten Göttlichkeit voll Angst vor einer zukünftigen Verurteilung und sehnte sich manchmal nach dem turbulenten, wenn auch unkomplizierten Verhältnis, das sie zu seinem Vater gehabt hatte. Ein schwaches Echo davon gab es noch hier in dem für seine Verehrer erbauten Tempel, und Teje kostete es in Maßen aus und fand es tröstlich. Aber sie war klug genug, sich nicht phantastischen Träumereien hinzugeben und der Vergangenheit nachzutrauern.

Teje und ihr Gefolge hatten den von der Straße abbiegenden Weg erreicht, auf dem eine ständig zunehmende Zahl von Bittstellern zum Tempel des Sohnes von Hapu zog. An der Stelle, wo der Tempel einen tiefen Schatten auf die Straße warf, hörte sie plötzlich Flüche und zornige Rufe. Neugierig hob sie den Vorhang der Sänfte hoch und befahl den Trägern anzuhalten. Sie wollte gerade einen der Gefolgsleute losschicken, damit er sich erkundige, was da los sei, als Stille eintrat; dann ertönte ein schrecklicher Schrei und ein Mann stürzte ihnen entgegen. Er blieb schreckerfüllt stehen, als er die Königin und ihre Begleitung sah, zögerte und machte dann kehrt. Teje gab ihrem Hauptmann ein Zeichen, er und mehrere seiner Leute setzten dem Mann nach und verschwanden hinter dem Tempel. Die zurückgebliebenen Soldaten traten unruhig von einem Bein aufs andere, bis der Hauptmann und ihre Kameraden wiederkamen und den Flüchtling in ihrer Mitte hatten. Zwei von ihnen trugen einen zweiten Mann, und selbst aus der Ferne konnte Teje an den schlaffen Gliedern und dem herunterhängenden Kopf erkennen, daß dieser Mann tot war. Ihre Soldaten scharten sich um sie, als sie aus der Sänfte ausstieg, und Diener entfalteten ihren Baldachin. Von ihm beschattet, sah sie zu, als die Leiche auf die Straße gelegt wurde.

«Er ist noch nicht lange tot, Majestät», sagte der Hauptmann. «Das Blut fließt noch.»

Teje warf einen Blick auf den kahlgeschorenen, zerschmetterten und mit Blut verschmieren Schädel, die aufgeplatzten Lippen, die Prellungen am Hals und wandte sich ab. Der andere Mann, der keuchte und schwitzte, war ebenfalls böse zugerichtet. Sein weißer Leinenschurz war zerfetzt, aber das Blut auf seinen Armen und einer Wange war nicht das seine. Als er sah, daß sie ihn anschaute, stieß er einen unverständlichen Schrei aus, und um sich zu Boden zu werfen, versuchte er, seine Arme aus dem Griff der beiden Soldaten zu befreien. Dabei bemerkte Teje seine Armbinden mit der Hieroglyphe des Aton. Verblüfft sah Teje die Leiche an. Deren Armbinden wiesen Amuns doppelte Federn auf.

«Das ist doch nicht möglich!» schrie sie fast. «Steh gerade, Priester. Was soll das bedeuten?»

Er rang nach Worten und blickte hinunter auf die Blutlache auf der Straße, die schon in den Staub einsickerte. Fliegen hatten sich gesammelt und umschwärmten gierig den zerschmetterten Kopf, und ein Soldat zog einen Fliegenwedel aus dem Gürtel und verscheuchte sie.

«Erbarmen, Majestät», krächzte der Mann und schluckte krampfhaft. «Ich wollte ihn nicht töten. Wir haben uns auf der Straße getroffen, und ich war erhitzt und durstig. Er hatte Wasser und Brot. Wir blieben stehen, um uns zu unterhalten. Er teilte seine Nahrung mit mir, und als wir aufgegessen hatten, hätten wir uns trennen sollen, aber . . .» Er schloß die Augen. Teje wartete unbewegt. «Wir fingen wieder an, uns zu unterhalten, und dann zu streiten. Er schleuderte mir das Wasser aus seinem Eimer ins Gesicht, und ich wurde von Zorn gepackt. Ich schlug ihn. Wir rauften miteinander. Ich warf ihn auf den Boden, aber er wehrte sich und verfluchte mich. Da nahm ich einen Stein und . . .»

Verächtlich winkte Teje ihm zu schweigen und wandte sich an ihren Hauptmann: «Bringe ihn in den Palastkerker und laß ihn bewachen. Pharao muß darüber Recht sprechen. Übergib die Leiche Ptahhotep. Kämpfende Priester. Ich kann es nicht glauben!» Sie ging zu ihrer Sänfte. Ehe sie die Vorhänge zuzog, nahm sie den Geruch von frischem Blut wahr, und unerwartet war ein Geier aufgetaucht und machte sich ungeschickt, aber mit beängstigender Zähigkeit an sein Werk.

Kaum war Teje im Palast, ging sie gleich zu ihrem Sohn. Er stieg gerade aus seiner Badewanne und hatte die Arme ausgestreckt, damit sein Diener ihn abtrocknen konnte, aber er grüßte sie mit seinem üblichen gewinnenden Lächeln.

«Das wird ein schönes Festmahl heute abend, Teje. Pupri und Puzi werden erleichtert sein, nach so langer Zeit nach Mitanni zurückzukehren.»

Ausnahmsweise interessierte sie sich nicht für die Machenschaften, die Mitannis Botschafter seit Osiris Amenhoteps Bestattung in Ägypten zurückgehalten hatten. Kurz und bündig berichtete sie ihm, was sich auf der Straße ereignet hatte, und beobachtete dabei sein Gesicht, ob irgendeine Reaktion erkennbar wäre, aber er hörte nur mit einem milden, freundlichen Ausdruck in seinen braunen Augen zu. Als sie ausgeredet hatte, geleitete er sie in sein Schlafzimmer, blieb stehen, während er in rotes Leinen gekleidet wurde, und befühlte den dünnen Stoff bewundernd. Dann setzte er sich, um sich die Fußsohlen rot färben zu lassen, und schließlich seufzte er leise.

«Ich werde mit dem Aton-Priester sprechen», sagte er. «Sie haben noch soviel zu lernen. Aton braucht nicht gewaltsam verteidigt zu werden. Er ist ein Lebenspender. Gefallen dir diese Armreifen, liebe Mutter? Kenofer hat sie mir verehrt.»

Sie nahm keine Notiz von den ausgestreckten, goldbehängten Händen, sondern ging zu seinem Stuhl, hockte sich auf den Boden und sah ihm ins Gesicht. «Amenhotep, ein Mann ist gestorben, und nicht bloß irgendein Mann. Ein Amun-Priester ist ins Haus der Toten gebracht worden, erschlagen von einem der Sonnenmänner. Wenn sein Mörder nicht hingerichtet wird, entschuldigst du eine gewaltsame Lösung dieses ganzen albernen Haders, der im Gange ist, und bekundest außerdem, daß du den Aton begünstigst.»

Er zog die Augenbrauen hoch und lächelte. «Du bist erfahren in Staatsangelegenheiten, meine Teje, und ich streite selten mit dir über deine Entscheidungen. Aber da ich direkt mit dem Gott in Verbindung stehe, bin ich besser geeignet als jeder andere Mensch, mich mit Religionsfragen zu befassen. Der Priester war in seinem Eifer irregeleitet, sonst nichts. Ich werde ihn verwarnen und freilassen.»

«Wenn du das tust, werden die Amun-Priester in ständiger Todesangst leben. Sie werden verbittert und voller Groll sein.»

«Aber ihr Gott wird sie beschützen.»

Teje wußte nicht, ob sich unter seinem freundlichen Ton echte Naivität oder Sarkasmus verbarg.

«Wenn du ihn freiläßt, wirst du dann wenigstens danach mehrere Tage lang in Karnak erscheinen und persönlich die Morgenriten vollziehen?»

«Ich glaube nicht.» Höflich wandte er sich ab und sah in seinen Spiegel, und sie stand auf. Sein Schminkmeister fuhr mit dem Pinsel noch einmal über die blaue Augenschminke. «Ich habe keinen Streit mit Amun; und es ist nur eine Frage der Zeit, bis die Aton-Priester einsehen, daß Amun in seiner Bedeutungslosigkeit keine wirkliche Bedrohung darstellt. Dann werden sich beide Parteien zurückziehen, und es wird Frieden herrschen.»

Sie erhob keine Einwände mehr, küßte ihn auf die glatte Stirn, als wäre er ein plapperndes Kind, und verließ ihn. Dann ließ sie sich auf einer Sänfte durch die warme Abendluft zum Haus ihres Bruders tragen.

Eje saß mit einigen seiner Offiziere im Garten beim Wein. Hinter ihnen schimmerte das erste Lampenlicht durch den kleinen Säulenvorbau, man hörte das Gelächter von Ejes hin- und hereilenden Dienern und Konkubinen, und aus der Küche drang der köstliche Duft einer warmen Mahlzeit. Seine Paviane lagen zusammengekauert im dunklen Gras und gaben leise Laute von sich. Die Nacht senkte sich schon auf die Bäume, die den Garten gegen den Fluß abschirmten, aber zwischen ihren Stämmen war die graue Zackenlinie des kleinen Bootsstegs noch zu erkennen. Das Gespräch verstummte, als Tejes Herold ihre Titel rief, und die Männer warfen sich zu Boden. Sie forderte sie auf, sich zu erheben, und winkte Eje, er möge sie begleiten, und zusammen schlenderten sie an den friedlichen Tieren vorbei den Pfad entlang, der zum Wasser führte.

«Pharao will einen im Palastkerker festgehaltenen Priester freilassen», sagte sie. «Ich möchte, daß er getötet wird. Sorge dafür, daß es unauffällig geschieht, aber vergewissere dich, daß die Leiche leicht gefunden werden kann und die Abzeichen seines priesterlichen Rangs nicht entfernt werden.»

Eje nickte. «Wird geschehen. Willst du mir sagen warum?»

Nachdem sie ihm den Fall berichtet hatte, zog er sie unter die raschelnden Sykomoren. Jetzt war der Fluß zu sehen, ein silbernes Band, in dem sich die Sterne spiegelten. Ejes am Steg vertäutes Boot ragte dunkel auf, und die Schritte der Diener, die an den Grenzen seines Besitzes die Runde machten, wurden wechselnd lauter und leiser. Es war ein friedlicher Abend. Von Theben am anderen Ufer war nicht mehr als ein unstetes Gemurmel zu hören.

«Wenn dieser religiöse Fanatismus auf den Palast übergreift, könnte sich eine sehr ernste Lage ergeben», sagte er. «Ich kann nicht glauben, daß Pharao die Möglichkeit nicht erkennt. Oder hofft er darauf, daß es geschieht?»

«Ich weiß es nicht. Manchmal scheint es mir eine unwichtige Angelegenheit zu sein, ein Spiel, das zu spielen wir ihm erlauben, um ihn zu besänftigen, aber dann blicke ich zurück und sehe, wieviel sich verändert hat, wie turbulent das Leben am Hof geworden ist. Ich habe nie geglaubt, daß ich versuchen müßte, ihn in anderen Angelegenheiten als denen der Regierung zu beeinflussen, und ich fürchte, mein Einfluß reicht nicht aus.»

«Was würde geschehen, wenn du einfach denjenigen, die für das Schicksal des Priesters verantwortlich sind, sagtest, sie sollen sich über Pharaos Befehl hinwegsetzen, und wenn du selbst einen erläßt?» Sein Gesicht erschien ihr bleich und undeutlich. Sein nach Wein duftender Atem war warm.

«Ich scheue mich, das ins Auge zu fassen. Pharaos Wort ist Gesetz. Oft ist sein Wort in Wirklichkeit das seiner Berater oder das meine, auch wenn es aus seinem Mund kommt, aber in beiden Fällen ist es geheiligt. Wenn er dann *meinen* Befehl aufhebt, würde es meine Macht mindern.»

Eje lacht kurz und schrill. «Das ist ebenso dumm und spannend wie das Brettspiel Hund und Schakal. Er ist Pharao, aber du bist Herrscherin in Ägypten, und das Schicksal der Familie ist bei Nofretête in guten Händen. Unser Geblüt wird weniger ausländisch und mehr königlich. Wenn es unter Amenhoteps Regierung weiterhin eine religiöse Krise nach der anderen gibt, wird das Amun-Orakel nur zu gern einen Thronfolger bestimmen, den wir vorschlagen. Wir haben immer noch eine sehr starke Stellung, Teje.»

«Was du sagst ist richtig, aber unter dem Fels ist Sand, und Sand wandert. Noch besteht am Hof ein Gleichgewicht zwischen Amuns und Atons Anhängern, aber was geschieht, wenn die Zahl derjenigen sinkt, die Amun anbeten?»

«Was heißt anbeten? Wirkliche Anbeter sind nur die Priester. Ich werde tun, was du verlangt hast, Teje. Hör auf, dir Sorgen zu machen.»

Aber Macht beruht darauf, daß man sich ständig Sorgen macht, dachte sie, als er ihr beruhigend die Hand auf die Schulter legte, daß man sich Gedanken über die Vergangenheit macht, die auf die Gegenwart übergreift, über gegenwärtige Entscheidungen, die sich bis in eine unbekannte Zukunft erstrecken. «Deine Offiziere werden schon begierig sein, mit dir zu essen, und ich bin schon spät dran für Pharaos Festmahl», sagte sie, legte kurz ihre Wange an seine Hand und trat zurück. «Gib mir Bescheid, wenn es erledigt ist. Hast du in letzter Zeit von Tiê gehört?»

Sie gingen zurück zu den Fackeln, die jetzt den Garten erhellten, und sprachen über beiläufige Familienangelegenheiten, und dann überließ Teje den Bruder seinen Gästen. Herzhaftes männliches Gelächter folgte ihr durch das Tor und erwärmte den mondbeschienenen Pfad, der unter den Füßen ihrer Sänftenträger knirschte, und ein Gefühl von Einsamkeit befiel sie. Sie hätte lieber in der Zwanglosigkeit von Ejes Garten an der Mahlzeit teilgenommen, statt mit der schweren Sonnenscheibe und den Federn auf dem Kopf neben Pharao unter dem vergoldeten Baldachin zu sitzen.

Die Leiche des Priesters wurde in der Wüste hinter den westlichen Felsen entdeckt, dicht bei dem gewundenen Pfad, auf dem Nomadenkarawanen gewöhnlich entlangzogen. Der Mann war erdolcht worden, aber die Waffe, die sein Herz durchbohrt hatte, fehlte. Als er gefunden wurde, hatte er schon zu verdorren begonnen, seine Körpersäfte waren vom Sand und der trockenen Luft aufgesogen, und die Armbinden des Aton hingen lose auf seinen Oberarmen. Erleichterung und erneute Ehrfurcht vor der Großen Königsgemahlin überkamen ganz Karnak. Der Streit der beiden Priester und die Ermordung des Amun-Dieners hatten sich schnell herumgesprochen. Entrüstung und Besorgnis herrschten nicht nur im Amun-Tempel, sondern auch in denen der Amun-Gemahlin Mut und seines Sohnes Chons. Mord bedeutete eine erschreckende Verschärfung der Rivalität zwischen dem Aton und den Göttern Thebens. Einige zornige Priester verlangten von Ptahhotep Waffen und behaupteten, sie hätten ein Recht, sich zu verteidigen, aber die meisten blieben vor Angst in ihren Zellen, führten lange Diskussionen in ihren Unterkünften und wollten sich nicht mehr allein auf die Straßen begeben, weder in Karnak noch in der Stadt. Ptahhotep wußte, daß jede gewalttätige Reaktion seitens der ihm unterstellten Priester die Fehde zu einem weit schwerwiegenderen Konflikt machen würde, dessen Folgen für Ägypten verhängnisvoll sein könnten. Deshalb verbot er ausdrücklich Vergeltungsmaßnahmen jeder Art, ohne sich allerdings klarzusein, welchen Kurs er einschlagen sollte. Die Freilassung des Aton-Priesters aus dem Gefängnis ohne Vernehmung schrieb er Pharao zu und machte ihn zornig, aber als die Leiche des Mannes am nächsten Tag entdeckt wurde, verwandelte sich sein Zorn in Dankbarkeit, denn er erkannte in der Tat das von Teje angeordnete Schnellverfahren.

Auch die Höflinge schrieben der Regentin die einfache Lösung eines Problems zu, das von Tag zu Tag schwieriger wurde. Sie bewunderten ihre Geschicklichkeit, auf eine Weise zu handeln, die Pharao nicht das Gesicht verlieren ließ. Sie hatten die Animosität zwischen den Anhängern beider Götter mit Besorgnis betrachtet, denn sie bedrohte ihr ansonsten behagliches Leben, und sie wußten, daß Teje ihnen einen Aufschub verschafft hatte. Sie warteten ab, was Pharao tun würde, und als er nichts tat, vergaßen sie den Vorfall.

Doch in der Abgeschiedenheit des Schlafzimmers ihres Mannes tobte Nofretête. «Wer ist Pharao, sie oder du?» fragte sie und ging im Zimmer auf und ab, während er auf seinem Bett lag und sie beobachtete. «Ich habe dir gesagt, Horus, daß ihr Interesse an Aton bloß vorgetäuscht sei, und jetzt hat sie es bewiesen. Sie hat einen Priester töten lassen. Wie oft hast du gesagt, daß der Gott gütig und sanft ist und keine Waffen braucht? Sie nutzt dich aus!»

«Das mag sein», erwiderte er freundlich, «aber sie ist meine Große Königsgemahlin. Ich habe Nachsicht mit ihrem Mangel an Verständnis.»

«Deine Nachsicht wird im Palast als Schwäche angesehen! Bestrafe sie, Mächtiger Stier. Erteile ihr öffentlich einen Verweis.»

«Es läßt sich nicht beweisen, daß sie für den Tod des Priesters verantwortlich war. Der Mord kann von Amuns Leuten verübt worden sein.»

Nofretête schürzte verächtlich die roten Lippen und ging zum Bett. «Selbst wenn sie nicht schuldig ist, sie geht durch den Palast, als trüge sie eine unsichtbare Doppelkrone. Gewiß ist es an der Zeit, ihr die Regierung aus der Hand zu nehmen. Eine Regentin ist nicht länger nötig. Du hast sie dazu ernannt, weil du dich mit der Ausübung der Macht nicht auskanntest. Das war vor fast vier Jahren. Ich habe mit ihr gearbeitet. Ich kann dir helfen.»

«Und was möchtest du, daß ich mit Teje mache?»

Es lag Nofretête auf der Zunge zu sagen: Töte sie, aber sie beherrschte sich. «Entlasse sie und schicke sie zurück nach Achmin, oder wenn das zu nahe ist, auf ihre Güter bei Djarucha. Sie ist zu alt, um etwas Neues zu lernen, und in ihrem Herzen wird Amun immer den ersten Platz einnehmen. Solange man sie bei Hof sieht, wird es Differenzen zwischen dem Alten und dem Neuen geben.» Sie hatte sich neben ihn gesetzt und ihre Rede mit leichten Küssen auf seine Augen, seine Wangen und den weichen, vollen Mund begleitet, aber er wandte sich ungerührt ab.

«Ich liebe sie», sagte er einfach.

Nofretêtes Zorn, der sich schon gelegt hatte, flammte von neuem auf. «Liebst du mich nicht auch?»

Er legte ihr brüderlich einen Arm auf die Schultern. «Das weißt du doch.»

«Aber nicht so, wie du von Teje bezaubert bist», sagte sie. Sie war drauf und dran hinzuzufügen: Sie wird alt, sie ist nicht so schön wie ich, und ihre Reife verblaßt, sie ist deine Mutter, und Ägypten wird immer noch von der Furcht vor der Strafe der Götter geplagt, sie ist gemein und verschlagen . . . Mit Mühe zwang sie die Worte zurück. «Ich bin deine demütige Dienerin», sagte sie heiser. «Aber die Zeit wird kommen, Amenhotep, da du selbst herrschen möchtest, und dann wird es zu spät sein.»

Er antwortete nicht. Später spielten sie Sennet, und Nofretête, die ihren Zornausbruch vergessen hatte, sang zu seinem Lautenspiel, ließ ihre ganze Schönheit auf ihn wirken, neckte ihn und lachte mit ihm. Aber wie so oft nach einer ihrer Auseinandersetzungen über Teje vermochte er nicht darauf einzugehen. Nofretête war nicht enttäuscht. Sie wußte inzwischen, daß seine periodische Impotenz ein Zeichen dafür war, daß ihre Angriffe auf die Große Königsgemahlin ihr Ziel erreicht hatten.

Teje selbst hatte gehofft, ihr Befehl, den Aton-Priester heimlich hinzurichten, werde für eine Weile ein Nachlassen der religiösen Spannung zur Folge haben; deshalb war sie bestürzt, als sie ein paar Tage später Ptahhotep hinten in der Audienzhalle stehen sah, offenbar darauf wartend, daß er an der Reihe sei, Amenhotep eine Bitte vorzutragen. Gewöhnlich blieb der Thron links von Teje leer, denn Pharao befaßte sich selten mit den Beschwerden seiner Minister, aber heute hatte er seinen Platz als göttlicher Schiedsrichter eingenommen. Nofretête saß auf einem gepolsterten Hocker zu seinen Füßen, und der Bewahrer der königlichen Insignien kniete vor ihm, den Kasten, in dem sich das Krummschwert befand, auf dem Arm. Krummstab und Wedel lagen auf Amenhoteps Schoß. Er war spät mit Nofretête am

Arm zur Audienzstunde gekommen, aber zu Tejes Erleichterung hatte er keine Bemerkungen zu den von ihr behandelten Fällen gemacht, sondern nur aufmerksam zugehört und gelegentlich genickt, wenn sie sprach. Der Hohepriester war der letzte. Teje sah ihn nach vorn kommen, das Leopardenfell über eine Schulter geworfen, links und rechts von ihm sein Stabträger und ein Akolyth. Nachdem sich die drei zu Boden geworfen hatten, forderte Teje ihn auf zu sprechen. Die Schreiber hoben erwartungsvoll ihre Pinsel. Ptahhotep bemühte sich nach Kräften, seine Verlegenheit und Besorgnis unter dem Deckmantel von Würde und Autorität zu verbergen.

«Göttin, verzeih meine Unverfrorenheit, aber diese Angelegenheit geht allein Pharao an», sagte er zu ihr, und fuhr dann, an Amenhotep gewandt, fort: «Mächtiger Horus, es ist dein Vorrecht, den Ersten Propheten des Amun zu ernennen oder zu entlassen. Ich habe dieses Amt seit über zwanzig Jahren in Karnak inne und bin dem Gott, dem Orakel des Gottes und meinem König gehorsam gewesen. Der Jahrestag des Erscheinens ist viermal gekommen und vorübergegangen, doch hat er weder einen neuen Hohepriester ernannt noch mich in meinem Amt bestätigt. Heute bitte ich Pharao demütig, das eine oder das andere zu tun.»

Teje hatte dieses alte königliche Privileg vergessen. Aus dem Augenwinkel sah sie, daß Unschlüssigkeit das Gesicht ihres Sohnes verdüsterte, und sie beugte sich zu ihm. «Was gedenkst du zu tun?» flüsterte sie. «Soll ich dir einen Rat erteilen?» Er nickte nachdrücklich. «Du bist dir gewiß darüber klar», fuhr sie leise fort, «daß du, wenn du Ptahhotep in seinem Amt bestätigst, auch eine ungelöste Situation in Karnak bestätigst. Er gehört zur alten Ordnung. Den Aton empfindet er als Bedrohung und weiß nicht, wie er sich verhalten soll. Wenn du ihn Hohepriester bleiben läßt, sagst du damit dem Hof und dem Tempel, daß du Amun trotz all der Unruhe, die deine Taten in Malkatta hervorgerufen haben, auf dieselbe Weise wie dein Vater unterstützt. Die Amun-Priester werden ihr Selbstvertrauen wiedererlangen. Aber ich glaube, Ptahhotep bittet, von seinen Pflichten entbunden zu werden. Er möchte sich in Würde zurückziehen, ehe sich die Lage so ändert, daß er sie nicht mehr in der Hand hat und sie demütigend für ihn wird. Verstehst du?» Er runzelte nachdenklich die Stirn und fuhr sich mit der Zunge zögernd über die Lippen.

Nofretête nahm offensichtlich jedes Wort auf und blickte von einem zum anderen.

«Ich glaube», flüsterte Amenhotep.

«Gut», sagte Teje. «Dann laß ihn gehen. Mein Rat lautet, Si-Mut, den Zweiten Propheten des Amun, in den Rang des Hohepriesters zu erheben als Bekundung deiner Bereitwilligkeit, Amuns fortdauernde Macht anzuerkennen, aber auch als ein Zeichen für die Aton-Diener, daß dich das Gezänk in Karnak betrübt hat und du eine Wiederkehr der Eintracht und Zusammenarbeit zwischen den beiden Göttern unter einem jüngeren, nachgiebigeren Mann erwartest.»

Ptahhotep stand geduldig mit gesenktem Kopf da, und die Schreiber, die darauf warteten, die Entscheidung aufzuzeichnen, hatten den Blick auf Amenhotep gerichtet. Teje lehnte sich zurück, lächelte ihrem Sohn ermutigend zu und war erleichtert, als sie sah, daß er nach Krummstab und Wedel griff, um seinen Beschluß zu verkünden. Aber ehe er sie heben konnte, berührte Nofretête seine Knie und stieg die Stufen hinauf. Sie wollte ihm etwas ins Ohr flüstern, aber Teje griff unerbittlich ein. «Hier findet eine öffentliche Audienz statt, Majestät, du bist nicht in deinem Schlafgemach, und als Regentin bin ich berechtigt, alle Erklärungen zu hören, die du in dieser Sache abzugeben wünschst.»

«Das ist richtig, Liebste», erinnerte Amenhotep sie. «Ich wäre sehr erfreut, deine Ansicht zu hören, und bin sicher, daß Teje auch daran interessiert ist. Sprich laut und deutlich.»

Teje wartete mit hochmütig hochgezogenen Augenbrauen, und nach einem Augenblick der Verwirrung legte Nofretête eine Hand auf Amenhoteps Arm. «Si-Mut ist gewiß nachgiebig, mein Gemahl», sagte sie, «aber er ist es der Großen Königsgemahlin gegenüber. Wenn du ihn ernennst, wird der Aton niemals die Vorherrschaft erringen. Jetzt bietet sich dir die Gelegenheit, einen Hohepriester zu ernennen, der nicht nur dich verehrt, sondern auch die allumfassende Macht Atons anerkennt. Wenn ein solcher Mann im Haus des Amun herrscht, kannst du in Karnak alle von dir gewünschten Veränderungen herbeiführen und erreichen, daß die Priester die Aton-Diener nicht länger belästigen und verhöhnen.»

«Ich muß schon sagen, Majestät», warf Teje kühl ein, «wer immer den Aton als seinen einzigen Gott anerkennt, gehört in die Tempel von On, darf aber nicht über das Geschick von Amun bestimmen. Die Priester im Amun-Tempel würden sich nicht einmal einen Tag lang einem solchen Mann unterordnen, sondern würden von Pharao verlangen, einen anderen zu ernennen. Wenn du mit dem fertig bist, was du zu sagen hast, wird Pharao vielleicht seine Entscheidung treffen wollen, damit wir alle uns für den Nachmittag zurückziehen können.»

Ihr spöttischer Ton ließ Nofretêtes Augen zornig aufblitzen. «Ich bin nicht so töricht, wie du meinst, Königin», erwiderte sie laut. «Natürlich sollte Pharaos Wahl beide Seiten zufriedenstellen», fuhr sie fort, an Amenhotep gewandt. «Ziehe Maja in Betracht, Amuns Vierten Propheten. Er kommt oft zur Unterweisung. Er ist jung und verehrt dich. Er würde nicht hartnäckig darauf bestehen, Amun bei jeder Gelegenheit zu verteidigen und deine Wünsche für Karnak zu behindern. Entscheide dich für ihn!»

«Ich habe nicht Zeit gehabt, das sorgfältig zu erwägen», warf Amenhotep ein und warf Teje einen betrübten Blick zu. «Wie kann ich mich entscheiden?»

«Vertraue mir, mein Sohn», antwortete sie in der ruhigen Zuversicht, daß er immer tun würde, was sie wünschte. «Ich habe dir nie vorschnell einen Rat gegeben. Nofretête macht die Lage unnötig kompliziert.»

Er zog seinen Arm von Nofretêtes Hand fort. «Ich wünschte, ich wäre heute nicht zur Audienz gekommen», murmelte er. «Laßt mir einen Augenblick Zeit.»

Er stützte das Kinn in die Hand. Teje wartete, äußerlich ruhig, aber innerlich wütend über Nofretêtes unbefugte Einmischung. Natürlich wird Amenhotep meinen Rat annehmen, dachte sie mit einem Blick auf das ungeduldige Scharren und das ziellose Herumschauen der Höflinge. Es war naiv von Nofretête anzunehmen, sie könne mehr erreichen, als ihn zu verwirren.

Mehrere Augenblicke vergingen, und schließlich sah Amenhotep auf. «Ich billige deinen Vorschlag, Nofretête», sagte er mit einem Seitenblick auf Teje. Dann stand er auf, hob Krummstab und Wedel hoch über Ptahhoteps Kopf und rief aus: «Wir anerkennen die treuen Dienste des Hohepriesters von Amun. Möge er in Ehren aus dem Amt scheiden. Das Leopardenfell soll auf Maja übergehen, den höchst gepriesenen und glücklichen Diener seines Herrn.» Erleichterung malte sich auf Ptahhoteps Zügen, und Teje sah, daß sie recht gehabt hatte. Stimmengewirr wurde vernehmbar. Amenhotep ließ sich wieder auf den Thron sinken, wischte sich die Schweißperlen von der Oberlippe und winkte Ptahhotep zum Abschied. Teje stand auf, und ohne Nofretête eines Blickes zu würdigen, sagte sie zu ihrem Sohn: «Diese Entscheidung ist allein die deine, aber ich werde sie respektieren. Doch läßt sie, glaube ich, einen Mangel an Urteilsvermögen erkennen.» Sie wandte sich ab, ging die Stufen hinunter, nahm die Krone ab, gab sie dem Bewahrer und verließ die Halle.

Nofretête wich ihrem Mann an diesem Tag nicht mehr von der Seite und sonnte sich in ihrem Triumph. Es war ihr erster öffentlicher Sieg über Teje, und er war um so süßer, als er nicht geplant gewesen war. Teje erschien nicht zur Abendmahlzeit, und Nofretête saß neben Amenhotep auf der Empore, lebhaft und geistsprühend, und ihre witzigen Einfälle riefen Gelächter bei den Gästen hervor, die dicht an der Empore saßen. Sie gab sich die größte Mühe, Pharao ein Lächeln oder ein paar Worte abzuschmeicheln, aber er ließ sich nicht verlocken, sondern saß mit niedergeschlagenen Augen vor einem leeren Teller. Ab und zu murmelte er etwas, und Nofretête drehte sich sofort zu ihm um und stellte dann fest, daß er gar nicht mit ihr sprach. Er trank viel, hielt seinen Becher dauernd hoch, damit ihm nachgeschenkt werde, und hob den Blick nicht vom Tisch. Nofretête war gereizt und verärgert und kümmerte sich nach einer Weile nicht mehr um ihn, sprach an ihm vorbei mit Taduchipa oder mit den Gästen unten, während er seinen Rotwein schlürfte und vor sich hin murmelte. Ab und zu erschauerte er und griff nach einem Tuch, um sich den Nacken abzuwischen, und Nofretête gewann den Eindruck, er sei betrunken. Keiner der Höflinge schenkte ihm die geringste Aufmerksamkeit, bis es, nachdem die Musikanten und Tänzerinnen ihren Auftritt beendet hatten, Zeit war, sich zu verabschieden. Da wurde die Menge unruhig und wartete auf seine Erlaubnis, sich zurückzuziehen. Zu guter Letzt mußte sich Nofretête zu ihm hinüberbeugen und so tun, als flüstere er ihr etwas zu. Dann stand sie auf und sagte den Gästen, sie dürften sich verneigen und gehen. Das Geräusch ihres Aufbruchs schien Amenhotep wachzurütteln, schwerfällig schob er seinen Stuhl zurück, trank den letzten Schluck Wein aus seinem

Becher und taumelte durch die Hintertür hinaus, ohne Nofretête auch nur anzusehen.

Aber sein seltsames Verhalten konnte ihre gehobene Stimmung nicht dämpfen. Es dauerte lange, bis ihr nach Schlafen zumute war. Sie ließ Musikanten in ihr Schlafzimmer kommen, hörte sich einige Volkslieder an, summte mit den Sängern die Melodien mit, und als sie geendet hatten, ließ sie ihren Schreiber Liebesgedichte rezitieren. Ehe sie ins Bett ging, stand sie verträumt, die Arme auf der Brust gekreuzt, am Fenster und war sich kaum der friedlichen Nachtgeräusche bewußt, die schwach aus dem Garten heraufdrangen. Es widerstrebte ihr, den Tag zu beenden, aber schließlich legte sie sich doch zu Bett und seufzte zufrieden, als ihre Kammerfrau sie zudeckte und sich dann auf ihre Matte in der Ecke begab.

Ihr schien, sie habe nur ein paar Augenblicke geschlafen, als Schritte auf dem Korridor sie weckten. Benommen hob sie den Kopf und lauschte. Der erste schwache Schein der Morgendämmerung zeigte ihr, daß auch die Dienerin aufgewacht war und aufstand. Sie hatte sich kaum erhoben, als die Tür aufgerissen wurde, und Pharao schwankend ins Zimmer trat. Mit weitaufgerissenen Augen sah Nofretête, daß er auf die Dienerin zustürzte und ihr einen so heftigen Schlag versetzte, daß sie im Gang landete. Dann knallte er hinter ihr die Tür zu. Er war nackt. «Amenhotep, was ist los?» rief sie und wollte sich aufsetzen, aber ehe sie das Laken zurückschlagen konnte, war er auf das Bett gefallen und riß ihr das Laken aus der Hand. Sie war zu erschreckt, um sich zu wehren. Sie sank zurück auf die Kissen und spürte, daß er ihre Beine auseinanderschob und schwer atmend in sie eindrang.

Es wurde diskret an die Tür geklopft, und Amenhotep schrie: «Geht weg!» Er begann abgerissene, zusammenhanglose Sätze zu murmeln, die sie nicht verstehen konnte, dann ließ er mit einem erstickten Keuchen von ihr ab und blieb, die Knie bis zum Kinn angezogen, neben ihr liegen. Er zitterte. «Bring mir Wasser.»

Jetzt hellwach, stand Nofretête vom Bett auf und schenkte aus dem auf dem Nachttisch stehenden Krug Wasser in einen Becher. Auf einen Ellbogen gestützt, trank er, verlangte mehr und ließ sich dann wieder auf die Kissen fallen. «Ich habe geträumt, Nofretête, oh, was für ein Traum», flüsterte er. «Ich hoffe, du bist nicht beunruhigt.»

Ich bin mehr als beunruhigt, dachte sie, als sie seine krampfhaft zitternden Glieder sah. Ich bin entsetzt. Sie zwang sich, einen Zipfel des Lakens zu ergreifen und ihm das Gesicht abzuwischen, halb zur Tür gewandt, um Hilfe herbeizurufen, aber er packte sie am Handgelenk.

«Gleich. Du kannst sie bald rufen, sie alle rufen, ihnen sagen . . .» Er begann zu lachen. «Setz dich hier neben mich.» Er zog sie zu sich herab und ließ sie los, und Nofretête wickelte sich rasch in das zerknüllte Laken; sie wollte mit einemmal nicht, daß er sie nackt sehe.

«War es ein Alptraum?» fragte sie, um einen beschwichtigenden Ton bemüht. Ihre Angst legte sich etwas, als die Krämpfe, die ihn schüttelten, nachließen und seine Sprache wieder deutlicher wurde.

Er drehte den Kopf auf dem Kissen hin und her. «Nein, kein Alptraum – ich habe eine Vision gehabt. Ich bin in der Duat gewesen, bin in der Nachtbarke gefahren, dem Mesechtet-Boot, mit den Göttern und den Osiris-Königen!» Seine Stimme wurde lauter, und sie sah, daß er schluckte, um sie zu dämpfen. «Ich hörte die Toten um Licht weinen, als ich durch die Zwölf Häuser der Dunkelheit fuhr, während der zwölf Wandlungen von Rê, und ich vermochte ihnen zu geben, was sie begehrten.»

«Du hast geträumt, du wärst mit Rê in der Unterwelt?» fragte sie verblüfft.

Amenhotep setzte sich auf, umfaßte mit den Armen seine von Schweiß glitschige Brust und begann sich zu wiegen. «Es war kein Traum, ich weiß es. Bei Sonnenuntergang gelangte ich als Fleisch, als Rê, der verschlungen wird, in den Mund der Nut, und ich stand in der Barke während aller Angriffe der Schlange Apophis, aber das ist nicht das Wichtigste.» Er schloß die Augen. «Rê mußte mich durch die Duat bringen, damit ich es verstand. Ich bin nicht Rês Inkarnation, Nofretête. Ich bin der Aton selbst. Bei der zwölften Wandlung von Rê spürte ich, daß ich geboren wurde.»

Ungläubig betrachtete sie den Ausdruck von Ekstase auf seinem Gesicht und fragte sich, ob er verrückt geworden sei. «Es war nur ein Traum, mein Gemahl», beharrte sie, und da riß er die Augen auf und starrte sie an.

«Es war die größte Vision meines Lebens», berichtigte er sie. «Jetzt ist mir mein wahres Wesen offenbart worden. Als ich im Morgengrauen aus Nuts Schoß ausgestoßen wurde, blickte ich zurück und erwartete, ihr Gesicht zu sehen, aber ich sah mich selbst. Nofretête, ich sah mich selbst!» Er stand auf und begann vor ihr hin- und herzutaumeln, die Fäuste vor Erregung geballt, fiebrig rastlos. «Ich bin so glücklich. Endlich bin ich imstande gewesen, dich zur Göttin zu machen. Die Kraft verläßt mich nicht mehr, wenn ich dich liebe, sie ist aufgefrischt, erneuert, denn ich bin die Quelle allen Lichts und allen Lebens!»

Nofretête hatte ihre Fassung wiedererlangt, begann zu überlegen. Instinktiv war er zuerst zu ihr gekommen; seine neue Wahrheit hatte er ihr und nicht der Großen Königsgemahlin verkündet. «Bist du darum hier und nicht in Tejes Gemächern?» erkundigte sie sich listig.

Er fuhr herum und richtete sich zu ihr auf. «Ja, ja. Der Gott leitet meine Schritte, denn jetzt, glaube ich, brauche ich meine Mutter nicht mehr, um meine Kraft wieder zu stärken. Ich liebe sie, aber die Dämonen sind endlich besiegt. Die Vereinigung meines Körpers mit dem ihren ist nicht mehr nötig. Ich bin unsterblich.»

Nofretête lächelte beschwichtigend. «Ruhe jetzt», sagte sie, ging zur Tür und öffnete sie. Eine kleine Gruppe von Bedienten hatte sich dahinter besorgt zusammengekauert. «Parennefer.» Sie winkte Pharaos Diener zu sich. «Bringe ein Kopftuch und sauberes Linnen für deinen Herrn, und etwas zu essen.» An alle gewandt, fuhr sie dann fort: «Rê hat beliebt, Pharao heute nacht eine große Vision zu gewähren. Pharao ist natürlich erschöpft, aber es besteht kein Grund zur Sorge.» Dann machte sie die Tür wieder zu. Als sie zum Bett zurückkam, schlief Amenhotep fest und ruhig. Nofretête setzte sich daneben auf den Stuhl und behielt ihn im Auge.

12

Innerhalb von Tagen machten entstellte Berichte über Pharaos Vision in Malkatta die Runde; ein Höfling gab sie an den nächsten weiter. Man schenkte der Neuigkeit allerdings mehr Aufmerksamkeit als dem üblichen Klatsch, denn es war bereits klar, daß das Leben am Hof nach der Vision nicht mehr so sein würde wie zuvor. Pharao hatte sich verändert. Über Nacht schien er den unbestimmbaren Charme verloren zu haben, den manche anziehend gefunden hatten und andere verächtlich. Er erteilte klarere Befehle. Anderen Gesprächsthemen als Religion brachte er kein Interesse mehr entgegen. Er wirkte nicht mehr so nachgiebig, er hielt sich aufrechter, seine Gesten waren nachdrücklicher. Einige Minister sahen darin ein Anzeichen neuer Stärke und freuten sich, endlich einen entschlossenen Pharao zu haben, aber die meisten maßen ihn mit verstohlenen, argwöhnischen Blicken und tuschelten untereinander. Denn Amenhotep hatte nicht nur verfügt, daß man sich ihm von nun an nur kniend nähern dürfe – eine Ausdrucksform der Ehrerbietung, die selbst die Respektvollsten in Ägypten noch nie gesehen hatten –, sondern er hatte nach seiner nächtlichen Vision auch keinen Amun-Priester, der um eine Audienz nachsuchte, mehr vorgelassen.

Wie ernst zu nehmen die Veränderung ihres Sohnes war, erkannte Teje erst, als sie sich ihm in der Frage der neuen Ehrfurchtsbezeugung zu widersetzen versuchte. Sie wußte, daß er wieder potent war, aber er ließ nur noch Nofretête oder Kia in sein Bett kommen. Energisch unterdrückte sie die nagende Eifersucht, denn sie war überzeugt, ihr wankelmütiger Sohn werde der beiden schließlich überdrüssig werden und in einem unerwarteten Augenblick zu ihr zurückkommen.

Daß sie ihre ehelichen Rechte nicht offen geltend machen konnte, wußte sie. Sie hatte sich schon lange damit abgefunden, daß sie einen Preis hatte bezahlen müssen, um die Scheibe und die Federn zu behalten, einen Preis, der mit den Jahren höher geworden war und sie von vielen am Hof trennte, die glaubten, ihr Verhalten werde letztlich einen Fluch über das Königshaus bringen. Sie wußte auch, daß die Fellachen auf den Feldern und die Bauern und Händler in den Städten mit zunehmend unverhüllter Verachtung von ihr sprachen. Sie redete sich ein, daß es ihr gleichgültig sei. Sie waren schließlich nur Pharaos Vieh, dazu da, zur Arbeit eingesetzt und zusammengetrieben und wieder zur Arbeit eingesetzt zu werden, ein gesichtsloser Pöbel ohne Verständnis. Die Liebe ihres Sohnes und das Vorrecht zu herrschen bedeuteten eine ausreichende Entschädigung. Daß sie das eine oder das andere verlieren könnte, kam ihr nie in den Sinn und wurde ihr erst klar, als sie eine Audienz bei Pharao begehrte und vor der Empfangshalle einen verlegenen Aufseher des Protokolls traf.

«Große Göttin und Majestät», sagte er mit abgewandtem Blick, «ich muß dich daran erinnern, daß nach Pharaos neuester Entscheidung alle auf den Knien zu ihm gehen müssen.»

«Zu ‹allen› kann kaum die Regentin Ägyptens gehören», erwiderte sie ungerührt. «Herold, kündige mich an.» Der Aufseher des Protokolls trat mit puterrotem Gesicht beiseite, und Teje ging an ihm vorbei in die Halle, ehe die letzten Worte des Herolds verklungen waren. Ihr Sohn saß auf seinem Thron, starr vor Schminke und Schmuck, die Insignien vor der Brust haltend, die Doppelkrone auf dem Haupt. Trotz der Förmlichkeit der Audienzstunde, die er gewöhnlich mit gelangweiltem Abscheu betrachtete, trug er nur ein durchsichtiges rotes Gewand, das unter seinen gelb geschminkten Brustwarzen verknotet war. Teje blieb stehen und verbeugte sich, wie sie es immer getan hatte.

Er wandte ihr sofort seine Aufmerksamkeit zu und strahlte. «Sprich, Mutter», forderte er sie auf.

Sie erwiderte sein Lächeln nicht. «Amenhotep», sagte sie kühl. «Es ist an der Zeit, mit dem Spiel seltsamer Reverenz aufzuhören, das du gespielt hast. Es verlangsamt die Arbeitsweise des Hofs und wird quälend für diejenigen, die immer wieder bei dir erscheinen müssen.»

Er rutschte mit einer Spur seiner früheren Unsicherheit auf dem

Thron hin und her, und ein zweifelnder Ausdruck erschien auf seinem Gesicht. «Es ist kein Spiel, Königin, und du könntest mich zornig machen, wenn du es so nennst. Wie sonst sollen sich bloße Menschen ihrem Schöpfer nähern?»

Sie machte den Mund auf und wollte lachen, bis sie seinen Ausdruck sah. «Aber mein Sohn, du glaubst doch nicht wirklich . . .» Sie hob die Hände. «Selbst wenn du das glaubst, dann hebe das Edikt für Nofretêtes Gefolge auf. Sie wird unerträglich.»

Wieder wirkte er anständigerweise vorübergehend beschämt. «Du hast meine Erlaubnis, deiner Umgebung zu befehlen, es ebenso zu halten, wenn du es wünschst.»

Sie gab einen Laut der Entrüstung von sich, und ihre Würde fiel rasch von ihr ab. «Wann wirst du lernen, daß Macht nicht auf äußerlicher Zurschaustellung beruht», sagte sie laut. «Wenn meine Minister anfangen, wie Tiere auf mich zuzukriechen, würde ich versucht sein, sie zu treten, statt mit ihnen zu beraten!»

«Sprich nicht in diesem Ton mit deinem Pharao!» schrie er, und Besorgnis stieg in Teje auf, als sie sah, daß er mit einemmal zitterte. «Du bist meine Mutter, aber . . .» Seine letzten Worte hatte er atemlos hervorgestoßen, und seine Stimme brach mit einem schrillen Ton ab.

«Aber was?» Ihre Stimme klang beschwichtend ruhig. «Hat der Gott dir gesagt, du könntest Menschen auf allen vieren im Palast herumkriechen lassen?» Er geruhte nicht zu antworten, oder traute sich nicht. «Maja versucht seit Tagen, zur Audienz zugelassen zu werden», fuhr sie fort. «Er möchte seinen Bericht über die Lage in Karnak erstatten. Willst du ihn nicht sehen?»

Amenhotep begann schwer zu atmen. Er sah Teje in die Augen, blickte dann nach unten, rang mit sich, hob den Kopf und rief: «Maja gehört jetzt dem Amun! Ich will die Priester des Amun nie wieder empfangen. Ich habe es geschworen.»

«Ich habe es geschworen», äffte Teje ihn wütend nach. «Du spaltest Ägypten in zwei Lager, bist du dir darüber klar? Ich habe dir den Thron gegeben, und ich kann ihn dir wieder wegnehmen. Ich habe dich zu dem gemacht, was du bist!»

«Du bist zornig, weil ich dich nicht mehr in mein Bett kommen lasse», erwiderte er kurzangebunden und packte Krummstab und Wedel so fest, daß seine Knöchel weiß wurden. «Sei dankbar, daß du meine Mutter bist und daß der Aton nachsichtig gegen dich ist. Und du hast mich nicht zu dem gemacht, was ich bin . . .» Sein gereizter Ton löschte den Eindruck von Stärke, den er erweckt hatte, wieder aus. «Ich bin der Aton. Ich habe mich selbst erschaffen.»

Teje machte auf dem Absatz kehrt und wurde jetzt der schweigenden, knienden Männer gewahr, die jedes Wort mitangehört hatten. Obwohl sie ruhig zur Tür ging und Soldaten aufsprangen, um sie ihr zu öffnen, kam sie sich aufs tiefste gedemütigt vor. Ich habe das wie ein törichter junger Minister angepackt, dachte sie. Es soll nicht wieder vorkommen.

Sie tat ihr möglichstes, die besorgten Gemüter in Karnak zu beruhigen, und zwang sich, Majas bestürzten Blick zu ertragen, als sie ihm sagte, der Gott, der ihm das mächtigste priesterliche Amt in Ägypten verliehen habe, wolle ihn nicht empfangen. Aber sie konnte wenig tun, um der sich in Malkatta zusammenbrauenden Unruhe Einhalt zu gebieten. Tausende von Höflingen vergaßen ihre Gleichgültigkeit und ergriffen Partei, als sie bemerkten, daß Teje allmählich in Ungnade fiel. Viele bekundeten ihr als Regentin immer noch Ergebenheit, denn sie glaubten, ihre Macht, die sie so viele Jahre in Ägypten ausgeübt hatte, werde sich durchsetzen gegen die Launenhaftigkeit ihres Sohnes. Aber Teje überlegte kühl und kam zu dem Schluß, daß diese Leute der älteren Generation angehörten, in ihrem Alter waren, sich noch an ihren Gemahl erinnerten und an die behaglichen Tage einer unkomplizierten Regierung. Doch die jungen Leute am Hof, die verwöhnt und auf Wandel erpicht waren, auf Auseinandersetzung, sogar auf den Kitzel eines ausgesprochenen Bruchs zwischen Mutter und Sohn, verkündeten lauthals, daß sie Pharao unterstützten. Teje sah Amenhoteps verfluchte Vision mittlerweile wie einen Fluß, an dessen Ufer ihre Anhänger standen und dessen Wasser bald zu schnell und zu reißend strömte, als daß sie ihn noch überqueren konnten.

Vorsichtig begann sie ihre Aufmerksamkeit auf Semenchkarê zu richten, und sah hinter der möglichen Macht des kleinen Fünfjährigen die betrübliche Notwendigkeit eines weiteren königlichen Todes. Aber jetzt noch nicht. Sie war noch zu sehr erfüllt von ihrem Liebeskummer um Amenhotep.

Einen Monat später erkannte Teje das volle Ausmaß ihres Schnitzers, denn Nofretête, die sich in Pharaos Gunst sonnte, hatte ihn überredet, das Edikt zurückzuziehen. Er hatte es übereilt erlassen, in der ersten Aufwallung religiösen Überschwangs, und war gern bereit, es aufzuheben, als seine junge Frau ihm einen geeigneten Vorwand lieferte. Wie Teje von ihrem Hofmeister Huya erfuhr, hatte Nofretête darauf hingewiesen, daß man den Höflingen jetzt, nachdem sie wahre Demut gelernt hatten, erlauben könne, sich von den Knien zu erheben. Teje war erleichtert, denn der Anblick so vieler vornehmer und würdiger Menschen, die sich auf schmerzenden Knien durch die Hallen quälten, hatte schließlich die von ihr befürchtete Stimmung hervorgerufen, und aus dieser Stimmung würde Verachtung für einen Pharao erwachsen, der schon zuviel Vertrautheit mit seiner geheiligten Person zugelassen hatte. Hätte ich nur die Ruhe bewahrt, dachte Teje, und den Mund gehalten, dann wäre der Widerruf des Edikts als ein Sieg von mir über die beiden angesehen worden.

Aber die Aufhebung von Amenhoteps Befehl brachte nicht die Rückkehr zur früheren Etikette. Knie, Rücken und Köpfe blieben gebeugt, wenn Pharao auch nur vorbeiging. Teje, die vorbehaltlos an die unwandelbare Hierarchie glaubte, die ein Teil der Ma'at war und die gebührende Verehrung verlangte, hatte das Gefühl, daß sich die Ehrerbietung allmählich in eine Unterwürfigkeit verwandelte, die sie verachtete. Amenhotep hatte Merirê zum Ersten Propheten von Neferchepprurê Wa-em-Rê – das war sein Thronname – ernannt, und dessen einzige Pflicht war es, Pharao ununterbrochen anzubeten, ihm zu folgen und seine Sandalen, den Sandalenkasten und den weißen Stab zu tragen. Teje biß sich auf die Lippen und schwieg. Sie und Osiris Amenhotep hatten auch Priester ernannt, die ihre Götterbilder in Sebek anbeteten, aber sie konnte sich vorstellen, wie sarkastisch ihr erster Mann reagiert hätte, wenn sie vorgeschlagen hätte, ein singender Priester solle zu allen Stunden des Tages hinter ihnen herlaufen.

Wenn sie mitansah, wie ihr Sohn und Nofretête sich zur Landungsstelle begaben, um sich über den Fluß nach Karnak übersetzen zu lassen, begleitet von einem Gefolge, das sich plötzlich vermehrt hatte um Weihrauchgefäße schwenkende Akolythen, vier Schminkmeister für den Fall, daß die Bemalung von Gott und Göttin nachgebessert werden mußte, und um einen Trupp Soldaten, der dafür sorgen sollte, daß das königliche Paar nicht womöglich durch Berührung mit gewöhnlichen Sterblichen befleckt werde, und zu dem natürlich die

Fächerträger und Diener gehörten, die notwendig waren, sowie Tiere und deren Heger und Pfleger – wenn Teje das alles sah, war sie manchmal versucht, über den albernen, selbstbewußten Aufzug eines zu stark geschminkten, halbnackten, ungestalten Königs zu lachen. Aber ungeachtet seines grotesken Äußeren ließ ihr Sohn eine innere Würde erkennen, die verhinderte, daß Teje sich über die Wahrheit seiner Vision schlüssig wurde. Derlei Dinge gingen über ihr Verständnis hinaus, und sie wußte es. In den langen, feuchten Nächten konnte sie sich nur sagen, daß das Reich noch unversehrt war, daß noch immer ein Pharao auf dem Stufenthron saß und sie immer noch Regentin war, eine Stellung, die Nofretête ihr niemals entreißen könne. Doch das Gefühl, Pharao, das Reich und ihre eigenes Schicksal würden an einem dünnen Faden hängen, überfiel sie immer wieder, und oft träumte sie des Nachts vom Totengericht und der Feder der Ma'at, die sich langsam auf die Waagschale senkte.

An einem dunstigen, heißen Tag standen Amenhotep, Nofretête und Taduchipa im Schatten des ersten Pylons vor Pharaos Aton-Tempel. Eine wohltuende Brise, die von dem steigenden Fluß herüberwehte, preßte ihnen ihre hellen Leinengewänder gegen die Beine und ließ die weißen Fahnen hoch über ihnen flattern. Rechts und links standen die Fächerträger mit Straußenfedern in den Händen und abgewandtem Gesicht. Amenhoteps Erster Prophet war tief gebeugt, den Blick auf die Rolle mit den Gesängen gerichtet, die ein Akolyth ihm hinhielt, und seine Stimme wurde vom Wind verweht. Amenhotep deutete auf den jetzt gepflasterten Vorhof.

«Schön, daß er jetzt fertig ist, aber die Arbeiter haben lange gebraucht», beklagte er sich. «Mein Palast ist nicht fertig, der Garten und die kleinen Schreine auch nicht, die den Tempel umgeben sollen. Ich bin nicht zufrieden.» Er blickte hinüber zum Tempel der Mut, der einen kurzen Mittagsschatten warf. In respektvoller Entfernung hatten sich Amun-Priester und Tempeltänzer zusammengeschart, den Kopf zwischen den ausgestreckten Armen, die Knie gebeugt. «Wie kann ich hier beten, wenn ich mich jeden Tag auf dem Weg ins Heiligtum an diesen Quacksalbern vorbeitragen lassen muß?» murrte er. «Ich werde Befehl geben, daß sie sich nicht sehen lassen dürfen, wenn ich komme.» Seine letzten Worte gingen unter im plötzlichen

Ausbruch gellender Hörner, die von allen Tempeln erschallten. Taduchipa hielt sich die Ohren zu, und Nofretête verzog das Gesicht.

«Es ist Mittag», sagte Nofretête. «In meinem eigenen Tempel, selbst vor meinen Altären, höre ich das Singen und Schütteln der Sistren aus Amuns Tempelbezirk, ganz zu schweigen von dem Tanzen, das unaufhörlich im Tempel von Chons vor sich geht. Wie können da meine Gebete erhört werden?»

Er lächelte, beugte sich herunter und küßte sie auf den Mund. «Deine Gebete werden erhört, das versichere ich dir, Majestät.»

«Bist du nicht glücklich über dieses schöne Gebäude, Großer Gott?» Taduchipa sah schüchtern zu ihm auf, und er zog sie an sich, legte gleichzeitig einen Arm um Nofretête und drückte beide an seine eingefallene Brust.

«Ich bin glücklich darüber, kleine Kia, aber ich frage mich jetzt, ob ich es überhaupt hätte errichten sollen. In den Tagen meiner Unvollkommenheit habe ich den Tempel in Auftrag gegeben. Mein Urteilsvermögen war, obwohl ich es gut meinte, beeinträchtigt. Weit weg von Karnak hätte ich ein Gelände wählen sollen, wo der Aton in Frieden verehrt werden könnte, aber ich war bestrebt, dem Gott einen Platz im geheiligten Gebiet einzuräumen. Doch nun glaube ich nicht mehr, daß er das will. Die Nähe von Amun ist eine Beleidigung für ihn.»

«Willst du die Arbeit hier einstellen?» fragte Nofretête überrascht. «Willst du auch an deinem Palast nicht weiterarbeiten lassen?»

Amenhotep warf ihr einen forschenden Blick zu. «Vielleicht. Ich habe darüber noch nicht nachgedacht, aber es wäre angenehm, fern von unfreundlichen Augen zu leben und zu beten», erwiderte er. «Laß uns unsere Andacht verrichten, Prophet!»

Die leise geführten Gespräche des Gefolges verstummten. Die Sänften wurden gesenkt, damit das königliche Trio Platz nehmen konnte. Der Prophet fiel auf die Knie, zog ehrfurchtsvoll die goldenen Sandalen von Pharaos Füßen und legte sie in den Kasten. Die Akolythen füllten die Weihrauchgefäße, und während die Soldaten ausschwärmten, wurden die Sänften durch den Vorhof in das Allerheiligste getragen, wo Amenhotep die Stufen erklomm und feierlich die Huldigung der beiden Frauen entgegenahm.

In den folgenden Tagen beschäftigte sich Amenhotep immer wieder mit dem Gedanken, woanders einen neuen Aton-Tempel zu bauen, und wenn sie allein waren, sprach er oft mit Nofretête darüber.

«Das Orakel des Rê würde befragt werden müssen, um einen geeigneten Standort zu bestimmen», sagte er eines Nachmittags zu ihr, als sie Hand in Hand um den See schlenderten, «aber ich bin sicher, er könnte einen finden, der heilig genug ist. Wir müssen es allerdings heimlich planen. Ich möchte die Große Königsgemahlin nicht beleidigen.»

Nofretête warf einen Blick auf sein bekümmertes Gesicht. «Teje wird durch die Errichtung eines weiteren Tempels nicht beleidigt. Bauvorhaben werden dauernd durchgeführt. Aber wenn ein Bauplatz weit weg von Theben gewählt wird und du beschließt, dort zu leben und dort zu beten, dann wird sie bestimmt wütend sein.» Nofretête zog an seiner Hand, so daß er stehenblieb, und trat vor ihn. «Aber es wird keine Rolle spielen, lieber Amenhotep. Was wird sie schon tun können? Du bist Pharao, und dir darf keiner widersprechen. Ich werde dich unterstützen, im Verein mit allen deinen Ministern und Anbetern.»

Er nahm ihr Gesicht in beide Hände. «Meine getreue Nofretête», sagte er gefühlvoll. «Der Aton ist gerührt über solche Ergebenheit. Viele Höflinge sind noch nicht bereit, in ihm ihren einzigen Gott zu sehen, aber du hast keine Zweifel, nicht wahr? Kannst du dir vorstellen, wie es wäre, unsere Zeit immer so zu verbringen, fern vom Geschwätz von Theben, von der Feindseligkeit von Karnak, von der Beurteilung durch unsere Untertanen?»

«Das wünsche ich mir mehr als alles andere», erwiderte sie und überließ sich seiner Umarmung, «aber wenn es ein solches Glück geben soll, dann mußt du das Orakel bitten, einen weit von Malkatta entfernten Ort zu billigen, sonst hast du überhaupt keinen Grund, einen neuen Palast zu bauen.»

Sie schwammen zusammen, fütterten die Vögel mit Brot und lachten über die Possen der Affen, aber bei all seiner guten Laune spürte Nofretête die Geistesabwesenheit ihres Mannes, und er griff auch bald ihr letztes Gesprächsthema wieder auf. Sie waren in die Kinderzimmer gegangen und spielten mit Mehet-Aton und Beket-Aton, während Semenchkarê in einer Ecke saß und Merit-Aton beim Aufziehen von Perlen half. «Angenommen, ich bringe diese Sache wirklich in Gang», sagte er zu Nofretête, während die beiden Prinzessinnen, die er mit klebrigen Süßigkeiten fütterte, vor Begeisterung jauchzten, «dann wird das eine große Unbequemlichkeit für alle ausländische Botschaften in Malkatta bedeuten, ganz zu schweigen von den Ministern, die einen weiten Weg zurücklegen müssen, um mich zu sehen. Es wäre besser . . .» Er zögerte und nahm die beiden kleinen Mädchen auf seinen Schoß.

«Es wäre besser, die ganze Hauptstadt von Ägypten zu verlegen», beendete Nofretête den Satz. Sie blickte hinüber zu Semenchkarê und Merit-Aton, die in ihre Aufgabe vertieft waren. «Ich bin einverstanden.»

Amenhotep zog sanft seine goldene Halskette von Mehet-Atons Mund weg. «Ich könnte es nicht tun», flüsterte er Nofretête über die Köpfe seiner Töchter hinweg zu. «Meine Mutter würde nicht mehr mit mir sprechen.»

Nofretête winkte den Kinderfrauen, die außer Hörweite warteten, und die Prinzessinnen wurden vom Schoß ihres Vaters aufgehoben und unter Protest weggetragen. «Du läßt dich schon zu lange von ihr einschüchtern, Amenhotep», sagt Nofretête leise. «Sie will auf immer die Herrschaft über Ägypten ausüben. Aber du bist der Aton, der Schöne Gott. Sie kann sich dir nicht widersetzen.»

Amenhotep lächelte matt. «Ich fühle mich so stark, wenn ich mit dir zusammen bin, Nofretête. Willst du mich zum Orakel begleiten?»

Nofretête stand auf. «Es wird mir eine Ehre sein. Nun komm und sprich mit Merit-Aton, sie wartet schon darauf, daß du ihr Aufmerksamkeit schenkst.»

Nofretête wechselte einige Scherzworte mit ihrer Tochter und stand dann aufmerksam dabei, als Pharao höflich sein Entzücken über die Kette äußerte, die Merit-Aton und Semenchkarê geknüpft hatten, und mit ihr plauderte. Das Orakel muß bald befragt werden, dachte Nofretête, ehe Amenhotep den Mut verliert, und ich muß ihm sagen, daß ich wieder schwanger bin. Das wird uns noch enger aneinander binden. Es ist ein unerhörtes Wagnis, auf das wir uns einlassen, aber wenn alles gutgeht, werde ich ihn endlich dem Einfluß der Großen Königsgemahlin entziehen können. Dann werden wir sehen, wer in Ägypten herrscht.

Die Ankündigung erfolgte Mitte Phamenat, des kühlen, farbgetupften Monats, in dem das Summen der Bienen um benetzte Blumen, die im Wind wogenden Ährenfelder und die Verspieltheit neugeborener Tiere selbst den abgestumpftesten Höfling in einen Optimisten verwandelten. Teje und Amenhotep saßen zur Stunde der Audienz unter dem großen goldenen Baldachin. Nofretêtes kleiner silberner Thron stand an Pharaos linkem Fuß. Lotosblüten aus Rosenquarz waren auf Nofretêtes taillenlange Perücke aufgenäht, und eine Weinrebe mit kleinen silbernen Blättern schlang sich um die Kobra auf ihrer Stirn. Es waren Reden in ungewöhnlicher Zahl anzuhören und Delegationen zu empfangen gewesen, aber die Audienz näherte sich schließlich ihrem Ende.

Nach einem Blick auf Amenhotep, den er nicht erwiderte, hatte Teje eine Hand gehoben, um die Sitzung für beendet zu erklären, da erhob sich ihr Sohn plötzlich. Stille trat ein.

«Ich habe zwei Entscheidungen gefällt, die euch alle betreffen werden», sagte er rasch und hielt Krummstab und Wedel über seinem Hängebauch gekreuzt. «Ich spreche als Aton, der Herrliche. Rês göttlicher Geist hat mich angewiesen, einen neuen Namen zu wählen. Der alte schließt den Namen eines falschen Gottes ein, und ich lehne ihn ab. Von jetzt an bin ich Neferchepprurê Wa-em-Rê Echnaton, der Geist des Aton. Meiner Königin verleihe ich den Namen Nefer-neferu-Aton, Groß ist die Schönheit des Aton, als Zeichen meiner Liebe zu ihr und ihrer Treue zu unserem Gott. Herolde, Schreiber und Ausländer, nehmt es zur Kenntnis.» Niemand rührte sich. In tiefem Schweigen saßen die Fürsten und Edlen da, und alle Augen waren auf Pharao gerichtet. Teje bemerkte, daß er ihr einen verstohlenen Seitenblick zuwarf, ehe er sich wieder der Menge zuwandte. «Meine zweite Entscheidung ist ebenso unwiderruflich. Ich verlege die Hauptstadt Ägyptens und den Sitz der Regierung von Malkatta an einen Ort, den der Gott gewählt hat, vier Tagereisen flußabwärts. Theben, Karnak und Malkatta sind Orte, wo es nach Täuschung und falscher Religion riecht. Der Aton wünscht eine Heimstatt, die allein die seine ist. Ich breche morgen dahin auf, um die heiligen Schnüre für die Grenzen auszulegen.» Ein Seufzer der Ungläubigkeit entrang sich den Anwesenden, dann trat atemlose Stille ein, bis einer der Sonnen-Priester zu klatschen begann. Seine Amtsbrüder taten es ihm gleich, brachten lachend und singend ihren Beifall zum Ausdruck, und bald erkannten die Höflinge, daß es ratsam sei, sich ihnen anzuschließen. Lächelnd hob Amenhotep Krummstab und Wedel. «Diejenigen, die in der Wahrheit leben, sind in meiner neuen Stadt willkommen», erklärte er. «Der Morgen eines neuen und glorreichen Zeitalters für Ägypten bricht an. Die Nacht der Lügen ist vorbei.» Eilig stieg er vom Thron herunter, nahm Nofretêtes Arm, schritt durch die anbetend daliegenden Körper und zur Tür hinaus.

Teje bewahrte die Fassung, bis Pharao gegangen war, und schlüpfte dann durch die hintere Tür. Sie packte ihren Herold am Arm und unterstrich ihre Worte mit heftigem Schütteln. «Hole mir sofort Eje. Ich will ihn binnen einer Stunde in meinen Räumen sehen. Schicke einen Boten nach Memphis zu Haremhab. Er soll das Kommando seinem Stellvertreter übertragen und sich schleunigst bei mir einfinden. Sage Pharaos Ministern, daß ihnen die Todesstrafe droht – Todesstrafe, hast du verstanden? –, wenn sie nicht morgen früh in ihren Amtsräumen sind, um mit mir zu sprechen. Warum stehst du noch da?»

Der Mann verbeugte sich und rannte los, die Eindrücke ihrer Fingernägel noch auf dem Arm. Hinter ihr wartete der Bewahrer der königlichen Insignien mit dem zur Aufnahme seiner geheiligten Last bereits geöffneten Kasten. Teje riß sich die Krone vom Kopf und warf sie ihm mit solcher Wucht zu, daß er beim Auffangen nach hinten taumelte. Mit geflüsterten Gebeten an die Magie der Krone leistete er Abbitte und legte sie liebevoll in den Kasten. «Ich schäme mich nicht, meinen Unwillen zu zeigen», schrie Teje den unglücklichen Priester an. «Tu das nutzlose Ding weg, aber merke dir: Unter keinen Umständen darfst du es Königin Nofretête aushändigen, ehe du nicht mit mir Rücksprache genommen hast. Jetzt bring es weg, sonst werfe ich es noch in den See.» Er starrte sie entsetzt an, verbeugte sich rasch und floh.

Eje holte sie ein, als sie den zu ihren Räumen führenden Korridor betrat. Er verbeugte sich flüchtig, folgte ihr in ihr Empfangszimmer und wartete darauf, daß sie spreche. Eine lange Weile vermochte sie es nicht. Nach Atem ringend, kehrte sie ihm den Rücken; sie hatte die Fäuste geballt und schlug sich auf die weißbekleideten Hüften. Zu guter Letzt ging er zu ihr, nahm ihr die Lockenperücke ab, fuhr ihr mit der Hand beschwichtigend durch das lange Haar und massierte ihre verkrampften Nackenmuskeln. Sie entzog sich ihm und drehte sich um.

«Hast du es gehört?»

«Ja, ich war mit dem Chatti-Botschafter hinten im Saal.»

«Ein Undankbarer! Eine Viper! Schlange des Apophis! Ich habe ihm alles gegeben. Alles, Eje, sogar meinen Körper! Theben war ein verschlafenes, armseliges Dorf mit Lehmhütten, bis die Fürsten unserer Dynastie es ausschmückten. Das Volk weiß das, es will die Stadt nicht wieder in Bedeutungslosigkeit versinken sehen, es wird Aufstände geben. Weiß er denn nicht, daß er Wut heraufbeschwört . . .»

«Pst!» sagte Eje und unterbrach ihren Redefluß. «Du hast ein lückenhaftes Gedächtnis, Majestät, wenn du glaubst, du habest irgendeinen anderen Grund als Berechnung gehabt, als du ihm deinen Körper gabst. Darf ich dich auch daran erinnern, daß unsere Dynastie, wie du dich ausdrückst, erst vor weniger als zwei Hentis begann, nämlich als unser Vater, ein gefangener Krieger, nach Ägypten kam. Was Aufstände betrifft, so ist unser Heer durchaus imstande, einige zu unterdrücken. Und Theben haßt du sowieso.»

«Er hat es mir nicht gesagt!»

«Aha!» Er lächelte mitfühlend. «Natürlich hat er es dir nicht gesagt. Wie hätte er das tun können? Er muß Qualen ausgestanden haben bei dem Gedanken, dir mit einer solchen Neuigkeit unter die Augen zu treten. Laß deinen verletzten Stolz beiseite und sieh dich selbst an, Teje, und mich. Es ist Zeit, ein wenig, ein ganz klein wenig von Ägypten der nächsten Generation zu überlassen.»

Ihr Gesicht war noch gerötet, und eine Ader trat an ihrer Schläfe hervor. «Wenn er den besonderen Schutz der Götter genießt, können wir ihn durch Semenchkarê ersetzen.» Sie bediente sich der verhüllenden Umschreibung für Geisteskranke, denen niemand ein Leid tun durfte.

«Ich glaube nicht, daß er verrückt ist, wenn ich auch glaube, daß solche Zustände von Zeit zu Zeit über ihn kommen. Jedenfalls wäre es schwierig, diese Behauptung dem Volk gegenüber zu beweisen. Er ist kein grausamer Gott. Er hat keine Kriege geführt, keine ausländischen Könige beleidigt, er ist zeugungsfähig, er verehrt das, was er die Wahrheit nennt. Vielleicht ist das nicht die Ma'at, aber es ist auch nicht direkt frevlerisch. Laß ihn ziehen, Teje. Theben ist zu fest begründet, um Schaden zu nehmen. In Karnak und Malkatta wird Frieden herrschen, wenn er nicht mehr da ist, hast du daran gedacht?»

«Ich will nicht, daß das Machtzentrum nicht mehr in Malkatta ist, wo ich alles übersehen kann.»

«Das ist nicht wichtig. Das Reich behauptet sich unter dem System, das dein Gemahl Osiris Amenhotep geschaffen hat.»

«Er ist grotesk, eine Beleidigung!» Ihr Ton war beißend, unbarmherzig. Sie ging zum Thron und nahm den Weinkrug auf, der dort immer gefüllt stand, und schenkte ihnen beiden ein. Als Eje seinen Becher genommen hatte, hatte sie den ihren schon geleert und füllte ihn wieder. «Es gibt zwei Möglichkeiten, wie ich vorgehen kann», sagte sie. «Entweder füge ich mich ihm in allem und hoffe darauf, daß er seiner Dummheit schließlich überdrüssig wird. Oder ich bekämpfe ihn mit allen mir zur Verfügung stehenden Mitteln.»

«Du würdest im zweiten Fall verlieren. Jeden deiner Befehle kann er wieder umstoßen, dessen bist du dir bewußt. Willst du einen Pharao vergiften, Teje?»

Sie zuckte die Schultern, hob ihren Becher und prostete ihm spöttisch zu. «Warum nicht? Ich bin besser für Ägypten als er.»

«Oh? Ich finde es bewundernswert, wie leicht es dir fällt, dich selbst zu rechtfertigen. Ich möchte dir auch nicht vorenthalten, daß ich beschlossen habe mitzugehen, wenn der Hof verlegt wird!»

Teje hustete und spuckte ihren Wein aus. «Was?»

Er erwiderte ihren entsetzten Blick vorsichtig. «Es handelt sich nicht darum, Partei zu ergreifen. Du weißt, daß ich dich liebe, daß du und ich nie Geheimnisse voreinander hatten. Aber, Teje, ich will mein Leben nicht damit beenden, daß ich in einem verfallenden Palast von alten, herrlichen Zeiten schwatze. Ich bin ein vielseitig begabter Mann und beabsichtige, von meinen Talenten Gebrauch zu machen, bis ich sterbe.»

«Was für ein hübsches Bild meines Endes beschwörst du da herauf», gab sie sarkastisch zurück. «Du findest vermutlich, ich sollte mein Bündel ebenfalls schnüren und meinem verrückten Sohn in irgendein gottverlassenes Kaff folgen?»

«Ja, der Meinung bin ich. Du unterschätzt den Einfluß, den du noch auf Amenhotep hast. Du übst eine beruhigende Wirkung auf ihn aus.»

«Wie langweilig.» Sie stieg die Stufen zum Thron hinauf und setzte sich hin. «Wer hätte geglaubt, als mein Vater mich durch die Haremstüren führte, daß ich eines Tages nur noch eine beruhigende Wirkung ausüben würde. Laß mich allein, Eje. Siehst du nicht, daß ich leide?»

Er verbeugte sich sofort, stellte seinen halbvollen Becher neben den Krug und zog sich zurück.

Haremhab wird mich unterstützen, dachte sie, als sie Ejes aufrechtem, nacktem Rücken nachsah und die Tür sich leise hinter ihm schloß. Und Amenhotep mag ihn und wird auf ihn hören. Er muß diesen albernen Plan aufgeben. «Huya!» schrie sie gereizt, und der Hüter der Haremstüren erschien. «Ich möchte, daß Semenchkarê und Beket-Aton sofort aus dem Harem herausgeholt werden. Es ist mir gleich, wo du sie unterbringst. Das werde ich später entscheiden, und auch, welche neuen Erzieher sie bekommen sollen. Aber sie dürfen mit Nofretêtes Bälgern nichts mehr zu tun haben.» Nicht zum erstenmal war sie dankbar, daß in einem Harem des Pharaos die Hauptfrau das Sagen hatte.

«Ich verstehe, Göttin. Es wird ein Schlag für Prinzessin Merit-Aton sein.»

«Das weiß ich. Ich habe keine andere Wahl. Tue es.»

Ich glaube, ich werde in mein Schlafzimmer gehen und mich betrinken, dachte sie, als er gegangen war. Dafür bin ich nicht zu alt, Eje. Wein bringt oft Kopfschmerzen, aber auch einen guten Einfall. Sie stand mühsam auf. Warum ihn eigentlich nicht umbringen und endlich den Anspruch auf eine Tugend aufgeben, die ich nicht besitze? Ein Regierungssitz nach wer weiß wohin verlegt! Vier Tagereisen von Theben. Plötzlich stockte ihr der Atem. Sie wußte wohin, hatte es nur bis jetzt vergessen. Diese gottverlassene Gegend, wo sie damals auf ihrem Weg nach Memphis angelegt hatten, mit dieser bedrückenden vibrierenden Hitze. O nein, Amun, dachte sie, als sie die Stufen hinunter und durch die Halle schritt. Es wird meine schwachen, schlaffen Minister verrückt machen. Wenn er sich selbst in vollkommener Stille anzubeten wünscht, soll er Semenchkarê den Thron überlassen und sich in dieser verfluchten, glühenden Einöde vergraben wie die verrückten alten Priester, die sich rings um On in der Wüste niederlassen.

Wütend und erschreckt kam sie in ihr Schlafzimmer, das sie mit dem schwachen Moschusgeruch ihres Parfums, dem süßen Duft von Persea- und Lotosblüten und dem durch das offene Fenster hereindringenden Geruch von nasser Erde willkommen hieß. Aber es hing auch noch etwas weniger Willkommenes in der Luft, und als Teje erschöpft zu ihrem Bett ging, hatte sie ihren Sohn als Liebhaber vor Augen. «Piha, bring mir Wein», befahl sie mit versagender Stimme, «und schicke mir eine Sklavin zum Ausziehen. Ich gedenke den Rest des Tages im Bett zu verbringen.» Sie wußte, es war feige, aber es war andererseits so erleichternd, sich mit einem vollen Becher in der Hand zurückzulehnen, während ihre Gedanken vage wurden und ihr Magen sich entkrampfte.

Irgendwann im Laufe des langen, sich verdunkelnden Abends wachte sie auf und erinnerte sich, Pihas ernstes Gesicht an der Tür gesehen zu haben, die ihr sagte, Königin Nofretête ersuche um eine Audienz. Sie erinnerte sich trotz ihrer trunkenen Benommenheit auch, wie sehr ihre Antwort sie befriedigt hatte. «Sage Nofretête, sie soll sich in die Duat stürzen und da bleiben. Ich will sie nicht sehen.»

13

Obwohl sie verquollene Augen und Kopfschmerzen hatte, stand Teje kurz vor der Morgendämmerung auf und überließ sich ihren Zofen und Schminkmeistern, deren Berührungen sie kaum zu ertragen vermochte. Es fiel ihr schwer, auch nur einen Blick in ihren Kupferspiegel zu werfen, aber sie merkte, daß auch die Höflinge früh aus den Betten gekommen waren. In ganz Malkatta hörte man flüsternde Stimmen, schlagende Türen und gelegentlich einen verschlafenen Fluch, und als Teje mit ihrem Herold und den Leibwächtern ihre Gemächer verließ, beleidigte der Geruch von frisch gebackenem Brot und geschmortem Obst ihre Nase und verursachte ihr Übelkeit. Mit den ersten Sonnenstrahlen wehten dann und wann Klänge des Lobgesangs der Priester in den Garten, und in einem Anflug von Niedergeschlagenheit fragte sich Teje, wie Amuns Dienern wohl zumute sei, die für einen Pharao singen mußten, der immer taub sein würde für ihre altehrwürdige Weise der Gottesverehrung.

In dem Gebäude, in dem die Ministerien untergebracht waren, herrschte ebenfalls eine für die Tageszeit ungewöhnliche Betriebsamkeit. Pharaos Beamte waren, wenn überhaupt, selten vor dem späten Vormittag in ihren Amtsräumen. Viele, die ihre Pfründen als Bestechungsgeschenk oder als Lohn für bewiesene Treue erhalten hatten, hatten sich sofort tüchtige Mitarbeiter besorgt und widmeten ihre Zeit den dringenderen Anforderungen von Mode und Intrige. Aber heute warteten sie alle triefäugig und murrend auf das Erscheinen der Regentin, denn sie nahmen lieber eine Unbequemlichkeit als eine Bestrafung in Kauf.

Teje begab sich zuerst in das luftige Arbeitszimmer von Bek, Sohn des Men, Ingenieur und Baumeister. Men hatte unter dem Sohn des Hapu großartige Entwürfe für Osiris Amenhotep gemacht, und auch das Talent seines Sohnes war groß. Teje wußte, daß Bek seinen Posten verdient hatte. Er verbeugte sich tief, als sie angemeldet wurde. Sie bedeutete ihm, er könne sich hinsetzen, und er nahm hinter dem mit Schriftrollen, leeren Tintenfässern und Zeichenstiften übersäten Schreibtisch Platz. Ihr Fächerträger stellte ihren Klappstuhl auf.

«Ich nehme natürlich an, du hast Befehl von Pharao, ihn zu seinem Bauplatz zu begleiten», sagte sie nach einem Augenblick. «Sind deine Diener am Packen, Bek?»

Der junge Mann lächelte höflich. «Meine Untergebenen haben das Gelände schon vermessen, Majestät», erwiderte er, «und ich werde es später persönlich aufsuchen, wenn ich es allein mit meinen Schreibern abschreiten kann. Horus braucht mich nicht, um die Grenzen der Stadt festzulegen. Ich bin beauftragt, Entwürfe zu machen.»

«Sind deine Landmesser auf irgendwelche Schwierigkeiten gestoßen, was das Gelände angeht?»

Er senkte die dunklen Augen. «Nein, Göttin. Das Land ist eben. Sie haben ihre Arbeit in erstaunlich kurzer Zeit erledigt.»

«Was haben sie darüber gesagt?»

Er sah nicht auf, sondern ließ den Blick über die auf den Schreibtisch aufgehäuften Schriftrollen gleiten. «Nur daß der Sand zwar tief ist, den Maurern und Ingenieuren ihre Arbeit aber nicht schwerfallen wird.»

«Das habe ich nicht gemeint.» Die leise Stimme war scharf geworden.

Bek verhärtete sich. «Sie haben gesagt, daß die Hitze selbst in dieser Jahreszeit bedrückend war.»

Teje unterdrückte einen Seufzer. «Du bist ein treuer Diener deines Königs, und das ist löblich, aber wenn du Pharaos Wohlergehen wirklich wünschst, dann wirst du dein möglichstes tun, ihm diesen Plan auszureden. Die Landvermessung wurde, wie du sagst, in Eile durchgeführt. Es mögen Probleme bestehen, die übersehen wurden.»

Jetzt blickte er auf. «Mein Vater war sehr stolz auf seine Tätigkeit der Verherrlichung und Verschönerung von Ägypten», sagte er. «Das bin ich auch. Ich werde keine Schwierigkeit vertuschen, die auftauchen könnte, aber ich werde auch keine erfinden, die es nicht gibt. Ich versuche in der Wahrheit zu leben, wie mein Herr es mich gelehrt hat.»

«Bek», erwiderte sie nachsichtig, unwillkürlich gerührt über sein jugendliches Vertrauen auf ihres Sohnes fragwürdige Auslegung der Ma'at, «Wahrheit ist nicht immer sanft, sie kann letztlich verwunden und vernichten. Denke daran, wenn du an den Zeichnungen für Pharaos neue Stadt arbeitest. Du wirst ihm helfen, eine Wahrheit so anzuwenden, daß er sich selbst vernichtet.»

«Vielleicht.» Sein Ton war höflich, unverbindlich.

Teje stand auf, und er ebenfalls. «Deine Arbeit ist sehr harmonisch und schön», sagte sie, und Bek erkannte, daß sie ihm nicht schmeichelte. Er verbeugte sich.

«Mein Vater war ein guter Lehrer. Möge deine Majestät ein langes Leben haben.»

Sie nickte und ging hinaus.

In den nächsten Stunden suchte sie eine Amtsstube nach der anderen auf, verhandelte mit Echnatons sämtlichen Ministern und versuchte sie davon zu überzeugen, daß sie ihn von seinem Plan abbringen müßten. Sie besuchte sogar Ranefer, Ejes Stellvertreter. Sie stand vor den Ställen auf einer Matte, die für ihre reinen, weichen Sandalen ausgerollt worden war, während hinter dem Offizier die Pferde stampften und wieherten und der scharfe Geruch der Pferdeäpfel sie zusammenzucken ließ. Als sie dann wieder zu ihrer Sänfte kam und sich zu ihren Gemächern zurücktragen ließ, hatte sie zwei starke Eindrücke gewonnen, über die sie nachdachte. Der eine war das Überzeugungs- oder Verwirrungsvermögen der Lehre ihres Sohnes. Jeder ihrer Gesprächspartner hatte auf die eine oder andere Weise darauf Bezug genommen. Der andere Eindruck betraf die starken Bande, die Echnaton und Nofretête unbeabsichtigt zwischen sich und den jungen Männern geknüpft hatten, die sie seit der Zeit, als Amenhotep noch ein Prinz war, umgaben. Echnaton hatte sie bei seinem Aufstieg zur Macht mitgerissen, und sie waren noch jung genug, um Dankbarkeit zu empfinden.

Kurz vor der Mittagsstunde kam ihr Sohn zu ihr, um sich zu verabschieden. Höflich kniete sie nieder und küßte seine Füße, sich ihrer geschwollenen Augen und ihrer fahlen Gesichtsfarbe nach dem Weinguß des Vorabends wohl bewußt. Er hob sie auf und küßte sie auf die mit Gold geschmückte Stirn. Er war so offenkundig schuldbewußt, so erpicht auf ihre Zustimmung, daß sie die scharfen Worte, die ihr auf der Zunge lagen, unterdrückte. Vielleicht würde er, wenn er die Gegend wiedersah, anderen Sinnes werden. Vielleicht würde sich deren Reiz inzwischen verringert haben.

«In vierzehn Tagen komme ich zurück», sagte er. «Ich hoffe, liebe Mutter, du wirst dann beschlossen haben, ebenfalls in meine heilige Stadt zu ziehen.»

«Der Bau wird Jahre erfordern», erwiderte sie unverbindlich. «Fährt Eje mit dir?»

«Er muß. Meine Pferde und Wagen werden gebraucht.» Er zögerte, konnte sich offenbar nicht schlüssig werden, ob er noch bleiben oder sie verlassen sollte, und da sie ihn bekümmert sah, legte sie den Arm um ihn.

«Mögen deine Fußsohlen fest sein, Echnaton.»

Er umarmte sie, gerührt, daß sie seinen neuen Namen gebraucht hatte. «Ich liebe dich, meine Mutter.»

Es war wie eine Wiederkehr vergangener Zeiten, ihm so nahe zu sein, die Wange an seine knochige Schulter zu legen, seinen Atem auf ihrem Haar zu spüren. Tränen der Trauer und Ermattung verschleierten ihre Augen. Sie preßte die Lippen auf seinen Nacken. «Du solltest aufbrechen», sagte sie unsicher. «Mein geliebter Sohn, mein armer Prinz. Geh!» Mit einem herzlichen Lächeln nahm er Abschied.

Ein Seufzer der Erleichterung ging durch den Palast, als das letzte der Pharao begleitenden Boote den Blicken entschwand. Das Tempo des Lebens verlangsamte sich, und Malkatta überließ sich für eine kurze Weile wieder der genießerischen Heiterkeit verflossener Zeiten. Bei den Festmählern herrschte laute Fröhlichkeit, in den sonnendurchglühten Stunden des Tages dagegen lässige Trägheit. Als wollten sie ihre Freiheit erproben, überquerten die Höflinge den Fluß und machten sich in größerer Zahl zum Amun-Tempel in Karnak auf, als die Priester seit Jahren gesehen hatten, und sie beteten mit einer Inbrunst, die sowohl die Gottesdiener als auch die neuen Gläubigen selbst überraschte.

Teje kam es vor, als habe sie eine lange Krankheit überstanden und erhole sich jetzt. Sie ließ ihre Goldschmiede kommen und verbrachte einen Tag damit, neue Ohrringe, Pektorale und Fußspangen auszuwählen. Sie bestellte ein Dutzend neuer Gewänder. Zusammen mit Semenchkarê begab sie sich zum Totentempel von Amenhotep III., brachte Speiseopfer und Blumen dar und verbrannte Weihrauch. Sie sorgte für neue Unterkünfte für Semenchkarê und Beket-Aton und für neue Erzieher aus dem Haus der Schreiber in Karnak. Zum erstenmal seit vielen Monaten sah sie ihren Sohn prüfend an und fand bei ihm seines Vaters volle Lippen und mandelförmige Augen, obwohl die des Jungen heller waren. Er hatte auch Amenhoteps selbstbewußten, königlichen Gang geerbt. Aber er war noch zu jung, um Charakterzüge an den Tag zu legen, die sie als die ihres ersten Mannes hätte erkennen können. Seine Gesprächigkeit wurde oft unterbrochen durch lange Phasen stummen Grübelns. Ob er wirklich nachdachte oder einfach das Interesse verlor und sich nicht mehr konzentrieren konnte, wußte Teje nicht. Er konnte auch widerspenstig sein, wenn er wollte. «Ich will Merit-Aton wiederhaben», forderte er eines Tages, als sie in Tejes am Ufer verankerten Boot saßen. Er ließ eine Angelschnur über Bord hängen und hielt sie nachlässig in einer Hand, als er sich auf seinem Elfenbeinstuhl halb zu seiner Mutter umdrehte. «Ich muß ihr fehlen. Ganz allein meine Hausaufgaben zu machen ist langweilig, und ich hasse Beket-Aton. Sie quengelt immer, wenn ich nicht mit ihr spiele.»

«Das liegt einfach an ihrem Alter», meinte Teje. «Sie ist erst zwei, Semenchkarê. Merit-Aton hat in dem Alter auch gequengelt.»

«Nein, sie hat bloß geschmollt. Und woher willst du überhaupt wissen, wie sie damals war? Du kamst nur ins Kinderzimmer, um Beket-Aton zu sehen, und dann bist du gleich wieder zu meinem Bruder gestürzt, dem König.» Er zog die Angelschnur mißmutig hin und her. «Pharao hat Merit-Aton und Mehet-Aton auf seine Fahrt flußabwärts mitgenommen, und ich wollte auch mitfahren, aber du hast mich nicht gelassen. Sie haben alle viel Spaß zusammen.» Er schob aufsässig die Unterlippe vor und schüttelte den Kopf, so daß die Jugendlocke nur so flog.

Teje zog ihre nackten Füße in den Schatten des Sonnendachs. «Ich bin ja auch nicht mitgefahren», bemerkte sie, und er hob unverschämt beide Ellbogen.

«Pharao wollte dich nicht dabei haben, darum.»

«Sagen das die Diener, oder bist du zu diesem Schluß selbst gekommen? Jedenfalls bist du ein frecher, verwöhnter kleiner Prinz», fauchte sie. «Wie lange ist es her, daß dir dein Lehrer eine Tracht Prügel versetzt hat?»

«Meine Lehrer haben mich nie geprügelt. Ich drohe ihnen, wenn sie es versuchen. Und ich bin ganz allein zu dem Schluß gekommen, daß Pharao dich gern hier gelassen hat.»

«Ich sehe, daß in den Kinderzimmern nicht ausreichend Disziplin herrscht. Du wirst vielleicht eines Tages Pharao sein, Semenchkarê. Du mußt wissen, wie es ist, ein gewöhnlicher Sterblicher zu sein, ehe du die Freuden der Göttlichkeit erfährst.»

Das altkluge Kind fluchte leise vor sich hin. «Ich wette um meinen neuen Fischanhänger, daß du nie geprügelt worden bist, meine Mutter.»

«Doch. Dein Onkel Eje hat mich einmal verprügelt und mir oft Ohrfeigen verpaßt, weil ich eigensinnig war und nichts von ihm lernen wollte.»

Ein langes Schweigen folgte, und Teje vermutete, daß er keine Notiz von ihr nahm. Schläfrig schloß sie halb die Augen und ließ ihr Gesicht vom lauen Wind liebkosen.

Aber nach einer Weile sagte er: «Das ist etwas anderes. Du bist eine Frau. Werde ich wirklich eines Tages Pharao?»

«Ich bin die Große Königsgemahlin und Göttin und lasse mich von niemandem beleidigen», fuhr sie ihn an. «Jetzt sei still und angle. Ich will schlafen.»

Übellaunig versetzte er dem Boot einen Fußtritt und machte seinen Gefühlen Luft, indem er seinem schweigenden Sklaven die Zunge herausstreckte. «Ich will nicht mehr angeln. Ich will schwimmen.»

«Nicht ohne deinen Lehrer. Dein Beinschlag ist noch nicht kräftig genug.»

«Wenn ich Pharao bin, tue ich, was ich will.»

«Wahrscheinlich», erwiderte Teje, schon fast eingeschlafen. Semenchkarês schlechte Laune legte sich, und sie sah, daß er seine Angelschnur einholte und sich unter sein Sonnensegel setzte, um Sennet zu spielen.

An dem glücklichen Tag, an dem die Grenzen seiner neuen Stadt in aller Form festgelegt wurden, hatte Echnaton auf die eng anliegenden, gefältelten Frauengewänder, die er immer mehr bevorzugte, verzichtet und einen kurzen weißen Männerschurz angelegt. Um den schlanken Hals trug er schwere goldene Ringe und auf der Brust ein Pektoral aus Amethyst, das die Sonnenscheibe zeigte, umschwirrt von silbernen Bienen. Über dem stark geschminkten Gesicht ragte eine hohe blaue Krone auf, an der Kobra und Geier befestigt waren. Die Hände, die die Zügel des Streitwagens aufnahmen, waren fast unsichtbar unter den Ring-Skarabäen und Kartuschen und den lose an seinen Handgelenken hängenden Amuletten. Hinter ihm lehnte sich Nofretête an die glänzenden Seiten des Fahrzeugs; sie sah strahlend aus in hellem Königsblau. Kleine Krummstäbe und Wedel hingen an ihrem Gürtel, und zwischen ihren blau geschminkten Brüsten fletschte eine sich aufbäumende Sphinx aus Lapislazuli die Zähne. Ihre Krone war ein seltsamer, konischer Helm des Sonnengottes, der ihr ganzes Haar verbarg, was die Makellosigkeit ihrer Gesichtszüge betonte. Doch nahm ihr das etwas von ihrer Weiblichkeit und verlieh ihr einen strengen Ausdruck, der etwas von der Widerspenstigkeit verriet, die sich in ihrem Charakter immer mehr abzeichnete. Merit-Aton, blaue und weiße Bänder in ihrer Jugendlocke und nackt unter einem lose fallenden Umhang mit emaillierten Henkelkreuzen, hielt die beringte Hand ihrer Mutter, während die kleine Mehet-Aton auf dem Boden des Streitwagens saß und mit einer Hand an der goldenen Sandale ihres Vaters zupfte und mit der anderen ein Glöckchen schwenkte, das Teje ihr geschenkt hatte. Hinter Pharaos Streitwagen warteten andere, in denen perückentragende und geschminkte Würdenträger saßen und unter den Schutzdächern ihrer Fahrzeuge schwitzten. Es war Vormittag, und da die umgebenden Felsen den Wind abhielten, brannte die Sonne gnadenlos auf den Sand und wurde nach oben reflektiert auf aufbegehrende Haut.

Echnaton blickte sich noch einmal um, während er auf Ejes Zeichen wartete. Das Wasser rann am Metallband seines Helms entlang und tropfte an seinem juwelengeschmückten Ohr vorbei in den Nacken. Seine Augen glitten über den unbefleckten weißgoldenen Sand, der sich schimmernd vom glitzernden Blau des Nil zu seiner Rechten bis zu den aufgetürmten Felsen zu seiner Linken erstreckte. Vor ihm, in den Hitzewellen flimmernd, endete die Felsenkette acht Meilen entfernt, wo sie auf den Fluß traf, und ihre Höhen hoben sich braun und scharf von dem kräftigen Blau des Himmels ab. Obwohl die wartenden Höflinge leise lachten und sich unterhielten, wurde jedes menschliche Geräusch durch die seit eh und je hier herrschende geheimnisvolle Stille gedämpft. Einige der Höflinge blickten beklommen drein, weil sie den Eindruck hatten, irgendein Wesen beobachte die Eindringlinge, aber die meisten waren unbeschwert und sehnten das Ende der Zeremonie herbei, damit sie in die prächtigen Zelte zurückkehren könnten, die Pharao hatte aufstellen lassen. Echnaton erwiderte das Zeichen seines Onkels. Er drehte sich um und lächelte Nofretête zu, die ihm einen Kuß auf die hennagefärbten Lippen drückte.

«Ein neuer Anfang», sagte sie mit glänzenden Augen. «So wurde es verfügt.»

«Ja», stimmte er zu, während seine Pferde eine Sekunde mit dem Sand zu kämpfen hatten, der die Speichenräder des goldenen Streitwagens behinderte, bis er sich dann mit einem Ruck in Gang setzte. «Von diesem Ort, geheiligt durch meine Anwesenheit, wird sich die Verehrung des Aton über die ganze Welt verbreiten.» Hinter ihm setzte sich der glitzernde Zug in Bewegung. Mehet-Aton quietschte vor Vergnügen und hielt sich mit beiden pummeligen Armen am Unterschenkel ihres Vaters fest. Merit-Atons ernster Blick war auf seinen Rücken gerichtet.

Den ganzen Tag folgten die Edlen und Fürsten Ägyptens, die immer mehr von Hunger und bald von rasendem Durst geplagt wurden, dem Streitwagen ihres Gottes langsam auf einer Rundfahrt entlang den Felsen. In gewissen Abständen waren tragbare Altäre aufgestellt. Wenn Echnaton und seine Familie sie erreichten, zündete der dort wartende Priester Weihrauch an und warf sich auf den glühendheißen Sand, während Pharao ausstieg und sein Prophet aus dem ihm folgenden Streitwagen herankam und ihm und dem Aton, der den Himmel mit demselben Geist befeuerte, wie er Pharaos Körper erfüllte, Opfer darbrachte. Als die achte und letzte Opfergabe in Flammen aufgegangen war, hatte sich die Sonne aus blendendem Weiß in ein dunkles Rot verwandelt und versank über dem Fluß. Fröhlich flackerten zwischen den Zelten und der Flottille vertäuter Boote Feuer, auf denen die Abendmahlzeit bereitet wurde. Die abgekämpften Höflinge jauchzten mehr aus unsäglicher Erleichterung denn aus Frömmigkeit, als sie sahen, daß Echnaton vor ihnen seinen Pferden die Peitsche gab und sie zum Galopp antrieb, denn der Streitwagen hatte endlich den festeren grauen Sand am Wasser erreicht. Schön ertönten im bleichen Zwielicht die Wohlklänge der Musikanten, und neben den einladenden Kissen auf den Teppichen warteten Diener mit Weinkrügen, die im Fluß gekühlt worden waren. Nachdem Echnaton vor seinem Zelt ausgestiegen war und Eje die Zügel übergeben hatte, blickte er hinüber zu der Stelle, wo die letzte Opfergabe noch brannte, ein unregelmäßig auflodernder Fleck roten Lichts. «Wo die Altäre standen, werde ich Stelen errichten lassen», sagte er zu Nofretête. «Ich habe viele abgelegene Felsspalten gesehen, dort könnten Königsgräber angelegt werden. Hast du das auch gesehen? Ich habe vor, die Leichen aller Mnevis-Stiere von On herzubringen und sie hier zu begraben und auch die Pflege und Verehrung der lebenden hier vornehmen zu lassen.»

«Eins nach dem anderen, mein göttlicher Gemahl», neckte ihn Nofretête. Nasses Leinen klebte ihr an der Haut, und Sandkörner hatte sich in den Halsfalten festgesetzt. «Ich will schwimmen, ehe ich esse, und trinken, ehe ich schwimme.» Sie rief die Kinderfrau, überließ ihr die Kinder und verschwand in ihrem Zelt. Echnaton aber ging nicht gleich zu seinen wartenden Sklaven, sondern blieb noch einen Augenblick draußen und atmete genüßlich die trockene Nachtluft ein.

Nachdem die offiziellen Zeremonien vollzogen waren, hatte Eje nicht mehr viel zu tun. Er vergewisserte sich, daß die Pferde gut getränkt wurden und ausreichend Schatten hatten, dann beaufsichtigte er die Arbeiter, die kleine Reparaturen an den Streitwagen ausführten. Er hätte den Wagenlenkern befehlen können, Schwenkungen in der Schlacht zu üben, aber er fand es einfach zu heiß für solche Anstrengungen. Eines Nachmittags begleitete er Pharao bei einem steilen Aufstieg zum Gipfel der das Gelände umgebenden Felsen, und während die Sänftenträger keuchten und die Leibwache sich mühte, die korrekte Anordnung einzuhalten, redete Echnaton ununterbrochen von seinem Traum für das öde Gelände, das sie alle überblickten, als sie oben angekommen waren. Benommen von Hitze und Durst hatte Eje einen Großteil von Echnatons Worten gar nicht richtig erfaßt, aber wenn er in den folgenden drei Tagen Freunde in ihren Zelten besuchte und sich mit ihnen unterhielt oder um Geld spielte, oder wenn er am glitzernden Fluß saß und unter seinem Sonnendach müßig die Zeit verbrachte, fiel ihm manches wieder ein, was Pharao gesagt hatte, und er begann über seine Zukunft nachzudenken. Echnaton hatte keinen Zweifel daran gelassen, daß er vom Oberaufseher aller Pferde des Königs erwarte, er werde seinen Wohnsitz in der neuen Stadt nehmen, und zum erstenmal in seinem Leben wußte Eje nicht, wem seine Loyalität gebührte. Als Schwager Amenhoteps III. hatte er sich in Fragen der Regierungspolitik manchmal entweder für die Anweisungen seines Königs oder für das Wohlergehen seiner Familie entscheiden müssen, aber das waren unbedeutende Angelegenheiten gewesen im Vergleich zu der Entscheidung, die ihm jetzt bevorstand. Obwohl es ganz einfach für ihn wäre, bei seiner Schwester in dem Provinznest zu bleiben, das Malkatta unvermeidlich werden würde, hatte er ihr gesagt, er wolle Pharao begleiten, und das war sein Ernst gewesen. Er war reich, er war mächtig, und er erfreute sich der Gunst seines Herrn. Konnte Teje es ihm zum Vorwurf machen, wenn er nicht bereit war, all das fahrenzulassen und auf die Möglichkeit zu setzen, daß Pharaos Unterfangen scheitern und sie schließlich doch als die bessere Herrscherin angesehen würde? Und wenn der Zwist zwischen Mutter und Sohn sich weiterhin vertiefte, war sein Platz dann nicht bei seiner Tochter und seinen Enkelinnen? Sie hatten doch gewiß ein größeres Anrecht auf ihn als Teje. Hätte sie die Entscheidung zu treffen, dachte er, als er mit halbgeschlossenen Augen dasaß, weil die Sonne auf dem glitzernden Wasser so blendete, dann würde sie nicht zögern, sich auf die Seite des Siegers zu schlagen. Sie glaubt, daß aus diesem Plan nichts wird, aber sie ist nicht hier, sie sieht die Priester nicht, die die Grenzen abstecken, und hört die Begeisterung ihres Sohnes nicht. Verzeih mir, Teje, aber ich muß dort sein, wo Pharao ist. Ich bin noch nicht alt genug, um es auf die Möglichkeit ankommen zu lassen, daß sein Plan scheitert. Ich werde dich nie hintergehen und dir nicht untreu werden, aber ich glaube, daß sich die Machtverhältnisse einfach verändert haben, und wenn du nicht zu Kompromissen bereit bist, wirst du die Macht nicht wiedererlangen.

Am vierten Abend ging er mit zweien seiner Wagenlenker am Fluß spazieren, als er ein kleines Regierungsschiff von Norden herankommen sah. Er ging zurück zum Anlegeplatz und wartete auf sein Eintreffen. Der Anruf von Pharaos Wachtposten wurde sofort beantwortet. Eine Rampe wurde ausgefahren, und ein hochgewachsener Mann mit einem blauen Helm sprang aufs Ufer; ihm folgte bald eine Frau und eine Schar von Dienern. Eje rannte hin, um sie zu begrüßen. «Haremhab! Was machst du denn hier? Und Mutnodjme!»

«Ich könnte dir dieselbe Frage stellen», sagte Haremhab. «Ich erhielt eine dringende Aufforderung, nach Malkatta zu kommen, und ich bin auf dem Weg dahin. Auf meinen Reisen gelingt es mir selten, nicht an diesem verfluchten Ort anlegen zu müssen. Was geht hier vor?» Er deutete auf die vielen Zelte, wo Pferde gefüttert wurden, Musik erklang und es erfreulich nach Gänsebraten roch.

«In Hörweite von Pharao bezeichnest du diesen geheiligten Boden lieber nicht als verflucht», erwiderte Eje und erzählte ihm rasch, was sich ereignet hatte, seit ihm der letzte routinemäßige Bericht geschickt worden war.

«Ich nehme allerdings an, daß du einen Boten auf dem Fluß verpaßt hast, sonst wüßtest du es. Mutnodjme, wie geht es dir?»

Sie drückte ihm pflichtschuldig einen Kuß auf die Wange. «Ich überlebe», sagte sie. «Das hier sieht aus wie ein großes Fest, vielleicht werde ich also nicht bloß überleben, bis ich nach Theben komme. Ist Depet hier? Gib mir Gold, Haremhab. Wenn sie da ist, wird sie würfeln wollen.»

Gutmütig gab Haremhab ihr einen Geldbeutel.

Sie hat sich nicht sehr verändert, dachte Eje liebevoll, nur ist ihr Gesicht schmaler, ihre Augen sind träger. «Wo sind deine Zwerge?» fragte er.

Sie zuckte die Schulter. «Einer ist aus dem Boot gefallen, als wir vor ein paar Monaten ein Fest auf dem Wasser feierten, und in dem Krach und Gelächter habe ich es nicht bemerkt. Er ist ertrunken. Der andere ist weggerannt. Ich habe in Nubien zwei neue bestellt, aber sie sind sehr selten. Schlagt das Zelt da drüben auf und kocht!» rief sie den Dienern zu. «Ich komme in drei Stunden zurück.» Sie schlenderte langsam davon.

«Werde ich bald wieder Großvater?» rief Eje hinter ihr her, und sie schrie über die Schulter: «Bestimmt nicht!»

Haremhab zog eine Grimasse und lächelte. «Ich glaube, sie ist glücklich und liebt mich auf ihre Weise. Meinst du, Pharao ist geneigt, mich zu sehen?»

«Da bin ich sicher.» Sie begannen am Ufer entlangzuschlendern. «Ich habe gehört, du hast einigen Ärger mit den Grenztruppen gehabt.»

Haremhab nickte. «Ohne klare Anweisungen von Pharao in militärischen Dingen ist es schwierig, Disziplin zu halten. Meine Hauptleute haben ein paar Soldaten beim Plündern von Booten und Hab und Gut in kleinen Dörfern und bei Viehdiebstählen erwischt. Die Leute hatten sich gelangweilt, aber das ist keine Entschuldigung. Ich habe den Rädelsführern die Nasen abschneiden lassen und die anderen nach Tjel verbannt. Osiris Amenhoteps Lustknabe war einer davon.»

Eje nahm die Mitteilung schweigend zur Kenntnis, verblüfft, daß noch jemand vom alten Regime am Leben war, als ob das vor vielen Hentis gewesen wäre, in einem anderen Zeitalter. So viel war seitdem geschehen.

«Ich bin erstaunt, daß er überhaupt noch lebt.»

Haremhab lachte. «Es hat uns alle verwundert. Er war ein zäher und übellauniger kleiner Bauernjunge und körperlich kräftiger, als ich es für möglich gehalten hätte. Aber Tjel wird einen Mann aus ihm machen. Es ist die grimmigste Festung im Reich.»

Eje dachte kurz an das wilde Gesicht und die rebellischen schwarzen Augen des Jungen, dann wandte er seine Aufmerksamkeit der wichtigeren Angelegenheit zu. Es stimmte, daß Pharao kein Interesse für den Zustand seines Heeres oder den Schutz seiner Grenzen bekundet hatte. Ich muß seine Erlaubnis erlangen, die Dinge selbst zu regeln, beschloß Eje und unterdrückte ein kurzes Aufflackern von Sorge. Ich habe mich bemüht, ihm nicht entgegenzuwirken, aber gewiß wird er einsehen, daß wir Unruhen sozusagen vor der Haustür nicht dulden können, denn die Ausländer werden das als ein Zeichen von Schwäche ansehen.

«Weiß Pharao, daß du Truppen bestrafen mußtest?»

«Ich habe eine Schriftrolle an den Schreiber für Aushebungen geschickt, und wenn er die Berichte liest, muß er es wissen.» Haremhab warf Eje einen Seitenblick zu. «Aber ich habe es sehr sorgfältig formuliert. Pharao hätte es zweifellos vorgezogen, wenn ich meine Leute mit Lotosblüten schlage und sie hinten ins Klassenzimmer verbanne.»

Eje lachte nicht, und Haremhab hatte nicht in scherzhaftem Ton gesprochen. Sie bahnten sich den Weg durch die schmausenden Höflinge und kamen zu Echnaton, der bei Nofretête saß.

Pharao war überglücklich, seinen Freund zu sehen; er umarmte und küßte ihn. «Wenn meine erhabene Person in meine neue Stadt übersiedelt, mußt auch du hier wohnen», verlangte er. «Der Oberbefehl an der Grenze ist ein kleiner Posten. Ich werde dir einen anderen Titel verleihen, damit ich dich jeden Tag sehen kann.»

«Deine Majestät ist gnädig», erwiderte Haremhab und verbeugte sich mehrmals, um zu verbergen, wie verlegen ihn der Kuß des Herrschers, durch den sein eigener Mund rot gefärbt war, und Echnatons Umarmung gemacht hatten. «Aber ich bin aktiver Soldat und wäre nicht glücklich, wenn ich in Müßigkeit lebte.»

«Du hast mir immer furchtlos die Wahrheit gesagt», lobte ihn Pharao. «Doch brauche ich dich dringend, und das ist wichtiger als dein Wunsch, glücklich zu sein. Von hier ist es nicht weit zum Delta, wenn du darauf bestehst, deinen Posten zu behalten, und ich bin sicher, daß Mutnodjme erfreut wäre, an den Hof zurückzukehren.»

«Es bleibt noch viel Zeit, solche Entscheidungen zu treffen, Geliebter», warf Nofretête rasch ein und legte ihm den Arm um die Taille. «Deine Mutter möchte vielleicht auf die eine oder andere Weise über Haremhabs Dienste verfügen.» Sie lächelte Haremhab an, und er erkannte Bosheit in ihrem Blick.

«Du hast recht.» Echnaton nickte und küßte sie. «Ich bin zu begierig, diejenigen zu belohnen, die mich lieben.»

«Ist denn der Zwist zwischen dem Gott und seiner Mutter so unüberbrückbar?» fragte Haremhab Eje später an jenem Abend, als Flöten und Sänger schrillten und wimmerten. «Es ist ein absurder Gedanke, daß loyale Ägypter sich sozusagen für einen von ihnen entscheiden müssen.»

Eje ließ seinen Blick über die lärmende, trunkene Gesellschaft schweifen. Diener glitten zwischen den in den Sand gesteckten Fackeln hindurch und beseitigten die Reste des Festmahls. Tänzer drehten sich im Kreis, und gelbes Licht spielte auf ihrer nackten, geölten Haut. Platschen und fröhliches Kreischen drangen vom dunklen Flußufer herüber. Inmitten des Tumults stand ein zitternder Diener und hielt ein Tablett, auf dem kleine Schmuckstücke lagen, während Mutnodjmes Peitsche gefährlich nah an seinem ungeschützten Kopf vorbeiknallte und sie geschickt die Halsketten und Armbänder nacheinander aufnahm und in die Luft warf, die dann klirrend in wartende Schöße fielen. Ihre Jugendlocke war zu einem Ohr hin aufgewickelt und wurde durch einen Zweig goldener Papyruswedel gehalten, und sie hatte sich mit Goldstaub gepudert. Jeder lässige Wurf wurde mit stürmischem Beifall begrüßt.

«Ihre Geschicklichkeit ist bemerkenswert», sagte Eje, dann seufzte er und wandte sich zu Haremhab um. «Ich hoffe immer noch, daß es kein wirklicher Zwist ist, sondern eine Meinungsverschiedenheit, die bereinigt werden kann. Die Bande zwischen meiner Schwester und Pharao sind immer stark gewesen. Aber wenn, was die Götter verhüten mögen, der zwischen sie getriebene Keil den Riß vertiefen sollte, wird Loyalität gegenüber beiden unmöglich sein, Haremhab. Pharao ist Ägypten.»

«Ich weiß», antwortete Haremhab. «Es handelt sich nicht bloß um alte und neue Loyalitäten, sondern es ist eine Frage des Überlebens.» Er drehte sich auf seinem Stuhl um, und er und Eje sahen einander in völligem Einvernehmen an. «Mein Vater», fuhr Haremhab fort, «konnte es sich leisten, mich auf die Schule für Schreiber in Karnak zu schicken, aber er besaß nicht den nötigen Einfluß, um mir eine gute Stellung zu sichern, als meine Ausbildung beendet war. Ich würde wohl heute noch mit gekreuzten Beinen am Anlegeplatz von Theben sitzen und Getreidelieferungen verbuchen, wäre die Große Königsgemahlin nicht gewesen, die von meiner Tüchtigkeit gehört hatte und mich zum königlichen Schreiber machte.» Er lächelte schwach. «Dennoch habe ich jetzt wirklich keine Wahl, Eje. Wenn ich eine Machtstellung im Heer behalten und einen noch höheren Rang erreichen will, muß ich dort sein, wo Pharao ist. Er hat die letzte Verfügungsgewalt über alle Truppen, und diese Befugnis wird er natürlich hier ausüben. Außerdem wird er diejenigen belohnen, die ihm treu sind, und man muß ja leben.»

Eje wußte, daß dies eine realistische Einschätzung nicht nur von Haremhabs Lage, sondern auch der seinen war. Viele der jüngeren Männer, die unter Tejes Schirmherrschaft eine Chance bekamen, aber noch einen langen Aufstieg vor sich hatten, zogen vermutlich ähnliche Schlußfolgerungen.

«Das ist der Lauf der Welt», murmelte Haremhab und befingerte geistesabwesend die Narbe an seinem Kinn. «Ich wünschte nur, Pharao hätte sich für seine neue Stadt einen anderen Standort ausgesucht. Mir gefällt die Gegend nicht. Es wundert mich nicht, daß sie bis jetzt unbewohnt geblieben ist. Ich glaube, sie möchte nur in Ruhe gelassen werden.»

«Da spricht ein Zauberer, kein Soldat», schalt Eje, und Haremhab lachte plötzlich.

«Morgen früh im Morgengrauen brechen wir nach Malkatta auf, und ich werde wieder Soldat. Mutnodjme möchte unterwegs im Schrein von Achmin Min Opfer darbringen, so werden wir Tiê deine Grüße überbringen.»

«Ich wünschte, ich würde heute abend mit ihr auf ihrem Bett liegen und die Eulen hören, wenn sie im Garten auf die Jagd gehen», sagte Eje halb vor sich hin, aber Haremhab hatte es nicht gehört, denn er war aufgestanden, um die blaue Halskette aufzufangen, die seine Frau ihm zuwarf.

Eje erhob sich eine Stunde vor der Morgendämmerung, um den beiden Lebewohl zu sagen. Er sah ihrem Boot nach, das leise vom Ufer abgelegt hatte, und fühlte sich mit einemmal einsam, und während er darauf wartete, daß sich das übrige Lager regte, ging er in sein Zelt zurück. Er öffnete seinen Amun-Schrein und verrichtete seine Morgengebete. Pharao selbst nahm später seine letzte formelle Handlung vor, ehe er, höchst widerstrebend, den Ort verließ. Er und Nofretête saßen, jeder ein Kind auf dem Schoß, auf Thronen vor einem tragbaren Altar, derweil der Prophet Opfergaben verbrannte und die Höflinge die Füße des Königspaars küßten und sich anbetend auf den Sand legten. Dabei murmelten sie: «Ewiges Leben! Groß ist deine Lebenszeit, o du Einziger des Rê, Herr der Kronen», und Echnaton wiederholte seine Wünsche. «Sehet», rief er aus, «diese Stadt hat der Aton gewollt. Sie soll erbaut werden als ein Denkmal, das in alle Ewigkeit an seinen Namen erinnert. Es war der Aton, mein Vater, der mich auf diesen Standort hingewiesen hat. Ich werde hier einen großen Aton-Tempel für meinen Vater errichten. Ich werde ein großes steinernes Sonnendach für die königliche Gemahlin Nefer-neferu-Aton Nofretête errichten. Ich werde große Landgüter für Pharao und die königliche Gemahlin anlegen. Mein Grab soll in den östlichen

Bergen vorbereitet werden, und dort soll mein Begräbnis stattfinden. Wenn ich andernorts sterbe, laßt mich hier begraben sein. Wenn die Königsgemahlin oder Prinzessin Merit-Aton anderswo sterben, laßt sie hier begraben sein. Denn da der Gott lebt, werde ich diesen Ort nicht verlassen.» Die förmlichen, sich wiederholenden Wörter waren von Sehnsucht und Erwartung erfüllt. Mehet-Aton war an ihres Vaters Brust eingeschlafen, aber Merit-Aton hörte aufmerksam zu.

«Mutter», flüsterte sie Nofretête ins Ohr, «er hat Semenchkarê nicht erwähnt. Kann Semenchkarê hier auch begraben werden?»

Aber Nofretête hieß sie schweigen, denn der Priester hatte eine Hymne an den Aton und ihren Gemahl angestimmt. Eje, der seine Huldigung dargebracht hatte und dem gesagt worden war, er dürfe sich erheben, stand jetzt an der Seite. Er sah die schwarz umrandeten Augen seiner Tochter über die im Sand liegenden Körper von Pharaos Anbetern gleiten und fragte sich beklommen, was sie wohl denke.

Übersättigt und müde kehrten die Höflinge nach Malkatta zurück und verzogen sich gleich in wohlriechende Bäder und auf ihre weichen Betten. In einem goldenen Gewand, Scheibe und Federn auf ihrem gelockten Kopf glitzernd, hatte Teje sie mit sinkendem Mut am Landungssteg zur förmlichen Begrüßung erwartet. Ihr Seelenfrieden war schon durch Haremhab gestört worden, dem sie erst vor Stunden eine Audienz gewährt hatte. In respektvollem Schweigen hatte er ihre Darlegungen angehört, sich dann aber jedem Vorschlag, er möge versuchen, Pharao sein Vorhaben auszureden, widersetzt.

«Es tut mir unendlich leid, Erhabene, aber es ist unmöglich», hatte er unumwunden gesagt.

«Was meinst du damit? Unmöglich, daß du es versuchen kannst, oder unmöglich, Pharao davon abzubringen?» hatte sie gereizt gefragt.

«Unmöglich, Pharao davon abzubringen, Majestät. Wenn er näher am Delta ist, wird er vielleicht für die Probleme seines Heeres aufgeschlossener sein.»

«Oh, du hast also vor, dir seine Gunst zu erhalten, damit du Ägyptens Soldaten verteidigen kannst?» fuhr sie ihn sarkastisch an. «Ich bin noch nicht altersschwach, Haremhab.»

Er hatte sie mit dem schonungsvollen Mitgefühl angelächelt, das sich aus jahrelanger, freundschaftlicher Vertrautheit herleitete. «Ich verehre dich, meine Göttin, aber deine Sorge ist wie die einer Mutter, die sich über das Geschlecht eines ungeborenen Kindes Gedanken macht.»

Weiter wollte er nicht gehen, und schließlich hatte sie ihn enttäuscht entlassen. Jetzt sah sie mißmutig zu, wie Pharao und seine Familie ausstiegen. Semenchkarê und Beket-Aton, prächtig herausgeputzt zu diesem Anlaß, standen neben ihr. Tejes schlechte Laune legte sich ein wenig, als sie sah, wie sehr sich ihr Sohn offensichtlich über die Kinder freute. Er legte Semenchkarê einen Finger unter das Kinn und hob das geschminkte Gesicht an. «Wie hübsch du bist, mein kleiner Bruder!» rief er aus. «Und du, meine süße kleine Blume. Komm und laß dich küssen.» Er breitete die Arme aus, und Beket-Aton stürzte sich hinein und überschüttete ihn mit feuchten Küssen. «Mir hat meine Tochter gefehlt», fuhr er fort. «Wie reizend und rosig sie wird!» Er sprach einen Augenblick mit ihr, ehe er sie ihrem Kindermädchen überließ. Merit-Aton war schon an Semenchkarês Seite, und ihre Hand stahl sich in seine. Teje bemerkte, daß die beiden sich in Richtung Springbrunnen davonmachten, und ließ sie gehen. Echnaton wandte sich zu ihr um und wartete auf ihre tiefe Verbeugung. Aber sie neigte nur den Kopf.

«Du hast mir auch gefehlt, Teje», sagte er unerwartet. «Ich wünschte, du wärst dagewesen, um den Weihrauch zu den Felsen aufsteigen zu sehen.» Er küßte sie mit mehr Selbstsicherheit und Würde, als er seit Monaten an den Tag gelegt hatte, und Teje spürte verblüfft, daß ihre ärgerliche Abwehr zusammenbrach. Vielleicht wird alles gut werden, dachte sie und sah über die Schulter zu Nofretête hinüber, die wartend allein dastand, umgeben von im Staub liegenden Höflingen.

Teje war noch in optimistischer Stimmung, als sie sich später am Tag mit einer Schriftrolle, die ihr Schreiber gerade für sie übersetzt hatte, in Echnatons Gemächer begab. Er hatte geschlafen und lag noch auf dem Bett, sein Gesicht war blaß und angespannt, die Augen blutunterlaufen. Er begrüßte sie matt.

«Bist du krank, Horus?» erkundigte sie sich, als sie sah, daß ihm sein Diener ein feuchtes, kühles Tuch auf die Stirn legte.

Er nickte und zuckte dann zusammen. «Ich habe fürchterliche

Kopfschmerzen», flüsterte er. «Ich kann es kaum ertragen, mich zu bewegen. Wenn ich blinzle, ist es, als würden mir Krummsäbel den Kopf aufschlitzen.» Sie wollte schon aufgeben, aber er winkte sie näher heran. «Was ist das für eine Schriftrolle?»

«Der Schreiber des Auswärtigen Amtes hat sie gestern bekommen, und sie bekümmert mich, Echnaton. Aziru ist Fürst von Amurru geworden.»

«Warum soll das jemanden bekümmern? Alle Volksstämme in Nordsyrien sind unsere Vasallen. Es ist unwichtig, welcher kleine Fürst in Amurru regiert, solange er tut, was Ägypten ihm sagt.»

«In diesem Fall ist es wichtig, weil man von Aziru weiß, daß er mit Suppiluliuma in Verbindung steht. Er hat sogar mehrmals die Chatti-Hauptstadt Hattusa besucht. Ich befürchte ein geheimes Bündnis zwischen ihnen, das die Sicherheit unserer Stellung in Syrien gefährden wird.»

«Was möchtest du, daß ich tue?» Er krümmte sich vor Schmerzen, drückte beide Hände auf die Schläfen und schloß die Augen.

«An Aziru schreiben, er soll sofort seine Loyalität von neuem versichern und eine Geisel schicken.»

«Was steht in seinem Schreiben?»

Teje lächelte verächtlich. «Er verehrt und liebt dich, nennt mich die Herrin deines Hauses und gelobt Ägypten seine unverbrüchliche Treue und Ergebenheit.»

«Was für schöne Worte! Er ist ein Sohn der wahren Ma'at.»

«Er ist ein Lügner und Schuft!» erwiderte Teje hitzig, und Echnaton versuchte sich aufzusetzen, vor Schmerz stöhnend.

«Wenn er nicht die Wahrheit spricht, wird der Aton ihn bestrafen», brachte er mühsam hervor. «Gib Tutu die Schriftrolle, er soll sie freundlich beantworten.»

«Aber, Echnaton!»

«Hilf mir, Mutter. Mir wird übel.»

Ein Diener stürzte zum Bett und hielt Pharao kniend eine silberne Schale hin. Ein zweiter hielt seinen Kopf. Echnaton drehte sich auf die Seite und übergab sich. Sofort verschwand Tejes Ärger. Sie ergriff das feuchte Tuch, das auf das Laken gefallen war, wischte ihm das Gesicht ab und half ihm, sich wieder hinzulegen. Er zog mit zitternder Hand die Decke über sich, und Teje sah, daß er plötzlich schläfrig war.

«Ich hätte dich nicht stören sollen», sagte sie und küßte ihn auf die Stirn. «Ich komme später noch einmal, um zu sehen, ob es dir bessergeht.» Ehe sie die Tür erreicht hatte, war er eingeschlafen.

Auf dem Korridor sprach sie mit Parennefer, der von seinem Hocker aufgestanden war. «Hole sofort Pharaos Arzt. Vielleicht auch die Zauberer.»

«Pharao ist zornig auf seinen Arzt», antwortete er verlegen. «Seine Krankheit begann während der Reise, und ihm wurde gesagt, er sei zu oft ungeschützt in der Sonne gewesen. Pharao erwiderte, sein Vater könne ihn nicht verletzen, und schickte den Arzt weg.»

Verärgert vermochte Teje nur zu antworten: «Wenn Pharao leiden will, dann müssen wir ihn wohl lassen.»

Unwillig gab Teje die Schriftrolle Tutu und wies ihn an, Aziru energisch zu antworten, obwohl Pharao es nicht wünschte, aber sie wußte, daß Tutu das tun würde, was Pharao wollte. Sie hatte Echnaton ihre Auffassung von der Lage in Nordsyrien dargelegt und ihm zu einem Vorgehen geraten, das sie für das richtige hielt, und viel mehr konnte sie nicht tun. Die Festsetzung und Durchführung der Außenpolitik waren allein Pharaos Sache. Es stand ihm frei, den Rat seines Schreibers für Auswärtige Angelegenheiten und anderer Minister anzunehmen oder abzulehnen und die Beziehungen zu Vasallen und Verbündeten selbst zu bestimmen, aber er hatte das letzte Wort. Teje wußte, daß jede Anweisung, die er Tutu gab, bindend war, aber es ärgerte sie, daß es Tutu solche Freude machte, wenn sie überstimmt wurde.

Am Abend ging sie noch einmal in die Gemächer ihres Sohnes, weil sie hoffte, ihn überreden zu können, etwas Nahrung zu sich zu nehmen, und war überrascht, daß er gebadet und angezogen war und mit Nofretête zwischen den Säulen seines Empfangsraums saß und in den dämmerigen Garten hinausblickte. Seine Laute lag zu seinen Füßen, ein Schreiber saß mit gekreuzten Beinen hinter ihm und schrieb eifrig, denn Echnaton diktierte ein Lied. Er sprach hoch und schnell, und seine langfingrigen Hände unterstrichen den Rhythmus des Gedichts mit Schlägen auf seine Knie, auf die Sessellehnen oder durch Klatschen. Er beugte sich mit angespannten Muskeln vor und wiegte sich leicht hin und her. Ab und zu nahm er die Laute auf, zupfte daran und summte leise vor sich hin, bis die Wörter wieder in Fluß kamen.

«Ja, es geht mir besser, Mutter, ich kann jetzt nicht unterbrechen, sonst hören die schönen Worte auf, komm nicht näher», rief er, alles in einem Atemzug, und winkte ihr mit einem ängstlichen Gesichtsausdruck, sie möge sich entfernen. Nofretête hatte von ihrer Anwesenheit überhaupt keine Notiz genommen. Teje blickte durch die sich vertiefenden Schatten an den Säulen und sah Pharaos Gefolge mit gesenkten Köpfen im Dunkeln stehen, und niemand wagte sich zu rühren oder einen Laut von sich zu geben. Nur der Schreiber bemerkte nichts von der fast quälend erwartungsvollen Atmosphäre. Er atmete schwer und schob wie ein Schulanfänger die Zungenspitze vor, so sehr mühte er sich, den monotonen Schwall halbartikulierter Wörter mitzuschreiben. Bedrückt und gelangweilt ging Teje davon.

14

Bald war der ganze Hof in Malkatta damit beschäftigt, das unbewohnte und ungastliche Land von Pharaos Vision in einen Ort zu verwandeln, der würdig war, die Heimstätte des Aton zu sein. Bek, Kenofer, Auta und die anderen königlichen Baumeister und Handwerker arbeiteten Tag und Nacht an den allmählich detaillierter werdenden Plänen für eine Stadt, die sich wie durch ein Wunder aus dem Nichts erheben würde, eine Erschaffung aus dem Chaos wie die Welt selbst. Die zynischen Bewohner von Theben sahen, daß der Verkehr auf dem Nil von Tag zu Tag zunahm: große, plumpe Lastkähne zogen vorbei, beladen mit gut behauenen Quadern aus den Steinbrüchen bei Assuan, Flöße, auf denen sich goldenes Stroh auftürmte, das mit dem Flußschlamm vermischt zu Lehmziegeln werden sollte, Boote mit trapezförmigen Segeln, die Balken aus kostbarem Zedernholz transportierten. Tausende von Arbeitern und ihre Aufseher mußten in die eilig errichteten Baracken nördlich des Baugeländes gebracht werden. Ein ganzes Bauerndorf westlich von Theben, dessen Bewohner als geschickte Maurer bekannt waren, wurde auf Pharaos Befehl umgesiedelt. Die Städter, deren Reihen sich durch Echnatons Dienstverpflichtungen lichteten, jubelten manchmal den vorbeiziehenden Flottillen höhnisch zu, aber bald hatten sie entweder jedes Interesse daran verloren und waren zu ihren täglichen Beschäftigungen zurückgekehrt, oder sie saßen schweigend mit ihrem Bier und Brot am Ufer und hofften, der Anblick eines vergoldeten und mit Baldachin überdachten Boots, das Würdenträger flußabwärts brachte, würde ihnen Unterhaltung bieten.

Echnaton befahl auch, die noch in Karnak durchzuführenden Arbeiten einzustellen. Diejenigen, die sich seit Jahren für seinen und Nofretêtes Tempel abgemüht hatten, wurden in die neue Stadt geschickt und mußten dort wieder von vorn beginnen. Die Amun-Priester warteten voller Angst darauf, daß er auch ihre Arbeiter anfordern würde, aber wie gewöhnlich nahm er von ihnen keine Notiz. Karnak hielt es jetzt für das beste, möglichst unauffällig zu bleiben.

Malkatta begann zu summen wie ein großer Bienenstock. Mit Hilfe schwitzender Minister und gehetzter Beamter überwand es die gemächliche, schlampige Unfähigkeit und wurde in gewissem Maße zu einer gut funktionierenden Organisation. Pharao zählte die Tage, bis er aufbrechen könnte, und seine Zeit war damit ausgefüllt, von einer Amtsstube zur anderen zu eilen, Berichte zu verlangen oder endlos über seine Vision von der schönsten Stadt, die je erbaut wurde, zu diskutieren. Mit seinem gutgemeinten Eifer legte er gerade die Minister lahm, die er zur Eile antreiben wollte, denn wenn er erschien, hörte alle Arbeit auf, weil sich die Leute, wie es sich gehörte, zu Boden warfen und diese Stellung beibehielten, solange er da war. Echnaton war überaus glücklich trotz der Kopfschmerzen, die ihn immer häufiger niederstreckten und die er allmählich fürchtete. Sie bedeuteten, daß er an Würde einbüßte, denn er mußte sich zuletzt immer übergeben. Auf jeden dieser Anfälle folgten Ausbrüche von hektischer kreativer Energie und von religiöser Inbrunst. Die Höflinge – immer beflissen, auf eine für sie verständliche Weise Anklang zu finden – ließen ihre Diener jetzt mit silbernen Krügen hinter sich hergehen, in die sie höflich spuckten oder, wenn sie voll des Weines waren, sich erbrachen. Wenn der Aton bei seiner gesegneten Inkarnation und seiner geheiligten Person ein solches Verhalten hervorrief, dann wollten auch sie an der Aufmerksamkeit des Gottes teilhaben.

Zugleich mit der Verschiebung der Regierungsprioritäten erfolgte eine neue Machtverteilung, und viele Minister, die unter Amenhotep III. eine wichtige Rolle gespielt hatten, stellten jetzt fest, daß sie entbehrlich waren. Pharao entließ sie nicht direkt, aber die täglichen Anweisungen, die eigentlich sie erhalten sollten, gingen jetzt an ihre Untergebenen. Vernünftigerweise zogen sie sich einfach in den Ruhestand zurück, und ihre Posten wurden von Echnatons Günstlingen übernommen.

Mit einem Gefühl des Bedauerns erkannte Eje immer deutlicher, wie ratsam es war, ein neues Treueverhältnis einzugehen. Er mochte seinen Stellvertreter Ranefer. Der junge Mann verstand etwas von Pferden und wurde von den Wagenlenkern respektiert, aber er war von Echnaton zu Ejes Stellvertreter ernannt worden, als er mit dem Prinzen aus Memphis gekommen war, und Eje beobachtete besorgt, ob Ranefer Anzeichen erkennen lasse, daß er sich seines Postens bemächtigen wolle. Bisher hatte es keinen Hinweis darauf gegeben, daß Ranefer zum Oberaufseher aller Pferde des Königs gemacht werden sollte, aber Eje glaubte, es würde letztlich dazu kommen, sofern er nicht unzweideutig Stellung bezog. Es bestand kein Zweifel mehr, daß Pharao sein Königreich beherrschte. Er regierte jetzt unbestreitbar, aber nicht wie sein Vater durch Ägyptens weltliche Institutionen, sondern wie in alter Zeit durch priesterliche Macht. Nofretêtes Stern war ebenfalls im Aufgehen. In dem Jahr nach der Grenzfestlegung der neuen Stadt hatte sie noch ein Kind bekommen, zu ihrem Leidwesen wieder ein Mädchen, aber Echnaton war entzückt und nannte die Kleine Anchesenpa-Aton, «durch den Aton lebend». Reichtum und Schönheit umgaben Nofretête mit einer faszinierenden Aura, von der die Mächtigen angezogen wurden. Teje wurde immer noch der ehrfurchtsvolle Respekt zuteil, der einer Göttin und Regentin gebührte, aber sie war eine Göttin der alten Ordnung und eine Regentin, die nicht mehr regierte. Wenngleich Eje keineswegs wünschte, daß sie noch mehr gedemütigt werde, nahm er sich doch entschlossen vor, Echnatons Vertrauen zu gewinnen, was sich dann als nicht schwierig herausstellte. Eje wußte, daß Pharao ihn immer gemocht hatte, sich in seiner Gegenwart entspannen und ihn um Rat fragen konnte ohne die Schüchternheit, die ihn befiel, wenn seine Mutter anwesend war. Tejes Rat war allzu oft herablassend gewesen oder, schlimmer noch, sie hatte seine zaghaften Ansichten unbeabsichtigt in Grund und Boden verdammt. Eje hatte daraus gelernt und stritt nicht, sondern diskutierte mit ermutigend hochgezogenen Augenbrauen, aber er fügte sich Echnaton immer, wenn der Pharao unnachgiebig wirkte.

Der einzige Sport, den Echnaton wirklich genoß, war das Fahren im Streitwagen, den er sehr gut handhabte, und als Oberaufseher aller Pferde des Königs stand Eje oft hinter Pharaos magerem, gebeugtem

Rücken und seinem behelmten Kopf, wenn er die Pferde fröhlich anfeuerte und seine schwachen Handgelenke sich geschickt dem Zerren der Zügel anpaßten. Eje fand es irgendwie liebenswert und jammervoll, daß sein Neffe sich so bemühte, seine Befangenheit abzuschütteln. Aber zu seiner Überraschung stellte er auch fest, daß er sich auf die Stunden freute, in denen er Pharaos hohes, unmelodisches Singen hörte, das Knarren des Geschirrs und das Peitschen des Windes an ihren Ohren.

«Ungeachtet der Tatsache, daß du auf dem Gut deiner Familie in Achmin einen neuen Tempel für Min baust, glaube ich, daß du mein Freund bist, Onkel», sagte Echnaton eines Tages zu Eje, als sie ausstiegen und staubbedeckt zu ihren Sänften gingen. «Das sind nicht nur die Blutsbande, nicht wahr?»

Eje lächelte über die besorgte, fast schüchterne Frage. «Natürlich bin ich dein Freund, Majestät», erwiderte er diplomatisch.

«Bist du gern mit mir zusammen? Nofretête meint, du tust es nur, damit du meiner Mutter Bericht erstatten kannst.» Er griff nach Ejes Arm und blieb stehen.

Eje sah direkt in die sandgeränderten, betrübten schwarzen Augen. «Echnaton, du solltest wissen, daß Teje meine liebe Schwester und auch meine älteste Freundin ist», sagte er bedachtsam. «Sie und ich haben gemeinsame Erinnerungen, die nur uns gehören. Aber ich verunglimpfe meinen Pharao in niemandes Gegenwart. Königin Nofretête ist allzu erpicht, dich vor allem zu schützen, das dich verletzen könnte.»

Zu Ejes Verwunderung und Bestürzung füllten sich die großen Augen plötzlich mit Tränen. «Manchmal, wenn mir jemand etwas sagt und ein anderer das Gegenteil und der Aton mir nicht sagt, wer die Wahrheit spricht, dann bin ich verletzt.» Die vollen Lippen zitterten. «Manchmal glaube ich, daß mich überhaupt niemand liebt.»

Eje merkte, daß Pharao drauf und dran war, sich ihm an die Brust zu werfen, wenn er nur die Arme ausbreitete, deshalb legte er sie auf den Rücken. Es wäre nicht gut, wenn die wartenden Höflinge, die zwar außer Hörweite waren, sie aber aufmerksam beobachteten, mitansehen würden, daß ihr König solchen Trost suchte.

«Mein Gott, mein Herr», sagte er ruhig, «du besitzt die Verehrung eines ganzen Reiches, die Liebe von Rê selbst und gewiß die Liebe deiner Mutter und von so unwürdigen Sterblichen wie mir.»

Echnaton wischte sich die Tränen von den Wangen und biß sich auf die Lippen. «Ich liebe dich auch. Ich liebe meine Große Königsgemahlin, aber sie wird scharfzüngig. Onkel», willst du die Ehre annehmen, mein Fächerträger zur rechten Hand zu sein?»

Eje starrte ihn an und begriff rasch die Worte seines Neffen. Die höchste Stellung im Land wurde ihm angeboten, nicht aufgezwungen. Vor Erleichterung war ihm nach Lachen zumute, er unterdrückte es, kniete auf dem festgestampften Boden des Paradeplatzes nieder und küßte Pharaos staubige Füße. «Das habe ich nicht verdient», sagte er und wußte, daß er die Wahrheit sprach, «doch will ich dir getreulich dienen, o Geist des Aton.»

«Gut. Dann soll Ranefer Oberaufseher aller Pferde des Königs werden. Wirst du mit mir in meine heilige Stadt kommen?»

«Hast du daran gezweifelt?»

«Ja. Nofretête sagte, du würdest mit Teje hierbleiben und dich gegen mich verschwören.»

Ich muß Nofretête mal gründlich die Meinung sagen, dachte Eje. Wird sie denn nie Diskretion lernen? «Ich kann das nur bestreiten und versuchen, dir durch meine Taten zu beweisen, daß die Königin unrecht hat.»

Echnaton berührte ihn sanft mit dem Fuß, und Eje erhob sich. «Ich glaube es eigentlich sowieso nicht, Onkel», sagte Pharao, schnüffelte und richtete sich auf. «Trage meinen Fächer und zeige allen Verleumdern, daß sie unrecht haben, an deiner Treue zu zweifeln.»

Ich bin nicht einmal sicher, ob sie unrecht haben, dachte Eje, den Blick geistesabwesend auf Pharaos plumpe Hüften gerichtet, als sie zu ihren Sänften gingen. Aber du brauchst mich, Echnaton.

Er war immer noch nicht sicher, als er am nächsten Tag um eine Audienz bei seiner Schwester nachsuchte. Teje entließ den Schreiber für Heeresangelegenheiten, als Eje sich zu Boden warf, und sah zu, wie die bloßen Füße des Mannes an seinem Gesicht vorbeitapsten, dann schob sie ihre Ledersandale mit den goldenen Riemen vor. Eje stützte sich auf die Ellbogen, küßte Ihre Füße und stand auf.

«Der Schreiber für Heeresangelegenheiten sagt mir, auf dem Baugelände seien jetzt viertausend Soldaten. Was stellt sich Echnaton nur vor? Tausend würden reichen, um die Ordnung unter den Fellachen aufrechtzuerhalten. Sebekhotep muß nachts schweißgebadet aufwachen bei dem Gedanken, mit welcher Geschwindigkeit Gold aus der Schatzkammer abgezogen wird. Und auch du, Fächerträger zur rechten Hand, mußt für deinen neuen Posten bezahlt werden.»

Eje sah zu, wie die runzligen Hände mit den hervortretenden Adern und den vielen Ringen rasch den Papyrus aufrollten und zu den übrigen auf den Schreibtisch warf. Sie trug ein durchsichtiges blaßblaues Gewand, das unter ihren hängenden Brüsten in Falten herabfiel. Die Brustwarzen waren blau geschminkt und mit Goldstaub bepudert. Der blaue Umhang, den sie auf den Hocker hinter ihr geschleudert hatte, war mit hohlen goldenen Kügelchen besetzt, in denen sich noch kleinere Kügelchen befanden, die leise klirrten, wenn sie ging. Ihr kastanienbraunes Haar war aus der Stirn gekämmt, die von einem mädchenhaften Diadem aus blauemaillierten Vergißmeinnicht umrandet war. Daran hingen Zweige mit grünemaillierten Blättern, die über die altersschlaffen Wangen strichen. Die klaren blauen Augen waren von Krähenfüßen und Tränensäcken umgeben. Zum erstenmal fand Eje, daß sie geschmacklos angezogen sei, die frische Jugendlichkeit ihrer Aufmachung betonte ihr vorgerücktes Alter, statt es zu verbergen. Auch ihre Stimme war schrill und nörgelnd wie die einer ungeduldigen alten Kinderfrau. Erschreckt sah er in Teje mit einemmal ihre Mutter Tuju, Magd und königliche Zierde, während er bisher in ihr nur die Stärke und Überheblichkeit ihres Vaters gesehen hatte.

«Solange Tributzahlungen und Bestechungsgelder von Ausländern fließen, ist unsere Schatzkammer unerschöpflich», wandte er ein. «Offenbar glaubt Pharao, er könne die Dämonen mit den Speeren und Krummsäbeln der Lebenden von seiner Stadt fernhalten. Es spielt keine Rolle.»

«Es spielt doch eine Rolle», erwiderte Teje hitzig. «In Nordsyrien braut sich etwas zusammen. Unsere Vasallen unternehmen Annäherungsversuche an ein Volk, das ein Feind werden könnte. Jeder Narr kann es erkennen, nur Pharao nicht. Ägypten wird womöglich jeden Soldaten brauchen, den es hat.»

«Pharao ist sich dessen bewußt.»

«O ja.» Ihr Ton war sarkastisch. «Er liest die Berichte. Für ihn klingt jedes Wort wie die lautere Wahrheit. Diese Räuber Aziru und Suppiluliuma nennt er seine Brüder.»

«Warum nimmst du dir das alles so zu Herzen? Aziru und Suppiluliuma streiten ebensoviel miteinander, wie sie sich einig sind. Wenn sie sich schließlich bekämpfen, ist es gut für uns. Wenn sie gemeinsam gegen uns Krieg führen, werden wir sie besiegen. Vielleicht bringt ein kleiner Krieg Echnaton zur Vernunft.»

«Du bist so gelassen, Eje.» Sie lächelte kühl. «Wenn ich dich höre, fange ich an zu glauben, daß mich mein Urteilsvermögen im Stich gelassen hat. Aber ich sage dir, die Schakale wittern eine Schwäche bei meinem Sohn, und ihr Appetit ist gereizt.»

«Dann sollen sie versuchen, ihn zu stillen. Ägypten ist mehr als mächtig genug, mit ihnen fertig zu werden. Du hast immer lachen und die Staatsangelegenheiten hinter dir lassen können, wenn du aus den Amtsräumen der Minister kamst. Was ist los?»

Sie ließ die Schultern sinken. «Ich weiß es nicht. Vielleicht weißt du es, Fächerträger – wirklich eine Ehre. Ich bin zu erschöpft, um dich zu bespitzeln, dich zu überlisten, über jeden Verdacht nachzugrübeln, den ich habe, du würdest mich meinem Tod entgegentreiben. Ich könnte ebenso wie Nofretête Pharao zuflüstern, daß du dich bloß bei ihm einschmeichelst, um deinen Platz als erster Edelmann des Königreichs zu behalten, aber ich möchte ihm nicht weh tun, selbst wenn es die Wahrheit ist.»

«Es ist nichts daran auszusetzen, wenn man unter solchen Umständen den eigenen Vorteil im Auge hat, und du wärst die erste, die das zugibt, wenn du in meiner Lage wärst», erklärte Eje. Es trat Stille ein. Teje hatte den Kopf gesenkt und spielte mit den Schriftrollen, die der Schreiber für Heeresangelegenheiten zurückgelassen hatte. Dann fragte Eje leise: «Er fehlt dir in deinem Bett, nicht wahr?»

Sie blickte auf, aber ihr Lächeln war selbstkritisch. «Ja, das stimmt. Doch fehlt mir am meisten Osiris Amenhotep.»

«Dann treibe jemanden auf, der ihn ersetzt. Deine Nächte brauchen nicht kalt zu sein.»

«Das ist es nicht. Es ist . . .» Sie suchte nach Worten. «Es ist nicht wichtig. Aber ich habe endgültig beschlossen, daß ich hier bleibe, wenn Echnaton den Hof verlegt.»

Er nickte. «Du bist dir klar darüber, daß du Semenchkarê und Beket-Aton dann bei dir behalten mußt.»

Sie sahen einander an. «Natürlich», antwortete Teje kühl.

In der folgenden Pause senkte sie den Blick auf den Schreibtisch und schob nachdenklich die Schriftrollen hin und her. Nach einer Weile sagte Eje: «Kann es sein, daß die Regentin von Ägypten dem Selbstmitleid erlegen ist?» Er erwartete eine scharfe Antwort, aber sie hob den Kopf und lächelte ihn ernst an.

«Es könnte sein. Der Abstand zwischen uns ist schon groß, Fächerträger. Ich gebe offen zu, wenn unsere Lage umgekehrt wäre, würde ich mich nicht anders verhalten als du, aber ich beklage bereits, daß ich auf deine Anwesenheit verzichten muß. Erlaube mir den Luxus rein menschlicher Schwäche.»

Sie stand vom Schreibtisch auf, streckte ihm die Arme entgegen, und wortlos umarmten sie einander. Eje wußte, daß sie ihm in ihrer Großmut verziehen hatte.

Drei Monate später, zur Erntezeit, traf in Malkatta die Nachricht ein, daß Suppiluliumas Truppenbewegungen ein regelrechter Feldzug geworden waren und die Chatti tatsächlich gegen Aziru in Nordsyrien Krieg führten. Teje stand im Auswärtigen Amt, umgeben von Schreibern. Tutu, der Schreiber des Auswärtigen Amtes, hielt sich ängstlich im Hintergrund, und ihr Sohn stand bleich und mißmutig vor ihr, und seine Affen schwatzten.

«Aber wir haben einen Friedensvertrag mit Suppiluliuma», protestierte Echnaton und blickte unsicher zu dem verlegenen Tutu hinüber. «Tutu hat ihn mir gezeigt. Wie können wir gegen ihn aufmarschieren?»

«Majestät, ich schlage nicht vor, Krieg gegen die Chatti zu führen», sagte Teje vorsichtig und bemüht, überzeugend zu klingen. «Aber während sie sich mit Mitanni und Amurru herumzanken, müssen wir die Grenzstaaten aufsuchen, die schwankend werden. Unsere dortigen Vizekönige beginnen sich über Ägyptens Untätigkeit angesichts so vieler Unruhen zu verwundern und die Vorteile einer fortdauernden Bindung an uns in Frage zu stellen. Insbesondere Rib-Addi in Gubla wartet verzweifelt auf eine Nachricht von dir, und die wandernden Hapiru überfallen und plündern wieder die Grenzstädte. Mein erster Gemahl sah sich einer Situation wie dieser gegenüber und handelte prompt.»

«Was soll ich denn tun?» fragte Echnaton in wehleidigem Ton. «Ich habe es satt, mir Rib-Addis Briefe anzuhören, der um Beistand bittet. Er schreibt dauernd. Ich habe Tutu gesagt, er soll ihm verbieten, mich so oft zu belästigen. Ich habe an alle Vizekönige geschrieben und sie an die Wohltaten erinnert, die sie früher von Ägypten erhalten haben.»

«Das reicht nicht mehr», sagte Teje freundlich. «Laß Aziru nach Ägypten kommen, damit er erklärt, warum er überhaupt versucht hat, mit den Chatti zu verhandeln. Sammle deine nubischen Stoßtruppen, deine Bogenschützen und Wagenlenker und ziehe mit ihnen gen Norden. Die Wüstenstämme niederzuwerfen, die die Grenzen unsicher machen, wäre ein neutrales, diplomatisches Vorgehen, das niemanden begünstigt und dennoch Ägyptens Macht erneut bestätigt. Es ist auch ratsam, deine Vasallen zu besuchen, die Vizekönige abzusetzen, denen man nicht mehr trauen kann, vielleicht einige hinzurichten, die untreu geworden sind. Die übrigen überschütte persönlich mit Gold, Horus. Dann beschließe, in der Gegend auf die Jagd zu gehen und deine ganze Macht zur Schau zu stellen. Briefe können den Anblick eines Pharaos nicht ersetzen.»

«Aber was ist mit all den Verträgen?» Er war wirklich bekümmert, seine Stirn unter der goldenen Kobra runzelte sich, und er fuhr sich mit der Zunge über die hennagefärbten Lippen. Einer seiner Affen sprang ihm auf die Schulter. Dankbar begann er ihn zu streicheln. «Du sprichst vom Töten, Mutter. Wie kann ich Männer töten, deren Briefe freundlich sind, die mich ihres Vertrauens versichern, die mich den größten König der Welt nennen? Ich werde mir überlegen, Mai eine Botschaft zu senden und ihn zu bitten, die Banditen zu vernichten. Die Hapiru schreiben mir nie.»

«Na, das ist wenigstens ein Anfang. Tutu ist hier. Willst du es gleich jetzt diktieren?»

«Nein, nicht jetzt. Ich habe den Kindern versprochen, mit ihnen zu spielen.»

Teje war drauf und dran, ihn zu bitten, dann besann sie sich anders. «Möchtest du, daß ich den Brief für dich schreibe?»

«Einverstanden.» Seine Miene erhellte sich, er küßte den Affen aufs Ohr, setzte ihn auf den Boden und stand auf. Sofort begannen alle Anwesenden sich niederzuwerfen. «Aber es soll nicht mehr sein als eine Strafaktion gegen die Hapiru. Über die Vizekönige werde ich später nachdenken.» Er ging hinaus, und nach ihm leerte sich der Raum.

Wenn ich ihn nicht vom Ernst der Lage überzeugen kann, dachte Teje, kann es vielleicht Nofretête. Es muß ihm klargemacht werden. Sie packte Nofretête am Arm. «Majestät», sagte sie leise, «du magst mich nicht, aber Ägypten liebst du gewiß. Tu dein möglichstes, damit er diese Angelegenheiten im Auge behält.»

«Ich finde, er hat recht», erwiderte Nofretête. «Je länger es hinausgezögert wird, um so wahrscheinlicher ist es, daß unsere Feinde gegeneinander Krieg führen und dadurch schwächer werden.»

«Du hast unrecht.» Tejes Fingernägel bohrten sich in das Fleisch der jungen Frau. «Suppiluliuma kann noch nicht ganz glauben, daß die stärkste Macht der Welt untätig bleiben will. Er wird listig vorgehen und Bündnisse schließen, wo er die Möglichkeit zukünftiger Vorteile sieht.»

Nofretête lächelte ihre Tante verkniffen an. «Das ist alles, was dir geblieben ist, liebe Königsgemahlin, die fragwürdige Fähigkeit, Probleme der Außenpolitik zu deuten, um zu versuchen, wieder etwas Einfluß auf den Gott zu erlangen. Es wird nicht klappen. Dein Stern ist im Sinken.» Sie schürzte die Lippen und schnalzte den beiden Affen beruhigend zu, die sich an ihr Gewand geklammert hatten. «Ich muß gehen. Nimm deine Finger von meinem Arm, Majestät. Du hast mich schon gequetscht, und ich werde mich massieren lassen müssen, um die blauen Flecken zu beseitigen.»

«Du brauchst eine gute Tracht Prügel, Nofretête. Dein Vater war immer zu nachsichtig mit dir.» Teje trat empört zurück, und Nofretête schwebte davon. Tutu stand mit niedergeschlagenen Augen wartend da. «Und dich, du bestechlicher Zehenlecker, würde ich ablösen, wenn es in meiner Macht stünde. Ein Schreiber des Auswärtigen Amtes muß selber denken und beherzt Rat erteilen können, aber du plapperst bloß die Worte meiner Nichte nach.» Vor Enttäuschung war ihr nach Weinen zumute. Tutu wich zurück, aber er schob rebellisch die Unterlippe vor, denn er war sich, wie Teje wußte, darüber klar, daß er von ihr nichts zu fürchten hatte. Sie war in Versuchung, die Schriftrollen auf den Fußboden zu werfen und wegzugehen, den verschlagenen Minister einfach stehenzulassen und sich der Verantwortung zu entziehen, die eine schreckliche Last geworden war. Neben ihrem Bett würden frische, helle Trauben von ihren Weinbergen in Djarucha bereitstehen, und Bier aus der diesjährigen Gerste, dunkel und kühl.

«Ich will eine Kopie davon für meine Schreiber haben», sagte sie, «und du läßt es besser ins Akkadische übersetzen und schickst es nach Urusalim und Gubla. Es wird den Städten guttun zu wissen, daß Ägypten wenigstens Jagd auf die Bogenschützen aus der Wüste macht. ‹Grüße an den Kommandeur der Festungstruppen Seiner Majestät, Mai. Es ist uns zur Kenntnis gebracht worden . . .›» Tutu schrieb schnell und so leise, wie er konnte, und als Teje fertig war, verließ sie ihn ohne einen weiteren Blick.

Draußen auf dem Korridor wartete Huya geduldig. «Laß meine Sänfte und den Baldachin kommen», befahl sie. «Ich will mir heute die Division Glanz des Aton ansehen, die auf dem Exerzierplatz ihr Können zeigt.» Huya warf einen Blick auf ihr Gesicht und erhob keine Einwände. Teje wurde hinausgetragen auf den blendenden Sand des Exerzierplatzes, wo die Hauptleute ihre Befehle brüllten und die Soldaten Schwenkungen machten und marschierten, die Krummsäbel in der Sonne blitzten und nackte Füße weißen Staub aufwirbelten. Was sie sah, erfreute sie nicht. Ägyptens Heer war wie ein Streitwagen ohne Achse, schön, aber unbrauchbar. Sie begann sich inbrünstig nach dem Tag zu sehnen, an dem Pharao und seine Günstlinge abfahren und nicht wiederkommen würden und Malkatta mit seinen stillen Gärten und widerhallenden Korridoren allein ihr und ihren Erinnerungen gehören würde.

15

IM FOLGENDEN JAHR überredete Teje Pharao, eine weitere Strafexpedition nach Norden zu schicken, denn ihr war klar, daß Ägypten nicht mehr als eine gespreizte Hand gegen die Wucht eines Kamsin erhob. Rib-Addis Briefe, vorwurfsvoll, verwundert, liebevoll und schließlich angsterfüllt, schnitten ihr ins Herz, aber sie konnte nichts tun. Abimilki von Tyros bat um Truppen. Andere kleine Stadtfürsten und Vizekönige baten um Verständnis, und Teje wußte, daß es der Geduld und Klugheit eines Mannes mit der Lebenserfahrung von Osiris Amenhotep bedurfte, um den Sinn ihrer Briefe herauszufinden. Mit seiner passiven Einfalt konnte ihr Sohn den verschlagenen Beteuerungen von Männern nicht Paroli bieten, die sich bereits heimlich mit der größten, jemals gegen die Stabilität des ägyptischen Reiches aufgebotenen Streitmacht verbündet hatten, deren gekränkte Worte aber Loyalität vortäuschten und auf Echnatons schmalem Gesicht eine freudige Röte hervorriefen. Aziru, der sich diese verwirrende Situation zunutze machte und sorgfältig vermied, sich Suppiluliuma zu widersetzen, begann ägyptische Beamte in Syrien zu ermorden und die Schuld daran seinen alten Feinden zuzuschieben. In seiner Antwort auf Echnatons Aufforderung, nach Malkatta zu kommen, erklärte er indes, das sei frühestens in einem Jahr möglich, da er einstweilen syrische Städte gegen die Chatti verteidigen müsse. Teje verlangte wütend, eine Division solle nach Amurru marschieren und Aziru hinrichten, aber Echnaton, der zuerst zwischen der akkadischen Geheimschrift auf den Tontäfelchen, die er in Händen halten konnte, und der nicht so greifbaren, aber beunruhigenderen Interpretation seiner Mutter schwankte, beschloß dann, Aziru zu glauben. Er gewährte ihm ein Jahr Aufschub. Rib-Addi floh aus seiner Stadt Byblos, und die Chatti zogen langsam hinter ihm her. Megiddo, Lachisch, Askalon und Gezer schickten einen Brief nach dem anderen nach Malkatta und flehten um Geld, Truppen und Lebensmittel, und während Echnaton verzweifelt um die Wahrheit rang, fielen die Vasallenstädte den plündernden Hapiru anheim, die jetzt in Suppiluliumas Sold standen. Viele der kanaanitischen Vasallen mußten die Chatti um Frieden bitten, sie gaben sozusagen die ägyptische Oberherrschaft in Zahlung und erkauften sich damit ihr Leben.

In Echnatons achtem Regierungsjahr und dem vierten, seit er den Bau seiner Stadt verfügt hatte, zog Aziru gegen Sumer zu Felde und nahm es mit viel Blutvergießen. In seinen Briefen nach Ägypten beteuerte er nach wie vor seine Loyalität und die Schwierigkeiten, die es ihm bereitete, Suppiluliuma zu entgehen. Immer ein Hasardeur, schickte er vorsorglich ähnliche Briefe an den Chatti-Fürsten, da er glaubte, daß Ägypten und Chatti eines Tages gegeneinander Krieg führen würden. Er schrieb auch an den besiegten und verfolgten Rib-Addi und bot ihm Zuflucht an, und Rib-Addi, dessen Urteilsvermögen versagte, floh nur mit seiner Familie und wenigem Hab und Gut nach Amurru. Echnaton hörte nie wieder von ihm. Aziru nahm von neuem seine verwickelten Verhandlungen mit Suppiluliuma auf.

Tagelang wanderten in Malkatta mit Kisten und Truhen beladene Sklaven zwischen Palast und Fluß hin und her, denn nach vierjähriger Bauzeit war Pharaos Stadt bezugsfertig. Er hatte sie Achet-Aton genannt, Horizont des Aton. Schiffe fuhren flußabwärts, des Nachts mit Fackeln erleuchtet, beladen mit den letzten Besitztümern von Männern, die durch die leeren Räume ihrer Wohnungen oder Häuser gingen, ehe sie ihren Dienern befahlen, die Türen zu versiegeln. Im Amt für Auswärtige Angelegenheiten herrschte Chaos; Knie an Knie hockten Schreiber auf dem Fußboden und übertrugen die wichtigeren Sendschreiben von Tontafeln auf die leichteren und besser zu transportierenden Papyrusrollen, die in Tutus neue Amtsräume in Achet-Aton gebracht werden sollten, während die Tontafeln eingelagert wurden. Die täglichen Berichte gingen in dem unordentlichen Haufen älterer Korrespondenz oft verloren. Pharao, überwältigt von Erregung und Erwartung, zog sich in seine unfertigen Tempel in Karnak zurück, wo ihn die Verehrung seiner Priester und der mit Merirês Gebeten aufsteigende Weihrauch beschwichtigte, während Nofretête die Diener anschnauzte, die sich bemühten, ihre Tausende von Gewändern, ihre Juwelen und Sandalen und Perücken einzupacken.

Der einzige Ort im Palast, wo keine Hektik herrschte, war das Kinderzimmer, und Semenchkarê und Beket-Aton machten sich die häufige Abwesenheit ihres Erziehers und die freiwillige Zurückgezogenheit ihrer Mutter zunutze und spielten mit Nofretêtes drei Töchtern.

«Ich werde jeden Tag einen Brief an dich diktieren und dir berichten, wie mein Unterricht ist und wie viele Fische ich gefangen habe und wann ich meinen ersten Löwen schieße», versprach Semenchkarê Merit-Aton, als sie zusammen auf Matten lagen und auf den stoßweisen Lufthauch warteten, den der Windfänger auf dem Dach herunterschleuste. «Und du mußt mir dafür berichten, wie Pharaos neuer Palast ist, ob die Jagd in den Bergen dort gut ist und was für neue Frauen für den Harem gekauft werden. Mehet-Aton, du liegst auf meinem Fuß. Geh mit meiner Schwester spielen.»

«Aber ich will schwimmen gehen, und Beket-Aton will nur die Affen quälen», erwiderte das Mädchen mürrisch. «Tritt mich nicht, Semenchkarê! Ich kann hier liegen und euch zuhören, wenn ich will.»

Merit-Aton setzte sich auf. «Du!» rief sie eine der Sklavinnen, die an der Tür standen. «Bring die beiden zum See hinunter. Wo ist Anchesenpa-Aton?»

«Sie wird gewaschen, ehe sie schlafen gelegt wird, Hoheit», antwortete die Frau und verbeugte sich. Mehet-Aton sprang auf, und Beket-Aton fing am anderen Ende des Zimmers an zu jaulen.

«Ich will nicht schwimmen. Ich sage es Mutter!»

«Sag's ihr doch», erwiderte Semenchkarê grob. Die Sklavin verbeugte sich noch einmal und wartete, bis die Prinzessinnen zu ihr kamen, Mehet-Aton hüpfend, während Beket-Aton zornig und mißmutig die Affen durch das Fenster auf das Blumenbeet warf. «Schick uns jemanden mit Bier», befahl Semenchkarê, als sie hinausgingen. «Und zwar schnell. Es ist heiß, und wir sind durstig.» Die Tür schloß sich.

«Ich werde meinen Vater jeden Tag bitten, dich kommen zu lassen», sagte Merit-Aton leise, den Blick auf die noch im Kinderzimmer gebliebenen Dienerinnen, die sich am anderen Ende zusammengeschart hatten und sich fächelten. «Ich werde Wutanfälle kriegen und schreien und krankspielen, bis er auf mich hört.»

Semenchkarê wickelte ihre Jugendlocke um seine Finger und zog ihr Gesicht zu sich heran. «Pharaonen hören nicht auf achtjährige Mädchen, vor allem nicht dein Vater. Er hat zuviel Angst vor seiner Mutter, um mich kommen zu lassen. Außerdem mag er mich nicht. Er kann es sich nicht leisten.»

«Warum nicht?» Merit-Aton zog ihr Haar aus seiner Hand. «Meine Mutter ist wieder schwanger und sagt, diesmal wird sie einen Prinzen bekommen, und er wird mich heiraten, und ich werde eines Tages Königin.»

«Ja, das wirst du, aber nur wenn ich Pharao werde und dich heirate. Das ist der Grund, warum mein Bruder, der König, mich nicht mag. Wenigstens sagt das meine Mutter.»

Eine Dienerin erschien, kniete geräuschlos nieder und stellte ein Tablett mit Bier und Bechern vor sie. Semenchkarê leerte seinen Becher in einem Zug. «Ich bin es leid, hier herumzuliegen. Zieh deinen Schurz an, dann wollen wir auf dem Fluß segeln gehen. Du kannst zusehen, wenn ich angle.»

Merit-Aton setzte gehorsam ihren Becher ab, klatschte in die Hände, damit ihr der Schurz gebracht werde, und ließ ihn sich von ihrer Sklavin um die Taille wickeln. Semenchkarê sah interessiert zu, bis ihr die Sandalen angezogen und die Augenschminke erneuert war, dann packte er die Bänder ihrer Jugendlocke und zog sie unbekümmert zur Tür.

Teje verließ ihre Sänfte, befahl mit einer Handbewegung ihrem Gefolge, am Tor zu warten, und ging zum Haus ihres Bruders. Der Garten, in dem sie im Laufe der Jahre so oft mit ihm gesessen, Wein getrunken und gelacht und zugesehen hatte, wie sich seine Paviane kratzten und von einem Schattenplatz zum anderen liefen, der Garten, in dem sie dem leisen Geplauder oder den Klängen der Musik gelauscht hatte, war jetzt in der bedrückenden Hitze des frühen Nachmittags still und verlassen. Auch der geschützte, steinerne Kai, wo sonst sein Boot schaukelte, war leer, auf dem Landungssteg spielte weißes Licht, und der Fluß dahinter zog gemächlich und träge vorbei.

Ich fühle mich hier immer zu Hause, dachte Teje, als sie zu den gelb und blau gestrichenen Säulen der schattigen Vorhalle kam. Es ist mit so vielen schönen Erinnerungen verbunden. Mein Vater mit seiner Hakennase und dem weißen, welligen Haar, der still lächelte, wenn meine Mutter mit ihrer tiefen Stimme sich des langen und breiten über besonders interessanten Haremsklatsch erging und ihre Armbänder auf den braunen Armen nach oben glitten, weil sie mit den Händen in der Luft herumfuchtelte. Anen mit gekreuzten Beinen auf dem Rasen, sein Priestergewand säuberlich auf dem Schoß gefaltet, der mit gesenktem Kopf zuhörte, die Worte aber nicht wirklich aufnahm. Eje selbst, der etwas bemerkte oder berichtigte, immer liebenswürdig, immer der gut unterrichtete Höfling, und in der ersten Zeit war auch Tiê da, hübsch und aufgeregt, und streute unbeendete Sätze, zusammenhanglose Wörter in die Unterhaltung ein, gesprochenes Treibgut, das gelegentlich vom verworrenen Strom ihres Denkens auf ihre Zunge gespült wurde. Osiris Amenhotep ist nie hierhergekommen, Sitamun auch nicht, dachte Teje, als ein einziger Diener von einem Hocker neben der offenen Tür aufstand und sich auf den heißen Stein warf. Seltsam, daß ich Ejes erste Frau nicht vor mir sehe, obwohl sie hiergewesen sein muß, und auch die Kinder, Nofretête und Mutnodjme, nicht. Wie die Jahre allmählich schwinden, während ich hier warte. Eine winzige Bewegung zu ihren Füßen brachte sie in die Gegenwart zurück, und sie hieß den Mann aufstehen.

«Sage meiner Nichte, daß ich hier bin, und bringe Stühle für uns.» Sie wandte der Tür den Rücken, während er nach drinnen eilte, und überließ sich ihren wehmütigen Erinnerungen, und als sie sich mit einem Seufzer wieder zum Haus umwandte, sah sie Mutnodjme, die sich hinter ihr verbeugt hatte. Die Jugendlocke der jungen Frau war nicht geflochten und fiel ihr wie ein gekräuselter schwarzer Strang bis auf die nackten Knie. Sie war ungeschminkt, das Gesicht blaß, und die Augen wirkten unter den wie gewöhnlich geschwollenen Lidern noch kleiner. Sie hatte eilig einen durchsichtigen weißen Umhang um die Schultern geworfen, war aber sonst unbekleidet. Ihr Diener stellte Klappstühle hin und schenkte Wasser aus einem Faß ein, das an der Wand kühlgehalten wurde, und auf ein Wort von Teje verschwand er im dämmerigen Inneren des Hauses. Mutnodjme lächelte schwach und sank auf ihren Hocker, als Teje neben ihr Platz nahm.

«Du hast den Umzug deines Vaters beaufsichtigt», sagte Teje, und Mutnodjme nickte.

«Alles ist weg, und ich bin erschöpft, Majestät Tante. Ich habe heute länger als sonst geschlafen. Verzeih mir, daß ich nicht auf war, um dich zu begrüßen. Sobald ich Nachricht erhalte, daß Vater sich eingerichtet hat und ich nichts vergessen habe, fahre auch ich nach Norden zu meinem Mann.»

«Bist du glücklich mit Haremhab?»

Die Frage verblüffte Mutnodjme. Sie zog die Augenbrauen hoch und lächelte ihre Tante bedächtig an. «Ja. Er stellt wenig Anforderungen an mich, abgesehen von denen, die ich mag, und er hat mich die Grenzen gelehrt, über die ich mich nicht hinauswagen darf, wenn ich meinen guten Ruf bewahren will. Er wird recht einflußreich am Hof.»

«Ich weiß», erwiderte Teje kurzangebunden. «Hast du Ersatz für deine Zwerge bekommen können?»

«Haremhab schreibt in seinem letzten Brief, daß mich zwei neue in Achet-Aton erwarten. Sie haben ihn ein Vermögen gekostet.»

«Er wird rasch wieder eins erwerben.» Teje betrachtete die knochigen Schultern unter dem dünnen Leinen, die Mutnodjme schlaff und entspannt hängen ließ, die langen, an den Knöcheln übereinandergeschlagenen Beine, die braunen Brustwarzen, die zu sehen waren, wo sich der bodenlange Umhang teilte. «Glaubst du, es wird dir in Pharaos Stadt gefallen?»

Mutnodjme zuckte die Achseln. «Sie ist wunderbar anzusehen, ein Spielzeug von großer Schönheit, ein einziger riesiger Tempel. Ich bin glücklich, wo meine Freunde sind. Mein Mann hat als Geschenk ein Landgut für uns bekommen, wie ich tatsächlich noch nie eines gesehen habe. Pharao hat keine Kosten gescheut, seine Höflinge zufriedenzustellen. Daher werde ich gern in Achet-Aton leben.»

«Wie ich höre, hat Tiê beschlossen, aus Achmin dorthin überzusiedeln.»

Mutnodjme lachte, hob das Kinn und stülpte ihren Becher um. Wasser tropfte ihr über den Hals und den Nabel und begann sich zwischen ihren Schenkeln zu sammeln. «Meine Mutter versucht wieder einmal, eine pflichtgetreue Ehefrau zu sein. Es paßt nicht zu ihr. Obwohl Vater ein sehr abgelegenes Landhaus auf der anderen Seite des Flusses für sie gebaut hat, wird sie ängstlicher und hilfloser denn je werden, bis der Lockruf von Achmin zu laut wird, als daß sie überhören könnte. Dann wird sie sich davonstehlen.»

«Eje liebt sie.»

«Und sie ihn. Das ist nicht der springende Punkt, Majestät Tante. Sie fühlt sich nur in Achmin sicher.»

Das verstehe ich, dachte Teje mit einem plötzlichen Anflug von Mitgefühl mit Ejes schöner, kopfloser Frau. «Mutnodjme, ich bin nicht bloß zum Plaudern hergekommen. Ich habe eine Aufgabe für dich. Es ist kein göttlicher Befehl. Du kannst es ablehnen, wenn du willst.»

Mutnodjme lächelte. «Du möchtest, daß ich in Achet-Aton für dich spioniere, Göttin?»

Teje erwiderte das Lächeln etwas gequält. Sie war sich nicht über das Maß von Scharfsinn klargewesen, das sich hinter der trägen Gleichgültigkeit ihrer Nichte verbarg. «Ja. Ich werde dich gut bezahlen. Du bist am Machtkampf nicht beteiligt. Du bist an nichts interessiert, und deshalb wirst du genau das berichten können, was du siehst und empfindest.»

«Haremhab würde es nicht gefallen.» Mutnodjmes Stimme klang scharf. «Und es stimmt nicht, daß ich an nichts interessiert bin.» Ihre Augen waren nicht mehr verschlafen, und sie beobachtete Teje genau. «Mir liegt an meinem Mann. Ich will ihn nicht in Gefahr bringen und die Möglichkeit heraufbeschwören, daß er in Ungnade fällt.»

«Aber deine Seitensprünge sind das Gesprächsthema aller gelangweilten Höflinge.»

«Pah! Sich an einem endlosen Nachmittag die Zeit mit einem hübschen Kerl vertreiben, was ist dabei? Für Haremhab würde ich töten.»

Teje verbarg ihre Überraschung. «Spioniere für mich, und auf lange Sicht wirst du ihn schützen. Es ist nur eine Frage der Zeit, bis diejenigen in der Umgebung meines Sohnes die Notwendigkeit erkennen, ihm begreiflich zu machen, wie die Wahrheit wirklich ist. Haremhab kann bestimmt nicht an die Oberhoheit des Aton glauben, und auch nicht an die jämmerliche Beschwichtigungspolitik, die Echnaton im Hinblick auf das Reich verfolgt. Pharao braucht wahre Freunde, Mutnodjme, Menschen, die ihm zu seinem eigenen Vorteil Widerstand leisten.»

«Haremhab ist nur nach Achet-Aton übersiedelt, weil Pharao ihm die Ausbeutung der nubischen Goldminen versprochen hat, die zur Zeit den Amun-Priestern obliegt», erwiderte Mutnodjme. «Und vielleicht auch, weil er schon einigen Einfluß besitzt. Er hat deinen Mann gern, Große Königsgemahlin, ob er nun glaubt, er habe recht oder unrecht. Er versteht ihn nicht, aber er ist gewillt, ihm treu zu sein.»

«Haremhab pflegte mir treu zu sein!»

«Das ist er noch, aber wir können nicht von Luft und Liebe leben, und außerdem wäre nichts damit gewonnen, wenn er in einem leeren Malkatta bleibt oder die Grenzen überwacht, obwohl mein Vater ihn da wieder hinschicken möchte.» Sie stand auf, ging zum Wasserfaß und schenkte sich wieder ein. Teje schüttelte den Kopf, als ihr der Becher angeboten wurde, und Mutnodjme lehnte sich an eine Säule und trank. «Schwörst du, Majestät Tante, daß du keine Ränke schmiedest, die meinen Mann gefährden?»

«Natürlich schwöre ich das! Haremhab ist der beste junge Truppenführer, den Ägypten hat, und ich weiß, daß seine umfassendere und wichtigere Loyalität dem Land gilt.»

«Was wirst du mir zahlen?»

Teje lächelte innerlich. «Hundert neue Sklaven jedes Jahr aus dem Land deiner Wahl. Ein Viertel meiner Gewinne aus dem Alaschia-Handel. Und meine Erlaubnis, zusätzlich 100 Morgen meines persönlichen Landguts in Djarucha einzudeichen und zu überschwemmen, um sie selbst bestellen zu lassen.»

Mutnodjme nickte. «Einverstanden. Aber ich werde dir nur berichten, was ich will, nicht unbedingt das, wonach du fragst, und ich diktiere keine Schriftrollen, die mir später vorgehalten werden können.»

«Daran habe ich gedacht. Ich werde dir meinen stummen Sklaven geben. Gib ihm deine Berichte mündlich, und er kommt dann zu mir und schreibt sie vor meinen Augen nieder. Ich lese sie dann und verbrenne sie.»

«Majestät, du weißt, daß ich träge bin und es ablehne, atemlos von einer Audienz zur anderen zu eilen oder mich vor verschlossenen Türen herumzutreiben in der Hoffnung, irgendeine Neuigkeit aufzuschnappen. Außerdem bin ich nicht sicher, ob ich dir trauen kann.»

«Dann laß mich bespitzeln.» Sie lachten beide. Mutnodjme rutschte an der Säule herunter und hockte sich an ihrem Sockel hin. «Ich will keine Berichte über Politik von dir», fuhr Teje nach einem Augenblick fort. «Ich will wissen, wie die Atmosphäre ist, in welchem Ton die Leute reden. Du brauchst mir auch nicht regelmäßig Berichte zu schicken. Ich bin sicher, daß Eje mich ebenfalls auf dem laufenden halten wird.»

«Majestät, Pharao hat dort ein großes Haus für dich gebaut», sagte Mutnodjme. «Warum willst du hierbleiben? Etwa wegen meiner unangenehmen Halbschwester?»

«Darüber bin ich erhaben», erwiderte Teje und stand auf. Mutnodjme verbeugte sich flüchtig. «Möge dein Name auf immer leben», schloß Teje, trat hinaus in das blendende Licht des Spätnachmittags und begab sich zum Tor, wo ihre Diener warteten. Der Garten duftete nicht mehr süß nach der Vergangenheit, aber als sie den Kopf senkte, um ihr Gesicht vor der Sonne zu schützen, wurde ihr klar, daß der Schmerz in ihrer Brust nicht der einer dahingeschwundenen Stimmung war. Es war die plötzliche Eifersucht, die sie auf Mutnodjme empfand. Sie blickte zurück. Die Säulenhalle war verlassen, die Stühle standen noch dicht beieinander, ein Wasserfleck verdunstete auf den Steinen, und Mutnodjmes Becher lag vergessen im Gras, wo sie ihn hingeworfen hatte.

Am Abend vor Pharaos Abreise von Malkatta konnte Teje nicht schlafen. Tagsüber war sie durch ihre Räume gewandert, unfähig, sich mit irgend etwas zu beschäftigen, denn sie erwartete, Echnaton werde sie zu sich bitten. Sie hatte ihre Tänzer kommen lassen, um sich von ihnen unterhalten, Tia-Ha, um sich von ihr amüsieren zu lassen, und Piha, damit sie sie massiere, aber ihre Gedanken waren nach wie vor auf den Mann gerichtet, der zugleich Sohn und Ehemann, Kind und Geliebter war. Sie konnte einfach nicht glauben, daß er ohne ein Wort für sie weggehen könnte, obwohl es Monate her war, daß er mit ihr hatte privat zusammensein wollen. Er hatte keine Anweisungen erteilt, was mit dem alten Palast geschehen solle, und keinen seiner Mitarbeiter zurückgelassen, um die Verbindung mit seiner Regentin aufrechtzuerhalten. Es war, als würde mit seiner Abreise das große, herrliche Gebäude verschwinden, das seit Jahren Ägyptens Herz umschlossen hatte, und nichts zurückbleiben als Eidechsen und Wüstenspringmäuse, die in den Mauerresten Unterschlupf suchen würden. Stolz hatte Teje darauf verzichtet, zu ihm zu gehen. Wenn er ohne ein Wort wegfahren wollte, als wäre sie schon tot, dann sollte es so sein. Sie sagte sich, daß sie sich nach einem friedlichen Ruhestand der Art sehnte, dessen sich ihre Tante, die Königin Mutemwija, in der Abgeschiedenheit einer prächtigen Wohnung im Harem erfreut hatte. Sie wollte keine Schlachten mehr schlagen.

Sie hatte ihrem Arzt befohlen, einen Schlaftrunk für sie zu bereiten, aber Rê segelte in der Duat durch ein Haus nach dem anderen, und immer lag sie noch angespannt da, lauschte den schwachen Klängen von Karnaks Hörnern, die über den Fluß hallten, und schwitzte, obwohl sie nackt war, unter dem Leinenlaken. Zweimal ließ sie sich von Piha Wasser bringen, aber es war warm und widerte sie an. Sie war so überzeugt, daß der Schlaf sie floh, daß sie es nicht zu glauben vermochte, als sie sich einer dunklen Gestalt bewußt wurde, die sich über sie beugte, bis diese zögernd ihre Wange berührte. Sie stieß einen Schrei aus und setzte sich auf, und Echnaton trat einen Schritt zurück.

«Ich habe Piha in die Dienstbotenzimmer geschickt», flüsterte er unnötigerweise. «Ich möchte mit dir allein sprechen, Teje.»

Daß er sie mit ihrem Namen ansprach, war ein gutes Vorzeichen, aber sie flüsterte auch: «Weiß Nofretête, daß du hier bist, Majestät?» In dem Dämmerlicht konnte sie nicht feststellen, ob es eine Röte der Verlegenheit oder einfach das Spiel des Schattens auf seinem dünnen Hals war, als er sich zu ihr herunterbeugte. «Oder wäre es dir peinlich, mir in der Öffentlichkeit Lebewohl zu sagen?»

«Aber nein», sagte er mit lauterer Stimme, und er wirkte verblüfft. «Ich nahm an, wir würden uns morgen am Kai verabschieden. Ich konnte nicht schlafen.»

Besänftigt, klopfte Teje neben ihren Knien aufs Bett. «Ich auch nicht. Amenhotep, es ist noch nicht zu spät, daß du dich eines Besseren besinnst. Überlaß deine Stadt den Eulen und Schakalen und bleibe hier.»

«Nenne mich nicht so!» Er warf ihr einen finsteren Blick zu und schob die Unterlippe vor. «Es ist auch nicht zu spät, daß du dich eines Besseren besinnst, meine Mutter. Ich habe ein herrliches Haus in Achet-Aton für dich bauen lassen mit einem Lustgarten und anderen Annehmlichkeiten, wie es einer Großen Königsgemahlin wohl ansteht. Bitte komm.» Unter dem Band der einfachen weißen Schlafmütze war seine hohe Stirn gefurcht. Teje legte ihre heiße Hand auf seinen nackten Oberschenkel.

«Es besteht kein Grund für mich, mein Heim zu verlassen», sagte sie. «Du hast deutlich gemacht, daß du mich nicht mehr brauchst, weder als Regentin noch als Ehefrau. Es war unrecht, daß ich mit dir das Gesetz gebrochen habe, Echnaton. Mein Urteilsvermögen hat mich im Stich gelassen. Ich will jetzt nichts als Frieden.»

«Ich verstehe das nicht.» Er nahm ihre Hand und drückte sie. «Der Aton hat uns ehelich verbunden. Unsere körperliche Vereinigung war nötig. Ich habe es dir ja gesagt.»

«Aber sie ist nicht mehr nötig.» Der Satz war halb Behauptung, halb Frage. «Gib mich frei.»

Er blickte sie scharf an und sah bekümmert aus. «Bedeutet das, daß du mich nicht liebst? Habe ich dich gekränkt?» Vor Besorgnis klang seine Stimme noch heller. «Der Aton wäre zornig, wenn ich dich gekränkt hätte, Teje.»

Wider Willen fühlte sie sich wieder hineingezogen in das Labyrinth widerstreitender Gefühle, die in ihr verborgen gewesen waren und darauf warteten, ihre Gedanken zu verwirren und über ihren Körper zu verfügen, wann immer ihr Sohn nahe war. Heute abend verleugnete sie sie entschlossen. «Geh wieder in dein Bett», sagte sie barsch und zog ihre Hand zurück. «Gestern warst du krank. Mein Arzt hat es mir berichtet. Du mußt schlafen, damit du morgen abfahren kannst.»

«Wie kann ich Malkatta verlassen, wenn ich weiß, daß ich dich enttäuscht habe?»

O ihr Götter, dachte Teje müde. «Du hast mich nicht enttäuscht, mein Sohn. Bist du nicht die Inkarnation von Rê, der Geist der Aton-Scheibe? Wie kann ein Gott enttäuschen?» Sie sprach beschwichtigend, aber er war nicht besänftigt.

«Wenn ich dich höre, komme ich mir wie ein Kind vor!» platzte er heraus, stand plötzlich auf und schwankte von einem Bein aufs andere. «Ich weiß, daß es dir nicht ernst ist mit dem, was du sagst! Du versuchst mich zu beruhigen, aber in Wirklichkeit willst du, daß ich weggehe.»

«Du bist mein Pharao», sagte sie bedachtsam. «Du hast Nofretête, gewiß die schönste Frau, die je auf Erden weilte. Du hast soviel Macht, soviel Reichtum! Was gibt es mehr? Warum diese Gefühlsausbrüche in meiner Gegenwart?»

Er schwankte nicht mehr hin und her, sondern erstarrte. «Weil du mir nicht die Verehrung entgegenbringst wie alle anderen. Du kennst mich zu gut.»

Es war ein Moment großer Klarsicht, die sie nicht von ihm erwartet hatte, die sie verwunderte und entwaffnete. «Ich kenne dich, aber ich liebe dich auch. Mach dir keine Sorgen. Du wirst in Achet-Aton immer noch Pharao sein, und ich werde hier in Malkatta immer noch deine Mutter sein.»

«Werde ich dir fehlen?» Er preßte die Hände zwischen seinen weichen Schenkeln zusammen. «Werde ich dir so fehlen, daß du nicht gegen mich intrigierst und mir schadest?»

«Nofretête möchte also, daß ich nach Achet-Aton komme, damit sie ein wachsames Auge auf mich haben kann!» lachte Teje erleichtert. «Ich fühle mich geschmeichelt. Doch damit du dich nicht ängstigst, darfst du nicht vergessen, daß aus ihr die Eifersucht spricht. Ich will nur in Frieden gelassen werden.»

Er begann wieder unruhig zu werden, und verblüfft merkte sie, daß sie ihn irgendwie beleidigt hatte, dennoch fuhr sie fort: «Ich habe mein möglichstes getan, dich sicher auf dem Horus-Thron sitzen zu sehen, und ich habe jetzt kein Verlangen, mich auch künftig Nofretêtes bitteren Beschwerden zu stellen. Dein mangelndes Vertrauen zu mir, Amenhotep, gereicht dir nicht zur Ehre. Ich habe versucht, dir Ehefrau und Mutter zu sein, und ich habe versagt. Mir fehlt dein Vater! Bitte, verlasse mein Schlafzimmer.»

Statt zu antworten, kam er zurück zum Bett und drückte ihre Schultern nach unten. Er zitterte. «Ich bin mein Vater, und du bist meine Frau», rief er aus. «Du liebst mich, das weißt du. Sag es mir, Teje!»

«Ich will es heute abend nicht hören», sagte sie ungestüm. «Ich bin nicht so fügsam wie die kleine Kia oder eine deiner Konkubinen. Du hast zu lange keine Notiz von mir genommen, weder im Bett noch sonst. Nimm deine Hände von meinen Schultern, sonst rufe ich meine Leibwächter.»

«Wenn du nicht mitkommst, dann schenke mir wenigstens deine Liebe, damit ich sie mitnehmen kann», sagte er, und seine Stimme klang gedämpft durch das Kissen neben ihrem Ohr. «Einmal noch, liebe Teje, damit mein Glück mich nicht verläßt.»

«Ich bin kein Amulett und kein Zaubermittel!» Sie wand sich unter seinem Gewicht und wußte, daß sie ihn leicht abschütteln könnte, aber plötzlich machte die Wahrheit ihrer eigenen Worte sie schwach. Es ist so lange her, zu lange, sagte die heimtückische Stimme in ihrem Kopf. Sie spürte die vertraute Berührung seiner Haut auf ihrem Körper, und ihre Knie lockerten sich, ihre Schenkel spreizten sich. Trotz allem ärgerlich, versuchte sie sich auf die Ellbogen zu stützen, aber als sie den Kopf hob, drückte Amenhotep seinen Mund auf den ihren, und er roch nach Nelken und parfümiertem Wein, was sie an seinen Vater erinnerte. Plötzlich sah sie dessen volles, gefurchtes Gesicht vor sich, und es war so wirklich, daß sie einen Schmerz im Magen verspürte, ehe sie sich losriß. Sofort zog sich auch ihr Sohn zurück.

«Du liebst mich noch!» Er lächelte glücklich. «Ich wußte es.»

«Ich liebe dich als meinen Sohn, meinen Gott», brachte Teje hervor, ihre Stimme war belegt, ihre Glieder schwer. Er senkte den Kopf und küßte sie wieder, diesmal sanfter mit dem schonungsvollen, forschenden Zaudern, an das sie sich so gut erinnerte. Ihr Körper, noch lebenshungrig, wußte nur, daß er begehrlich war, aber ihre Gedanken schreckten zurück, sogar noch, als sie ihm die Arme um den Hals legte und seine Bewegungen ihr die Tage in Memphis in Erinnerung riefen, die erste Freude über ihre Ehe, sie aber auch an die Monate gemahnten, in denen er von ihr nichts hatte wissen wollen. Sie hatte vergessen, wie sich sein merkwürdiger, ungestalter Bauch anfühlte, seine schlaffen Oberschenkel und sein knabenhaftes Glied, aber der Abscheu, den sie immer insgeheim empfunden hatte, war dennoch nicht so stark wie ihre körperliche Reaktion auf ihn. Er geht fort, dachte sie undeutlich, während sie Worte der Liebe und Ermutigung murmelte, und dann wird es keine Rolle mehr spielen.

«Das war gut», sagte er später, als sie mit abgewandtem Kopf neben ihm lag und mit einer Hand das Laken zusammenknüllte. «Es war, als wäre ich wieder neugeboren, als hätte ich mitangesehen, wie ich aus meinem eigenen Schoß ausgestoßen wurde.» Er stand auf und legte seinen Schurz an. «In Achet-Aton werde ich in der Hoffnung leben, daß du eines Tages am Kai landest. Wieder einmal hat dein Körper mein Unterfangen gesegnet, Teje. Der Gott wird dich in meine Stadt rufen.»

Teje erschauerte und wandte sich nicht um, als er wegging. «Die Morgendämmerung kommt, und ich will schlafen», war alles, was sie zu antworten vermochte.

Als er fort war, warf sie die Kissen auf den Fußboden und stellte eine Kopfstütze unter ihren Nacken. Das Elfenbein war kühl und wirkte wohltuend auf ihren Rücken. Sie langte unter das Bett, zog die Unschuldserklärung hervor, an der Cheruef so Anstoß genommen hatte, und legte sie sich auf den Bauch, eine Hand schützend darüber. Sie wollte schlafen. Ihre Augen brannten, ihr Mund war trocken. Aber die Erkenntnis, die sie vor mehreren Stunden gehabt hatte, kehrte jetzt zurück. Ich bin nicht eine Frau für ihn wie Nofretête, dachte sie. Ich bin ein Amulett, ein Talisman, um Unheil abzuhalten, etwas, das man dann und wann aus einer Truhe nimmt und sich um den Arm bindet und es dann wieder zu dem anderen Plunder zurücklegt, wenn der Augenblick der Angst vorüber ist. Die demütigende Erkenntnis ließ sie die Augen zusammenkneifen und leise stöhnen. Du wirst alt, sagte sie sich. Du bist in deinem Stolz schwer getroffen, aber es hat nicht einmal Ärger in dir hervorgerufen oder den Wunsch nach Rache. Nichts als Scham und Verwunderung. Aber vielleicht wollte er sich bloß vergewissern, daß er mich so fest in der Hand habe wie immer, daß meine Loyalität nicht fragwürdig sei. Wäre ich darauf vorbereitet gewesen und hätte ich ihn gleich weggeschickt, würde er voll Zweifel und Kummer nach Achet-Aton fahren. So ist es besser. Möge er sich sicher fühlen, mein argloser Sohn. Möge der morgige Tag herrlich für ihn werden.

Zu guter Letzt schlief sie tief und fest ein und hatte Mühe, wach zu werden, als Flöten- und Lautenmusik in ihre Träume eindrang. Als sie die Augen öffnete, zog Piha die Fenstervorhänge auf, und ihre Musikanten, die ihre Pflicht erfüllt hatten, verbeugten sich und zogen sich zurück. Schon war der Tag atemberaubend vor Hitze, der durch das Fenster sichtbare Himmel war azurblau mit einem Anflug von Bronze. Die Unschuldserklärung hatte sie noch in der Hand. Sie drückte sie an die Wange und ließ sie dann unter das Bett fallen.

Der restliche Hof von Malkatta – Tejes Gefolge, die wenigen Höflinge, die bleiben wollten, und die älteren Haremsfrauen – versammelte sich knapp zwei Stunden später am Kai, um Pharao abfahren zu sehen. Teje saß auf ihrem Thron unter dem schmalen Schatten eines Baldachins, und die gehörnte Scheibe und die Federn drückten auf ihre verschwitzte Stirn wie das Gewicht des Reiches selbst. Vom Landungssteg bis zum Fluß drängten sich auf dem Kanal Fahrzeuge aller Art, alle mit bunten Wimpeln beflaggt, alle wimmelnd von lachenden, sich puffenden Menschen. Diejenigen, die hinter Teje standen, waren still, und es wurde ihr langsam klar, daß mehr als einige Schritte über Gras und heißen Stein sie und ihre Begleitung von den aufgeregten Hunderten trennten, über die ihr Blick schweifte. Seit dem Tod von Osiris Amenhotep hatte sie viele Male den Wellenkamm einer unsichtbaren Woge erspäht, eine ferne, blasse Linie der Warnung und Melancholie, die steigende Flut der Zeit selbst, die sie jetzt umspülte. Sie drehte sich auf dem Thron um. Überall waren Gesichter, die leichte Spuren des nahenden Alters trugen oder stark von ihm gezeichnet waren, schlaffe und faltige Körper, trüb gewordene Augen, Glieder, die sich schwerfällig oder nur unter Schmerzen bewegen konnten. Es spielte keine Rolle, daß diese Körper Kas besaßen, die immer voll jugendlichem Überschwang sein würden. Zwischen dem Geist und seinem Sehnen war alterndes Fleisch, und nur die Augen rings um sie ließen die Seelen noch unverzerrt erkennen. Teje merkte, daß sie Tia-Ha anblickte, eine kleine, dicke Frau mit zuviel Schminke auf den Wangen, die sich mit den mädchenhaften Gesten einer Kokotte verbeugte und lächelte. Rasch schaute sie weg und merkte, daß Nofretêtes kalter Blick auf ihr ruhte. Groß und schlank, ihre Perücke in einem Netz aus goldenen Spiralen, die sich um die Löckchen bis zu ihrer Taille ringelten und dann an den schmalen Hüften entlang bis zu den Knien reichten, so stand sie da und starrte sie an. Und sie ist eine Frau, dachte Teje bestürzt. Achtundzwanzig Jahre alt. Wie ist das nur möglich? Nofretêtes erneute Schwangerschaft war sichtbar, und sie schien alles zu versinnbildlichen, wovon Teje wußte, daß sie es für immer eingebüßt hatte. Im Triumph des Augenblicks lächelte Nofretête ihrer Tante zu, bevor sie hinter den Vorhängen der Kajüte verschwand.

Echnaton trat vor, die Doppelkrone schimmerte, der Pharaonenbart aus Goldgeflecht und Lapislazuli glitzerte. Weihrauchschwaden stiegen empor, und die Aton-Priester begannen ihre Gebete und flehten um eine gute Reise. Echnaton nahm Tejes Hand, als sie aufstand.

«Du weißt, daß ich gelobt habe, niemals nach Theben zurückzukehren», sagte er leise. «Wenn du mich wiedersehen willst, mußt du nach Achet-Aton kommen. Ein neues Zeitalter beginnt für unser geliebtes Ägypten, o meine Mutter, und in zehntausend Hentis, wenn die Verehrung des Aton sich über die ganze Welt verbreitet hat, werden die Menschen vergessen haben, daß es Theben und seinen Gott je gegeben hat. Aber sie werden sich erinnern, daß du mich geboren hast, und sie werden deinen Namen voll Verehrung aussprechen.»

Sie strich ihm einmal sanft über die Wange. «Du hast heute wieder Kopfschmerzen.»

Er nickte und kniff die Augen zusammen, weil ihm schon diese kleine Bewegung weh getan hatte. «Ja. Wieder einmal liegt die Hand des Gottes auf mir, aber ich werde schlafen können, wenn Theben außer Sicht ist.»

Es gab nichts mehr zu sagen. Teje setzte sich wieder auf ihren Thron, als Echnaton ging, um dem schon gefesselten und auf dem tragbaren Altar ruhig wartenden Stier die Kehle durchzuschneiden, und Wein und reinigende Milch über die Steinstufen gegossen wurden. Schüsseln mit Blut wurden an die Menschen weitergereicht, die sich vor dem Palast drängten, und an diejenigen, die schon in den Booten standen, aber niemand war hektisch bestrebt, sich damit einzuschmieren, wie es früher bei Dankgebeten üblich gewesen war. Echnatons Hof hatte Gelassenheit gelernt.

Schließlich hob Pharao eine blutige Hand, ging über die Rampe und verschwand in der Kajüte. Pasi, sein Kapitän, schrie einen Befehl, und die Taue wurden gelöst. Die Ruder tauchten klatschend ins Wasser, und ‹Cha-em-Ma'at› ließ Malkatta hinter sich zurück.

Teje blieb nicht länger dort, sondern gab Huya und ihren Frauen ein Zeichen, begab sich zurück zum Palast und ging durch die riesige Empfangshalle, die jetzt kühl und leer war, durch Pharaos private Audienzhalle und den Thronsaal in den Garten dahinter. Hier stieg sie die Treppe an der Außenmauer des Palasts hinauf und blieb schließlich auf dem Dach stehen. Jenseits der Palmenreihe drängelten sich Hunderte von Schiffen, um möglichst dicht hinter dem königlichen Boot herzufahren, das bereits nach Norden eingebogen war. Ruder tauchten ins Wasser und kamen schimmernd wieder hervor. Fahnen und Wimpel flatterten. Die Inseln im Nil zwischen Theben und Malkatta traten deutlich hervor, als die Boote sie umfuhren. Der Tag war klar und ohne Dunst. Die Pylonen und Türme von Karnak hoben sich messerscharf vom blauen Himmel ab, und ringsum erstreckte sich der Horizont der mächtigen Stadt anscheinend endlos nach rechts und links.

«Tausende von Menschen stehen an den Kais und sogar im Wasser», sagte Teje plötzlich zu Huya. «Sogar auf den Dächern stehen welche. Doch ich kann sie nicht hören.»

«Weil sie schweigen, Majestät», erwiderte Huya trocken. «Es ist kein Freudentag. Ich kann auch keine Amun-Priester am Landungssteg von Karnak ausmachen.»

«Es ist ein Anblick, den sie nicht zu sehen wünschen.» Teje beschattete die Augen mit der Hand. Die ungleichmäßige braune Menge der Stadtbewohner war seltsam still und ruhig, und allmählich überkam Teje das Gefühl von Feindseligkeit, eine Vorahnung von Unmut und zielloser Gewalttätigkeit.

Huya empfand das auch, er trat vom Rand des Dachs zurück und wischte sich das Gesicht ab. «Ich glaube, sie haben noch nicht begriffen, was ihnen widerfahren ist», bemerkte er, als Teje auch von der Brüstung zurücktrat. «In Theben wird es keine Lebensmittel, keinen Wein und keine kostspieligen Dinge mehr zu kaufen geben, denn die Kaufleute sind natürlich mit den ausländischen Botschaftern nach Norden gegangen. Ebenso der Handel, der die meisten ausländischen Waren nach Malkatta brachte, ganz zu schweigen von der Getreideernte von den Landgütern der Adeligen. Und Pharao baut auch nicht mehr in der näheren Umgebung der Stadt. Es wird viele hungrige Menschen ohne Beschäftigung geben.»

«Sie haben immer noch das Geschäft mit den Priestern», erwiderte Teje bissig. «In Karnak sind mehr als 20 000 Priester, für die Waren umgeschlagen werden müssen. Theben wird leiden, aber es wird nicht sterben. Hör nur, wie leer alles rings um uns ist, Huya! Ich glaube, ich werde den Rest des Tages verschlafen.»

Es tat wohl, in dem stillen, verdunkelten Raum zu liegen, die Augen zu schließen und ohne seelischen Druck einzuschlafen. Sie erwachte erst am nächsten Morgen und stand nicht auf, bevor sie im Bett gefrühstückt hatte und von Sängern unterhalten worden war. Sie ließ sich in absichtlicher Gemächlichkeit ankleiden und schminken, dann machte sie in Begleitung von Huya, Piha und einer Handvoll Gefolgsleute ungehindert einen Rundgang durch den Palast. Ein Raum nach dem anderen begrüßte sie mit widerhallender Distanz. Türen standen offen und ließen kahle Fliesenböden sehen, auf denen die Sonne spielte. Muster, die sie lange nicht mehr bemerkt hatte, da sie von Möbeln verdeckt gewesen waren, fielen ihr an den Wänden auf, die Farben und Zeichnungen wirkten jetzt, da sie die leeren Räume beherrschten, seltsam frisch und neu. In den gescheuerten Korridoren war das Klappern ihrer Sandalen zu hören, aber in den Schlafzimmern sammelte sich schon Staub. Die riesige Empfangshalle mit der Empore und dem friesgeschmückten Baldachin wirkte auf Teje am erschreckendsten, denn ihre ständige Düsternis und ehrfurchtgebietende Höhe weckten so viele Erinnerungen. Entsetzt befahl Teje, alle leeren Räume im Palast zu versiegeln.

Am Nachmittag suchte sie die Amtsräume der Minister auf und stieß dort auf dieselbe Atmosphäre von Verlassenheit. Die Sklaven hatten sie noch nicht gesäubert, und man konnte sich vorstellen, daß die Männer, die hier gearbeitet hatten, jeden Augenblick zurückkommen würden, denn Papyrusrollen, Schreibgeräte, leere Tintenfässer und Tonscherben, auf die Baumeister erste Entwürfe gekritzelt hatten, häuften sich auf Schreibtischen oder lagen auf dem Fußboden. Tutus Arbeitszimmer war am schlimmsten, ein überstürzt verlassenes Schlachtfeld. Teje nahm eine zerbrochene Tontafel auf und entzifferte mühsam die offizielle Verkehrssprache. «An den Gott, meinen König, sieben mal sieben mal falle ich dir zu Füßen . . .» Die akkadische Keilschrift brach ab. Seufzend wiederholte Teje ihren Befehl, die Türen zu versiegeln, und suchte bei Tia-Ha im Harem Zuflucht.

Sie fand die Prinzessin auf- und abschreitend, sich mit unfehlbarer Geschicklichkeit den Weg zwischen dem Durcheinander von Kissen, ausrangierten Gewändern und angebissenen Früchten und Süßigkeiten bahnend.

«Schon bedrückt mich der Palast, Majestät», sagte sie. «Jetzt, da Pharao die jüngeren Frauen in seinen neuen Harem übernommen hat und nur wir alten Damen noch da sind, ist Malkatta wie ein freundliches Grab.»

«Du willst dich also schließlich doch ins Delta zurückziehen.» Teje setzte sich auf das Bett, den Blick auf ihre Schienbeine gerichtet, wo sich Licht und Schatten abwechselten, weil Tia-Ha vor ihr hin- und herging.

«Wenn meine Göttin so freundlich ist, mich gehen zu lassen.» Tia-Ha hob die Hände. «Mir bleibt so wenig Zeit. Ich hatte geglaubt, es würde interessant sein, die Regierung deines Sohnes zu beobachten, aber sie verläuft so nüchtern, so voraussehbar und ohne große Skandale. Abgesehen von deiner Ehe mit ihm, natürlich.» Sie warf Teje einen warmherzigen Seitenblick zu. «Ich kann die Hitze von Oberägypten nicht länger ertragen. Darf ich meinen Verwalter nach Norden schicken, damit er mein Haus vorbereitet?»

«Gewiß.» Teje brachte ein Lächeln zustande. «Schon vor Jahren habe ich dir die Freiheit angeboten. Dein Ehemann ist tot. Du bist eine Witwe. Vielleicht wirst du wieder heiraten.»

«Nein», antwortete Tia-Ha, blieb stehen und sah zum Fenster hinaus. «Nicht nach Osiris Amenhotep. Zerstreuung wird es dort geben, aber keine Liebe. Hier hält mich nichts mehr außer dir. Aber für dich ist es auch nichts, Majestät. Geh nach Djarucha. Bleibe nicht hier. Diese leeren Räume werden dich allmählich bis in deine Träume verfolgen.»

«Ich bin immer noch Große Königsgemahlin», erinnerte Teje sie in scharfem Ton. «Malkatta ist ein passenderes Heim als ein privates Landgut.»

«Natürlich.» Tia-Ha drehte sich um und verbeugte sich zerknirscht. «Ich habe übereilt gesprochen, aus Sorge um dich. Darf ich Briefe an deine Majestät diktieren und dir all den Klatsch berichten, den ich in der Provinz ausfindig mache?»

«Oh, Tia-Ha, wie könnte ich ohne Nachricht von dir leben! Möge Hathor dir lange Lebenskraft verleihen!»

«Ein sympathischer Mann wäre besser», lachte Tia-Ha. «Komm, Teje. Vertreiben wir uns den Abend mit dem Sennet-Spiel, und vielleicht tust du mir die Ehre an, mit mir im Garten zu speisen, sobald Rê fort ist.»

«Du wirst mir fehlen», sagte Teje statt einer Antwort.

Teje besuchte ihre Freundin nicht wieder, und sie sagten einander nicht Lebewohl, aber eine Woche später berichtete Huya, Tia-Has Gemächer stünden leer. Teje ging auf das Dach, und während die Abenddämmerung sich vertiefte, kämpfte sie gegen den Kummer an, den die Abreise der Prinzessin in ihr hervorgerufen hatte. Es war mehr als der Verlust einer alten Gefährtin, denn sie würden in den kommenden Monaten Briefe und Geschenke austauschen. Teje wußte, daß der Schmerz aus der Tiefe ihrer Vergangenheit hervorquoll, als sie und Tia-Ha jung gewesen waren und Amenhotep, ihr Mann, noch in seiner vollen Manneskraft lebte. Wir waren damals so glücklich, dachte sie, als die Dunkelheit zunahm und die ersten Sterne erschienen. Selten habe ich über mein Schicksal nachgedacht, während die Jahre vergingen, und wenn ich es tat, stellte ich mir vor, daß ich den letzten Teil meines Lebens umgeben von den Früchten meiner Mühen verbringen würde, eine Zeit der Zufriedenheit und Geselligkeit. Keine Vorahnung der Wahrheit trübte je meine jungen Träume. Jetzt ist diese Vergangenheit vorbei, verschwunden wie ein rascher Schimmer des Mondlichts auf welligem Wasser, und wenn ich mutig sein soll, darf ich nicht zurückschauen. Ich bin allein, die Zukunft ist unergiebig, mein Titel Große Königsgemahlin bedeutet nichts mehr. Dennoch bin ich nach wie vor die Göttin von Soleb, und dort besingen Priester immer noch mein unsterbliches Abbild, und Weihrauch erfüllt meinen Tempel. Daran muß ich denken. Selbst wenn die vor mir liegenden Jahre nur den unerwünschten Frieden des nahenden Alters bieten, bin ich für immer würdig, angebetet zu werden.

16

In den folgenden Monaten hatte Teje Grund, sich an Tia-Has Warnung zu erinnern, daß die leeren Räume von Malkatta sie verfolgen würden. Die geschlossenen und versiegelten Türen begannen sie zu quälen. Des Nachts pflegte sie wach zu liegen und an die dunklen Korridore zu denken, von denen eine mit rotem Wachs verpichte Tür nach der anderen abging, und wenn sie sich vorzustellen wagte, sie öffnete eine dieser Türen, dann sah sie nur noch weitere Prachträume vor sich, die alle von einem bedrohlichen Geheimnis erfüllt waren. Tagsüber stellte sie fest, daß sie es immer weniger vermochte, durch die unbewachten Portale zu gehen, die zu Pharaos Räumen, den Gemächern der Königin oder zur öffentlichen Audienzhalle führten. Sie begann, im Speisesaal eigene bescheidene Gastmähler zu geben, zu denen sie nur ihre Techniker, Baumeister, Verwalter und ihr persönliches Gefolge einlud und sie von ihren Musikanten und Tänzern unterhalten ließ, aber die wenigen hundert Anwesenden konnten die dräuenden Schatten nicht vertreiben, und ihre Fröhlichkeit klang schrill und falsch. Teje verlegte die Mahlzeiten bald in ihre eigenen Räume, die sie durch einen Teil von Nofretêtes früheren Gemächern erweitert hatte, um Raum für ihre Gäste zu schaffen, damit sie nicht mehr leere Plätze oder hohe Säulen sah, die in dem gelben Lampenlicht lange Schatten warfen.

Es dauerte nicht lange, da trafen Botschaften von ihrem Bruder und von Mutnodjme ein. Sie vertraute ihrem Schreiber nicht genug, um ihn Ejes Schriftrolle vorlesen zu lassen, deshalb ließ sich Huya mit gekreuzten Beinen vor ihr nieder. Eje hatte eigenhändig geschrieben, nicht in Hieroglyphen, sondern in der kursiven hieratischen Schrift, die von Kaufleuten benutzt wurde. «Meiner liebsten Schwester und ewigen Regentin entbiete ich Grüße. Möge Min Dich mit Jugend, Kraft und allen Segnungen bedenken. Erfahre zuerst, daß es meiner Frau, Deiner Untertanin Tiê, gutgeht und sie Deine Füße küßt. Erfahre als zweites, daß der Wesir des Südens, Ramose, gestorben ist und durch Nacht-pa-Aton ersetzt wurde, der einst Priester des Amun war, aber inzwischen die Wahrheit von Aton erkannt hat.» Teje lächelte, als Huya innehielt und diskret hustete. Nacht-pa-Aton war ein recht angenehmer junger Mann, hatte aber nicht die geringste Ahnung von den Pflichten eines Wesirs. «Pharao hat ihn gleich mit Gold bedacht. Tatsächlich ist das Gold der Gunst sehr verschwenderisch verteilt worden, seit Pharao sich hier niedergelassen hat. Ich selbst hatte das Glück, mit dem Gold der Gunst überschüttet zu werden, ich bin jetzt der Erste Schreiber des Königs.» Eine kleine Warnung, dachte Teje. Als Pharaos vertrautester Schreiber wird Eje ständig bespitzelt werden von denjenigen, die eifersüchtig auf ihn sind, und von denjenigen, denen seine Verwandtschaft mit mir verdächtig erscheint und die um Echnatons Sicherheit fürchten. «Erfahre drittens, daß Aziru wieder einmal mit Suppiluliuma Verhandlungen führt über Frieden und ein Bündnis. Suppiluliumas Feldzug gegen Nordsyrien und unsere dortigen Vasallen nimmt ein Ende, denn er ist siegreich gewesen. Ich küsse Deine schönen Füße und bete vor Deinem göttlichen Abbild, o Göttin von Soleb. Möge Dein Name ewig leben.» Huya ließ den Papyrus sich raschelnd aufrollen.

Teje schwieg. Es hat keinen Sinn, daß ich mir von neuem Sorgen mache über den allmählichen Verfall des Reiches, dachte sie. Ich kann nichts mehr tun, daher wäre ich gut beraten, wenn ich mich gar nicht mehr damit befasse. Gewiß wird mein Sohn die Dinge nicht so weit treiben lassen, daß Ägypten auf eigenem Boden kämpfen muß! Selbst jetzt ist es noch nicht zu spät, etwas von unserer Macht und unserem Prestige wiederzuerlangen. Eine kleine Zurschaustellung unserer Waffen, ein paar Hinrichtungen . . . Sie kam wieder zu sich und lachte leise. «Verbrenne die Schriftrolle auf der Kohlenpfanne, wenn du hinausgehst, Huya, und schicke mir den stummen Diener.»

Er stand auf, verbeugte sich und übergab im Vorbeigehen Ejes säuberliche, kräftige Handschrift den orangefarbenen Flammen.

Dann kam der stumme Diener herein, warf sich zu Boden und

kroch heran, um ihr die Füße zu küssen. Sie bedeutete ihm, er solle aufstehen, ging zum Tisch und tauchte einen Pinsel in die Tinte. Sie hielt ihn ihm hin, und einen Moment begegneten sich ihre Blicke. Teje sah dem Mann ins Gesicht, der Sitamun ermordet hatte. Sie bereute es nicht, daß sie ihn in ihrer Küche hatte arbeiten lassen und ihm später das Schreiben beibrachte. Stumme Diener waren dünn gesät. Er nahm den Pinsel, wartete, bis sie sich in einem schicklichen Abstand befand, und begann dann zu schreiben. Die Botschaft war nicht lang, und Teje nahm das Schriftstück vom Tisch auf, wo der Mann es hingelegt hatte. «Ganz Achet-Aton war verblüfft, als sich herausstellte, daß der Große Tempel hier im Gegensatz zu dem unvollendeten Aton-Tempel in Karnak tatsächlich ein Ben-Ben hat», las Teje. «Es ist eine heilige Stele. Darauf sind die Ebenbilder von Pharao, der Königin und Prinzessin Merit-Aton eingemeißelt.» Der Raum erschien plötzlich kühl. Voll Abscheu hielt Teje den Papyrus in der Hand, ging zur Kohlenpfanne und warf ihn hinein. Es bestand kein Zweifel daran, wer in Achet-Aton im Allerheiligsten angebetet wurde. Ihr Sohn brachte sich selbst Opfer dar, und Nofretête war im Rang erhöht worden und hatte Anteil an seiner göttlichen Allmacht. Daß Merit-Aton auf der Stele ebenfalls abgebildet war, beunruhigte Teje, aber sie wußte nicht warum. «Richte dem Absender dieser Nachricht aus, daß die Dämme in Djarucha gegraben worden sind und eine Lieferung Sklaven in diesem Monat erwartet werden kann», wies sie den Mann an. «Mach dich jetzt fort.»

Als er gegangen war, kam Huya wieder herein und stand wartend da. Teje deutete auf die Schreibpalette auf dem Fußboden. «Nimm einen Bericht für Pharao auf», befahl sie, «und laß ihn abschreiben und auch an Eje schicken. Beginne mit den üblichen Begrüßungsformeln und vergiß nicht hinzuzufügen ‹mein erhabener und allsehender Gemahl›.» Sie wartete, während er die Worte niederschrieb, nahm ihren ganzen Mut zusammen und diktierte dann: «Dank Deiner Majestät großer Zeugungskraft erwarte ich, Deine Große Königsgemahlin, wieder ein Kind . . .»

Der Pinsel fiel klappernd auf die Fliesen. «Majestät!» rief Huya aus.

Teje ballte unter ihrem Umhang die Fäuste. «Hofmeister, du vergißt dich», sagte sie kühl. «Hast du einen Klecks auf die Schriftrolle gemacht? Nein? Dann fahre fort: ‹Ich freue mich mit dir auf die

Aussicht auf einen Königssohn in Malkatta und warte auf deine Nachricht wie der ausgedörrte Boden auf die lebenspendende feuchte Berührung von Hapi.› Schließe mit meinen Titeln, und ich werde mein königliches Siegel daraufdrücken. Sage meinem Herold, er soll das Schriftstück persönlich abgeben und es niemandem aushändigen außer meinem Sohn. Ejes Abschrift kann mit den anderen Berichten geschickt werden. Sage keinen Ton zu mir!» Huya preßte die Lippen zusammen, verbeugte sich und ging rückwärts hinaus. Bewußt bemühte sich Teje, ihre Fäuste zu öffnen. Die Götter kennen die Bedeutung des Wortes Gerechtigkeit nicht, dachte sie. Sie lachen über mich. Nun gut. Ich werde den Kopf oben behalten, und keiner der Götter soll den Weihrauch der Danksagung von mir erhalten. Die einzige Genugtuung wird sein, wenn mein Kind lebend zur Welt kommt und ein Knabe ist. Nofretêtes Zorn wird sehenswert sein.

Pharao schrieb bald selbst und drückte sein Entzücken über die Aussicht auf ein weiteres Kind aus. Teje hörte sich die Worte verbissen an. Sie vermochte nichts für dieses Kind zu empfinden, weder Erwartungen noch Freude, aber wenigstens verspürte sie keine Angst. In einem Alter, in dem sie friedlich die Früchte ihrer lebenslangen Mühen als Regentin hätte ernten sollen, sah sie ihre Schwangerschaft als grotesk an, aber nicht als todbringend wie damals, als sie Beket-Aton erwartete. Es gab jetzt soviel weniger, wofür zu leben sich lohnte, und sie war von einem ruhigen Fatalismus erfüllt, als die Wochen vergingen. Sie aß, trank und schlief so viel, wie sie wollte. Oft gesellte sie sich zu ihren Kindern, die in dem stillen Palast in Freiheit und ziemlich undiszipliniert aufwuchsen. Mit sechs Jahren war Beket-Aton ein hübsches, aber eigensinniges Mädchen und neigte zu Trotz und Verdrossenheit, wenn etwas nicht nach ihren Wünschen ging, was selten vorkam. Semenchkarê hegte einen ständigen Groll auf seine Mutter, weil sie ihn an einem Ort festhielt, an dem nichts los war. Auch er konnte mißmutig und verschlossen sein, und die Verwöhnung durch seine Lehrer und Diener, die sich Tejes Einstellung ihm gegenüber als Beispiel nahmen, ihn als Thronfolger ansahen und mit unvernünftiger Ehrerbietung behandelten, besserte seinen Charakter nicht. Teje versuchte seine Rastlosigkeit zu lindern, indem sie ihm seine Zukunft in strahlenden Farben schilderte, aber er hörte sich das stirnrunzelnd an.

«Ich weiß, daß du meine Briefe an Merit-Aton und ihre an mich aufmachst», warf er ihr eines Tages vor. «Du bist so mißtrauisch gegen alle. Glaubst du denn, daß wir Ränke gegen unsere Eltern schmieden? Merit-Aton nähert sich dem Verlobungsalter. Sie wird bald neun. Wir sprechen nur vom Heiraten, das ist alles.»

«Ich weiß», erwiderte Teje. «Aber vergiß nicht, wenn Merit-Aton auch fast alt genug ist, Kinder zu bekommen, werden mindestens fünf Jahre vergehen, ehe du welche zeugen kannst. Pharao wird sie dir nicht geben. Er wird abwarten, ob Nofretête noch einen Sohn bekommt, und selbst dann hat er, glaube ich, andere Pläne für ihre unmittelbare Zukunft.»

Semenchkarê warf einen Blick auf ihren geschwollenen, kaum verhüllten Leib. «Oder er will sehen, ob du ihm einen Sohn schenkst. Ich werde erwachsen und sehr mächtig werden müssen, um ihn loszuwerden und mir Merit-Aton zu nehmen.»

«Du bist langweilig, wenn du dauernd davon anfängst. Es ist nicht natürlich, daß ein neunjähriger Junge sich Sorgen um die Zukunft macht. Du hast alles, was du dir nur wünschen kannst.»

«Ich will nur Merit-Aton. Ich habe an Pharao geschrieben und ihn gebeten, mich kommen zu lassen.»

«Das weiß ich. Ich habe den Brief vernichtet, und wenn du wieder so töricht bist, werde ich jeden Brief von dir vernichten, den du nach Achet-Aton schreibst. Geh mir aus den Augen, Semenchkarê, und genieße deine Jugend, solange du kannst. Geh schwimmen und angeln. Fahre in deinem Streitwagen. Schieße mit den Soldaten. Ärgere die Dienstboten. Richte dich nicht zugrunde mit deiner Ungeduld.»

Er zog ab, und in der Haltung seiner Schultern, die seinen Zorn verrieten, erkannte sie seinen Vater. Ein Schuldgefühl überkam sie. Amenhotep hätte den Jungen mit Unterricht eingedeckt, hätte ihn eine Weile ins Heer gesteckt, aber sie war nicht genügend interessiert. Zum erstenmal lag ihr am Wohlergehen Ägypens nicht so viel wie an ihrer Behaglichkeit. Pharao wird Merit-Aton niemandem geben, dachte sie, als Semenchkarês zusammengekrümmte Gestalt in dem flimmernden Hitzedunst verschwand. Sie ist mit ihm auf der heiligen Stele in seinem Tempel abgebildet. Er wird sie für sich selbst behalten. Warum soll dieser Gedanke mich beunruhigen? Mein Gemahl hat Sitamun, seine Tochter, geheiratet. Warum ist das hier anders? Sie fand keine Antwort darauf.

Anfang des nächsten Jahres erhielt Teje Nachricht, daß ihre Nichte ein weiteres Mädchen zur Welt gebracht hatte, das Nefer-neferu-Aton-ta-scherit genannt wurde. Teje, deren Niederkunft kurz bevorstand, lachte sowohl erleichtert als auch in selbstgefälligem Mitleid mit Nofretête, die bestimmt unter ihrer Unfähigkeit litt, einen Sohn zu gebären. Gleichzeitig mit der offiziellen Mitteilung kam ein Bericht von Eje. Nach viel Zögern hatte Pharao schließlich Ejes Rat befolgt, und Aziru war aufgefordert worden, nach Achet-Aton zu kommen, um über sein Verhalten Rechenschaft abzulegen. Den Brief, mit dem ihm ein Jahr Aufschub gewährt worden war, hatte derselbe Bote, der ihn zustellen sollte, wieder zurückgebracht und berichtet, Aziru sei nicht zu Hause gewesen und habe ihn nicht in Empfang nehmen können. Später hatte Aziru geschrieben, sich überschwenglich bei Echnaton entschuldigt und erklärt, er sei abwesend gewesen, weil er im Norden gegen Suppiluliuma zu Felde gezogen sei und deshalb den ägyptischen Boten nicht getroffen habe. Pharao sei jetzt unentschlossen. Sollte er noch einmal Azirus Anwesenheit in Ägypten verlangen, oder ihn vielmehr wegen seiner Bemühungen gegen Suppiluliuma loben und ihn in Ruhe lassen? Ebenso interessant waren für Teje die nicht häufigen und oft kurzen Botschaften von Mutnodjme, die indes ein klares Bild von der Lage in Achet-Aton vermittelten. «Wir schwelgen in Familienliebe», ließ sie durch den stummen Diener berichten. «Pharao, die Königin und die Mädchen sind überall im Streitwagen zu sehen, sie küssen und liebkosen einander und stellen das zur Schau, was nach Pharaos Lehre die Wahrheiten der Liebe sind. Alle Höflinge werden ermutigt, dem Beispiel der königlichen Familie zu folgen. Pharaos Gesundheit ist nicht gut.» Was meint sie damit, fragte sich Teje, als sie wie üblich zur Kohlenpfanne ging und zusah, wie der Papyrus Feuer fing. Pharaos Gesundheit ist nie gut gewesen. Sind seine Kopfschmerzen schlimmer? Oder hat er Fieberanfälle? Sie grübelte über das abscheuliche öffentliche Schauspiel nach, das Echnaton, Nofretête und ihre Töchter boten. Armer Echnaton, dachte sie. Er meint es so gut, ist so offensichtlich bestrebt zu erläutern, was er für seine Wahrheit hält. Teje verspürte den Wunsch, ihn in die Arme zu nehmen, ihn vor seiner eigenen urteilslosen, schlichten Toleranz zu schützen. Vielleicht ist es Zeit, dachte sie, daß ich Malkatta verlasse. Nicht um als Große Königsgemahlin in Achet-Aton zu erscheinen, sondern als eine Mutter, die ihrem Sohn einen Zufluchtsort bieten möchte. Wenn mein Kind geboren ist und ich am Leben bin, werde ich fahren.

Zwei Tage lang erwog sie ernstlich die Möglichkeit, sich nach Norden zu begeben, aber am dritten Tag wurde der halb gefaßte Plan durchkreuzt. Sie war morgens früher aufgewacht, als sie gewollt hatte, nicht geweckt durch zarte Klänge der Musik, sondern durch ein dumpfes Grollen, das sie zuerst nicht deuten konnte. Sie setzte sich mühsam im Bett auf, und Piha kam aus ihrer Ecke, um ihr zum Fenster zu helfen.

«Es ist zu weit weg, als daß es von dieser Seite des Flusses kommen kann», sagte Teje plötzlich. «Was meinst du, Phia?»

«Ich weiß es nicht, Majestät. Ich glaube, es sind Stimmen. Ich habe Volksmengen so schreien hören bei den Prozessionen von Amun.»

Es waren in der Tat Stimmen, die lauter oder leiser wurden, je nach dem, wie der Wind sich drehte. «Ich kann nicht feststellen, ob die Menschen fröhlich oder zornig sind», murmelte Teje. «Irgend etwas geht in Theben vor sich. Rufe Huya.»

Ihr Haushofmeister kam, aber als sie ihn befragte, sagt er, er wisse den Grund für den Tumult auch nicht.

«Dann schicke einen Herold über den Fluß, damit er es herausfindet, und sorge dafür, daß er Begleitung hat. Rufe meine Leibwächter, und der Befehlshaber soll Truppen am Flußufer vor dem Palast und besonders am Kanal postieren. Es ist gut, vorbereitet zu sein.»

Als die Antwort schließlich kam, hatte sich der Lärm gelegt, und statt dessen herrschte eine unheilvolle Stille. Teje wurde auf dem Weg zu ihrer Empfangshalle von dem Herold eingeholt. Er keuchte und schwitzte. Als sie ihm barsch Erlaubnis zum Reden gab, mußte er erst mühsam Luft holen.

«Der Erste Prophet von Amun kommt hinter mir her», brachte er stockend hervor, «und auch andere Würdenträger des Tempels. Die Hälfte aller Priester aus Karnak ist auf Booten zwischen hier und Theben.»

«Laß Maja sofort bei mir anmelden.»

Sie hatte sich kaum hingesetzt und die Füße auf den elfenbeinernen Fußschemel gestellt, als sich der Raum mit Menschen füllte. An ihren Türhütern vorbei zog ein Strom weißer Gestalten, die sich ehrfurchtsvoll verbeugten, dann beiseite traten und miteinander flüsterten. Als letzter kam Maja, in das Leopardenfell gehüllt und von seinen Akolythen begleitet. Den kahlgeschorenen Kopf von Si-Mut und seine auffallend gewölbte Stirn entdeckte Teje weit hinten in der Menge.

Sie hieß Maja näher kommen, und während er sich verbeugte, beobachtete sie ihn scharf. Sein Atem war kurz. Das Weiße seiner Augen war zu sehen, und er feuchtete sich nervös die zitternden Lippen an. Sie nickte.

Majas Stimme war gemessen, wenn auch hoch vor Erregung. «Majestät, im Morgengrauen kamen viele Boote mit Soldaten aus Achet-Aton zum Tempelkai. Der Hauptmann brachte eine Schriftrolle von Pharao. Es war eine Anweisung, Amuns Schatzkammer zu öffnen und die Besitztümer des Gottes den Soldaten auszuhändigen, die sie in die Boote laden sollten.»

Teje bemühte sich ihrerseits, ruhig zu bleiben. «Hat Pharao einen Grund für seine Anweisung angegeben?»

«Nein, Majestät, aber der Hauptmann sagte, Amuns Reichtum werde gebraucht, um die reineren Opfer für Aton zu bezahlen. Es gebe Tausende von Altären in Achet-Aton, und jeden Tag würden sie überhäuft mit frischen Lebensmitteln, Wein und Blumen.»

Es trat eine kurze Stille ein, und dann sagte Teje kühl: «Ich nehme an, du hast deinem Pharao gehorcht?»

Majas Augen weiteten sich ungläubig. «Ja, Majestät, ich hatte keine Wahl. Die Soldaten waren bewaffnet und die Tempelwachen unvorbereitet. Aber . . .»

Teje beugte sich vor: «Aber was?» schrie sie. «Wie kannst du es wagen, zu mir zu kommen und zu erwarten, daß ich, deines Pharaos Gemahlin und Regentin, seinen göttlichen Befehl widerrufe! Wie kannst du es wagen, dir das herauszunehmen! Deine Worte geben zu verstehen, daß du dich widersetzt hättest, wenn die Tempelwachen bereit gewesen wären.» Sie setzte sich zurück, ihr Herz raste, das Kind in ihrem Schoß strampelte. «Hättest du es getan?»

Maja breitete die Hände aus. «Majestät, bei Gott, ich weiß es nicht. Alles ist weg. Die Schatzkammer enthielt so viele Reichtümer, daß niemand sie zählen konnte. Gold, Silber, Ebenholz, Elfenbein, Edelsteine. Heilige Gefäße, die Opfergaben von Tausenden. Alle Güter

Amuns für den Handel. Alle seine Gewinne von seinen Landgütern im Delta. Auch sein Land ist beschlagnahmt.»

Furcht ließ ihr plötzlich das Blut in den Adern erstarren, aber sie bezähmte sie. «Maja, du weißt, daß Ägypten und alles, was darin ist, letztlich dem herrschenden Gott gehört. Kein Pharao hat bisher den Wunsch gehabt, Karnak zu berauben, aber jeder von ihnen hätte die Macht gehabt, es zu tun.»

«Kein Pharao hat es getan, weil jeder Horus der Sohn von Amun war», erwiderte Maja. «Aber jetzt verleugnet Pharao den Gott, der Ägyptens Beschützer ist, und verleiht einem anderen Amun Herrlichkeit! Wir, seine Priester, sind voll Schrecken, daß Amun das Land verfluchen wird. Majestät, habe Mitleid mit uns. Sage uns, was wir tun sollen. Die Schatzkammer diente auch dazu, unsere Diener zu entlohnen, unsere Köche und Baumeister und Maurer, die Fellachen, die Amuns Herden hüten und seinen Boden bestellen. Diese Menschen haben jetzt keine Arbeit.»

«Es ist löblich», bemerkte Teje trocken, «daß du an Amuns Sklaven denkst und erst dann an seine Priester. Wenn die Schatzkammer leer ist, können die Priester dann nicht von den Opfergaben allein leben?»

Hinten in der Halle erhob sich ein leises Gemurmel. Maja schüttelte den Kopf. «Die Zahl der Anbetenden nimmt ständig ab.» Er wagte es nicht zu erwähnen, aber alle Anwesenden wußten, daß kostbare Opfergaben von den Reichen stammten, und die Reichen brachten ihr Gold zum Aton-Tempel. Nur die Blumen und Brotlaibe der Armen wurden jetzt noch in Amuns Vorhof abgeliefert.

«Majestät, es kommt noch etwas hinzu», flüsterte Maja. «Pharao hat Amun alle öffentlichen Prozessionen verboten. Wir dürfen die Feste des Gottes feiern, aber nur in der Abgeschiedenheit von Karnak.»

Teje starrte ihn an. «Kein Talfest mehr? Keine Segnung der Toten? Ich . . .» Sie faßte sich. «Wie viele Priester kann Karnak jetzt unterhalten?»

«Ich habe es noch nicht auszurechnen versucht, Göttliche», erwiderte Maja etwas zuversichtlicher, eine Spur Erleichterung im Blick. «Aber durch die Opfergaben der Bewohner von Theben werden von den 20 000 nicht mehr als 500 unterhalten, und das nicht einmal gut.»

«Wie gut oder wie schlecht spielt keine Rolle.» Sie überlegte kurz und kam dann zu einem Entschluß. «Aus Liebe zu meinem ersten

Gemahl, Osiris Amenhotep, werde ich Gold aus meinem eigenen Vermögen zur Verfügung stellen, um weitere 500 im Dienste des Gottes zu behalten. Du magst entscheiden, welche das sein sollen. Die übrigen müssen den Tempel verlassen und sich anderswo Arbeit suchen.» Sie funkelte die Männer, die sich an der Tür drängten, wütend an, und sofort verstummten die geflüsterten Proteste. «Versteht mich richtig, ich tue das nicht, weil ich anderer Meinung bin als Pharao, der ganz und gar weise und ganz und gar heilig ist, sondern aus Liebe zu demjenigen, der jetzt in der Barke von Rê segelt. Ich habe gesprochen.»

Maja fand sich rasch damit ab, daß er entlassen war, und die Priester-Delegation verließ schweigend die Halle.

Kein Laut war zu hören, als sich die Tür geschlossen hatte. Tejes Gefolge war wie betäubt. Teje selbst saß erstarrt da, und ihre Gedanken überstürzten sich. Hätte ich anders gesprochen, dachte sie, hätte ich einen Bürgerkrieg entstehen lassen, und ein Bürgerkrieg würde Suppiluliuma in die Hände arbeiten. Was für eine Verrücktheit, Pharao! Die Priester werden Not leiden, werden auf den Straßen einer Stadt betteln, die schon einen Todesstoß erhalten hat. Ist es Bosheit gegen Amun, Groll auf eine Stadt, die du immer gehaßt hast, eine neue Vision, die dir der Aton gewährt hat? Wenigstens kann der Gottesdienst weitergehen. Was soll ich tun? Zuerst einmal Protest bei Pharao erheben. Ich muß meine Gründe klar darlegen, sonst verliert er gleich zu Anfang das Interesse. Hat Nofretête ihn dazu angestachelt? Zu viele Fragen, die ich nicht beantworten kann. Mir sind hier die Augen verbunden, die Ohren verstopft. Dennoch werde ich nicht von hier weggehen. Ägypten braucht mich vielleicht in Malkatta. Mich und Semenchkarê . . .

Sie schickte sich an aufzustehen, aber ein starker Schmerz und dann noch einer durchfuhr ihr Kreuz. Sie keuchte. «Huya! Rufe meinen Arzt, und schicke mir Piha, sie soll mir behilflich sein, ins Bett zu kommen. Amuns Probleme müssen warten.» Ihr Gefolge schüttelte seine Betäubung ab. Sie saß da und krümmte sich plötzlich vor Schmerzen, ihre Gedanken waren jetzt nur noch auf sie selbst gerichtet. Ein Fluch, dachte sie mit zusammengebissenen Zähnen. Hat Amun diesen Augenblick gewählt, um seinen Unwillen zu bekunden? Soll der Fluch mit meinem Tod beginnen?

Piha berührte sie ehrerbietig, Teje öffnete die Augen, stieg, auf das Mädchen gestützt, von der Empore herunter und ging dann langsam in ihr Schlafzimmer. «Ist Huya da?» fragte sie. Piha half ihr, sich hinzulegen, und nickte. «Schicke ihn hinter Maja her, ich möchte Priester mit Weihrauch und Gebeten hier haben. Hole auch Zauberer und umgib das Bett mit Amuletten. Ich will nicht sterben!»

Es war das letzte Mal, daß sie sich erlaubte, in Panik zu geraten. Sie nahm ihre ganze Würde zusammen, als sie dalag und auf die Geburt ihres Kindes wartete und ihr Blick von einem besorgten Gesicht zum anderen wanderte, während die Stunden langsam vergingen. Sie hörte das Klappern und Rasseln der Talismane, die um sie gelegt wurden, und als sie den süßen Duft des Weihrauchs schnupperte, war sie getröstet. Manchmal waren es Huyas braune und bekümmerte Augen, die sie anblickten, aber öfter war es Osiris Amenhotep, der sich über das Bett beugte, dessen Atem nach Nelken und Wein roch und dessen schwarze Augen sie weder mitleidig noch bestürzt ansahen, sondern lediglich ruhig und ein wenig gebieterisch. Dankbar schöpfte sie Kraft daraus, daß er auf ihr Leiden nicht eingehen wollte und annahm, sie werde es schon allein schaffen. «Aber ich will es nicht schaffen!» stöhnte sie einmal. «Ich will bei dir sein, Horus. Ich bin einsam.» – «Belästige mich nicht mit Lappalien», erwiderte er lächelnd. «Wenn es meines Siegels nicht bedarf, verdient es meine Aufmerksamkeit nicht.» Irgendwie nahmen die Worte eine überirdische Bedeutung an. Teje klammerte sich daran, wiederholte sie viele Male, während sie in der Duat Wasser trat und langsam die heilige Barke vorüberziehen sah, in der Osiris Amenhotep reglos unter seinen göttlichen Vorgängern saß. Die Toten rings um sie schrien kläglich nach Licht. Ich bin nicht richtig tot, dachte sie. Ich verspüre noch Schmerz. Und jetzt verläßt uns die Barke und fährt in ein anderes Haus. Kaltes Wasser umfing sie von den Füßen bis zur Taille, lähmend und undurchdringlich, und es wurde noch kälter, als sich die Türen hinter der Barke schlossen und Dunkelheit herrschte. Von Angst gepackt, begannen die Toten zu wehklagen. Teje riß die Augen weit auf, bemüht, einen Lichtschimmer zu erhaschen. Eine Ewigkeit quälte sie sich ab, bis es ihr mit einemmal schien, als wäre die Höhle von einem trüben Licht erfüllt. Die Türen öffneten sich wieder. Aber wie kann das sein, dachte sie verblüfft. Die Barke kann doch nicht rückwärts fahren.

Verwirrenderweise nahm sie ihre Umgebung plötzlich sehr klar und farbig wahr, und sie erkannte, daß sie auf ihrem Bett lag und zum Fenster blickte, dessen steife Papyrusvorhänge leicht im Wind wehten. Mühsam drehte sie den Kopf und sah Huya, der sie anlächelte. «Sprich», vermochte sie zu flüstern.

«Du hast einen Sohn, Majestät. Aber du hast viel Blut verloren und dich fünf Tage lang im Schattenreich aufgehalten.»

Sie war zu schwach für irgendeine Gemütsbewegung. «Wasser», murmelte sie. «Mein Gemahl . . .»

Er schnalzte mit den Fingern, und Piha kam, hob sanft ihren Kopf und hielt ihr einen Becher an die Lippen, und sie trank die warme Milch, gemischt mit Stierblut. Ich bin geläutert worden, dachte Teje. Ich bin rein. «Pharao ist benachrichtigt worden», fuhr Huya fort. «Du kannst in wenigen Tagen einen Bescheid mit dem gewählten Namen erwarten. Das Kind ist wohlgestalt, wenngleich so erschöpft wie du. Ich habe eine Amme für ihn bestellt. Soll ich ihn dir bringen?»

Sie schüttelte verneinend den Kopf. Schon sank sie in einen gesunden Schlaf. Das Kind war nicht so wichtig wie Amuns Barmherzigkeit. Sie war mit dem Leben davongekommen. Es war eine Gnadenfrist.

Im folgenden Jahr, dem zehnten unter Echnatons Regierung, brachte Nofretête wiederum ein Mädchen zur Welt, Nefer-neferu-Rê. Die verstrichene Zeit und die geringer gewordene Rivalität zwischen ihnen hatten Tejes Abneigung gegen ihre Nichte gemildert, und sie vermochte Mitgefühl für eine Frau aufzubringen, die sich nach einem Sohn sehnte und nur Töchter bekam. Sie fragte sich, was die letzten drei Jahre der Königin angetan hatten, ob ihr straffer, makelloser Körper unter den ständigen Schwangerschaften gelitten und die Enttäuschung griesgrämige Falten in ihr glattes Gesicht gegraben hatte. Dennoch hatte sie kein Verlangen, Nofretête oder ihren Sohn wiederzusehen. Sie saß unter einem Baldachin auf dem Dach ihrer Gemächer und blickte gleichmütig über den Fluß auf die in der Hitze flimmernde Silhouette von Theben, dieser schon in Vergessenheit geratenden Stadt, und sie wußte, ohne daß es ihr etwas ausmachte, daß sie in einem künstlichen Frieden lebte, an einem Ort und auf eine Weise, die es nur für sie gab, wie ein Wassertropfen in einer Handfläche. Es war, als befände sie sich in dem zeitlosen Niemandsland der Toten, deren Gräber rings um Malkatta in der Wüste lagen. Wie die Toten war sie still, sah die Zeit langsam vergehen und alles sich verändern, während sie reglos blieb. Nur Semenchkarê und der Säugling stellten für sie eine schwache Verbindung mit der Zukunft her, einer Zukunft, an der sie nicht interessiert war.

Teje erholte sich langsam nach der Geburt ihres Sohnes, und bald wurde ihr klar, daß sie nie wieder ganz zu Kräften kommen würde. Es bekümmerte sie nicht, und nach einiger Zeit vermochte sie im Palast und im Garten herumzulaufen, ihre Mahlzeiten einzunehmen und mit ihren Hofbeamten über Angelegenheiten zu beraten, die nicht mehr waren als die tagtäglichen Probleme eines kleinen Haushalts; sie wußte, daß die Müdigkeit, die sie jeden Abend früh ins Bett gehen ließ, sie bis an ihr Lebensende begleiten würde. Ihr Arzt bereitete Stärkungsmittel für sie und verordnete ihr tägliche Massagen; beides war nützlich, aber die Tage, da sie über Tatkraft geboten hatte, waren vorüber. Tutanchton, wie der Knabe auf Anweisung seines Vaters genannt wurde, war gesund und gedieh unter der Pflege seiner Amme und ihrer Hilfskräfte. Echnaton schrieb regelmäßig, erkundigte sich nach dem Wohlergehen seines Sohnes und drang immer deutlicher darauf, Teje möge ihn in den Norden bringen, aber sie erfand alle möglichen Ausreden.

Verärgert und mit einem gewissen Galgenhumor beobachtete sie, daß sie die Umständlichkeit einer alten Witwe annahm. Sie beklagte sich, wenn ihr Obst zum Frühstück nicht so zubereitet war, wie sie es wünschte, sie blaffte ihre Kammerfrauen an, wenn sie ihre Pflichten nicht richtig erfüllten, sie beschwerte sich, wenn ihre Laken nicht ordentlich zurückgeschlagen waren. Dank der unbestechlichen Selbsterkenntnis, die ihr immer eigen gewesen war, wußte sie, daß ihr die frische, belebende Anregung durch männliche Gesellschaft fehlte. Huya und ihre Verwalter zog sie gar nicht in Betracht, denn sie waren Diener und näherten sich ihr mit einer fast weiblichen Unterwürfigkeit. Deshalb ordnete sie an, daß Semenchkarês Unterricht in ihrer Gegenwart stattfand, und sie behielt ihn jeden Tag noch längere Zeit bei sich, weil sie hoffte, seine anbrechende Männlichkeit werde ihrem verkrampften Altern entgegenwirken. Er war unerwartet freundlich, denn er spürte, wie dringend seine Mutter seiner Gesellschaft bedurfte, und reagierte mit der unbekümmerten Fröhlichkeit, nach der sie sich sehnte. Aber ihr Geist lag noch immer brach. Mit elf Jahren konnte Semenchkarê nicht die Reife eines Erwachsenen haben.

Gegen Ende des Jahres erhielt sie Nachricht von Echnaton. Sie saß auf einem Stuhl unterhalb der breiten Stufen, die zur Halle der öffentlichen Audienz führten, sah ihren Dienern zu, die sich um die Springbrunnen im Vorhof versammelt hatten, um dort den Tag zu verbringen, und ließ sich einen Brief vorlesen, der nach den gestelzten Begrüßungsfloskeln mit einer Zwanglosigkeit fortfuhr, in der sie die Stimme ihres Sohnes erkannte. «Es ist nicht recht, daß die Mutter der Sonne abgesondert in einem Palast lebt, der zu einem früheren Zeitalter der Dunkelheit gehört», schrieb er. «Die Familie des Aton sollte zusammen sein. Mit Dir, liebe Teje, begann die Erkundung der Wahrheit, doch Deine Kraft ist verborgen unter Amuns Schatten. Die Schönheit der Göttlichen erfüllt Achet-Aton wie ein strahlender Kranz, aber wie damals, als Du verwitwet warst und mein Bett noch nicht geziert hattest, ist der Kranz Deiner Abwesenheit wegen schwach. Ich flehe Dich an, komme her, damit ich wieder stark werde. Ich baue drei magische Sonnendächer im Großen Tempel des Aton, eines für mich, eines für Dich und eines für meine Tochter Beket-Aton, die ich sehr liebe, so daß wir, wenn wir unter ihnen stehen, unsere Macht erneuern können. Ich erteile derjenigen, aus deren Schoß die Sonne hervorgegangen ist, keinen Befehl, aber ich bitte sie, meine Worte zu hören und gut zu erwägen.»

Das kann nicht Ejes Meinung sein, dachte Teje, als ihr Schreiber den Papyrus aufrollte und beiseite legte. Eje hätte mir direkt geschrieben, wenn er glaubte, ich werde gebraucht. Echnaton fühlt sich bedroht, aber wodurch? In seiner Gesundheit oder durch seine Visionen? Wahrscheinlich hat er erkannt, daß seine Königin ihm keinen Sohn schenken wird, und deshalb will er Tutanchaton bei sich haben. «Was sonst noch?» fragte sie.

«Da ist noch ein Bericht vom Fächerträger zur rechten Hand.»

«Gut. Lies ihn vor.» Vielleicht würde Eje jetzt den Brief seines Herrn erklären. Teje lehnte sich zurück und bereitete sich wie immer darauf vor, sich vor dem Heimweh zu schützen, das Ejes Worte hervorriefen.

Der Schreiber überflog den formellen Briefanfang. «Soweit ich feststellen kann, hat das Volk von Nuchaschsche gegen seinen Fürsten rebelliert, der Suppiluliuma um Hilfe ersucht hat. Es ist sehr schwierig für mich, die Wahrheit in Erfahrung zu bringen. Tutus Amt ist immer chaotisch und der Mann selbst ein unwissender Hasenfuß, der freilich seine religiösen Pflichten sehr eifrig wahrnimmt. Ich habe versucht, weitere Auskünfte von seinen Mitarbeitern zu erhalten, aber Tutu wahrt argwöhnisch seine Vorrechte als Schreiber des Auswärtigen Amtes. Wenn die Nachricht stimmt, wird Suppiluliuma zweifellos der Bitte der Stadtfürsten entsprechen.»

Teje biß die Zähne zusammen. Nuchaschsche lag so nahe bei Ägypten, daß seine Herrscher immer Verbündete gewesen waren; viele Verträge waren im Laufe der Jahre unterzeichnet und durch Eheschließungen erhärtet worden. Die Tatsache, daß der Fürst jetzt nicht Pharao um Hilfe bat, den Aufstand seines Volkes zu unterdrücken, verriet deutlicher, als irgend etwas anderes es hätte tun können, Echnatons und Ägyptens zunehmende Ohnmacht. Suppiluliuma würde Soldaten hinschicken, und wenn der Aufruhr niedergeschlagen wäre, würde er den unmittelbaren Grenzen Ägyptens näher sein denn je. Es war lange her, daß Teje an das Reich als solches gedacht hatte. Jetzt war Ägypten selbst bedroht.

«Nimm einen Brief an den König Suppiluliuma auf», sagte Teje. Er würde nicht viel nützen, denn Suppiluliuma wußte bestimmt, wie wenig Macht sie noch besaß, aber wenigstens würde er ihm zeigen, daß jemand in Ägypten, der sich nicht durch seine Falschheit hatte blenden lassen, sein Tun und Treiben beobachtete.

Sie schrieb auch in harten Worten an Pharao und verlangte zu wissen, warum er, wenn die Nachrichten, die sie von ihren eigenen, in Ägypten stationierten Leuten erhielt, so eindeutig waren, nicht sofort gegen seine Feinde vorging. Sie beschuldigte Tutu einer falschen Darstellung der Lage, widerstand aber der Versuchung, sein Verhalten als hochverräterisch zu bezeichnen. Eine innere Stimme warnte sie, daß Tutu, sofern sie ihre Vorwürfe nicht persönlich anbrachte, es darauf anlegen würde, sie in Mißkredit zu bringen, und sie würde die geringe Glaubwürdigkeit verlieren, die sie noch besaß. Eje erwähnte sie nicht, denn sie wollte seinen Feinden keine Gelegenheit bieten, seine Berichte an sie als Treulosigkeit gegen Pharao auszulegen. Sie brauchte einen ganzen Tag, um den Brief abzufassen, strich manches und korrigierte anderes, bis der Text sie befriedigte. Als sie fertig war und auf ihrem Bett lag, machte sie sich Kummer um ihren Sohn, denn obwohl sie sich so bitter über den armen Tutu beklagt hatte, wußte sie, daß es eines Genies wie des Sohnes des Hapu bedurfte, um die verschlungenen Fäden der diplomatischen Situation des Landes zu entwirren. Ägypten besaß keine solchen Männer mehr. Eje, der unter dem alten Regime aufgewachsen und ausgebildet worden war, wäre geeignet gewesen, aber er wurde jetzt von Männern gefesselt und geknebelt, die sich nicht mehr in der realen Welt bewegten, deren geringes Urteilsvermögen in der durch Pharaos Phantasien und Träume erzeugten Atmosphäre gelitten hatte. Vielleicht ist es ein vorübergehender Sturm, dachte Teje, ein Wüsten-Kamsin, unter dessen Gewalt wir unsere Gesichter verbergen und uns zusammenkauern, wo immer wir Schutz finden. Mögen die Götter geben, daß der Sturm sich austobt. Dann werden wir graben und kehren, den Sand und Kies abwaschen, unsere Augen salben und wieder aufrecht stehen. Wenn wir nur durchhalten können, wird Semenchkarê den Thron besteigen, und dann kann das Reich wiederaufgebaut werden. Es ist noch nicht zu spät. Oh, Echnaton, mein Sohn, mein Sohn! Hapu hatte recht. Du hättest sterben sollen. Du hast deinen Vater nicht ermordet, aber du zerstörst alles, was er in seiner erhabenen Person zusammengehalten hat. Vielleicht sollte ich Semenchkarês Herzenswunsch erfüllen, ihn mit den beiden anderen Kindern nach Achet-Aton schicken und mich selbst nach Djarucha zurückziehen. Dort bin ich immer glücklich gewesen. Die Kinder werde ich nicht vermissen. Auch sie gehören zu dem Zauber, den ich auszuüben versuchte und der mir mißlang.

Solche Gedanken verlangten nach der betäubenden Wohltat des Weins, und der Wein brachte Schlaf, aber der Sonnenaufgang und das neue Erwachen vermochten ihre Vorahnung von einem Verhängnis nicht zu vertreiben. Im Laufe der Zeit wurde das Verlangen, auf allen Anschein von Autorität zu verzichten, stärker, bis sie schließlich Pläne zu schmieden begann, Malkatta den Schakalen zu überlassen und sich vor der Getreideaussaat im Delta niederzulassen. Sie hätte gleich aufbrechen und damit die schlimmste Sommerhitze vermeiden können, aber irgendwie hatte sie die unklare Vorstellung, die fast unerträgliche Hitze noch einmal tagtäglich ertragen zu müssen, als Sühne für die letzten zehn Jahre ihres Lebens. Die Götter verlangten dies nicht, Opfer wurden nie wegen einer Schuld dargebracht, sondern als Bitte oder Danksagung, aber Teje wußte, daß sie nicht die Götter, sondern sich selbst besänftigen wollte.

Träge vergingen die Tage des schwülen Mesore, und Teje keuchte im spärlichen Schatten der Bäume oder schwamm im See, und Rês Grausamkeit setzte ihr seelisch und körperlich gleichermaßen zu. Sie lag eines Mittags auf ihrem Bett und versuchte zu schlafen, als Huya Einlaß gewährt wurde. Teilnahmslos sah sie ihn herankommen, ein nackter, stattlicher, einstmals gutaussehender Mann, der jetzt häufig kurzatmig war und Schmerzen in den Gelenken hatte. Er blieb stehen, verbeugte sich, und sie hieß ihn sprechen.

«Majestät, ich bitte zu entschuldigen, daß ich deine Ruhe störe, aber deine Nichte ist aus Achet-Aton gekommen und wünscht sofort vorgelassen zu werden.»

Teje schlug das Herz bis zum Hals. «Meine Nichte? Welche, du Narr!»

«Prinzessin Mutnodjme. Ich habe sie in deine Empfangshalle geführt und kühles Wasser für sie bestellt.»

«Sag ihr, daß ich komme. Piha! Ein loses Gewand, und mein Haar muß gekämmt werden.» Es war die Einsamkeit, die bewirkte, daß Teje freudig aufstand bei dem Gedanken, das Mädchen wiederzusehen, und erst, als sie unter den weißen Straußenfedern, mit denen ihre Diener sie fächelten, den Korridor entlangging, fragte sie sich, was Mutnodjme veranlaßt hatte, persönlich nach Malkatta zu kommen.

Wächter öffneten die Türen in der Halle, und Teje ging hinein. Am anderen Ende des Raums, wo Säulen den Strom heißen weißen Lichts teilten, der sich wie geschmolzenes Metall über den Fußboden ergoß, stand Mutnodjme an die Wand gelehnt; ihre Zwerge würfelten geräuschvoll zu ihren Füßen, und ihre Silhouette war schwarz in dem blendenden Flimmern des frühen Nachmittags. Als sie den Herold Tejes Titel ausrufen hörte, drehte sie sich um, und während sie ihrer Tante entgegenging, ließ sie ihre Peitsche über den Köpfen der Zwerge knallen, so daß sie heulend in den Garten liefen.

Jede Bewegung der langen Beine und das lockere Schwingen der schmuckbehängten Arme verrieten die aufreizende Selbstsicherheit eines verwöhnten Kindes, das nun erwachsen war. Das vertraute

Gesicht erglühte vor träger Sinnlichkeit. Mutnodjmes Augenlider waren eingeölt und dann mit Goldstaub bepudert worden, die Lidränder schimmerten schwarz um Augen, die in ihren dunklen Tiefen immer einen Anflug von Belustigung erkennen ließen. Der Mund, dem von Teje so ähnlich, glänzte rot. Gold in der für Mitanni-Goldschmiede charakteristischen malvenfarbenen Tönung hing von beiden Ohren bis auf ihre gebräunten Schultern herab, und eine dünne goldene Kette, die ihren geschorenen Schädel umgab und unter ihrer Jugendlocke hindurchgeführt war, hielt eine goldene Sonnenscheibe vor ihrer Stirn. Sie trug keine Halskette, aber an beiden Knöcheln klirrten Fußspangen. Ihr stark gefälteltes Gewand war rot, zusammengehalten von einem goldbeschlagenen Gürtel und über eine Schulter gerafft, während die andere und eine Brust, deren Spitze golden ummalt war, frei blieben. Als Mutnodjme niederkniete, um ihre Füße zu küssen, warf Teje einen flüchtigen Blick auf das Gefolge ihrer Nichte hinter den Säulen, eine verhuschte, glitzernde Gruppe junger Männer und Frauen in wehendem Leinen, mit Juwelen behängt und zum Schutz vor der Sonne dick geschminkt. Mutnodjme war aufgestanden und wartete.

«Ich sehe, du hast eine neue Peitsche.» Teje war mit einemmal um Worte verlegen, sie wollte Mutnodjme in liebevoller Erleichterung umarmen, berührte dann aber nur ihre gelbhäutige Wange.

Mutnodjme nickte. «Weißes Stierleder mit einem silbernen Griff. Natürlich nicht von einem weißen Stier, sondern später gefärbt. Mir fehlt meine alte, aber sie war abgenutzt. Es ist schön, dich zu sehen, Majestät Tante.»

Etwas veranlaßte Teje zu fragen: «Sehe ich gut aus?», und sie bereute sofort, diese Schwäche gezeigt zu haben.

Mutnodjme betrachtete sie mit schräg gelegtem Kopf. «Besser, als ich erwartet hatte nach einer so schwierigen Geburt. Ich weiß, es ist schon ewig her, aber alle in Achet-Aton waren um deine Wiederherstellung besorgt und auf Nachrichten aus Malkatta erpicht.»

«Das glaube ich nicht!» Ihr war es immer so vorgekommen, daß diejenigen, die den Palast verließen, um in die neue Stadt zu ziehen, auch ihre Erinnerungen fahrengelassen hatten, aber Mutnodjme sagte ihr, daß dem nicht so sei.

«Es stimmt. Als die Nachricht kam, daß du ein Kind zur Welt

gebracht hattest, aber wahrscheinlich sterben würdest, ließ Pharao uns alle antreten, und wir mußten stundenlang im Vorhof des Aton-Tempels stehen, während er drinnen betete, und danach war er tagelang krank.»

«Aber er ist nicht gekommen. Trotz all seiner Besorgnis ist er nicht gekommen.»

«Nein.» Mutnodjme sah ihr in die Augen. «Das hat er nicht getan. Die Atmosphäre der Königin erfüllt die Stadt wie Parfum. Es betäubt Tag und Nacht unsere Nasen. Wenn wir uns nicht vor Aton zu Boden werfen, beten wir sie an.»

Teje forschte im Gesicht ihrer Nichte nach dem Sarkasmus, den die Stimme sorgfältig vermied, und fand ihn. «Was macht mein Bruder? Geht es ihm gut?»

«Er ist gealtert, aber seine Gesundheit ist so gut wie eh und je.»

«Und dein Mann?»

Mutnodjme zögerte. «Haremhab ist tüchtig und steht hoch in Gunst. In bezug auf das, wonach du dich erkundigst, Göttin, geht es ihm gut.»

«So. Wir haben noch Zeit, über die Familie später zu sprechen. Wie ausgehungert ich nach Nachrichten bin! Deine Mutter?»

«Ich sehe Tiê nicht sehr oft. Sie ist nie bei Hof. Aber sie ist zufrieden in dem Landhaus, das Eje für sie gebaut hat.»

«Und du selbst, Mutnodjme? Du bist so hübsch wie immer!»

«Ich weiß», lachte Mutnodjme. «Ich bin der Gegenstand des Begehrens aller jungen Höflinge geworden. Ist das nicht langweilig? Haremhab lacht, aber ich nicht. Ich habe das geile Getuschel und das Betatschen bei Pharaos Festmählern satt. Ich neige dazu, an meinen alten Freunden festzuhalten, an den Männern, mit denen ich früher geschlafen habe, den Frauen, die in der Vergangenheit an meinen Geheimnissen teilhatten. Ich bin achtundzwanzig, Majestät Tante. Die jungen Leute werden mir allmählich lästig.»

«Eine vernünftige Mutnodjme? Unmöglich!»

Mutnodjme lachte wieder. «Bestimmt nicht. Aber ich will nicht wieder mit allem von vorn anfangen. Ist dir dieses Gewand aufgefallen? Eine Brust entblößt, ein koketter Kitzel. Es ist die große Mode in Achet-Aton. Affektiert lächeln und mit den Wimpern klimpern, albern schäkern. Der Hof meines Onkels hier in Malkatta mag bis zu einem gewissen Grad verderbt gewesen sein, aber es war eine offene, eine unverhohlene, gesunde Verderbtheit. Die Ausschweifungen in Achet-Aton haben etwas Schwächliches, Krankhaftes.»

Du bist immer scharfsinnig gewesen, dachte Teje, aber du hast dich nie so präzise ausgedrückt. «Bist du aus Langeweile hergekommen?» erkundigte sie sich freundlich.

Mutnodjme schüttelte den Kopf. Sie klatschte laut in die Hände und rief «He!», und einer ihrer Diener kam mit einem Kästchen in der Hand angerannt. Auf einen Wink von Mutnodjme stellte er es auf die Thronstufe, verbeugte sich und zog sich zurück. «Geruhe dein ganzes Gefolge zu entlassen, Majestät Tante», bat Mutnodjme. «Das hier ist vorläufig nur für deine Augen bestimmt.»

Teje erfüllte diesen Wunsch sofort, und die beiden Frauen sahen einander an, als die Diener gingen. Schließlich wurde die Tür geschlossen, und sie waren allein. Mutnodjme zögerte, eine Hand auf dem Deckel des Kästchens.

«Für mich ist das nicht von Bedeutung, das mußt du verstehen», sagte sie ruhig. «Aber es könnte dich beunruhigen. Wenn es das nicht tut, werde ich nach Achet-Aton zurückkehren und unsere Abmachung als beendet betrachten. Obwohl ich durch dich gut verdient habe, Majestät! Wenn es dich beunruhigt, soll ich dir von meinem Mann ausrichten, daß er dir zur Verfügung steht.»

«Ich verstehe.» Neugierig sah Teje zu, als ihre Nichte den Deckel aufschlug und etwas herausholte, das offenbar eine Skulptur war, die eine kleine Gruppe von Affen darstellte. Es schien nichts Ungewöhnliches daran zu sein. Ägypten verehrte viele kleine Affengötter, und Paviane galten als heilig. Mutnodjme gab sie ihr in die Hand.

«Dies ist ein kostbares Exemplar, es ist aus Alabaster und sorgfältig bemalt, aber Nachbildungen gibt es überall in Achet-Aton, größere und kleinere, in Holz oder Stein oder, für die ärmeren Leute, in Ton. Auf allen Märkten sind sie in den Buden zu kaufen.» Ohne auf die Erlaubnis zu warten, setzte sich Mutnodjme auf die Thronstufen.

Teje beugte sich über die Skulptur. Es waren vier Affen in unterschiedlicher Größe. Der größte stand halb und hockte halb hinter den anderen, seine üppigen Brüste hingen herab, seine fetten Oberschenkel waren weit gespreizt. Dennoch war er kein Weibchen, denn unter seinem dicken Bauch ragte ein unverhältnismäßig großes männliches

Glied hervor. Sein zwischen den Beinen geringelter Schwanz endete zwischen den Beinen des vor ihm knienden Affenweibchens, das mit beiden Händen das männliche Glied hielt. Die dicken Lippen des größten Affen machten dem kleineren, der links von ihm stand, ein Kußmäulchen, seine Hand langte an dessen Hals vorbei und ruhte auf der winzigen Brust. Die andere Hand schob sich zwischen die Beine des kleineren Affen zu seiner Rechten. Die Geschlechtsteile aller Tiere waren hellrot bemalt, die Ohren, die riesigen Augen, die Schwänze und das Fell grau. Es war nicht die obszöne Wirkung der Skulptur, die Teje veranlaßte, einen leisen Schrei auszustoßen und die Plastik wegzuschieben, sondern die Tatsache, daß der größte Affe zwischen den gespitzten Ohren eine Doppelkrone trug und der nächstgrößere einen hohen, konisch geformten Helm. Mutnodjme beugte sich vor, legte das Ding rasch in das Kästchen und schlug den Deckel zu.

«Niemand weiß, wer damit angefangen hat», sagte sie. «Aber schon ehe die Skulpturen auftauchten, gab es Gerüchte, daß Pharao sich mit seinen Affen paart, daß er die Nächte mit der Königin und seinen beiden älteren Töchtern zusammen verbringt. Lüsterne Witze sind am Hof immer gerissen worden, aber das hier ist anders. Da ist Bosheit dabei. Pharao hat den Respekt der Einwohner von Achet-Aton ganz und gar verloren, und es wird nicht lange dauern, bis diese Sachen –» sie deutete auf das Kästchen – «in ganz Ägypten zu finden sind. Die Einwohner von Theben werden entzückt sein.»

Teje schluckte, ihr war schwindlig, und sie setzte sich neben Mutnodjme. Ihre Hände zitterten. «Was sagt Pharao? Sein Zorn, seine Scham . . .»

«Pharao empfindet weder das eine noch das andere», sagte Mutnodjme ruhig. «Er lächelt. Er sagt, sein Volk beginne gerade erst, wahre Liebe zu verstehen, und sobald es sie verstanden hat, werden die Skulpturen verschwinden. Die Königin ist allerdings außer sich vor Wut. Sie hat ein Verbot erlassen, die Skulpturen zu besitzen, aber das einfache Volk kümmert sich nicht darum. Sie hätte überhaupt keine Notiz davon nehmen sollen.»

«Ja», flüsterte Teje. Nofretête hat immer der richtige Instinkt gefehlt, den ein Herrscher so dringend braucht. Sie hat immer allzu übertrieben, allzu öffentlich geliebt und gehaßt. Dennoch hatte Teje niemals mehr Mitleid mit ihr gehabt als jetzt. Mit ihr und ihrem schutzlosen, tollkühnen Gemahl, Ägyptens Göttern. «Liegt es daran, daß dargestellt ist, wie sie sich auf dem Ben-Ben im Aton-Tempel umarmen?»

«Teilweise. Schließlich benehmen sich Pharao und die Königin nicht wie Götter, die angebetet werden sollen. Aber es liegt auch daran, daß sie sich vor ihren Untertanen als eine von Liebe zueinander überwältigte Familie zur Schau zu stellen wünschten. Verzeih mir, Majestät Tante. So von Pharao zu sprechen gilt seit eh und je als Gotteslästerung, dennoch glaubte ich, du würdest es wissen wollen, und der Überbringer meiner Mitteilungen wäre nicht imstande gewesen, dir die Perversität der ganzen Angelegenheit zu vermitteln. Es sind nicht nur die Skulpturen. Das Volk jubelt ihm auf den Straßen zu, aber es klingt wie Hohn, und er hört es einfach nicht. Haremhab bittet . . .»

Teje hob die Hand. «Das reicht», sagte sie ruhig. «Iß heute abend mit mir, wenn ich geruht und nachgedacht habe. Laß mich allein, Mutnodjme.»

Gehorsam stand ihre Nichte auf, verbeugte sich tief und ging beschwingt durch die lange Halle. Ich habe nicht gefragt, ob Gemächer für sie bereitgemacht werden sollen, dachte Teje. Aber ich nehme an, sie wird in Ejes Haus wohnen. Die Peitsche schlängelte sich weiß hinter den nackten Fersen, und fasziniert beobachtete Teje die wellenförmigen Bewegungen. Noch lange, nachdem Mutnodjme gegangen war, konnte sie ihren Blick nicht vom Fußboden losreißen. Schließlich rief sie nach Piha und ging zurück in ihr Zimmer.

Die Sonne brannte nicht mehr ganz so heiß, aber die Luft war noch stickig. Teje bestellte sich ein Bad und versuchte dann zu schlafen, aber Mutnodjmes Stimme und das Bild der verzerrten roten Geschlechtsteile kämpften in ihren Gedanken um den Vorrang, und ihr Herz weigerte sich, in einem ruhigeren Rhythmus zu schlagen. Aber ich wollte doch nach Djarucha zurückkehren, protestierte sie im stillen. Ich hatte es beschlossen! Ich kann nichts tun. Ich bin zu alt, es ist zu spät. Voll Schmerz rief sie sich ins Gedächtnis, wie kühl der mit Wasserrosen übersäte See vor den blauen Säulen der Vorhalle war, wie feucht die Luft im milden Klima des Nordens. Mir fehlt meine Mutter, mein Vater, dachte sie, als sie schließlich ihre Selbstbeherrschung aufgab und sie zu weinen begann. Ausnahmsweise bist nicht du es,

Osiris Amenhotep, nach dem ich mich sehne, sondern der Schutz, den Jujas starke Arme boten, und das Lächeln, mit dem mich Thuju jeden Morgen weckte. Ach, hör auf! schalt sie sich selbst. Nichts ist lächerlicher als eine alternde Frau in Tränen. Sollen sie ihr Bett beschmutzen. Laßt mich heimkehren! Aber sie wußte schon, daß sie Djarucha nie wiedersehen würde.

In der Dämmerung saß sie auf der Empore in der großen Empfangshalle, Mutnodjme neben ihr, das Gefolge und die Diener an kleinen, blumengeschmückten Tischen unten. Teje hatte befohlen, den Raum hell zu erleuchten, und Hunderte von Fackeln und Lampen loderten golden im Luftzug zwischen den hohen Säulen. Eine Prozession von Tabletts tragenden Sklaven kam und ging von den Vorkostern zu ihrem Tisch, und die Mundschenke füllten von Zeit zu Zeit die Weinbecher nach. Unterhalb der Empore schirmten die Musikanten mit ihren Klängen die Unterhaltung der beiden Frauen gegen die anderen Gäste ab, und zwischen den Tischen wiegten sich Tänzerinnen. Teje versuchte zu essen, aber allein der Anblick der Speisen war ihr widerlich, und zu guter Letzt trank sie nur und beobachtete Mutnodjme, die keinen der angebotenen Gänge ausließ. Zwischen den einzelnen Bissen warf ihre Nichte ausdruckslose Blicke auf Prinz Semenchkarê, der mit Beket-Aton am Fuß der Empore saß, und obwohl Tejes Gefühle so in Aufruhr waren, lächelte sie im stillen. Mutnodjme war politisch nicht so unbeteiligt, wie sie vorgab – oder aber die Lage in Achet-Aton war so ernst, daß jeder zu einem angehenden Orakel wurde. Als das Mahl verzehrt war und die Vorstellungen der Künstler, die Teje hatte auftreiben können, begannen, winkte sie Mutnodjme näher zu sich heran.

«Hat Haremhab oder dein Vater dich mit diesem abscheulichen Ding zu mir geschickt?»

Mutnodjme gab einem Diener ein Zeichen, und er nahm den niedrigen Tisch weg. Gesättigt und befriedigt, lehnte sie sich auf ihren Kissen zurück. «Ich hatte vergessen, wie gut Rindfleisch schmeckt, wenn einem nicht ein Gott mißbilligend über die Schulter sieht. Es ist uns nicht verboten, bei Hof Fleisch zu essen, aber Pharao rührt es natürlich nicht an. Was deine Frage betrifft, Göttin, ich bin aus eigenem Antrieb gekommen. Eje und Haremhab waren allerdings einverstanden. Sie brauchen deine Hilfe. In Berichten konnten sie es dir nicht sagen, von derlei Dingen kann man kaum sprechen, es gibt so viele Spitzel in der Stadt, Leute, die hoffen, sich bei Pharao beliebt zu machen, wenn sie ihm Klatsch ins Ohr flüstern. Mein Vetter läßt sich leicht beeinflussen durch Gedanken, die in die bewundernde Sprache der Aton-Verehrung gekleidet sind.»

Jedes Wort von Mutnodjme gab Teje einen Stich ins Herz, und für einen Augenblick haßte sie ihren Bruder, haßte Haremhab, all die Speichellecker, die versuchten, sich die Zuneigung eines schlichten Mannes zu erschleichen, den sie aber nicht liebten. Mutnodjmes gleichmütige Ehrlichkeit war entschieden vorzuziehen. «Dann sage mir jetzt, was der große Fächerträger und der mächtige Heerführer von mir erwarten.»

Mutnodjme feixte über den sarkastischen Ton. «Sie möchten, daß du deinen Wohnsitz in Achet-Aton nimmst, um Pharao jeden Tag zu sehen und ihren Ratschlägen Gewicht zu verleihen. Das dringendste Problem ist die Lage jenseits der Grenzen. Tutu erzählt Pharao etwas, mein Mann sagt etwas anderes, und Pharao zögert, weil er an die Falschheit von Menschen einfach nicht glauben kann.»

«Nofretête würde nichts unversucht lassen, mich zu diskreditieren, vielleicht sogar, mich ermorden zu lassen. Tutu hat immer etwas gegen mich gehabt. Mutnodjme, ich bin müde. Ich würde mich unter lauter Nattern begeben, die nur meinen Tod wünschen. Ich müßte es auch mit einer Schar von Schmeichlern aufnehmen, die sich sofort um Semenchkarê sammeln würden. Ich würde keine Freunde haben, niemanden, dem ich trauen kann.» Sie unterbrach sich, überwältigt von den Aussichten, die sie beschrieben hatte. Der bohrende Schmerz im Unterleib, den sie in Zeiten großer Anspannung oder Müdigkeit immer verspürte, hatte sie unvermutet überfallen, und sie hielt den Atem an, bis er vorbei war.

«Dann geh nach Djarucha und warte darauf, daß dich die Götter zu sich rufen», sagte Mutnodjme. «Majestät Tante, ich habe dich immer geliebt. Aber mißverstehe mich nicht. Meine Liebeserklärung ist nicht das Angebot aktiver Unterstützung, falls du beschließt, nach Achet-Aton zu kommen. Ich kenne mich zu gut. Ich möchte bloß, daß du glücklich bist. Du hast Frieden verdient.»

«Ich bin seit dem Tod von Osiris Amenhotep nicht glücklich gewesen», erwiderte Teje. «Würde ich in Djarucha zufrieden sein, nachdem ich dich gehört habe? Ich glaube es nicht. Ich habe Pharao auf die Welt gebracht, und es scheint meine Pflicht zu sein, die Welt vor ihm und ihn vor der Welt zu schützen, wenn ich es vermag. Wie muß der Sohn des Hapu lachen!»

«Dann wirst du also kommen?»

Die Frage ärgerte Teje. Der Schmerz überfiel sie wieder, und sie spürte, daß sie in Schweiß geriet. «Natürlich werde ich kommen», brachte sie hervor. «Wie kann ich mich einer so schwierigen Aufgabe verweigern?»

Mutnodjme nippte nachdenklich an ihrem Wein und ließ den Blick über die geräuschvolle Halle schweifen. Semenchkarê klatschte im Takt zur Musik und ließ kein Auge von den nackten Tänzerinnen. Beket-Aton lag bäuchlings auf ihren Kissen und schlief fest. Die Haremsfrauen, vom Wein gerötet und erregt durch die unerwartete Unterbrechung ihres langweiligen Daseins, kicherten und juchzten. Es gab nichts mehr zu sagen. Nach einem Augenblick stand Teje auf. Es trat Stille ein. Die Gäste warfen sich zu Boden. Tejes Herold ergriff seinen Amtsstab und sprang auf, um ihr voranzugehen, und zusammen mit Piha und Huya verließ sie die Halle, bemüht, sich ihre Schmerzen nicht anmerken zu lassen, bis sie in ihre Gemächer kam. Dort sank sie auf ihr Bett, schickte nach ihrem Arzt und lag, während sie auf ihn wartete, mit angezogenen Knien und geballten Fäusten da, und ihre Muskeln verkrampften sich ebenso vor Zorn über ihr Schicksal wie vor Schmerz.

Mutnodjme schiffte sich am nächsten Tag nach Achet-Aton ein. Nachmittags diktierte Teje einen Brief an Pharao und ließ dann Semenchkarê zu sich rufen. Ausnahmsweise kam er prompt, um die schlanken Hüften einen losen Schurz, die Füße sandig und die Beine noch vom Wasser des Sees beperlt. Er verbeugte sich vor seiner Mutter, küßte lässig die ihm entgegengestreckte Hand und sah sie mit glänzenden Augen an.

«Wir fahren nach Achet-Aton, nicht wahr, Majestät?»

«Ja. Woher weißt du das?»

«Die Diener haben den ganzen Tag von nichts anderem geschwatzt. Wann brechen wir auf? Ich kann es gar nicht glauben, daß ich Merit-Aton wirklich wiedersehe. Danke, Mutter.»

«Ich nehme an, du wirst dich nach Malkatta zurücksehnen, wenn du eine Weile in Pharaos neuer Stadt gewesen bist», erwiderte Teje ruhig. «Du hast dich hier einer Freiheit erfreut, wie du sie nie wieder haben wirst. Aber du kannst sie noch ein paar Monate genießen. Wir werden aufbrechen, wenn der Fluß den Höchststand erreicht hat. Geh und sag es Beket-Aton.» Sie hätte gern seine Begeisterung geteilt, aber sie stellte fest, daß sie sich mit seiner Dankbarkeit und Vorfreude nur widerwillig abfand. Sie sah, daß der Glanz in seinen Augen schwand. Er schürzte die Lippen, verbeugte sich flüchtig und ging weg. Er war für Teje plötzlich zu einer schweren Aufgabe geworden, und sie empfand sie bereits als Last.

17

Am Ende des ersten Wintermonats verließ Teje Malkatta. Nachdem die Nachricht von ihrem Entschluß in Achet-Aton eingetroffen war, hatte sie einen überschwenglichen Brief von Pharao bekommen, einen zurückhaltenden Gruß von Eje und kein Wort von Nofretête. Entschlossen lehnte sie es ab, in die Zukunft zu blicken. Während ihre Verwalter zielbewußt durch die Korridore schritten, Schriftrollen unter dem Arm und Sorgenfalten auf den Gesichtern, und unzählige Diener mit Packen beschäftigt waren, überließ sich Teje zum letztenmal Malkattas Zauber und ihren Erinnerungen. Sie saß unter ihrem Baldachin am See und dachte daran, wie sie als kleine Prinzessin, neu in Pharaos riesigem Harem aufgenommen, über den Fluß gestakt worden war und die noch unbemalten Räume betrachtet hatte, den aufgewühlten, mit Steinen übersäten Boden, die schreienden Aufseher mit ihren Peitschen und die gebückten Rücken der Fellachen. Mit der schlanken jungen Tia-Ha und anderen Prinzessinnen hatte sie in den großartigen, noch unbewohnten Gemächern der Großen Königsgemahlin gestanden, die Hände auf dem Rücken, den Blick der geschminkten Augen auf die Decke gerichtet, während Cheruef Pharaos Pläne für seinen neuen Palast beschrieb. Viele der Frauen waren still und beklommen und wollten nicht an die Nähe der Toten denken und an die Nächte, die sie nur durch eine Mauer getrennt von jenen, die steif in ihren Särgen lagen, dort verbringen müßten. Teje war ebenfalls still, aber nicht aus Furcht. Sie hatte sich gefragt, warum ihr Gemahl beschlossen hatte, den Hof von seinem alten und ehrenvollen Platz auf dem Ostufer in der Nähe von Karnak zu verlegen. Ein Mann mit so grenzenloser Macht und solchem Reichtum konnte tun, was ihn beliebte, dennoch erschien es ihr als eine sinnlose, unvernünftige Verschwendung von Gold und Arbeit. In diesem Augenblick hatte sie gespürt, daß Augen auf ihrem Rücken ruhten, und als sie sich umdrehte, sah sie, daß der junge Pharao, umgeben von seinem Gefolge, sie anstarrte. Sie hätte sofort den Blick abwenden müssen, statt dessen starrte auch sie ihn an. Obwohl der Ehevertrag besiegelt und sie schon seit über einem Monat im Harem war, hatte sie ihren Gemahl nur bei offiziellen Festmählern und aus größerer Entfernung gesehen. Jetzt winkte er sie gebieterisch zu sich. Tapfer ging sie auf ihn zu und warf sich ihm zu Füßen, bis ein sanft an ihr Ohr geschobener Zeh ihr die Erlaubnis zum Aufstehen gab. Hinter ihm hatte sie ihren Vater erkannt, der ihr ernst zugeblinzelt hatte.

«Prinzessin Teje, was ist an der Decke so interessant?» hatte sich Pharao erkundigt.

«Überhaupt nichts, göttlicher Horus», hatte sie, überrumpelt, erwidert. «Ich habe nicht einmal an die Decke gedacht.»

«Ach so. Und woran denken kleine Mädchen, wenn sie mit offenem Mund himmelwärts starren?» Sein Gefolge lachte.

Teje errötete. Halte ihm stand, hatte ihr Vater ihr eingeschärft in den Tagen, als sie darauf vorbereitet wurde, eine königliche Gemahlin zu werden. Sei nicht fügsam. Du bist nicht schön genug dafür. Du mußt deinen Charakter an den Tag legen, wenn du ihn fesseln willst.

«Ich habe mich gefragt, Mächtiger Stier, warum deine Majestät hier einen Palast baut, wenn du einen sehr schönen auf dem Ostufer hast. Du bereitest deinen Frauen, deinen Ministern und all den ausländischen Delegationen erhebliche Unannehmlichkeiten.»

«Das tue ich, und ich genieße es von Herzen. Cheruef!» Der Hüter der Haremstüren stürzte herbei und verbeugte sich. Amenhotep deutete auf Teje. «Diese heute abend, aber du legst ihr besser einen Maulkorb an. Huya, ich weiß nicht, was für eine Erziehung du ihr hast zuteil werden lassen, aber die muß billig gewesen sein. Sie ist unverschämt.»

Doch als der Palast so weit fertig war, daß er bezogen werden konnte, war es Teje, die in die prächtigen Gemächer der Großen Königsgemahlin einzog. Jetzt lächelte sie, als sie seine Stimme wieder hörte, sich ihre Scheu und Entschlossenheit vergegenwärtigte. So die Götter wollten, würde Semenchkarê, wenn die Zeit seiner Inkarnation kam, wieder hierherziehen, und vielleicht würde Merit-Aton ihre Truhen dort auspacken lassen, wo Teje als kleines, trotziges Mädchen gestanden hatte. Der Gedanke an das verlassene und im Laufe der Jahre verfallene Malkatta war zu schmerzlich, als daß sie bei ihm hätte verweilen mögen. Schon lange vor dem Tag der Abreise hatte sie die Erinnerungen eines jeden Raums ausgeschöpft, und ohne einen Blick zurück setzte sie den Fuß auf die Bootsrampe.

Sie fuhr allein, Semenchkarê und Beket-Aton waren in dem Boot hinter ihr und Tutanchton mit seinen Kinderfrauen noch weiter hinten. Den königlichen Booten folgte auf dem schnell fließenden Strom ein Dutzend weitere mit Dienern und Gepäck an Bord. Auf den Truppenschiffen zu beiden Seiten befand sich Tejes Leibwache. Der Tag war kühl und heiter. Ein leichter Nordwind schwellte die Segel, ließ die kurzen jungen Ähren wogen und das frische Winterlaub rascheln. Die Musik und das Geplauder der Haremsfrauen, die vom Dach aus die Abfahrt beobachteten, verhallten bald und wurden ersetzt durch das Kluckern und Klatschen des Wassers gegen den Rumpf und den rhythmischen Ruf des Mannes, der den Ruderern den Takt angab. Teje saß auf Deck unter einem Sonnensegel, sah hinüber zum Ostufer und rief dann Huya.

«Warum sind da Menschenmengen am Kai von Theben? Ist heute der Tag eines Gottes? Ich höre sie nicht schreien.»

«Es ist nicht der Tag eines Gottes, es sei denn, sie feiern eine Lokalgottheit», erwiderte Huya. «Die Leute haben sich eingefunden, um dich abfahren zu sehen, Majestät.»

Teje blickte nachdenklich hinüber. Die Luft war dunstig vor winterlicher Feuchtigkeit, und ihr Boot fuhr dicht am Westufer, so daß sie keine einzelnen Gesichter ausmachen konnte, aber der Mißmut der Leute war unverkennbar. Einige wenige kleine, verwitterte Fahrzeuge waren an den Anlegeplätzen vertäut, aber die Mehrzahl der vielen Bootsstege war leer, und Teje bemerkte, daß manche schon verkommen aussahen und halb verfault im Wasser lagen. Sie hatte sich schon lange nicht mehr aus Malkattas schützenden Mauern herausgewagt. «Laß die Vorhänge der Kajüte herunter», befahl sie. «Ich will hineingehen. Die Leute haben kein Recht, eine Göttin anzustarren.»

Aber kaum hatte sie sich auf die Kissen in dem goldenen Dämmer zurückgelehnt, als sie einen lauten Anruf hörte und ihr Boot anhielt.

Sie wartete ab. Plötzlich sprach der Kapitän durch den Vorhang mit ihr.

«Majestät, es ist ein Boot aus Karnak. Der Hohepriester bittet, dich zu sprechen.»

«Laß ihn an Bord kommen.» Ich will das schlechte Gewissen wegen Thebens Schicksal nicht mit mir nehmen, dachte sie, als sie hörte, wie Majas Boot knirschend an das ihre anlegte und er an Bord kletterte. Die Stadt wird einfach geduldig abwarten müssen.

Ein Schatten fiel auf den Vorhang. «Du kannst den Vorhang anheben und draußen knien», rief sie. «Warum bist du nicht nach Malkatta gekommen, Maja? Ich bin nicht erfreut.»

Der Vorhang hob sich, und ihr Blick fiel auf das blasse, bekümmerte Gesicht des Hohepriesters. «Majestät, wir in Karnak konnten nicht glauben, daß du uns wirklich verläßt. Wenn du wegfährst, wo ist dann eine Gottheit, die für uns eintreten wird? Amun schläft sicherlich.»

«Vielleicht braucht er die Ruhe», fuhr Teje ihn an, aber gleich verwünschte sie ihre Leichtfertigkeit. «Maja», sagte sie sanfter, «Pharao braucht mich. Du weißt nicht, wie verwickelt die Lage ist. Du siehst im Augenblick nichts als einen leeren Tempel und ein von Armut geschlagenes Theben. Ich befehle dir, Geduld zu haben und Amun liebevoll zu dienen. Auch wenn ich nicht anwesend bin, ziehe ich meinen Schutz nicht zurück. Das ist alles.» Er senkte den Kopf und ließ den Vorhang fallen. Sie hörte ihn in das Tempelboot einsteigen, dann den knappen Befehl ihres Kapitäns, und das Boot nahm wieder Fahrt auf. Aber noch viele Meilen weit grübelte sie über das niedergeschlagene Gesicht des Hohepriesters und das Elend der Tausende, die sie einem düsteren Geschick überließ.

Dennoch erfreute sie sich des Anblicks ihres geliebten Ägyptens, das gesegnet von einem weiteren Winter an ihr vorbeizog. Manchmal wurden die Ruder gebraucht, aber meistens brachte die Strömung allein die Boote schnell voran, und sie bedurften nur der festen Hand des Steuermanns. Nachts machten sie in unbewohnten Buchten fest. Fackeln wurden angezündet, Teppiche ausgerollt, und wenn Teje und die Kinder an Land aßen, hörten sie als Tafelmusik das Quaken der Frösche im Schlamm und das ferne Prusten von Nilpferden in den Sümpfen. Die Nächte waren kühl, und Teje schlief gut in der kleinen, von Gefolgsleuten bewachten Kajüte, die dick mit Decken ausgelegt war, in der sie dennoch die frische, reine Luft atmen konnte. Ihr Arzt hatte sie vor Bädern im winterlichen Fluß gewarnt, und so saß sie jeden Morgen, in wollene Umhänge gehüllt, an Deck, nahm die erste Mahlzeit des Tages ein und sah Semenchkarê zu, der an seichten Stellen schnaufte und planschte, ehe er sich ihr anschloß. «So sollte das Leben sein», murmelte sie dann und wann und lächelte über sich selbst, während sie den Satz noch aussprach. Als von ihrem Boot aus die ersten Palmengruppen am Fuß der Felsen, die fast bis an den Fluß reichten, in Sicht kamen, sehnte sie sich nach den Bequemlichkeiten, die Achet-Aton bieten konnte.

Am Flußufer stand im Schatten der Bäume ein kleines Zollhaus mit mehreren im Schlamm versunkenen Landeplätzen, wo der vom Süden kommende Flußverkehr seine Waren auslud. Das Haus war nicht so groß wie dasjenige am nördlichen Ende der Stadt, aber es war dennoch wichtig, denn hier wurden die Handelsgüter aus Nubien – Gold, Sklaven, Straußenfedern, Felle, Elfenbein und Ebenholz – ausgeladen, verbucht und vorübergehend gelagert. Hier standen auch Kasernen für die Soldaten, die die südlichen Felsen und das enge Flußbett des Nils überwachten. Teje erwartete nicht, kontrolliert zu werden, denn auf ihrem Boot flatterte die blau-weiße königliche Flagge, aber als es an den steifen Palmen und dem von Menschen wimmelnden Anlegeplatz vorbeiglitt, stieß ein kleines Ruderboot vom Ufer ab. Am Bug stand ein Mann mit dem blauen Helm eines Wagenlenkers, und auf seinen beiden Unterarmen glitzerten die silbernen Ringe eines Heeresbefehlshabers. Es war Haremhab. Auf ein Wort von Teje legten die Ruderer die Riemen ein und saßen dann keuchend da. Das kleine Boot prallte längsseits an, und einige Leute der Mannschaft rannten hin, um dem Offizier über die Reling zu helfen. Er kam sogleich zu Teje und fiel auf die Knie.

«Erhebe dich», sagte sie kühl. «Ich nehme an, du hast mir etwas Wichtiges zu sagen. Ich habe genug von Wasser und Unbequemlichkeit.» Er stand auf und folgte ihr in den Schatten des Sonnensegels. «Setz dich.»

«Es ist ein unverhofftes Vergnügen, dich wiederzusehen, Göttin», sagte er. «Du mußt mir glauben, daß ich, obwohl meine Frau auf Grund ihrer eigenen Überlegungen nach Malkatta gereist ist, selbst gekommen wäre, wenn ich einen geeigneten Vorwand gefunden hätte.»

«Oh, ich glaube dir», erwiderte Teje und ließ den Blick rasch über seine nackte braune Brust gleiten, die breiter geworden war in den Jahren, seit sie ihn zuletzt gesehen hatte, über das Gesicht, das reifer geworden war und dem die Entschlossenheit, die es erkennen ließ, wohl anstand, über die männlich schmalen Hüften und die langen Beine. Seine körperliche Gegenwart, der leichte Schweißgeruch und das Mandragora-Parfum, das er benutzt hatte, erinnerte sie überzeugend daran, wie lange sie nur von Frauen und alten Männern umgeben gewesen war. Eine berauschende Sekunde lang wünschte sie, zwanzig Jahre jünger zu sein. «Aber es überrascht mich, daß du einen Vorwand brauchst, um mich zu besuchen. Ist Achet-Aton nur eine Stadt der Feiglinge und Eigennützigen?»

Er antwortete nicht gleich. Nach einer leichten Kopfbewegung von ihr bot Huya Wein an und zog sich dann außer Hörweite zurück. Dann sagte Haremhab: «Du hast recht gehabt, Göttliche, und ich unrecht. Nimm meine Entschuldigung entgegen.»

«Oh, du hast nicht unrecht gehabt, lieber Haremhab», erwiderte Teje leichthin. «Ist dir nicht für deine Loyalität gegenüber meinem Sohn die Ausbeute des Goldes aus Nubien übertragen worden?»

Er errötete. «Das habe ich verdient. Aber, Majestät, ich bin Pharao immer noch treu. Mein Beweggrund, nach Achet-Aton zu kommen, war nicht Habgier allein.»

Teje lenkte ein. «Ich weiß, Heerführer. Auch mein Beweggrund ist nicht Habgier. Ich will weder Ränke gegen meinen Sohn schmieden noch intrigieren, um Semenchkarês Zukunft den Weg zu bahnen. Ich bin hier, weil ich, ebenso wie du, die Gefahr für Ägyptens Sicherheit erkenne und Pharao helfen möchte, sie zu bestehen.»

«Er ist außer sich vor Freude über deine Ankunft. Übermorgen ist der übliche Tag für die Entgegennahme ausländischer Tributleistungen, und gleichzeitig will er dich ehren. Ich wollte dich jedoch zuerst begrüßen und zu Ejes Haus begleiten. Es liegt auf dem Westufer, gegenüber dem Palast, und so ruhig, wie du es dir nur wünschen kannst. Tiê hat Gemächer für dich bereitstellen lassen, bis du dein Einverständnis mit dem Haus erklärst, das Pharao für dich gebaut hat. Morgen wirst du offiziell willkommen geheißen.»

«Wo ist Eje?»

Haremhab wandte den Blick ab. «Pharao hat heute im Morgengrauen seine Anwesenheit verlangt, und ich habe ihn seitdem nicht gesehen.»

Hundert Fragen lagen Teje auf der Zunge, aber sie unterdrückte sie. Es war besser, sie später auf Grund eigener Beobachtungen zu beantworten. «Na gut. Laß deinen Steuermann an Bord kommen und das Ruder übernehmen. Dein Boot kann hinten vertäut werden. Dann komm zu mir zurück und erkläre mir, was ich sehe, wenn wir am südlichen Ende der Stadt vorbeifahren.»

Nachdem er Tejes Befehl ausgeführt hatte, kam Haremhab zurück und stellte sich respektvoll hinter sie, die an der Reling lehnte und zum erstenmal Echnatons Traumstadt erblickte. «In den Steinbrüchen hinter dem Zollhaus ist nach Alabaster geschürft worden», sagte er, als das Boot in die Mitte des Stroms einschwenkte, «aber du kannst das von hier nicht sehen. Das dort sind Glas- und Keramikwerkstätten. Kein schöner Anblick, und zum Glück erstrecken sie sich weit in die Wüste hinein, statt am Flußufer entlang. Ah! Hier kommt das erste Landhaus. Es gehört Panhesi, und das daneben ist Ranefers. Mein Haus ist das fünfte neben dem von Thutmosis, dem Bildhauer, der nicht unter den hohen Beamten wohnen sollte, aber ein Günstling der Königin ist.»

Haremhabs Tonfall veranlaßte Teje, ihn scharf anzusehen, aber er hielt den Blick und seinen Zeigefinger auf das Ufer gerichtet. Sie merkte sich diesen aufschlußreichen Hinweis und wandte ihre Aufmerksamkeit wieder dem Wunder von Achet-Aton zu. Im Laufe der Jahre hatte sie sich an den Schmutz und die Verwahrlosung von Theben gewöhnt, das immer mehr in Verfall geriet und schäbiger wurde, und jetzt benahm ihr die schiere Schönheit der Stadt ihres Sohnes den Atem. Die Paläste der Adeligen, auf die Haremhab hinwies, waren hinter den stattlichen Palmen und den Hainen von Obstbäumen, die sie umgaben, kaum zu sehen. Hier und da erkannte man zwischen dem üppigen Grün einen stillen See. Stufen aus makellos weißem Marmor führten in regelmäßigen Abständen hinunter zu den Bootsstegen, und auf den blauen Fluten des Nils schaukelten elegante vergoldete Boote mit Masten aus Zedernholz vom Libanon und mit der Aton-Scheibe in gleißendem Goldsilber auf den Rümpfen. Auf einer Strecke von vielleicht zwei Meilen folgte ein Haus dem anderen; vor jedem lag ein künstlicher See, und alle waren verborgen hinter üppigem Grün und bunten Blumen. Dann hörten die Häuser auf, aber weiterhin gab es Rasenflächen, Obstgärten und Blumenbeete. Kleine Pfade schlängelten sich hindurch, führten manchmal zu einem gepflasterten Platz, auf dem sich eine Stele und ein Altar befanden. Das Boot machte eine Schwenkung, und Haremhab räusperte sich. «Siehst du diese kleine Insel?» fragte er. «Pharao hat sie mit Sträuchern und Blumen bepflanzen lassen. Du kannst die Brücke erkennen, die sie mit dem Ufer verbindet, wo Maru-Aton, der Sommerpalast, steht. Ich kann dir den Palast nicht beschreiben, Majestät, aber du wirst ihn zweifellos bald selbst sehen. Er ist der bevorzugte Zufluchtsort der Königin. Es befindet sich auch ein königlicher Tempel dort, außerdem zwei Seen, an denen zwei Gebäude mit Festsälen liegen – alles mit jenem Kunstsinn angelegt, für den Ägypten berühmt ist. Wir müssen uns jetzt nach Westen halten, aber wie du sogar aus dieser Entfernung sehen kannst, erstrecken sich die Gärten und baumbestandenen Wege bis in die Stadt.»

Als das Boot die kleine Insel hinter sich ließ, wandte Teje ihre Aufmerksamkeit dem westlichen Ufer zu. Hier gab es keine anderen Bäume als die üblichen Palmen, die an den Bewässerungskanälen wuchsen, und der übrige Boden war mit Feldfrüchten bepflanzt. «Wohnt niemand außer Eje auf dem Westufer?» fragte sie.

«Niemand. Pharao hat allen außer Eje die Erlaubnis verweigert. Er möchte, daß seine Untertanen dem Tempel und dem Palast möglichst nahe wohnen. Wenn der Fluß steigt, überflutet er nur das westliche Ufer, deshalb hatten wir zwar bald fruchtbare Felder, deren Ertrag die Stadt versorgt, aber es war ein kostspieliges Unterfangen, den Deich zu bauen und die Kanäle anzulegen, die notwendig waren, um den Besitz des Fächerträgers vor dem Ungestüm der Überschwemmung zu schützen. Eje ist freilich dankbar dafür, denn Tiê hat noch nicht den Wunsch erkennen lassen, nach Achmin zurückzukehren.» Er lächelte, und Teje lachte. «Da ist der Landungssteg. Jetzt wende dich bitte um, Göttin. Dort ist die Stadtmitte von Achet-Aton.»

Teje hatte dasselbe unsymmetrische Durcheinander von dreistöckigen Häusern mit flachen Dächern erwartet, aus dem ein Großteil von Theben bestand, aber es waren keine Häuser zu sehen. Das Flußufer war dicht bestanden mit Palmen und Sykomoren, und hinter ihnen erhoben sich über einer Mauer eine Reihe hoher weißer Säulen nach der anderen, die kein Ende zu nehmen schienen. Teje glaubte eine breite Straße zu erkennen, die nach Maru-Aton führte. Haremhab bemerkte ihre Verblüffung. «Das ist der Große Palast und der Harem», erklärte er. «Landeinwärts und auf der anderen Seite der Königsstraße liegt der Tempel. Dahinter befinden sich die Amtsräume der Minister und die Häuser des niedrigen Adels. Und draußen in der Wüste, natürlich noch weiter hinten, stehen die Hütten der Armen und die Behausungen von Ausländern. Ich zweifle nicht, daß Pharao dir seine Stadt selbst zeigen wird.»

Teje hatte nur Zeit, einen flüchtigen Blick auf das Ostufer zu werfen, ehe das Boot an Ejes Landungssteg anlegte. Vor dem Haus und auf dem ganzen, von Bäumen beschatteten und mit rosa Steinen gepflasterten Vorhof hatten sich Ejes Diener bereits zu Boden geworfen. Die Rampe wurde ausgeschoben, aber bevor Teje ausstieg, bat sie Haremhab, sich um die Unterbringung ihres Umzugsgutes und ihrer Diener zu kümmern. Er verbeugte sich. «Ich komme heute abend zurück», sagte er. «Eje gibt ein kleines Fest für dich. Nur die Familie. Mutnodjme wird natürlich auch kommen. Pharao möchte dich erst selbst begrüßen, wenn er es mit geziemender Förmlichkeit tun kann. Willkommen in Achet-Aton, Horizont des Aton, du Allerschönste.» Er verbeugte sich tief, sie nickte ihm zu und schritt über die Rampe.

Tiê stand auf und verbeugte sich mehrmals. «Majestät, es ist mir eine Ehre», sagte sie. Teje war gerührt, und ihr fiel auf, wie ungewöhnlich hübsch Tiê gekleidet und geschminkt war. Sie trug ein enges blaßblaues Gewand, das mit seiner schlanken Linie und den bedeckten Brüsten schon seit vielen Jahren unmodern, aber in seiner Schicklichkeit sehr kleidsam war. Ihre Perücke, Hals, Arme und Knöchel waren mit ihren eigenen Schöpfungen geschmückt. Teje hatte vergessen, wie liebreizend Tiê war.

«Ich freue mich, dich zu sehen», sagte sie. «Sei so gütig und gehe mit meinem Herold voran, ich werde folgen.» Mein Sohn hat eine glühendheiße Wüste in eine herrliche Delta-Landschaft verwandelt, dachte Teje, als sie zwischen den am Boden liegenden Dienern hindurchging. Buntgefiederte Vögel schwirrten und zwitscherten ringsum. In jeder Richtung sah sie nur das dunkle Grün dichtstehender Bäume, deren Laub ein Dach über ihrem Kopf bildete. Links vom Vorhof lag ein See, auf dessen dunklem Wasser sich weiße und rosa

Teichrosen wiegten. An seinem Rand winkten die Wedel von Papyrusstauden, und zwischen ihnen schimmerten blaue Lotosblüten. An einem solchen Ort, dachte Teje, mag ein Pharao tatsächlich vergessen, daß es noch eine andere Welt gibt. Mit seiner Willenskraft hat Echnaton allem zum Trotz seiner eigenen Wirklichkeit Leben verliehen. Dafür bewundere ich ihn.

Sie stieg Stufen hinauf, die weiß, rosa und schwarz schimmerten. Marmor mit dieser Tönung konnte nur aus den Steinbrüchen von Assuan stammen, aber ehe sie innehalten konnte, um ihre Schönheit zu würdigen, ging sie schon zwischen zwei Säulenreihen hindurch, die zu Ejes Empfangshalle führten. Zu ihrer Rechten stand ein kleiner Aton-Schrein offen, daneben war ein Min-Schrein. Ein mit Obst, Kuchen und Wein beladener Tisch stand bereit, und in einem hohen goldenen Ständer brannte Weihrauch. Tiê bot ihr unter Verbeugungen einen Sessel an, und Teje lächelte.

«Setz dich doch auch, liebste Tiê. Wie schön das ist! Mir kommt es vor, als wäre ich aus einem Traum aufgewacht.» Aber kaum hatte sie die Worte gesprochen, da wurde ihr klar, daß sie lediglich aus einem ruhigen, nur um sie selbst kreisenden Traum aufgewacht war, um in einen anderen, ungewöhnlicheren zu versinken, der etwas Rauschhaftes an sich hatte.

«Ich habe angeordnet, daß die Kinder am See etwas zu essen bekommen und dann über den Fluß gebracht werden, um sich den Tiergarten anzusehen», sagte Tiê. «Ich hoffe, du bist einverstanden, Majestät.»

Huya bot Süßigkeiten an, aber Teje schüttelte dankend den Kopf. «Bist du hier glücklich, Tiê? Wenn ich darauf gewettet hätte, daß du hierbleibst, hätte ich geglaubt, daß ich eine Menge Gold verlieren würde, und doch scheint Achmin dich nicht mehr zu locken.»

Tiê zögerte. «Ich kann hier nicht so gut arbeiten. Es ist überirdisch schön. Ich brauche meinen Blick bloß auf das zu richten, was ich haben möchte, und Eje legt es mir zu Füßen. Aber mein Herz ist in Achmin. Ich bleibe um meines Mannes willen hier. Er braucht mich.»

Sein Bedürfnis muß groß sein, dachte Teje. Ihr fielen die gepflegte Reinlichkeit der Hände auf, die durch Tiês Handwerk immer schmutzig, schwarz und rauh gewesen waren, und die klaren Augen, die nicht länger von dem tiefen, verworrenen Traum einer Goldschmiedin erfüllt zu sein schienen. «Du hast Glück, daß du so sehr gebraucht wirst», bemerkte Teje mit mehr Schärfe, als sie beabsichtigt hatte, denn sie fühlte sich mit einemmal sehr einsam, aber Tiê erwiderte freundlich:

«Niemand hat mich jemals so gebraucht, wie Ägypten dich jetzt braucht, Majestät. Hilf Eje, liebe Teje. Achet-Aton ist eine Fata Morgana, eine von den Sandteufeln zu unserem Verderben heraufbeschworene Vision.»

Entsetzt erwiderte Teje den Blick ihrer Schwägerin. Welche Veränderung, während ich in Malkatta herumwanderte und mich danach sehnte, mich in Djarucha zur Ruhe zu setzen, dachte sie. Mutnodjme, Haremhab und nun du, eine Frau, von der ich glaubte, daß sie nur bei der Verarbeitung ihrer geliebten Edelsteine Intuition aufbrächte. «Ich werde mir selbst ein Urteil bilden», sagte sie, vermochte aber nicht zu verhindern, daß ihre Stimme zitterte. «Jetzt erzähle mir, was du in diesem Jahr in Achmin zu ernten gedenkst. Einige der Weinstöcke sind sehr alt und können nicht mehr sehr ertragreich sein.»

Tiês Gesicht hellte sich auf, und sie erwärmten sich beide für ein unerschöpfliches Thema. Ehe Teje bewußt geworden war, wie die Stunden verstrichen, war es Zeit zu baden und sich anzukleiden, und die Sonne stand orangenrot über den westlichen Hügeln.

Das Willkommensmahl im Familienkreis sollte in dem von einer Mauer eingehegten Garten gegenüber dem See eingenommen werden. Es war schon dunkel, als Teje auf dem Rasen auf einem Stuhl Platz nahm und von Huya einen Becher gewürzten Weins erhielt. Sie saß zufrieden da, schnupperte an dem Aroma und sah die blumengeschmückten Diener kommen und gehen. Der Mond war aufgegangen und stand als silberne Sichel am dunkelblauen Himmel, aber sein Licht wurde fast überschienen von den Fackeln, die an der Mauer aufgestellt waren oder von reglos unter den Bäumen stehenden Männern gehalten wurden. Blumen lagen auf den ringsum verstreuten Tischen. Am hinteren Ende des Gartens stimmten Ejes Musikanten ihre Lauten, unterhielten sich und lachten leise. Es war so kühl, daß Teje über ihrem schmucklosen Gewand, das über den Knien leicht übereinandergeschlagen war und neben ihr das Gras streifte, einen wollenen Umhang trug. Dann und wann hob ein leichter Wind die Wellen des von grauen Strähnen durchzogenen, kastanienbraunen Haars von ihren Schultern hoch und strich ihr über die Stirn. Während Ejes Konkubinen eine nach der anderen herbeikamen, vor ihr niederknieten und ihre rotbemalten Füße küßten, ehe sie höflich ihre Plätze, etwas entfernt von der Familie, einnahmen, beobachtete sie Semenchkarê und Beket-Aton. Semenchkarê war auf der Reise für kurze Zeit wieder ein unbändiges Kind geworden, war geschwommen, gerannt, hatte gejubelt und über alles gelacht, aber an diesem Abend hatte ihn der Gedanke, daß nur der Fluß ihn noch von Merit-Aton trennte, wieder ruhiger werden lassen. Er saß mit gekreuzten Beinen auf dem Rasen, die beringten Hände locker auf dem Schoß, und folgte geistesabwesend mit den Augen den hin und her gehenden Dienern. Obwohl er mit dreizehn Jahren noch nicht offiziell ein Mann war, hatte er sich kürzlich die Jugendlocke abgeschnitten, und jetzt war ein rotes Band um seinen glatten Schädel geschlungen. Tejes Blick ruhte auf ihm. Er sah seinem Vater ähnlicher denn je, da weder Perücke noch Helm seine kräftigen Gesichtszüge entstellten. Beket-Aton streichelte einen von Ejes Pavianen, den sein Pfleger an der Leine hielt. Ihre hohe Stimme, voller Selbstbewußtsein, hörte man über den Garten. Erfreut stellte Teje fest, wie kräftig der Körper der Zehnjährigen war, wie anmutig in einem Alter, in dem Mädchen nur aus Armen und Beinen zu bestehen scheinen und staksig wie Störche sind. Teje nippte an ihrem Wein und genoß die Geruhsamkeit des Abends. Köstliche Düfte wehten schon aus der Küche im hinteren Teil des Hauses herüber, und die Musikanten spielten bereits Bruchstücke verschiedener Melodien.

Über den Rand ihres Bechers hinweg sah sie Lichter, die sich über den Vorhof bewegten, und dann kam Eje selbst mit strahlendem Gesicht über den Rasen. Er küßte ihr inbrünstig die Füße, und sie sank ihm in die Arme.

«Oh, Eje, du hast mir so gefehlt! Wie oft habe ich mich nach deinem Lächeln gesehnt! Mir ist, als seien wir eine Ewigkeit getrennt gewesen. Laß dich anschauen.»

Bereitwillig trat er einen Schritt zurück, um ihr Gelegenheit dazu zu geben. Eje war sehr alt geworden, seit sie ihn zuletzt gesehen hatte. Seine schon immer kräftige Gestalt hatte jetzt wabbeliges Fett angesetzt. Sein Gesicht hatte sich verändert, es war schlaff und aufgeschwemmt. Ungesunde, dunkle Tränensäcke ließen seine Augen kleiner erscheinen.

Als er ihren Schreck sah, lächelte er wehmütig. «Ich weiß, meine Liebe», sagte er. «Ich habe nicht mehr genug Zeit, mir Bewegung zu verschaffen. Mein Schminkmeister tut sein möglichstes, aber der Verfall läßt sich nicht mehr verbergen.»

«Geht es dir denn gut?» fragte sie besorgt, als er sich seufzend neben ihr niederließ.

«Ausgezeichnet, allerdings bin ich dauernd müde. Mein Arzt hat mir verordnet, meinen Körper zu reinigen, indem ich zweimal im Monat statt einmal faste, und es scheint zu helfen.» Sie sah seinem lächelnden Blick an, daß er sie ebenfalls abschätzte. «Auch du bist alt geworden.»

«Ich weiß. Manchmal kann ich es kaum ertragen, in den Spiegel zu sehen. Tutanchaton hat mir genommen, was ich noch an Jugendlichkeit hatte.» Sie sagte es ohne Bitterkeit.

«Aber mir gefällt das, was in deinem Gesicht geblieben ist. Das Fleisch verändert sich, aber der Geist nicht. Ist das der junge Semenchkarê, der da so nachdenklich an meinem Rasen zupft? Er ist ja fast ein Mann, Teje.»

Teje sah den vertrauten, ernsten Ausdruck, der sich auf den Zügen ihres Bruders malte, als er seinen Neffen anschaute, und wußte, daß er Semenchkarê unter dynastischen Gesichtspunkten betrachtete. «Unser zukünftiger Horus?» fragte sie leise.

«Mögen die Götter geben, daß dem so sei.»

«Ist die Lage so schlecht?»

«Schlimmer, als du dir vorstellen kannst. Sei auf Veränderungen bei deinem Sohn gefaßt. Als ich herkam, war ich guten Muts. Echnaton schien mehr denn je sein eigener Herr zu werden, nachdem er die unbekömmlichen Erinnerungen an Malkatta hinter sich gelassen hatte. Aber es hielt nicht an. Ebenso wie die Erinnerungen hatte er jede Zurückhaltung hinter sich gelassen. Übrigens hinderte mich eine seiner Unbesonnenheiten daran, dich heute früher zu begrüßen. Aziru ist bei Tagesanbruch angekommen.»

«Wie?»

«Er hat zu guter Letzt beschlossen, Pharaos Vorladung Folge zu leisten, obwohl ich um Ägyptens willen gewünscht hätte, daß er diesen Befehl mißachtet. Ich habe den ganzen Tag mit ihm, Pharao und Tutu verbracht und versucht, den Eindruck, den Pharao machte, zu mildern und zu erklären. Ich fürchte, wenn er Ägypten verläßt, wird er sich ins Fäustchen lachen, und seine letzten Befürchtungen werden zerstreut sein. Amun sei Dank, daß du hergekommen bist! Aber laß uns heute abend nicht von Staatsangelegenheiten sprechen.» Er bemühte sich sichtbar, sich zu beruhigen. «Da kommt Haremhab. Wie ich sehe, hat Mutnodjme ihre Zwerge heute abend kostümiert. Wir werden essen und trinken und nicht an ernste Dinge denken, nicht wahr?»

Teje nickte, wartete auf die Verbeugungen der anderen und kämpfte gegen die Müdigkeit an, die sie bei Sonnenuntergang stets befiel. Ich muß irgendwoher Kraft sammeln, dachte sie, als sie Haremhabs Lippen auf ihrem Fuß spürte. Von jetzt an werde ich keine Zeit mehr haben, mich gehenzulassen.

Doch der Anflug von Schwermut verging, als aus dem Abend tiefe Nacht wurde. Sie plauderten und schwelgten in Erinnerungen, während die Musikanten liebliche Melodien erklingen ließen. Es dauerte nicht lange, und Beket-Aton wurde unter Protest ins Bett gebracht, und bald folgte ihr ein gähnender Semenchkarê. Die Erwachsenen blieben noch beisammen, Teje und Eje saßen auf ihren Stühlen, Tiê zu Ejes Füßen, die Arme um die Knie geschlungen, Mutnodjme und Haremhab lagen auf Kissen im Gras, und alle unterhielten sich so zwanglos wie einst bei den häufigen Familienzusammenkünften auf Ejes Landgut in Malkatta. Trotz allem, dachte Teje, sind wir noch eine Familie. Nichts hat unsere enge Verbindung unterbrechen können. Wir sind keine Maryannu mehr, doch die Kraft, die unsere Vorfahren aufbringen mußten, um sich gemeinsam in einem Land zu behaupten, in dem sie Gefangene waren, ist noch vorhanden. Tiê und Haremhab sind in die Familie hineingezogen worden, statt ihr Angehörige abspenstig zu machen. Heute abend bin ich glücklich und in Sicherheit.

Als sie die Augen nicht mehr offenhalten konnte, verließ sie die anderen, die sich noch unterhielten, und ging zu Bett. Sie schlief fast sofort ein, eingelullt vom Rascheln der Blätter vor ihrem Fenster und dem gelegentlichen Schrei einer jagenden Eule.

Am Morgen stand sie teilnahmslos in Tiês Ankleidezimmer, während ihre Dienerinnen sie für das Wiedersehen mit ihrem Sohn zurechtmachten. Sie hatte ein weißes Gewand mit tausend winzigen

Falten ausgewählt und es so ändern lassen, daß es nur eine Brust bedeckte, um der neuesten Mode in der Stadt zu entsprechen. Wenigstens eine ist verborgen, dachte sie, als ihre Kammerfrau sie in das Linnen hüllte. Ich kann auf meine Brüste nicht mehr stolz sein. Das Gewand war am Saum und auf den weiten, gefältelten Ärmeln mit silbernen Sphinxen verziert, die auch vom Gürtel herabhingen. Ihr ergrauendes Haar wurde unter einer konventionellen Perücke versteckt, deren Löckchen ihr fast bis zur Taille reichten, und als sie sich kritisch im Spiegel betrachtete, stellte sie befriedigt fest, daß die dunkelgrüne Augenschminke die Schwellung ihrer Lider ebensogut verbarg wie der schwarze Kajalstift auf den Lidrändern die Krähenfüße. Armbänder aus Goldsilber, Ringe mit Amethyst und Lapislazuli und ihr Sphinx-Pektoral vervollständigten ihre Garderobe, und sie war bereit für den Bewahrer der königlichen Insignien, der sich ihr auf den Knien näherte, die große Krone mit den Federn der Ersten Königsgemahlin aus dem Kasten nahm und sie ihr ehrfurchtsvoll aufs Haupt setzte. Sie war schon wieder müde. Sie setzte sich auf einen Hocker, während ihr Gefolge sich draußen auf dem Korridor nach Rang und Würden aufstellte, und rührte sich nicht, bis Huya ihr meldete, daß Pharaos Leibwache gekommen sei, um sie über den Fluß zu begleiten.

Echnatons Prunkboot brachte sie zu einer Stelle etwas südlich der Stadt, wo sie an Land ging und sofort zu einer prächtigen Sänfte geleitet wurde, deren goldene Vorhänge zurückgeschlagen waren und einen Thron mit hoher Rückenlehne sehen ließen. Goldene Streitwagen warteten vor und hinter der Sänfte, und Soldaten mit Krummschwertern und Helmen standen an der Königsstraße Spalier. Hinter seinem Wagenlenker verbeugte sich Haremhab, aufs prächtigste gekleidet, als sie auf dem Thron Platz nahm. Semenchkarê und Beket-Aton stellten sich auf, um der Sänfte zu Fuß zu folgen, aber Tutanchaton saß auf dem Schoß seiner Kinderfrau in einer Sänfte weiter hinten. Als Teje nickte, schrie Haremhab einen Befehl, und der Zug setzte sich in Bewegung. Es war ein strahlender Tag. Habichte kreisten hoch oben, schwarze Flecke gegen den tiefblauen Himmel; und die Bäume, die an diesem Teil der Königsstraße standen, tüpfelten den Zug abwechselnd mit Licht und Schatten.

Einige Minuten lang schaukelte die Sänfte sanft voran, die Räder der Streitwagen blitzten in der Sonne, und die beiden Kinder schwatzten fröhlich. Dann rief Haremhab eine Warnung, und der Zug hielt an. Teje schaute nach vorn und sah an dem Punkt der Straße, wo die Bäume aufhörten, vor den ersten niedrigen, blendendweißen Gebäuden von Achet-Aton eine Menschenansammlung. Mit klopfendem Herzen erkannte sie die königliche Sänfte. Ihre Träger setzten die ihre ab, aber sie stieg nicht aus, und einen Augenblick standen die Hunderte von Höflingen und Soldaten reglos da, während sie ihre ganze Würde zusammennahm. Sie sah, daß Nofretête sie anstarrte, atemberaubend schön, aber ausdruckslos unter einer steifen, konischen Krone, während die drei älteren Prinzessinnen, stark geschminkt, mit Schmuck behängt und, wie ihre Mutter, in hauchdünnes Leinen gekleidet, im Schatten des Baldachins der Sänfte standen und miteinander flüsterten.

Schließlich kam Pharao heran, und Diener stürzten herbei, damit sich Teje auf ihre Schultern stützen konnte, als sie ausstieg und ihm entgegenging. Eje schritt neben Echnaton und trug den Fächer aus scharlachroten Straußenfedern auf einer Schulter. Ihnen voran ging ein Priester, der feierlich sang, während er, Teje den Rücken zugewandt, den Boden vor Pharaos Füßen mit reinigendem Wasser besprengte. Schon lange, ehe Echnaton Teje erreichte, hatte er zu lächeln begonnen. Sie streckte ihm die Hände entgegen. Er ergriff sie und küßte sie, dann zog er Teje an sich, drückte seine roten Lippen auf ihren Hals, auf beide Wangen und schließlich auf ihren Mund. «Majestät Mutter. Erste Königsgemahlin, dies ist ein großer Tag!» flüsterte er, als er sie umarmte. «Die ganze Stadt wartet darauf, dich zu ehren. Die Sonne und ihre Mutter sind wiedervereint.»

«Es ist schön, dir nahe zu sein, Echnaton», erwiderte sie, doch ungeachtet der in ihr aufwallenden Liebe überkam sie ein Gefühl der Besorgnis. Seine Stimme, die so hoch und durchdringend klang wie eh und je, hatte sich nicht verändert. Ebensowenig seine Gesichtszüge, die schön geschwungene Nase, die sanften, mandelförmigen Augen, das vorspringende Kinn. Aber das lose, durchsichtige Frauengewand, das um ihn flatterte, ließ erkennen, wie gebeugt und eingefallen seine Brust war, wie stark sein schlaffer Leib hervortrat, wieviel weißer und feister seine Oberschenkel geworden waren. Solche Anzeichen des

Alterns hatte Teje erwartet. Was sie nicht hatte vorausahnen können, war, daß er geradezu Brüste bekommen hatte. Die Brustwarzen waren in einem hellen Orange geschminkt. Sie zwang sich, den Blick davon abzuwenden, und gab ihren Kindern ein Zeichen, sich vor Pharao niederzuwerfen.

«Steht auf!» rief er schrill und entzückt. «Das kann doch nicht mein Bruder Semenchkarê sein! So groß, so männlich! Komm, küsse deinen Pharao.» Pflichtschuldig trat Semenchkarê vor, denn Pharao hatte die Arme ausgebreitet, und als Echnaton ihn leidenschaftlich auf den Mund küßte, sah Teje, daß der Knabe vor Verlegenheit unter der gelben Schminke auf seinen Wangen errötete. Pharao wandte sich an Beket-Aton. Zärtlich streichelte er ihre Hände. «Meine Prinzessin», sagte er. «Auch du bist gewachsen. Du hast immer noch die himmelblauen Augen meiner Königsgemahlin. Wie schön du bist!» Er beugte sich hinunter und küßte sie ebenfalls, und Teje fing einen Blick ihres Bruders auf. Ejes Ausdruck war unergründlich. Tutanchaton stand unsicher da und hielt sich an der Hand seiner Kinderfrau fest, seine runden, blanken Augen auf seinen Vater gerichtet. Echnaton hob ihn hoch, das Kind legte ihm die pummeligen Arme um den Hals, und eine Hand griff nach Pharaos Jaspisohrring. «Das ist also mein Sohn, der Prinz meiner Lenden. Endlich! Ist er wohlauf, Teje, ist seine Gesundheit gut? Ich habe daran gedacht, ihn mit einer seiner Schwestern zu verloben. Wir alle halten uns an den Händen, ein undurchbrechlicher Kreis! Laßt uns unseren Weg fortsetzen. Es ist Zeit, den jährlichen Tribut zu empfangen und dann gemeinsam unser Festmahl einzunehmen.»

Sein Priester stürzte vor und begann von neuem, den Boden zu besprengen, als Pharao sich umdrehte, nachdem er Tutanchaton wieder der Kinderfrau übergeben hatte. Teje verbeugte sich, erleichtert, daß Echnaton nicht daran gedacht hatte, Nofretête und den Prinzessinnen zu befehlen, sie zu begrüßen, aber der sehnliche, freudige Blick, den Semenchkarê mit Merit-Aton tauschte, entging ihr nicht. Eins nach dem anderen, dachte sie, als sie wieder auf ihrem Thron Platz nahm und zusah, wie die schwere königliche Sänfte sacht auf die Schultern von Pharaos Trägern gehoben wurde. Semenchkarê begann sich vorzudrängen, als Merit-Aton etwas zurückblieb, aber auf ein scharfes Wort von Teje ging er mißmutig wieder neben Beket-Aton.

Auf dem gemächlich zurückgelegten Weg zum Palast hatte Teje nicht nur reichlich Zeit, ihren Sohn und seine Königin zu beobachten, sondern auch die Sehenswürdigkeiten von Achet-Aton zu betrachten. Über den gleißenden goldenen Stuhllehnen auf der Sänfte steckten die konische Krone und die blaue Perücke fast ständig zusammen. Sie sah, daß Echnaton und Nofretête sich küßten und einander in die Augen blickten. Sie sah Nofretêtes Kopf schicklich und kurz an der Schulter ihres Mannes ruhen. Die Prinzessinnen gingen, hüpften oder tanzten neben der Sänfte, hielten sich oft an den Händen oder tauschten Armbänder untereinander aus, ohne sich um den Tumult ringsum zu kümmern. Teje schaute sich um. Die Königsstraße war erfreulich breit, und die Spalier stehenden Soldaten hielten eine brüllende Menschenmenge zurück. Sie hätte gern die Vorhänge der Sänfte heruntergelassen, damit das einfache Volk ihr Gesicht nicht erblicke, aber solche Erwägungen waren hier offenbar nicht angebracht. Das Volk war bemüht, sich trotz des Gedränges auf das Straßenpflaster zu werfen, wenn Pharao vorbeikam, aber alle standen auf und jubelten ihr zu, wenn sie vorbeigetragen wurde. Die Seitenstraßen wimmelten ebenfalls von Menschen. Über ihre Köpfe hinweg sah Teje hübsche, baumbestandene Plätze und die Fassaden kleiner Häuser, die es zwar mit den herrschaftlichen Anwesen von Haremhab und Eje nicht aufnehmen konnten, aber dennoch geräumig und hinter hohen, schützenden Mauern von begrünten Höfen umgeben waren. Eine Straße, die ihr auffiel, da ihr Verlauf nicht durch Grünanlagen oder Marktplätze dem Blick entzogen war, führte an mehreren Mauern und Toren vorbei geradewegs hinaus in die Wüste. Wo sie im Sand verschwand, standen Lehmhütten zwischen Abfallhaufen.

Die Stadt war überwältigend mit ihren Fahnen und anmutigen Pylonen, den sorgfältig beschnittenen Bäumen und den Säulen, die blau, rot, gelb und weiß in den heißen Himmel ragten. Jede Oberfläche war bemalt oder mit Reliefs bedeckt, die in leuchtenden Farben die Herrlichkeit der Natur darstellten, aber Teje entging auch nicht, daß die größten Mauern und Pylone mit riesigen Bildern der Königin geschmückt waren. In ganz Achet-Aton stand oder schritt Nofretête, manchmal mit erhobenem Wedel, manchmal brachte sie mit Merit-Aton, einer winzigen Gestalt neben ihrem Knie, Aton Opfer dar, aber immer in einem schlichten Männerschurz und mit der kegelförmigen

Krone, die jede Spur ihrer Weiblichkeit verbargen. An jeder Ecke standen auch Schreine, kleine Steinplatten mit Mulden für Weihrauch und Opfergaben. Als der Zug sich der Stadtmitte näherte, begann ein leicht parfümierter Dunst von Weihrauch Teje einzuhüllen. Benommen von dem Geruch und betäubt von dem Tumult ringsum, versuchte sie herauszufinden, was ihr in Achet-Aton besonders auffiel, aber sie konnte es nicht. Später, das wußte sie, würde die Stadt ihre Geheimnisse enthüllen, aber an diesem Tag waren ihre sämtlichen Bewohner in die Stadtmitte geströmt und hatten ihr Inneres verdunkelt.

Die Königsstraße verlief immer noch direkt nach Norden. Schon von weitem konnte Teje erkennen, daß der mächtige Palast auf der linken Seite mit einem Gebäude auf der rechten durch einen Gehweg hoch über der Straße verbunden war, zu dem Rampen auf beiden Seiten Zugang gewährten. Der Gehweg war überdacht und mit Säulen verziert, und in seiner Mitte befand sich ein riesiges Fenster, von dem aus man in beiden Richtungen die Straße überblicken konnte. Darunter waren zwei kleine viereckige Portale und zwischen ihnen ein großes, das die Durchfahrt von Streitwagen ermöglichte.

Als der Zug den Überbau erreichte, hielt er an. Soldaten stürzten herbei, um sie und die Kinder abzuschirmen, als sie die Sänfte verließ und Haremhab durch einen beflaggten Pylon folgte und dann direkt hinter Pharao, Nofretête und den Prinzessinnen eine der Rampen erklomm. Unten auf der Straße drängte sich das Volk und blickte nach oben. Echnaton trat an das Fenster und lehnte sich hinaus, einen Arm um Nofretêtes Schultern. Die Prinzessinnen drängelten sich an den Fenstersturz, winkten dem Volk und kicherten hinter der vorgehaltenen Hand.

«Volk der Heiligen Stadt!» überschrie Echnaton den Tumult. «Heute ist ein Segenstag in der Geschichte Ägyptens. Heute beehrt uns die Große Königsgemahlin mit ihrer erlauchten Gegenwart. Und heute erhält, als ein weiteres Zeichen meines Wohlwollens für ihn, der edle Pentu das Gold der Gunst aus meiner Hand. Pentu!» Er winkte dem Mann fröhlich zu, der unten ehrfürchtig kniete und die Hände schon ausgestreckt hatte, um den Goldregen aufzufangen, der sich über ihn ergießen würde. «Es ist das dritte Mal, nicht wahr?»

«Ja, höchst freigebiger Wohltäter!»

«Für deine Verehrung des Aton, für deine Opfer und Gebete bedenke ich dich mit Gold!»

Nofretête trat ein wenig zurück, als er das schwere goldene Pektoral abnahm, seine goldenen Armbänder und Ringe abzog und sie lustig durchs Fenster warf. Ein Geschrei erhob sich, als Pentu sich hierin und dahin beugte, um sie aufzufangen. Eje stand plötzlich neben Teje.

«Das ist das Erscheinungsfenster», flüsterte er ihr ins Ohr. «Jeden Tag, wenn sich Pharao vom Palast zum Tempel begibt, hält er hier an, um zu seinen Untertanen zu sprechen und Gold an diejenigen zu verteilen, die es verdient haben.»

«Aber das ist der reinste Hohn!» Teje war wütend. «Sein Vater hat in seinem ganzen Leben nur viermal das Gold der Gunst gewährt, und das nur für besondere Treue oder Tapferkeit im Kampf. Die Zeremonie auf diese Weise zu entwürdigen ist unglaublich!» Pharao scherzte mit Pentu, während der Mann herumkrabbelte, um den glitzernden Schatz aufzusammeln.

«Ich selbst habe es nur einmal bekommen», fuhr Eje leise fort. «Pharao ist jetzt nur bei denjenigen verschwenderisch, deren Loyalität er sich erkaufen möchte. Ich finde es jämmerlich. Als Haremhab es bekam, blieb er stehen und ließ seine Diener das Gold aufheben. Sieh nur, wie Pentu herumkriecht!»

«Er zeigt sich *jeden Tag* dem einfachen Volk?» Teje mußte ihren Zorn hinunterschlucken, denn mit einem letzten Winken und Lächeln verschwand das Königspaar im Schatten des Gehwegs, und sie zuckte zusammen, als sie am Fenster vorbeiging und das Volk ihr wieder zujubelte.

Echnatons Palast war eine Wirklichkeit gewordene Vision, ein würdiges Heim für den Herrn der gesamten Welt. Malkatta war nur ein feiner kleiner Abglanz dieses Labyrinths von stolzen Pylonen, säulengeschmückten Höfen, an die sich weitere anschlossen, ganzen Wäldern um Seen und Springbrunnen, Rampen, über die man in Gärten und von Gärten in Räume gelangte, deren schiere Größe den Fuß voll Scheu innehalten ließ. Der Palast schien voller Bewegung zu sein, denn seine Wände waren mit schwimmenden Enten, springenden Stieren und durch grünes Wasser flitzenden Fischen verziert. Die Fassade des Seitenflügels der Königin war mit Palmenwedelsäulen geschmückt, die mit glitzerndem Glasmosaik ausgelegt waren. Zwischen dem in Terrassen angelegten Garten und Pharaos Empfangshalle standen vierzig Säulen, und zwanzig weitere säumten die Halle, die zu den Privatgemächern des Königspaars führte. «Da gibt es sogar einen privaten Tempel, der dem Großen Tempel jenseits der Straße genau nachgebildet ist», sagte Haremhab zu ihr, als sie sich bemühte, die Proportionen in sich aufzunehmen und den Orientierungssinn nicht zu verlieren. «Er heißt Hat-Aton und darf nur von der königlichen Familie betreten werden. In der ganzen Geschichte der Menschheit hat es keinen Palast wie diesen gegeben.»

Es schien Teje, daß Pharao seine Gäste absichtlich auf Umwegen zu der Haupthalle führte, um mit seiner zauberhaften Schöpfung zu prunken. Kein Wunder, dachte sie, daß mein Sohn Amuns Vermögen brauchte. Kein Wunder, daß er von Malkatta genommen hat, was er nur bekommen konnte. Wie leer mag die Schatzkammer sein? Ich muß Apy fragen. Daß all das so schnell gebaut werden konnte! Sie war erschöpft, als sie mit ihrer Begleitung die Audienzhalle betrat und auf die Empore stieg. Dort standen drei Throne, und wenigstens konnte sie sich hinsetzen und die müden Füße auf dem dafür vorgesehenen Schemel ausruhen lassen. Die Gäste, die sich zu Boden geworfen hatten, standen auf, und sie spürte, daß sich forschende Blicke auf sie richteten. Sie betrachtete die Anwesenden neugierig und prüfend und war beruhigt. Es war der Tag des Tributs, und in der Halle drängten sich Menschen aus dem ganzen Reich. Sie hatte ein betrübendes Ritual erwartet und war verblüfft, als sie sah, daß sogar die Chatti Vertreter entsandt hatten.

Aber ihre Erleichterung legte sich bald, nachdem die Tributzahlungen begonnen hatten. Viele Delegationen hielten umständliche Reden und küßten wiederholt Pharaos Füße, aber ihre Hände waren leer. Sie waren nur als Beobachter gekommen, und Ägypten vermochte sie nicht mehr zu zwingen, die Waren zu bringen, die es einst gefordert hatte. Pharao strahlte sie an, wenn sie zu ihm krochen, und warf Teje stolze Seitenblicke zu. Er sprach freundlich mit ihnen, herablassend, während Nofretête ihn um die Taille faßte und dann und wann seine Wange küßte.

Teje betrachtete die Menge genauer und entdeckte Aziru, der, in farbenprächtigem Brokat gekleidet und von seiner grimmigen Leibwache umgeben, an einer Säule lehnte. Er bemerkte ihren Blick, verbeugte sich sehr tief und lächelte zögernd. Neben ihm stand der Chatti-Botschafter, eben derselbe, der vor so langer Zeit in Malkatta schamlos auf einen Eßtisch gestiegen war, lauter Tänzerinnen im Arm. Er war jetzt kein Jüngling mehr, ein Mann mit düsteren Gesichtszügen und den wachsamen Augen eines Habichts. Pharao wirkte wie eine Karikatur neben den beiden kraftstrotzenden Ausländern, plump, gütig und weibisch. Teje schloß die Augen. O Osiris Amenhotep, betete sie zu ihrem toten Gemahl. Hilf mir. Schenke mir Weisheit.

Ägyptens traditionelle Vasallen, das südliche Syrien und Nubien, überreichten die üblichen Geschenke, Pferde, Streitwagen, exotische Tiere, Elefantenstoßzähne, Waffen, Edelsteine und Goldbarren. Ägyptens Handelspartner, unabhängige Völker, die an Ägyptens Kriegen nicht teilnahmen, brachten Sklaven, Vasen, Straußenfedern und andere Raritäten, die lediglich die Jahre symbolisieren sollten, in denen ein guter Handel bestanden hatte. Doch als der Tag sich neigte, krümmte sich Teje vor qualvoller Scham, denn die Warenlisten, die die Diener aufnahmen und eintrugen, waren so kurz, während in den Tagen ihres Gemahls die Halle in Malkatta, der Korridor, der Vorhof und die Schatzkammern vor Tributleistungen überquollen.

Am Abend fand ein Festmahl in derselben Halle statt, die jetzt widerhallte von Musik und dem lauten Gelächter der Feiernden. Semenchkarê konnte sich jetzt endlich mit Merit-Aton unterhalten. Teje hätte sie gern beobachtet, die Knie an Knie zwischen den anderen Kindern saßen, aber sie mußte sich bemühen, unter Nofretêtes eisigem Blick zu essen. Echnaton hatte ihr den Ehrenplatz auf der Empore zugewiesen, direkt zu seiner Rechten, und Nofretête saß an einem Tisch für sich hinter ihm, den die Pharaonen gewöhnlich Nebenfrauen zuwiesen. Teje selbst war in Malkatta oft auf einen solchen Platz verbannt worden, wenn ihr Gemahl eine neue Ehefrau bewirtete, und es hatte ihr nichts ausgemacht, aber Nofretête nährte offensichtlich einen verletzten Stolz, und jedesmal, wenn Teje sich zu ihrem Sohn umdrehte, sah sie aus dem Augenwinkel den haßerfüllten Blick ihrer Nichte. Das Starren der grauen Augen diente dazu, daß sich Tejes Rückgrat straffte, so müde sie auch war.

Der Wein floß reichlich, und der Lärm nahm im weiteren Verlauf des Abends noch zu. Während des ganzen Festmahls standen Höflinge auf und kamen zur Empore, um der Königsgemahlin ihre Huldigung darzubringen und sie in Achet-Aton willkommen zu heißen. Sie mußten sich mühsam den Weg bahnen zwischen den Gruppen ausgelassen Feiernder, weggeworfenen Blumen, Ketten aus blauen Perlen und den Affen, die schwatzten und mit erbeuteten Leckerbissen in den Pfoten hin und her sprangen. Pharaos Lieblingsaffen hockten neben seinem Teller und unter seinem Stuhl, kreischten ab und zu und zerrten an seinem Gewand, damit er sie mit Obst füttere. Katzen stolzierten arrogant herum, verschmähten die Verlockungen durch Bratenstückchen, und ihre mit Karneolen besetzten Halsbänder schimmerten im Lampenlicht.

Nachdem die Kinder gegessen hatten, verließen sie die Empore und mischten sich unter die Gäste. Nur Semenchkarê und Merit-Aton blieben sitzen, flüsterten miteinander und lächelten glücklich. Teje bemerkte, daß die zehnjährige Mehet-Aton, die ein Vergißmeinnicht-Diadem aus Türkisen auf der Stirn trug und der die blauen Bänder ihrer Jugendlocke über den Rücken hingen, zu der lebhaften Gruppe von Haremsfrauen hinüberging und zögernd neben einer Frau stehenblieb, die Teje zuerst nicht als Taduchipa erkannte, die aber, als sie das Mädchen bemerkte, Mehet-Atons Hand nahm, sie zu sich herunterzog und einen Arm um sie legte. Sie sagte etwas, das ein schwaches Lächeln auf Mehet-Atons bleichem Gesicht hervorrief. Teje wandte sich zu ihrem Sohn um und stellte fest, daß er seine Tochter ebenfalls ansah.

«Mehet-Aton ist blaß», sagte Teje. «Hat es in diesem Sommer hier viel Fieber gegeben?»

«Der Aton beschützt die Seinen», erwiderte Echnaton kurzangebunden. «Mehet-Aton ist unverletzlich.»

18

TEJE VERBRACHTE eine letzte Nacht im Frieden von Ejes Heim, ehe sie das Haus inspizierte, das für sie gebaut worden war und das sie widerwillig für geeignet erklärte. Es lag nördlich vom Palast, und sein Garten erstreckte sich bis zum Fluß, aber das Gelände war von Pharaos Gemächern nur durch eine Mauer getrennt, die eine Tür enthielt. Schlimmer noch, es lag direkt auf der anderen Seite der Straße vom Großen Tempel. Teje hatte sich etwas Abgelegeneres vorgestellt, dem Leben der Stadt ferner, einen Zufluchtsort, an den sie sich nach Belieben zurückziehen könnte, aber der eifrige Stolz, mit dem Echnaton sie von Zimmer zu Zimmer führte, hinderte sie, ihre Einwände zu äußern. Er hatte sich offenbar selbst um die Möblierung und Dekoration gekümmert und versucht, die Friese und Reliefs möglichst genau der Kunst anzupassen, die sie in Malkatta geliebt hatte. Doch wie sehr er sich auch bemüht hatte – Teje wußte, sobald sie über die Schwelle trat, daß sie hier jahrelang wohnen könnte und niemals die Atmosphäre von opulenter, unheimlicher Magie vertreiben würde, die, wie ihr immer klarer wurde, die ganze Stadt erfüllte.

Sie wies Huya an, ihre Sachen auspacken zu lassen, und ging dann in den Tempel zur Einweihungszeremonie der Sonnendächer, die Pharao gebaut hatte. Nach nur zwei Tagen war sie schon an die Großartigkeit gewöhnt, und das Innere des Tempels erstaunte sie nicht. Hier gab es keine Aufeinanderfolge von Höfen, die immer kleiner und immer geheimer wurden, bis dann ein dunkles Allerheiligstes den Gott enthielt. Dieser Tempel hatte so gewaltige Ausmaße, daß sie sich winzig vorkam, aber er bestand nur aus einem großen Vorhof voller Altäre, zu dem man durch drei Pylonen und einen Hain gelangte, und einem noch größeren Innenhof mit Hunderten weiterer Opfertische, die in blendendweißen Reihen zu dem Hauptaltar führten. Obwohl Statuen von Echnaton im Palast vorherrschten und überall in der Stadt zu finden waren, standen hier keine. Natürlich nicht, dachte Teje, und Schweiß sammelte sich unter ihrer Perücke und in den Achselhöhlen, als sie mit Beket-Aton in dem erstickenden Weihrauch stand, der ringsum im Tempel aufstieg. Natürlich nicht, wenn das Ben-Ben selbst Pharao und seine Familie ist. Schutz vor der Sonne gab es nur in den drei kleinen Pavillonen, die Echnaton zur Wiedererlangung seiner eigenen Kräfte und für Teje und Beket-Aton erbaut hatte, und als der erste Teil der Zeremonie beendet war, trat Teje erleichtert unter das steinerne Dach. Im Schatten stehend, sah sie Pharao, umgeben von seinen Priestern, die Stufen zum Hauptaltar hinaufsteigen, wo die Nachmittagsgebete begannen. Loblieder auf den Aton wurden von Chören gesungen, die sich im Vorhof versammelt hatten. Becken klirrten und Sistren klapperten. Flammen, fast unsichtbar in der gleißenden Sonne, loderten in den Händen der Hunderte von Tempeldienern, die an den Altären warteten, um die Opfergaben und Blumen in Brand zu stecken. Ein Sonnendach ist ein heiliger Gegenstand, überlegte sich Teje, als sie zu Beket-Aton hinüberschaute, die mit weitaufgerissenen Augen unter dem prächtigen Dach ihres eigenen Pavillons stand, aber an diesem Ort würde ich meinen eigenen Baldachin und ein paar Fächerträger vorziehen, die die Fliegen vertreiben. Als sie sah, wie Echnaton die goldbehängten Arme gen Himmel hob und die Priester sich rings um ihn auf den heißen Stein warfen, war sie von der Würde und dem Adel, die ihr Sohn beim Gottesdienst stets bekundete, weit mehr beeindruckt als von der ehrfurchterregenden Pracht ihrer Umgebung.

Nachdem sie an jenem Abend zum erstenmal unter der hohen, sternenbesäten Zimmerdecke in ihrem neuen Heim gebadet und angekleidet und zu Pharaos privater Empfangshalle getragen worden war, schenkte er ihr einen goldenen Bestattungsschrein. «Ein Grab in den Felsen hinter Achet-Aton wird für dich ausgeschmückt, Mutter», erklärte er ihr eifrig. «In seinem Schutz wirst du liegen. Schau mal!» Er ging um den Schrein und die gebeugten Diener, deren Arme unter dem Gewicht zitterten, herum. «Ich habe veranlaßt, daß du darauf abgebildet wirst, dein lieblicher Körper in das feinste, durchsichtigste

Leinen gehüllt, und meine eigene königliche Gestalt vor dir, um dich nach dem Tod vor den Dämonen zu schützen. Hier stehen unsere Namen, miteinander verbunden.»

«Echnaton», sagte sie leise mit belegter Stimme, «ich danke dir für dieses große Geschenk, aber ein Grab erwartet mich in Theben in der Nähe meines ersten Gemahls. Ich würde lieber dort liegen.»

«Dieser Mann starb im Glauben an einen falschen Gott», erwiderte er heftig, und Röte stieg ihm ins Gesicht. «Ich werde nicht zulassen, daß du durch seine Anwesenheit befleckt wirst.»

«Wie du wünschst», sagte sie ruhig und beschloß im stillen, Huya ihre eigene Verfügung bekanntzugeben.

Mürrisch winkte Echnaton den Dienern, den Schrein wegzubringen, und sie stolperten hinaus. Er nahm wieder seinen Platz neben ihr ein. «Ich habe viel Zeit damit verbracht, die Arbeit zu überwachen», beklagte er sich.

Sie küßte ihn auf die Wange und sagte beschwichtigend: «Es ist ein großartiges Geschenk. Ich bin sehr dankbar. Trink deinen Wein, Echnaton. Bin ich nicht hier, wie du gewünscht hast?» Aber er saß trübsinnig und zusammengesackt da, und sein Atem war flach. «Die Musik ist betörend», bemerkte Teje nach einer Weile. «Du hast begabte Musiker hier.»

«Ich habe sie selbst geschrieben», murmelte er. «Es gibt einen Text dazu, aber er ist für Festmähler nicht geeignet.» Er richtete sich auf und begann mit seiner hohen, schrillen Stimme leise zu singen. «Wie mannigfaltig sind deine Werke, sie sind uns verborgen, o du einziger Gott, dessen Macht kein anderer hat. Du schufst die Welt nach deinem Begehren, während du allein warst: Menschen, alles Vieh, groß und klein, alles, was auf Erden ist . . .» Er hielt den Blick auf seinen Teller gesenkt und wiegte sich sanft im Rhythmus. Als er endete, sah Teje, daß er weinte.

«Das war schön», sagte sie freundlich und legte ihm einen Arm um den Hals. «Warum weinst du?»

Er schüttelte den Kopf. «Ich weiß es nicht. Ich bin der Herr der Kronen, dessen Leben lang ist. Ich weiß es nicht.»

Kurz darauf verließ er die Halle. Teje blieb sitzen, ihren Wein vor sich auf dem nicht abgeräumten Tisch, ihre Gedanken eingestimmt auf die Gesten und leisen Unterhaltungen der wenigen auserwählten

Gäste, die sich zwanglos unter jene Angehörigen der königlichen Familie mischten, die von Pharao eingeladen worden waren. Die Stimmung im Raum hatte sich entspannt, nachdem Echnaton aufgebrochen war. Semenchkarê und Merit-Aton, die bereits unzertrennlich waren, führten eine ernsthafte Diskussion. Mehet-Aton, umgeben von einem Flor junger Ehefrauen, die sich Haremswitze erzählten, spielte mit Taduchipa das Schnurspiel. Nofretête war gar nicht erschienen, und Teje fragte sich, ob sie überhaupt aufgefordert worden war. Sie trank ihren letzten Schluck Wein und wollte sich gerade zurückziehen, als sie sah, daß Parennefer zu Mehet-Aton ging, sich verbeugte und ihr etwas zuflüsterte. Das Mädchen senkte den Kopf, stand auf und ging hinaus. Es trat Stille ein. Aller Augen folgten ihr, und verblüfft winkte Teje Huya herbei.

«Schicke mir Piha. Ich möchte mich zurückziehen. Aber sieh du zu, was du von den Dienerinnen im Kinderzimmer über Prinzessin Mehet-Aton herausfinden kannst. Und schicke einen Herold in das Haus, in dem Aziru wohnt. Verlange, daß er sich morgen früh bei mir einfindet.» Die Unterhaltungen hatten wieder begonnen, als Huya die Tür erreichte. Etwas bekümmert, meine kleine Enkelin, dachte Teje, während sie auf Piha wartete, und es ist so ernst, daß es eine starke Reaktion bei diesen Leuten hier hervorruft. Ich werde wohl bald erfahren, was es ist, aber jetzt muß ich ruhen.

Huya kam kurz nach der Morgendämmerung zu ihr, als die Musikanten, die sie geweckt hatten, schon gegangen waren und Piha ihr das Frühstücksobst und mit Wasser verdünnten Wein gebracht hatte. Sie saß, im Rücken durch Kissen gestützt, im ungemachten Bett, spießte Stücke von Wassermelone auf und trank, während es im Zimmer heller wurde.

«Na», meinte sie, «du arbeitest schnell, Huya. Nun berichte mal. Ich muß über das nachdenken, was ich Aziru sagen will.»

Er nickte. «Prinzessin Mehet-Aton wohnt nicht mehr in den Kinderzimmern. Sie hat ein Gemach im Harem. Ich bin da hingegangen, aber der Aufseher ließ mich nicht hinein.»

«Willst du damit sagen, daß das Kind das Bett meines Sohnes teilt?» Teje schob das Obst weg.

«Ich habe hier noch nicht lange genug Umgang mit der Dienerschaft gehabt, um mich von der Wahrheit der Gerüchte zu überzeugen, Majestät, aber es scheint so zu sein.»

Teje sah vor ihrem geistigen Auge plötzlich die groteske Skulptur, die Mutnodjme ihr gezeigt hatte. «Hast du dich nach dem Gesundheitszustand des Mädchens erkundigt?»

«Ich hatte keine Gelegenheit dazu, Göttliche.»

«Hole meinen Schreiber.»

Als der Mann die Schreibplatte auf die Knie gelegt hatte, diktierte Teje: «‹An Merirê, den Hüter der Haremstür. Wie es mein Recht als Große Königsgemahlin ist, nehme ich, Göttin der Zwei Länder, die Betreuung und Beaufsichtigung des Harems des Mächtigen Stiers in meine eigene erhabene Hand und ernenne meinen Haushofmeister Huya zum Hüter der Haremstür. Du bist entlassen.› Laß das sofort von einem Herold überbringen, Huya. Dann gehe zu Nofretêtes Gemächern und bitte um die Erlaubnis für mich, sie heute nachmittag aufzusuchen. Wird Aziru tun, wie ihm geheißen?»

Huya lächelte. «Er wird in zwei Stunden hier sein.»

«Gut. Du kannst gehen. Schicke mir Piha.»

Als ihre Kammerfrau hereinkam, war Teje aufgestanden, hielt einen Spiegel in der Hand, starrte hinein und befühlte ihr Haar. «Piha, ich glaube, es ist Zeit, all das Grau zu verstecken. Sage meinen Schminkmeistern, sie sollen rotes Henna kaufen und morgen kommen und mein Haar färben. Heute werde ich eine Perücke tragen.»

Geschminkt und mit der Scheibe und den Federn der Großen Königsgemahlin auf dem Kopf, thronte Teje unter dem Baldachin in ihrem Empfangszimmer, umgeben von ihrem Gefolge, als Aziru angemeldet wurde. Sie bat ihn näher zu kommen, was er, sich ehrfurchtsvoll verbeugend, tat, und streckte ihm die Hand zum Kuß hin. Seine Leibwache, von Tejes Gefolgsleuten entwaffnet, stand mit gekreuzten Armen zu beiden Seiten der Tür. Im Raum verbreitete sich allmählich ein schwacher, aber unverkennbarer Ziegengeruch. Aziru richtete sich auf, und Tejes Schreiber ergriffen ihre Pinsel.

«So, du bist endlich in der Lage gewesen, dem Ruf deines Herrn Folge zu leisten», sagte Teje trocken. «Du mußt Berge von Tributgütern mitgebracht haben, Aziru. Entweder das, oder du bist mit einem gewaltigen Gefolge gekommen. Wie viele Jahre ist es her, seit Pharao dich hergerufen hat?»

«Deine Majestät kann die Briefe nicht gesehen haben, die ich an Pharao schickte und in denen ich die Verzögerung erklärte, die durch meine Feldzüge gegen seine schrecklichen Feinde verursacht wurden. Ich kam zu ihm auf den Flügeln brüderlicher Ergebenheit, so bald es mir möglich war.» Seine Augen blitzten sie unverschämt an.

«Du irrst», erwiderte Teje. «Ich habe die Briefe gelesen, als ich noch in Malkatta war. Und nicht nur deine. Rib-Addi hatte viel zu sagen, ebenso Abimilki.»

«Dieses Geschmeiß . . . die verräterischen Hunde!» Azirus Stimme zitterte vor Erregung. «Ich preise die Götter, daß Pharao in seiner unendlichen Weisheit ihren Lügen keinen Glauben schenkte. Ihre Gehässigkeit und Eifersucht waren grenzenlos. Sie sehnten sich danach, sich der fruchtbaren Beziehung zu erfreuen, die zwischen Ägypten und meinem Volk besteht.»

«Deine Loyalität gereicht dir zur Ehre, und nur deine schauspielerischen Fähigkeiten kommen ihr gleich», antwortete Teje sarkastisch.

«Deine Majestät ist unfreundlich. Habe ich Ägypten nicht unter großen Opfern für mein Volk verteidigt? Habe ich nicht diesem winselnden Weib Rib-Addi Zuflucht gewährt, als er seine eigene Stadt nicht halten konnte und fliehen mußte?» Teje sah, daß Aziru seinen taktischen Fehler erkannte, kaum hatte er die Worte ausgesprochen. Er schwieg und senkte die Augen.

«Ich bin überzeugt, unser lieber Verbündeter Rib-Addi genießt den Schutz und Frieden unseres Bruders Aziru», sagte sie ruhig und beugte sich vor. «Ich bin überrascht, daß er dich nicht begleitet oder dir Briefe an Pharao mitgegeben hat. Früher hat er viele Briefe geschrieben. Ich nehme an, er hätte sie unseren Spionen in Amurru geben können, aber gewiß hat doch sein Freund Aziru angeboten, sie herzubringen? Vermag Rib-Addi seinen Mund und seine Hände nicht mehr zu gebrauchen?» Aziru blickte auf und sah sie forschend an. Teje konnte seine sich überstürzenden Gedanken fast lesen. Gab es wirklich ägyptische Spione in Amurru? Was berichteten sie Pharao? Konnte Tejes scharfer Blick den Deckmantel der Täuschung durchdringen, der ihn vor Pharaos nachsichtigen Augen abschirmte?

«Rib-Addi hat in der Tat Frieden», antwortete er nach einer Pause, und Teje lehnte sich mit grimmigem Gesicht zurück.

«Und wir wissen beide, was für ein Frieden das ist. Mein verstorbener Gemahl, Osiris Amenhotep, hat deinem Vater dasselbe Schicksal bereitet, und ich würde dringend empfehlen, daß du, Aziru, über sein Ende nachdenkst. Achet-Aton ist jetzt mein Heim. Denke auch darüber nach. Wie lange gedenkst du zu bleiben?»

Aziru verbeugte sich. «Pharaos Gastfreundschaft ist grenzenlos und verlockt mich, meinen Besuch unendlich auszudehnen, Majestät.»

«Seine Gastfreundschaft mag grenzenlos sein, aber meine Geduld ist es nicht. Ebensowenig die Nachsicht meines Landes. Du kannst gehen.»

Er verbeugte sich wieder prompt und stolzierte hinaus, seine Leibwache stapfte hinter ihm her. Er wird nicht abreisen, ehe er festgestellt hat, wieviel Einfluß ich auf meinen Sohn habe, dachte Teje, als die Türen zuknallten. Und das ist etwas, das ich selbst erst herausfinden muß. Aber Echnaton muß jetzt auf mich hören, sonst wird Aziru nicht länger zwischen Suppiluliuma und Ägypten hin- und herschwanken, wird bindende Verträge mit Suppiluliuma abschließen und uns ganz im Stich lassen. Früher hätte das nichts ausgemacht, aber jetzt ist jeder Verbündete kostbar.

Nachmittags ließ Teje ihre Sänfte kommen und sich zu Nofretêtes prunkvollen Gemächern tragen. Sie hätte es vorgezogen, die Königin zu sich kommen zu lassen, aber sie wußte, daß die Familienbeziehungen schon aufs äußerste gespannt waren, und ein Bestehen auf ihren Vorrechten könnte sie ganz abreißen lassen. Nofretête ruhte auf ihrem Bett, die Fächer bewegten sich sanft über ihr, ihre Musikanten spielten leise. Ihre neueste Schwangerschaft war weit vorgeschritten, aber sie unternahm weder in der Öffentlichkeit noch privat den Versuch, ihren Leibesumfang zu verbergen, und die hauchdünnen Leinengewänder, die sie trug, unterstrichen die verlockende Sinnlichkeit ihres Körpers. Mit ihren zweiunddreißig Jahren besaß Nofretête eine reife Schönheit, die körperliche Freuden verhieß. Ihre angeborene Würde wurde durch die Spuren des beginnenden Alters in ihrem Gesicht eher vermehrt als gemindert, und der schwache Eindruck von Unzufriedenheit auf den so betörend regelmäßigen Zügen war für ihre Anbeter nur ein Hinweis auf eine gewisse Zügellosigkeit, die sie weniger göttlich machte, obwohl sie dennoch unerreichbar blieb. Sie erwiderte Tejes steife Verbeugung mit einem leichten Neigen des Kopfes, denn ihre beiden Hände wurden respektvoll von den Schminkmeistern festgehalten, die ihr Öl in die Haut einrieben.

«Verzeih, daß ich mich nicht erhebe, um mich zu erniedrigen, Majestät Tante», sagte sie. «Mein Rücken und meine Beine schmerzen, und außerdem fällt mir das Verbeugen ziemlich schwer.» Die schwarzumrandeten grauen Augen forderten Teje kühl heraus.

Teje nahm keine Notiz von der Stichelei. «Ich möchte mit dir allein sprechen», sagte sie. «Ich habe meine Begleitung im Garten gelassen. Schicke deine Diener auch weg.»

Nofretête zog eine kleine Grimasse. «Seid ihr fast fertig?» fragte sie die beiden, die sich über ihre schmalen Hände beugten. «Na ja, wickelt sie in Leinen ein und wartet draußen.»

Teje blieb stehen, während die jungen Männer taten, wie ihnen geheißen war, sich verbeugten, als sie an ihr vorbeikamen, und zur Tür hinausschlüpften. Sie ging zum Bett und setzte sich auf einen Stuhl, und einen Augenblick sahen die beiden Frauen einander an. Teje hatte erwartet, ihre Nichte werde bei dem Gespräch einen Plauderton beibehalten, so daß sie hinter nichtssagenden Worten geschickt zu Werke gehen könnte, aber wie immer ließ sie sich täuschen durch jene Feinheit von Gesicht und Körper, die sich nicht auf Nofretêtes Verstand erstreckte. Ihre Nichte war ebenso unbesonnen wie einstmals Sitamun.

«Du hattest kein Recht, Merirê als Hüter der Haremstür zu entlassen», begann sie. «Er ist lange Jahre mein Haushofmeister gewesen, und ich übertrug ihm die Leitung des Harems seiner Tüchtigkeit wegen. Die Frauen waren zufrieden unter seiner Aufsicht. Pharao schätzt ihn und vertraut ihm.»

«Pharao schätzt alle und vertraut allen», sagte Teje freundlich. «Solange ich in Malkatta war, hattest du die Verantwortung für den Harem hier, Majestät. Aber du weißt ganz genau, daß sie in Wirklichkeit mir obliegt, da ich Regentin und Erste Gemahlin bin. Ich habe einfach einen anderen Hüter ernannt, wie es mein Recht ist.» Sie hatte nicht vorgehabt, ihrer Nichte die Stirn zu bieten, sondern gehofft, sie könne freundlich und taktvoll argumentieren, sie vielleicht sogar auf ihre Seite ziehen, indem sie ihren Widerstand verminderte und ihr klarmachte, daß ihre Eifersucht unbegründet sei. Offenbar wollte Nofretête ein solches Vorgehen unmöglich machen, und Teje mußte auf Herzlichkeit verzichten zugunsten einer Haltung, die Nofretête niemals mit Beschwichtigung verwechseln könnte.

«Ich kann mir nicht vorstellen, warum du dich damit abgegeben hast, so etwas zu tun, sofern du nicht noch Verlangen nach dem Körper deines Sohnes hast und kontrollieren willst, welche Frauen er in sein Bett holt. Ich finde, das ist eine geschmacklose Verbohrtheit für eine Frau deines Alters, Majestät. Du bist nicht mehr wettbewerbsfähig.»

Teje lächelte. «Ich habe durchaus nicht den Wunsch, meine physischen Rechte als Ehefrau geltend zu machen. Wenn du dir nicht vorstellen kannst, warum ich so schnell beschlossen habe, mich für die Angelegenheiten des Harems zu interessieren, dann bist du dümmer, als ich geglaubt habe. Mehet-Aton macht mir Sorgen.»

Nofretête wich ihrem Blick aus. «Mehet-Aton fehlt nichts. Ein bißchen Fieber im Sommer, das ist alles.»

Teje hätte sie am liebsten geschüttelt. «Ich sehe, daß ich so deutlich sprechen muß, als lägst du noch in den Windeln. Hast du keinen Einwand erhoben, als Pharao deine Tochter in den Harem steckte?»

«Nein. Warum sollte ich? Es ist sein Vorrecht.»

«Aber Mehet-Aton ist noch ein Kind, so schlank und schlaksig wie ein kleiner Junge.»

«Nein. Sie ist vor sechs Monaten zur Frau geworden. Pharao hat angeordnet, daß sie die Jugendlocke behalten soll. Sie gefällt ihm.»

Der tiefere Sinn von Nofretêtes arglosen Worten erschreckte Teje. «Sie ist deine Tochter und meine Enkelin! Bist du nicht auf den Gedanken gekommen, daß sie, wenn sie schwanger wird, sterben kann? Sieh sie doch an, Nofretête! Wie kann ein so unentwickelter Körper ein Kind austragen?»

Nofretête begann an den Leinenverbänden um ihre Hände zu zupfen. «Sie ist bereits schwanger.»

Jetzt versuchte Teje nicht mehr, sich zu beherrschen. Der Faustschlag traf Nofretête an der Schläfe, und sie unterdrückte einen Schrei. Teje rieb sich die Knöchel und legte eine Hand auf ihr hämmerndes Herz, während Nofretête stöhnte und sich wiegte. «Sei still!» zischte Teje. «Ich habe nicht fest zugeschlagen. Anscheinend ist Kia eine bessere Freundin für deine Tochter als du. Sie wenigstens bemüht sich, das Kind zu trösten.»

Einen Augenblick saß Nofretête reglos da, dann sank sie zurück auf das Kissen. «Mehet-Aton versteht, daß es der Samen des Aton ist», sagte sie wütend. «Der Gott muß diejenigen seines Blutes noch fester an sich binden. Es ist seine Pflicht.»

«Das glaubst du ebensowenig wie ich! Es ist die Pflicht eines göttlichen Horus, eine Inkarnation zu zeugen, aber nicht auf diese Weise. Warum hat er nicht Merit-Aton gewählt?»

Nofretêtes Blick ließ Vorsicht erkennen. «Wirklich, ich weiß es nicht, meine Tante. Aber du weißt noch nicht, was es für Folgen hat, wenn man deinem Sohn widerspricht. Er schreit, die Dämonen greifen seinen Kopf an, ich kann nichts tun.»

«Du bist die schönste Frau, die Ägypten je gesehen hat», sagte Teje betrübt, «aber du hast das Herz einer Viper.»

«Nein», fuhr Nofretête auf. «Einer Kobra. Einer königlichen Kobra, Majestät Tante. Ganz Ägypten verehrt mich. Stehe mir nicht im Weg.»

Mattigkeit überkam Teje. «Du wärst gut beraten, Nofretête, wenn du mir in Zukunft nicht feindlich gegenübertreten würdest. Du magst noch so viel die Krallen zeigen und fauchen, ich bin willensstärker als du. Man kann mich nicht so einfach beseitigen wie Sitamun. Ich kam heute zu dir, weil ich dich überreden wollte, mir zu helfen, Pharao von der dringenden Notwendigkeit zu überzeugen, einen Feldzug gegen Syrien zu führen. Aber jetzt überrede ich dich nicht, ich verlange es. Sage du es ihm mit deinen eigenen Worten, sonst wirst du womöglich erleben, daß Ägypten auf die Knie gezwungen wird.»

«Lächerlich.» Nofretêtes Augen schimmerten in der Dunkelheit. «Kein Volk wagt, uns herauszufordern.»

«Du bist es, die es nicht wagt, Pharao mit der Wahrheit herauszufordern. Nicht mit seiner Wahrheit, sondern mit der harten, grellen Wirklichkeit. Du ziehst seine Gunst vor, seine reichen Geschenke. Aber diese Dinge werden aufhören, und eher, als du glaubst, wenn Tributleistungen und Loyalität der Ausländer weiterhin abnehmen.»

«Du hast eines vergessen», sagte Nofretête mit leiser, drohender Stimme. «Echnaton liebt mich innig. Wenn ich zu schweigen beschließe, bist du machtlos.»

«Oh, ich glaube, du wirst tun, was ich dir sage. Sonst wird einem gewissen Bildhauer die hübsche Kehle durchgeschnitten.»

Mit Befriedigung sah Teje, daß Nofretête die Farbe wechselte. Es war ein Schuß auf gut Glück gewesen, ein von der plötzlichen Erinnerung an Haremhabs kurze Bemerkung beflügelter Pfeil, und Teje war selbst überrascht, als er das Ziel traf. «Weiß Pharao, welche Richtung das Verlangen seiner vollkommenen Ehefrau eingeschlagen hat? Offenbar nicht. Ich brauche ihn natürlich nicht zu töten. Es würde genügen, ein paar prickelnde Gerüchte auszustreuen. Aber ich würde es vorziehen, ihn zu ermorden, liebe Nichte, und ermorden werde ich ihn, sofern du nicht aufhörst, dich hauptsächlich mit deiner eigenen Behaglichkeit zu beschäftigen.»

«Du Dämon», flüsterte Nofretête. Die Leinenbinden lagen zerfetzt auf dem Laken, und ihre ölglitschigen Hände zitterten. «Du häßliches altes Weib. Sebek soll dich holen.»

Teje stand auf. «Du traust dem Aton nicht zu, Rache an mir zu üben? Wie enttäuscht wäre Pharao, hörte er, daß dir der Glaube fehlt. Denke darüber nach, Nofretête, wenn du ruhiger bist. Genieße, was dir an Ruhe noch bleibt.» Sie verbeugte sich und rief laut, und Diener rissen die Tür weit auf.

Die Grenzen sind gezogen, und schneller, als ich es eigentlich gewollt hatte, dachte sie, als sie wegging. Ich hoffe, Nofretête ist zu einfältig, um zu erkennen, daß sie die Oberhand behalten kann, wenn sie die richtigen Lügen erfindet. Jetzt muß ich Tutu aufsuchen. Meiner Nichte drohen und einen weinerlichen Minister einschüchtern ist bei weitem nicht die Diplomatie, die mir einst Freude machte und die du, Amenhotep, mein Gemahl, mit soviel Vergnügen beobachtet hast. Es ist wie das sorglose Schlachten von Ochsen, und ich finde es gräßlich, daß es nötig ist. Wie armselig sind die Zeiten geworden.

Das Auswärtige Amt in Achet-Aton lag am Ende der Straße, die zwischen dem Großen Tempel und einem kleineren verlief, dicht bei den unendlich vielen ummauerten Höfen, hinter denen sich die Wohnsitze von Ministern verbargen, die kein Anrecht auf ein Grundstück am Fluß hatten. Als sie in ihrer geschlossenen Sänfte die Straße entlanggetragen wurde, war sie ständig von Weihrauchgeruch umgeben, der in der Luft hing und sich mit dem Gestank von Müll vermischte, denn der Abfall wurde einfach über die Mauern auf die Straße gekippt. Erhabene Gesänge und das Klappern von Sistren drangen ätherisch und schön vom Tempelbereich herüber und begleiteten die heiseren Rufe von Straßenhändlern und das schrille, rauhe Gelächter von Fellachen-Frauen, die sich untereinander begrüßten.

Trommelschläge verrieten ihr, daß sie an Tänzern vorbeikam. Sie hob die Vorhänge leicht an und erwartete, nackte Huren zu sehen, die zur Schau stellten, was sie zu bieten hatten, aber es waren Tempeltänzerinnen, anmutig und keusch, mit Blumen geschmückt, Arme und Gesichter feierlich zur Sonne erhoben. Achet-Aton ist wahrlich nicht Theben, dachte Teje und ließ den Vorhang fallen. Und wie bezeichnend für meinen Sohn, daß er das Auswärtige Amt so ärgerlich weit vom Palast erbauen ließ.

Drinnen im Amt hörte man die Straßengeräusche, obwohl es durch eine mit einem Tor versehene Mauer und hohe, schmale Fenster gegen das gemeine Volk abgeschirmt und von Sträuchern umgeben war. Kisten und Kästen quollen über von Schriftrollen. Überall lagen Schreibpaletten herum. Eine Gruppe von Mitarbeitern stand diskutierend in einer Ecke, und schließlich sah sie Tutu selbst, der sich über die Schulter eines Schreibers beugte und diktierte. Teje wartete neben den schweigenden Männern, die den Baldachin über ihren Kopf hielten, während ihr Herold vorausging und ihre Titel rief, und als sie dann die Schwelle überschritt, lagen alle schon auf ihren Bäuchen. Teje ließ den Blick gemächlich durch den unordentlichen Raum schweifen, um den hingestreckten Männern die Zeit zu lassen, ihre Anwesenheit voll zu würdigen, dann befahl sie: «Knie, Tutu.»

Der junge Mann rappelte sich auf, den Kopf gesenkt. «Ich bin deiner Majestät Sklave», murmelte er ängstlich. Teje trat einen Schritt vor, bis ihre Füße mit den blutroten Nägeln, die goldenen Riemen ihrer Sandalen und der Saum ihres mit Juwelen besetzten Gewands in seinem Blickfeld waren.

«Sage mir», fuhr sie fort, «wie oft bist du mit Gold bedacht worden?»

Tutus Kopf zuckte. «Viermal, erhabene Göttin.»

«Dann hast du mehr als deinen Anteil bekommen, denn sicher brauchst du Pharaos Geld nicht.» Sie betonte das Wort «Pharao» und lauerte auf ein Anzeichen von Erschrecken. «Wieviel bezahlen dir die ausländischen Botschafter, damit die Wahrheit über ihre Raubzüge Pharao nicht zu Ohren kommt? Bezahlt Aziru dich mit Sklaven oder mit Silber? Und Suppiluliuma muß dich mit einem Regen von Gold überschütten als Entgelt für die heimliche Beseitigung der Berichte seiner Feinde. Ich bin überrascht, daß du nicht am Fluß wohnst, aber es wäre vermutlich nicht angängig, deinen Reichtum zur Schau zu stellen. Hast du ein prächtiges Grab, Tutu? Antworte mir!» Blitzschnell fuhr ihr Fuß an Tutus Kehle.

«Majestät, ich bin Schmutz unter deinen Füßen!» krächzte er und schluckte krampfhaft. «Ich bin unwürdig! Ich bin Kot!»

«Das ist keine Antwort. Steh auf!» Teje blickte sich im Raum um, und ihr war nach Lachen zumute. Es lag nicht an Tutus niedergeschlagenem Gesicht oder an den erstarrten Körpern, zwischen denen sie stand, oder an Huyas rasch verborgenem Lächeln. Lächerlich war eher, daß sie auf solche kindischen Tricks zurückgreifen mußte. «Du darfst mich ansehen.»

Widerstrebend hob er die Augen, und sie versuchte in ihnen zu lesen. Tutu sah verletzt, bestürzt und verlegen aus, aber nicht schuldbewußt.

«Jetzt antworte.»

Tutu zog die Schultern hoch in einer Geste gekränkter Unschuld. «Ich verehre meinen Pharao. Niemals würde ich ihn betrügen. Ich lese ihm die Berichte vor, wenn er dieses Amt aufsucht.»

«Du machst ihn nicht ausdrücklich darauf aufmerksam, wenn sie bedenklich sind? Du liest sie ihm einfach vor, ohne Rat, ohne Erklärung, ohne Warnung? Was für ein Minister bist du?»

«Göttin, ich bin ein schlichter Mann . . .»

«Zum Kuckuck mit deiner Schlichtheit! Jemand sollte dir den Rachen mit deinem Gold stopfen, damit du daran erstickst!» Sie hätte am liebsten seine sofortige Entlassung verlangt oder zumindest darauf bestanden, daß er ihr in Zukunft den gesamten Schriftverkehr vorlege, aber beide Befehle müßten von Echnaton erteilt werden. Voll Verzweiflung fragte sie sich, was aus den Geheimberichten der über das ganze Reich verteilten Spione geworden war, die Tutus Vorgänger ständig geprüft hatte, und kam zu dem Schluß, daß sie wahrscheinlich gar nicht mehr erstellt wurden. Sie drehte sich um, ging hinaus in den Sonnenschein, holte tief Luft und griff nach Huyas Arm. «Hilf mir in die Sänfte», befahl sie. «Ich hatte vor, heute abend mit Haremhab zu sprechen, aber ich bin zu müde. Sie sollen mich zu mir nach Hause bringen, Huya, und schicke morgen nach Haremhab.»

Sie lag mit ziehenden Leibschmerzen zusammengekrümmt auf der Sänfte und kämpfte gegen ein Gefühl der Einsamkeit an, das, wie sie wußte, durch schiere Müdigkeit verstärkt war. An jenem Abend aß sie allein, verweigerte Eje den Zutritt, der gekommen war, um sich nach ihr zu erkundigen, und ließ die Lampen früh löschen. Huya war nicht da, er hatte im Harem zu tun. Und da ist noch etwas, was ich tun muß, dachte sie, ehe sie einschlief. Ich muß mit Taduchipa sprechen. Ich hätte ihr ihre Tante aus Malkatta mitbringen sollen. Ich muß Mehet-Aton besuchen. Ich habe auch nicht nach Anchesenpa-Aton gefragt, und nicht mit Merit-Aton gesprochen, und ich drücke mich einfach vor einer Audienz allein mit Echnaton. So viel ist zu tun, das ich versuchen muß zu verstehen, ehe ich beginnen kann, etwas zu retten.

Am Abend des nächsten Tages empfing sie Eje und Haremhab in ihrem Garten, fern von den neugierigen Ohren der Diener. Mutnodjme hatte ihren Mann begleitet und lag auf dem Rücken im Gras, die anmutigen Glieder gespreizt und die Augen halb geschlossen, während die anderen sich unterhielten. Teje wußte, daß sie der jungen Frau vertrauen konnte, und tatsächlich war Mutnodjmes schweigende Anwesenheit irgendwie tröstlich. Ich konnte meine eigene Tochter nicht leiden und kann meine andere Nichte nicht ausstehen, dachte Teje mit einem Blick auf Mutnodjme, aber dieser gehört meine ganze Liebe. Haremhab sprach leise, beugte sich auf seinem Stuhl vor und hatte die Ellbogen auf die braunen Knie gestützt.

«Ich bin überzeugt, daß Pharao auf keinen von uns hören wird. Er glaubt, daß mit seiner Herrschaft als der Aton auf Erden eine Rückkehr zur wahren Ma'at begann, nicht nur in Ägypten, sondern auf der ganzen Welt. Die Unruhe außerhalb unserer Grenzen deutet er einfach als den Kampf jener, die weniger erleuchtet sind, gegen dieses Wissen. Und dieser Kampf, behauptet er, werde allmählich nachlassen, wenn der Aton seine Allmacht bestätigt. Er braucht nichts zu tun. Der Aton wird den Sieg davontragen, da sein Licht von Achet-Aton ausgeht und alle Menschen erfaßt und erleuchtet.»

«Ich nehme an, daß meine Tochter das auch gern glaubt», warf Eje ein. «Sie ist tollkühn und rachsüchtig, aber sie weiß, was Macht ist, und die Vorstellung von Weltmacht, verkörpert im Aton, hat sie trunken gemacht. Du sagst uns, Majestät, daß du ihr mit dem Tod des Bildhauers Thutmosis gedroht hast, aber Nofretête wird ihn unbedenklich opfern, um ihren Einfluß auf deinen Sohn zu behalten.»

«Wenn das der Fall ist, sollten wir nicht warten. Im Augenblick ist es nicht nötig, den jungen Mann vom Leben zum Tode zu befördern, aber es wäre vorteilhaft, Pharao über die Liebelei seiner Frau aufzuklären. Wenn Nofretête nicht überredet werden kann, ins gleiche Horn zu blasen wie wir, dann ist es um so besser, je eher ein Keil zwischen sie und Pharao getrieben wird.» Teje sprach ruhig, aber ihr Herz zog sich vor Mitleid mit Echnaton zusammen. Sie konnte nicht leugnen, daß es ihm an Führungskraft mangelte und er es nicht verstanden hatte, die für einen Pharao wesentliche Zurückhaltung und Würde zu wahren, aber der Gedanke, ihn seines Vertrauens zu Nofretête zu berauben, war bitter. In seiner Einfalt hatte er sich die Liebe seiner Minister gekauft, aber selbst Haremhab, mit dem er zuerst befreundet war, hatte nicht vermocht, ihm die blinde Loyalität zu zollen, die er sich gewünscht hatte. Und du, Eje, dachte Teje und blickte hinüber zu ihrem Bruder. Obgleich ich dich liebe, würde ich, glaube ich, mein Leben nicht mehr in deine Hände legen. Du hast mich im Stich gelassen, als du Malkatta verließest, und jetzt erwägst du, deinen Pharao im Stich zu lassen. In deinen Augen ist Echnaton nichts als ein Spielstein und Ägypten das Brett. Du wirst zwischen Echnaton und mir sitzen und dich auf keinen ganz festlegen, ehe du nicht siehst, wie die Waage ausschlägt.

«Ich meine, ein solcher Kurs kann gefährlich sein», wandte Eje ein. «Wenn Pharaos Vertrauen zu Nofretête erschüttert ist, wird ihn das noch mehr in Atons Arme treiben, um sich zu beruhigen. Der Aton hat Gewalttätigkeit gegen Menschen verboten. Aziru hat das sofort begriffen, als er hier ankam. Trotz meiner Versuche, ihn als unglaubwürdig hinzustellen, hat er sich bei Echnaton eingeschmeichelt und seine Unschuld beteuert, ungeachtet der Aussagen der wenigen loyalen Statthalter, die Ägypten im Ausland noch hat.»

«Was ich vorschlage, ist nicht ein so gefährlicher Kurs, wie du glaubst. Ich will Nofretêtes Platz einnehmen. Gewiß wird sich ein Sohn nach einer so niederschmetternden Enttäuschung an seine Mutter wenden.»

«Oder ein Ehemann an seine Frau?» fragte Eje sarkastisch. «Nur als Mutter kannst du jetzt hoffen, ihn zu beeinflussen.»

«Ich habe nicht die Absicht, wieder eine körperliche Beziehung zu ihm aufzunehmen. Ich bereue meine Schwäche bitter, daß ich ihn überhaupt mein Bett habe teilen lassen.»

«Ich glaube, es wäre besser, auf solche Machenschaften zu verzichten und ihm einfach Ägypten aus der Hand zu nehmen.»

Haremhab saß jetzt zurückgelehnt da; seine Miene war nicht zu erkennen, da der Garten dunkler wurde, er hatte die Beine übergeschlagen und mit den Händen die Sessellehnen gepackt. Teje spürte seine Spannung mehr, als daß sie sie sah. In dem bedrückenden Schweigen, das seinen Worten folgte, wandten sie und Eje sich zu ihm um. Teje sagte ruhig: «Fahre fort, Befehlshaber.»

«Von den Priestern aller Götter außer denen in Memphis und On wird er verachtet. Von allen Höflingen, die von seiner Großzügigkeit leben, wird er verhöhnt. Auf der ganzen Welt wird er zum Gespött gemacht von Stammesfürsten, die wieder stolz sind auf ihre militärische Macht. Dein Sohn hat uns um ein Reich gebracht, Göttin. Es muß verhindert werden, daß er uns auch das Land nimmt.»

Auch Teje hatte bei Haremhabs Worten ihre Sessellehnen gepackt und vermochte sie nicht loszulassen. «Er ist die Inkarnation von Amun, ein Prinz von königlichem Geblüt, der leibliche Sohn eines Pharao», erwiderte sie hitzig, wider alle Vernunft zu einer Verteidigung ihres Sohnes angestachelt, «ob er nun daran glaubt oder nicht. Es ist eine Sünde wider die Ma'at, Hand an ihn zu legen.»

«Ich spreche nicht von Mord.» Haremhabs Stimme nahm einen versöhnlichen Tonfall an. «Laßt ihn die Königswürde behalten, bis Prinz Semenchkarê zur Regierung bereit ist. Aber nehmt ihm den Oberbefehl über das Heer, damit es in den Krieg ziehen kann, um Ägyptens Macht wiederherzustellen.»

«Und du, nehme ich an, würdest das Heer führen wollen?» warf Eje ein. «Bist du bewußt naiv, Haremhab? Würdest du, nachdem du gesiegt hast, der Versuchung widerstehen, dir selbst die Doppelkrone aufs Haupt zu setzen? Vergiß nicht, daß wir zwar die Allmacht des Aton als Pharaos Verblendung ansehen, daß aber viele Männer im Heer und unter den Höflingen und Priestern wirklich bekehrt sind. Ich glaube, mit dem Versuch, Pharao die militärische Macht zu entwinden, könnten wir einen Bürgerkrieg heraufbeschwören. Wir würden letztendlich gewinnen, aber um den Preis schweren Blutvergießens. Und angenommen, wir würden die Krone Semenchkarê geben? Wie lange würde es dauern, bis er nicht mehr dankbar ist, sondern diejenigen argwöhnisch betrachtet, die seinen Vorgänger gestürzt haben? Oder wenn einer von uns die Krone erhielte, dann könnte Semenchkarê als rechtmäßiger Thronfolger sich viel Unterstützung beim einfachen Volk beschaffen und gegen uns kämpfen. Wir dürfen auch nicht vergessen, daß wir, was immer geschieht, befleckt sein werden durch unsere Verbindung mit dem Aton. Würde das Land zu seinem wahren Zustand der Ma'at zurückkehren, würde man uns mißtrauen. Die einzige Lösung ist, was immer wir können, indirekt zu tun.»

Dieses Argument werde ich nicht vergessen, dachte Teje. Es geht ihm so glatt von der Zunge wie etwas, das schon oft gesagt worden ist, und wurde heute abend ausgesprochen, um mich auf die Probe zu stellen. Ich muß für Spione in beiden Haushalten sorgen. «Haremhab, wie ernst ist die Lage, abgesehen von Syrien? Ist Ägypten unmittelbar in Gefahr?»

«Gegenwärtig nicht», erwiderte er widerstrebend. «Die Fremden führen gegeneinander Krieg, mit der Lust von Fürsten, die lange unter Ägyptens Zwang zum Frieden gestanden haben. Vor Ägypten haben sie immer noch Respekt und ziehen es jedenfalls vor, sich gegenseitig umzubringen, um ihr Können und ihre Kraft zu erproben. Eines Tages wird Suppiluliuma die Chatti gegen uns ins Feld führen, aber jetzt noch nicht.»

«Danke», sagte sie ruhig. «Du brauchtest nicht so ehrlich zu sein. Du hättest versuchen können, mir mit einer Dringlichkeit Eindruck zu machen, die nicht besteht.»

Er lachte kurz auf. «Es wäre nicht klug, dir etwas vorzulügen, Majestät.»

«Nein, das stimmt. Daher schlage ich vor, daß wir zuerst meine Nichte in Mißkredit bringen, damit ich langsam beginnen kann, meinen Sohn umzustimmen. Ich muß hinzufügen, daß jeder Gedanke, die Königin zu ermorden, töricht wäre. Echnaton würde den Verstand ganz und gar verlieren, wenn sie unter verdächtigen Umständen stürbe. Das ist ein göttlicher Befehl», betonte sie, nachdem sie bemerkt hatte, daß Eje und Haremhab in der Dunkelheit Blicke tauschten. «Wenn ihr ihn mißachtet, wird es euch schlecht ergehen. Mutnodjme, schläfst du?»

«Nein, Majestät Tante. Es war eine höchst interessante Unterhaltung.»

«Dann rufe eure Sänftenträger. Ich will ins Bett gehen.»

Mutnodjme stand auf, klopfte sich ein paar Grashalme ab und rief nach ihren Dienern. Haremhab erhob sich ebenfalls, küßte Teje die Hand und murmelte seine Verehrung. Beide verbeugten sich und brachen auf.

«Wie lange hat Haremhab schon Absichten auf den Horus-Thron?» wollte Teje von Eje wissen, als die Fackeln des Ehepaars verschwunden waren.

Eje rückte seinen Stuhl näher an ihren. «Ich glaube nicht, daß er zur Zeit solche Ambitionen hat», erwiderte er. «Aber es ist deprimierend für einen geborenen Feldherrn, wenn er seine Soldaten Jahr für Jahr untätig sieht, während das Land zugrunde geht, bloß weil ein Befehl fehlt.»

«Und du, Eje, hast du solche Ambitionen?»

«Teje», tadelte er sie freundlich, «die Götter haben mich mit achtundfünfzig Jahren gesegnet. Ich bin zu alt, um die törichten, erheiternden Träume der Jugend zu hegen. Meine Schwester ist eine Göttin, meine Tochter eine Königin. Was könnte ein alter Mann mehr begehren?»

Da bin ich nicht so sicher, dachte Teje, als er gegangen war. Ambitionen, die unter einem starken Horus verborgen schlummern, müssen in Zeiten wie diesen zwangsläufig erwachen. Ich bete, daß ich nicht so lange lebe, um sie reifen zu sehen.

Teje mußte mehrere Tage warten, ehe sie mit ihrem Sohn sprechen konnte, denn die Aufregung über ihre Ankunft hatte von neuem schwächende Kopfschmerzen hervorgerufen, begleitet von dem Erbrechen, das geradezu eine Mode bei Hof geworden war. Inzwischen erhielt sie Berichte aus Theben. Maja schrieb, man habe die abgezehrten Leichen verhungerter Priester im Nil treibend gefunden. Auch der Bürgermeister hatte geschrieben, sein Brief war eine einzige lange Klage über Gewalttätigkeit unter den Arbeitslosen, über die Entweihung verlassener Amun-Schreine durch unwissende Fellachen und über die Lebensmittelknappheit infolge von Pharaos Befehl, daß Waren aller Art zuerst in den Zollhäusern von Achet-Aton abgefertigt werden mußten. Ausdruckslos hörte sich Teje das Geleier ihres Schreibers an. Sie konnte nichts tun, und daher würde Besorgnis nicht helfen. Sie ging pflichtbewußt zweimal täglich in den Großen Tempel, stand unter ihrem magischen Sonnendach und sah Nofretête und dem Priester Merirê zu, die für den erkrankten Pharao die Riten durchführten.

Während sie auf ihre Audienz wartete, rief sie einen der Aton-Priester zu sich und ließ sich aus den Schriftrollen die Unterweisung vorlesen. Wie damals, als Echnaton ihr vorgesungen hatte, war sie beeindruckt von der schlichten Schönheit seiner religiösen Überzeugung. Hier sprach kein erhabener Gebieter über das menschliche Schicksal, sondern ein Gott mit der gütigen Menschlichkeit von Echnaton selbst.

«Du bist es, der den Knaben in den Frauen schafft, der den Samen in den Männern gemacht hat; der dem Sohn Leben gibt im Leibe seiner Mutter, der ihn beruhigt, damit er nicht weine, du Amme im Mutterleibe. Der Atem gibt, um alles zu beleben, was er gemacht hat . . . So ernähren deine Strahlen jeden Garten, wenn du dich erhebst, so leben sie und wachsen für dich. Du machst die Jahreszeiten, um alle deine Werke zu schaffen. Den Winter, um sie zu kühlen, und ebenso auch die Hitze des Sommers . . . Du hast Millionen von Gestalten gemacht aus dir allein . . . Du bist der Aton des Tages hoch über der Erde. Wenn du weggegangen bist und alle Menschen, deren Gesichter du geschaffen hast, damit du dich nicht länger allein siehst, eingeschlafen sind, so daß niemand sieht, was du gemacht hast, bist du dennoch in meinem Herzen . . .»

Diese Empfindungen waren so ungewöhnlich, daß Teje sich fragte, was sie hervorgerufen habe. Während sie und ihr erster Gemahl aus diplomatischen Gründen die Aton-Verehrung bewußt gefördert hatten, waren sie dennoch beide nicht wirklich an Rê als der Sichtbaren Scheibe interessiert gewesen. In einem anderen Abschnitt der Unterweisung, betitelt «Aton und der König», hieß es: «Kein anderer ist, der dich kennt, außer deinem Sohn Echnaton. Du hast ihn eingeweiht in deine Pläne und in deine Kraft.» Hier konnte sie ihren Sohn erkennen, einen Mann, tief in Visionen verstrickt, die für alle unverständlich waren außer für ihn.

Ernstlich bekümmert fand Teje sich vor seinen Privatgemächern ein und hörte ihren Herold ihre Titel verkünden. Sie wußte, daß Nofretête mit Anchesenpa-Aton in Maru-Aton war und für eine

Porträtbüste saß, die nach dem lebenden Modell angefertigt werden sollte, und Pharao um diese Zeit allein sein würde. Zuversichtlich schritt sie durch die Tür.

Echnaton stürzte ihr entgegen, lächelte und umarmte sie überschwenglich, als ihr Diener sich zurückzog. Sie erwiderte seinen Kuß und trat zurück, um ihn anzusehen. Er war bleich und hatte dunkle Flecke unter den grüngeschminkten Augen, aber sonst schien er sich wohlzubefinden.

«Ich freue mich, daß du dich erholt hast, mein Sohn», sagte sie. «Mich betrübte der Gedanke, daß meine Ankunft dich krank gemacht hat.»

«Die Aufregung hat mich überwältigt.» Er lächelte. «Dich hier bei mir zu haben ist wundervoll. Ich fühle mich jetzt sicherer.» Er forderte sie mit einer Handbewegung auf, Platz zu nehmen, setzte sich selbst auf seinen Stuhl und ordnete die bauschigen Falten seines Gewands auf seinen plumpen Oberschenkeln. Am anderen Ende des Raums hockten drei Affen auf einem Holzgerüst, das offenbar eigens für sie gebaut worden war. Darunter stand eine große goldene Schale, gefüllt mit überreifem Obst, und der Geruch der Tierexkremente und des zerquetschten Obstes drang Teje unerfreulich in die Nase. Sie sah sich nach Parennefer um, als Pharao ihr Wein anbot, aber er schenkte ihn ihr selbst ein. «Nachdem ich die Berührung des Gottes erlitten habe, bin ich gern allein», erklärte er, als er ihre fragend hochgezogenen Augenbrauen sah. «Oft spricht der Gott mit mir oder gewährt mir Visionen, und ich kann nicht richtig zuhören, wenn Parennefer oder einer der anderen sich hier herumtreibt, um mich zu bedienen. Der Schmerz ist entsetzlich, aber die Belohnungen sind groß. Ah!» Er rieb seine orangerot gefärbten Handflächen aneinander. «Die Familie vereint und größer werden zu sehen ist Glückseligkeit.»

«Sprichst du von der kleinen Mehet-Aton und dem Kind, das sie erwartet?»

«Gewiß. Alle meine Kinder müssen durch mich den Segen des Aton erhalten, damit ich und sie unverletzlich bleiben können. Aber ich spreche auch vom Kind der lieben Nofretête, das bald geboren wird. Der Aton bringt allem Fruchtbarkeit.» Seine hohe Stimme war heiser, wurde fast übertönt von dem plötzlichen Geschwätz der Affen, die, nachdem sie einen Eindringling wahrgenommen hatten, von ihrem

Hochsitz heruntergekommen waren, herumhüpften und mit ausgestreckten Händen um Leckerbissen bettelten. Echnaton warf jedem eine Dattel von dem Teller auf den Tisch zu. Teje hatte die Hände um ihren Becher Wein gelegt und ließ sie auch da.

«Ich habe mir die Unterweisung vorlesen lassen», sagte sie. «Sie ist vortrefflich.»

«Ich habe die Wörter diktiert, die von dem Gott stammten», sagte er stolz, «aber die Musik dazu ist allein von mir. So viel wird mir zuteil durch meine Krankheit. Es ist eine heilige Gabe. Gestern, als ich schwach und erschöpft dalag und Merirê in dem Schrein neben meinem Bett den Weihrauch entzündete, sah ich dein Gesicht in den Schwaden, jung und schön, wie ich es aus meiner Kindheit in Erinnerung habe. Es war ein so glückverheißendes Vorzeichen!»

Teje bemerkte, daß er angefangen hatte zu schwitzen. Seine Stirn war unter dem weißen Helm plötzlich beperlt, und Tropfen rannen ihm über den langen Hals. Seine Hände rieben sich ständig aneinander.

«Ich werde immer die Mutter sein, die sich um dich gekümmert und versucht hat, dir die Tage deiner Gefangenschaft zu erleichtern», sagte sie freundlich. «Darum bin ich auch heute zu dir gekommen. Ich möchte nicht, daß mein Liebling leidet.»

Er sah sie stirnrunzelnd an. «An diesen Ton erinnere ich mich auch.» Er hatte es rasch erkannt. «Du willst mir etwas sagen, das ich nicht hören möchte. Warum hast du Merirê als Nofretêtes Haremshüter entlassen?»

Teje hatte wieder das Gefühl, sie müsse sich einen Weg durch hohes Schilf bahnen, ohne einen Pfad, dem sie folgen könnte. «Ich habe ihn durch Huya ersetzt, weil er die Pflichten gegenüber seiner Königin für wichtiger hält als die Pflichten dir gegenüber, Göttlicher», sagte sie mit bedachtem Nachdruck. «Er wird dir nicht gesagt haben, daß Nofretête zu oft in der Gesellschaft deines Bildhauers Thutmosis gesehen wird.»

Er zwinkerte. «Das wird wohl so sein», sagte er rasch, «aber das liegt daran, daß Nofretête viele Statuen von sich in Auftrag gegeben hat, um Achet-Aton zu verschönern und die Herzen ihrer Untertanen zu erfreuen.»

«Ich nehme an, du hast recht», antwortete Teje. «Dennoch ist es, wie du weißt, mein Vorrecht als Hauptgemahlin zu ernennen, wen ich will. Da dein Harem so sehr groß ist, beschloß ich, Huya die Stellung anzuvertrauen.»

Die dunklen, unruhigen Augen glitten über ihr Gesicht. «Ich erinnere mich an ihn. Cheruef ist aus deinem Dienst ausgeschieden, weil er meinte, wir hätten ein Gesetz gebrochen, du und ich, aber Huya ist treu geblieben. Ich werde ihm ein Grab in den nördlichen Felsen schenken.»

«Das ist großzügig von dir. Könnte ich deine Großzügigkeit noch einmal in Anspruch nehmen und um Tutus Entlassung bitten? Er erledigt seine Arbeit jetzt nicht besser als in Malkatta . . .»

«Malkatta gehört zu einer Vergangenheit, die ich verachte», unterbrach er sie. «Mutter, warum versuchst du, mich wieder zu einem kleinen Jungen zu machen? Alles ist gut in Achet-Aton. Ich herrsche gerecht, ich liebe mein Volk, ich handle richtig vor dem Gott. Tutu bleibt!»

«Wie du willst.» Sie gab schleunigst klein bei, denn sie war entsetzt über die plötzliche Veränderung bei ihrem Sohn. Der Schweiß floß jetzt in Strömen. Mit beiden zitternden Händen hob er den Saum seines Gewands an und wischte sich das Gesicht ab; er gab dabei ein leises Wimmern von sich, und sein Atem war schnell und rasselnd. Dann sprang er plötzlich auf und begann im Zimmer auf und ab zu gehen, seine Gewänder flatterten um ihn herum, seine Hände griffen nach den Brüsten, rutschten dann ab und umfaßten einander.

«Alles wird gut sein», schrie er schrill. «Solange ich dem Gott gehorche und keinem Menschen ein Leid tue, wird Ägypten blühen und gedeihen.»

Bestürzt ging Teje zu ihm und rief über die Schulter nach Parennefer. Die Affen rannten aufgeregt hinter ihr her, und als sie über sie stolperte, stieß sie sie mit dem Fuß beiseite. «Echnaton», murmelte sie und legte ihm einen Arm um den feuchten, erhitzten Hals. «Verzeih mir, daß ich dich so beunruhigt habe. Ich liebe dich. Ich will dir ja nur helfen.»

«Das tut Tutu auch. Er ist ein getreuer Jünger des Aton, und Nofretête ist meine Stütze, der Boden, auf den ich meine erhabenen Füße setze! Ihr Atem ist wie der süße Lotus, ihr Lächeln wie das Aufgehen des Gottes. Ihre Berührung ist rein! Jetzt bin ich wieder einmal unglücklich!» Er schüttelte ihren Arm ab und begann zu schluchzen, es klang heiser, wie ein trockener Husten und erschreckte Teje. Die Tür ging auf, Parennefer schaute rasch herein und verschwand wieder. Sie drängte Echnaton zum Tisch hinüber und nötigte ihm Wein auf, wobei sie ihm den Becher an den Mund hielt. Er trank in großen Schlucken und erschauerte.

«Pharao, es mag tatsächlich sein, wie du glaubst, aber die Tatsache bleibt bestehen, daß Nofretête nicht so häufig mit dem Bildhauer zusammensein sollte. Sie ist die Königin. Es ist nicht schicklich.»

Der Wein lief ihm aus dem Mundwinkel. Er lehnte sich an sie, schwankend, die Augen geschlossen. «Es ist schwer, ein Gott zu sein», murmelte er undeutlich. «Sie lieben mich nicht, keiner von ihnen. Ich überschütte sie mit Gold und freundlichen Worten, aber hinter ihrem Lächeln lauert Dunkelheit. Nur Nofretête. Nur sie . . .» Er sackte zusammen und vermochte sich nicht mehr aufrecht zu halten, und Teje ließ ihn auf seinen Stuhl gleiten. Auch ihre Hände waren feucht, und ihre Knie zitterten. Die Tür wurde aufgerissen, und als sie sich umdrehte, sah sie Haremhab, der sich vor ihr verbeugte, ehe er seine Aufmerksamkeit Pharao zuwandte.

«Mein geliebter Gebieter», sagte er, kniete nieder und küßte immer wieder die zuckenden Hände. «Erinnerst du dich an unsere gemeinsame Fahrt nach Memphis, als du den Harem verlassen hattest? Wie wir abends zusammen beteten in deinem schönen Zelt und der Fluß draußen plätscherte und die Wasservögel ringsum piepsten. Wir tranken dann Wein zusammen, und du fragtest mich über Memphis aus. Ich bin noch da, Echnaton.» Die ganze Zeit, während er in so beschwichtigendem Ton sprach, waren seine Hände in Bewegung, rieben die silberberingten Arme, massierten die schlaffen Schultern. Parennefer und Pharaos Kammerdiener sahen zu, ohne sich zu rühren.

«Ich bin kein Kind, Haremhab», murrte Echnaton müde. «Ist Parennefer da? Ich will schlafen. Verzeih mir, Mutter, ich kann nicht mehr reden. Vielleicht morgen . . .» Sein Haushofmeister half ihm aufstehen, und sein Diener stützte ihn auf dem Weg durch den langen Raum.

Teje packte Haremhab am Arm. «Du hast mich nicht gewarnt», sagte sie erschüttert und wütend.

«Deine Majestät hätte es nicht geglaubt. Jetzt wirst du verstehen, warum ich in deinem Garten so gesprochen habe. Vielleicht bin ich der einzige Freund deines Sohnes. Ob seine Anfälle durch die Hand des Gottes bewirkt werden oder eine zeitweilig auftretende Verrücktheit sind, kann ich nicht sagen. Ich liebe den Mann, den ich schon so lange kenne. Es ist der Herrscher, den ich entthronen möchte.» Der Augenblick hatte sie beide des Feingefühls beraubt.

Tejes Nägel gruben sich tiefer in Haremhabs Arm. «Du weißt sehr wohl, daß Pharao, der Mensch, nicht von Pharao, dem Gott, zu trennen ist!» erwiderte sie rasch. «Bringe mich nicht dazu, daß ich dich töten lasse, Haremhab. Ich brauche dich!»

«Ich bin mir dessen bewußt, aber Ägypten braucht mich auch.» Er beugte sich nieder und küßte die Hand, die sich um seinen Arm gekrallt hatte. «Majestät, tue, was du kannst. Ich werde warten.»

Sie ließ ihn los und betrachtete kühl die roten Flecken, die sie auf seiner Haut hinterlassen hatte. «Wie lange ist er schon so, so unberechenbar?»

«Es hat sich langsam entwickelt. Er tut niemandem etwas zuleide, aber wir alle haben gelernt, vorsichtig mit dem zu sein, was wir sagen, damit unsere Worte nicht das auslösen, was du gesehen hast. Ich muß immer in seiner Nähe bleiben. Er vertraut mir, und ich vermag ihn zu beruhigen.»

«Ihr Götter!» Sie lachte bitter. «Dann hat er also die Wahrheit gesagt. Ihr liebt ihn nicht, keiner von euch Geschmeiß. Ich werde dafür sorgen, daß Nofretête in Ungnade fällt, aber noch so viel Weihrauch wird mich von dieser Tat nicht reinigen. Nimm Semenchkarê unter deine Fittiche, Befehlshaber. Es ist Zeit, daß er aufhört, wie ein vergoldeter Schmetterling herumzuflattern, und sich männlichen Betätigungen widmet.»

Er nickte kurz und machte auf dem Absatz kehrt. Teje blieb ganz still stehen, hörte die Affen schnüffeln und scharren und blickte über die Jahre hinweg auf den Ursprung ihrer Schuld zurück, jenen Moment im Garten zu Memphis, als sie sich bereit erklärt hatte, ihren Sohn zu heiraten; und gleichtzeitig tauchte das hochmütige Gesicht des Sohnes des Hapu vor ihrem geistigen Auge auf. Ihr Becher war halb leer. Sie trank ihn rasch aus und ging fort.

19

Teje versuchte noch einmal, Nofretête gut zuzureden, und brachte ihre ganze Überzeugungskraft auf, denn sie wollte unbedingt vermeiden, den Namen der Königin zu besudeln, aber Nofretête äußerte aus Eifersucht und Gehässigkeit dieselben abgedroschenen Beschuldigungen, die sie ihr schon in Malkatta an den Kopf geworfen hatte, und schließlich gab Teje es auf. In geheimer Besprechung mit Huya legte sie bis in die kleinste Einzelheit den Klatsch fest, der im Harem und unter Pharaos persönlicher Dienerschaft verbreitet und noch farbenfreudiger auf den Märkten der Stadt geschildert werden sollte. Wäre sie jünger gewesen, hätte sie sich mit Hilfe ihres Körpers rasch zwischen Ehefrau und Ehemann drängen können und wäre sich erheblich anständiger vorgekommen als bei Anwendung dieser indirekten Methoden. Doch da Nofretête Pharao in seiner verhängnisvollen Politik immer noch unterstützte, da Haremhab zwar noch loyal war, aber immer unruhiger wurde, und da auch Eje enttäuscht war, blieb ihr keine Wahl.

Huya ging geschickt zu Werke. Er wußte, daß Gerüchte schon ausreichende Nahrung finden in einem fallengelassenen Wort, im Hochziehen einer Augenbraue, in einem verstohlenen Lächeln. Er war für seine Tüchtigkeit bekannt und dafür, daß er sein Ziel auf unauffällige Weise zu erreichen pflegte, und er war klug genug, diesen Ruf nicht zu gefährden. Man vergaß seine leise Stimme in der Woge aufgeregter Mutmaßungen, die zuerst den Palast und dann die ganze Stadt überflutete. Die Affen-Skulpturen waren unterhaltsam gewesen, aber die Königin in der neuen Maske einer Ehebrecherin – das reizte unendlich. War es nicht allgemein bekannt, daß Nofretête Pharao gebeten hatte, Thutmosis den Besitz eines Grundstücks am Fluß zu gestatten, obwohl viele würdigere Männer sich mit ummauerten Häusern hinter dem Palast zufriedengeben mußten? Zog sie sich nicht fast täglich nach Maru-Aton zurück, um für eine Skulptur nach der anderen zu sitzen?

Während der Klatsch sich verbreitete, schien die Königin in der Öffentlichkeit noch zärtlicher zu ihrem Mann zu werden, klammerte sich an ihn auf der Doppelsänfte, streichelte ihn, wenn sie bei Festmählern nebeneinander saßen; aber niemandem entging es, daß die Große Königsgemahlin jetzt immer in ihrer Gesellschaft gesehen wurde, eine kleine, sehr aufrechte, zurückhaltende Frau, die immer elegant und formvollendet gekleidet war und immer die glitzernde Scheibe, die Hörner und Federn ihrer göttlichen Stellung trug. Manche verbeugten sich verehrungsvoll vor den aufgeworfenen Lippen, den durchdringenden blauen Augen, dem unergründlichen und von Furchen der Verdrossenheit durchzogenen Gesicht und verwunderten sich über das zeitliche Zusammentreffen der Gerüchte und der Ankunft der Großen Königsgemahlin. Aber für die meisten war Teje ein Schattenbild aus alten Zeiten, eine Mahnung an eine Art und Weise des Herrschens, die schneller verschwunden war, als sie sich klarmachen wollten.

Als Nofretêtes Niederkunft näherrückte, wurden amüsante Spekulationen darüber angestellt, wer der Vater ihres ungeborenen Kindes sei, und als sie sich schließlich zu Bett legte, wurde die Gerüchtemacherei geradezu fieberhaft. Huya erzählte Teje, er habe es zwar nicht selbst gesehen, aber er glaube, daß die Höflinge Wetten darüber abschlössen, ob das Neugeborene wiederum ein Mädchen und daher vermutlich Pharaos Tochter sein werde oder womöglich ein Knabe. Auf diesen Gedanken war Teje gar nicht gekommen. Aber jetzt war sie ein Opfer ihrer eigenen Lügen und Bezichtigungen. Sie wollte sich nicht mit der Möglichkeit auseinandersetzen, daß Nofretête einen Sohn bekommen könnte. Es war unbedingt erforderlich, Echnaton zu überreden, Semenchkarê zu seinem Nachfolger zu ernennen, denn sie glaubte, wenn Nofretête einen Knaben zur Welt brächte, würde ihr und Osiris Amenhoteps Sohn wahrscheinlich enterbt werden. Welche Ironie, dachte sie verbittert in ihren schlaflosen Nächten, wenn der Sohn eines einfachen Bildhauers einmal die Doppelkrone trüge. Aber ich glaube, Nofretête wird bloß romantisch für ihren Steinmetzen geschwärmt haben. Und kann ich es ihr zum Vorwurf machen? Der Körper meines armen Sohnes wird mit der Zeit immer weniger begehrenswert.

Aber Nofretête widerlegte alle Gerüchte und bekam wieder ein Mädchen, ihr sechstes, und diejenigen Höflinge, die ihrer Phantasie freien Lauf gelassen hatten, wurden viel Gold los. Pharao war ebenso rührend entzückt, wie er es bei Merit-Atons Geburt gewesen war, und nannte das Kind Sotpe-en-Rê, die Erwählte des Rê. Für kurze Zeit ließ der Klatsch nach, aber Teje, die Pharao aufmerksam beobachtete, glaubte, daß er seine Wirkung getan habe. Sie wußte nicht, was sich in der Abgeschiedenheit von Echnatons Schlafgemach zwischen dem königlichen Paar abspielte, aber bei mehr als einer Gelegenheit wurde Nofretête in der Öffentlichkeit mit roten, verquollenen Augen gesehen, während ihr Gemahl den Arm nicht um sie, sondern um die zarte, kleine Mehet-Aton gelegt hatte.

Aziru war noch immer am Hof, wohnte im Gesandtschaftsflügel des Palastes und beobachtete mit argwöhnischen Augen die winzige Verschiebung im Gleichgewicht der Macht. Die Chatti-Delegation war nach Hattusa zurückgekehrt, ohne daß Pharao einen Versuch unternommen hatte, sich mit Suppiluliuma zu einigen, einem Fürsten, der jetzt so mächtig war wie Pharao selbst. Teje war versucht, ihm wenigstens warnende Briefe zu schicken, kam aber zu dem Schluß, daß ein solcher Schritt, wenn sie sich am Ende nicht bei Hof durchsetzen sollte, nur dazu dienen würde, das schon beschädigte Bild der Asiaten von Ägypten noch weiter zu zerstören.

Das neue Jahr begann mit einer Woche der Lobgesänge auf den Aton. Täglich wurden in der ganzen Stadt von Echnaton komponierte Lieder gesungen, während die königliche Familie viermal täglich am Gottesdienst im Tempel teilnahm. Pharao fastete und betete. Teje stand jeweils eine Stunde im Allerheiligsten, wie alle anderen schutzlos dem gnadenlosen, blendenden Feuer der Sonne ausgesetzt, und dachte an Rê als Sphinx, einen ruhenden Gott der Wachsamkeit, dessen Güte jederzeit blutige Rache werden konnte. Du solltest dich vorsehen, mein Sohn, dachte sie, als sie sah, wie er mit geschlossenen Augen das Gesicht gen Himmel hob. Rê als die Sichtbare Scheibe ist in der Tat ein Gott der Sanftheit und Schönheit, aber wie kannst du an einem Tag wie diesem vergessen, daß der Gott auch ein Zerstörer ist? Ich weiß, daß die Sonne in ihren anderen Erscheinungsformen töten kann, genau wie Hathor. Es wäre klug gewesen, deren Eifersucht nicht dadurch herauszufordern, daß der Aton auf Kosten der anderen Manifestationen der Sonne erhöht wurde.

Am Ende des ersten Monats nach Neujahr, des Monats Thoth, kam Mehet-Aton nieder. Huya weckte Teje in den frühen Stunden eines muffigen, schwülen Morgens, zündete ihre Lampe an und brachte ihr kaltes Wasser, als sie sich mühte, einen klaren Kopf zu bekommen.

«Pharao hat deiner Majestät eine Nachricht geschickt und dich zur Geburt eingeladen, wenn es dein Wunsch ist», erklärte er, als Piha ihr mit einem feuchten Tuch über das Gesicht fuhr und ihr das Haar kämmte. «Er und die Königin sind bereits anwesend.»

«Wie lange ist es noch bis zur Morgendämmerung?» Teje blieb stehen, während Piha ihr einen leichten Umhang umlegte, und setzte sich dann hin, damit ihr die Sandalen angezogen würden.

«Nicht mehr als zwei Stunden.»

«Wo ist Taduchipa? Ist sie bei der Prinzessin?»

«Nein. Pharao will sie nicht zulassen. Er erlaubt nur Personen von königlichem Geblüt und den traditionellen Zeugen, anwesend zu sein.»

Teje preßte die Lippen zusammen. «Was sonst ist eine Mitanni-Prinzessin, wenn nicht von königlichem Geblüt? Sorge dafür, daß sie aus dem Harem geholt wird, Huya. Ich will, daß sie Zutritt erhält. Wenn meine Begleitung wartet, ich bin bereit.»

Sie wurde nicht in den Harem geführt, wo Mehet-Aton ihre Gemächer hatte, sondern durch das Tor auf das Palastgelände. Es war noch stockdunkel und die Luft stickig. Teje hätte auch den heißesten Windhauch begrüßt, aber die Bäume standen reglos da, dunkle Schatten vor einem mit einigen blassen Sternen gesprenkelten tintenschwarzen Himmel. Das Pflaster unter ihren Füßen war warm, das Gras hart. Drinnen im Palast sorgten die Windfänger für Luft, die wenigstens frisch war, und die hohen Zimmerdecken vermittelten die falsche Vorstellung von Kühle. Teje folgte ihrer Begleitung, bis sie zu Pharaos Privatgemächern kamen. Die Tür zum Schlafzimmer stand halb offen, und Weihrauchschwaden wehten durch den Korridor. Teje entließ ihre Leibwache und trat ein.

Mehet-Aton lag, durch Kissen abgestützt, da, ein Sennet-Brett neben ihr. Auf der einen Seite des Betts saß Echnaton in einem gefältelten Schurz, und außer einem weißen Schultertuch hatte er kaum etwas an. Nofretêtes Stuhl stand ebenfalls dicht am Bett, und sie hatte einen Spielstein in einer Hand. Die Hebamme machte sich an einem Tisch in der Nähe zu schaffen. Teje verbeugte sich, und als sie näher kam, blickte das Mädchen seine Großmutter mit einem bleichen, angstvollen Gesicht an und bemühte sich um ein Lächeln, das die Panik in den mandelförmigen Augen nicht zu verbergen vermochte. Teje nahm Mehet-Atons Hand und küßte sie.

«Wie ich sehe, verbringst du die Zeit recht angenehm», sagte sie mit einem raschen Blick auf den offenen Aton-Schrein, aus dem sich ein erstickender Qualm über das Bett ergoß. «Wenn du deine Mutter beim Sennet-Spiel schlägst, schenke ich dir ein Paar goldene Ohrringe. Was hältst du davon?» Die Fenstervorhänge waren geschlossen, und das Zimmer war stickig. Teje suchte nach Amuletten, aber es waren keine da. Es wäre besser gewesen, dachte sie, das Mädchen mit dem Spiel «Hund und Schakal» abzulenken. Sennet ist ein magisches Spiel, beladen mit Prophezeiungen, Zauberformeln und Flüchen. Ich hoffe, Nofretête hat genug Verstand, Mehet-Aton gewinnen zu lassen. Sie verbeugte sich vor Pharao. «Mein Sohn, ich möchte draußen mit dir sprechen.»

Echnaton lächelte liebenswürdig, strahlte seine Tochter an und ging hinaus. Teje folgte ihm. «Es ist ein großer Tag», sagte er. «Findest du nicht?»

«Echnaton, warum sind keine Amulette am Bett, keine Priester, um Zauberworte zu sprechen? Und findest du es ratsam, das Atmen der Prinzessin mit so viel Weihrauch, der nicht abziehen kann, zu behindern?»

«Du sagst, du studierst die Unterweisung, und dennoch stellst du so törichte Fragen?» Er strich ihr nachsichtig über den Kopf. «Der Aton segnet ohne die Verlockungen durch Zauberei oder Gesänge von Priestern. Ich bin der einzig Verantwortliche vor dem Gott. Alle Gebete werden an mich gerichtet, und ich überbringe sie dem Gott. Mehet-Aton weiß das.»

«Dann laß wenigstens die Fenstervorhänge aufziehen.»

Er zuckte leicht die Schultern. «Wenn du willst.»

«Und ich habe Taduchipa holen lassen. Ich bitte dich, Göttlicher, laß sie eintreten. Die Prinzessin liebt sie und vertraut ihr und wird durch ihre Anwesenheit ermutigt werden.»

«Aber meine kleine Kia ist so weichherzig», wandte er ein. «Sie wird weinen.»

«Das glaube ich nicht, und selbst dann wird es Mehet-Aton guttun, sie zu sehen. Bitte, Echnaton.»

«Oh, wenn du meinst. Laß Apy sie auf die Schriftrolle der Zeugen setzen.» Ein schriller Schrei, und als Teje durch die Tür blickte, sah sie, daß das Sennet-Spiel auf den Fußboden fiel und Nofretête nach den um sich schlagenden Händen griff.

«Die Wehen werden lange dauern», sagte sie, und Wut überkam sie beim Anblick von Echnatons gleichmütigem Gesicht, während seine Tochter sich hin- und herwarf. «Ich gehe jetzt wieder in mein Haus, aber schicke mir einen Boten, wenn sie nach mir fragt, und halte mich auf dem laufenden, wie sie vorankommt. Hier ist Taduchipa.»

Die Prinzessin verbeugte sich mehrmals schüchtern und blickte abwechselnd Pharao und die Große Königsgemahlin an, bis Echnaton sie hineinwinkte. Teje sah zu, wie sie durch die Tür ging, sich vor der Königin verneigte und sich am Bett auf einen Schemel setzte, den eine Dienerin hingestellt hatte.

«Kia!» rief Mehet-Aton aus, denn die Wehe war schon vorbei. Taduchipa nahm die kleine Hand. «Wirst du bei mir bleiben? Ich bin jetzt schläfrig. Erzähle mir noch eine Geschichte von Mitanni, während ich die Augen zumache.»

Taduchipa warf Nofretête einen Blick zu, die nickte. Teje machte sich auf den Weg. Männer begannen den Korridor entlangzuschlendern, die sich kaum den Schlaf aus den Augen gerieben hatten und umgeben waren von ihren gähnenden Dienern. Sie brachten Schriftrollen, Brettspiele, Weinkrüge und Schminkkästen mit, was immer nötig war, um sich die Zeit zu vertreiben, die sie dort verbringen mußten, um bei der königlichen Geburt anwesend zu sein. Einer nach dem anderen knieten sie nieder und küßten Echnatons Füße, ehe sie hineingingen. Teje verbeugte sich kurz vor ihm und verließ ihn.

Sie legte sich wieder zu Bett, ließ die Lampen löschen und versuchte zu schlafen, aber sie konnte nur dösen. Die Morgendämmerung kam, begleitet von einer Lobeshymne an den Aton, die in Tejes müden

Ohren matt und etwas unrein klang. Das Haus wurde lebendig: das Tappen nackter Füße, das Klappern von Haushaltsgeräten, die flüsternd gesprochenen Morgengebete der Diener. Es war noch zu früh für irgendwelche Nachrichten, deshalb badete Teje, ließ sich anziehen und ging in den Garten. Schon war die Hitze des Tages unerträglich für einen unbedeckten Kopf. Sie suchte Schatten auf, aß ein wenig Obst und ließ sich von ihrem Schreiber aus den Mysterienspielen von Abydos vorlesen, aber sie konnte sich nicht konzentrieren. Piha half ihr in den See, wo sie bis zum Kinn im Wasser stand und ihre Baldachinträger ihr den Kopf stoisch beschatteten.

Nachmittags kam ein Diener und berichtete, daß die Wehen langsam ihren Fortgang nähmen, die Prinzessin guten Muts sei und Pharao und die Königin zu den Nachmittagsgebeten in den Tempel gegangen seien. Der Mann versicherte ihr, daß Prinzessin Taduchipa bei der Kleinen geblieben sei. Teje entließ ihn apathisch. Den Rest des Tages verbrachte sie, auf Kissen liegend, unter den Sykomoren, gefächelt von ihren schwitzenden Leuten, während Piha sie dann und wann mit Wasser berieselte und ihr frische Leinengewänder brachte.

Als sie in der Abenddämmerung gerade nach drinnen gehen wollte, sah sie zu ihrer Überraschung Semenchkarê und Merit-Aton, umgeben von ihren Dienern, über den Rasen kommen: Sie hatte selten mit Echnatons ältester Tochter gesprochen, und als sie die Dreizehnjährige jetzt sah, war sie verblüfft über Merit-Atons Ähnlichkeit mit ihrer Mutter. Es hätte Nofretête selbst sein können, grauäugig und grazil, die in der schummerigen Beleuchtung niederkniete, um der Großen Königsgemahlin die Füße zu küssen.

«Es ist mir ein Vergnügen, Prinzessin», sagte Teje, während Semenchkarê sie auf die Wange küßte und sich neben sie setzte. Merit-Aton ließ sich anmutig nieder und ordnete mit kleinen, hübschen Gesten ihr Leinengewand. «Ich hoffe, es geht dir gut? Huya berichtet mir, es herrsche viel Fieber in den Kinderzimmern und die Ärzte seien stark beschäftigt. Aber natürlich hast du jetzt deine eigenen Gemächer.»

«Ich lasse niemanden aus den Kinderzimmern zu mir herein», erwiderte Merit-Aton ungezwungen. «Es war auch gut, daß du Prinz Tutanchaton hast herausholen lassen. Viele Kinder sind gestorben.» Sie strich sich das schulterlange Haar aus dem Gesicht. «Die Dämonen des Sommers scheinen sich in den Räumen der Kinder versammelt zu haben. Man sollte glauben, daß Pharaos Prophet sie durch Gesang vertreiben könnte, da er doch auch der Aufseher der Dämonen ist und ständig mit den Bösen fertig werden muß, die meinen Vater und die Verehrung des Aton in der ganzen Welt vernichten wollen.»

«Dann wundert es mich, daß Merirê nicht bei der Niederkunft deiner Schwester anwesend ist.»

«Aber das ist nur eine körperliche Angelegenheit», antwortete Merit-Aton rasch. «Mein Vater hat versichert, daß Mehet-Aton den ganzen Schutz der Wohltätigkeit des Atons genießt.»

Teje wandte sich an ihren Sohn. «Genießt du die Zeit, die du mit Haremhab verbringst? Gefällt dir das Kriegshandwerk?»

Er reagierte auf die leichte Neckerei mit unverhülltem Feixen. Seit er in Achet-Aton war, hatte er sich verändert. Die Wiedervereinigung mit Merit-Aton hielt die launische Verdrossenheit in Schach, über die sich seine Mutter so geärgert hatte, und sein Gesicht hatte nicht mehr den trägen, verwöhnten Ausdruck.

«Ich mag den Befehlshaber», sagte er, «aber es ist nicht sehr verdienstvoll, sich anzustrengen, den Bogen zu spannen, oder zu fluchen, wenn ich mit dem schweren Krummschwert um mich schlage. Die Streitwagen machen mir Spaß. Vielleicht werde ich eines Tages die Zügel so gut führen wie mein göttlicher Bruder.» Er griff nach Merit-Atons Hand. «Aber, Mutter, ich bin nicht bloß hergekommen, um guten Tag zu sagen. Ich weiß, daß du ganz von Mehet-Aton in Anspruch genommen bist. Alle sind es.»

Alle außer euch beiden, dachte Teje. Es besteht eine unsichtbare Harmonie zwischen euch, die euch gegen alle anderen Sorgen abschirmt. Semenchkarês geschorener Kopf war bloß bis auf die blauweißen Bänder um seine Stirn, und er trug nur einen dünnen weißen Lendenschurz. Ist es eine Einbildung von mir oder eine Täuschung durch das nachlassende Tageslicht, wenn ich einen Anflug von Schwellung über seinem Gürtel zu erkennen meine? fragte sie sich und tat den Gedanken dann ab.

«Also sprich», ermunterte sie ihn freundlich. Die beiden tauschten Blicke.

«Wir möchten uns verloben. Du hast mir so oft gesagt, da die Königin keine Söhne hat, werde ich früher oder später zum Horus-im-Nest ausgerufen werden. Merit-Aton ist von rein königlichem Geblüt wie ich auch. Es kann keine Einwände gegen eine Ehe geben. Ich bin vierzehn. In zwei Jahren werde ich rechtlich ein Mann sein, und körperlich bin ich es schon. Merit-Aton ist alt genug, um Kinder zu gebären.»

Teje hatte diese Bitte zwar erwartet, aber nicht so bald. «Habt ihr euch deswegen an Pharao gewandt?» fragte sie.

«Noch nicht. Ich glaube, der Königin wird der Gedanke nicht zusagen, weil sie dich so haßt, und sie wird wohl Pharao zu überzeugen versuchen, daß die Heirat nicht passend sei. Daher bitten wir dich, dich bei dem Gott für uns einzusetzen.»

«Aber ich bin . . .» Teje unterbrach sich. Sie hatte sagen wollen, sie sei überzeugt, daß Pharao für Merit-Aton andere Pläne habe, denn seit Jahren hatte sie angenommen, die Prinzessin werde mit ihrem Vater verheiratet werden wie seinerzeit Sitamun mit Osiris Amenhotep. Aber es war Mehet-Aton gewesen, die ins königliche Bett gezwungen worden war. Vielleicht würde Pharao ein Gesuch von ihr zugunsten der beiden günstig aufnehmen. Sie lächelte ihnen herzlich zu. «Ich kann es nicht versprechen, aber ich werde es versuchen.»

«Danke!» Merit-Atons kleine Zähne schimmerten in der zunehmenden Dunkelheit. «Ich muß jetzt gehen und für meine Schwester beten. Kommst du mit, Semenchkarê? Dürfen wir uns verabschieden, Majestät?»

«Geht.» Sie standen auf und machten sich Arm in Arm davon. Teje fand es irgendwie tröstlich, an diesem Ort solch eine unkomplizierte, glückliche Liebe zu sehen.

Sie hatte erst kurz geschlafen, als ihr aus Pharaos Gemächern die Nachricht überbracht wurde, daß die Lage noch unverändert sei. Eine erste Geburt ist immer langwierig, sagte sie sich, als sie mit offenen Augen in der erstickenden Dunkelheit ihres Zimmers lag. Sie schlief wieder ein und stellte fest, als sie aufwachte, daß die Morgendämmerung schon vorbei war und die Sonne seit zwei Stunden am Himmel stand. Noch immer gab es keine Neuigkeiten, und wiederum verbrachte sie einen unruhigen Tag und beschäftigte sich mit unwichtigen Kleinigkeiten. Doch bei Sonnenuntergang verbeugte sich ein Herold vor ihr und sagte, Mehet-Atons Wehen folgten einander jetzt rasch, aber das Kind habe sich wenig bewegt, und die Prinzessin sei schwächer. Teje ließ Huya kommen.

«Suche eine Statue von Ta-Urt», befahl sie. «Es muß sich eine irgendwo unter meinem Hausrat befinden. Dann hole mir einen Priester, der bereit ist, zu einem anderen Gott als zu Aton zu beten. Es ist mir gleich, wem er dient, solange er die Gebete für Frauen im Wochenbett kennt.»

«Es wird einige Zeit in Anspruch nehmen, Majestät. Ich werde jemanden in die Stadt schicken müssen.»

«Na schön, dann schicke jemanden. Und eil dich.»

Es war schon tiefschwarze Nacht, als er mit einer kleinen Statue der dickleibigen Nilpferdgöttin und einem ängstlichen Priester zurückkam, der die Weihrauchschalen aufstellte und seine Gebete begann, aus dem Augenwinkel den respektvollen Blick auf Teje gerichtet, die neben ihm stand, während er das kurze Ritual vollzog. Als er fertig war, gab Teje ihm Gold, schickte ihn mit freundlichen Worten weg und befahl Huya, Ta-Urt wieder in die Truhe zu legen, in der er sie gefunden hatte. Dann machte sie sich auf den Weg in den Palast.

Die Scharen von Dienern und geringeren Hofbeamten, die sich an der Tür gesammelt hatten, traten schweigend zurück, als sie vorbeiging, aber diejenigen, die drinnen waren, nahmen keine Notiz von ihrer Anwesenheit. Taduchipa saß zusammengesackt auf dem Fußboden, hielt die Hand der Prinzessin und war halb eingeschlummert. Pharao hatte einen schlafenden Affen auf dem Schoß. Den Kopf hielt er gebeugt. Nofretête wrang ein Tuch aus und legte es Mehet-Aton auf die Stirn, während das Mädchen stöhnte. Die Atmosphäre war unerträglich, es stank nach Weihrauchasche, menschlichem Schweiß und Todeskampf. Mehet-Aton begann sich zu winden und gedämpfte Schreie auszustoßen, und voll Entsetzen wurde sich Teje darüber klar, daß die Prinzessin zu schwach war, um laut zu schreien. Sie verließ den Raum.

Kurz vor dem Morgengrauen wurde sie wieder gerufen und wußte, noch ehe der ernste Herold seine Verbeugungen beendet hatte, daß Mehet-Aton tot war. Die Lippen zornig zusammengepreßt, begab sie sich in den Palast. Schon hatte sich die Nachricht unter der Dienerschaft verbreitet, und neugierige Blicke folgten ihr auf jedem Korridor. Sich wappnend, überschritt sie die Schwelle.

Tadichupa war nicht mehr da. Pharao stand mit dem Rücken zum Bett und hatte die Arme verschränkt. Nofretête kniete schluchzend am Bett. Die Hebamme nahm vorsichtig ein bedecktes Bündel von den blutigen Laken, und Teje wandte rasch den Blick ab. Die Adeligen, die gezwungen worden waren, ständig anwesend zu sein, hatten sich alle davongemacht bis auf Eje und Haremhab, die in einer Ecke auf dem Fußboden saßen. Die Hebamme verbeugte sich vor Teje und verschwand, und Teje ging leise zum Bett und schaute hinunter. Niemand hatte die bestürzten Augen zugedrückt oder auch nur das fahle, schaumbedeckte Gesicht gewaschen. Mehet-Aton hatte sich die Unterlippe aufgebissen, Blut hatte sich auf dem Kinn verkrustet und die Zähne beschmiert. Sie lag da, die dünnen Arme ausgestreckt, das Laken bedeckte kaum die jämmerlich kleinen Brüste, die Schultern waren noch hochgezogen gegen die Qual. Teje schob sanft die Lider über die starrenden Augen. Sie mußte dabei laut geächzt haben, denn Echnaton drehte sich um und sah sie.

«Es war ein Knabe», flüsterte er, aber er sprach so langsam und zögernd, daß man meinen konnte, er sei betrunken. Sein Blick fiel auf Nofretête, die jetzt mit erhobenen Armen wehklagte. «Du hast dem Gott Kummer und Ärger bereitet», brachte er mühsam hervor, «und er hat mich bestraft. Du hast mit dem Bildhauer den Zauber gebrochen. Du hast die Macht des Gottes geschwächt. Du bist schuld!» Die letzten Worte hatte er gellend geschrien, und Teje sah es zwar nicht, spürte aber, daß Haremhab aufgestanden war. «Meine kleine Tochter. Ah, Mehet-Aton!» Parennefer eilte an seine Seite, und Haremhab kam heran, schon beschwichtigende Worte auf der Zunge. Sie führten Pharao weg.

Teje nahm ihre ganze Entschlußkraft zusammen und ging zu Nofretête. «Du brauchst Ruhe, Majestät», sagte sie, ergriff die hochgereckten Arme und zog sie nach unten. «Schlafe jetzt. Dieser Ausbruch ist nicht Kummer, sondern Irrsinn. Eje, bringe sie in ihre Gemächer.» Sie wandte sich zu den Dienern um, die sich an der Tür drängten. «Gibt es in der Stadt ein Haus der Toten? Holt Sem-Priester, aber wascht die Prinzessin erst und richtet sie ordentlich her.» Sie schrie sie an, bis sie sich fingen und losrannten, um den Befehl auszuführen. Als Teje das Zimmer verließ, traf die gerade aufgegangene Sonne auf die Wand wie eine brennende Faust.

Die Haremsfrauen wehklagten schon, und Teje hörte ihr gedankenloses Geheul, als sie den königlichen Garten durchquerte und durch das Tor in der Mauer ging. Sie hatten in letzter Zeit oft getrauert, als eine kleine Leiche nach der anderen aus den Kinderzimmern getragen wurde, aber dieses Geschrei war in seiner Heftigkeit erschreckend. Teje eilte ins Haus, um das Geräusch auszusperren, aber selbst in ihrem Schlafgemach war es zu hören. Barsch befahl sie, daß ihr Wein gebracht werde, obwohl der Morgen kaum begonnen hatte, und sie blieb im Bett, bis sie am späten Nachmittag Huya kommen ließ.

«Pharao hat sich jedem Versuch widersetzt, ihn im Bett zu halten», beantwortete er ihre Frage. «Er liegt vor dem Altar im Tempel, und die Sonne brennt auf ihn herab. Sein Gefolge ist um seine Gesundheit besorgt. Die Nachricht vom Tod hat die Stadt erreicht, und die Läden und Verkaufsstände sind geschlossen. Die Königin schläft. Ich habe mir erlaubt, Prinz Semenchkarê die Nachricht selbst zu überbringen, Majestät. Prinzessin Merit-Aton war bei ihm.»

«Ist die Leiche weggebracht worden, wie es sich gehört?»

«Ja.»

«Mehet-Aton», murmelte sie, als er gegangen war. «Solche Torheit, solche Verruchtheit. Wie lange wird es dauern, bis die Götter keine Geduld mehr mit meinem Sohn haben und ihn wirklich bestrafen?»

Die üblichen siebzig Tage der Trauer wurden für die Prinzessin und ihren totgeborenen Sohn angeordnet. Das Begräbnis erschien Teje wie eine ruhige, eintönige Angelegenheit, als sie unter dem schützenden Baldachin in ihrer Sänfte saß und Pharao zusah, der zu seinem Gott um das Überleben von Mehet-Atons Ka betete. Ihre Aufmerksamkeit wurde von den Riten abgelenkt durch den angespannten, entsetzten Ausdruck auf den Gesichtern der Höflinge. Sie kam zu dem Schluß, daß es nicht der Kummer um die Prinzessin war, der sie bewegte, sondern eine Art von Furcht. Viele von ihnen hatten sich fast unbewußt zu der Stelle gedrängt, an der Semenchkarê und Merit-Aton standen, als ob der junge Prinz einen Schutz böte, nach dem es sie plötzlich verlangte. Vielleicht, dachte Teje, beginnt der Traum, der sie so lange im Bann hielt, zu verblassen. Der Aton hat sie enttäuscht. Von jetzt an wird ihr Glaube einen Anflug von Zweifel haben. Aber ein solcher Zweifel quälte Pharao offenbar nicht. Er weinte und betete ernsthaft, seine helle Stimme wurde oft übertönt von Nofretêtes unbeherrschtem Schluchzen. Es war nichts von der Würde zu erkennen, die dem Ritual gebührte, und erleichtert flüchtete sich Teje in ihr Haus.

Kaum war sie da, wies sie Huya an: «Stelle einen Amun-Schrein in Prinz Semenchkarês Gemächern auf. Die Verehrung anderer Götter als Aton ist nicht ausdrücklich verboten. Mache es ganz offenkundig und sorge dafür, daß das Volk von Theben, besonders Maja und die Priester, es erfahren. Ich glaube, es ist auch an der Zeit, daß Semenchkarê die Arbeit an seinem Grab beginnt. Er kann seine Baumeister hier zeichnen lassen, wenn er will, aber er muß unbedingt in dem Tal westlich von Theben graben, mit so viel Aufsehen und Lärm als möglich. Kümmere dich darum.»

Sie wollte sich gleich mit Echnaton in Verbindung setzen, um die Verlobung von Semenchkarê und Merit-Aton zu erwirken, aber Eje wies sie warnend darauf hin, daß Pharaos Stimmung ungünstig sei. Er hatte sich in seinen Gemächern eingeschlossen, fastete und betete und empfing niemanden. Unwillig fand sie sich damit ab, daß sie warten müsse, aber eine Woche verging, dann noch eine zweite, und Pharaos Kummer schien nicht geringer zu werden.

Einen Monat nach dem Begräbnis bat einer von Ejes Offizieren, mit Teje sprechen zu dürfen, als sie sich gerade anschickte, sich über den Fluß rudern zu lassen, um Tiê zu besuchen. Er war offensichtlich erregt, und er wurde begleitet von mehreren besorgten Gefolgsleuten Seiner Majestät. «Göttliche Königsgemahlin, dein Bruder bittet dich, sofort in Pharaos Gemächer zu kommen», sagte der Mann. «Du wirst gebraucht. Pharao ist unglücklich.»

Teje nickte und warf einen bedauernden Blick auf ihr kleines Boot, das einladend auf dem glitzernden blauen Wasser schaukelte. «Kapitän, deine Leute können abtreten. Huya, du solltest am besten einige von Haremhabs Soldaten als Begleitmannschaft für mich herbeiholen.» Innerhalb einer Stunde begehrte sie Einlaß in den privaten Flügel des Palastes, und schon lange ehe sie den Empfangsraum ihres Sohnes betrat, hörte sie ihn mit schriller und hysterischer Stimme schreien. Sein Herold versperrte ihr höflich den Weg. «Verzeih mir, Majestät, aber Waffen sind in Pharaos Anwesenheit nicht erlaubt. Bitte, sage deinen Soldaten, sie sollen hier draußen bei mir warten.»

Sie nahm keine Notiz davon, gab ihrer Leibwache ein Zeichen, ging an dem Herold vorbei und trat ein. Hinter ihr gab es eine entrüstete Unruhe, und mit gezogenen Krummsäbeln kam eine Gruppe Gefolgsleute hinter den Männern her, die Haremhab ihr zur Verfügung gestellt hatte. Sie hätte sich umgedreht, um den Streit zu schlichten, aber Nofretête sprang, als sie Teje erblickte, mit ausgestrecktem Finger vor. Ihr Gesicht war leichenblaß, ihre Augen voller Wut. Sie hatte geweint. Augenschminke befleckte ihre Wangen; sie hatte sie, ohne es zu merken, mit der Hand über ihre Schläfe geschmiert. «Ihre Schuld ist es!» schrie sie, ihre Lippen zitterten, ihr schönes Gesicht war zu einer schmerzlichen Grimasse verzogen. «Sie ist für die Lügen verantwortlich! Du hast an meiner Liebe nicht gezweifelt, bis sie kam! Frage sie nach der Wahrheit und sieh, ob sie den Mut hat, sie zu leugnen!»

Rasch schätzte Teje die Lage ab. Ihr Sohn wippte auf den Fersen, hatte die Arme fest um sich gelegt, als habe er Schmerzen, und atmete schnell und geräuschvoll. Haremhab stand neben ihm, grimmig und ausnahmsweise machtlos. Die Männer in Pharaos Gefolge traten von einem Fuß auf den anderen, sahen einander voll Angst und Verlegenheit an und versuchten, unauffällig zu wirken. Eje beobachtete die Szene von einer dunklen Ecke aus. Nofretête war die einzige, die auf- und abging, ihre Frauen hielten sich zusammengedrängt abseits.

«Wie kannst du von Wahrheit sprechen?» stammelte Echnaton mit zitternder Stimme. «Du hast mich betrogen, du hast mich vor meinem Volk lächerlich gemacht. Ich habe dir vertraut. Ich habe dich mit meiner Liebe überschüttet, und die ganze Zeit hast du meine Zuneigung nicht zu würdigen gewußt.» Er war bemüht, seine Stimme zu beherrschen, die Erregung machte seine Worte fast unverständlich. Nofretête stürzte auf Teje zu und sah ihr ins Gesicht.

«Sage es ihm», zischte sie. «Wenn du ihn liebst, wie kannst du dann dastehen und seine Qual mitansehen? Du und Huya, dieses verschlagene königliche Werkzeug, ihr habt Gift in bereitwillige Ohren geträufelt. Was kannst du dadurch erreichen, es sei denn das Verderben meines Gemahls?»

Teje sah an den wütenden Augen vorbei zu ihrem Sohn hinüber, der sie beobachtete, sich zu ihr vorbeugte, und dessen Starren unverhüllt um Bestätigung bat. Sie drehte sich um und erwiderte Ejes Blick. «Tritt beiseite, Majestät», sagte sie kalt. «Die königliche Kobra auf deiner Stirn kann es mit der Scheibe einer Großen Königsgemahlin nicht aufnehmen. Deine eigene Sinneslust hat dir diesen Augenblick eingetragen. Wäre ich Pharao, ich würde dich sofort bestrafen lassen.»

«Ich wußte es!» schrie Echnaton. Er breitete die Arme aus, fiel auf die Knie und vergrub sein Gesicht in den zitternden Händen. «Deinetwegen ist Mehet-Aton gestorben. Du bist nie Atons Wahl für mich gewesen, aber ich war schwach und liebte dich und machte dich zu meiner Königin. Wäre Sitamun am Leben geblieben, um die Krone zu tragen, dann wäre Mehet-Aton nicht gestorben. Es ist eine Strafe des Gottes für meinen Eigensinn!»

Nofretête ging zu ihm, aschfahl, die Bestürzung über seine erbarmungslosen Worte ließen sie ihren Zorn vergessen. «Da mein Herz gegen die Feder der Ma'at gewogen werden muß, Horus, schwöre ich, daß ich meine Tochter ebenso innig liebte wie du. Ich hätte ihr nie ein Leid zugefügt. Mehet-Aton starb durch deine Sinnenlust, nicht durch meine. Denke darüber nach, ehe du über mich urteilst. Ich habe dich unterstützt seit den Tagen deiner Gefangenschaft und verdiene eine bessere Behandlung von dir als diese öffentliche Demütigung. Ich weiß, daß ich leicht aufbrausend und manchmal töricht bin. Aber wenn du mich für etwas bestrafst, das ich nicht getan habe, dann wirst du den stärksten Verbündeten verlieren, den du hast.»

Der Raum war so still geworden, daß weit aus dem Westen das Platschen von Rudern, die in den Fluß eintauchten, und der Gesang von Ruderern zu hören waren. Fliegen kreisten träge, ein alltägliches Geräusch, das seltsam fehl am Platz wirkte. Pharaos Atem klang rasselnd, und er antwortete nicht. Er hatte die Augen geschlossen, die Nasenflügel gebläht. Nichts dergleichen habe ich mir vorgestellt, dachte Teje entsetzt, als ich Huya die Anweisungen gab. Ich wollte eine Spannung, eine kleine Entfremdung, einen Zwischenraum zwischen ihnen, in den ich meine Hand schieben könnte, nicht eine Leere, die groß genug ist, uns alle zu verschlingen. Und wenn er gar ihre Hinrichtung befiehlt? «Majestät ...» begann sie, aber als er ihre Stimme hörte, schrie er: «Sei still!» und stand auf, jede Bewegung seines schwerfälligen Körpers eine Warnung. Zu Nofretête gewandt, flüsterte er: «Du hast das Recht verwirkt, zur Familie des Gottes zu gehören. Geh mir aus den Augen. Nimm deinen Geliebten mit. Weil der Aton ein gütiger Gott ist, werde ich dir kein Leid tun. Du wirst in den nördlichen Palast verbannt.»

Nofretêtes königliche Würde verließ sie vorübergehend. Sie brach zusammen, umklammerte seine Knie und begann zu schluchzen. «Echnaton, ich habe dir nichts Böses getan, ich habe dir schöne Kinder geschenkt. Ich habe an deinen Visionen teilgehabt. Verbanne mich nicht, ich flehe dich an! Wer wird dich pflegen, wenn du krank bist? Wer wird bei dir sein, wenn du nachts aufstehst, um zu beten? Ich will alles tun, was du willst, ich werde mir Erde aufs Haupt streuen, mir den Kopf scheren und trauern, ich werde den Bildhauer töten lassen, wenn du den Wunsch auch nur andeutest, aber begib dich nicht wieder in die Klauen der Geier, die dich hassen.«

Bei ihren ersten gestammelten Worten war Echnaton sichtbar weich geworden und hatte mehrmals geschluckt, aber Nofretêtes taktlose Erwähnung von Thutmosis hatte bewirkt, daß er sich wieder verhärtete. Sein Blick wanderte zum Fenster, und seine beringte Hand gab seiner Wache einen ungeduldigen Wink. Der Hauptmann kam sofort, hob die Königin ehrerbietig, aber entschlossen auf und führte sie zur Tür. Benommen, wehrte sie sich nicht, bis sie an Teje vorbeikam. Da schüttelte sie den Soldaten ab und hob beide geballten Fäuste unter Tejes Kinn. «Dafür wirst du sterben», murmelte sie so leise, daß Teje Mühe hatte, es zu verstehen. «Und mir ist es gleichgültig, welche Art und Weise ich ersinne, um es zu vollbringen. Ich bin schon entehrt. Ich habe nichts mehr zu fürchten.»

Teje betrachtete das tränennaße, verzerrte Gesicht und legte ihrer Nichte eine Hand auf die Schulter. «Es tut mir nicht leid, Majestät», erwiderte sie leise und wußte, daß ihre Worte auf mancherlei Weise ausgelegt werden konnten. «Geh voll Würde.»

Nofretête krümmte sich und stürzte sich auf Teje, die aber rasch beiseite trat; die Gefolgsleute sprangen mit erprobter Gewandtheit zu ihrer Verteidigung vor, und bald schloß sich die Tür hinter der Königin. Nach einem Blick auf den König begann Haremhab, die anderen hinauszutreiben.

Echnaton starrte immer noch verträumt aus dem Fenster, er hatte die Augenbrauen hochgezogen, und ein leises Lächeln spielte um seine Lippen, aber ein Muskel nach dem anderen verkrampfte sich, und sein Körper zuckte immer wieder zusammen.

Eje nahm seine Schwester am Ellbogen. «Du hast gewonnen, aber mir gefällt der Preis nicht», flüsterte er.

Teje fuhr ihn an: «Ich habe gute Lust, nach Malkatta zurückzugehen, wo ich überhaupt hätte bleiben sollen und es euch allen überlassen, euch selbst zu vernichten.» Sie hätte noch mehr gesagt, aber sie fühlte einen Blick in ihrem Rücken, und als sie sich umdrehte, sah sie, daß ihr Sohn, ohne mit der Wimper zu zucken, seinen unnatürlich glitzernden Blick auf ihr ruhen ließ. Eje verbeugte sich und zog sich zurück. Haremhab wollte zu Pharao gehen, aber als ihm stumm bedeutet wurde, er sei entlassen, verbeugte er sich auch mit geschürzten Lippen und verschwand. Teje und Echnaton waren allein.

«Bist du ein Geier?» fragte er beiläufig. «Willst du dich über meine Eingeweide hermachen?» Er versuchte, einen Weinbecher an den Mund zu heben, aber sein Arm zitterte so unbeherrschbar, daß der Wein auf den Fußboden überschwappte. Teje holte tief Luft und ging zu ihm, hielt den Becher für ihn und nötigte ihn auf einen Stuhl. Als sie ihn anfaßte, sackte er plötzlich zusammen, klammerte sich an sie und verbarg das Gesicht auf ihrem Schoß. «Ich habe im Laufe weniger Wochen Tochter und Frau verloren», weinte er. «Gewiß ist der Aton jetzt besänftigt! Ich habe Schmerzen, Mutter! Leg die Arme um mich. Schwöre, daß du immer bei mir bleiben wirst!»

Teje umarmte ihn, obwohl sie vor dem hektischen Zugriff seiner Hände zurückschreckte. Bald hörte er auf, laut zu schluchzen; sie vermochte sich ihm zu entwinden, drängte ihn, sich zu Bett zu legen, und deckte ihn mit dem Laken zu. Er zog es sich bis zum Kinn herauf und lag mit offenen Augen da. Sie fragte, ob sie sich entfernen dürfe, aber er antwortete nicht. Nach einer Weile verbeugte sie sich kurz und ging.

Am nächsten Tag war Nofretête verachtungsvoll in den nördlichen Palast umgezogen und hatte es ihrer Dienerschaft überlassen, ihr Hab und Gut einzupacken. Diejenigen Höflinge, die Intrigen so nötig hatten wie das tägliche Brot, waren enttäuscht, als sie sahen, daß die Königin matt und bleich, aber erhobenen Hauptes den Palast verließ. Die meisten glaubten allerdings, daß die Entzweiung zwischen ihr und Pharao nicht von Dauer sein würde. Nofretête hatte sich keines schweren Verbrechens schuldig gemacht. Pharao hatte übereilt gehandelt und würde es bereuen, und die Königin würde wieder in ihre Gemächer zurückkehren. Die Große Königsgemahlin war zu alt, um den Platz der Königin einzunehmen, und all seine Konkubinen würden Pharao keinen Ersatz bieten für die enge Beziehung, die er zur schönen Nichte der Großen Königsgemahlin gehabt hatte. Der Hof erwartete auch die Verbannung des Bildhauers, und mehrere Minister versuchten Pharao gegenüber anzudeuten, daß ihre treuen Dienste ihnen ein Anrecht auf das Grundstück von Thutmosis am Fluß gebe. Aber eigentümlicherweise schrieb er seiner Frau, und nicht dem talentierten jungen Mann die Schuld an dem spektakulären Fehltritt zu. Sie war eine der Erleuchteten gewesen; sie hätte mehr Verstand haben müssen. Thutmosis wurde nicht einmal verboten, den nördlichen Palast aufzusuchen. Pharao hatte sich lediglich von Königin und Bildhauer gleichermaßen abgewandt.

Aber diejenigen Höflinge, die nach einer angemessenen Zeit der Bestrafung eine Versöhnung erwarteten, hatten die Feinheiten von Echnatons religiöser Philosophie nicht verstanden. Ein Mitglied der heiligen Familie des Aton hatte sich anderswo die Liebe beschafft, die doch den schützenden Kreis um Pharao so stark machte. In Echnatons Augen war Nofretêtes Wert als magisches Bindeglied jetzt fragwürdig. Die Monate Athor und Choiak verstrichen. Die Nilüberschwemmung verwandelte das westliche Ufer in einen stillen See, in dem sich die winterliche Milde des Himmels spiegelte. Die Große Königsgemahlin wurde täglich in den Audienzhallen und im Tempel gesehen; hochmütig und unnahbar begleitete sie ihren Sohn, wohin er auch ging, und obwohl das königliche Paar einander anlächelte und miteinander sprach, gab es doch nicht den übermäßigen Austausch von Zärtlichkeiten, an den der Hof sich mittlerweile gewöhnt hatte. Nicht einmal Pharaos nächste Umgebung wußte, auf welcher Ebene Mutter und Sohn miteinander verkehrten, und Parennefer war ein zu gut geschulter Diener, um auch nur eine Andeutung darüber fallenzulassen, daß Pharao und Königsgemahlin das Bett nicht teilten.

Als die Königin verbannt wurde, erkannte Tutu, wie gefährdet seine eigene Stellung war, und er versuchte, seinem Amt einen Anschein von Ordnung zu verleihen, aber die Wochen verstrichen und es wurde offensichtlich, daß die Königsgemahlin ihren Willen nicht durchsetzen würde. Pharaos Laune war unberechenbar, und jeder

Druck, den man auf ihn ausübte, wurde von ihm entweder geflissentlich ignoriert oder führte zu Ausbrüchen leidenschaftlicher Redseligkeit. Eje, Teje und Haremhab erkannten schließlich, daß Pharaos Weigerung, über das Chaos jenseits von Ägyptens Grenzen nachzudenken, auf seiner festen Überzeugung beruhte, daß sein Gott allein durch seine Gebete Ordnung schaffen würde, und die drei änderten ihre Taktik. Kein Tag verging, ohne daß Semenchkarês Name in seiner Gegenwart erwähnt wurde: Wie fromm der junge Mann sei, wie treu gegenüber seinem Pharao, wie gut er sich in die königliche Sonnenfamilie eingefügt habe. Daß sie Brüder waren, wurde immer wieder betont, aber sorgfältig vermieden, die Tatsache zu erwähnen, daß Semenchkarês Vater der Mann gewesen war, den Echnaton immer noch haßte. Pharao hörte sich das an, lächelte nachsichtig, äußerte sich aber nicht dazu.

Teje hatte unter Haremhabs Soldaten neue Spione angeworben und sie auf den nördlichen Palast angesetzt, aber es war schwierig, etwas Neues zu erfahren. Nofretête hatte sich völlig in sich selbst zurückgezogen, und ihr Personal war loyal und schwieg. Der Verkehr durch die hohe Doppelmauer, die das nördliche Grundstück von der übrigen Stadt trennte, war gering und wurde von den Wachen am Tor aufmerksam beobachtet. Vom Fluß her war der Zugang leichter, aber selbst dort nahmen Tejes Leute ein großes Risiko auf sich, denn die Westfassade des nördlichen Palastes erhob sich über einer Reihe von Gartenterrassen, die zu den Anlegeplätzen hinunterführten, und wer an einem Fenster stand, konnte jede Bewegung auf dem Fluß überblicken. Tejes Spione in Haremhabs Haushalt kamen besser zurecht. Eine Flut geflüsterter Auskünfte strömte in ihr Haus, aber da sie größtenteils harmlos waren, mußte sie daraus schließen, daß Haremhab ihre Leute schon entdeckt hatte, sie aber in Frieden ließ.

Unmittelbar bedeutsam waren die beiden Anschläge auf ihr Leben. Einer ihrer Vorkoster starb nach einem fürchterlichen Todeskampf, und einem Diener wurde entsetzlich übel, als er sich heimlich etwas von dem Bier zu Gemüte führte, das in Tejes Schlafzimmer gebracht werden sollte. Trotz eifriger Nachforschung konnte sie die Missetäter nicht ausfindig machen, so daß sie, obwohl sie gern Bier trank, nur noch Wein zu sich nahm. Die Weinkrüge mußten in ihrer Gegenwart entsiegelt werden.

Sie fürchtete sich nicht zu sterben und stellte immer häufiger fest, daß sie voll Sehnsucht an den Tod dachte. Es fiel ihr jeden Morgen schwerer aufzustehen, sich während der nicht enden wollenden Tage des feierlichen Protokolls gerade zu halten, Zeit zu finden, um einfach am Wasser zu liegen und ihre Gedanken schweifen zu lassen, wohin sie wollten. Sie wußte, daß sie alt war, daß sie sich eigentlich eines zunehmend ereignislosen Übergangs hin zu Gebrechlichkeit und Tod erfreuen sollte, geachtet und anerkannt, wie es ihr als Göttin, Königsgemahlin und Mutter eines Pharaos gebührte. Aber es war nötig, die Dienste des Mannes zu erdulden, der regelmäßig kam, um ihr Haar zu färben, die der Schminkmeister, die geschickt die Spuren der Zeit in ihrem Gesicht verbargen, die der Schneider, die ihr Bestes taten, einen verbrauchten Körper zu verhüllen. Der äußere Schein war in Ägypten selbst nicht mehr wichtig, aber die Ausländer, die wußten, daß Teje immer noch auf dem Ebenholzthron saß, würden es sich vielleicht zweimal überlegen, ehe sie sich tiefer in den Krieg stürzten. Sie konnten nicht wissen oder nur nach verstümmelten und fragwürdigen Berichten mutmaßen, daß sie keine wirkliche Macht mehr ausübte, sondern nur noch vor der Welt die Erinnerung an ein glücklicheres Ägypten aufrechterhielt. Ich will durchhalten, sagte sie sich, bis Semenchkarês Zukunft gesichert ist. Eje ist zu alt, als daß man sich auf ihn verlassen könnte, aber Haremhab wird Semenchkarê nach Theben zurückbringen. Sie begann, fast verlegen, zu Hathor zu beten, der Göttin der Jugend und Schönheit, und mit einer Inbrunst, die sie nie zuvor für religiöse Riten aufgebracht hatte, bat sie nur darum, sie möge ihre Kraft behalten, bis sie nicht mehr gebraucht werde.

DRITTES BUCH

20

TÄGLICH ERWARTETE Semenchkarê, seine Mutter oder Pharao werde ihn rufen lassen und ihm eröffnen, daß ein Vertrag über die Verlobung zwischen ihm und Merit-Aton gebilligt sei, aber die Zeit verging, und kein Herold kam zu ihm mit der Nachricht, die er vor allem hören wollte. Manchmal fragte er sich, ob die Erschütterung über Mehet-Atons Tod und die anschließende Verbannung der Königin bewirkt habe, daß Teje die Frage der Verlobung vergessen hatte, aber da er sie kannte, konnte er es kaum glauben. Er wollte daran festhalten, daß sie auf einen günstigen Augenblick warte, um Pharao auf die Sache anzusprechen, aber in seiner Ungeduld beschloß er hundertmal, alle Vorsicht in den Wind zu schlagen und selbst zu seinem Bruder zu gehen. Er und Merit-Aton sprachen von nichts anderem, wenn sie sich jeden Nachmittag in Merit-Atons Gemächern trafen, und sie beruhigte ihn immer, indem sie darauf hinwies, sie hätten so lange gewartet, daß es töricht wäre, ihr Glück durch einen voreiligen Schritt zu gefährden. Widerstrebend steckte er seine ganze Energie in seinen Unterricht bei Haremhab und versuchte sich damit zu begnügen, die Prinzessin so oft wie möglich zu sehen.

Aber als er ihr eines Tages seinen üblichen Besuch machen wollte, wiesen ihn die Wachen an der Tür zurück. Verblüfft versuchte er mit ihnen zu reden. Sie hörten ehrerbietig und schweigend zu, aber jedesmal, wenn er sich an ihnen vorbeidrängen wollte, wurde er zurückgehalten.

«Ihr seid alle verrückt», schrie er sie schließlich an, als er wegging. «Ich komme fast jeden Tag her. Ich werde verlangen, daß die Prinzessin euch ablösen läßt!»

Eine Stunde später hatte er einen unbewachten Teil der Mauer gefunden, die ihren kleinen Garten umhegte, und erschien gleich darauf mit finsterer Miene an dem Teich, an dem sie lustlos saß, und rieb sich die Knie. «Was ist denn mit deinen Wachen los, Prinzessin?» fragte er. «Sie haben mich nicht hereingelassen, und ich mußte über die Mauer klettern. Sieh nur, wie ich mich aufgescheuert habe.» Er ließ sich auf der Matte neben ihr nieder, und seine Hand stieß auf ein Diadem. «Das ist ja die Krone der Königin», rief er aus. «Ist deine Mutter hier?» Er blickte sich im Garten um. «Ist die Verbannung aufgehoben worden?»

Sie nahm ihm die Krone ab. «Nein», sagte sie kurzangebunden. «Mein Vater hat sie mir heute morgen gebracht. Geh weg, Semenchkarê.»

Er rückte näher heran und zog an ihrem Haar, so daß sie ihn ansehen mußte. «Du bist aber heute schlechter Laune! Ich dachte, wir könnten bei Sonnenuntergang angeln gehen. Die Fische beißen dann gut an, und das frische Lüftchen auf dem Fluß wird angenehm sein. Ich habe ein bißchen freie Zeit verdient. Ich habe den ganzen Tag mit Haremhab den Bogen gespannt. Aber was ist nur los mit dir, Merit-Aton?»

Sie bewegte so heftig den Kopf, daß er ihr Haar loslassen mußte. «Du darfst mich nicht länger mit Namen nennen», sagte sie kühl, obwohl ihre Lippen zitterten. «Für dich bin ich Majestät, Große Königsgemahlin. Und du bist nur ein Prinz, Semenchkarê.»

Einen Augenblick lang begriff er es nicht. Dann fluchte er, riß sie grob an sich und sprach dicht an ihrem Mund. «Pharao hat dich zur Königin gemacht, ist es das? Ich kann es nicht glauben. Meine Mutter hat es mir doch versprochen! Sage mir, daß es nur dem Namen nach ist!»

Ihre Lippen bewegten sich kalt an seinen. «Nein, nicht nur.» Sie zog ihren Kopf zurück. «Gestern hat mich mein Vater nach Maru-Aton mitgenommen. Wir sind da im Garten spazierengegangen. Er hat mir die Krone der Königin angeboten, und als ich sie deinetwegen ablehnte, sagte er, ich hätte keine Wahl.» Ihre Stimme klang ruhig, und sie sah ihn unverwandt an. «Er sagte, im Gegensatz zu meiner Mutter sei ich von rein königlichem Geblüt und ein Kind der Sonne und würdiger als sie, die Kobra zu tragen. Morgen muß ich in die Gemächer meiner Mutter umziehen. Ich gehorche dem Willen der Scheibe.»

Statt zu antworten, küßte er sie. Zorn verhärtete seinen Mund und machte ihn blind für alles, er empfand nur die Kränkung und Treulosigkeit. Sie wehrte sich, und als sie sich befreit hatte, rief sie aus: «Hör auf! Du hast mir weh getan!» Vorsichtig befühlte sie ihre Lippen. «Wenn du das noch einmal machst, kannst du hingerichtet werden. Ich habe meiner Wache befohlen, dich nicht zu mir zu lassen. Komm nicht wieder.»

«Wie ruhig du bist!» höhnte er. «Ich habe nicht geahnt, welcher Ehrgeiz hinter diesem gewinnenden Lächeln steckte. Ich hoffe, die Glückseligkeit, allmächtig zu sein, wird dich für die schlaffen Berührungen deines Vaters entschädigen. Aber vielleicht hast du es genossen. Königin von Ägypten! Königin auf jeden Fall, entweder als Gemahlin deines Vaters oder später als meine, wenn alles gutgegangen wäre. In meiner Arglosigkeit habe ich dich falsch eingeschätzt, Majestät.» Er betonte das letzte Wort mit so viel Verachtung und Sarkasmus, wie er nur konnte.

Merit-Aton hatte den Kopf gesenkt und zuckte zusammen, und als er aufstand, um zu gehen, schrie sie: «Semenchkarê!» Er drehte sich verächtlich um, aber als er ihr Gesicht sah, kniete er nieder und breitete die Arme aus. Sie sank ihm an die Brust, und lange Zeit hielten sie einander umschlungen, bis ihre Tränen versiegten. Dann saßen sie Hand in Hand da und sahen einander nicht an.

«Ägypten würde mich preisen, wenn ich ihn tötete», flüsterte Semenchkarê, und sie drückte seine Hand und schüttelte den Kopf.

«Er ist mein Vater, und ich liebe ihn», erwiderte sie. «Es ist besser, wenn du gehst. Der Aton sagt ihm alles mögliche. Der Gott könnte ihm sagen, daß du und ich heute hier zusammen sind. Leb wohl, Semenchkarê.» Sie tastete nach dem Diadem und setzte es sich auf die Stirn. Die Bergkristall-Augen der Kobra funkelten ihn gefährlich an. Er verbeugte sich respektvoll und floh.

Als Huya am selben Abend mit einem Sklaven, der einen versiegelten Weinkrug für Teje trug, hinter der Bankethalle vorbeikam, sah er den Prinzen durch den Hintereingang auf einen Korridor schlüpfen, der zu Pharaos Privatgemächern führte. Nachdem er den Wein bei seiner

Herrin abgeliefert hatte, ging er zurück, rief auf dem Weg einige Leute von Tejes Leibwache zu sich und fand Semenchkarê im Dunkeln stehen, wo ihn die Wachen vor Pharaos Tür nicht sehen konnten. Er verbeugte sich.

«Ich freue mich, dich gefunden zu haben, Hoheit», sagte er ruhig. «Deine Mutter wünscht, daß du sie in ihren Räumen aufsuchst.»

Semenchkarê seufzte. «Na schön. Aber sie wird noch stundenlang beim Essen sein. Ich komme später.»

«Verzeihung, Prinz, aber sie schätzt es nicht, wenn man sie warten läßt. Ich habe diese Gefolgsleute gebeten, dich in ihre Gemächer zu begleiten.»

Resigniertes Verständnis war von Semenchkarês Gesicht abzulesen. «Du bist ein aufdringliches altes Weib, Huya. Hier. Nimm ihn.» Er zog einen kleinen Krummsäbel aus dem Gürtel und warf ihn dem Haushofmeister zu. Huya fing ihn gleichmütig auf und ließ ihn in den bauschigen Falten seines Leinenschurzes verschwinden.

«Ich schlage vor, daß deine Hoheit die Zeit mit diesen Männern zu einem Gespräch über den gegenwärtigen Verteidigungszustand in Achet-Aton nutzt», sagte er. «Die Königsgemahlin wird gleich bei dir sein.»

Huya mußte Teje nicht mehr als ein paar taktvolle Worte zuflüstern, als sie die Halle verließ und sich müde zu ihren Privatgemächern begab. Nachdem sie Perücke und Schmuck abgelegt hatte und ihr das Schlafgewand angezogen worden war, schickte sie Piha und ihre Dienerinnen hinaus und befahl, Semenchkarê einzulassen. Ihr Sohn trat ein, verbeugte sich und stand dann verlegen da, die Hände auf dem Rücken. «Nur gut, daß Huya scharfe Augen hat, sonst wärst du jetzt tot», fuhr sie ihn an. «Ein solches Verhalten ist unglaublich kindisch. Wie kommt es, daß du nie über den Augenblick hinaus zu sehen vermagst?»

«Du hast mir gesagt, ich könnte Merit-Aton haben», erwiderte er hitzig. «Du hast gesagt, ich solle Geduld haben. Ich war so geduldig, wie man nur sein kann, und was hat es genützt? Ich habe meine Zukunft in deine Hände gelegt, und sie ist darin zerbrochen.»

«Ich habe dir nicht gesagt, du könntest Merit-Aton haben», erinnerte sie ihn kühl. «Ich habe gesagt, eines Tages würdest du wahrscheinlich Pharao und könntest sie dann heiraten. Denke doch nach,

Semenchkarê! Dein Onkel und Haremhab und ich singen Pharao täglich Loblieder über dich vor. Die Zeit wird dir noch lächeln. Dann wirst du die Prinzessin haben und alles andere, was du begehrst.»

Er ballte die Fäuste und starrte sie rebellisch an. «Ich will nicht warten!» schrie er. «Ich will dir nicht mehr zuhören, wenn du von Geduld faselst! Ich habe sie verloren, und du bist schuld!»

Teje trat auf ihn zu, packte ihn an den Schultern und schüttelte ihn heftig. «Na, dann versuche nur, ob du dicht genug an Pharao herankommen kannst, um ihn zu töten!» schrie sie ebenfalls. «Du bist ein quengelnder, verwöhnter Bengel, und dein königlicher Vater würde nichts mehr mit dir zu tun haben wollen, wenn er dich jetzt hörte. Ich rede nicht mit dir, um meine eigene Stimme zu hören. Ich habe genug von dir. Ägypten verdient etwas Besseres als ein mürrisches Kind, das nicht abwarten kann, bis ihm ein Leckerbissen zugeworfen wird. Geh und sieh, wie schnell dir Pharaos Wachen den Bauch aufschlitzen können, damit wir dich endlich los sind!»

Er schüttelte ihre Hände ab. «Ich hasse dich, weil du immer recht hast», fauchte er. «Du hast recht, und du bist hartherzig. Bedeutet dir mein Kummer nichts?»

«Natürlich bedeutet er mir etwas.» Sie wandte sich erschöpft ab und setzte sich auf das Bett. «Aber du wirst erst ein Mann sein, wenn du imstande bist, jeden Schmerz zu verbergen, jede Enttäuschung zu bezwingen und dem Pfad zu folgen, der dir bestimmt war. Die Götter vertrauen keinem Sklaven.»

«Du hättest Priester weden sollen.» Er schürzte verächtlich die Lippen. «Darf ich mich entfernen?»

«Geh, du Narr.»

Sie wartete nicht, bis sich die Tür hinter ihm geschlossen hatte, sondern streckte sich gleich seufzend auf dem Bett aus. Langsam entspannten sich ihre Muskeln. Echnatons Entschluß, seine Tochter zu heiraten, war auch für sie ein Schlag gewesen, aber im Gegensatz zu Semenchkarê hatte sie erkannt, daß das auf lange Sicht nichts bedeutete. Weit wichtiger war die Ernennung eines Thronfolgers, und Teje wußte, daß sie ihre nachlassenden Kräfte für diese und keine andere Aufgabe einsetzen mußte.

Merit-Aton gewöhnte sich rasch an das Kobra-Diadem und an die

Pflichten und Vorrechte, die damit verbunden waren. Reifer als der junge Mann, den sie liebte, vergrub sie ihre Gefühle für ihn tief unter dem Vergnügen, das ihr das Herrschen bereitete. Jetzt waren es Vater und Tochter, die sich küßten und liebkosten, sich umarmten und einander ins Ohr flüsterten, wenn sie auf dem Streitwagen standen oder unter dem Baldachin der Doppelsänfte saßen. Merit-Aton war am Erscheinungsfenster an seiner Seite, eine schlankere, jugendlichere Ausgabe von Nofretête; sie lächelte und winkte den Stadtbewohnern zu, während Echnaton seine Entscheidungen verkündete, seine Liebe zu seinem Volk beteuerte und jedweden Minister, der in letzter Zeit sein Lob gesungen hatte, mit dem Gold der Gunst überschüttete. Daß er Merit-Aton besaß, schien ihm einen gewissen Frieden zu schenken. Seine Gesundheit besserte sich, und im Tempel dankte er dem Aton öffentlich für wiedergewonnene Kraft.

Keine solche Veränderung war bei Merit-Aton sichtbar. Äußerlich blieb sie ein schönes, fröhliches Mädchen, aufmerksam gegenüber ihrem Vater und Gemahl, herrisch gegenüber ihrem Gefolge und huldvoll zu den Höflingen, und nur ihre persönlichen Dienerinnen wußten, daß sie im Schlaf sprach und oft weinend aufwachte. Von einem Spion erfuhr Teje, daß die abgesetzte Königin im nördlichen Palast hysterisch gelacht habe, als sie hörte, daß sie durch ihre Tochter ersetzt worden war, und Gott gedankt habe, daß nicht alles nach dem Willen der Großen Königsgemahlin gehe. Teje behielt dieses interessante Stückchen Klatsch für sich. Sie sah die gegenwärtige Stituation nicht als endgültig an. Wie so viele andere glaubte sie, daß Echnaton schließlich einlenken, die Königin freilassen und Merit-Aton den Platz im Harem anweisen würde, den ihre Schwester Mehet-Aton hatte ertragen müssen.

Doch als sie sich eines Tages zusammen mit Beket-Aton in der Sänfte zu ihrem Sonnendach im Tempel tragen ließ und eben die Königsstraße überquerte, hörte sie Hammerschläge auf Stein. Ihre Träger gingen langsamer. Sie hob ungeduldig den Vorhang, um sie anzuschreien, und sah, daß sie und die begleitenden Soldaten versuchten, sich den Weg durch eine dichte Volksmenge zu bahnen. Weißer Staub stieg als erstickende Wolke über ihnen auf. Beket-Aton nieste und hielt zimperlich eine Hand vor dem Mund, aber Teje war zu neugierig, um die Unannehmlichkeiten zu beachten.

«Hauptmann, jage diesen Pöbel fort, damit ich sehen kann, was hier geschieht», befahl sie, ließ den Vorhang wieder fallen und horchte auf das Geschrei und Prügeln der Soldaten. Als Huya den Sänftenvorhang anhob, war die Straße frei. Der Staub hing wie ein blasser Nebel in der Luft, und durch ihn sah man die Steinmetze, die Tejes Anwesenheit nicht beachteten; ihre großen Hämmer hoben und senkten sich, ihre nackten Rücken waren weiß vor Staub, der am Schweiß festklebte. Neben ihnen führten mehrere Männer feinere Arbeiten mit Meißeln und kleineren Hämmern aus und hielten ab und zu inne, um zu husten. Mit einer Handbewegung hielt Teje ihren Herold davon ab, ihnen zu befehlen, sie sollten sich zu Boden werfen. «Geh und frage den Aufseher, was sie tun», wies sie ihn an. Sie sah zu, wie ihr makellos gekleideter Diener unwillig zwischen den Steintrümmern hindurchging und sich dabei einen Zipfel seines Leinenschurzes vor das Gesicht hielt. Der Aufseher verbeugte sich mehrmals tief, Worte wurden getauscht, dann kam der Herold zurück und kniete vor ihr nieder. «Pharao hat heute morgen die Anweisung erlassen», erklärte er, «daß jedes Bild von Königin Nofretête zu entfernen sei und ihr Name aus allen Inschriften getilgt werden müsse. Wenn das geschehen ist, sollen statt dessen Königin Merit-Atons Name und Titel eingemeißelt werden.»

Teje starrte ihn an. «Gut. Geht weiter.» Sie lehnte sich auf den Kissen zurück, als die Sänfte angehoben wurde und die Träger weitergingen.

Beket-Aton zog einen Flunsch. «Merit-Aton hat Glück», sagte sie. «Glaubst du, Pharao wird eines Tages mich heiraten und überall in Achet-Aton mein Bild anbringen lassen?»

«Sei nicht so töricht!» fuhr Teje sie an, obwohl sie gar nicht richtig zugehört hatte. Das war nicht nur ein großer Gunstbeweis für seine Tochter, dachte sie, sondern eine letzte Demütigung für Nofretête; der Versuch, nicht nur seinen heftigen Groll auf sie zum Ausdruck zu bringen, sondern ihr geradezu das Leben zu nehmen. Ein Name besaß Magie! Wenn ein Name den Tod überlebte, würden die Götter seinem Träger das Leben im Jenseits gewähren. Pharao muß sich doch darüber klar sein, daß er ihren Namen nicht überall auslöschen kann, dachte Teje. Er ist zu oft an zu vielen unterschiedlichen Orten in Stein eingraviert worden. Es ist die Tat eines enttäuschten Kindes, oder eines feigen, gefährlichen Mannes.

«Ich will heute nicht beten», beklagte sich Beket-Aton. «Anchesenpa-Aton hat eine neue Katze und eine ganze Schachtel voller Spielzeugkrokodile, die sie mir zeigen will. Die Krokodile sperren die Mäuler auf, wenn man sie hinter sich herzieht.»

«Wie hübsch», murmelte Teje geistesabwesend. Eine neue, erschreckende Möglichkeit war ihr eingefallen. Wenn hinter der undurchdringlichen Mauer, die den nördlichen Palast von der Stadt trennte, Nofretête womöglich schon tot war? Während die heftigen Hammerschläge noch in ihren Ohren klangen, glaubte Teje mit einemmal, ihr Sohn wäre im Namen seines Gottes zu allem fähig.

Sie vermochte das langsame Vergehen der Stunden kaum zu ertragen, bis sie ihren Bruder und Haremhab zu sich rufen konnte, und es war tiefe Nacht, als sich die beiden endlich in ihrem Garten vor ihr verbeugten. Kaum hatten sie alle Platz genommen, äußerte Teje ihre Befürchtung.

Sofort schüttelte Haremhab den Kopf. «Nein, die Königin lebt.»

«Du hast also Verbindung mit ihr gehabt, sie vielleicht sogar gesehen», sagte Teje scharf. «Du hast einen taktischen Fehler gemacht, Befehlshaber.»

«Und deine Spione erfüllen ihre Aufgabe schlecht, Majestät», erwiderte er. «Sie hat mich heimlich zu sich gerufen.»

«Zu welchem Zweck? Du mußt gewillt sein, es mir zu sagen, sonst hättest du es nicht selbst verraten.»

«Sie wollte sich meiner Loyalität versichern. Sie fragte nach meiner Meinung, was die Möglichkeit einer erfolgreichen Palastrevolution angeht.»

Bestürzt und wütend sah Teje ihren Bruder an, dessen Gesicht im Dämmerlicht der fernen Fackeln ein blasser, unscharfer Kreis war. «Hast du das gewußt?»

«Nein, Teje, aber ich habe es erwartet.»

«Ich wohl auch. Was könnte ihr Ziel sein, Haremhab? Die Doppelkrone für Semenchkarê? Für den kleinen Tutanchaton, obwohl das unwahrscheinlich ist? Die höchste Macht für sie selbst oder vielleicht gar für dich? Die kurzsichtige Dummheit dieser Frau ist grenzenlos.»

Haremhab lachte freudlos. «Macht für ihre erhabene Person durch mich. Sie mag keinen deiner Söhne von Osiris Amenhotep, Majestät, und würde sie wahrscheinlich beide beseitigen wollen. Sie würde entweder mich oder Tutanchaton heiraten.»

Der Gedanke war so absurd, daß Teje versucht war zu lachen. «Hast du es ihr ausgeredet?»

«So gut ich konnte, unter Verwendung der Argumente, die wir vor vielen Wochen gemeinsam erörtert haben. Ich glaube, sie beginnt allmählich einzusehen, welche Folgen die verhängnisvolle Politik ihres Gemahls hat, aber sie wird niemals mit dir oder ihrem Vater gemeinsame Sache machen. Sie hat viel Zeit zum Grübeln. Sie ist verbittert.»

«Und daran ist sie selbst schuld. Palastrevolution! Nicht zu fassen! Die Zeit für eine Veränderung wird erst kommen, wenn Pharao stirbt. Davon bin ich inzwischen überzeugt. Jedes neue Regime, das bemüht ist, Ägypten wieder seine frühere Stärke zu verleihen, wird das Vertrauen und die Mitarbeit der Amun-Priester brauchen.»

«Das weiß ich». Haremhabs Stimme war ruhig. «Ich habe über die ganze Angelegenheit sehr sorgfältig nachgedacht und bin zum selben Schluß gelangt.»

Sie unterhielten sich noch eine Weile, dann trennten sie sich. Teje blieb in der von Wohlgerüchen erfüllten Dunkelheit sitzen. Ich bin wütend, dachte sie, weil ich selbst eine Revolte hätte planen und durchführen sollen. Nofretête hat nicht den Mut, sie zu einem glücklichen Abschluß zu bringen. Es ist diese Schwäche, die Haremhab zögern läßt, sich mit ihr zu verbünden. Aber ich kann meinem Sohn kein Leid antun. Da gibt es zu viele Erinnerungen.

Die folgenden Wochen waren trübselig für Teje. Sie hatte einsehen müssen, daß ihr Einfluß in allen wichtigen Regierungsbereichen auf das Niveau unbeachteter Ratschläge zusammengeschrumpft war, und grübelte über frühere Fehler und ihre jetzige Machtlosigkeit nach. Es entsprach nicht ihrem Wesen, sich völlig mit der Niederlage abzufinden, aber sie war der Verzweiflung nahe, wenn sie morgens aufwachte und Stunden vor ihr lagen, die irgendwie erfinderisch gefüllt werden mußten. Manchmal besuchte sie Tiê, aber die Eigenbrötelei ihrer Schwägerin, ihre mangelnde Anteilnahme an Geschehnissen außerhalb der Grenzen, die sie sich selbst gezogen hatte, machten das Zusammensein mit ihr wenig anregend. Teje diktierte viele Briefe an ihre alte Freundin Tia-Ha, deren Schriftrollen mit anschaulichen Beschreibungen des Lebens auf ihrem verschlafenen Landgut im Delta regelmäßig eintrafen, und versuchte, die Lage Ägyptens, an der sie nichts ändern konnte, aus ihren Gedanken zu verbannen; aber ihre Niedergeschlagenheit ließ sich nicht lindern.

Eines der Ereignisse, die Teje noch mehr entmutigten, war Azirus Abreise von Achet-Aton. Pharao gab ihm ein prächtiges Abschiedsfest, bei dem Tänzerinnen, Sänger, Akrobaten und abgerichtete Tiere die Gäste stundenlang unterhielten, während ihnen ein köstliches Gericht nach dem anderen aufgetischt und die besten Weine gereicht wurden. Echnaton hatte Aziru aufgefordert, zu seiner Linken auf der Empore zu sitzen, eine ungewöhnliche Ehrung. Merit-Aton, in gelbem Linnen und schwerem Goldschmuck prangend, saß zu seiner Rechten; Teje war auf einen Platz hinter ihm verwiesen worden und hörte mit zunehmender Bestürzung das Gespräch zwischen dem Ausländer und ihrem Sohn mit an. Aziru hätte bei den anderen Botschaftern unten in der Halle sitzen sollen, von wo aus Pharao im Schmuck seiner Juwelen und im königlichen Glanz der Doppelkrone erhaben und mächtig wirkt. Er hätte in einer kühlen, würdevollen Audienz empfangen werden sollen, und bei dieser Gelegenheit hätte Pharao auf die Erneuerung des Vertrags drängen und auf Vergeltungsmaßnahmen anspielen können, für den Fall, daß Aziru weiter Kriegshetzerei betreibe. Aber fast den ganzen Abend schmeichelte Echnaton nur seiner neuen Königin, beschrieb mit goßem Behagen seine Bauvorhaben und erläuterte den Wunsch des Aton, daß alle Menschen in weltweitem Frieden leben sollten. Teje hatte gebetet, das Thema möge nicht zur Sprache kommen, aber Merit-Aton selbst schnitt es an. «Ich hoffe, du hast den Frieden deines Aufenthalts in Ägypten genossen», sagte sie höflich. «Die Aussicht, in einen Teil des Reiches zurückzukehren, der von Hungersnot und Krieg heimgesucht wird, muß unerfreulich sein.»

Aziru sah sie ausdruckslos an. «Die Friedlichkeit des Lebens in Ägypten ist in der Tat ein Segen», antwortete er. «Ein Bürger dieses begnadeten Landes wird vielleicht nie die Verheerung durch Feuer und Schwert kennenlernen, die ringsum wütet.»

Wie kühn und unverschämt er ist, dachte Teje. Er hält es für ganz ungefährlich, Pharao an den Zustand des Reiches zu erinnern.

«Aber schließlich hat Ägypten das beste Heer der Welt», fuhr Aziru fort. «Was könnte es zu fürchten haben?»

«Ich träume von dem Tag, an dem das Heer aufgelöst wird», warf Echnaton eifrig ein, «und der Frieden des Aton, der in Ägypten seinen Ursprung hat, auf der ganzen Welt herrscht. Der Gott, der allen Leben schenkt, hat mit dem Tode nichts zu tun. Höre dir die Worte an, Aziru, die er mir dazu eingegeben hat: ‹Alle Augen schauen auf deine Schönheit, bis du untergehst. Alle Arbeit wird beiseite gelegt, wenn du im Westen untergehst. Wenn du dich erhebst, so werden sie gemacht, zu wachsen für den König. Seit du die Erde gründetest, hast du sie aufgerichtet für deinen Sohn, der aus dir selbst hervorging . . .›»

Merit-Aton sah ihren Mann lächelnd an, und Teje hörte starr zu, den Blick auf Azirus scharfes Profil gerichtet. Er nickte höflich, sogar freundlich, aber Teje konnte sich die verächtlichen Gedanken vorstellen, die ihm durch den dunklen Kopf gingen. Ein Gefühl der Scham stieg in ihr auf.

«Diese Worte sind voller Lieblichkeit», sagte Aziru, als Echnaton geendet hatte und ihn erwartungsvoll ansah. «Du hast die Gabe der Poesie, Göttlicher. Werden diese Gedanken deinen Soldaten ebenso wie deinen Höflingen vorgelesen?»

Teje stöhnte innerlich, als Echnaton nickte. «Natürlich. Ganz Ägypten hat teil an der Offenbarung, die der Aton mir gewährt. Würdest du gern einen Aton-Priester mit nach Amurru nehmen, damit er dein Volk unterweist?»

Entschlossen hörte sich Teje den Rest der Unterhaltung nicht mehr an, und etwas später entschuldigte sie sich und ging zu Bett. Sie traf keine Vorkehrungen, Aziru vor seiner Abreise zu empfangen, und kam auch nicht an den Anlegeplatz, um sich von ihm zu verabschieden. Nichts, was sie ihm jetzt sagen könnte, würde von Bedeutung sein, denn er hatte seine Entscheidung bereits getroffen. Er hatte ihre Ankunft in Achet-Aton beobachtet, hatte gesehen, daß Nofretête in Ungnade fiel, hatte darüber nachgedacht, daß Merit-Atons Stern im Aufgehen war und nicht der von Tejes Sohn, und er hatte seine Schlüsse daraus gezogen. Pharao sagte ihm mit vielen üppigen Geschenken und der tränenreichen Umarmung eines Bruders Lebewohl. Ich hätte ihm einen Speer in sein schwarzes Herz gestoßen, dachte Teje, und seinen zerstückelten Leichnam an Suppiluliuma geschickt.

Die Zeit, da Ägypten Aziru als Verbündeten hätte wiedergewinnen können, ist lange vorbei.

Teje und Merit-Aton hatten seit der Heirat des Mädchens mit Pharao wenig miteinander zu tun gehabt und waren sich nur im Tempel und gelegentlich bei Festmählern begegnet. Deshalb war Teje überrascht, als um die Mitte des Monats Phamenat der Herold der Königin ein Ersuchen überbrachte, das in Wirklichkeit ein königlicher Befehl war. Teje nahm Huya mit und machte sich auf den Weg zu den Gemächern der Königin. Seit ihrem unerfreulichen Gespräch mit Nofretête war sie nicht dort gewesen, und die Erinnerung an diese enttäuschende Begegnung überfiel sie wieder. Merit-Aton nahm Tejes höfliche Verbeugung mit einem Lächeln entgegen, trat vor und küßte ihre Großmutter auf die Wange. Sie sah frisch und hübsch aus in weißem Leinen, mit Ohrringen und Halskette aus Türkisen. Auf ihrem glatten schwarzen Haar saß das Diadem der Königin, an dem ein feingewebtes und mit kleinen Türkisen besetztes goldenes Netz befestigt war, das ihren Kopf bedeckte. Teje fand, daß Merit-Aton noch schöner werden würde als ihre Mutter, denn das anmutige kleine Gesicht war von einer Sanftheit und Liebenswürdigkeit, wie sie Nofretête nie gehabt hatte. Als sie sich im Raum umschaute, war sie verblüfft, neben Merit-Atons Thron einen Schreibtisch zu sehen, auf dem säuberlich in Reihen angeordnete Schriftrollen lagen, und mehrere Schreiber waren teils mit Kopieren beschäftigt, teils warteten sie mit erhobenem Pinsel auf die Befehle der Königin. Merit-Aton deutete auf einen Stuhl, und Teje setzte sich.

«Wie geht es Prinz Semenchkarê?» war Merit-Atons erste Frage.

«Es geht ihm gut, und er ist beschäftigt», antwortete Teje. «Das Studieren fällt ihm immer noch schwer, und ich glaube, er wird nie sehr geschickt mit Waffen umgehen, aber er mag Pferde und fährt jeden Morgen mit seinem Streitwagen hinaus in die Wüste hinter der Stadt.»

«Ich weiß», sagte Merit-Aton und errötete. «Danke, Majestät, daß du meine drängende Frage nicht tadelst. Alle wissen über meine Gefühle für ihn Bescheid. Es wäre töricht, sie verheimlichen zu wollen. Doch obwohl die Höflinge auch wissen, daß ich meinem Vater gegenüber loyal bin, finden viele meine Zuneigung zu Semenchkarê unschicklich, da ich jetzt Königin bin.»

«Du bist sehr mutig, Majestät.»

«Ich habe keine Wahl», erwiderte Merit-Aton wehmütig. «Aber ich habe nicht um deine Anwesenheit gebeten, um nur mit dir zu plaudern. Du bist krank gewesen?»

Teje lächelte. «Nicht krank, nur habe ich mein Alter gespürt. Plötzlich tat mir alles weh. Aber eine Woche im Bett mit täglichen Massagen und ein kurzes Fasten haben meine Gesundheit wiederhergestellt.» Es stimmte nicht ganz. Sie wußte gar nicht mehr, wie es ist, wenn man morgens munter und tatkräftig aufwacht; aber schlimmer war, daß sie wußte, diese Tage würden nie wiederkommen.

«Gelobt sei die Sonnenscheibe», sagte Merit-Aton höflich. Auf einen Wink von ihr erhob sich ihr Oberschreiber, der mit gekreuzten Beinen neben ihrem Thron gesessen hatte, und überreichte ihr eine Schriftrolle. «Wie du weißt, Majestät, war meine Mutter mehr oder weniger verantwortlich für die Erledigung der Korrespondenz des Auswärtigen Amtes. Sie ließ sie sich vorlesen und setzte Antworten auf, und wenn es sich um eine ernste Sache handelte, besprach sie sie mit Tutu und trug sie meinem Gemahl zur Beurteilung vor. Da er nicht interessiert ist an den Schriftrollen, die täglich in Tutus Amt eintreffen, versuche ich, daraus klug zu werden, damit ich Pharao besser dienen kann. Ich brauche deine Hilfe, Großmutter.»

Tejes Augen weiteten sich, und Erregung überkam sie. Hier war, unerwartet, eine Waffe, eine Möglichkeit, Pharaos hartnäckige, eigensinnige Ignoranz zu durchdringen. «Merit-Aton, du weißt, daß Pharao keine Vernunft annimmt, wenn es sich um Angelegenheiten des Reiches handelt, daß deine Mutter nicht wagte, sein Mißfallen zu erregen, und ihm entweder sagte, was er hören wollte, oder sich selbst weigerte, die Berichte anzuhören. Bist du bereit, ihn zu beunruhigen und zu verärgern?»

«Darüber habe ich noch gar nicht nachgedacht. Ich bin nur verwirrt, weil Tutu mir so viele Schriftrollen in die Hand drückt und ich nicht weiß, was ich damit machen soll. Aber gewiß ist die Wahrheit von entscheidender Bedeutung.»

Teje erkannte plötzlich, daß sie das beste und reinste Ergebnis der Unterweisung ihres Sohnes vor Augen hatte. Merit-Aton, aufgewachsen und erzogen unter keinem anderen Gott als dem Aton, deren Gedanken und Taten von den ständigen Offenbarungen ihres Vaters durchtränkt waren, war frei von dessen eigenem Ringen und den Zweifeln, die jene plagten, die unter Amun und Ägyptens unzähligen Göttern aufgewachsen waren. Sie war ein neues Symbol, die Verheißung dessen, was sein könnte. Was hätte sein können, korrigierte sich Teje. Der Geruch des Scheiterns haftete schon an meinem armen Sohn, ehe diese Stadt sich wie durch ein Wunder aus der Wüste erhob.

«Ja, das stimmt», sagte sie nachdenklich. «Ich werde tun, was ich kann. Was hast du da?»

Merit-Aton übergab ihr die Schriftrolle. Es war die Abschrift einer von Aziru eingegangenen Tontafel und schon aus dem Akkadischen übersetzt. Teje las sie rasch. Nichts mehr von den unaufrichtigen Schmeichelwörtern, den unterwürfigen Phrasen, die einen Herrscher milde stimmen sollten. «Um mein Volk zu schützen», schrieb Aziru, «habe ich heute einen Vertrag mit dem Fürsten Suppiluliuma abgeschlossen. Ägyptens Arm erstreckt sich nicht mehr machtvoll über die Welt. Die Worte seines Königs sind nichtssagend wie Wind im Schilf, seine Versprechungen wiegen weniger als die leichtfertigsten Liebesworte.» Mit einem Ausruf des Abscheus warf Teje die Schriftrolle auf den Tisch.

«Das ist nicht alles», sagte Merit-Aton und übergab ihr eine zweite.

Es war die kurze, unbeschönigte Darlegung eines Tatbestandes. Aziru hatte, zweifellos mit Wissen und Erlaubnis seines neuen Oberherrn, Ägyptens Vasallen, die Amki, angegriffen.

«Majestät, wenn ich mit diesen Schriftrollen zu Pharao gehe, wirst du dann mitkommen und mich unterstützen?» fragte Teje.

Merit-Aton nickte. «Er wird mir keinen Kummer bereiten wollen», sagte sie mit abgewandtem Blick. «Ich bin schwanger.»

Sie hatte den Satz kaum aussprechen können, und mit einem Anflug von Mitleid sah Teje den Schatten von Mehet-Aton über das zarte Gesicht huschen. «Das ist eine gute Nachricht für Ägypten», sagte sie. Sie winkte Huya, der ihr vom Stuhl aufhalf, und ging zu ihrer Enkelin hinüber. «Du hast nichts zu fürchten, Majestät», fuhr sie leise fort. «Du bist dreizehn Jahre alt. Dein Körper ist kräftiger und entwickelter, als der deiner Schwester war. Du wirst am Leben bleiben.»

«Aber ich will dieses Kind nicht», erwiderte Merit-Aton nachdrücklich, immer noch mit abgewandtem Gesicht. «Es ist nicht von Semenchkarê.»

Teje konnte ihr nicht einschärfen, sie solle Geduld haben, wie sie es bei Semenchkarê getan hatte. Sie konnte auch nicht von der Wahrscheinlichkeit von Echnatons frühem Tod sprechen, nicht von der Möglichkeit, daß der Herzenswunsch der Prinzessin eines Tages in Erfüllung gehen werde. Sie legte Merit-Aton respektvoll die Hand auf den Arm und küßte die roten Lippen. «Ich bin nicht nur deine Freundin, sondern auch deine Großmutter», sagte sie freundlich. «Denke daran, Göttin.»

Teje wollte sich ihren Sohn vornehmen, solange die Erinnerung an Azirus Besuch noch frisch war. Da Eje sowieso ständig bei ihm anwesend war, ließ sie am nächsten Morgen Haremhab rufen, und zusammen mit Merit-Aton, deren Oberschreiber die beiden Schriftrollen trug, machten sie Echnaton ihre Aufwartung. Pharao begrüßte sie alle fröhlich. Er war gerade vom Tempel zurückgekommen, und seine Haut und seine Gewänder strömten noch den hartnäckigen Geruch von Weihrauch und Blumen aus. Der Prophet Merirê reinigte den Raum, wie er es täglich tat, indem er Fußboden und Wände mit Wein besprengte, und sein leiser Gesang untermalte Echnatons Reden.

«Was für ein freudiges Ereignis!» rief er aus. «Alle meine Lieben huldigen mir gemeinsam. Merit-Aton, meine Schöne, komm und küsse mich. Hast du gut geruht?» Er zog sie an sich und küßte sie unbefangen und lange auf den Mund. Einen Arm noch um sie gelegt, bedachte er Teje mit einem leichten, herzlichen Kuß und wartete, während Haremhab sich zu Boden warf. Eje stand in der Nähe, den Fächer über der Schulter. «Welche Gunst kann ich euch allen heute gewähren?» fuhr Echnaton scherzend fort. «Eine kleine Fahrt auf dem Fluß? Eine gute Gelegenheit, unsere Freundschaft zu erneuern.»

Hinter der Freundlichkeit spürte Teje sein aufkommendes Unbehagen. Er blickte unstet von einem zum anderen. Sie sagte nichts. Die Worte mußten von Merit-Aton kommen, wenn auch nur die leiseste Chance bestehen sollte, daß Pharao zuhörte. Sie nickte ihrer Enkelin unmerklich zu, die sich aus seinem Arm löste, die Schriftrollen nahm und sie Echnaton ehrfurchtsvoll übergab.

«Ich flehe dich an, mein Gemahl und Gott, lies sie», sagte sie. «Und wisse, daß wir, deine Familie, mit Fug und Recht empört sind über ihren Inhalt. Denke daran, wenn du sie liest, daß ich deine gehorsame

Tochter und getreue Ehefrau bin und nichts tun werde, was dir oder deinem mächtigen Vater, der Sonnenscheibe, schadet oder Unehre macht.»

Er sah sie stirnrunzelnd an, als er die Papyri entrollte, schob die Unterlippe verblüfft und abwehrend vor, ging zum Thron und setzte sich nieder. Eje gab unauffällig ein Zeichen, und sofort wurde ein Stuhl für Teje hingestellt, auf den sie dankbar sank. Der Raum war still bis auf Merirês Geleiere. Echnaton las die Schriftrollen einmal, fuhr den Priester an, er solle still sein, und las sie dann noch einmal. Als er fertig war, ließ er sie von seinem Schoß herabfallen. Schon atmete er schwer. Sein Blick wanderte von einem erwartungsvollen Gesicht zum anderen, und mit einemmal schloß er ein Auge und zuckte zusammen, aber der Anfall ging vorüber.

«Wie kann Aziru das tun?» fragte er klagend. «Hat er in den Monaten hier nichts gelernt? Als er abfuhr, habe ich ihn umarmt wie einen Bruder, habe in seinen Armen Tränen der Liebe vergossen! Doch während die Sklaven noch das Haus reinigen, das ich ihm zur Verfügung gestellt habe, biedert er sich bei den Chatti an.» Er bedeckte den Mund mit einer Hand, und sein langes Gesicht verzog sich schmerzlich.

Merit-Aton ging zu ihm, zog seine Hand weg, küßte sie und nahm sie in ihre. «Vater, trotz deines großen Glaubens versteht die Welt deine Gedanken nicht», sagte sie. «Sie wird sie vielleicht nie begreifen. Aziru kann die Inkarnation der Scheibe nicht sehen. Er sieht nur einen Herrscher, der einst ein mächtiger Beschützer war und jetzt, da nur der Krieg die Amurru vor den Raubzügen der Chatti retten kann, den Frieden liebt. Du darfst ihn nicht tadeln.»

«Kann er denn im Tempel gestanden und nicht die Stimme des Aton durch meine heiligen Lippen gehört haben? Es ist ein Urteil über mich. Wieder einmal habe ich den Gott gekränkt, und ich weiß nicht womit!» Die letzten Worte klangen schuldbewußt. Echnaton richtete sich auf dem Thron auf, beugte sich dann nach vorn, stützte die Ellbogen auf schlaffe Knie und verbarg das Gesicht in einer hennagefärbten Handfläche. Merit-Aton sah Teje unsicher an.

«Wenn ich darf, Majestät, kann ich, glaube ich, sagen womit», erklärte Teje. «Du hast nichts unternommen, weil du keinem Lebewesen unter dem Aton ein Leid zufügen wolltest, und dadurch hast du das Heim des Gottes selbst in Gefahr gebracht. Ein Rudel hungriger Löwen schleicht herum, bald wird es die Grenze überspringen und hierherkommen, nach Achet-Aton. Wenn Ägypten fällt, ist das Licht der Sonnenscheibe erloschen. Jetzt ist nicht die Zeit für Frieden. Der Gott verlangt seine Erhaltung!»

«Nein!» Echnaton setzte sich zurück und entzog Merit-Aton seine Hand. Er faßte nach dem Pektoral auf seiner eingesunkenen Brust und begann an den goldenen Schnüren zu zupfen und sie zu drehen. «Es ist Nofretête. Ich habe sie grausam weggeschickt, übereilt. Ich muß sie zurückrufen, sie wieder auf den Thron setzen, ich habe unrecht gehabt . . .»

«Göttlicher, du hast nicht unrecht gehabt.» Haremhab trat vor. «Höre auf deine Große Königsgemahlin, die Göttin, die dir dein Leben lang ihre Weisheit geliehen hat. Aziru überfällt die Amki, zweifellos mit Soldaten und Waffen, die ihm Suppiluliuma zur Verfügung stellt, dieser unerbittliche Feind jeder wahren Religion. Zwischen Ägypten und den Amki liegt jetzt nur noch Retenu. Um des Gottes willen, der Ägypten mit seiner ersten Offenbarung beehrt hat, der geruht, leibhaftig auf dem Horus-Thron zu sitzen, laß nicht zu, daß Ausländer dieses Land entweihen!»

«Ägypten hat noch die Macht», fügte Eje hinzu. «Unsere Soldaten sind fett und faul geworden, aber binnen weniger Monate könnten sie marschbereit sein. Es gibt immer noch Offiziere, die fähig sind, sie zu führen. Schicke keine Botschaft an Aziru, Horus! Schlage jetzt zu, unerwartet. Laß diese Bestien einen wirklichen Krieg kennenlernen.»

Merit-Aton legte den Kopf an Echnatons Arm. «Höre auf sie, mein Gemahl! Du vernimmst die Wahrheit.»

Er legte die Arme um sie und verbarg das Gesicht an ihrem Nacken. «Ich bin so müde», sagte er. Seine Stimme war gedämpft, aber seine Qual war unüberhörbar. «Des Nachts sind meine Träume voller Grauen. Der Tod kommt zu mir, die Dämonen der Rache, der entsetzlichen Dunkelheit der Duat. Nofretêtes Gesicht beugt sich über mich, ich strecke die Hand nach ihr aus und erwache zitternd vor Angst. Am Tage sehe ich die gebeugten Rücken meiner Anbeter. Ihre Gesichter sind verborgen, aber ich weiß, würde ich sie überraschen, ehe sie sich gefaßt haben, würde ich sehen, daß ich umgeben bin von Kreaturen ohne Herzen, ohne Eigenschaften. Wenn ich den Gott enttäusche, werde ich nicht lange leben.»

«Dann enttäusche ihn nicht.» Teje zwang sich, im gleichmütigen Ton zu sprechen, während sie Merit-Atons kindliche Versuche, ihren Vater zu trösten, beobachtete. «Raffe dich auf, Echnaton. Schwinge den Krummsäbel.»

«Ich weiß nicht wie!»

«Haremhab wird es für dich tun. Gib ihm den Befehl.»

Er wand sich. «Ich kann es nicht!»

«Lieber Neffe, du mußt», sagte Eje nachdrücklich. «Bitte.»

«Geht weg, ihr alle. Ich werde darüber nachdenken. Geht! Merit-Aton, hole den Arzt.»

Haremhab zuckte die Schultern. Teje stieß einen langen Seufzer aus und stand auf. Jetzt, da Merit-Aton seine Liebe besaß, würden sie es unbarmherzig immer wieder versuchen, und zu guter Letzt würden sie den Sieg davontragen. Wenn die Götter ihnen genug Zeit ließen.

21

Im ersten Monat des neuen Jahres, des vierzehnten seit Echnatons Thronbesteigung, gebar Merit-Aton ein Mädchen, das Pharao Merit-Aton-ta-scherit nannte, Merit-Aton die Jüngere. Er feierte ihre Geburt, die Mutter und Kind heil überstanden hatten, mit großen Zeremonien im Tempel und im Palast. Merit-Aton konnte ihr Bett bald verlassen und erschien wieder an Pharaos Seite, aber sie hatte etwas von ihrem Frohsinn verloren. Sie war matt und nachdenklich, neigte zu plötzlichen Anfällen von Gereiztheit, die gewöhnlich mit Tränen endeten, und war nicht an ihrer Tochter interessiert. Das Kind war gesund und kräftig und hatte ihre eigenen gleichmäßigen Gesichtszüge, aber nachdem sie die Kinderfrauen, die benötigt wurden, ernannt hatte, kümmerte sie sich nicht mehr um das Kind. Sie teilte wieder Pharaos Bett, und Teje, die sie bei den Abendmahlzeiten genau beobachtete, wenn Echnaton ihr Gesicht mit Küssen bedeckte und ihr Obst in den verdrossenen Mund schob, fragte sich, ob Merit-Aton sich womöglich eingebildet habe, die Geburt des Kindes bedeute das Ende ihrer ehelichen Pflichten.

Kurz nach Merit-Atons Niederkunft ging im Auswärtigem Amt die Nachricht ein, daß Suppiluliuma mit Mattiwaza, Tuschrattas Nachfolger in Mitanni, einen Freundschaftsvertrag abgeschlossen habe und sich im Augenblick still verhalte, zweifellos befriedigt über eine weitere Eroberung. Er konnte es sich leisten, ruhig abzuwarten und seine nächsten Schritte sorgfältig zu planen. Gleichwohl hatte Teje das Gefühl, daß Echnatons Widerstand nachließ. Zwar beschimpfte er sie, Merit-Aton, Haremhab, und Eje, warf ihnen Verrat vor, zog sich hinter zunehmend schwächende Kopfschmerzen und Anfälle von

Übelkeit zurück; dennoch hatten sie ihm die Erlaubnis abgerungen, das Heer auf volle Kampfstärke zu bringen. Die Grenztruppen machten noch immer ihre Runden, aber die Divisionen der regulären Truppen waren schon lange zahlenmäßig verringert. Haremhab hatte eine Zwangsaushebung, den Bau neuer Kasernen sowie die Überholung von Waffen und Streitwagen angeordnet, und seine Offiziere konnten bald damit anfangen, die neuen Rekruten auszubilden. Teje war erfreut und wußte, daß die Nachricht von Ägyptens Erwachen rasch Suppiluliumas scharfe Ohren erreichen würde.

Es war wie das Echo einer längst verklungenen Stimme, als sie Briefe aus Theben erhielt, in denen sie gebeten wurde, die Reorganisation des Heeres zu bestätigen. Teje hörte sich die Berichte fast mit Scheu an. Malkatta schien nicht nur weit weg, sondern auch in der Vergangenheit versunken zu sein. Auch ich, dachte sie, bin verführt worden durch die seltsame Magie, die Achet-Aton erfüllt. Wie lange ist es her, daß ich mich nach dem Ergehen anderer Städte erkundigt habe? Die Zeit scheint hier stillzustehen, aber was geschieht in Achmin, in Djarucha, in Memphis? Der Zauber, der dort endet, wo das Gras der feindlichen Wüste Platz macht, hält mich gefangen, und meine Augen sehen nicht mehr richtig, meine Ohren sind taub. Ich war besorgt über das bloße Rinnsal von Tributleistungen, und inzwischen ist es ganz versiegt. Was ist mit meiner Anteilnahme geschehen? Als sie die mit Amuns Siegel versehenen Schriftrollen in der Hand hielt, kam sie sich vor wie ein Gespenst. Sie schickte sofort nach dem Schatzmeister.

«Die Schatzkammer ist entleert, aber keineswegs leer», erwiderte der Mann verärgert auf ihre gereizte Frage. «Es gibt immer noch Handel zwischen Ägypten und den Inseln im Großen Grünen Meer.»

«Nur dort? Was ist mit Nubien und Retenu?»

«Majestät, unsere Macht über Nubien ist gegenwärtig recht gering, wie du wissen wirst.»

«Nein, das wußte ich nicht. Nubien ist kein Vasall, sondern gehört zu Ägypten. Warum ist unsere Macht gering?»

«Das ist nicht meine Angelegenheit. Ich führe nur die Warenlisten in den Lagerhäusern meines Herrn. Aber ich glaube, die nubischen Stämme sind in letzter Zeit unruhig gewesen, und mehrere ägyptische Tributeinnehmer sind verschwunden.»

«So, und was ist mit den Bergwerken in Nubien? Dem Goldversand?»

«Befehlshaber Haremhab ist die Ausbeutung des nubischen Goldes übertragen, Göttin. Verzeih mir, aber in diesem Fall solltest du deine Frage an ihn richten.»

«Das werde ich tun. Retenu?»

«Seit einem Jahr ist nichts aus Kadesch gekommen.»

«Warum ist dann die Schatzkammer nicht leer?»

«Pharao hat jedes Jahr die Steuern beträchtlich erhöht, besonders für die Fellachen, und natürlich kommen alle Opfergaben für die anderen Götter in Ägypten jetzt direkt nach Achet-Aton.»

Als sie ihn entlassen hatte, biß sie sich auf die Unterlippe und überlegte heftig. Die Fellachen waren Vieh, aber nützliches Vieh, unerläßlich für das Überleben des Landes. Würden die Bauern bis an die Grenze ihrer Leistungsfähigkeit – und wahrscheinlich darüber hinaus – Steuern auferlegt, konnte Ägypten durch jedes zusätzliche Unheil in äußerste Gefahr geraten – wenn der Krieg erklärt würde und zu lange dauerte, wenn das Vieh im Delta krank würde, wenn es eine Mißernte gäbe, wenn Isis nicht weinte. Wir sind so schwach wie ein Schilfrohr, sagte sie sich. Das Gold, das diese Straßen überschüttet, die Juwelen, mit denen sich die Höflinge schmücken, die Leckerbissen, die ausländischen Gerichte, die ständig neuen Gewänder, ganz zu schweigen von den Unterhaltungskünstlern, die von jenseits des Deltas geholt werden – all das ist so handfest wie ein Sandsturm. Wie können wir einen Krieg bezahlen? Sie ließ Haremhab zu sich kommen, aber nachdem sie ihm kurz und bündig ihre Fragen gestellt hatte, sah er sie an, als wäre sie bereits altersschwach.

«Gewiß, das Gold fließt jetzt ein wenig langsamer», erwiderte er. «Tagtäglich verliere ich Grubenarbeiter durch den Tod, aber in letzter Zeit sind auch viele geflüchtet. Die Goldstraßen sind ziemlich gefährlich geworden, deshalb bezahle ich Soldaten, die an den Bergwerken Wache stehen und das Gold nach Theben begleiten, von wo es auf Schiffen nach Norden kommt.»

«Deine eigenen Soldaten? Bezahlt mit dem Gold, das sie bewachen?»

«Gewiß.»

«Haremhab, erinnerst du dich an die Zeiten, als die Bergwerke nur von ein paar Aufsehern bewacht wurden, als das Gold ungehindert nach Theben gelangte und die Medjai nicht viel mehr taten, als den Transport zu überwachen?»

«Nein, Majestät.» Er war verlegen und verstand ihre plötzliche Panik wirklich nicht. Sie merkte, daß es keinen Sinn hatte, ihn weiter zu befragen, und entließ ihn.

Das neue Jahr wurde in Achet-Aton mit dem üblichen Ausbruch von Optimismus gefeiert. Da Pharao davor zurückgeschreckt war, den Mobilmachungsbefehl zu erteilen, den sich Teje so gewünscht hatte, wurde das Gerede vom Krieg vorübergehend zu einem leisen Raunen. Echnatons Gesundheit hatte sich gebessert, und noch schwach, aber lächelnd verteilte er persönlich mit Merit-Aton an seiner Seite das Gold der Gunst an seine Ärzte und andere geringere Beamte. Jedermann wartete darauf, daß der Aton das Steigen des Nils verfüge, denn in den Lagerhäusern standen die Säcke mit dem Saatgut bereit.

Aber die Überschwemmung verspätete sich. Der Monat Thoth verstrich, und der Fluß blieb ein schmales Band schlammigen Wassers und floß tief unter den staubbedeckten, rissigen Ufern. Es gab etwas Besorgnis, aber keine Beunruhigung, denn auch in früheren Zeiten war das Hochwasser manchmal spät eingetreten. Der Aton war allmächtig und würde seinen gehorsamen Sohn nicht im Stich lassen. In der Hoffnung, daß ihre Gebete um die Überschwemmung erhört würden, versammelten sich die Bürger von Achet-Aton im Vorhof des Großen Tempels und drängelten sich in Dreierreihen vor den kleinen Schreinen an den Straßenecken, Versöhnungsgeschenke in den Händen.

Paophi kam und ging, und der Wasserstand des Nils war noch immer unverändert. Die verärgerten Höflinge ließen ihre hübschen Boote an Land ziehen, denn der Fluß hatte angefangen zu stinken. Die Beamten, die die Wasserstandsmessungen durchzuführen hatten, saßen unter ihrem Sonnenschutz neben den Pegeln, den Blick auf die im Ufer eingelassenen Markiersteine gerichtet, aber das schmutzige, übelriechende Wasser plätscherte noch immer unterhalb der ersten Einkerbungen. Athor verging. Choiak, der Monat, in dem der Fluß immer den Höchststand erreichte, brachte statt dessen Niedrigwasser infolge der starken Verdunstung. Die Luft war verpestet, und überall schwirrten stechende Insekten. Die Fellachen begannen ihre kärglichen Vorräte aufzuessen. Sie standen am Rand ihrer Dörfer und sahen, wie sich die Risse in ihren Feldern zu kleinen Schluchten erweiterten und der ausgedörrte Boden so heiß wurde, daß man nicht mehr darauf laufen konnte. Die Bäumen schlugen nicht aus. Die braunen Wedel der Palmen hingen steif und spröde herunter, und die Zweige der Sykomoren brachen bei der leisesten Berührung ab.

Zu Beginn des Mechir, da die Bauern eigentlich hätten knöcheltief in schwarzem Schlamm stehen und säen sollen, begannen Schlangen in Achet-Aton einzudringen, und Skorpione, die die Kühle der Risse suchten, erschienen überall im Boden. Morgens und abends ließ Teje ihr Haus von den Dienern mit Stöcken absuchen und verbot, Schälchen mit Milch für die Hausschlangen auf die Fußböden zu stellen.

Gegen Ende des Pharmuti zweifelte niemand mehr daran, daß es in diesem Jahr keine Überschwemmung geben würde. Im ganzen Hafenviertel von Achet-Aton standen die Bootsstege schmutzig und trocken da, fußhoch über dem träge fließenden, Abfall mitführenden Nil. Die Schadufs, die die Gärtner mit Wasser versorgten, brachten bloß Schlamm herauf, der von unsäglichen Würmern und abscheulichen Insekten wimmelte. Pharao befahl den Dienern, mit Booten hinauszufahren und Wasser für die Gärten mit Eimern direkt aus dem Fluß zu schöpfen, und erlaubte, die Seen zu leeren. Teje saß auf dem Dach ihres Hauses, blickte über das armselige Rinnsal auf das braune Ödland am jenseitigen Ufer und dachte, man hätte die Gärten ebenfalls opfern sollen, um genug Wasser für die Felder gegenüber zu haben, damit dort wenigstens etwas für den Bedarf des Palastes angebaut werden könnte. Aber Echnaton lehnte es ab, denn er glaubte immer noch, die Überschwemmung werde kommen.

«Es ist eine Prüfung», sagte er zu Teje, als sie in seiner Audienzhalle saßen. «Unser Glaube wird auf die Probe gestellt.» Beiden lief der Schweiß herunter. Das Schwirren der Fliegenwedel erfüllte den Raum, ein leises, einschläferndes Surren. Fliegenschwärme hingen an der Decke und krochen über salziges Fleisch. Kein Frühobst war aus dem Delta nach Achet-Aton gekommen, und die Salate, die man sich in dieser Jahreszeit so gern zu Gemüte führte, waren knapp und schmeckten nach Schlamm. Alles schmeckt nach Schlamm, riecht nach Schlamm, dachte Teje, und ihre Kopfhaut juckte vor Hitze. Sie sah am Schatten der Säulen am Eingang vorbei auf den toten braunen Rasen, auf dem stellenweise schon der nackte Boden hervortrat. «Hast du im Norden Getreide bestellt?» fragte sie. «Rentenu sollte bereit sein, uns etwas zu verkaufen.» Es verlangte sie danach, sich die Haut zu reiben. Wasser sprudelte nicht mehr rein und kühl in ihrem Badezimmer. Was Piha vorsichtig über sie rinnen ließ, war ebenso braun wie ihre Haut und voller Sand.

«Das ist nicht nötig», erwiderte er. «Unsere Kornspeicher sind noch gefüllt mit der Ernte des letzten Jahres.»

«Aber Echnaton, was ist mit Theben, den Dörfern, der übrigen Bevölkerung? Die Steuereinnehmer haben alles genommen. Das Volk hat keine Vorräte. Es wird bald hungern.»

«An Theben liegt mir nichts», sagte er. «Und was die Fellachen betrifft, sie müssen einfach warten. Der Gott wird seine Macht noch beweisen.»

«Wenn die Fellachen sterben, wird im nächsten Jahr überhaupt nichts gesät», murmelte Teje mißmutig. «Dieses Land hat andere Dürreperioden einzig deswegen überlebt, weil jeder Pharao dafür gesorgt hat, daß in allen Städten zusätzliches Getreide eingelagert wurde. Deine Einnehmer haben diese Kornspeicher schon vor langer Zeit geleert.»

Plötzlich begann Echnaton zu würgen. Er beugte sich vor, legte eine Hand auf den Magen und winkte heftig, und ein Diener stürzte mit einer Schüssel zu ihm. Er übergab sich und lehnte sich dann keuchend zurück. Ein zweiter Sklave kniete nieder und hielt ihm ein feuchtes Tuch hin. Pharao wischte sich die Lippen ab. «Das tut immer weh», sagte er, noch kurzatmig, «aber der Schmerz hält nicht lange an.» Er gab das Tuch zurück und richtete sich langsam auf. «Hast du die Terrassen des nördlichen Palastes gesehen, Teje? Immer noch so üppig grün? Nofretête leidet nicht unter dem Verdorren *ihres* Gartens.»

Sie erriet seinen Gedanken. «Nein, Echnaton, die Fruchtbarkeit ihres Bereichs ist nicht darauf zurückzuführen, daß Nofretête den Schutz des Gottes genießt», sagte sie. «Aus ihrem See kann Wasser auf die oberste Terrasse gegossen werden und rinnt dann einfach zu den anderen hinunter.»

«Es ist Zeit zum Beten.» Er stand auf, zog das nasse Leinen von seinen Beinen weg, und Merirê, bereits brennenden Weihrauch in der Hand, trat vor. «Mutter, hast du gewußt, daß die Leute in der Stadt wieder Schreine für Isis geöffnet haben? Wenn der Aton sieht, daß sie den Glauben verlieren, wird er sie nur noch mehr bestrafen.»

«Sie fürchten sich», sagte sie und bemerkte, daß sein hageres Gesicht wieder etwas Farbe annahm. «Sie wollen, daß Isis weint.»

«Es gibt keine Isis», fuhr er sie ärgerlich an. «Ich werde auf dem Weg zum Tempel vom Erscheinungsfenster aus zu ihnen sprechen. Komm mit. Wo ist Merit-Aton?»

Verdrossen wie ein alter Mann drehte er sich nach ihr um, als sie heraneilte. Sie verließen die Halle, überquerten den weiten Vorhof und näherten sich der Rampe. Die Königsstraße hinter der Mauer war seltsam still. Die Sonne griff sie mit blinder Wut an, trocknete ihre Lippen aus, ließ ihre Augen tränen, heizte die Steine unter ihren Sandalen auf. Die Luft war voll Staub. Wind war nicht mehr willkommen, denn die leiseste Luftbewegung außerhalb der Stadt wirbelte den Sand auf und fegte ihn durch die Straßen, wo er sich mit dem schon in der Luft schwebenden, pulverig gewordenen Erdboden vermischte, eingeatmet wurde, an feuchter Haut klebte und, um die Qual zu erhöhen, unter die Leinengewänder drang. Teje, die gegen das gleißende Licht die Augen zusammenkniff, sah, daß Echnaton seine Königin unterhakte und die andere Hand hob, um Fliegen zu verscheuchen, die ihm über den Nacken krochen. Da sind heute keine Menschen, die ihn anbeten, dachte sie, als sie die Rampe hinauf und dann im leichten Schatten der überdachten Brücke weitergingen. Sie liegen in ihren Häusern und träumen vom Wasser. Sie war betroffen, als sie am Fenster stehenblieben und hinunterschauten, denn eine schweigende Menge drängte sich von einer Mauer zur anderen auf der Straße. Echnaton hob eine Hand. Es gab eine leichte Bewegung unten und Köpfe wurden gesenkt, aber die Menschen warfen sich nicht auf den heißen Boden.

«Ihr Törichten!» rief Pharao, und seine Stimme klang freundlich. «Kommt ihr her mit Schuldgefühlen im Herzen? Ich habe gehört, daß ihr euch bei der ersten Prüfung eures Glaubens von eurem wahren Beschützer abwendet und Gebete an einen anderen Gott richtet, während die Sonnenscheibe über euren Köpfen glüht und jede Bewegung von euch beobachtet. Habt keine Furcht. Ich und nur ich stehe zwischen euch und dem Gott. Ich werde an den Aton die Bitte richten, und er wird seinen Sohn erhören und die Überschwemmung gewähren. Ich, Echnaton, verspreche es euch.»

Es gab keinen Beifall. Teje entriß Huya ein Tuch, um sich den Nacken abzuwischen, und sah Zweifel und Kummer in den nach oben gerichteten Gesichtern.

«Bring Wasser, Pharao!» rief jemand ungehalten. «Du bist ein Gott! Laß den Fluß steigen!»

Echnaton hob Krummstab und Wedel über das Volk, aber das Murren hielt an. Als er in den Schatten trat und sich zum Tempel aufmachte, wurde der Ruf von der gesamten Menge aufgenommen. «Schaffe Wasser, Pharao!» schrien die Leute, und unüberhörbar war der Spott in ihren Stimmen. «Schaffe Wasser, göttliche Inkarnation!» Merit-Aton neben ihm wurde rot vor Scham, zog ihn weiter, bis sie unter den Bäumen des Tempelgartens waren und zum Pylon gingen. Dort angekommen, blieb er plötzlich stehen, lehnte sich an den rauhen Stein und krümmte sich. Wieder kam ein Diener mit einer Schüssel zu ihm, aber der Anfall ging vorüber. Echnaton richtete sich mit schmerzverzerrtem Gesicht auf und setzte seinen Weg fort.

Von ihrem beschatteten Pavillon aus sah Teje Merit-Aton, die allein in dem riesigen Allerheiligsten stand, ein kleiner schwarzer Kopf, gekrönt von der goldenen Kobra, zwischen unzähligen Opfertischen, gebeugt in der unerträglichen Hitze, ein wenig schwankend, während ihr Gemahl die Stufen zum Altar emporstieg und zu beten begann. Seine Worte waren zwar nicht zu verstehen, hallten aber angstvoll und flehend von den hohen Mauern wider. Er warf sich zu Boden, kniete dann, hielt sich an den Seiten des mit Opfergaben beladenen Tisches fest und preßte die Stirn an den Stein. Merirê umkreiste ihn mit Weihrauch und goß ihm Öl auf den Kopf. Er stöhnte laut. Hinter dem Altar erhob sich der Ben-Ben, und sein Abbild darauf lächelte. Das Öl rann ihm in den Nacken und tröpfelte, in dem harschen Licht glänzend, über seinen Rücken. Auf dem Vorhof hoben und senkten sich die Stimmen der Tempelsängerinnen. Für Teje hatte die Szene etwas altertümlich Barbarisches an sich – der sich windende, gequälte Mann, die Reihen rauchender Steinplatten, die unnatürlich reglosen Priester in Weiß, die schmächtige, prächtig gekleidete Königin, die vor Schwäche leicht schwankte, und über allem, wie unwiderstehliche, gefühllose Stimmen von Dämonen, der geisterhafte Gesang. Die Grausamkeit der Sonne war fast unerträglich, und Teje schoß plötzlich der Gedanke durch den Kopf, daß der seit Jahren von seinem Sohn so überschwenglich angebetete Aton stolzgeschwellt, aber noch immer unersättlich sei, mit zunehmender Kraft schließlich die Oberhand über die von Echnaton gelehrte Güte gewonnen habe und sich mit seiner ganzen Grausigkeit über Ägypten ergieße. Je mehr Pharao stöhnte und betete, um so schlimmer schien die Hitze zu werden. Teje, deren Beine müde waren und deren Rücken schmerzte, sank auf den Hocker, den sie sich unter ihr Sonnendach hatte stellen lassen. Merit-Aton drehte sich bei dem leisen Geräusch um; sie war blaß. Teje winkte ihr, aber nach einem Augenblick des Zögerns schüttelte sie den Kopf, sie wagte nicht, ihren Vater oder den Gott dadurch zu kränken, daß sie Schatten aufsuchte.

Als Teje wieder zu ihrem Sohn hinüberblickte, erstarrte sie vor Schrecken. Er lag vor dem Altar, aber mit dem Gesicht nach oben, und seine Glieder waren steif. Der Kopf war absurd vom Körper abgewinkelt, und er stieß erstickte Schreie aus. Merirê stand zu seinen Füßen und schwenkte ein Weihrauchgefäß über ihm. Teje erhob sich sofort, schrie im Vorbeigehen die Priester an und eilte, gefolgt von Merit-Aton, die Stufen hinauf. Sie beugte sich über Pharao.

«Bringt schnell ein Sänfte», befahl sie. «Aber zuerst einen Baldachin. Majestät, suche Panhesi, er soll nach den Ärzten schicken.»

«Aber Majestät», protestierte Merirê, «Sänftenträger dürfen nicht ins Allerheiligste kommen! Es ist verboten!»

Sie nahm keine Notiz von ihm. Andere Priester eilten sich, ihren Befehl zu befolgen, und schon wurde Pharaos Sänfte zwischen den Opfertischen herangetragen. Echnaton hatte jetzt die Zähne zusammengebissen, die Augen waren weit geöffnet, aber der Blick leer. Erbrochenes tröpfelte aus einem Mundwinkel. «Geh und sag den Frauen im Vorhof, sie sollen still sein», schrie Teje Merirê an. «Es ist zu heiß zum Singen!» Aschfahl und eingeschüchtert ging er davon, und gleich wurde der Gesang leiser und verstummte dann. Behutsam hoben die Sänftenträger Pharao auf, und der Baldachin wurde über ihm entfaltet. Teje folgte ihm, als er in seine Gemächer getragen wurde.

Als sie ihn auf sein Bett legten, war die Starrheit von seinem Körper gewichen, und er begann zu murmeln und dann und wann Worte des Gebets, Teile von Liebesliedern und lange zusammenhanglose Sätze zu schreien. Teje überließ ihn den Ärzten und wartete mit Merit-Aton draußen auf dem Korridor, wo Parennefer, Panhesi und andere Angehörige der Dienerschaft sich besorgt eingefunden hatten. Nach mehreren Minuten kam einer der Ärzte heraus und verbeugte sich.

«Was fehlt ihm?» fragte Teje.

«Es scheint eine Art Anfall gewesen zu sein, Majestät», erklärte er. «Es geht Pharao schon viel besser, aber er ist geschwächt.»

«Vermagst du ihn zu behandeln?»

Der Mann suchte nach Worten. «Nein», sagte er schließlich. «Wäre Pharao ein gewöhnlicher Sterblicher und kein Gott, würde ich sagen, daß ihn entweder die Dämonen in den Klauen hatten oder er an einem Wahnsinn litt, der einem Menschen nach dem Gesetz völligen Schutz sichert. Aber da Pharao göttlich ist . . .» Klugerweise beendete er den Satz nicht. Teje entließ ihn, gab Merit-Aton einen Wink, ihr zu folgen, und ging hinein.

Echnaton lag auf Kissen gebettet da. Kleine Schauder schüttelten ihn dann und wann, und sein Gesicht war noch bleich nach dem heftigen Anfall, aber seine Augen waren klar. Merit-Aton kniete nieder und küßte seine Hand, Teje verbeugte sich und setzte sich auf den Rand des Bettes.

«Sie haben mir befohlen, nicht in die Sonne zu gehen», sagte er. Eine Hand schob sich in Tejes und hielt sie ganz fest.

«Dann mußt du gehorchen, mein Sohn.» Plötzlich kam ihr ein Gedanke. «Hat der Gott mit dir gesprochen? Du bist schon früher krank gewesen, aber es war nie so schlimm wie diesmal.»

Er senkte den Blick. «Nein, der Gott hat nicht gesprochen. Ich hatte keine Vision.»

Teje streichelte seine Finger. «Pharao, ich möchte, daß du erwägst, was geschehen soll, wenn der Gott dich mit einem Krankheitsanfall heimsucht, von dem du dich nicht erholst, wenn die Träume, die er dir schickt, kein Ende nehmen. Ich spreche nicht vom Tod», fügte sie rasch hinzu, als sie sah, daß sich sein Ausdruck verhärtete. «Aber es ist an der Zeit, einen Thronerben zu bestimmen.»

«Ich habe darüber nachgedacht», sagte er, sehr zu ihrer Überraschung. «Es müßte ein Kind meiner heiligen Lenden sein. Tutanchaton ist der einzige, der in Frage kommt.» Er sprach ganz klar und vernünftig, als habe der Anfall seinen Verstand gereinigt. Teje kämpfte gegen das Verlangen an, ihre Verwunderung über diese Wendung der Dinge erkennen zu lassen, aber sie fürchtete, jede Reaktion könnte seinen Gedankengang ablenken.

«Das finde ich nicht», widersprach sie freundlich. «Tutanchaton ist zu jung. Er würde die Beute gewissenloser Männer werden, die danach trachten würden, durch ihn alles rückgängig zu machen, was du für die Sonnenscheibe getan hast.»

«Du könntest Regentin werden», schlug er vor und sah zu ihr auf.

Teje lächelte das arglose, vertrauensvolle Gesicht an. «Echnaton, ich werde nicht ewig leben. Du auch nicht. Semenchkarê ist jetzt sechzehn und ein Mann. Er würde keinen Regenten brauchen, nur Berater. Er ist nicht dein Sohn, aber meiner und dein Bruder. Entscheide dich für ihn, damit ich in Frieden schlafen kann.» Sie lauerte auf die verräterischen Zeichen der Ablehnung, aber er blieb ruhig, lag entspannt unter dem dünnen Laken, und nur die Finger in ihrer Hand verrieten eine Reaktion. Sein Gesicht trug einen Ausdruck betrübter Würde. Merit-Aton war plötzlich still geworden, hielt den Blick unverwandt auf Teje gerichtet.

«Ich würde ihn zu einem vollgültigen Mitglied der Familie der Sonnenscheibe machen müssen», sagte er nachdenklich, «aber vielleicht ist es so bestimmt. Er sieht mir sehr ähnlich, Mutter, ist dir das aufgefallen? Dieselbe Kopfform.» Echnaton entzog ihr sanft seine Hand und legte sie auf seine Brust. «Ich habe verstanden, was die Leute heute nicht ausgesprochen haben», fuhr er fort. «Ich tat nur so, als verstünde ich es nicht. Sie haben vergeblich gebeten. Der Aton wird uns kein Wasser schenken. Ich weiß es. Es muß meine Sünde sein, daß der Gott meine Gebete nicht erhört. Vielleicht wird er seines Sohnes überdrüssig, und sein Auge ist auf eine neue Inkarnation gerichtet.» In seiner Stimme schwangen das Eingeständnis der Niederlage und echter Kummer mit. «Nun gut. Laß die Schriftrolle vorbereiten, und ich werde sie unterzeichnen und siegeln, aber nicht heute.» Die helle Stimme klang erschöpft. «Ich muß schlafen. Merit-Aton, bleibe bei mir. Ich fürchte mich.»

Teje wagte kaum, sich ihren Sieg einzugestehen. Sie ließ einen Schreiber in ihr Haus kommen und diktierte die Urkunde, die Semenchkarê berechtigte, nach dem Tod seines Bruders die Doppelkrone zu tragen. Sie behielt das Schriftstück bei sich, entschlossen, keine Zeit zu verlieren und es gleich am nächsten Tag von Pharao mit seinem Siegel versehen zu lassen. Dann schickte sie nach Semenchkarê. Stunden waren vergangen, und als er schließlich erschien und sich vor ihr verbeugte, war er benebelt von Wein.

«Wenn ich nicht schwimmen oder mit Merit-Aton zusammensein kann, kann ich wenigstens trinken», war seine mißmutige Antwort, als sie eine sarkastische Bemerkung darüber machte. «Meine Freunde und ich waren in Maru-Aton. Da gibt es nicht mehr viel Laub, aber der Pavillon ist kühl.»

Sie warf ihm die Schriftrolle zu. «Lies das.»

Lustlos rollte er sie auf und lehnte sich an die Wand. Als er fertig war, ließ er sie aufs Bett fallen. «Na, das war auch Zeit», sagte er, «aber es bedeutet jetzt nicht viel. Pharao kann noch viele Jahre leben, während Merit-Aton alt und fett wird und ich vor Langeweile dahinsieche.»

«Was habe ich getan, daß die Götter mich mit einem so mürrischen, unwissenden, selbstsüchtigen, undankbaren Sohn bestrafen?» brauste Teje auf. «Ich habe gerade Ägypten für dich errungen, und du beklagst dich immer noch. Hör mal zu. Von jetzt an wird Pharao dich scharf beobachten. Du mußt ehrerbietig im Tempel sein. Schließe deinen Amun-Schrein. Verbringe nicht zuviel Zeit mit deinen Freunden. Wir wollen nicht den Eindruck erwecken, daß du planst, dir die Krone anzueignen, ehe sie dir rechtmäßig zukommt. Es tut mir weh, Semenchkarê, aber ich glaube, Pharao wird nicht mehr lange leben. Du solltest darüber nachdenken, was du mit Ägypten tun willst, wenn er nicht mehr ist.»

Semenchkarê zuckte die Schultern, und Teje, die ihn beobachtete, wie er da entspannt an der Wand lehnte, und seine hängenden, schmalen Schultern und die kleine Wölbung unter seinem Gürtel sah, spürte wirkliche Angst in sich aufsteigen. «Ich mag Achet-Aton», antwortete er. «Du hast mich lange genug davon ferngehalten. Ich werde hierbleiben und Malkatta verrotten lassen. Ich werde Merit-Aton heiraten und mich meiner Rechte als Pharao erfreuen.»

«Es spielt keine Rolle, wo du wohnst, solange du Schritte unternimmst, unser ausländisches Herrschaftgebiet zu festigen und die Verehrung von Amun wiederherzustellen.»

«Das klingt sehr uninteressant. Ich sollte vermutlich daran denken, Botschafter hinauszuschicken. Hast du etwas Wein hier, Mutter?»

«Nein. Denke über das nach, was du tun willst, aber vergiß nicht, daß du noch nicht Pharao bist. Wenn du zu ungeduldig erscheinst, könnte Pharao sich eines Besseren besinnen.»

«Welches Besseren?» lachte Semenchkarê.

Zu ihrer Verwunderung merkte Teje, daß ihr Tränen in die Augen traten. «Sein Sinn ist erfüllt von Träumen einer Art, die kein Gott dir zu offenbaren geruhen würde», sagte sie undeutlich. «Ich lasse nicht zu, daß du dich über ihn lustig machst, und ich befehle dir, deinen sogenannten Freunden den lästerlichen Mund zu stopfen. Er ist mein Sohn, und ich liebe ihn. Geh mir aus den Augen.»

«Er war auch dein Gemahl, solange er dir nützlich war», erwiderte Semenchkarê unverschämt, löste sich von der Wand, verbeugte sich flüchtig und schlenderte zur Tür. «Glaube ja nicht, Majestät, daß du auch mich ausnutzen kannst. Wenn die Doppelkrone auf meinem Kopf ist und Merit-Aton in meinem Bett, werde ich dankbar sein, aber erst dann.» Eine Antwort oder die Erlaubnis, sich zu entfernen, wartete er nicht ab, sondern knallte die Tür hinter sich zu.

Teje legte sich hin und hielt die Tränen nicht mehr zurück. Sie vergoß sie nicht nur für Echnaton, sondern auch für sich selbst, es war das plötzliche, hilflose Weinen alter Menschen, für die Selbstmitleid eine verlockende Befriedigung ist. Semenchkarê war ein hartherziger, egoistischer Mensch, der sich noch nicht bewußt war, daß er, wenn er seinen Bruder mit solcher Geringschätzung betrachtete, sich selbst sah.

Pharao unterzeichnete die Urkunde über die Nachfolge am nächsten Tag, wie er es versprochen hatte. Der Palast atmete erleichtert auf, und die naiveren Höflinge und eine große Zahl Stadtbewohner gingen zum Fluß, sahen sich das Rinnsal an, das der Nil geworden war, und erwarteten, der Aton werde seine Freude dadurch bekunden, daß er die Überschwemmung in Gang brachte. Aber andere waren zu sehr in Anspruch genommen, um sich dafür zu interessieren, welcher Horus im Nest sein mochte, denn aus dem Delta waren Berichte eingetroffen, daß sich Krankheit unter den Herden ausbreitete, deren Weideland verdorrte. Die Höflinge und ihre Verwalter auf den Delta-Besitzungen tauschten Eilbotschaften, aber alle wußten, daß man nichts tun konnte.

Djarucha erging es weniger schlecht als den anderen Gütern. Es gab zwei große Seen auf Tejes Besitz, deren Wasser auf ihren Befehl benutzt wurde, um die Wiesen wenigstens zu besprühen, damit etwas Gras für ihr Vieh wuchs. Sie hatte dort auch einen Getreidespeicher, den ihr Verwalter jetzt für die Dörfer öffnete, in denen ihre Arbeiter hausten. Sie wollte keine toten Fellachen haben und wenn der Nil wieder stieg, niemanden, der arbeiten konnte. Eje versuchte die Leute auf dem Familiengut in Achmin ebenso zu unterstützen, aber die Sklaven anderer Adeliger waren nicht so glücklich.

Pachons und Payni vergingen, und jetzt fand man die ersten ausgemergelten Leichen von Bauern, ans Ufer gespült unterhalb der Kais von Achet-Aton selbst, zusammen mit den Kadavern von Ochsen und Ziegen. Die Höflinge waren entsetzt und empört, und Eje beauftragte Soldaten, den Fluß in der Nähe des südlichen Zollhauses ständig zu überwachen, damit die Leichen herausgefischt werden konnten, ehe sie in Sichtweite der Stadt trieben. Aber sie vermochten nicht alle herauszuangeln, und die Adeligen blieben dem Nil möglichst fern, um Ägyptens Todeskampf nicht sehen oder riechen zu müssen. Pharao versorgte die Stadt mit Getreide. Achet-Aton war magisch, war heilig, Sitz des Gottes und seiner erwählten Familie, und hier durfte kein Bürger hungern. Die Stadtbewohner hatten Brot und tranken vorjährigen Wein, während das Feuer des Schemu das Land verzehrte und Ägypten dalag wie eine öde Wüste, erfüllt nur vom Wehklagen und Jammern der Trauernden.

Das saftige Grün auf Nofretêtes Terrassen begann zu welken. Ob die abgesetzte Königin jede Fühlungnahme mit der Stadt verweigerte und sich hinter verletztem Stolz verschanzte oder ob Pharao selbst den Abbruch aller Verbindungen angeordnet hatte, wußte Teje nicht; aber sie schickte Huya in den nördlichen Palast, um sich zu vergewissern, daß ihre Nichte gesund sei. Er kam nur mit seinen eigenen Eindrücken zurück. Der See sei ausgetrocknet. Nofretête gehe es gut, aber unter ihrer Dienerschaft herrsche Krankheit.

«Die Königin ist sehr schweigsam», berichtete er, «und scharfzüngig, wenn sie spricht. Sie hat etwas zugenommen, aber das trägt nur zu ihrer Schönheit bei. Ihr Gesicht wirkt sehr kummervoll.»

Teje war beruhigt, daß es Nofretête gutging und sie anscheinend fähig war, ihr kleines Reich zu verwalten. Sie beschloß, für ihre Freilassung zu sorgen, wenn Semenchkarê noch zu ihren Lebzeiten Pharao werden sollte. Nofretête würde nicht mehr in der Lage sein, viel Schaden in der Regierung anzurichten.

Die Krankheit im nördlichen Palast griff bald auf die Stadt selbst über. Am schwersten betroffen im königlichen Palast waren die Kinder und die älteren Haremsfrauen. Huya versuchte, das Kommen und Gehen der Ärzte zu organisieren, die Sterbenden von den Gesunden zu trennen und für das Wegschaffen der Leichen zu sorgen, und riet Teje in seiner Besorgnis, Tutanchaton und Beket-Aton aus dem Palast herauszuholen. Teje setzte sich sofort mit Tiê in Verbindung, um die Kinder bei ihr auf dem anderen Flußufer unterzubringen. Pharao hatte die Gewißheit belebt, daß er durch Semenchkarês Ernennung zu seinem Erben die Sonnenscheibe beschwichtigt habe, und war überzeugt, daß sich die Krankheit bald legen werde. Obwohl es Hochsommer war, promenierte er durch die Haremsgemächer, rügte die Kranken und Sterbenden, daß es ihnen an Glauben mangele, und versprach ihnen, der Fluß werde bald steigen und ihren Körpern stehe Reinigung bevor. Aber wenn die Leidenden aufschauten und den nassen roten Mund ihres Königs, seine zitternden Hände und den fiebrigen Glanz in seinen Augen sahen, meinten sie, der Tod grinse sie über seine Schulter an.

Die Sem-Priester und ihre Gehilfen im Haus der Toten arbeiteten unermüdlich, um diejenigen für die Bestattung vorzubereiten, die innerhalb von Pharaos Bereich gestorben waren; aber in der Einbalsamierungsstätte für die gewöhnlichen Bürger von Achet-Aton häuften sich die verwesenden Leichen bald dermaßen, daß vom Tempelamt der Ärzte ein Erlaß ausgegeben wurde, der verfügte, daß die Toten nur oberflächlich einbalsamiert und dann gleich in der Wüste begraben werden sollten. Es gab nun Familien, die pflichtschuldig die siebzig Tage der Trauer einhielten, obwohl ihre Angehörigen längst im Sand bestattet waren. Schlimmer noch, viele Tote verwesten so schnell, daß die überlasteten Balsamierer nichts mehr tun konnten, wenn sie mit ihrem Werk beginnen wollten.

Der Gestank des Todes hing über Palast und Stadt, während die Krankheit ihren Lauf nahm. Teje blieb in ihrem Haus und ließ die

Diener duftendes Öl verbrennen, um den Geruch zu überdecken, aber es gelang nicht ganz. Jeden Tag schickte sie einen Herold hinüber zu Ejes Haus mit dem Auftrag, ihr ausführlich über das Wohlergehen von Beket-Aton und Tutanchaton zu berichten, und wartete voll Angst, bis er zurückkehrte und ihr versicherte, daß die Kinder nicht krank seien. Fünfmal erhielt sie denselben Bescheid, aber am sechsten Morgen berichtete der Herold von Krankheit unter Tiês Dienstboten und daß Prinzessin Beket-Aton an einer Erkältung leide. Teje traf sofort Vorkehrungen, die Kinder nach Norden auf ihr Gut in Djarucha zu schicken.

Am Mittag des nächsten Tages hatte sie die Vorbereitungen für die Reise fast beendet, als Huya mit ernstem Gesicht zu ihr kam. Er verbeugte sich. «Majestät, Prinzessin Tiê bittet, du mögest kommen, zusammen mit deinem Arzt. Beket-Aton ist zu krank, um zu reisen.»

Teje sank der Mut, aber sie kämpfte gegen die Angst an, die sie befiel. «Schicke mir Piha, sie soll mich anziehen, und laß mein Boot bereit machen. Geht es Tutanchaton gut?»

«Ja. Aber zwei von Tiês Kammerfrauen sind gestern gestorben.»

Teje hatte geruht. Sie stand auf, und plötzlich hämmerte ihr Herz, und am ganzen Körper brach ihr der Schweiß aus. Die Hitze war unerträglich. «Geh und sage Pharao Bescheid.»

«Majestät, der Gott hat den ganzen Vormittag erbrochen, und seine Ärzte lassen ihn nicht aufstehen.»

«Dann sage Panhesi Bescheid.»

Sie ließ sich von Piha in dünnes Leinen hüllen, konnte aber weder Schminke auf ihrem schmerzenden Gesicht ertragen, noch das Gewicht einer Perücke auf dem Kopf. In einem Monat ist Neujahr, dachte sie, als sie langsam hinaus in die Sonne ging, und im darauffolgenden wird der Fluß zu steigen beginnen. Es wird hier wieder Winter sein. Isis, jeden Tag habe ich zu dir gebetet, du mögest deinen Zorn von uns abwenden. Erweiche dein Herz und laß die Tränen fließen. Beket-Aton, ich habe dich geliebt, als du ein Kind warst, aber in letzter Zeit habe ich mich nicht um dich gekümmert. Bist du einsam gewesen? Doch unter dieser neuen Quelle von Schuldbewußtsein sprudelte unheilvoll und unvermeidlich eine ältere. Sie ist ihres Vaters Schwester. Die Götter bestrafen mich schließlich. Beket-Aton wird sterben.

Der Fluß führte so wenig Wasser, daß der Bootsmann vorsichtig um die gefährlich herausragenden Felsen herumstaken mußte. Teje saß in der Kajüte, deren Vorhänge hochgezogen waren, um jeden Lufthauch aufzufangen, und sah den aufgetriebenen Kadaver eines Krokodils vorbeitreiben. Sie schaute weg; es war ein schlechtes Omen. Als sie zum Westufer kamen, wurde die Rampe ausgefahren, aber sie mußte so steil angelegt werden, um die Kaimauer zu erreichen, daß Teje sich von ihrem Kapitän stützen lassen mußte, um beim Hinübergehen nicht zu stürzen. Das schlammige Wasser roch so übel, daß sie ihr Leinengewand an die Nase hob und durch den vertrockneten Garten in den Schatten des Säulenvorbaus eilte. Tutanchaton kam ihr entgegengelaufen, und ehe sie sich zusammennahm, um hineinzugehen, beugte sie sich hinunter und umarmte ihn, plötzlich voll Angst um seine Sicherheit. Es hatte keinen Zweck, ihn nach Djarucha zu schicken; überall herrscht die Seuche. Vielleicht würde Nofretête ihn aufnehmen. In ihrem Palast schien die Krankheit am wenigsten zu wüten. Sie schärfte ihm ein, er solle in seinem eigenen Zimmer bleiben, küßte ihn und stürzte in das stickige Haus.

Tiê war so klug gewesen, die Fenstervorhänge an der Westseite von Beket-Atons Zimmer hochzuziehen und Fächerträger anzuweisen, sich neben das Fenster zu stellen und Luft hereinzuwedeln. Beket-Aton lag auf der Seite, von Fieberschauern geschüttelt. Als Teje sie berührte, schreckte sie zurück, denn die Haut des Mädchens war trocken und heiß wie eine Kohlenpfanne. Der Aton verzehrt sie, ihr eigener Vater verschlingt sie, dachte Teje hysterisch, dann beherrschte sie sich gleich. Schüsseln mit Flußwasser standen auf dem Tisch neben dem Bett, und ein Arzt wusch das Mädchen beständig ab. Auf einen Wink von Teje untersuchte ihr eigener Arzt die Kranke rasch, aber Beket-Aton bemerkte es überhaupt nicht. Sie murmelte und rief manchmal laut im Delirium. Die beiden Ärzte berieten miteinander, während Teje, von Kummer überwältigt, auf ihre und Pharaos dreizehnjährige Tochter hinunterblickte.

«Die Prinzessin hat am Rücken ein Geschwür, das zum Aufstechen noch nicht reif ist», sagte ihr Arzt leise. «Es muß ihr große Schmerzen bereiten. Wie du weißt, Majestät, läßt sich gegen das Fieber nichts tun. Es muß seinen Lauf nehmen. Zauberworte könnten wirksam sein.»

Zauberworte. Teje schloß die Augen. Habe ich ein Recht, den Zorn der Götter zu verhindern? Ja, denn er sollte auf mich gerichtet sein, nicht auf mein Kind. Sie wandte sich zu Tiê um, die sich im Hintergrund hielt. «Besteht Hoffnung, daß es in Achet-Aton Zauberer gibt, die die alten Beschwörungsformeln gegen Fieberdämonen kennen, Tiê?»

Tiê dachte nach. «Meine Handwerker werden es wissen. Ich will sie gleich fragen.» Als sie hinausging, begann Beket-Aton zu schreien, und die Ärzte rannten zu ihr. Sie war von Krämpfen befallen, ihr Rückgrat wölbte sich, die Beine waren steif, und die Männer brauchten ihre ganze Kraft, um sie auf der Matratze festzuhalten. Als der Anfall vorüber war, beugte sich Teje über das Bett, um sie zu trösten, aber obwohl die Augen offen waren, hatte das Mädchen das Bewußtsein noch nicht wiedererlangt.

In Tiês hübschem Empfangsraum wurden Teje Wein und getrocknete Früchte aus der vorjährigen Ernte angeboten, aber sie aß und trank nur widerwillig. Sie war kaum fertig, als Tiê sich verbeugte, und drei dunkelhäutige Arbeiter in groben Schurzen, die barfuß hinter ihr kamen, sich zu Boden warfen.

«Diese Männer sind in meinen Werkstätten beschäftigt, Majestät», erklärte Tiê. «Ich glaube, es gibt keine Priester-Zauberer der alten Ordnung in Achet-Aton, und es würde sowieso zu lange dauern, sie zu finden. Meine Leute sind keine Priester, aber sie kennen die Zaubersprüche. Fieber ist ein ständiger Begleiter der Arbeiter.»

Teje schaute hinunter auf die kräftigen Rücken und struppigen schwarzen Köpfe zu ihren Füßen. Es stimmte, es war keine Zeit zu verlieren. Was ist aus Ägypten geworden, dachte sie, wenn eine königliche Prinzessin die Anwesenheit von drei Fellachen wie diesen ertragen muß? «Steht auf», sagte sie unwillig. Sie taten es und standen mit abgewandtem Blick verlegen da. «Ihr werdet gegen die Dämonen im Körper meiner Tochter singen. Ihr werdet mit dem Rücken zu ihrem Bett stehen. Wenn alles vorbei ist, werde ich euch mit einem Monatsvorrat Getreide belohnen. Kommt mit.»

Sie ging mit ihnen zu Beket-Aton. Das Mädchen weinte jetzt ohne Tränen, es war ein Wimmern bei jedem Ausatmen, das Teje einen Stich ins Herz versetzte. So leise, wie sie nur konnten, gingen die Männer durch das Zimmer, stellten sich mit dem Gesicht zur Wand, räusperten sich und summten, bis sie den gewünschten Ton fanden. Sie begannen zu singen, es klang rauh und derb, war aber dennoch für diejenigen, die es hörten, ein verzerrter Abglanz der Vergangenheit. Es gab eine kleine Unruhe hinter Teje, und als sie sich umdrehte, sah sie einen Herold auf den Knien liegen. «Nun?»

Er hielt eine Schriftrolle hoch. «Pharao macht sich Sorgen um seine Tochter», flüsterte er. «Er befiehlt, daß dies hier auf ihre Brust gelegt werde. Er kann nicht selbst kommen.»

«Was ist das?»

«Ein Gebet um Heilung an den Aton.»

«Geh.» Als er draußen war, rollte sie den Papyrus auf und zerriß ihn, sie ließ die Stücke auf den Fußboden fallen und ging ebenfalls hinaus. Die Arbeiter würden singen, bis das Fieber nachließ oder die Prinzessin starb. Mehr konnte Teje nicht tun.

Beket-Aton starb vier Stunden später, geschwächt nicht nur durch das Fieber, sondern auch durch die Krämpfe, die die Ärzte nicht hatten verhindern können. Huya kam, und Teje gab ihm die notwendigen Anweisungen. Sie ging nicht wieder hinein, um sich ihre Tochter anzusehen. Sie konnte den Anblick einer weiteren Leiche, einer weiteren leblosen Hülle, nicht ertragen, nicht einmal die ihres eigenen Kindes. «Bring sie schnell zu meinen Balsamierern», befahl sie. «Bis ihr Vater seine Anordnungen trifft, wird die Einbalsamierung schon begonnen haben. Wenn ich könnte, würde ich sie zu einer angemessenen Bestattung nach Karnak schicken. Ich werde noch eine Nacht hier bei Tiê bleiben. Ich möchte jetzt noch nicht in die Stadt zurückkehren.»

Huya zögerte. «Majestät, als ich gerade herkommen wollte, ist ein Brief für dich eingetroffen, vom Landgut der Prinzessin Tia-Ha.»

Was der Brief enthielt, brauchte Teje nicht gesagt zu werden. Ihre Bestrafung hatte begonnen, und von jetzt an konnte nichts die erbarmungslose Rache der Götter aufhalten. «Sie ist also gestorben?»

Huya nickte. «Im Schlaf, Majestät. Sie hat dir verschiedene Schmuckstücke vermacht und versprochen, sie werde sich bei den Göttern für dich verwenden.»

Eine Göttin brauchte die Fürsprache einer gewöhnlichen Sterblichen nicht, das wußte Teje, aber Tia-Ha hatte ihre Nöte begriffen. Das stärkste Bindeglied zwischen mir und meiner Vergangenheit besteht nicht mehr, dachte Teje, als sie sich schwankend zu dem Gemach begab, das Tiê ihr eingeräumt hatte. Meine liebe Freundin, meine fröhliche Gefährtin, ich habe nicht mehr gelacht, seit wir uns trennten. Keine Einsamkeit ist so bitter wie diese. Ich kann mich um meine Tochter nicht so grämen, wie ich um dich trauere, die einzige, die seit frühester Jugend mein Leben teilte, und die Erinnerungen daran hast du mit ins Grab genommen. Sie legte sich auf ihr Bett und sah zu, wie die untergehende Sonne die Wände rot malte, ehe sie in Dunkelheit versanken; und während das Licht erstarb, erkannte sie, daß am Leben zu sein, nachdem alle ihre Lieben dahingegangen waren, genug Strafe für jede Sünde war.

22

Beket-Atons Bestattung fand in glühender Sommerhitze statt, und nicht eine einzige Blume konnte man auf die ineinandergeschachtelten goldenen Särge legen. Die Hand des Gottes lastete schwer auf denjenigen, die vor dem Felsengrab standen und zuhörten, als Merirê und seine Priester Abschnitte aus der Unterweisung rezitierten. Nirgends enthielten die schönen Worte einen Hinweis auf Strafe oder Vergeltung, doch Ägypten keuchte, abgezehrt und sterbend, in den Klauen von Hungersnot und Krankheit. Kein Festmahl wurde anschließend abgehalten, und die Trauergäste trennten sich in aller Stille auf der Suche nach einem Trost, den es im Palast nicht mehr gab.

Der Neujahrstag wurde in derselben fatalistischen Stimmung gefeiert, die bei dem Begräbnis geherrscht hatte; es war eher eine Versammlung von Ausgestoßenen oder ein Schulterschluß von Verletzten, die sich gegenseitig Beistand leisten wollten, als eine Demonstration der ägyptischen Macht. Keine ausländische Delegation war da, um Pharao zu huldigen und reiche Geschenke zu überbringen. Wenige Höflinge brachten den Optimismus auf, mit neuen Moden zu prunken an diesem Tag, an dem jeder wichtige Beamte traditionsgemäß seine Macht zu Schau stellte und die Streber unbedingt auffallen wollten. Kein Bürgermeister überbrachte die guten Wünsche und Gaben seiner Stadt, und einer nach dem anderen entschuldigten sie sich schriftlich für ihre Abwesenheit. Sie versuchten alle, jeden Morgen mit neuen Leichenbergen auf ihren Straßen fertig zu werden; mit dem epidemischen Auftreten von Krankheit, Blindheit und Lähmungen; mit Ausbrüchen von Gewalttätigkeit zwischen Fellachen, die das Land verlassen hatten, wo sie dem Hungertod ausgeliefert waren, und den Städtern, die von dem wenigen, was sie hatten, nichts abgeben wollten. Auch Haremhab war nicht anwesend, er war dringend nach Memphis gerufen worden, weil in den Kasernen eine Meuterei ausgebrochen war. Mutnodjme, so gelassen und gleichmütig wie immer, küßte Pharaos Füße und bedeckte sie mit künstlichen Blumen, wie es Brauch war. Merit-Aton saß neben ihrem Vater, glitzernd vor Gold und mit blau geschminkten Augen, aber sie war in sich gekehrt. Teje war gar nicht erschienen. Die Nachricht von Tia-Has Tod hatte sie sehr schwer getroffen, und ein leichtes Fieber, begleitet von entzündeten Gelenken und einem Wiederauftreten ihrer Unterleibsschmerzen, zwang sie, das Bett zu hüten. Eje hielt den Fächer am rechten Knie seines Herrn und war äußerlich so zuversichtlich wie immer, aber er wollte niemandem in die Augen sehen.

An dem anschließenden Festmahl nahmen nur wenige teil, obwohl viele Unterhaltungskünstler aufgeboten worden waren, und das Gelächter der Gäste klang eher pflichtschuldig als fröhlich. Um Mitternacht war Pharao allein auf der Empore, und die große Halle war leer – bis auf Semenchkarê, der mit gekreuzten Beinen vor seinem kleinen Tisch saß, den Kopf in eine Hand stützte und mißmutig das trockene Brot zerkrümelte, das noch auf seinem Teller lag. Diener standen reglos in den Schatten, die die Wände verschlangen, außerhalb der Reichweite der noch flackernden Fackeln. Die Königin hatte sich schon viel früher entschuldigt und Mattigkeit infolge der drückenden Hitze vorgeschützt. Hinter Echnaton warteten Fächerträger, Haushofmeister und Kammerdiener geduldig auf seinen Aufbruch, aber er traf keine Anstalten, sondern machte dann und wann den Mund auf, als wolle er sprechen. Der aufdringliche Duft von weggeworfenen Parfumbehältern hing in der Luft und vermischte sich mit dem Geruch von Speiseresten.

Semenchkarê war in schwermütige Träumerei versunken; nur seine Finger bewegten sich zwischen den Krümeln und Stückchen schwarzen Brotes. Zuerst hörte er seinen Namen nicht, aber Pharao rief noch einmal, und verblüfft schaute er auf.

«Majestät?»

«Komm hier herauf, Prinz.»

Gehorsam erhob sich Semenchkarê, ging zur Empore hinauf und verbeugte sich mehrmals. Echnaton deutete auf Merit-Atons leeren

Stuhl, sah ihn ausdruckslos einige Sekunden lang an und lächelte dann.

«Semenchkarê», flüsterte er, «was ist dem begnadetsten Volk unter dem Himmel widerfahren? Wohin ich sehe, überall ist Schmerz und Tod. Selbst hier, an dem Ort, den der Aton zu seinem Wohnsitz erwählt hat, herrscht Unheil. Ich bin erschöpft, bin nutzlos geworden. Meine Gebete verlassen meinen Mund nicht und schmecken nach Hungersnot. Mein Atem ist wie der Kamsin; er bringt nur Tod.» Er hielt inne und schluckte, und Semenchkarê konnte noch die Erregung hören, die Pharao in Schach zu halten versuchte. «Ich, der ich zwischen dem Gott und dem Volk stand, weiß nicht, was ich tun soll. Meine Fürbitten werden nicht erhört. Der Gott gibt mir keine Anweisung mehr.» Die vollen, orangerot geschminkten Lippen zitterten, und die goldbehängten Schultern krümmten sich. «Ich hatte geglaubt, als ich dich zum Erben machte, würde der Gott befriedigt sein. Aber dem ist nicht so. Es war nicht genug.» Er preßte beide Handflächen zusammen, und Semenchkarê sah, wie sich die empfindlichen Finger in äußerster Qual umeinander schlangen. «Aus irgendeinem Grund, den ich nicht verstehe, hat mich mein göttlicher Vater zurückgewiesen. Er liebt mich nicht mehr. Meine unvergängliche Aufgabe muß auf dich übergehen.» Hinter sich hörte Semenchkarê ein lautes Atemholen, und er nahm an, es müsse Eje gewesen sein.

«Majestät», sagte er, «ich weiß nicht, was du meinst.»

«Ich muß dir meine Befugnisse übertragen. Schon verändert der Aton deinen Körper, gestaltet ihn nach dem Vorbild, das er sich bei mir so sehr wünschte. Du wirst den Gottesdienst im Tempel leiten und dem Volk den Willen des Gottes bekanntgeben.»

«Aber, Horus, das will ich nicht!» stotterte Semenchkarê, plötzlich niedergeschlagen. «Der Gott hat mir nichts dergleichen angedeutet! Ich bin nur ein Prinz, ein Horus im Nest. Ich weiß nichts von der Unterweisung!»

«Ich auch nicht, bis der Gott mich zu erleuchten beschloß.» Echnatons Stimme klang erstickt, seine Augen standen voll Tränen. «In einem Monat sollte der Fluß zu steigen beginnen, wenn ich nach Ansicht der Scheibe richtig gehandelt habe.»

Semenchkarê starrte ihn an. «Du willst mir den Horus-Thron geben? Du willst von den heiligen Stufen herabsteigen? Ein Pharao kann seine Göttlichkeit nicht an einen anderen abtreten, es sei denn durch den Tod!»

«Nein, ich werde der Herrscher auf dem Thron bleiben, die göttliche Inkarnation in Ägypten. Ich gebe dir nicht die Macht zu herrschen, nur zu beten. Eines Tages wirst du die Inkarnation des Aton sein, aber jetzt wünscht er, dich in seine Familie einzuführen. Ein offenes Ohr wird er nur für dich haben. Bewahrer, nimm die Krone und die Insignien. Parennefer, mach die Korridore frei. Wir wollen in mein Schlafgemach gehen.» Er löste seine verkrampften Finger und strich Semenchkarê über die Wange, und etwas in den plötzlich matten Augen ließ den jungen Mann rasch zurückweichen. «Komm, Semenchkarê», drängte Pharao, als der Bewahrer ihm die Krone abnahm, sie durch ein weißes Leinentuch ersetzte und dann Krummstab und Wedel neben den Krummsäbel in den goldenen Kasten legte. «Ich werde dir die wahre Zugehörigkeit zur königlichen Familie verleihen.»

«Aber ich bin doch von königlichem Geblüt!» stieß Semenchkarê hervor, jetzt voll Angst. «Meine Mutter ist die Große Königsgemahlin, mein Vater . . .» Seine Worte verhallten, als er Ejes strengen Blick hinter Echnaton auffing. Die Warnung war unmißverständlich. Eine Sekunde lang war Semenchkarê in Versuchung, von der Empore hinunterzustürzen und in seinen Gemächern Schutz zu suchen, aber statt dessen stand er zitternd mit Pharao auf. Echnaton legte ihm den Arm um die Schulter und zog ihn an sich. Er atmete schwer und strich mit den Nägeln über Semenchkarês ölglänzende, nackte Haut. Der Herold rief all denen eine Warnung zu, die dem «Herrn allen Lebens» begegnen könnten.

Pharao ließ den Prinzen erst los, als sie hinter den geschlossenen Türen des königlichen Schlafgemachs waren, und dann nur, um seine Diener hinauszuwinken. Er schien seine ernste Stimmung überwunden zu haben. Sein Lächeln war nachsichtig, ermutigend, seine Augen blitzten. Er schenkte Wein ein und hielt Semenchkarê den Becher hin, der ihn ergriff und einen großen Schluck nahm, wobei der silberne Rand des Bechers an seinen Zähnen klapperte. Er fing an zu schwitzen. Echnaton trat dicht an ihn heran, streifte dem jungen Mann die blau-weißen Bänder vom Kopf, fuhr ihm mit den Händen über den geschorenen Schädel, über die Wangen und den kalten Mund. «Du bist sehr hübsch», sagte er. Semenchkarê vermochte ihm nicht in die Augen zu sehen. Er stand zitternd da und ließ den Kopf hängen wie ein Opferstier. Echnaton nahm ihm die Halsketten ab, die Armbänder und Ringe und küßte dabei jeden Finger. Er keuchte, seine schmächtige Brust hob und senkte sich rasch. Er tauchte die Finger in das duftende Öl, das in Semenchkarês Parfumbehälter geschmolzen war und jetzt seine Brust beschmierte. Semenchkarê preßte krampfhaft die Augen zu und versuchte sich im Geist zu Merit-Aton zu flüchten, an die schönen Tage in Malkatta zu denken, als sie zusammen gelacht und im Garten Bier getrunken hatten. An sein Boot auf einem voll strömenden Fluß, an die Angelrute in seinen Händen. An seine neuen Freunde, die ihm nachliefen, ihm kleine Geschenke machten und ihn Hoheit nannten.

Aber dem Abscheu, den er bei Pharaos Berührung empfand, konnte er sich nicht entziehen. Die Hände waren jetzt auf seinem Nacken. Echnatons parfümierter Atem stieg ihm in die Nase. Er schlug die Augen auf und sah, wie sich ihm das lange Gesicht näherte, die dicken Lippen leicht geöffnet. Ich darf nicht fliehen, dachte er verbissen. Wenn ich es tue, verspiele ich womöglich meine Chance, den Thron zu erlangen. Wenn ich ihn kränke, könnte Pharao Tutanchaton als Erben mir vorziehen, und ich würde immer ein Prinz bleiben und Merit-Aton nie bekommen.

Die Lippen drückten sich auf die seinen, zogen sich zurück und kehrten mit mehr Nachdruck wieder; Semenchkarê wurde an den weichen Körper des Gottes gezogen. Pharaos forschende Hände glitten Semenchkarês geraden Rücken entlang, stießen auf den Rand des Schurzes, lösten ihn und ließ ihn auf den Boden fallen. Die ölglitschigen Finger gruben sich in die festen Hinterbacken, der Mund fuhr über Semenchkarês Hals. Der junge Mann spürte, daß sich sein After unwillkürlich lockerte. «Sei tapfer, Prinz», murmelte Echnaton, ließ von ihm ab und lächelte. «Dies muß sein.» Er setzte sich auf den Bettrand und zog Semenchkarê an sich.

Später lag er da, den Arm um seinen Bruder gelegt, und Semenchkarês Kopf ruhte auf seiner Schulter. Ein Wind hatte sich erhoben, blies Staub durch die Schlitze unter der Zimmerdecke herein und fuhr um die Fenstervorhänge herum. Es war fast Morgen, aber abgesehen von dem gelben Licht einer einzigen trüben Lampe war das Zimmer dunkel.

«Du bist ein guter Mensch und sehr willig», sagte Pharao. «Du kannst der Gunst des Aton gewiß sein. Meine besitzt du schon. Ich möchte dir ein Geschenk machen, Semenchkarê. Was hättest du gern?»

Am liebsten würde ich zum Fluß laufen, mich hineinstürzen und mich waschen und waschen, dachte Semenchkarê verbittert, beschämt und gedemütigt. Aber ihm kam ein Gedanke. Er stützte sich auf einen Ellbogen und blickte auf das ruhige Gesicht hinunter.

«Wenn ich dich erfreut habe, Majestät Bruder, wenn du mich liebst und mich wirklich belohnen willst, dann gib mir Merit-Aton.»

Echnatons Gesicht wurde eisig. «Das ist nicht möglich.»

«Warum? Du kannst es verfügen. Ich bin jetzt dein Erbe. Hast du vergessen, daß dein Vorgänger dir Königin Sitamun verweigerte, deine eigene Schwester, daß er dich warten ließ, bis er tot war? Laß mich nicht so auf Merit-Aton warten.» Die hintergründige Drohung war offensichtlich, wie Semenchkarê es beabsichtigt hatte: Wenn du mich warten läßt, werde ich dich verachten, wie du Osiris Amenhotep verachtet hast. Er beobachtete ihn und sah den Kampf zwischen Pharaos Haß auf seinen Vater und seinem eigenen Besitzanspruch, der sich in den weitaufgerissenen Augen spiegelte. Gespannt wartete er ab, bis Pharao schließlich seufzte.

«Ich habe es nicht vergessen. Wie könnte ich? Nun gut, Semenchkarê, wir werden sie uns teilen. Schließlich gehören wir zu einer Familie.»

«Nein! Nein, Majestät, du hast jetzt mich, und ich werde ehrerbietig und gehorsam sein, das schwöre ich. Aber da ich die nächste Inkarnation bin, gehört Merit-Aton von Rechts wegen mir allein. Beket-Aton ist tot.»

«Da ist noch Anchesenpa-Aton.»

Semenchkarê spielte bedenkenlos einen letzten Trumpf aus. «Das stimmt», flüsterte er, «aber der Aton hat mich schon sehen lassen, daß ich dein Nachfolger bin. In der letzten Nacht erschien er mir im Traum und sagte, du würdest mir Merit-Aton geben.»

Echnaton lag ganz still. Langsam erfüllte große Traurigkeit sein Gesicht, und er sah flehend auf. «Der Gott hat mit dir gesprochen? Ah, Semenchkarê, wie bist du vom Glück begünstigt! Ich sehne mich nach der Stimme, die ich früher hörte. Nun gut. Wenn es der Wille der Sonnenscheibe ist, werde ich dir Merit-Aton geben.»

Semenchkarê riß die Augen auf. Er konnte es nicht glauben, daß Pharao so einfach nachgegeben hatte. «Ich danke dir», sagte er und konnte den freudigen Klang seiner Stimme nicht unterdrücken.

Echnaton lächelte. «Wenn du wirklich dankbar bist, dann küsse mich.»

Einen Augenblick betrachtete Semenchkarê Pharaos erwartungsvoll geöffnete Lippen, aber dann festigte sich seine Entschlossenheit, er senkte den Kopf und küßte seinen Bruder.

Echnaton bemühte sich nicht, die Beziehung zu seinem Bruder geheimzuhalten; er hätte es sogar für unnatürlich gehalten. Er ließ wissen, er habe Semenchkarê mit seinem Körper für den Dienst des Gottes geweiht und ihm Macht übertragen auf die einzige Weise, die er annehmbar fand. Achet-Aton und der Hof vermochten sich nicht mehr dafür zu interessieren. Nach einem desillusionierenden Blick auf das Paar, das Arm in Arm durch den Palast stolzierte, sich liebkoste und bei jeder Gelegenheit mit aneinandergepreßten Mündern und Körpern gesehen wurde, richteten die Höflinge ihre besorgten Augen wieder auf den Fluß. Die Zeit der Überschwemmung war gekommen und vorbeigegangen, ohne daß sich der Wasserspiegel verändert hätte, und infolge der Verdunstung sank er jetzt sogar noch.

Echnaton war nach wie vor unbekümmert. «Bald wird die Überschwemmung kommen», versicherte er allen. «Semenchkarê spricht mit dem Gott.» In den langen, heißen Nächten liebte Semenchkarê seinen Gebieter mit gebührender Aufmerksamkeit und log hinterher immer zungenfertiger, wenn Echnaton ihn über die Wünsche und Botschaften des Aton ausfragte. Es werde eine Überschwemmung geben, sagte ihm Semenchkarê voll Verzweiflung, aber sie werde spät kommen. Ägypten müsse lernen, Geduld zu haben.

Bald begann Echnaton, seinen Bruder mit dem liebevollen Titel anzureden, den er Nofretête einst verliehen hatte: Nefer-neferu-Aton, «Groß ist die Schönheit des Atons», und Semenchkarê ließ sich auch «Geliebt von Echnaton» nennen, denn Pharao überschüttete den jungen Mann mit seiner ganzen Liebe. Echnaton hatte sogar bei den Künstlern Kenofer und Auta zwei Statuen in Auftrag gegeben, die eine zeigte den König, während er den linken Arm um den Prinzen legte und mit der rechten Hand Semenchkarês Kinn streichelte; und die zweite Plastik, die nie vollendet wurde, stellte sie einander küssend dar. Beide Statuen gaben die königlichen Körper als stark mißgestaltet wieder, Semenchkarê sah sie zu seinem Entsetzen aus dem Stein auftauchen. Er hatte es nicht gern, an seinen sich langsam verlängernden Kopf erinnert zu werden, an die Fettschicht auf seinem Bauch, gegen die offenbar noch die ausdauerndsten Leibesübungen nichts ausrichten konnten. Für Pharao waren diese körperlichen Veränderungen ein Zeichen der Gunst des Gottes. Für Semenchkarê waren sie ein erschreckender Blick in die Zukunft, der ihn veranlaßte, sich um so leidenschaftlicher den Freuden der Gegenwart hinzugeben.

Choiak, Tibi und Mechir kamen und gingen. Die flüchtige Hoffnung, in diesem Jahr werde es eine Überschwemmung geben, die dem Hof einen Anschein von amtlicher Geschäftigkeit gebracht hatte, schwand dahin. Pharao begab sich immer noch zum Tempel, Semenchkarê an seinem Arm, und blieb am Erscheinungsfenster stehen, um den wenigen Stadtbewohnern, die sich dort einfanden, und einen Blick von ihm erhaschen wollten, zuzulächeln und ihnen Mut zuzusprechen. Er spielte immer noch mit seinen Kindern, hielt öffentliche Audienzen ab, und saß bei den Festmählern auf der Empore, aber es war, als leide er unter einer inneren Blindheit und vermöge die Wirklichkeit nicht mehr zu sehen, die immer unerbittlicher auf ihn eindrang. Selbst die Aussicht vom Erscheinungsfenster war trostlos. Die unzähligen Bäume waren verdorrt, die schönen Rasenflächen unter dem herangewehten Wüstensand verschwunden; und obwohl die Städter jeden Tag an den Kornspeichern des Palastes Schlange standen, wurden sie magerer und stumm. Die Stadt roch nach Krankheit und Kot. Pharaos Töchter begrüßten ihn in den stillen, halb leeren Kinderzimmern. Er hielt Audienzen für Gespenster ab. Alle ausländischen Delegationen hatten Achet-Aton verlassen.

Doch einige Amtshandlungen wurden noch vollzogen. Pharao, der jetzt bestrebt war, alles zu tun, was Ägypten von Atons Fluch befreien würde, diktierte und siegelte schließlich einen Ehevertrag zwischen Semenchkarê und Merit-Aton. An dem Abend, an dem der junge Mann seine Frau bekommen sollte, erwartete er sie in seinen Gemächern. Er war sehr ruhig, fast teilnahmslos; die Zeit war lange vergangen, da ihn Erregung hätte befallen können. Selbst als er sie an der Tür stehen sah, als ihre Dienerinnen sich zurückzogen und seine Türsklaven sich verbeugten, ehe sie die Tür hinter ihr schlossen, stockte ihm das Herz nicht. Sie trug ein schlichtes gelbes Gewand, das über eine Schulter gerafft war. Ein goldener Reif lag auf ihrem glatten schwarzen Haar, und dünne goldene Ringe umgaben ihre Handgelenke und einen Knöchel. Semenchkarê sah sie über den staubigen Fußboden herankommen. Er empfand nichts, nur eine gestaltlose Traurigkeit, die an die Stelle seiner großen Liebe zu ihr getreten war. Lange Zeit standen sie da und sahen einander an. Schließlich breitete er die Arme aus, und sie trat auf ihn zu. Er begnügte sich damit, sie an sich zu drücken, das Gesicht in ihrem Haar zu vergraben, die Wärme ihres festen jungen Körpers zu spüren und seinen Duft einzuatmen, und er verschloß die Augen vor der Angst, die in ihm aufstieg und drohte, sich in Tränen zu ergießen. Sie entzog sich ihm und versuchte zu lächeln, ihre Lippen zitterten, ihre eigenen Tränen rannen ihr über die geschminkten Wangen. Mit einem Aufschrei küßte er sie weg und suchte dann ihren Mund. Sie hatte sich nicht sehr verändert. Die Niederkunft hatte ihre Hüften ein wenig verbreitert. Ihre Brüste waren voller, die Augen blickten ruhiger. Doch obwohl er fortfuhr, sie zu küssen, empfand er nichts. Nicht einmal mehr Zärtlichkeit. Nur diese erschreckende, schmerzende Traurigkeit. Sanft zog er sie hinunter auf das Bett, schob ihr Leinengewand beiseite, sagte sich, daß es ihm jetzt endlich freistehe, sie zu berühren, wo immer er wolle. Er hatte darauf gewartet und sie gewonnen. Sie war die Seine. Sie lag ganz still, hatte einen Arm um seinen Hals gelegt, beobachtete ihn, weinte immer noch. Nach einigen Minuten riß er sich los. «Ich kann nicht!» brachte er mühsam hervor. «Amun helfe mir, ich kann nicht!» Er setzte sich auf und starrte in seine Hände. «Es ist zwecklos. Wir sind nicht mehr dieselben.»

Sie wandte den Kopf ab. «Nein», flüsterte sie. «Wir sind nicht mehr dieselben.»

Echnaton begab sich in Anchesenpa-Atons Gemächer. Seine dritte Tochter hatte ein Jahr zuvor die Kinderzimmer verlassen, war zur Frau geworden und hatte stolz die Initiationsriten befolgt. Ihre Jugendlocke war abgeschnitten worden, sie hatte ihr Haar wachsen lassen, und es umrahmte jetzt, glänzend und schwarz, ein hübsches kleines Gesicht mit großen Augen. Sie war ein fröhliches, unkompliziertes Kind und teilte die Liebe ihres Vaters zur Natur. Als sie hörte, daß er angemeldet wurde, stand sie vom Fußboden auf, wo sie gesessen und in ihren Schmucksachen gekramt hatte, und rannte ihm entgegen. Er umarmte sie zärtlich.

«Du siehst heute sehr frisch aus», sagte er. «Wie ich sehe, trägst du das Diadem aus Onyx-Blüten, das ich dir geschickt habe. Du bist selbst wie eine Blume, Anchesenpa-Aton. Sorgen deine Dienerinnen gut für dich?»

«O ja. Großvater war vorhin hier und hat mir diese Armbänder gebracht. Tiê hat sie gemacht. Wie findest du sie?» Sie nahm sie vom Fußboden auf und ließ sie ihm in die Hände gleiten.

«Sie sind hübsch, aber ich wünschte, es wäre möglich, dir echte Lotosblüten zu bringen.» Echnaton gab sie ihr zurück. «Selbst eine Wasserrose wäre ein Wunder.»

«Mach dir keine Sorgen.» Sie berührte seine Wange. «Der Aton hat Prinz Semenchkarê verheißen, daß sein Zorn fast vorüber sei. Es ist uns doch nicht allzu schlecht ergangen, nicht wahr, Vater? Ägypten ist stark!»

«Du hast recht. Jetzt mein Liebes, schicke deine Frauen fort. Ich möchte mit dir allein sprechen.»

Anchesenpa-Aton rief einen Befehl, und die Dienerinnen verließen eine nach der anderen den Raum. Echnaton nahm ihre Hand und führte sie zum Bett, setzte sich hin und zog sie heran. «Komm auf meinen Schoß», lächelte er, «und höre gut zu. Du weißt, daß deine Schwester jetzt Semenchkarê gehört?»

«Ja, natürlich. Die Frauen haben darüber geredet. Sie sagen, der Prinz habe Merit-Aton schon lange haben wollen.»

«Ich glaube, das stimmt. Aber ich bin jetzt ohne Königin.»

«Armer Vater! Was ist mit Prinzessin Taduchipa?»

«Kia mag mich sehr gern, aber sie ist nur eine Nebenfrau. Würdest du gern meine Königin sein?»

Sie sah ihm ernst ins Gesicht. «Wenn es dich glücklich machen wird, Erhabener.»

«Gut.» Er zog ihr das Diadem ab, nahm ihr kleines Gesicht in beide Hände und küßte sie auf den Mund; dann hob er sie von seinem Schoß hoch und setzte sie auf das Bett. «Es ist schwierig, mich heutzutage glücklich zu machen», sagte er. «Ich freue mich, daß du es versuchen willst.»

Teje erholte sich langsam von der Krankheit, die sie nach Beket-Atons Begräbnis befallen hatte, und bemühte sich, ihre Arbeit mit Merit-Aton im Auswärtigen Amt wiederaufzunehmen, stellte aber fest, daß sie die Lust daran verloren hatte. Die Berichte waren sowieso auf ein bloßes Rinnsal unwichtiger Nachrichten, formelhafter Grüße an Pharao von den wenigen friedlichen Völkern, die es auf der Welt noch gab, und Bitten um Gold zusammengeschrumpft. Sie wußte, daß sie nicht einmal mehr nominell in irgendwelchen Regierungsangelegenheiten etwas zu sagen hatte. Die Ereignisse im Palast entsetzten und erschreckten sie, vor allem das jetzt offensichtlich geistesgestörte Verhalten ihres Sohnes, und sie war zu erschöpft und gebrechlich, um irgendwelche Bemerkungen darüber zu machen, geschweige denn Vorwürfe gegen ihn zu erheben. Auch Eje war erstaunlich still. Sie hatte sich vorgestellt, er würde auf mehr Macht für Semenchkarê, auf die Mobilisierung des Heeres drängen oder gar die Ermordung von Ägyptens gepeinigtem Pharao fordern, aber die anhaltende Dürre und Hungersnot hatten seinen Willen zweifellos ebenso geschwächt wie den fast aller Minister, sogar Haremhabs. Nachdem er die Soldaten in Memphis bestraft hatte, war er nach Norden in sein Heimatdorf Hnes gefahren, um seine Eltern zu besuchen, und als er nach Achet-Aton zurückkehrte, blieb er bei Mutnodjme in seinem Landhaus. Womöglich plante er eine Revolution, aber Teje interessierte sich nicht mehr dafür.

Gerüchte über Regen in Retenu machten im Palast die Runde, über gewaltige Getreidemengen, die dort geerntet werden konnten, und über reiche Erträge in Babylon, während der Nil giftig wurde durch verfaulende Fische und die steilen braunen Ufer von Fröschen wimmelten. Es wurde davon geredet, daß der Fluß selbst verseucht sei, denn diejenigen, die das Pech hatten hineinzufallen, oder Kinder, die sich in dem schlammigen Wasser zu kühlen versuchten, bekamen sofort Ausschläge, Krätze und Pusteln, die Fieber hervorriefen und unweigerlich zum Tode führten.

Aber Achet-Aton klammerte sich weiterhin an die letzten Fetzen seines einst strahlenden Traums. Im Vergleich zu dem übrigen Ägypten, dessen Leiden die Grenzen dessen, was Menschen ertragen können, längst überschritten hatten, war die Stadt immer noch glücklich. Lebensmittel waren knapp, aber ausreichend. Der Hof versteckte sich hinter der behaglichen Wand von Ritual und Protokoll. Echnaton verbrachte seine Tage mit Semenchkarê im Tempel, ächzte und flehte um das Nachlassen der glühenden Grausamkeit des Gottes, und in seinen Nächten liebte er den Prinzen oder Anchesenpa-Aton. Das Kind war schwanger, eine Tatsache, die der Hof kaum zur Kenntnis nahm und über die Echnaton selbst sich nicht freuen konnte. Die Fruchtbarkeit seiner Sonnen-Familie erschien ihm geradezu wie Hohn. Zwar war das Regierungsgeschäft fast zum Erliegen gekommen, da die Minister und Höflinge ihre Pflichten nicht mehr wahrnahmen, aber am Arbeitsalltag ihrer Diener änderte sich nichts. Pharao, seine Familie und die Hunderte von Höflingen, die den Palast bewohnten, brauchten immer noch Bedienung.

Keiner war beschäftigter als Huya, dem weniger Zeit als nötig für seine Pflichten im Harem zur Verfügung stand, weil Teje, die immer hinfälliger wurde, ihn zunehmend in Anspruch genommen hatte. Doch heute hatte er die Kinderzimmer selbst inspiziert und stand jetzt vor Pharao, der gerade erst wach geworden war. Semenchkarê neben ihm schlief noch, atmete schwer und murmelte. Echnaton legte einen Finger auf die Lippen.

«Wecke ihn nicht auf», flüsterte er. «Er hat noch nicht lange geschlafen. Was willst du, Huya?»

Huya beugte sich hinunter und sprach leise. «Majestät, ich glaube, es ist besser, wenn du ins Kinderzimmer kommst. Nofretêtes kleine Töchter sind sehr krank. Ich habe deinen Arzt zu ihnen geschickt.»

«Alle? Ist es Fieber?»

«Ich bin nicht sicher. Fieber haben sie zwar, aber sie scheinen auch Beulen zu haben.»

Echnaton bemühte sich aufzustehen. «Nichts mehr!» flüsterte er. «Ich kann es nicht ertragen. Was habe ich getan, daß ich so heimgesucht werde? Selbst ein Gott kann nicht unendlich leiden.»

Huya versuchte sich zu fassen. «Majestät, darf ich vorschlagen, daß du sofort ihre Mutter kommen läßt?»

Echnaton stand jetzt, an seinen Nachttisch gelehnt; seine Augen waren verquollen von der Hitze und dem Mangel an Schlaf, Spuren von Augenschminke und Henna waren auf seinem Körper verschmiert. «Nein», sagte er, «ich will sie nicht wiedersehen. Schicke mir meinen Kammerdiener, er soll mich anziehen.»

«Pharao», gab Huya zu bedenken, «sie sterben.»

Die groteske Gestalt sackte in sich zusammen. Eine Hand hielt er auf die Augen gedrückt, als versuche er, den Schmerz zu vertreiben. Echnaton nickte. Sofort ging Huya hinaus und schickte die Diener hinein. Teje hatte er schon verständigt, aber sie hatte nur die Lippen zusammengepreßt und weggesehen. Während Pharao angezogen wurde, schickte Huya des Königs eigenen Herold zum nördlichen Palast und ging zurück in die Kinderzimmer.

Als Pharao dort ankam, war die jüngste, Sotpe-en-Rê, bereits tot. «Es war, als verwese sie, ehe sie den letzten Atemzug getan hatte», flüsterte ein verängstigter Arzt Huya zu. «Das ist eine höchst bösartige Seuche. Laß Pharao die Leiche nicht sehen.»

Aber Echnaton wollte sie gar nicht sehen. Die anderen beiden Mädchen waren im Nebenzimmer untergebracht, das er zögernd betrat. Fäulnisgeruch hing in der stickigen Luft. Keine der Dienerinnen pflegte die sich hin- und herwerfenden, bewußtlosen Prinzessinnen. Sie drängten sich alle an der Tür und hielten sich einen Zipfel ihrer Schurze vor die Nase, und die Ärzte und ihre Gehilfen standen ratlos herum. Nefer-neferu-Aton-ta-scherit begann um Wasser zu bitten, und nach einem Augenblick nahm Pharao selbst einen Becher und ging zum Bett. Einer der Ärzte eilte herbei, um den schlaff herabhängenden Kopf anzuheben, aber im Fieberwahn schlug das Mädchen den Becher weg und stöhnte weiter. Große schwarze Schwielen waren auf ihrem Hals erschienen, und als Echnaton behutsam das Laken herunterzog, sah er sie auch auf ihrer Brust. Er ließ das Laken fallen, seine Hände hingen schlaff herab, und er erbrach sich.

Zwei Stunden später kam Nofretête, aber da waren schon alle drei Prinzessinnen tot. Als Echnaton eine leichte Bewegung und Geflüster an der Tür hörte, drehte er sich um, und als er sah, wer es war, begann er zu weinen. «Nofretête», keuchte er, «du hast mir so gefehlt, ich bin traurig, hilf mir . . .» Aber sie ging mit grimmigem Gesicht an ihm vorbei. Das Gefolge starrte sie an. Sie war schon so lange nicht im Palast gewesen, daß sie für viele einen mythischen Nimbus angenommen hatte, von der Aura einer tragischen, einsamen Frau umgeben war; aber diese kraftvolle Königin hatte keine Ähnlichkeit mit dem bleichen Geschöpf ihrer Phantasie. Nofretête riß das Laken von Sotpe-en-Rês Leiche. Nachdem sie sie lange ausdruckslos angesehen hatte, ging sie in das andere Zimmer, und die dort Anwesenden sahen sie zweimal dasselbe tun. Dann ging sie zurück zu Pharao und warf ihm die befleckten Leintücher vor die Füße. «Du hast meine Kinder umgebracht», sagte sie.

Echnaton streckte eine Hand aus. «Auch ich empfinde Schmerz», wimmerte er.

Sie schlug die Hand weg. «Vier Jahre hast du mich von ihnen ferngehalten, und dann hast du sie umgebracht!» Sie war bleich vor Kummer und Zorn. «Jedes tote Kind in Ägypten sollte dir vor die Füße gelegt werden. Weißt du, wie das Volk dich nennt, Majestät? Den Verbrecher von Achet-Aton, und deine Mutter eine Hure. Ihr beide zusammen habt den Fluch der Götter über dieses dem Untergang geweihte Land gebracht. Empfindest du Reue? Nein!» Sie ballte die Fäuste und begann sie aneinanderzuschlagen. «Du häufst Böses auf Böses. Meket-Aton, Merit-Aton und jetzt dein Bruder in deinem Bett! Ich verlange, Anchesenpa-Aton zu sehen!»

Die Anwesenden gafften sie an, dann wandte sich ihr Blick Pharao zu, denn sie erwarteten, die königliche Uräusschlange auf seiner Stirn werde Feuer auf die lästernde Königin speien. Aber Echnaton hatte die Arme über der Brust gekreuzt und summte leise vor sich hin, und während sie noch hinsahen, sackte er auf dem Fußboden zusammen und wiegte sich hin und her. Nach einem verächtlichen Blick auf ihn, ging Nofretête hinaus, ihr Gefolge rannte hinter ihr her.

Anchesenpa-Aton, die in ihrem Zimmer saß und ihrem Lautespieler zuhörte, sprang erschreckt auf, als ihre Mutter an der Tür erschien, und stürzte ihr dann mit einem Freudenschrei entgegen. Nofretête umarmte ihre Tochter und bedeckte den schwarzen Kopf mit Küssen. Anchesenpa-Aton trat zurück, ihre Augen glänzten.

«Mutter! Hat er dich freigelassen? Kommst du wieder in den Palast? Schau mal!» Sie eilte zum Tisch und ergriff eine Schriftrolle. «König Burnaburiasch von Babylon hat an Pharao geschrieben, hat mich ‹Herrin deines Hauses› genannt und versprochen, mir Siegelringe aus Lapislazuli zu schicken! Jetzt bin ich wirklich eine Königin!»

Nofretête sah die Kobra an, die von dem schmalen goldenen Diadem auf der Stirn ihrer Tochter aufragte. Ihr Blick wanderte nach unten zu der sanften Wölbung unter dem durchsichtigen Leinengewand des Mädchens. Sie machte auf dem Absatz kehrt und ging ohne ein Wort.

Auf dem Rückweg zum nördlichen Palast saß Nofretête reglos hinter den geschlossenen Vorhängen der Sänfte, so verzehrt von Entsetzen und Zorn, daß sie sich ihrer Umgebung gar nicht bewußt wurde. Erst als sie durch das Tor in der Mauer getragen worden war, die ihr Heim von der Südstadt trennte, und ihre Träger die vielen Stufen zum Eingang des Palastes hinaufstiegen, kam sie wieder zu sich. Weil sie befürchtet hatte, sie würde weinen, hatte sie beim Aufbruch vom königlichen Palast nicht mit den Männern gesprochen, und auch jetzt, als sie vor ihrer Tür abgesetzt wurde, vermochte sie ihnen nur durch einen Wink zu bedeuten, daß sie gehen könnten. Erst als sie mit ihrem Gefolge in das kühle Dämmerlicht ihrer Halle trat, fand sie ihre Stimme wieder.

«Laßt mich allein, ihr alle. Geht in eure Zimmer. Ich will in den nächsten Stunden niemanden sehen oder hören.»

Als alle sie verlassen hatten, begann sie durch die riesigen, stillen Räume des Palastes zu wandern. Ihr Kummer erforderte Bewegung, als ob sie durch Laufen dem Schmerz entgehen könnte. Allmählich wurden ihre Gedanken ruhiger, und der Zorn, der ihre Tränen in Schach gehalten hatte, begann sich zu legen. Zuletzt ging sie in ihre Halle, warf sich auf einen Stuhl, legte die Hände vor das Gesicht und weinte.

Am Abend saß sie noch immer am Fenster, trank trübsinnig ihren Wein und blickte hinaus auf die verdorrten Terrassen, die vom Licht des abnehmenden Mondes schwach erhellt waren, als ihr Herold sich höflich hinter ihr räusperte. Sie drehte sich gereizt um. «Ich hatte gar nicht gemerkt, daß es schon so dunkel ist», sagte sie. «Laß die Lampen anzünden. Was willst du?»

«Dein Vater wartet draußen, Majestät.»

Nofretête zog die Augenbrauen hoch. «Erstaunlich, daß er sich daran erinnert, eine Tochter zu haben», sagte sie sarkastisch. «Führe ihn herein.» Der Mann verbeugte sich und ging. Auf seinen Wink kamen die Diener mit Kerzen und zündeten ringsum die Lampen an. Nofretête wartete. Bald darauf verbeugte sich Eje und kam, ein Kind an der Hand haltend, näher.

«Es ist mir kein Vergnügen», sagte sie kühl, als die beiden stehenblieben. «Ich habe keine Hilfe von dir erhalten, Fächerträger. Du kannst keine Gastfreundschaft von mir erwarten.»

«Ich verlange keine», erwiderte Eje keuchend. «Du hast recht, Majestät, und ich weiß, daß es keinen Zweck hat, niederzuknien und um Verzeihung zu bitten.»

«Selbst wenn du niederknien könntest.» Nofretête lächelte frostig. «Du bist entsetzlich alt geworden, Vater.»

«Ich weiß. Mein Atem ist kurz, aber mein Leibesumfang nicht. Hör zu, Tochter. Du könntest jetzt in den Palast zurückkehren, wenn du willst. Echnaton würde den Mut nicht aufbringen, Einwände zu erheben. Er ist ein gebrochener Mann.»

«Nein, danke. Nicht nach dem, was ich heute erduldet habe.»

«Das habe ich mir gedacht. Dann gewähre mir eine Gunst.» Er schob den Knaben vor. «Biete Tutanchaton deinen Schutz.»

Nofretête wandte ihre ganze Aufmerksamkeit dem Prinzen zu und sah ihn prüfend an. «Erkläre es mir», verlangte sie, aber ihre Stimme klang nicht mehr so kühl, und sie hielt den Blick auf Tutanchaton gerichtet. «Prinz, wenn du auf den Korridor gehst, findest du meinen Haushofmeister. Er hat einen kleinen Vorrat Honig versteckt, und wenn du ihn darum bittest, wird er dich den Finger hineintauchen lassen.»

«Oh?» Der Junge lächelte unsicher. «Das ist gut, aber eigentlich möchte ich nach Hause gehen.»

Eje beugte sich herunter. «Hoheit, das kannst du nicht. Morgen schicke ich dir deine Spielsachen und deine Diener, und ich werde dich oft besuchen.» Tutanchaton seufzte demonstrativ und ging hinaus. Nofretête deutete auf einen Stuhl für ihren Vater. «Ich glaube, Pharao hat nicht mehr lange zu leben», sagte er, «und Semenchkarê wird als Nachfolger zu nichts nütze sein. Er ist schwach, habgierig und unwissend. Aber er ist beileibe kein Narr. Würde er glauben, Ägypten sei darauf bedacht, ihm die Krone wegzunehmen und sie seinem Halbbruder zu geben, zweifle ich nicht, daß er den Knaben ermorden würde.»

«Ist Ägypten darauf bedacht?»

«Es gibt solche Bestrebungen. Semenchkarê ähnelt seinem Bruder jeden Tag mehr und unternimmt keinen Versuch, seinen Einfluß auf Pharao in nützlicher Weise geltend zu machen. Tutanchaton wird hier in Sicherheit sein. Du schützt dich selbst gut.»

Nofretête nahm ihren Becher und trank nachdenklich, ihren Blick unverwandt auf Ejes Gesicht gerichtet. «Ich verstehe. Und wenn die Zeit kommen sollte, da ihm die Doppelkrone aufs Haupt gesetzt wird, wer wird dann seine Königsgemahlin sein, wer sein Regent?»

«Du kannst dir die Scheibe und die Federn auf den Kopf setzen, wenn du willst. Ich werde Regent sein.»

«Ah. Und was wird Haremhab tun?»

«Er wird in Syrien Krieg führen.»

Nofretête lachte plötzlich und beugte sich vor. «Weiß er davon? Weiß Teje es?»

«Mit ihm habe ich darüber gesprochen. Aber Teje ist alt, Nofretête. Nach Beket-Atons Tod und dem Hinscheiden von Tia-Ha hat sie begonnen, sich in sich selbst zurückzuziehen. Sie ist oft krank und will von nichts als der Vergangenheit reden. Ich werde sie überleben.»

«Du sprichst von diesen Dingen so hartherzig, dabei hast du sie immer geliebt, sie war deine Freundin, deine Schwester und Göttin. Ich glaube, dein Ehrgeiz ist langlebiger als ihrer. Wie seltsam.»

«Ich biete dir noch einmal eine Chance zu herrschen, eine Rückkehr zur Macht, diesmal als Große Königsgemahlin.»

«Vorausgesetzt, ich gehorche dem zukünftigen Regenten.»

«Natürlich.»

Ein Lächeln breitete sich auf Nofretêtes immer noch schönen Zügen aus. «Es gibt viele unvorhergesehene Abzweigungen von dieser Straße, die du so zungenfertig als breit und gerade beschreibst. Und vergiß nicht, daß ich bestimmt bei deinem Begräbnis anwesend sein werde, mein Vater.» Sie lehnte sich wieder auf dem Stuhl zurück und umfaßte mit beiden Händen den Becher. «Ich werde den Knaben hierbehalten. Er kann mich aufmuntern. Aber was wird Teje sagen, wenn du ihr erzählst, daß ich ihren geliebten Prinzen habe?»

Eje stand beschwerlich auf. «Ich glaube, ich werde es ihr nicht erzählen. Sie ist an ihren Kindern nicht mehr interessiert. Sie haben ihr nur Kummer bereitet. Sie wird ihn nicht vermissen. Niemand wird ihn vermissen. Alle im Palast sind nur von ihrem eigenen Leid erfüllt.»

«Wie ich auch. Du kannst gehen, Fächerträger. Reibe dir die Brust mit Salbe ein. Es könnte dir das Atmen erleichtern.»

Er verbeugte sich und ging hinaus in die Nacht.

Teje drehte sich auf die Seite, zog die Kissen herunter und ließ den Blick durch ihr dämmeriges Schlafzimmer wandern. Am anderen Ende des Raums saß Piha im Lichtschein der einzigen Lampe mit gekreuzten Beinen auf ihrer Schlafmatte und hatte den Kopf über ihre Näherei gebeugt. Hinter ihr glitten die durch ihre kleinen Bewegungen hervorgerufenen Schatten über die Wand, und die Melodie, die sie leise summte, war das einzige Geräusch in dem stillen Raum. Als Teje sie beobachtete, beneidete sie sie um ihre Zufriedenheit. Nach einer Weile würde sie das Leinen ordentlich zusammenlegen und zum Bett kommen, um sich zu erkundigen, ob ihre Herrin etwas brauche, aber bis dahin gab sie sich ganz ihrer Aufgabe hin. Der Tag war ereignislos gewesen, abgesehen von dem Bericht aus dem Palast, wonach Pharao sich jetzt schon vier Tage in seinen Gemächern eingeschlossen habe, Speise und Trank ablehne, im Schlafzimmer auf dem Fußboden sitze und oft die besorgten Diener ringsum nicht erkennen könne. Noch von ihrem Fieberanfall geschwächt, vermochte Teje kein wirkliches Interesse für ihren Sohn aufzubringen. Sie hatte für Ägypten und für ihn alles getan, was sie konnte, und wollte nicht mehr behelligt werden.

Sie war gerade am Einschlummern, als sie einen Tumult auf dem Korridor hörte. Sie schlug die Augen auf, und sah Piha ihre Arbeit weglegen und zur Tür gehen, die sich aber bereits öffnete. Ihr Bruder kam herein, winkte Piha, sie solle draußen warten, und ehe Teje sich aufgesetzt hatte, war er schon am Bett. Er verbeugte sich nicht. «Teje . . .» begann er, aber als sie die äußerste Erregung auf seinem Gesicht sah, unterbrach sie ihn: «Bring die Lampe her und stelle sie auf diesen Tisch.» Sie war jetzt ganz wach und beobachtete ihn beunruhigt, als er ihrer Bitte nachkam. Seine Hände zitterten, und die Flamme flackerte, als er die Lampe hinstellte. Sie nickte ihm zu, er möge sprechen.

«Pharao hat gerade allen seinen Herolden einen Befehl erteilt und ihnen die Hinrichtung angedroht, wenn er nicht sofort ausgeführt wird. Sie sollen in jede Stadt, in jeden Tempel, selbst in die kleinen Schreine auf dem Land gehen, Steinmetze mitnehmen und . . .» Ihm versagte die Stimme, und er preßte die zitternden Hände zusammen. «Sie sollen den Namen Amenhoteps III. und alle seine Titel herausmeißeln, wo immer sie sich finden.» Er schluckte. «Sogar in die

Steinbrüche sollen sie gehen, weil dort vielleicht noch unfertige Inschriften sind, die ausgemerzt werden sollen.»

Teje wich zurück. «Aber warum?» flüsterte sie.

Eje setzte sich auf das Fußende des Bettes. «Er sagt, Amenhotep sei nicht tot – obwohl er mumifiziert in seinem Grab liege, fahre er immer noch in der heiligen Barke mit, wo seine Anwesenheit eine Beleidigung des Aton sei. Er glaubt, das sei der Grund, warum der Gott Ägypten mit so viel Elend geschlagen und an seiner, Echnatons, Verehrung gezweifelt habe. Solange ein Name noch vorhanden sei, könne ein Ka leben.» Er sah Teje an. «Er tötet seinen Vater vorsätzlich. Mögen die Götter geben, daß er bald stirbt. Er hat mächtige Kräfte des Bösen in Ägypten entfesselt. Die Ma'at ist zerstört.»

Teje, die nie erlebt hatte, daß er seine vernunftbedingte Zurückhaltung aufgab, spürte Panik in sich aufsteigen. «Die Schuld ist nicht allein die seine», sagte sie mühsam. «Es ist auch meine. Wie unbekümmert habe ich sein Bett geteilt. Ich glaube, der Fluch wird erst aufgehoben, wenn ich sterbe.» Plötzlich lachte sie harsch und freudlos auf. «Bist du dir klar darüber, daß der Sohn des Hapu doch recht hatte? Doppelt sogar. Echnaton ist am Leben geblieben, um seine beiden Väter zu ermorden, den leiblichen *und* den göttlichen. Ich hätte zulassen sollen, daß er getötet wird. Ich hätte auf den Sohn des Hapu hören sollen, aber ich war stolz und eifersüchtig auf seinen Einfluß auf meinen Gemahl. Aber ich habe dafür gebüßt. Ich weiß, als was das Volk mich jetzt bezeichnet.»

Eje begann sich zu fassen. «Die Herolde können unmöglich jede Inschrift finden», erwiderte er freundlich und nahm ihre Hand. «Du trägst Osiris Amenhoteps Namen jeden Tag an deinen Fingern, eingeschnitten in deine Ringe. Verzweifle nicht, Teje. Wir treffen an Entscheidungen, was wir vermögen, mit so viel Klugheit, wie wir jeweils aufbringen können, und was mehr könnte von uns verlangt werden?» Er beugte sich vor und küßte sie, aber sie wandte sich ab.

«Du gibst mir deine Entscheidungen nicht mehr bekannt», murrte sie, «und du bringst mir keinen Trost. Du bist ein Fremder geworden, Fächerträger. Tu, was du mußt. Ich bin an nichts mehr interessiert.» Aber trotz ihrer Worte klammerte sie sich an ihn, als er aufstand, um wegzugehen, und sie mußte sich mühen, ihre Tränen herunterzuschlucken.

Als er sie verlassen hatte, zwang sie sich, durch das Zimmer zu der großen Truhe zu gehen, in der sie ihre kostbarsten Wertsachen aufbewahrte. Sie hielt einen Augenblick inne, um sich zu vergewissern, daß Piha mit der Wache vor der Tür sprach, dann hob sie den Deckel hoch. Die Unschuldserklärung lag noch dort, wo sie sie hingelegt hatte, auf der Unterlage aus ungestärktem Leinen. Sie nahm den Papyrus mit zum Bett, rollte ihn auf, las ihn langsam, fuhr mit dem Finger über ihren Namen und die lange Liste von Titeln, die sie selbst vor so vielen Jahren geschrieben hatte. Dann rollte sie ihn wieder fest zusammen, hielt ihn einen Moment in beiden Händen und rief dann Piha, die gleich angerannt kam.

«Bring das in die Küche und wirf es ins Feuer», sagte Teje. «Bleib dabei stehen, bis es ganz verbrannt ist.» Piha nickte und ging, und Teje lehnte sich mit einem Seufzer wieder auf den Kissen zurück. Ich verdiene die Erklärung nicht, dachte sie, und es ist unter meiner Würde, die Götter betrügen zu wollen. Entweder bin ich eine von ihnen, dann brauche ich keine Rechtfertigung, oder ich bin es nicht. Was immer geschieht, ich bin bereit.

Trotz der Hitze schlief sie fest und fühlte sich am nächsten Tag gut genug, um im Haus herumzuwandern, aber es deprimierte sie. Sie hatte sich dort nie heimisch gefühlt. Als sie jetzt von einem prächtig ausgestatteten Raum zum anderen ging, fiel ihr Blick auf die lebenssprühenden Wandgemälde: Enten, die in einem Gewirr von Wasserpflanzen gründelten, pralle Trauben an den Weinstöcken, Fische, die durch glitzerndes blaues Wasser flitzten – so viel üppige Schönheit. Aber als sie den Kopf leicht drehte, sah sie plötzlich die wirkliche Welt. Die rissige, ausgedörrte Erde, leblose Gerippe von Bäumen und die fast wasserlose Schlucht, die einst ein Flußbett gewesen war, bewirkten, daß sie sich wie eine Fata Morgana vorkam, in Bewegung, aber ohne wirkliche Substanz. Selbst ihr eigener Name klang merkwürdig, als sie ihn flüsterte. Dankbar kehrte sie in die Zufluchtsstätte ihres Schlafzimmers zurück.

Aber in dieser Nacht konnte sie nicht schlafen. Nachdem sie mehrere Stunden lang das Schwirren der Fächer ertragen hatte, schickte sie die Männer weg und lauschte der Stille. Kein Geräusch drang vom Fluß herauf. Kein Klatschen von Rudern, kein Schlagen von Segeln, kein Gesang der Fischer nach dem nächtlichen Fang, kein unterdrücktes Gelächter von Liebespaaren im Schilf. Auch kein Summen von Insekten, denn der Garten war tot. Nur das traurige Heulen eines Schakals irgendwo hoch in den östlichen Felsen hallte trostlos über dem Tal wider. Piha schnarchte leise, unsichtbar in ihrer dunklen Ecke. Ein kühler, müder Mond warf graues Licht auf den Fußboden, denn Teje hatte angeordnet, die Fenstervorhänge nicht herunterzulassen. Die langsam vergehenden Stunden verbrachte sie halb auf dem Bett sitzend, halb liegend, Kissen im Rücken, die Hände locker auf dem Laken, ihr langes, welliges Haar feucht von Schweiß, ihr Atem ruhig.

Sie wußte, daß sie auf etwas wartete, und als sie aus dem Augenwinkel eine huschende Bewegung wahrnahm, war sie nicht überrascht. Sie drehte nur den Kopf, lag entspannt da und blickte in den Dämmer. Zuerst glaubte sie, sie habe sich getäuscht, denn nach dieser ersten Bewegung herrschte wieder völlige Reglosigkeit im Raum, aber plötzlich schlängelte sich eine lange, dünne Gestalt über die vom Mond beleuchteten Fliesen vom Fenster zur Tür. Tejes Herz begann zu klopfen. Sie setzte sich auf. Nach der Schlangenplage im Jahr zuvor wurden keine Schalen mit Milch mehr auf den Fußboden gestellt. Etwas anderes hatte diese angelockt. Vielleicht die Aussicht auf Kühle. Ein gefliester Winkel, um sich dort zusammenzurollen und nicht auf der Erde draußen, in der sich die Hitze des Tages noch hielt. Auf einen Ellbogen gestützt, versuchte sie den Weg der Schlange zu verfolgen. Ich müßte sofort die Wache rufen, dachte sie. Es könnte eine Giftschlange sein. Piha könnte in Gefahr sein. Aber irgend etwas hielt sie vom Rufen ab.

Ein Gefühl der Unvermeidlichkeit begann sie zu beschleichen, eine Ruhe, die allmählich ihren Herzschlag verlangsamte und die um das Laken verkrampften Finger lockerte. Die Schlange würde durch den Spalt unter der Tür verschwinden, oder auch nicht. Sie würde Piha finden, oder auch nicht. Sie würde zu ihr kommen, oder . . . Sie spürte ein sanftes Zerren am Bettuch unter ihrer Hand und erstarrte. Dann erschien langsam, ganz langsam ein dunkler Kopf über dem Bettrand und schwankte leicht. Teje stockte der Atem. Der Kopf hob sich, bis er fast auf gleicher Höhe mit ihrem Gesicht war, eine säulenartig aufragende Bedrohung. Immer noch empfand sie keine Angst, aber dann rutschte versehentlich ihr Ellbogen ab, und sie fiel zurück. Bei der plötzlichen Bewegung öffnete sich eine Krause und dann ein dunkler Schild, und Teje erkannte, daß sie eine Kobra vor sich hatte. Es war nicht hell genug, um die Farbe der Schlange zu erkennen, aber die blanken Augen blitzten im Mondschein.

Plötzlich wußte Teje, daß sie hierauf gewartet hatte. Im südlichen Theben waren Kobras fast unbekannt und hier in Achet-Aton fast ebenso selten, denn sie zogen das fruchtbare Delta vor. Aber jetzt war das Delta ein Ödland, und dieses magische Symbol der Macht eines Pharao war wohl auf Nahrungssuche hergekommen. Nein, nicht auf Nahrungssuche, dachte Teje. Sie war jetzt wieder völlig ruhig, ihr Blick auf das kühl majestätische Geschöpf gerichtet. Es ist einfach lächerlich anzunehmen, daß die Schlange bloß zufällig hier in meinem Zimmer ist. Sie ist meinetwegen gekommen. Vorsichtig bewegte sie eine Hand. Die Schlange fuhr fort, sich leicht zu wiegen, ihr gespreizter Hals erbebte, und Teje hätte schwören können, daß sie die gespaltene Zunge rasch herausflitzen sah. Die Geduld in der Haltung der Schlange übertrug sich auf Teje. Sie wartet, bis ich bereit bin, überlegte sie. Verteidigerin der Könige, Herrin des Zauberbanns, du kommst, in Macht gehüllt, um den allerletzten großen Zauber um mich zu weben.

Die Erkenntnis rief zuerst eine Panik hervor. Nein, dachte Teje verzweifelt, ich bin noch nicht zum Sterben bereit. Aber das war nur eine instinktive Reaktion, denn gleich darauf überkam sie Erleichterung. Ich bin des Lebens überdrüssig. Ich bin mit einer Last von Schuld und Kummer beladen, die mit der Zeit nur schwerer werden kann. Alle, die ich liebte, sind dahingegangen bis auf meinen Sohn, und für ihn wäre es besser gewesen, wenn er vor langer Zeit gestorben wäre. Meine Liebe hat ihm nur Qual gebracht. Ägypten ist vernichtet. Ich bin in diesem verrottenden Körper wie ein im Sarg gefangener Schatten. Es ist Zeit, den Göttern gegenüberzutreten. Die Kobra starrte sie immer noch an, ein lebendes Symbol all dessen, was sie verehrt hatte, all dessen, was ihr erster Gemahl so glorreich bewahrt hatte, all dessen, was ihr Sohn hätte sein sollen. Seufzend streckte sie die Hand aus. «Beiß zu», flüsterte sie. «Ich bin bereit.» Flüchtig berührte sie die trockene und kühle Haut der Schlange. Dann drehte sie die Handfläche nach oben und bot ihr Handgelenk dar. Sie lächelte.

Die Schlange biß zu. Teje sah winzige, scharfe Giftzähne aufleuchten, ehe sie sich tief in ihr Fleisch gruben. Unwillkürlich schauderte sie zurück, zog die Kobra mit sich, und biß sich auf die Zunge, um nicht aufzuschreien, aber dann spürte sie, daß die Schlange von ihr abließ. Ich sollte jemanden wecken, dachte sie. Niemand wird sie töten wollen, denn sie ist heilig, aber sie könnte anderswo Schaden anrichten. Sie befühlte ihr Handgelenk, bettete den Arm an ihrer Brust und legte sich zurück. Langsam wanderte ihr Blick durch den Raum, fand Trost in den vertrauten Dingen, in Pihas kleinen Bewegungen, dem Mondschein, der jetzt die jenseitige Wand erklomm, und in der Ferne hörte sie den Ruf eines nächtlich jagenden Habichts. Friedlich vergingen die Minuten. Unter der Haut ihres Handgelenks entwickelten sich Pusteln, die bei Berührung weh taten.

Nach einer Stunde begann Tejes Herz zu hämmern, und sie versuchte, tief zu atmen. Wieder kämpfte sie gegen eine vorübergehende Angst an. Plötzlich wurde sie von Übelkeit befallen, sie fuhr auf, erbrach sich und legte sich dann keuchend wieder hin. Sie hatte es erwartet und war darauf vorbereitet, aber die Götter waren gnädig, und die Übelkeit kam nicht wieder. Sie wäre eingeschlummert, hätte ihr Herz nicht so unregelmäßig geklopft. Sie bemühte sich nach Kräften, sich ruhig zu verhalten. Als die Morgendämmerung heraufkam, wurde das Atmen schwieriger, und zuletzt setzte sie sich auf und zwang mit aller Macht Luft in ihre Lungen. Ihre Augen waren weit offen, sahen aber nichts mehr. Sie hatte keinen letzten klaren Gedanken, nur ein zögerndes Gewahrwerden, daß das Laken an ihren schweißgebadeten Gliedern klebte und ihr Herz unerträglich schmerzte.

Eje hatte sofort seinen Platz an Pharaos Tür verlassen, als Huya zu ihm gekommen war. Er blickte hinunter auf die kleine zierliche Gestalt, deren üppiges rötlichbraunes Haar zerzaust auf dem Kissen lag. Der Tod hatte das herrische Gesicht weicher gemacht und ihm etwas von der Zartheit der Jugend zurückgegeben. Die vollen Lippen waren leicht geöffnet und von einem selbstzufriedenen Lächeln umspielt. Unter den halb geschlossenen Lidern fingen die blauen Augen mit einem Anflug von spöttischem Glitzern das Tageslicht auf. Er hob den schlaff auf dem Laken liegenden Arm an und drehte ihn um. Die Bißwunden waren deutlich zu sehen, sie waren umgeben von purpurrotem, geschwollenem Fleisch. Piha schluchzte hinter ihm. «Ich habe nichts gehört, Herr, überhaupt nichts. Ich hätte sie gerettet, wenn ich gekonnt hätte. Ich bin eine böse Dienerin.»

«Ach, sei still», fuhr er sie an, ohne sich umzuwenden. «Niemand wird dir einen Vorwurf machen, Piha. Mach die Tür zu und sage den Sem-Priestern, sie sollen warten. Wenn Pharao kommt, kannst du ihn hereinlassen.» Er hockte sich neben dem Bett auf den Boden und durchforschte lange das reglose Gesicht. Er war nicht sicher, was er suchte, aber langsam überkam ihn eine seltsame Gewißheit. Er blickte verstohlen über die Schulter und sah, daß Piha am anderen Ende des Raums beschäftigt war. Huya blickte aus dem Fenster. Eje zog einen kurzen Dolch aus seinem Gürtel und schnitt schnell und leise eine Haarlocke ab, die er in seinem Schurz versteckte. «Sehr wenig ereignete sich in deinem Leben, das du nicht selbst in der Hand hattest», flüsterte er in das braune Ohr. «Ich glaube nicht an diesen sogenannten Unfall. Möge dein Name auf immer leben, liebe Teje.» Er küßte die kalten Lippen und ging hinaus auf den Korridor.

Er war gerade dabei, die Tür zu schließen, als Echnaton angerannt kam, gleich hinter dem Herold, der seine Titel rief. Alle Wartenden warfen sich zu Boden. Pharao packte seinen Fächterträger am Arm. «Es ist doch nicht wahr», schrie er. «Sage mir, daß es nicht wahr ist. Ich will sie sehen.» Ehe Eje antworten konnte, stürzte er durch die Tür. Eje trat vor, um sie zu schließen, bevor Echnatons entsetzliches Wehklagen begann, aber Pharaos qualvolles Geheul verfolgte ihn noch lange, nachdem er Tejes Eingangshalle durchschritten hatte und mit seiner Begleitung über die Königsstraße zurückging.

Eje sehnte sich danach, bei Tiê Trost zu finden, aber ehe er sich eine kostbare Stunde in der Friedlichkeit seines Hauses gönnen konnte, mußte er eine Botschaft überbringen. Er fuhr nicht mehr im Streitwagen. Von seinen vertrauenswürdigsten Soldaten wurde er in einer geschlossenen Sänfte zum nördlichen Palast getragen und erduldete die grausame Hitze eines Sommermittags ohne den Schatten, den die Bäume einst auf dieser breiten Verbindungsstraße zwischen Stadt und Palast spendeten. Nofretêtes Wachen an der Mauer kannten ihn und ließen ihn durch. Als er aus der Sänfte ausgestiegen war, wurde er von Merirê hineingeführt. Der nördliche Palast war so riesig, daß selbst bei dieser erstickenden Hitze ständig ein Luftzug durch die hohen Räume strich und der Schweiß auf Ejes Haut beim Gehen kühl zu werden begann.

Nofretête unterhielt sich mit ihren Frauen und begrüßte ihren Vater mit höflicher Gleichgültigkeit. Eje bat, Tutanchaton möge geholt werden, und starrte trübsinnig aus dem Fenster, während er wartete. Nofretête sagte nichts. Als der Knabe mit einem freudigen Lächeln über den gefliesten Boden angerannt kam, gab sie ihren Frauen einen Wink, sich zurückzuziehen. Eje beugte sich hinunter und umarmte das Kind.

«Ich freue mich, dich wiederzusehen, Prinz. Bist du gern hier?»

«Ja», erwiderte Tutanchaton. «Ich dachte, ich würde es nicht sein, aber ich bin es. Ich kann tun, was ich will und wann ich will. Die Königin spielt oft mit mir.»

Eje lächelte im stillen. Nofretête hatte keine Zeit versäumt, sich bei dem Jungen beliebt zu machen. «Ich möchte, daß du mir sehr gut zuhörst», sagte er, blickte Tutanchaton in die Augen und sprach so deutlich, wie er nur konnte. «Deine Mutter ist gestorben. Es ist nur recht und billig, daß du dich um sie grämst, aber sie würde nicht wollen, daß du sehr um sie trauerst. Von jetzt an ist Königin Nofretête deine Mutter.»

Nofretête unterdrückte einen Schrei und verbarg das Gesicht in den Händen.

Tutanchaton blickte vertrauensvoll von einem zum anderen. «Ist meine Mutter zum Aton gegangen?» fragte er und versuchte tapfer, das Zittern seiner Stimme zu unterdrücken.

Eje lächelte ihn beruhigend an. «Natürlich. Ihre Rechtfertigung ist gesichert, und sie ist jetzt glücklich. Ich habe dir eine Locke von ihrem Haar mitgebracht.» Er zog sie heraus und legte sie dem Jungen auf die flache Hand. «Du mußt jetzt gleich gehen und sie an einen ganz sicheren Platz legen. Eine kleine Schachtel mit einem festen Deckel wäre am besten. Hebe sie gut auf. Betrachte sie als einen Talisman, ein glückbringendes Amulett. Du mußt mir versprechen, daß du sie nie weggibst.»

Tutanchaton wickelte sie sich um den Finger. Eje fing Nofretêtes bestürzten Blick auf. «Ist es wahr», flüsterte sie, und Eje gebot ihr mit einem raschen Stirnrunzeln Schweigen.

«Ich werde sie zu dem Bogen meines Bruders Osiris Thutmosis legen, den sie mir geschenkt hat», sagte Tutanchaton ernst.

«Am besten tust du es gleich», sagte Eje. «Kein einziges Haar darf auf den Boden fallen. Du wirst es besser verstehen, wenn du älter bist.» Der Junge nickte, rannte hinaus und hielt die geballte Faust feierlich vor sich. Nofretête drehte sich zu ihrem Vater um.

«Ist es wahr? Wenn ja, dann werden die Götter sie nicht anerkennen!»

Eje entging der leicht schadenfrohe Ton nicht. «Niemand wird es je bestimmt wissen», sagte er bedrückt, «aber ich glaube es. Sie hat nicht nach der Kobra getrachtet, aber sie hätte um Hilfe rufen können und hat es nicht getan.»

«Ich glaube, ich werde dem Begräbnis beiwohnen», schloß Nofretête, als sie ihren Vater zur Tür geleitete.

Eje fragte sich, als er ging, ob er sein eigenes Glück verschenkt habe, indem er Tutanchaton die Haarlocke gab. Das Haar eines Selbstmörders brachte demjenigen, der es besaß, großes Glück.

23

Siebzig Tage später wurde Teje in dem Grab, das ihr Sohn in den Felsen hinter Achet-Aton für sie hatte vorbereiten lassen, zur letzten Ruhe gebettet. Es war zu Anfang des Athor. Der Fluß hätte schon vor einigen Wochen steigen sollen, aber die hohen Ufer blieben trocken. Tejes Bestattung vollzog sich unter den Blicken sämtlicher Höflinge der Stadt. Nofretête saß, umgeben von ihrer Leibwache, unter einem Baldachin nicht weit von der Menge und beobachtete ihren Gemahl. Seine Stimme übertönte Merirês Gemurmel. Wenn er nicht gerade laut weinte, kniete er sich in den Sand, schaufelte ihn mit beiden Händen auf und streute ihn sich aufs Haupt. Dann wieder stand er da, die Arme um Anchesenpa-Aton gelegt, den Kopf an ihrer Schulter vergraben, den Körper von Schluchzen geschüttelt, und wenn er nicht weinte oder sich mit Sand bestreute, küßte und streichelte er sie. Sie ertrug es mit ausdrucksloser Standhaftigkeit, ihre Hände lagen schützend über ihrem gesegneten Leib, ihr Blick wich dem der anderen aus.

Gegen Ende der Zeremonie schritt Echnaton zum Sarg, legte den Arm darauf, begann mit der Toten zu reden und liebevoll zu lachen. Semenchkarê und Merit-Aton, die nebeneinander saßen und sich an den Händen hielten, sahen nicht auf. Eje und Haremhab tauschten Blicke. Pharaos hysterische Kinderstimme wurde von den Felsen vielfach zurückgeworfen und hallte kreischend über den Sand wie das sinnlose Geschwätz unzähliger Dämonen.

Es gab keine Blumen, um sie auf den Sarg zu legen, als er schließlich in die dunkle Grabkammer getragen wurde. Ein Familienmitglied nach dem anderen legte künstliche Blütenzweige aus Gold, Silber und Edelsteinen darauf, während Echnaton sich über den Sarg beugte und die Gaben befingerte, dabei hatte er den Kopf auf eine Seite gelegt und flüsterte vor sich hin. Seine Augen glänzten unnatürlich.

Wenige warteten ab, bis das Grab versiegelt war. Merirê und den Priestern blieb es überlassen, das allein zu vollenden, während die Höflinge sich zerstreuten. Nofretête nahm Tutanchaton wieder mit in den nördlichen Palast, ohne mit irgend jemandem gesprochen zu haben. Semenchkarê und Merit-Aton, umgeben von ihrem Klüngel, zogen sich in ihre Privatgemächer zurück. Echnaton, der sich immer noch an seine Tochter klammerte, wurde zu seiner Sänfte geleitet und zu Bett gebracht. Nur Eje blieb unter seinem Baldachin sitzen, atmete rasselnd und sah zu, als das Zeichen der Sonnenscheibe in den auf die Tür zur Grabkammer aufgetragenen feuchten Lehm gedrückt wurde. Nachdem das geschehen war, ließ er sich zu Tejes Haus tragen und ging, zusammen mit dem weinenden Huya, durch die leeren Räume. Piha, mit geröteten Augen und einsilbig, beaufsichtigte die Sklaven, die fegten und scheuerten. Eje trat an den Schminktisch und betastete die letzten Überbleibsel vom Leben seiner Schwester. Ein leeres Alabastergefäß für Augenschminke, kleine blaue Perlen aus einer zerrissenen Halskette, ein Kupferspiegel, auf dessen polierter Oberfläche Tejes Fingerabdrücke noch deutlich zu sehen waren. Eje nahm ihn auf, betrachtete sein Spiegelbild, seufzte und gab ihn dann Huya als Geschenk. Schließlich, als die Sonne schon glühend rot unterging, verließ er das Haus, um zu seiner Frau zurückzukehren, die ihm wortlos Trost gewähren würde.

In derselben Woche erkrankte Merit-Aton-ta-scherit, Echnatons kleine Prinzessin von seiner Tochter Merit-Aton. Merit-Aton ließ sie in ihre eigenen Gemächer bringen und saß bei ihr, hielt ihre Hand und sang leise, während die Zweijährige weinte und sich herumwarf. Aber bald wurde offenkundig, daß Merit-Aton-ta-scherit an derselben bösartigen Seuche litt, die Nofretêtes drei jüngere Töchter hinweggerafft hatte. Semenchkarê stand verlegen im Krankenzimmer herum, versuchte unbeholfen, Merit-Aton zu trösten, vermochte aber keinerlei Mitgefühl mit dem kleinen Mädchen zu bekunden, das für ihn Pharaos geilen Diebstahl seiner kostbaren Beute verkörperte. Er war fast erleichtert, als er in Pharaos Schlafgemach gerufen wurde.

Echnaton lag nackt auf seinem Bett und streckte, als Semenchkarê sich verbeugte, eine zitternde Hand aus. Semenchkarê ergriff sie, warf einen Blick auf das gelbe Gesicht und stellte niedergeschlagen fest, daß Pharao ausnahmsweise bei klarem Verstand war. Seit Tejes Begräbnis hatte bei ihm ein Anfall von Erbrechen und Weinen den anderen abgelöst. Seine geplagten Diener hatten ihr Bestes getan, ihm etwas zu essen einzuflößen und ihn zu baden, und versucht, die Ohren vor seinem Geschwätz zu verschließen. Haremhab war auf Parennefers Bitte gekommen, hatte ihn aber auch nicht zu beruhigen vermocht, und Anchesenpa-Aton hatte sich unter Tränen geweigert, Echnatons unklar geäußerten Rufen Folge zu leisten. Er hatte wenig geschlafen, war nur dann und wann eingedöst und nach ein oder zwei Stunden aufgeschreckt, schon Gebete auf den Lippen und voller Rastlosigkeit. Doch an diesem Abend war er ruhiger, mit blutunterlaufenen Augen, aber klar. Er zog Semenchkarê zu sich herunter.

«Nefer-neferu-Aton, Geliebter», flüsterte er, legte den Arm um den Prinzen und drückte sich krampfhaft an ihn. «Küsse mich. Du gehst durch den Raum wie eine Vision meines jüngeren Ich. Ich sehe die Macht der Scheibe in deinen Lenden pulsieren und aus deinem Mund strahlen.»

«Weißt du, daß die Tochter deiner Tochter im Sterben liegt, Pharao?» murmelte Semenchkarê. Er erstickte Echnatons Antwort, indem er mit einer grausamen, perversen Lust seinen Mund auf den seines Bruders preßte und mit beiden Händen die schmalen Schultern erbarmungslos auf die Matratze drückte. Echnaton begann zu wimmern, aber Semenchkarê wußte aus Erfahrung, daß das ein Ausdruck von Wollust war, nicht eine Reaktion auf seine Worte. «Dir ist das im Augenblick gleichgültig, nicht wahr, mein Gott? Na ja, mir ist es auch gleichgültig. Soll ich dich noch einmal küssen?» Von wildem Haß erfüllt, sah er direkt in die geschwollenen Augen, durch Echnatons unverkennbares sinnliches Verlangen nach ihm aus seiner gewöhnlichen passiven Verdrossenheit herausgerissen. Echnaton erwiderte seinen Blick, nickte schwach, legte die Hände hinter Semenchkarês Kopf und zog ihn zu sich herab. Semenchkarê schickte sich an, Pharao zu küssen, aber plötzlich wurde die Tür aufgerissen, Panhesi stürzte herein und fiel neben dem Bett auf die Knie. Er zitterte vor Aufregung. Semenchkarê löste sich von Echnaton und setzte sich auf. «Was gibt es?»

«Hoheit, Majestät, die Pegel zeigen einen kleinen Anstieg des Flusses! Isis weint!»

Semenchkarê starrte ihn an, von Freude erfüllt. «Ein wie kleiner Anstieg?»

Panhesi zeigte einen Fingerbreit.

Echnaton hatte Semenchkarê an der Taille gepackt und klammerte sich an ihn. «Der Fluch ist aufgehoben, der Gott ist beschwichtigt», sagte er mit gebrochener Stimme. «Später werde ich zum Tempel gehen und dem Gott danken, aber jetzt . . . Semenchkarê, wohin gehst du? Bleib bei mir, ich bitte dich!» Aber Semenchkarê hatte sich von seinem Bruder losgerissen und war zur Tür hinausgerannt, ehe ihm befohlen werden konnte dazubleiben. Er stürmte durch die Korridore, war sich der lächelnden Gesichter bewußt, an denen er vorbeikam, der dankend erhobenen Arme, hörte die Leute vor Freude weinen und Gebete sprechen. Seine Gefolgsleute, Sandalenträger, Herold und Haushofmeister stolperten hinter ihm drein. An den Wachen am Eingang zu Merit-Atons Gemächern vorbei, stürzte er in ihr Schlafzimmer.

«Majestät, Isis weint!» schrie er, hielt aber abrupt inne. Merit-Aton blickte nicht einmal auf. Sie saß da und hielt in beiden Händen die schlaffen Finger ihrer Tochter. Merit-Aton-ta-scherit war tot.

Die Vorbereitungen für ein weiteres königliches Begräbnis gingen fast unbemerkt vor sich, denn die ganze Aufmerksamkeit der Stadt war auf die Markiersteine gerichtet, die in regelmäßigen Abständen am Flußufer eingelassen waren. Der Wechsel von Tag und Nacht hatte keine Bedeutung mehr. Während Echnatons Tochter mit Binden umwickelt und ihr Sarg hastig hergestellt wurde, saßen oder lagen Menschenmengen am Fluß im Schatten improvisierter Sonnendächer, sangen oder tanzten gelegentlich, zumeist aber waren sie von stiller Spannung erfüllt und ließen die Oberfläche des noch fauligen, stinkenden Wassers nie ganz aus den Augen. Straßenhändler boten billige Dinge feil, die sich als Dankopfer eigneten, und machten gute Geschäfte. Die Weinhändler hatten ihre Vorräte bald ausverkauft. Die Stadt wurde fröhlich trunken, und die Straßen wimmelten von lärmenden, lachenden Menschen. Nachts wurden Fackeln angezündet. Niemand ging nach Hause. Im Palast trauerte nur Merit-Aton still um ihre Tochter. Die Höflinge luden sich gegenseitig ein, die Gäste torkelten von den Resten eines Festmahls zu einem anderen, wo es mehr Wein gab und neue Musikanten aufspielten. Mutnodjme hatte in aller Eile ein riesiges Floß bauen lassen, das mit weißen Bändern geschmückt und an Haremhabs Bootssteg vertäut war. Sie hatte auch angeordnet, ein Brett mit Markierungsstrichen an einen der Pfosten zu nageln, und ihre Zwerge kletterten abwechselnd hinunter, um den Wasserstand abzulesen. Bei jedem neuen Zoll, den sie hinaufriefen, wurde gejubelt, und die auf dem sanft schaukelnden Floß zusammengedrängte Menge hob die Becher und trank auf Isis, die eingelenkt hatte. In ganz Ägypten blickten die Menschen auf die sich langsam füllenden Ufer voll Staunen wie Seelen im dunklen Grauen der Duat, die plötzlich merken, daß ihnen eine zweite Chance zum Leben gegeben wurde. Ägypten erhob sich auf dem wie durch ein Wunder still steigenden dunklen Strom vom Tod.

Merit-Aton-ta-scherits Begräbnis wurde in dem Freudentaumel fast vergessen. Semenchkarê hatte den Arm um Merit-Aton gelegt, als die Riten vollzogen wurden und man den so entsetzlich leichten kleinen Sarg in die Dunkelheit trug. Pharao war anwesend, saß aber schweigend da, nickte dann und wann oder wiegte sich kurz, und niemand wußte, ob er sich überhaupt darüber klar war, was mit seinem Kind geschah.

Als Ende Choiak der Nil überzufließen begann und die durstigen Felder überschwemmte, kam Anchesenpa-Aton mit einem Mädchen nieder. Die Adeligen, die sich im Schlafgemach drängten, um Zeuge für Ägypten zu sein, waren noch in festlicher Stimmung, und es gab viele Scherze und Gelächter, als sie da auf dem Fußboden saßen und sich mit Glücks- oder Brettspielen die Zeit vertrieben, während die kleine Prinzessin schrie und sich quälte. Ihre Entbindung dauerte fast so lange wie seinerzeit die von Mehet-Aton, und als es geschafft war, war sie zu schwach, um Ejes Glückwünsche oder Merit-Atons Kuß zur Kenntnis zu nehmen. Echnaton war zwar verständigt worden, daß die Geburt bevorstehe, war aber nicht erschienen, und Anchesenpa-Atons Diener waren insgeheim erleichtert.

Wenn Pharao nicht von seinem Wahnsinn befallen war, widmete er sich Semenchkarê. Für ihn war der junge Mann zu einem Amulett geworden, einem Talisman, und je schlechter seine Gesundheit wurde, um so mehr klammerte er sich seelisch und körperlich an ihn. Er befahl dem Prinzen, in eine kleine Zimmerflucht unmittelbar neben den königlichen Gemächern zu ziehen. Semenchkarê fügte sich und hoffte, sein Bruder werde sich dann sicherer fühlen und den Würgegriff lockern, der ihn rasend machte, aber Pharao klammerte sich nur noch mehr an ihn. Anchesenpa-Aton ging es noch nicht wieder gut genug, um das königliche Bett zu teilen, selbst wenn Echnaton sie begehrt hätte. Wie sein Vater schien er eine geheimnisvolle Kraft aus dem Körper des jungen Mannes zu schöpfen. Semenchkarê nährte seine Scham, trat mit Pharao, der sich an ihn hängte, an das Erscheinungsfenster, wenn sich der König, was immer seltener vorkam, zum Tempel begab, aber sonst verbarg er sich im Dämmerlicht seiner beengten Unterkunft, fauchte und wurde ausfällig gegen jeden, der sich ihm näherte. Einmal war Merit-Aton zu ihm gekommen, aber selbst sie hatte er so giftig angefahren, daß sie weinend wieder fortging. Die Fellachen mochten zusammenkratzen, was sie an Saatgut noch hatten, die Bäume mochten in einem Grün prangen, wie man es seit fast drei Jahren nicht gesehen hatte, die Schadufs mochten von neuem lebenspendendes Wasser in die verdorrten königlichen Gärten schöpfen, aber in Ägyptens Herzen herrschte noch eine verderbliche Dunkelheit.

Haremhab drängte sich mit einem barschen Wort an Semenchkarês Wachen vorbei, schlug die schwere Zederntür hinter sich zu und verbeugte sich flüchtig vor dem Rücken des Prinzen. Semenchkarê stand mit gekreuzten Armen am Fenster und starrte an dem überdachten und mit Säulen versehenen Überweg vorbei auf den sonnigen Garten dahinter. Trotz der Wärme im Zimmer war er in dickes weißes Leinen gehüllt, das er fest um sich zog. Er ließ nicht erkennen, daß er jemanden hatte hereinkommen hören. Haremhab wartete einen Augenblick und sagte dann höflich: «Hoheit.»

«Geh weg, Befehlshaber.»

Haremhab kam zu ihm heran und verbeugte sich noch einmal. «Verzeihung, Hoheit, aber ich kann nicht gehen, ehe ich nicht dein Siegel auf diesem Dokument habe.»

Semenchkarê warf einen Blick darauf und sah wieder weg. «Du wirst sofort gehen und es mitnehmen.»

Nachdenklich betrachtete Haremhab den mißmutigen, geschwollenen Mund, den langsam verblassenden blauen Fleck auf dem langen Hals, die verkrampften Finger, die das Leinen zerknitterten. Er trat vor, stellte sich zwischen das Fenster und den Prinzen, und Semenchkarê wich zurück.

«Pharao wird nicht ewig leben», sagte Haremhab leise. Er hätte weitergesprochen, aber Semenchkarês Gesicht verzerrte sich plötzlich zu einer gehässigen Grimasse.

«Wie kannst du es wagen, mich zu bemitleiden!» zischte er. «Mich, einen Prinzen von Geblüt und Thronerben! Ich werde ihn veranlassen, dich zu bestrafen, Soldat!»

Die Beleidigung erschütterte Haremhab nicht. «Ich bemitleide dich nicht, Horus-im-Nest», erwiderte er kühl. «Es ist Zeit, eine neue Regierung vorzubereiten.»

«Wenn du gekommen bist, um dich an mir zu reiben wie eine scharwenzelnde Katze, dann kannst du abhauen und es dir selbst besorgen.» Er benutzte einen besonders obszönen Ausdruck, aber Haremhab ließ sich zu keiner Reaktion hinreißen.

«Das hier ist ein Befehl für die sofortige Mobilisierung des Heeres», sagte er in scharfem Ton und hob die Schriftrolle hoch. «Ich möchte, daß du deine offizielle Genehmigung gibst, Hoheit, wenn dir noch etwas von Ägypten übrigbleiben soll, das du beherrschen kannst.»

«Ägypten ist mir völlig gleichgültig.»

«Das weiß ich. Aber du willst die Doppelkrone, und wenn du gescheit bist, meine Mitarbeit.»

«Drohungen?» höhnte Semenchkarê. «Ich muß schon sagen, Befehlshaber, wenn ich einen Finger hebe, kann ich dich erdolchen und in den Nil werfen lassen.»

«Ich glaube nicht, daß du das kannst, Prinz. Jedenfalls ist es für dich vorteilhaft, mein Vertrauen zu gewinnen. Deine Mutter wollte den Thron für dich, und wenn du ihn sichern willst, brauchst du mich.»

Röte stieg in Semenchkarês bleiches Gesicht. «Deine Unverschämtheit ist unverzeihlich! Ich habe ihn bereits gesichert!»

«Nicht ganz. Dein Halbbruder wächst unter dem Schutz von Königin Nofretête heran. Wäre die Nachfolge allein eine Frage des Blutes, wäre sein Anspruch berechtigter als deiner.»

Semenchkarê kniff die Augen zusammen. «Wagst du mir zu sagen», fragte er, «daß du, sofern ich nicht tue, was du willst, deine Treue auf den Bankert aus einer unerlaubten Verbindung übertragen wirst? Mein Vater war Amenhotep III., der größte Pharao, den Ägypten je gehabt hat. Kein Anspruch ist berechtigter als meiner.»

«Hoheit, ich glaube, daß die Ansprüche des Blutes nicht mehr viel Gültigkeit haben werden, wenn Pharao stirbt. Die Schatzkammer ist leer, die Regierung verkümmert, weil sie nicht ausgeübt wurde, und verkommen durch zuviel Bestechungen, das Land als Ganzes unabänderlich verarmt. Die Macht wird der Tüchtigste erhalten, nicht der Reinblütigste. Du mußt dich als stark genug erweisen, um den Thron zu verdienen. Ich habe deinen Vater geliebt und bewundert, und deine Mutter war meine Göttin. Hilf mir, damit ich dir helfen kann.»

Semenchkarê musterte sein Gesicht. «Deine Augen lügen», sagte er. Er fuhr sich mit den Fingern über den blauen Fleck an seinem Hals und rieb ihn geistesabwesend. «Wenn du mir helfen willst, töte meinen Bruder.»

«Das ist nicht notwendig. Ich bin überzeugt, er liegt im Sterben. Wir können an Edikten herausgeben, was wir wollen, er wird nicht eingreifen. Seine Tage sind eine düstere Aufeinanderfolge von Träumen und Alpträumen. Er hat keine Verbindung mehr mit der Welt.»

«Du wärest dessen nicht so sicher, wenn du es wärst, den er mit solch ungeheurer Sinnenlust küßt und liebkost.» Semenchkarês Stimme zitterte. «Ich glaubte, du seiest sein Freund. Ich kann dir nicht trauen.»

«Das spielt keine Rolle. Ich traue dir auch nicht.»

«Du sprichst lästerlich. Was ist mit Eje?»

Haremhab lächelte. «Der Fächerträger ist sehr alt.»

«Ihr Götter, du bist widerlich.» Semenchkarê wandte sich ab. Auf dem Tisch neben dem Bett stand Wein, er schenkte sich einen Becher voll, nahm einen tiefen Schluck und wischte sich mit dem Handrücken den Mund ab. «Gib mir die Schriftrolle. Mobilisierung?»

«Und Krieg.» Haremhab trat vom Fenster weg, und als er Semenchkarê das Dokument übergab, sprach er eindringlich auf den jungen Mann ein. «Ich bin immer stolz auf mein Land gewesen, Prinz. Als ich ein Knabe war und in Hnes aufwuchs, lehrte mich mein Vater, den Göttern zu dienen, Pharao zu ehren und tagtäglich dafür zu danken, daß ich das Vorrecht hatte, als Ägypter geboren zu sein. Alle Menschen beneiden uns, sagte er zu mir, denn Ägypten blüht und gedeiht, und seine Gesetze sind gerecht. Ich brauche mich nicht allein auf sein Wort zu verlassen.» Er ging wieder zum Fenster und lehnte sich erschöpft daran. «Er hat schwer gearbeitet, aber wir hatten ein gutes Leben. Unser Land war ertragreich, und auch nachdem wir jedes Jahr unseren Anteil an Pharaos Steuereinnehmer abgeführt hatten, blieb uns gewöhnlich genug Getreide, das mein Vater gegen das eine oder andere Schmuckstück für meine Mutter eintauschen konnte. Hnes war ein glücklicher Ort. Selbst die ärmsten Bauern brauchten nicht zu betteln. Ich wünschte, deine Hoheit könnte meine Heimatstadt jetzt sehen.» Er blickte hinaus in den Garten. «Da herrscht bitterste Armut. Ich schicke Gold an die dortigen Priester, damit sie es verteilen, aber die Leute sind durch die Entbehrungen verroht, und wenn das Gold auch dazu dient, daß sie sich die leeren Bäuche füllen, so können sie sich damit doch nicht ihre Würde zurückkaufen.» Er hatte die letzten Worte laut gesprochen, hielt jetzt inne und senkte die Stimme. «Als Kind war es mir nicht bewußt, daß Hnes sehr dicht an der Grenze liegt. Niemand dachte darüber nach. Aber jetzt ist Hnes voller Angst. Wie entsetzlich sind diese Worte! Ägyptische Bürger auf ägyptischem Boden, die niemals wissen, ob sie nicht eines Morgens aufwachen und ausländische Soldaten in ihrem Dorf finden. Eine Schande!» Plötzlich drehte er sich um und sah Semenchkarê wieder an. «Ich war nie wie die anderen Jungen in Hnes. Ich wußte immer, daß das Schicksal Großes mit mir vorhatte. Ich war gescheit und ehrgeizig, vor allem aber brannte ich darauf, meinem Land und dem Gott auf dem Horus-Thron zu dienen, dessen gütige Allmacht es mir und meiner Familie ermöglichte, jeden Abend ohne Hunger unsere Strohsäcke aufzusuchen und ohne Angst zu schlafen.»

«Das ist eine hübsche Geschichte», warf Semenchkarê ein, «aber meine Geduld erlahmt. Alle wissen, daß du kein Adeliger bist und von der Pike auf gedient hast. Komm zur Sache.»

Haremhab versteifte sich. «Die Sache ist folgende», erwiderte er ruhig. «Ich liebe Ägypten immer noch und verehre die Würde seines Gott-Königs. Ich wünsche mir vor allem, daß beide wieder den Platz einnehmen, den die Ma'at ihnen bestimmt hat. Ich habe die Zerstörung all dessen mitangesehen, was jedem echten Ägypter lieb und teuer ist. Es ist noch Zeit, ein wenig Zeit, das Unglück abzuwenden, das über uns gekommen ist, als dein Bruder den Thron bestieg, wenn du, Prinz, mich nur unterstützt. Als ein erster Schritt ist die Wiederherstellung des Gleichgewichts in Syrien dringend erforderlich. Ich gedenke, das Heer in das einst von uns abhängige Gebiet zu führen und einen Krieg zur Wiedergewinnung zu beginnen.»

Semenchkarê hatte ein halbes Lächeln aufgesetzt und sah ihn nachdenklich an. «Aus dem gescheiten und ehrgeizigen kleinen Jungen ist ein gescheiter und ehrgeiziger Mann geworden», sagte er kühl. «Ich habe keinen Zweifel, daß an deinen Beteuerungen selbstloser Liebe zu deinem Vaterland etwas Wahres ist, aber ich würde auch alles Gold, das ich besitze, darauf verwetten, daß du nicht mit dem Heer nach Syrien ziehst.» Er ging zu der brennenden Kerze am Bett und hielt Siegelwachs darüber. «Wenn du es tätest, könntest du bei deiner Rückkehr feststellen, daß sich das Gleichgewicht der Kräfte bei Hof stärker verlagert hat, als du zu meistern vermagst. Nicht wahr, Befehlshaber?» Er ließ Wachs auf die Schriftrolle träufeln, zog seinen Ring ab und drückte das Siegel des Thronerben hinein. «Da.» Er warf Haremhab das Dokument zu. «Vergieße so viel ägyptisches Blut, wie du willst. Aber halte deinen Krieg von Achet-Aton fern.»

Die kleine Stille, die folgte, wurde plötzlich von Pharaos Stimme unterbrochen. «Semenchkarê!» rief er schrill. «Wo bist du?»

Semenchkarê zog die Augenbrauen hoch. «Mein königlicher Liebhaber schreit nach mir», sagte er. «Ich frage mich, was meine Mutter darüber zu sagen gehabt hätte, wenn sie es hätte erleben müssen.» Haremhab antwortete nicht und drehte die Schriftrolle in den Händen, sein Gesicht war ausdruckslos. Neid verzerrte mit einemmal Semenchkarês hübsche Züge, als er Haremhab ansah, und er spuckte auf den Fußboden. «Geh weg», flüsterte er. «Ich bin reiner vor den Göttern als du, Soldat.» Echnaton rief wieder, es war ein schriller Notschrei.

Das Gerücht von Semenchkarês Zugeständnis an Haremhab kam Eje mehrere Tage später zu Ohren. Besorgt versuchte er eine Audienz bei dem Prinzen zu erlangen, denn er wollte das Ausmaß des Einflusses ermitteln, den er noch auf seinen Neffen nehmen konnte, aber Semenchkarê hatte sich in seinen drei kleinen Räumen eingeschlossen und weigerte sich, irgend jemanden zu empfangen. Eje schickte einen Diener los, um herauszufinden, wo Haremhab sich aufhalte, und einige Stunden, nachdem er an der Tür des Prinzen abgewiesen worden war, hörte er, der Befehlshaber sei im Amt des Schreibers für Rekrutierungen. Eje ließ seine Sänfte kommen und sich am Palast vorbei zu dem Gelände tragen, wo Pharaos Minister früher die Regierungsgeschäfte zu betreiben pflegten. Die meisten Räume waren leer, aber Eje traf verschiedene Schreiber, die mit ihren Paletten und Papyri aus dem Hauptquartier für Einberufungen kamen. Er machte die Tür auf und ging hinein.

Haremhab war allein, er saß an einem überhäuften Schreibtisch, vor sich die Reste einer eiligen Mahlzeit. Er stand auf, als Eje herankam, und die beiden Männer verbeugten sich voreinander. Haremhab ließ sich wieder auf seinem Stuhl nieder und forderte Eje mit einer Handbewegung auf, auch Platz zu nehmen. Eje zog sich einen Hocker näher an den Schreibtisch.

«Ich bin hergekommen, um zu hören, ob du das Gerücht, Semenchkarê habe dir die Erlaubnis erteilt, einen Feldzug zu beginnen, bestätigst oder bestreitest. Und wenn er es tat, warum bin ich dann nicht zu Rate gezogen worden? Schließlich bin ich der Fächerträger zur rechten Hand.»

«Ich hätte es dir in Kürze gesagt», entschuldigte sich Haremhab, «aber ich wollte nicht, daß Pharao vorzeitig von meinen Absichten erfährt, wenn er vielleicht einmal bei klarem Verstand ist, und meine Befehle widerruft. Jetzt spielt es keine Rolle mehr. Sie sind gestern an die Divisionskommandeure hinausgegangen.»

«Du meinst, du hast mich nicht in deine Pläne eingeweiht, weil du gefürchtet hast, ich würde es Pharao sofort sagen. Natürlich hätte ich es ihm gesagt. Was du getan hast, ist ein Vergehen gegen den Gott, Haremhab.»

Haremhab schlug mit der Faust auf den Schreibtisch. »Einer mußte etwas tun! Ja, es war ein Vergehen gegen den Gott, und es belastet mein Gewissen, aber ich bin die Untätigkeit leid, habe es satt, Rat zu erteilen, der nicht beachtet wird, bin die ewigen Diskussionen mit dir leid, die sich immer im Kreis bewegen. Es ist kein Hochverrat!» Er verzog das Gesicht, und sein wütender Blick senkte sich auf seine geballte Faust.

«Das habe ich auch nicht behauptet», erwiderte Eje nach einem Augenblick, «aber es ist eine übereilt getroffene und nicht genügend überlegte Entscheidung. Du hast zugelassen, daß deine Verzweiflung den Sieg über deinen gesunden Menschenverstand davonträgt, Befehlshaber. Um wie viele Divisionen handelt es sich?»

«Vier sind zur Verproviantierung auf dem Weg nach Memphis und werden bald die Grenze überschreiten.»

«Sind sie kampfbereit?» Eje wartete auf eine Antwort, aber Haremhab schwieg und sah immer noch auf seine Hand, die jetzt flach auf dem Tisch lag. «Sind sie kampfbereit?» wiederholte Eje seine Frage, stand auf und beugte sich zu Haremhab hinüber. «Du weißt ebensogut wie ich, daß der größte Teil unserer Truppen seit mehr als vierzig Jahren nicht im Einsatz war. Sie brauchen drei Monate Ausbildung mit Scheingefechten, Zeit, um sich abzuhärten und sich von der Hungersnot zu erholen, um zu lernen, was sie von den Chatti und der Wüste zu erwarten haben! Wenn sie eine Niederlage einstecken, wird das eine Invasion Ägyptens beschleunigen.»

Haremhab hob den Kopf und sah Eje wütend an. «Du bist immer mehr mit Worten als mit Taten bei der Hand gewesen», sagte er, «und was haben Worte bewirkt? Nichts! Außerdem bist du schon vor Jahren aus dem aktiven Dienst in der Kavallerie ausgeschieden und ganz und gar ein Höfling geworden. Du weißt nicht, wovon du redest.»

«Mag sein, aber deine Offiziere müssen dir Vorsicht angeraten haben.»

«Ich habe sie nicht um Rat gefragt.» Haremhab stand auf und lächelte Eje kurz an. «Ich bin der Oberbefehlshaber aller Streitkräfte Seiner Majestät, und ich sage, das Heer ist bereit, in den Krieg zu ziehen. Mach dir keine Sorgen.» Er ging um den Schreibtisch herum und legte Eje leicht den Arm auf die Schultern. «Wir beide haben zuviel gemeinsam erlebt, als daß wir einander nicht mehr trauen sollten, Fächerträger. Ich werde dich über die Berichte von der Front auf dem laufenden halten, das verspreche ich dir.»

«Sei nicht so herablassend zu mir, Haremhab», sagte Eje, immer noch ärgerlich, und entzog sich ihm. «Ich empfinde mehr Sympathie für dich, als du glaubst, aber ich bitte dich nicht zu vergessen, daß ich es bin, der vor Pharaos Schlafzimmertür stehen muß und den Verfall eines Menschen mitansieht und mitanhört, den zu ehren und zu schützen ich doch vor langer Zeit geschworen habe. Für uns, die wir ständig anwesend sind, ist es sehr schmerzlich.»

«Ich vergesse es nicht», antwortete Haremhab. «Auch ich schulde Pharao viel, aber gewiß schulden wir beide Ägypten mehr.»

Eje dachte über Haremhabs Worte nach, als er zum Palast zurückgetragen wurde, und er kam sich plötzlich sehr einsam vor. Er wäre gern direkt zu Teje gegangen, um die Lage mit ihr zu besprechen, aber dieses Vergnügen würde er nie wieder haben. Daß sie nicht mehr da war, tat ihm ständig weh, und der Schmerz verstärkte sich an jedem Abend, wenn er bei den Festmählern Echnaton vertrat, denn jetzt saß ihre Enkelin Anchesenpa-Aton als Große Königsgemahlin neben ihm auf dem Platz, von dem aus Teje einst mit ihren gleichmütigen blauen Augen die Gesellschaft überblickt hatte.

Obwohl Echnaton selbst kein Interesse an seiner jüngsten Tochter Anchesenpa-Aton-ta-scherit bekundete, tat die Königin Eje leid, und oft schickte er seinen Haushofmeister in die Kinderzimmer, um sich nach der Gesundheit der Kleinen zu erkundigen. Es ging ihr nicht gut. Sie trank nicht richtig und schlief zuviel. Als er einmal die Energie aufgebracht hatte, selbst hinzugehen, fand er Anchesenpa-Aton dort auf dem Boden sitzend, ihre Tochter auf dem Schoß. Als sie nickte, kam er näher und verbeugte sich. Anchesenpa-Aton lächelte matt, nahm die Kleine hoch und hielt sie ihm so zutraulich hin, als wäre sie eine kaputte Puppe.

«Irgend etwas stimmt mit ihr nicht, Großvater», sagte sie. «Sieh doch mal, wie kraftlos ihr rechtes Bein ist, wie schwach ihre Arme. Die Kinderfrauen sagen mir, daß sie nicht weint, sondern nur wimmert.»

Eje nahm die Kleine vorsichtig und betrachtete das blasse, schmale Gesicht, das dem ihres Vaters so verblüffend ähnlich war, und erwartete, daß Anchesenpa-Aton sagen würde: «Kannst du sie wieder heil machen?», wie seine eigenen Töchter einst gefragt hatten. «Majestät», sagte er ernst, «ich glaube, du mußt darauf gefaßt sein, deine Tochter zu verlieren. Die Ärzte wissen nicht, was ihr fehlt, und ich auch nicht. Du mußt sie liebhaben, solange du sie hast.»

Anchesenpa-Aton nahm das Kind wieder und begann es zu wiegen. «Als ich sehr jung war, sagte mein Vater uns immer, wir würden nie krank werden, und das Sterben würde leicht für uns sein. Meine Tochter stirbt jetzt, und er auch, nicht wahr?» Ihre Augen füllten sich mit Tränen, und sie drückte das Kind an sich. «Die Höflinge beschimpfen ihn, und das einfache Volk nennt ihn einen Verbrecher, aber er ist mein Vater, und ich liebe ihn. Sie sollten nicht so von Pharao sprechen. Jetzt ist er krank, und alle haben ihn im Stich gelassen, aber du nicht, Fächerträger, nicht wahr?»

Eje hockte sich neben sie. «Nein, ich nicht, liebste Majestät.» Er legte den Arm um sie. «Fehlt dir deine Mutter?»

«Ja, und ihm auch. Wenn wir zusammen im Bett sind, nennt er mich manchmal Nofretête.»

Voller Mitleid küßte Eje sie auf die Wange. «Wenn die Zeit gekommen ist, würdest du dann gern bei ihr im nördlichen Palast wohnen?»

Sie senkte den Kopf. «Ich glaube schon. Wenn du mich oft besuchst.»

Sie unterhielten sich noch eine Weile, dann kehrte Eje zu Pharaos Gemächern zurück. Es wäre ratsam, dachte er, daß die kleine Königin umzieht. Semenchkarê wird Pharao werden, aber wenn er nicht gut regiert, werden sich viele Augen auf Tutanchaton richten, meine auch. Ich besitze das Vertrauen des kleinen Prinzen, und Anchesenpa-Aton vertraut mir ebenfalls. Haremhab würde gut daran tun, sich um ein gutes Verhältnis zu Tutanchaton zu bemühen, wenn er viel Einfluß behalten will.

Die Zeiten des Säens und Wachsens waren in diesem Jahr so berauschend wie nie zuvor. Höflinge, die sich die Nase zuhielten, wenn sie nur eine Kuh erblickten, und ihre Diener Teppiche mitschleppen ließen für den Fall, daß sie ihre Füße auf schlammigen Boden setzen müßten, konnte man jetzt knietief zwischen den schlanken grünen Halmen der Feldfrüchte auf dem Westufer stehen sehen, überwältigt von der herrlichen Fruchtbarkeit, von der sie nicht geglaubt hatten, daß sie einmal so kostbar sein würde. Die in voller Blüte stehenden Blumenbeete in den Gärten rissen sie zu begeisterten Ausrufen hin. Jeder Atemzug in der feuchten, duftenden Luft war ein Wunder.

Als die grünen Felder langsam golden wurden und die angenehme Winterwärme in Sommerhitze überging, begann die erste Ernte seit drei Jahren. Aber der Mann, der solche Freude an dem Wechsel der Jahreszeiten und an irdischen Dingen gehabt hatte, lag, ohne es gewahr zu werden, auf seinem Bett und lebte seine letzten Hirngespinste aus. Echnaton rang mit dem Tode. Die wenigen getreuen Diener, die er noch hatte, unter ihnen Eje und Haremhab, verfolgten die endgültige Zerstörung seines Geistes und das sich beschleunigende Nachlassen seiner Körperkräfte. Er geriet noch in Erregungszustände, die mit schwächenden Krämpfen endeten, aber sie wurden mit der Zeit seltener. Echnaton schien in eine Welt einzutreten, deren innere Realität den Beobachtern unzugänglich blieb. Die Atmosphäre in dem stillen Raum war von Erwartung erfüllt und ließ die Männer, die für Pharaos körperliche Bedürfnisse sorgten, die Stimmen senken. Manchmal schritt er auf und ab, blieb plötzlich stehen und sprach völlig klar. Einmal hielt er vor Haremhab an, starrte ihm direkt in die Augen und sagte: «Aber ich habe mein Leben damit verbracht, alles zu tun, was der Gott befahl. Ich schäme mich nicht. Ich kann nicht behaupten, daß es besser gewesen wäre, wenn ich gar nicht geboren worden wäre.»

«Natürlich nicht, Majestät», antwortete Haremhab, ehe er sich klarwurde, daß Echnaton ihn gar nicht angesprochen und ihn sogar überhaupt nicht gesehen hatte.

Aber bald wurde Echnaton so schwach, daß er nicht mehr aufstehen konnte. Er lag auf dem Bett, die Hände auf dem Laken gefaltet, und rührte sich kaum. Er verweigerte die Nahrung, trank jedoch manchmal Wasser und setzte ganz deutlich das Gespräch fort, das er jetzt schon seit vielen Tagen führte. Eje wurde eindringlich an die frühen Tage der Unterweisung erinnert, als der neue Pharao die jungen Männer des Hofs um sich scharte und mit einer Glaubwürdigkeit sprach, die er sonst nie erkennen ließ. Aber er verfiel sichtlich, sein Atem wurde flacher, er wurde magerer, und sein Gesicht nahm die Transparenz des nahe bevorstehenden Todes an.

Gegen Ende eines langen Tages, an dem er ganz still dagelegen hatte, abwechselnd schlafend und erwachend, und Unverständliches vor sich hin geflüstert hatte, wurde er unruhig, begann zu weinen und aufgeregt nach seiner Mutter zu rufen. Eje und Haremhab tauschten Blicke.

«Sollten wir Merit-Aton holen oder nach Nofretête schicken?» fragte Haremhab leise. «Nofretête hat es abgelehnt herzukommen, aber wir könnten es noch einmal versuchen.»

Eje schüttelte den Kopf. «Hole Taduchipa», befand er. «Sie war ihm immer ergeben. Laß Merit-Aton und Anchesenpa-Aton herein, wenn sie es wünschen.»

Das Geräusch einer sich schließenden Tür veranlaßte ihn, sich umzudrehen. Semenchkarê war aus seinen Gemächern gekommen und gleich hinter der Tür stehengeblieben. Er lehnte an der Wand, hatte die Arme gekreuzt und den Blick auf das Bett gerichtet. Haremhab ging hinaus und sprach mit dem Herold. Während sie warteten, ging Merirê um das Bett herum, beschrieb langsam Kreise mit dem Weihrauchgefäß und murmelte.

Taduchipa hatte ihr schüchtern-zaghaftes Auftreten nie verloren. Obwohl sie Königsgemahlin und Prinzessin aus eigenem Recht war, erwiderte sie die Verbeugungen der Männer, ehe sie zum Bett ging und sich auf den Hocker setzte, den man für sie hingestellt hatte. Sie nahm eine Hand von Pharao, hob sie hoch und küßte sie liebevoll. Echnaton drehte den Kopf zu ihr, und sie wischte ihm die Tränen ab.

«Deine Hände sind so warm, Mutter», flüsterte er. «Ich habe Cheruef gebeten, die Kohlenpfannen anzuzünden, aber ich friere immer noch. Sie wollen mich ermorden. Ich weiß es jetzt. Niemand mag mich außer dir.»

«Ich werde dich immer lieben, mein Gebieter.»

«Ja? Aber Worte verwehen und verschwinden im Dunkel der Zeit.» Das Geflüster verlor sich, und er rang nach Atem. «Es spielt keine Rolle», fuhr er nach einer Weile fort, öffnete die Augen und schloß sie wieder. «Du bist hier, und ich kann mich sicher fühlen. Erinnerst du dich an den Abend in Memphis, als der Mond voll und die Luft warm war und wir im Boot lagen und so taten, als zählten wir die Sterne? Nein, du wirst dich nicht erinnern, aber ich.»

«Pst, Echnaton», beruhigte ihn Taduchipa. «Sprich nicht. Du mußt deine Kräfte schonen.»

Er verfiel in Schweigen, atmete leicht und unregelmäßig, und von neuem begannen Tränen der Erschöpfung und Traurigkeit zu fließen. Dann plötzlich entriß er ihr seine Hand und richtete sich mühsam auf.

«Ich habe zu tun versucht, was gut ist vor dem Gott!» rief er aus. «Ich habe es nach Kräften versucht!» Erschreckt stand Taduchipa auf und drückte ihn vorsichtig auf die Kissen. Einen Moment lang leistete er Widerstand, dann sank er zurück. Er riß die Augen weit auf, war mit einemmal bei Bewußtsein und starrte sie überrascht an. «Kleine Kia», sagte er. «Habe ich nach dir geschickt? Verzeih, ich kann jetzt nicht mit dir reden, ich bin zu müde. Ich glaube, ich werde schlafen.»

Seine Augen schlossen sich. Dreimal hob und senkte sich die schwache, eingesunkene Brust, dann nicht mehr. Taduchipa drehte sich um, und Haremhab kam zum Bett gerannt. Er beugte sich über den König und horchte auf einen Herzschlag, richtete sich aber gleich wieder auf. «Horus ist tot», sagte er. «Laßt seine Töchter herein, wenn sie jetzt kommen wollen.» Er nahm seinen Platz neben Eje ein, als Merit-Aton und Anchesenpa-Aton in Tränen an ihnen vorbeistürzten und vor der Leiche niederfielen.

Semenchkarê sah gleichmütig zu und hielt die Arme noch immer gekreuzt. Er rührte sich nicht einmal, als die Anwesenden sich vor ihm auf den Boden warfen und seine Füße küßten. Das pflichtschuldige Wehklagen der Frauen drang durch die Fenster herein, als sich die Nachricht verbreitet hatte. «Zieht ihm den Siegelring ab und gebt ihn mir», befahl Semenchkarê. Eje gehorchte, und Semenchkarê ließ den Ring nachdenklich auf der Handfläche rollen, ehe er ihn auf den Finger steckte. «Ich gehe zurück in meine Räume, bis diese bereit sind», fuhr er in gleichmütigem Ton fort. «Reinige sie gut, Panhesi. Merit-Aton, komm her.» Sie stand auf und ging zu ihm. Grob packte er einen Zipfel ihres Gewands und wischte ihr das Gesicht ab. «Das sind die letzten Tränen, die du für deinen Vater vergießt», sagte er. «Verstehst du? Ich bin hungrig. Wir werden im Garten essen.» Stumm folgte sie ihm durch die Reihe gebeugter Köpfe und ausgestreckter Arme. Eje fing einen Blick von Haremhab auf und zog die Augenbrauen hoch. Das neue Regiment hatte begonnen.

24

Nofretête schritt in ihrem düsteren Schlafzimmer auf und ab, den Kopf gesenkt, die Arme über den Bändern gekreuzt, die den weißen Umhang unter ihren vollen Brüsten hielten. Es war tiefe Nacht. Eine kleine Lampe brannte auf dem Tisch neben dem Bett und verbreitete etwas gelbes Licht, das aber die Schatten ringsum kaum vertrieb. Das regelmäßige Atmen ihrer Frauen, die am anderen Ende des Raums auf ihren Strohsäcken fest schliefen, war das einzige Geräusch in der warmen, stillen Luft. Dann und wann blieb Nofretête stehen und blickte durch die Düsternis auf die riesigen silbernen Reliefs an den Wänden, auf denen sie im Männerschurz und mit Sonnenkrone, Henkelkreuzen und Sphinxen geschmückt dargestellt war, wie sie hochmütig über ein ihr huldigendes Ägypten hinwegschritt. Manchmal ging sie, in Gedanken verloren, zum Fenster und sah hinaus auf ihre wieder vom Leben strotzenden, doch jetzt im Schein eines abnehmenden Mondes farblosen Terrassen, die sich bis zum schimmernd dahinfließenden Nil hinunterzogen. Ihr Blick wanderte über die friedliche Szene, aber sie nahm sie kaum wahr. Sie strich mit der Hand über die Fensterbank, ohne die Kühle des Quadersteins zu spüren.

Er war tot, er war tot. Sie flüsterte seinen Namen, nicht mit dem Gram der Liebe, sondern gleichsam mit ärgerlicher Verblüffung. Er hatte ihr den Weg zu der Macht gebahnt, die sie in Achet-Aton ausgeübt hatte, er war der Vater ihrer Kinder, der seltsame Mann, der ihr Bett geteilt hatte, der in ihr nicht nur die verzweifelte Liebe einer Mutter zu einem eigensinnigen Kind geweckt hatte, sondern auch die Verachtung einer Frau für einen Mann, dem die rauhe Geradlinigkeit der Herrschergestalt aus ihren Kindheitsträumen gefehlt hatte. Trotz ihrer hohen Stellung hatte sie die Krone der Großen Königsgemahlin nicht errungen, für die sie den Mord an ihrer Cousine Sitamun auf sich genommen hatte. Ihr Leben war ein langer Kampf gegen die Kompromisse gewesen, mit denen sie sich hatte abfinden müssen. Ihre außerordentliche Schönheit hatte sich als stumpfe Waffe erwiesen. Solange Echnaton lebte, hatte die Möglichkeit bestanden, daß diese Verbannung, die sie sich ja aus Stolz und Furcht vor einer weiteren Demütigung teilweise selbst auferlegt hatte, mit einer vollständigen Rehabilitierung enden würde. Aber jetzt war er gegangen – zu welchem Gott auch immer, der ihn akzeptieren würde –, und ihr blieb auf ewig nichts als die ehrenvolle, aber machtlose Stellung einer Königinwitwe. Semenchkarê, auch er ein Vetter, würde herrschen. Gewiß, seine Gemahlin war ihre Tochter, aber zwischen Nofretête und dem Einfluß, den sie auf das königliche Paar ausüben könnte, standen der Fächerträger zur rechten Hand und der Oberbefehlshaber aller Truppen Seiner Majestät, zwei Männer, die ihren langsamen Aufstieg zur Macht in jedem Stadium sorgfältig untermauert hatten und bestimmt nicht zulassen würden, daß sie irgendeine unabhängige Politik verfolgte.

Und dann war da noch Tutanchaton, ein achtjähriger Junge, der hier in ihrem Reich friedlich schlief und dessen Anrecht auf den Thron ebenso groß war wie Semenchkarês. Ich könnte ihn heiraten, dachte Nofretête, aber ich würde starke Männer zu meiner Unterstützung brauchen, Männer, die meines Vaters und Haremhabs Macht entgegenwirken könnten. Eje hat vor, meine Stadt aufzugeben, und Haremhab strebt über das Heer nach der Herrschaft. Würde ich Tutanchaton heiraten, würden Vater und Haremhab bestimmt dafür sorgen, daß ich nach wie vor nur die Krone der Königin trage und hinter meinem kleinen Gemahl herlaufe, während sie das Land regieren. Aber ich bin fünfunddreißig Jahre alt. Ich habe ein Recht zu herrschen. Und Ägypten ist eine reife Frucht. Ich will sie pflücken. Ich will mit dem ganzen Schmuck einer Großen Königsgemahlin in den königlichen Palast zurückkehren und mir endlich nehmen, was mir gehört. Teje hat es geschafft, also kann ich es auch. Aber wie? Ich werde hier alt. Ein Tag folgt dem anderen wie das monotone Tropfen des Wassers in einer Uhr. Ohne die Hilfe eines starken Mannes kann ich nichts tun. Wo ist ein solcher Mann? Kein Höfling wird mir helfen. Amuns

Priester sind zu schwach und entmutigt. Haremhab hat das Heer. Sie hielt inne und drückte beide Hände auf ihre brennenden Augen, und Panik überkam sie. Sie sah sich plötzlich als eine allmählich vergessene, stille, unwirkliche Gestalt, die in einem schönen Gefängnis die Jahre hinter sich bringt, während sich draußen der Lauf der Geschichte ohne sie vollzieht. Nein! dachte sie. Eher würde ich mich töten. Teje war gescheit. Sie sah das Ende kommen, sie hatte alles getan, es blieb ihr nichts mehr zu tun, und sie ergriff den Augenblick, aber gewiß habe ich doch das Ende meines Lebens noch nicht erreicht – nicht mit fünfunddreißig! Soll ich den kleinen Tutanchaton heiraten und das Wagnis auf mich nehmen? Ich würde verlieren. Ich habe zu viele Feinde, sie würden sich mit Semenchkarê verbünden. Ein starker Mann, ein Fürst . . .

Plötzlich bot sich ihr eine Lösung an, so kühn, daß ihre Kopfhaut prickelte. Alle Müdigkeit war verflogen. O nein! Mein Leben stünde auf dem Spiel, wenn es entdeckt würde. Außerdem reicht die Zeit nicht. Von den siebzig Tagen der Trauer für Echnaton sind nur noch neunundsechzig übrig, dann muß sein Nachfolger die Zeremonie der Mundöffnung durchführen. Aber der Gedanke verfestigte sich, und sie lächelte. Das werde ich tun, dachte sie aufgeregt. Der Versuch lohnt sich. Die Alternative sind Witwenschaft und nur die Äußerlichkeiten der Macht ohne ihren Kitzel für den Rest meines Lebens. Mit einem Schlag kann ich meinen Vater und Haremhab überlisten, Semenchkarê enterben und Tutanchaton für immer einen Prinzen bleiben lassen. Ich bin nicht zu alt, um Kinder zu bekommen, Söhne . . . Aber die Zeit ist so kurz.

Sie rannte zur Tür und riß sie auf. Ihr Leibwächter nahm Haltung an, und ihr Herold erhob sich von dem Hocker, auf dem er gedöst hatte. «Hole sofort meinen Schreiber und den Hauptmann meiner Leibgarde. Eil dich!» Sie schloß die Tür, setzte sich, ganz schwach vor Angst, auf einen Stuhl, schenkte sich Wasser ein und trank. Dann nahm sie ihren ganzen Mut zusammen, ging hinaus in ihre Empfangsräume und entließ die Wachen an der Tür. Als der Hauptmann und ihr Schreiber sich vor ihr verbeugten, stand sie steif am Fuß des Throns, und ihr Herz klopfte wie wild.

«Hast du genug Licht?» fragte sie. Der Schreiber setzte sich mit gekreuzten Beinen vor ihr hin, nickte, tauchte seinen Pinsel in die

Tinte und wartete. «Dann nimm folgenden Brief auf.» Sie flüsterte, vor Erregung war ihr die Kehle wie zugeschnürt. «An Seine Majestät König Suppiluliuma, den Herrn der Chatti. Du weißt seine Titel, schreib sie hin. Dann fahre fort: ‹Mein Gemahl ist gestorben, und ich habe keinen Sohn. Es heißt, daß deine Söhne erwachsen sind. Wenn du mir einen deiner Söhne schickst, soll er mein Gemahl werden, denn ich wünsche nicht einen meiner Untertanen zu meinem Gemahl zu machen.› Was heißt Königin auf akkadisch?»

«Dahamunzu.»

«Dann unterzeichne ich mit ‹Dahamunzu›. Was starrt ihr denn so?» Die Augen beider Männer waren in sprachloser Verblüffung auf sie gerichtet. «Ich weiß genau, was ich tue. Wenn Suppiluliuma meiner Bitte entspricht, wird die Bedrohung durch die Chatti ein Ende haben. Du darfst sprechen, Hauptmann.»

«Aber, Majestät, sie sind unsere Feinde. Ein Chatti auf dem Horus-Thron?»

«Ja.» Nachdem die aufgeregten Worte ausgesprochen waren, fand sie jetzt ihre Fassung wieder. «Denk doch nach! Eine Heirat, die die Möglichkeit einer Invasion für immer ausschließt. Der ausländische Prinz wird keine wirkliche Macht in Ägypten haben, denn ich werde sie ausüben.» Plötzlich merkte sie, daß ihre Glieder zitterten, und sie ließ sich auf dem Thron nieder. «Ich brauche dir keine Erklärungen abzugeben. Ich befehle dir einfach zu tun, was du geheißen wirst. Bringe die Schriftrolle selbst nach Hattusa und sage niemandem unterwegs, welchen Auftrag du hast. Aber sei in Memphis vorsichtig – Haremhab hat dort viele Truppen, die den Flußverkehr und die Wüstenstraße nach Syrien überwachen. Wenn du vernommen wirst, sage, du überbringst Befehle vom Horus-im-Nest Semenchkarê an Mai.»

«Aber, Majestät», beharrte der Mann, immer noch schreckensbleich, «unser Heer marschiert gerade jetzt gegen die Chatti. Ich könnte mitten in eine Schlacht geraten, die Ägypten vielleicht gewinnt!»

Ich will nicht, daß Ägypten gewinnt, dachte Nofretête. Ein solcher Sieg würde Haremhab zum gefährlichsten Mann im Land machen. «Ich glaube nicht, daß unsere Streitkräfte schon in Kämpfe mit den Chatti verwickelt sind», erwiderte sie. «Und selbst wenn es der Fall sein sollte und sie gewinnen, werden die Verhandlungen, die ich eröffne, einfach unsere Standfestigkeit sichern. Wie lange dauert die Reise nach Hattusa?»

«Mindestens drei Wochen, Majestät.»

Besorgnis befiel Nofretête. Nein, dachte sie, ich darf nicht anfangen, die Tage zu zählen, noch nicht, sonst werde ich verrückt. «Tu dein möglichstes, die Reisezeit abzukürzen. Nimm Gold mit, um die Hapiru in Sinai zu bestechen, und kaufe Pferde von ihnen. Nimm eine Begleitmannschaft mit, aber keine so große, daß du auffällst. Wenn du bei dieser Sache Erfolg hast, Soldat, werde ich dich mit einem Vermögen und einer viel höheren Stellung in meinen Diensten belohnen. Und dir, Schreiber, wird man die Zunge herausschneiden und die Hände abhacken, wenn du auch nur ein Wort über den heutigen Abend verlauten läßt. Hast du verstanden?» Er nickte, hielt ihr die Schriftrolle hin, sie drückte ihr Siegel in das warme Wachs und warf das Dokument dem Hauptmann zu. «Requiriere, was du an Transportmittel brauchst. Du hast bereits Befugnis dazu.»

Ehe er sich aus seiner Verbeugung aufgerichtet hatte, hatte sie den Raum schon verlassen, immer noch zitternd. Sie schlüpfte unter ihre Laken, zog sie sich bis ans Kinn herauf und schloß die Augen. Sie konnte nicht einschlafen. Sie sah im Geist den Hauptmann auf dem Weg zum Kai, wo ihre Boote vertäut lagen, sah ihn in der von Fackeln erhellten Dunkelheit mit dem Aufseher sprechen und eines ihrer Fahrzeuge besteigen. Entschlossen suchte sie nach anderen, beruhigenderen Gedanken. Etwas Wichtiges war in Gang gebracht worden, und sie konnte nichts tun, als abwarten.

Haremhab hatte ebenfalls Wichtiges in Gang gebracht, aber im Gegensatz zu Nofretête unternahm er keinen Versuch, nicht an das Ergebnis zu denken. Die Trauer für Pharao hatte begonnen, eine Zeit, da traditionsgemäß nur die dringendsten Amtshandlungen vorgenommen wurden und das Tempo des Hoflebens sich verlangsamte, und deshalb zog er sich in sein Landhaus zurück, um über die Folgen seines Befehls, das Heer zu mobilisieren, und über den Kurs nachzudenken, den Semenchkarês Regierung wahrscheinlich einschlagen würde. Er hatte schon Berichte von seinen Offizieren erhalten, daß das Heer langsam in das südliche Syrien vorrückte, und hatte sie, wie versprochen, an Eje weitergegeben. Er sehnte sich danach, mit seinen Soldaten ins Feld zu ziehen, denn er wußte, sie respektierten ihn nicht nur, weil er ein tüchtiger Feldherr war, sondern auch, weil er sich nicht scheute, das Ungemach des aktiven Dienstes mit ihnen zu teilen: das schlechte Essen, das Schlafen unter freiem Himmel und die anstrengenden Märsche, die das Schicksal von Soldaten im Einsatz waren. Die Stimmung der Truppen würde schlechter sein, wenn er nicht da war. Die Offiziere würden untereinander sagen, der Oberbefehlshaber sei im sicheren Achet-Aton geblieben, weil er wenig Vertrauen in einen erfolgreichen Ausgang des bevorstehenden Kampfes mit den Chatti habe.

Aber er wagte nicht, die Stadt vor Semenchkarês Krönung zu verlassen, denn obwohl er Eje gegenüber von dem Vertrauen und der Freundschaft zwischen ihnen gesprochen hatte, kühlte sich ihre Beziehung rasch ab. Eje glaubte nicht, daß die Rettung Ägyptens Sache des Militärs sei; ja er betrachtete das mögliche Entstehen einer Offizierselite voll Argwohn. Er war sein Leben lang gewöhnt gewesen, durch Diplomatie und indirekte Kontrolle mit Krisen fertig zu werden. Den Niedergang des Reiches und die Bedrohung durch Suppiluliuma führte er darauf zurück, daß Echnaton nicht die richtigen diplomatischen Verbindungen mit dem Rest der Welt unterhalten hatte, und glaubte, die Lage werde sich bessern, wenn man sich wieder durch Gesandte und Botschafter miteinander verständigte. Haremhab war absolut anderer Meinung und wußte, daß er in der Nähe des neuen Pharaos bleiben müsse, um seinen Argumenten zugunsten eines Kriegs Nachdruck zu verleihen, falls es Eje gelingen sollte, sich bei Semenchkarê einzuschmeicheln. Bisher gab es keinen Hinweis, daß der Prinz für einen von ihnen eine Vorliebe hatte, aber Haremhab wollte nichts riskieren.

Wenn er mit Mutnodjme in seinem Garten spazierenging, neben ihr saß, wenn sie zusammen die Abendmahlzeit auf der stillen Terrasse einnahmen, um den Mond aufgehen zu sehen, wenn er sich mit ihr ungezwungen über die täglichen Staatsangelegenheiten unterhielt, dachte er doch ununterbrochen über seine Audienz bei Semenchkarê und das spätere Gespräch mit Eje nach und fragte sich immer wieder besorgt, ob das, was er getan hatte, wirklich im Interesse des Landes lag oder das Ergebnis von rein persönlicher Enttäuschung war. Es gab jedenfalls kein Zurück.

Eines Nachmittags saß er im Schatten der Sykomoren an seinem kleinen See, während seine Frau schwamm, als ihm der tägliche Bericht gebracht wurde. Er dankte dem Herold, entließ ihn und erbrach das Siegel. Die Schriftrolle war ungewöhnlich lang, und als er sie gelesen hatte, begann er wieder von vorn und las sie noch einmal langsam durch. Dann ließ er sie auf seinen Schoß sinken und starrte nachdenklich darauf. Er merkte nicht, daß Mutnodjme zu ihm herangeschwommen war, bis er eine kühle Berührung spürte und aufschreckte. Sie stützte sich auf den Marmorrand, der das Wasser umgab, legte das Kinn auf die gefalteten Hände und schaute zu ihm auf.

«Du siehst schwermütig aus», sagte sie. «Oder bist du bloß benommen von der Hitze? Es fällt mir in letzter Zeit schwer, es zu erkennen. Vielleicht bist du verliebt.»

Er lächelte. «Entschuldige, Mutnodjme. Ich war sehr geistesabwesend, seit ich zu Hause bin.»

«Das habe ich bemerkt.» Mit einer einzigen geschmeidigen Bewegung zog sie sich auf die Steinplatte hinauf. Eine Dienerin kam mit einem Handtuch angerannt, Mutnodjme hob die Arme und ließ sich abtrocknen, dann setzte sie sich auf die Matte neben Haremhabs Stuhl und zog die Haarnadeln aus ihrer Jugendlocke. «Wenn ich gewußt hätte, wie geistesabwesend du sein würdest, dann hätte ich nicht zwei Bootsfahrten und eine Reise nach Norden abgesagt, bloß um mit dir zusammenzusein.» Sie fuhr mit den Fingern durch die lange, gelockte Strähne und legte sich dann hin, auf einen Ellbogen gestützt. «Wie ich sehe, ist ein neuer Bericht eingetroffen. Ist etwas nicht in Ordnung?»

Mit einem Seufzer legte er die Schriftrolle ins Gras und setzte sich neben seine Frau. Ihre braune Hüfte war kühl an seinem Arm. «Viele der Soldaten in Urusalim sind an Fieber erkrankt», sagte er, «aber das ist nicht das größte Problem, dem sich die Offiziere gegenübersehen. Laut unseren Spähern rücken nicht nur die Chatti nach Süden vor, sondern auch die Assyrer sind auf dem Weg nach Nordsyrien. Wenn ich dem Heer befehle, weiter nach Norden zu gehen, mag es sein, daß es zuerst gegen sie kämpfen muß, vor den Chatti. Wenn ich dem Heer befehle abzuwarten, und die Chatti und Assyrer kämpfen gegeneinander, wird Ägypten sich dem Heer stellen müssen, das siegreich geblieben ist.»

Mutnodjme nickte. «Ich nehmen an, die Assyrer versuchen wieder,

Amki zu überfallen. Jedesmal, wenn es eine Auseinandersetzung zwischen den großen Mächten gab, haben sie sich die Verwirrung zunutze gemacht und versucht, uns Amki zu entreißen. Aber jetzt, da die Chatti unser kleines Vasallengebiet eingenommen haben, werden die Assyrer vielleicht gegen sie kämpfen wollen. Armes Amki. Was gedenkst du zu tun, Haremhab? Deinen Offizieren befehlen, sie sollen bleiben, wo sie sind, und die Chatti und Assyrer sich gegenseitig die Köpfe einschlagen lassen?»

«Wenn die Armee weiter vorrückt, wird sie zuerst Amki wiedererobern müssen, ehe Suppiluliuma eintreffen kann, um es zu verteidigen.» Er streichelte Mutnodjmes Bein, aber seine Gedanken waren weit weg. «Ehrlich gesagt, Mutnodjme, ich fürchte, Eje hatte recht. Das Heer ist schwerfällig und unerprobt und würde die taktischen Bewegungen nicht durchführen können, die nötig wären, um Amki wieder einzunehmen und sich dann den Chatti oder den Assyrern zu stellen. Ich glaube, ich werde den Leuten befehlen, noch ein wenig vorzurücken, nach Retenu hinein, und dann abzuwarten.»

Mutnodjme setzte sich auf und drehte sich zu ihm um. «Haremhab, was wirst du tun, wenn Ägypten eine Niederlage erleidet?» fragte sie ruhig. «Deine Glaubwürdigkeit bei Hof würde solchen Schaden nehmen, daß jede Möglichkeit, Semenchkarê zu beraten, dahin wäre.»

Er schob die Fülle feuchten Haares beiseite und küßte sie. «Ich werde mich jeweils nur mit einer Sorge befassen», erwiderte er. «Jetzt muß ich ins Haus und einen Brief an meinen Stellvertreter schreiben.» Er nahm die Schriftrolle und stand auf. «Vielleicht solltest du heute abend Freunde besuchen oder über den Fluß fahren und den Abend bei deinen Eltern verbringen. Ich weiß, es ist langweilig, mit mir zusammenzusein.»

Sie lachte. «Ich glaube, ich werde mir nicht die Mühe machen, mich anzuziehen und zu schminken. Ich werde uns einen Imbiß hier am See anrichten lassen. Geh, Haremhab. Ich will noch mal ins Wasser.»

Als er wegging, hörte er hinter sich ein Platschen. Was werde ich tun, wenn Ägypten eine Niederlage erleidet? fragte er sich, als er die kühle Eingangshalle erreichte. Er mochte über die Antwort auf diese Frage nicht nachdenken.

Achet-Aton beging die Trauerzeit für Pharao ruhig. Die Ernte war eingebracht, und alle richteten sich darauf ein, die unfruchtbare Hitze des Hochsommers zu ertragen. Kleine Menschenmengen fanden sich noch in dem glühendheißen Vorhof des Aton-Tempels ein, während Merirê im Allerheiligsten die Riten vornahm, aber den erhabenen Gesten und Gesängen fehlte die Beseelung. Der Mann, der zwischen dem Aton und dem Volk gestanden und verlangte hatte, daß jedes Gebet an ihn gerichtet werden müsse, damit er es dem Gott erkläre, war tot. Auch die Stadt schien ihrer Substanz beraubt zu sein. Sie war für einen einzigen Zweck erbaut worden, als ein riesiger Schrein, der die lebende Verkörperung des Gottes enthalten sollte; ihr Dasein war das Ergebnis von Echnatons Streben, seine Visionen zu verwirklichen. Seine Anwesenheit hatte ihr Berechtigung verliehen. Die Verehrung, die ihre Bürger ihm und dem Aton entgegenbrachten, hielt die Stadt zusammen. Aber jetzt war er nicht mehr da, und schon gesellten sich zu den kleinen Aton-Altären an fast jeder Straßenecke Schreine für die vom Volk geliebten Gottheiten, und sie wurden ebenso verehrt wie der Gott des toten Pharaos. Die Atmosphäre plötzlicher Entwurzelung in der Stadt war weit stärker als die übliche Leere zwischen zwei Regimen. Achet-Atons unsichtbare Fundamente erbebten.

Im Bereich des Palastes hielten die meisten Höflinge jedoch wie üblich ihre Morgen- und Abendandachten ab. Daß sie weiterhin ihre Gebete an Aton richteten, war nicht nur eine Frage der Gewohnheit, sondern auch der Berechnung: Der Thronerbe hatte noch nicht erkennen lassen, ob er seine Göttlichkeit von Amun oder Aton herleitete.

Semenchkarê schien an beiden nicht interessiert zu sein. Er und Merit-Aton verbrachten die schwülen Tage ständig zusammen, bemüht, ihr einstiges Wohlgefallen aneinander wiederzuerlangen, aber es stellte sich nur flüchtig ein. Sie trachteten danach mit manchmal verlegener Behutsamkeit, indem sie sich all die schönen Erinnerungen an die gemeinsame Kindheit wieder ins Gedächtnis riefen, aber die Liebe von einst hatte zur Unschuld jener Jugend gehört, es war ein zartes Gefühl gewesen und hatte die Verheerungen nicht überstanden, die Pharao bei ihnen beiden angerichtet hatte. Ihre Vergangenheit hatte sie zwar unverbrüchlich miteinander verbunden, ihnen aber das voll entfaltete Einvernehmen einer reifen Liebe nicht zu gewähren vermocht.

Die Atmosphäre zielloser Verwirrung, die in der Stadt und im Palast herrschte, beeinflußte Nofretête nicht. Obwohl sie fest entschlossen war, sich die Wartezeit gut zu vertreiben und sich abzulenken, erwachte sie jeden Morgen schweißgebadet aus entsetzlichen Alpträumen voller böser Ahnungen. Oft verfluchte sie sich wegen einer Tat, die sie als gefährlich voreilig ansah, aber öfter richtete sie den Blick auf eine Zukunft, die sonst so voraussagbar wäre wie der Sonnenaufgang, und war froh, daß sie ihren Plan ausgeführt hatte. In den langen, glühendheißen Tagen saß sie da, trank und sah hinaus auf die schlaff herabhängenden Pflanzen auf den Terrassen, bis ihr die Augen weh taten, weil sie immer wieder den Fluß absuchte nach dem Boot ihres Hauptmanns, nach irgendeiner neuen Betriebsamkeit an ihrem Anlegeplatz. Abends sah sie zu, wie Tutanchaton ins Bett gebracht wurde, ging im Garten spazieren, lag auf ihrem Bett, während ihre Tänzer, die nackten Oberkörper mit Blumen bekränzt, sich anmutig wiegten, und die Zimbeln schlugen, aber hinter der sexuellen Erregung, die ihre jungen Diener bei ihr auslösten, lauerte immer die kalte Angst. Ihr Hauptmann war abgefangen worden, und ihr Vater und Haremhab ließen sie zappeln, ehe sie verhaftet wurde. Suppiluliuma hatte ihn einfach hingerichtet und sie vergessen. Er hatte sich in der Wüste verirrt und war verdurstet. Das ständige Tropfen der Wasseruhr war aufreizend. Sie wurde das Angstgefühl nicht los und aß nur wenig und lustlos.

Ihr Vater besuchte sie zweimal, verbrachte mehrere Stunden mit Tutanchaton, ehe er zu ihr kam und sich von ihr Wein und Gebäck anbieten ließ. Sie versuchte, höflich zu sein, erkundigte sich nach der Gesundheit ihrer Töchter und hörte geduldig zu, als er von Haremhabs zunehmender Schroffheit sprach, aber sie wußte, daß sie ihre Angst nicht zu verbergen vermocht hatte, denn er wirkte verwundert, als er sie verließ. Es war ihr gleichgültig, und erleichtert kehrte sie zu ihrem Platz am Fenster zurück.

Fast auf den Tag genau sechs Wochen nach der Abreise des Hauptmanns wurde sie von ihrem Haushofmeister Merirê aus einem leichten Schlaf geweckt. Sie fuhr hoch und war gleich ganz wach.

«Er ist zurück», flüsterte Merirê. «Soll ich ihn in der Audienzhalle warten lassen?»

«Nein. Schicke meine Frauen hinaus.» Sie stand auf, beide Hände auf ihr klopfendes Herz gedrückt. «Bringe ihn sofort hierher.» Er verbeugte sich und verschwand in der Dunkelheit. Nofretête zündete eigenhändig die Nachtlampe an, tastete nach ihrem Schlafrock und zog ihn über. Sie vermochte ihre zitternden Hände kam zu beherrschen. Ich sollte gebadet und angekleidet sein, eine Perücke auf dem Kopf haben und geschminkt sein, dachte sie. Ich habe Merirê nicht gefragt, ob der Hauptmann allein gekommen ist. O ihr Götter, ich habe Angst!

Nervös wartete sie auf das Erscheinen des Hauptmanns, dann sah sie zu, wie er niederkniete, sich auf den Boden warf und herankroch, um ihre Füße zu küssen, ehe er ihren Befehl befolgte und aufstand. «Wo ist er?» stieß sie mühsam hervor. «Hast du einen Prinzen mitgebracht? Was ist geschehen?»

«Erhabene, ich bin kein Diplomat», erwiderte er leise. «Ich wußte nicht, mit welchen Worten ich den Inhalt der Schriftrolle bestätigen sollte. Suppiluliuma glaubt nicht, daß sie echt ist. Er nimmt an, Ägypten will nur eine Geisel. Er hat seinen Haushofmeister mit mir hergeschickt, um die Wahrheit herauszufinden. Es war nicht einfach, Haremhabs Patrouillen an der Grenze zu entgehen und nachts an Memphis vorbeizusegeln. Wir sind beide sehr müde.»

Bitterer Zorn überkam Nofretête. «Hast du den Chatti denn nicht klargemacht, wie dringend die Sache ist? Ich muß vor Echnatons Begräbnis einen Prinzen haben, sonst ist alles verloren! Wo ist dieser Haushofmeister?»

Der Hauptmann zog sich unter Verbeugungen zur Tür zurück. Dann sah Nofretête einen hochgewachsenen Mann aus der Dunkelheit in den schwachen Lampenschein treten. «Ich bin Kattusaziti, Großkämmerer Suppiluliumas des Mächtigen», sagte eine leise, tiefe Stimme. «Bist du Dahamunzu Nofretête?»

«Ja.»

Er verbeugte sich leicht, und einen Augenblick lang betrachteten sie einander. Ich glaube, er ist ein tapferer Mann, dachte Nofretête, als sie zu dem ledrigen, von einem Bart und langen, gut geölten schwarzen Haaren fast verhüllten Gesicht aufblickte. Er weiß nicht, daß ich nicht zu einer größeren Verschwörung gehöre und daß er jeden Augenblick seinen Kopf einbüßen kann. Und was für ein Kopf! Bringen alle diese scheußlichen Asiaten Krieger wie diesen hervor?

«Mein König glaubte, du seiest tot», sagte er schließlich. «Das Siegel auf der Schriftrolle stimmte mit Abdrücken auf anderen Dokumenten überein, aber irgend jemand konnte deinen Ring benutzt haben.»

«Mein Gemahl tat sein Bestes, mich zu töten, ohne meinen Körper anzurühren», sagte sie bissig. «Er hat jede Inschrift meines Namens ausgemerzt, die er finden konnte, aber wie du siehst, bin ich keineswegs tot.»

Sie zog ihren Siegelring ab und gab ihn ihm. Er sah ihn sich genau an und legte ihn ihr dann wieder auf die ausgestreckte Handfläche. «Wenn dem so ist, Majestät, warum unterhandelst du dann mit meinem Herrn auf diese heimliche Weise? Du sagst, du habest keine Söhne. Mein König bezweifelt das. Aber wenn es stimmt, wer wird dann Pharao, und warum willst du versuchen, einen Chatti auf den Thron zu setzen?»

Sie bedeutete ihm, er solle sich hinsetzen, und ließ sich selbst auf dem Bett nieder. «Hauptmann, laß Erfrischungen bringen», rief sie, und dann sah sie dem Fremden in die Augen. «Der Bruder meines Gemahls wird die Doppelkrone erben, wenn mein Plan scheitert. Er taugt nichts. Wenn er wüßte, daß ich mich mit deinem Herrn in Verbindung gesetzt habe, würde er mich verhaften. Ägypten wird einen Krieg mit deinem Volk verlieren, wenn Semenchkarê am Ruder ist. Aber wenn ihr mir einen Chatti-Prinzen gebt, wird die Vergeudung von Menschenleben und Gold, die eine regelrechte kriegerische Auseinandersetzung zwischen unseren Völkern bedeuten würde, nicht nötig sein. Ägypten wird ein Chatti-Vasall, nimmt seine inneren Angelegenheiten selbst wahr, zahlt Suppiluliuma aber Tribut.»

«Welche Garantie gibt es, daß deine Feinde ihn nicht einfach töten, sobald er ankommt? Ich nehme an, du möchtest, daß er durch Chatti-Soldaten unterstützt wird?»

Nofretête war froh, daß gerade die Erfrischungen serviert wurden, die sie bestellt hatte. Sie hatte die Komplikationen nicht vorausgesehen, die ihr Plan mit sich bringen würde. Plötzlich wurde ihr bange, und sie wünschte, sie säße nicht hier unter dem forschenden Blick eines Feindes, dessen schiere Vitalität sie einschüchterte. Sie zwang sich zu einem Lächeln. «Nur Befehlshaber Haremhab ist imstande, Widerstand zu leisten. Semenchkarê wird maulen, aber alle werden dankbar sein, daß die Bedrohung Ägyptens durch die Chatti aus der Welt geschafft ist.» Überraschung und dann etwas, das sie für Spott hielt, malten sich kurz auf seinen Zügen. Sie hob ihren Becher, und sogleich griff er nach seinem.

«Wenn mein Herr dem fragwürdigen guten Willen Ägyptens einen Sohn anvertraut, wird er dafür sorgen wollen, daß deine Zusagen durch die Anwesenheit von Chatti-Soldaten in Achet-Aton unterstützt werden. Ein Pharao ist nur so mächtig wie sein Rückhalt.»

«Das mag für die Herrscher deines Landes zutreffen, aber nicht in Ägypten. Ein Pharao ist, sobald er gekrönt ist, ein Gott, und seine Heiligkeit kann nicht leicht bedroht werden.»

Er lächelte, zeigte schiefstehende weiße Zähne, die in der Dämmerung schimmerten, und wieder zog eine Miene, aus der sie gelinde Verachtung las, über das gegerbte Gesicht. «Ein Chatti als Gott? Was für eine erhabene Aussicht! Bloß weil er ein Gott war, hat dein Volk die Unfähigkeit deines verstorbenen Gemahls ertragen?»

Sie fühlte sich durch die Vertraulichkeit seines Tons beleidigt. «Von einem unwissenden Ausländer kann man nicht erwarten, daß er die Feinheiten der Ma'at versteht», sagte sie kühl. «Das ist etwas, das ich den Prinzen lehren werde, den dein Herr schicken muß.»

«Das allerdings verstehe ich.» Die Demut in seiner Stimme klang leicht spöttisch. «Ich werde zu meinem Herrn zurückkehren und ihm von deinen Absichten berichten.»

«Reise gleich, noch heute nacht.» Sie stand auf, und höflich erhob er sich ebenfalls. «Kostbare Zeit ist durch Suppiluliumas Mißtrauen verschwendet worden. Wenn ich nicht innerhalb eines Monats einen Gemahl habe, werden wir alle vor Semenchkarê kriechen, und sobald er gekrönt ist, würde nur sein Tod den Thron für einen anderen freimachen. Merirê wird dich in ein Zimmer bringen, in dem du eine Stunde schlafen kannst, während ich einen weiteren Brief an deinen König diktiere, und diesmal werde ich einen Botschafter mit dir schicken. Du kannst gehen.»

Er neigte sein Löwenhaupt und wandte sich ab, doch als wäre ihm plötzlich ein Gedanke gekommen, drehte er sich wieder um. «Darf ich um die Erlaubnis bitten, noch etwas zu sagen?» fragte er mit plötzlicher Unterwürfigkeit. Sie nickte. «Mir fällt ein, daß Ägyptens Boten womöglich nicht so schnell reisen wie die Spione der Königin. Daher weiß die Königin vielleicht nicht, daß mein Herr das ägyptische Heer zurückgeschlagen und Amki ganz besetzt hat. Es gab kein großes Gemetzel, das Heer zerstreute sich wunderbarerweise. Schlafe gut, Majestät.»

Er trat aus dem Kreis schwachen Lichts heraus, und erst als sich die Tür leise schloß, wußte sie, daß er gegangen war. Merirê war hereingekommen und wartete auf weitere Befehle. Nofretête hatte unerträgliche Kopfschmerzen und preßte die Hände auf ihre beiden brennenden Wangen. Sie zwang sich, sie herunterzunehmen. Ägypten besiegt. Sie wußte, daß es sie freute, denn Haremhab war damit geschwächt, und alle Ägypter würden ihr dankbar sein, daß sie die Invasion verhütete, die sonst bestimmt folgen würde. Aber so erleichternd diese Gedanken auch waren, das Herz war ihr doch schwer vor Scham und verletztem Stolz auf ihr Land, und ein blinder Zorn auf ihren toten Gemahl, der sie alle im Stich gelassen hatte, überkam sie. Sie wandte ihrem geduldig wartenden Hofmeister den Rücken zu und unterdrückte ein lächerliches Verlangen zu weinen. Ägypten ist nichts als eine Herde von Tieren mit dummen Augen, die sie auf ihre Herrscher richten, um sich leiten zu lassen, erinnerte sie sich. Gewiß werden solche Tiere ihre Sicherheit höher einschätzen als eine unklare Liebe zu bloßem Boden und Wasser! Sie rang den Schmerz nieder und war endlich imstande, Merirê ruhig ins Auge zu sehen. «Kostbare Zeit ist vergeudet worden», sagte sie. «Jetzt darf es keine Mißverständnisse mehr geben. Ich brauche einen Botschafter, Merirê, jemanden, der meinen Gemahl liebte und mir ergeben ist, jemanden, der sich nicht darauf freut, von einem Pharao beherrscht zu werden, dessen Treue zu Aton fragwürdig ist. Ein solcher Mann könnte überredet werden, für mich zu handeln und den Plan geheimzuhalten, wenn er darauf hingewiesen wird, daß die Chatti die Sonne anbeten und ein Chatti-Pharao besser wäre als ein Amun-Priester.»

«Deine Majestät könnte ihm auch eine konkretere Belohnung für seine Bemühungen anbieten», antwortete Merirê. «Vielleicht ihm die Stellung als ‹Augen und Ohren› des neuen Pharaos versprechen, und eine beträchtliche Menge Gold. Hani könnte geeignet sein. Seit Osiris Echnaton aufhörte, sich der Diplomaten zu bedienen, sind viele von ihnen ohne Arbeit und Bezahlung gewesen. Hani war immer von Ehrgeiz verzehrt. Eine solche Kombination könnte den Zwecken deiner Majestät entsprechen.»

«Erinnere mich daran, daß ich auch dich belohne, Merirê», sagte sie. «Sehr gut. Hani wird der Richtige sein. Unterbreite ihm zuerst das Angebot der Beförderung, um ihm den Mund wässerig zu machen, dann sage ihm, was er tun muß, dann drohe ihm, aber sehr gelinde. Wir wollen ihm nicht solche Angst machen, daß er zu Eje rennt. Wenn er sich sträubt oder zu erpicht zu sein scheint, laß ihn sofort töten. Wecke ihn und schicke ihn mit Kattusaziti los, und laß ihn vorher mit niemandem sprechen. Jetzt will ich ein neues Schreiben an Suppiluliuma diktieren. Nimm das Diktat selbst auf.» Merirê ergriff Palette und Pinsel und setzte sich neben der Lampe auf den Boden. «Beginne mit seinen Titeln wie beim erstenmal. Dann fahre fort: ‹Dein Großkämmerer Kattusaziti berichtet mir, daß du mich für tot hältst und nicht glaubst, daß ich keinen Sohn habe. Warum wirfst du mir vor, dich getäuscht zu haben? Er, der mein Gemahl war, ist tot, und ich habe keinen Sohn. Hätte ich einen Sohn, würde ich dann schreiben und meine und meines Landes Sorge bekannt machen? Sei versichert, daß ich an kein anderes Land geschrieben habe, nur an dich. Alle glauben, daß du viele Söhne hast. Gib mir einen, damit er mein Gemahl werde und in Ägypten herrsche!›» Sie wollte mehr sagen, wollte auf dem Papyrus mehr zum Ausdruck bringen als ihre Verbitterung und ihren Stolz, aber sie verstummte, und nachdem sie die Schriftrolle gesiegelt hatte, winkte sie Merirê, er könne gehen. Der leere Raum erinnerte an die graue Mutlosigkeit der Stunde vor der Morgendämmerung. Wie getrieben von einer alten Gewohnheit, die man verachtet, aber nicht ablegen kann, zog sie einen Stuhl ans Fenster, obwohl sie nichts sehen konnte als Dunkelheit.

25

Haremhab stand auf, als Eje den Raum betrat, streckte die Hand zu einem enschuldigenden Gruß aus und deutete auf den Stuhl, der für den Fächerträger hingestellt worden war. Das Vorzimmer war luftlos und dunkel bis auf eine Lampe, die Haremhab selbst angezündet und von seinem Schlafzimmer herübergebracht hatte. Eje kam langsam heran, noch benommen von einem unruhigen Schlaf, bemüht, einen klaren Kopf zu bekommen für das, was diese seltsame Bitte veranlaßt haben könnte, doch im Augenblick kam ihm nur zum Bewußtsein, wie schwer ihm das Atmen fiel. Er drückte kurz die schlanken Finger des Befehlshabers, ehe er sich auf den angebotenen Stuhl setzte und sich den Schweiß vom Gesicht wischte. Seine Augen brannten, und er hatte einen schlechten Geschmack im Mund. Im Kopf hatte er immer noch den Alptraum, aus dem ihn sein Haushofmeister wachgerüttelt hatte und dessen Schrecken seinen Herzschlag noch beschleunigte. Denselben Traum hatte er in letzter Zeit oft gehabt, manchmal schreckte er daraus auf und langte nach Tiês beruhigendem Körper, aber öfter dauerte er bis zum ersten Morgengrauen und ließ ihn erschöpft und angstvoll zurück.

«Da ist Wasser, wenn du trinken möchtest», sagte Eje und setzte sich hin. «Verzeih, daß ich dich mitten in der Nacht gestört habe, Fächerträger, aber diese Angelegenheit konnte nicht warten, und obwohl du und ich einander in letzter Zeit wenig gesehen haben, wollte ich in einer so schwerwiegenden Sache nicht allein handeln.»

Erstaunt musterte Eje den Befehlshaber. Haremhab war nackt in der Hitze. Sein schulterlanges schwarzes Haar klebte ihm zerzaust an seinem braunen Nacken. Sein Gesicht bot sich Eje unverhüllt und ungeschminkt dar, ein noch gutaussehendes Gesicht und jetzt so straff und lebendig, daß Eje sich alt, schlaff und krank vorkam. Ich werde vor dir sterben, dachte er. Ich habe es gewußt, aber nie richtig darüber nachgedacht. Ich glaube, ich habe dich immer beneidet, mein herrischer Schwiegersohn. «Berichte sie mir», sagte er kurz angebunden.

Haremhab gab ihm eine Schriftrolle und schob die Lampe zu ihm hinüber. Zu jeder anderen Zeit hätte Eje diese Geste als eine beleidigende Betonung seiner nachlassenden Kräfte angesehen, aber in dieser Nacht rollte er einfach den Papyrus auf und begann zu lesen.

Nachdem er fertig war, bedurfte es keinen zweiten Blicks. Sorgfältig ließ er den Papyrus wieder aufrollen, legte ihn auf den Tisch, dann faltete er die Hände und spürte, daß Haremhab ihn unverwandt ansah. Lange vermochte er sich nicht zu rühren, aber schließlich hatte er sich so weit gefaßt, daß er aufblicken und dem Befehlshaber in die Augen sehen konnte. «Wie bist du an dieses Schriftstück gekommen?» fragte er.

«Mai hat es mir aus der Festung geschickt, von der aus die Wüstenstraße nach dem südlichen Syrien überwacht wird. Eine kleine Reisegruppe aus Ägypten kam da vorbei, einer unserer Botschafter und ein Ausländer, der behauptete, er sei ein kanaaitischer Gesandter auf dem Heimweg nach Askalon, um behilflich zu sein, einen Getreideverkauf an uns zu vereinbaren. Aber Mai wurde mißtrauisch und ließ das Gepäck des Botschafters durchsuchen, während die beiden Reisenden ruhten.» Haremhab deutete auf die Schriftrolle. «Das Original davon war in der Tasche des Botschafters. Mai wußte nicht, ob er die Gruppe zurückhalten sollte oder ob wir am Hof mit Hilfe deiner Tochter irgendeine komplizierte Unterhaltung mit den Chatti führten, deshalb ließ er sie weiterziehen. Es ist für uns gut, daß Mai seiner Intuition folgte.»

Entsetzt und todunglücklich senkte Eje den Blick. «Das ist nicht bloß eine Frau, die sich einen Liebhaber in ihr leeres Bett holen will», meinte er. «Es ist meine Tochter, eine Königin von Ägypten, die heimlich verräterische Beziehungen zu einem Feind unterhält.» Er wußte, daß er Haremhab nicht fragen durfte, was getan werden sollte, denn dadurch würde er sich ihm unterordnen. Der Befehlshaber war ihm gegenüber in der besseren Lage, weil er es als erster erfahren hatte, und Eje durfte nicht zulassen, daß er das ausnutzte. «Nofretête ist immer in Rang und Macht verliebt gewesen, vermochte aber nicht zu bewahren, was sie erlangt hatte», sagte er mit so fester Stimme, wie er nur konnte. «Aber ich kann nicht glauben, daß sie imstande ist, dieses Komplott als kaltblütigen Verrat zu begreifen. Gewiß sah sie darin nichts als eine Chance, wieder eine aktive Rolle in der Regierung zu spielen.»

«Der Meinung bin ich auch», erwiderte Haremhab. «Aber es wundert mich, daß sie überhaupt fähig war, einen solchen Plan zu ersinnen, ihn in die Tat umzusetzen, Eje. Wenn Mai seinen Verstand nicht beisammen gehabt hätte, wenn ihr Botschafter ungesehen durchgekommen wäre . . .»

«Aber er ist nicht durchgekommen», warf Eje ein, immer noch gegen die Gefühlsregung ankämpfend, die ihn zu entwaffnen drohte. Meine Tochter. Mein eigen Fleisch und Blut will ganz Ägypten übergeben zu einer Zeit, da das Land in höchster Not ist. Hat sie Gewissensbisse? Empfindet sie Scham?

»Nein, er ist nicht durchgekommen», wiederholte Haremhab. »Deshalb müssen wir entscheiden, was zu tun ist. Ich bin besonders bestürzt, weil die Königin das Ergebnis der Schlacht mit Suppiluliuma nicht gekannt haben kann, als sie mit ihren Annäherungsversuchen begann. Sie kann daher nicht damit entschuldigt werden, daß dies Ägyptens einzige Chance auf Frieden nach der Niederlage war. Es war nichts als ein höchst skrupelloser Versuch, sich die Macht zu sichern.»

«Solche Selbstgerechtigkeit von einem Mann, der selbst nach der Doppelkrone schielt!» fuhr ihn Eje an, zu einer unvernünftigen Verteidigung seiner Tochter angestachelt, für die es, wie er schon hatte einsehen müssen, keine Verteidigung gab. «Ich kenne dich gut, Haremhab, wie du mich auch. Wenn sich dir die Gelegenheit böte, würdest du sie ergreifen, nicht wahr?»

«Ich bin es leid mitanzusehen, daß Ägyptens Macht immer wieder in Hände übergeht, die unwürdig oder nicht fähig sind, sie auszuüben!» schrie Haremhab. «Vor Jahren hätte ich alles aufs Spiel setzen sollen, um Echnaton zu stürzen und einen getreuen Sohn Amuns zu finden und ihn auf den Thron zu setzen, und das hättest du auch tun sollen. Wir sind ebenfalls Verräter, weil wir zugelassen haben, daß das größte Reich der Welt dahinsiecht, während wir darüber diskutierten, ob der Aton wirklich das Recht habe, durch deinen Neffen Ägypten zu beherrschen!» Haremhab atmete schwer, und Eje sah ihn prüfend an.

«Du meinst, du könntest dich mir heute abend ruhig offenbaren, weil ich alt bin und du glaubst, meine Zeit sei vorüber», sagte er leise. «Aber du irrst dich, Befehlshaber, also sei vorsichtig mit dem was du sagst. Deine eigene Stellung ist nie unsicherer gewesen. Dein Versuch, durch einen erfolgreichen Krieg Einfluß auf Semenchkarê zu gewinnen, ist fehlgeschlagen.» Er hätte gern einen Schluck Wasser getrunken, wollte aber nicht nach dem Krug greifen. «Aber du hast mich nicht gebeten herzukommen, um unsere persönlichen Mißhelligkeiten zur Sprache zu bringen. Wir müssen einen Ausweg aus diesem Dilemma suchen.»

»Es ist kein Dilemma.» Haremhab hatte sich weit zurückgesetzt, so daß sein Gesicht im Dunkeln war. «Sie verdient, hingerichtet zu werden.»

«Ob sie es verdient oder nicht, wir können sie nicht töten. Die Glaubwürdigkeit der königlichen Familie und die Verehrung, die ihr entgegengebracht wird, sind nie schwächer gewesen. Ägypten ist der Selbstsucht seines Herrschers überdrüssig und verlangt dringend, beruhigt zu werden. Wenn eine Königin dem Schwert überantwortet wird, ist diese Glaubwürdigkeit zerstört. Wie kann eine Göttin von ihren Anbetern hingerichtet werden? Es darf nie zugelassen werden, daß sich das einfache Volk diese Frage stellt. Außerdem, Haremhab, ist Nofretête keine Teje. Sie ist nicht voll verantwortlich für Taten, deren Folgen sie nicht vorausgesehen hat.»

«So spricht der liebevolle Vater!» höhnte Haremhab. «Sie hätte Ägypten vor langer Zeit retten können, als Echnaton sie innig liebte und ihr vertraute, aber sie war zu selbstsüchtig und zu dumm, um es zu versuchen. Sie verdient den Tod. Aber du hast recht, wenn du von politischer Notwendigkeit sprichst. Daher schlage ich vor, daß wir Mai eine Nachricht schicken und ihm befehlen, dem Prinzen gleich hinter der Grenze aufzulauern und ihn und alle seine Begleiter zu töten, wenn er erscheint.»

«Vorausgesetzt, Suppiluliuma macht bei der Sache mit.» Im Laufe ihres Gesprächs war sich Eje darüber klargeworden, daß Haremhab ihn überhaupt nicht hätte um Rat zu fragen brauchen. Er hätte vorschützen können, es sei in erster Linie eine militärische Angelegenheit, mit der er sich selbst befaßt habe, und hätte Eje dann später über die bereits getroffenen Maßnahmen unterrichten können. Er zog den

Wasserkrug heran, schenkte sich ein und nahm einen großen Schluck. Ich frage mich, dachte er, wie lange es dauern wird, bis Haremhab erkennt, daß man Nofretête heimlich töten und im Interesse der Bauern irgendeine harmlose Geschichte verbreiten könnte. Sie lebt jetzt schon so lange zurückgezogen im nördlichen Palast, daß viele sie für tot halten müssen.

«Oh, Suppiluliuma macht bestimmt mit», erwiderte Haremhab nachdrücklich. «Welche Zweifel er auch haben mag, er wird sich eine Gelegenheit zu einem unblutigen Sieg nicht entgehen lassen. Er ragt schon so lange drohend über Ägypten auf, daß wir angefangen haben, ihm die Eigenschaften eines Gottes zuzuschreiben, aber er ist nicht ohne Schwächen. Ja, er hat unser Heer in die Flucht geschlagen, aber wenn unsere Soldaten nur ein bißchen besser vorbereitet gewesen wären, wäre die Sache anders verlaufen. Eines Tages werden wir ihn besiegen.»

«Aber von diesem Tag dürfen wir nicht träumen. Wir müssen an die nächste Stunde denken», erinnerte ihn Eje. «Weiß Semenchkarê darüber Bescheid?» Das war eine törichte Frage, dachte Eje, kaum hatte er sie gestellt. Natürlich muß Haremhab gleich zu dem Prinzen gegangen sein, um sich die Erlaubnis zum Handeln geben zu lassen, und Semenchkarê wird wohl darauf bestanden haben, daß er erst mit mir Rücksprache nimmt. Sonst hätte ich womöglich überhaupt nichts davon erfahren.

«Ja», antwortete Haremhab. «Er hat sich gnädig bereit erklärt zu warten, während wir beraten, und falls wir uns über ein Vorgehen nicht einigen können, würde er natürlich das letzte Wort haben. Wollen wir zu ihm gehen?»

Eje erhob sich mühsam, blieb einen Augenblick stehen, damit sich sein Herzschlag verlangsame, und folgte dann Haremhab.

Semenchkarê war, ebenso wie Haremhab, nackt bis auf ein durchschwitztes blaues Band um die Stirn und ein kleines Auge des Horus aus Türkis, das an einer dünnen goldenen Halskette hing. Er saß zusammengesackt auf dem Thron in seinem Empfangsraum, Kissen unter ihm, ein Fuß auf der Kante des vergoldeten Sitzes, ein blasser Arm auf das hochragende Knie gestützt. Sie knieten vor ihm nieder, erhoben sich und warteten darauf, daß er das Wort an sie richte. Hier drinnen brannten viele Lampen, und Semenchkarê schien nichts gegen die zusätzliche Hitze oder den Geruch zu haben, der einem die Kehle zuschnürte.

«Na, Onkel», sagte er bissig, «diesmal hat meine königliche Cousine sich an Torheit selbst übertroffen. Gibt es irgendeinen Grund, warum sie nicht getötet oder verbannt werden sollte? Vielleicht könnten wir sie zu den Chatti schicken, da sie sich ja so nach deren Gesellschaft zu sehnen scheint.»

Es war eine persönliche Anklage, und Eje schickte sich an zu antworten, aber erstaunlicherweise griff Haremhab rasch ein: «Hoheit, niemandem wäre mit dem Tod der Königin gedient. Der Fächerträger und ich schlagen vor, daß im nördlichen Syrien Posten aufgestellt und Vorkehrungen für einen kleinen Unfall des Ausländers getroffen werden, der sicher kommen wird. Wenn wir es schlau anfangen, wird nicht einmal Suppiluliuma Ägypten direkt des Mordes beschuldigen können.»

«Niemandem wäre gedient?» warf Semenchkarê mit erhobener Stimme ein und ballte plötzlich die schlaff von seinem Knie herabhängende Hand. «Meine Mutter hat mir die Doppelkrone versprochen. Sie hat sie versprochen! Ich verdiene sie. Sie steht mir zu kraft meines Geblüts, und Nofretête hätte sie mir weggenommen!»

Verblüfft beobachtete Eje, wie die Röte rasch in das lange Gesicht stieg und sich die eingesunkene Brust vor Erregung hob. Er wagte nicht, Haremhab anzusehen, aber er wußte, daß dieser Anblick den Befehlshaber genau wie ihn an Echnaton erinnerte. Zum erstenmal seit vielen Monaten erlebten die beiden Männer einen Augenblick des Einvernehmens, und als habe auch der Prinz das gespürt, fuhr er sich mit der Hand rasch und fast wie zum Schutz über den geschorenen Schädel.

«Ich nehme an, es ist nicht wichtig», fuhr er ruhiger fort. «In Kürze wird Echnaton begraben, und dann bin ich Pharao und Merit-Aton meine Königin. Was kann meine Cousine dann tun?» Er beugte sich leicht vor und starrte die beiden Männer an. «Ihr seid euch wohl darüber klar, wenn ihr den Ausländer aus dem Hinterhalt überfallt, daß ihr dann auch seine gesamte Begleitung umbringen müßt, ebenso alle Abgesandten von Nofretête. Sonst bekommt Suppiluliuma davon Wind.»

Haremhab nickte. «Deine Hoheit kann mir die Einzelheiten überlassen.»

Semenchkarê warf seinem Onkel einen boshaften Blick zu. «Hat der Fächerträger irgendwelche Einwände?»

Eje verbeugte sich. «Nein. Horus-im-Nest.»

Semenchkarê nahm sein Bein herunter, stand auf und verschwand, ohne sie noch eines Blickes zu würdigen. Eje atmete hörbar aus. Haremhab lächelte ihn spöttisch an. «Kommt es dir nicht auch so vor, als wären wir um zehn Jahre zurückversetzt?» fragte er.

«Setze die Kavallerie ein, Befehlshaber», sagte Eje, ohne auf Haremhabs Bemerkung einzugehen, «und verkleide die Leute als Wüsten-Hapiru. Die Begleitung des Chatti-Prinzen wird zweifellos beritten sein, und wir können uns keinen Mißerfolg leisten. Jedermann weiß, wie gefährlich die Wüstenstraße geworden ist. Wir können es mit knapper Not schaffen.»

«Eine gute Idee.» Haremhabs Augen leuchteten auf. «Möchtest du Kopien meiner Anweisungen an Mai haben?»

«Nein. Gib mir nur Bescheid, wenn alles vorbei ist.» Eje brachte eine flüchtige, höfliche Verbeugung zustande, ehe er sich umdrehte und langsam wegging. Nie zuvor war er so erschöpft gewesen.

Die Trauerzeit für Echnaton näherte sich ihrem Ende. Tag für Tag saß Nofretête schweigend am Fenster, suchte die silberne Oberfläche des tief unten fließenden Nils ab und beobachtete das Flackern der Fackeln, die sie des Nachts am Ufer hatte aufstellen lassen. Jeden Morgen wachte sie nach kurzem und unruhigem Schlaf mit blutunterlaufenen, juckenden Augen auf, und ihre Hände zitterten dann schon unbeherrschbar. Sie konnte es nicht ertragen, angesprochen zu werden und antwortete mit scharfen Worten oder Tränen, die ihre entzündeten Augen nur noch mehr reizten. Ihr Arzt verschrieb ihr eine Salbe, die die Wimpern zusammenklebte und bewirkte, daß sie Stunden um Stunden dasaß und die Fliegen verscheuchte, die durch den starken Geruch angelockt wurden, aber wenigstens kühlte die Salbe und brachte ihr etwas Erleichterung. Schließlich zwang sie sich, nicht mehr an dem unheilträchtigen Fenster zu sitzen, sondern lag im verdunkelten Zimmer auf ihrem Bett. Niemand kam zu ihr. Selbst Tutanchaton, ein freundlicher und fügsamer Knabe, hatte genug von ihrem Gekeife und ihrer oft ausrutschenden Hand und blieb in seinen Räumen oder im Frieden des verlassenen

Gartens. Nofretête lernte Einsamkeit kennen, und sie schmeckte bitter.

Am Morgen des Begräbnisses ihres Gemahls brachte sie die Kraft auf, sich vor ihren Schminktisch zu setzen. Aus Eitelkeit ließ sie die Salbe weg, um ihre Augen zu schminken, aber ihr Gesicht mußte immer wieder gewaschen werden, so stark tränten ihre Augen. Es war noch nicht zu spät, der Chatti-Prinz konnte noch kommen. Alles mögliche konnte ihm oder Hani widerfahren sein: lahmende Pferde, ein Umweg, um nicht entdeckt zu werden, womöglich Krankheit. Vielleicht näherten sie sich gerade jetzt Achet-Aton. Bei dem Gedanken machte sie die Augen auf, und ihr Schminkmeister unterdrückte einen ärgerlichen Ausruf und griff nach einem feuchten Tuch. Semenchkarê würde erst morgen göttlich werden. Es lagen noch Stunden dazwischen, und jede Stunde könnte die Rettung bringen. Die schwere Perücke wurde ihr auf den Kopf gestülpt. Das mit Lapislazuli besetzte goldene Netz wurde sorgfältig an dem Diadem befestigt, von dem eine Kobra aufragte, die zu tragen sie als einstmalige Königin berechtigt war. Hinter ihr warteten ihre Kammerfrauen, um ihr das enge blaue Trauergewand, die goldenen Sandalen und den durchsichtigen kurzen Umhang anzulegen. Draußen unter der glühenden Sonne schaukelte ihr Boot vor dem Kai, von dem ihr jeder Farbfleck, jeder Winkel jetzt so vertraut war wie ihr eigenes Gesicht. «Ich muß Wein haben, wenn ich diesen Tag durchhalten soll», keuchte sie und merkte, daß ihre Augen wieder zu tränen begannen, und sofort kniete ein Diener vor ihr mit einem silbernen Pokal. Sie trank rasch, ohne Genuß. Ich habe mich in diese Qual begeben, dachte sie, aber ich kann sie nicht durchhalten. Sie wandte ihr Gesicht dem Schminkmeister zu und wartete darauf, daß ihr der Mann die schwarzen Spuren von den Wangen wischte. Als es Zeit war aufzubrechen, stellte sie fest, daß sie nicht gehen konnte, ohne daß ihr Gefolge sie unauffällig stützte.

Bis sie zu dem Platz am östlichen Rand der Stadt kam, wo die Begräbnisprozession aufgestellt wurde, ließ Nofretête ihre Sänftenvorhänge geschlossen. Zwar hörte sie die Rufe ihrer Herolde und Leibwächter, mit denen sie den Weg durch die auf beiden Seiten der Königsstraße versammelten Menschen bahnten, die hofften, einen Blick von ihr zu erhaschen, doch wollte sie die Neugier der Menge nicht befriedigen und auch die vielen Gebäude und Gärten nicht sehen, die ihr einst so viel Freude bereitet hatten. Doch als die Stadtmitte hinter ihr lag und das Lärmen des Volkes sich legte, schlug sie die Vorhänge zurück und beschirmte die Augen vor der gleißenden Sonne auf dem Sand. Der Aufseher des Protokolls trat heran, verbeugte sich und wies ihren Trägern den Platz hinter dem Sarg, den sie einnehmen sollte. Als sie weitergetragen wurde, verließen Merit-Aton und Anchesenpa-Aton ihr Gefolge. Die Sänfte hielt an. Nofretête beugte sich zögernd hinaus, und ihre Töchter, beide in Tränen, knieten nieder, um sie zu umarmen. Sie drückte sie kurz an sich, dann gab sie ihrem Haushofmeister ein Zeichen, daß es weitergehen könne, und ließ die Vorhänge wieder herunter. Sie wollte nicht mitansehen, wie der Sarg ihres Gemahls über den Sand zu der Felsenkammer geschleift wurde, die er sich zum Grab erwählt hatte. Hinter ihr hörte sie Merit-Aton und Anchesenpa-Aton schluchzen und noch weiter zurück das übliche Wehklagen der Trauergäste, aber ihre Augen blieben trocken. Sie konnte keine Tränen für Echnaton mehr aufbringen, sie hatte sie schon vor langer Zeit vergossen.

Echnaton hatte den Begräbnisritus selbst vorgeschrieben, und die ganze Freude an seinem Gott und all sein Gefühl für Schönheit, deren er fähig gewesen war, kam darin zum Ausdruck. Die Worte, die Merirê anstimmte, die den Tänzern vorgeschriebenen Schritte, die Musik, die in die stille Luft emporstieg, alles wirkte zusammen, um den Anwesenden die Herrlichkeit der jetzt zu Ende gegangenen Ära einzuprägen. Selbst Echnatons zahlreiche Feinde unter den Höflingen vergaßen eine Weile, daß sie einen Pharao zu Grabe trugen, der sie durch seine Verblendung die ganze Zeit in die Irre geführt hatte, und dachten nur daran, daß er ein freigebiger Mann gewesen war.

Während der Zeremonie saß Nofretête unter einem Baldachin, überließ sich dann und wann den verstohlenen Diensten ihres Schminkmeisters und versuchte, die Unruhe ihrer Hände zu verbergen. Trotz ihrer guten Vorsätze konnte sie es nicht lassen, oft nach der Stelle zu blicken, wo sich das Felsental zur Wüste hin öffnete. Dahinter floß unsichtbar der Nil. Aber der Sand schimmerte in der Hitze, der Fels flimmerte, und nichts ließ die Ankunft eines Boten erkennen.

Semenchkarê trat vor zur Zeremonie der Mundöffnung. Es war der feierlichste Augenblick eines Begräbnisses, und alle Augen hätten auf den Thronerben gerichtet sein sollen, aber Nofretête hatte immer mehr das Gefühl, sie werde angestarrt. Das stimmt doch nicht, es ist Einbildung, versuchte sie sich zu sagen. Aber als sie unter gesenkten Lidern den Blick über die Menge schweifen ließ, stellte sie fest, daß ihr Vater sie mit dem schläfrigen Ausdruck ansah, der immer forschendes Nachdenken verriet, und Haremhab neben ihm betrachtete sie kalt und unverwandt. Panik ergriff sie und ein unwiderstehliches Verlangen nach Wein. Sie zwang sich, wieder auf die Zeremonie zu achten. Semenchkarê gab Merirê gerade das heilige Messer und drehte sich um, und auch er schien sie anklagend anzustarren. Plötzlich war ihr, als würden alle sie mit Blicken durchbohren, feindselig und mißbilligend. Schweiß begann ihr über das Gesicht zu rinnen. Sie senkte die Augen und mühte sich, von niemandem Notiz zu nehmen. Ein Schmerz durchfuhr sie, sie drückte eine Hand aufs Herz und unterdrückte ein Stöhnen. Ich darf mir nichts anmerken lassen, sagte sie sich. Wenn ich die Flucht ergreife, liefere ich ihnen nur einen Vorwand, mich noch mehr zu verachten. Aber während ihr der Gedanke noch durch den Kopf ging, stand sie plötzlich schwankend auf. «Was starrt ihr denn, ihr lästerlichen Bauern?» schrie sie. «Ich bin eine Königin! Wendet den Blick ab!»

Merirê hörte auf zu singen, und die Zeremonie stockte. Jetzt waren tatsächlich alle Augen in sprachlosem Erstaunen auf sie gerichtet. Tränen verschleierten ihren Blick. Sie spürte eine feste Hand an ihrem Arm.

«Sei ruhig, Majestät», flüsterte ihre Halbschwester ihr ins Ohr. «Willst du, daß die Leute dich für verrückt halten? Ist das Kummer oder Krankheit?»

Nofretête schreckte vor Mutnodjmes Berührung zurück, aber dann legte sich ihr eine andere Hand sanft auf die Schuler, und ohne die Augen aufzumachen, wußte sie, daß es Tiê war. «Ich will nach Hause», sagte sie leise. Mutnodjme sah ihren Mann an, Haremhab nickte kurz und forderte dann Merirê auf fortzufahren. Mutnodjme und Tiê halfen Nofretête rasch durch die tuschelnde Menge zu ihrer Sänfte. Aus dem Augenwinkel sah sie Tutanchaton, mit glitzerndem Jaspis geschmückt und in schneeweißem Leinen, seine schwarze Jugendlocke mit blauen Bändern durchflochten und umwunden; voll Neugier beobachtete er sie. Anchesenpa-Aton tat einen Schritt auf ihre Mutter zu, aber Eje hielt sie zurück. Merit-Aton, das Gesicht sorgenvoll gerunzelt, blieb an Semenchkarês Seite.

«Laß dich massieren und leg dich hin», sagte Tiê beruhigend zu Nofretête, als sie die Vorhänge der Sänfte für sie hochhielt. «Ich werde deine Blumen in die Grabkammer bringen. Deine Zurückgezogenheit ist töricht, Majestät. Komm doch heute abend ins Haus deines Vaters. Die Trauer ist vorbei. Wir werden Musikanten und Tänzer dahaben, und dann wirst du dich besser fühlen.»

Nofretête tupfte sich die Wangen ab und schaute weg. «Es geht mir nicht gut genug», sagte sie steif, wütend auf sich selbst wegen ihrer Entgleisung, verbittert und verwirrt, daß sie ihre Würde nicht gewahrt hatte. «Vielleicht später, Tiê.»

Tiê verbeugte sich freundlich und ließ den Vorhang fallen. Die Sänfte setzte sich in Bewegung. Nofretête hörte, daß der Gesang wieder begann und dann allmählich verklang, als ihre Träger das Felsental verließen und den Weg zur Stadt einschlugen. Voller Scham lag sie auf den Kissen und verbarg das Gesicht in den Händen. Der Chatti-Prinz war nicht gekommen. Echnaton war begraben. Ihr Versuch, etwas von ihrem Leben zu retten, war gescheitert, und heiße Tränen flossen durch ihre Finger.

Kurz nach Sonnenuntergang meldete Nofretêtes Haushofmeister ihren Vater an. Sie war nach der Rückkehr in den nördlichen Palast gleich ins Bett gegangen und hatte es so hinstellen lassen, daß sie, auf Kissen gestützt, zum Fenster hinaussehen konnte, obwohl kein Grund zu Wachsamkeit mehr bestand. Sie spielte lustlos mit ihren Ringen in der sanften, rötlichen Abendbeleuchtung, als Eje sie begrüßte und neben dem Bett stehenblieb. Er verbeugte sich schnaufend, und sie bedeutete ihm, er könne sich hinsetzen.

«Früher bin ich diese Treppen zur Terrasse hinaufgerannt», brachte er keuchend hervor, «aber heute mußte ich mich in der Sänfte tragen lassen. Die Zeit ist grausam, Majestät.»

Sie sah ihn scharf an, aber sein gerötetes, verschwitztes Gesicht war ausdruckslos. «Wenn du gekommen bist, um dich nach meinem Befinden zu erkundigen», sagte sie, «es geht mir besser. Es war die Hitze und mein Kummer.»

«Ah.» Er nickte verständnisvoll. «Das ist bedauerlich, aber gräme dich nicht deswegen, Nofretête. Alle wissen, wie du an Osiris Echnaton gehangen hast, obwohl er dich nicht gut behandelt hat.»

Wieder sah sie ihn aufmerksam an, und jetzt bemerkte sie ein halbes Lächeln. «Er wäre verletzt, wenn er hörte, daß du ihn einen Osiris nennst», sagte sie ebenfalls lächelnd. «Ich bin großzügig genug zu hoffen, Vater, daß der Aton ihm die Belohnungen gibt, die er verdient hat.»

«Vielleicht wird es der Aton versuchen, aber die anderen Götter werden womöglich zornig sein über das Unheil, das dein Gemahl über Ägypten gebracht hat, und werden nicht zulassen, daß Echnatons Göttlichkeit ihm Glückseligkeit einträgt.»

Sie lehnte sich zurück, schloß die Augen und widerstand dem Verlangen, sie zu reiben. «Kann ich dir etwas anbieten?» murmelte sie. «Es ist so schön, wieder Trauben und Granatäpfel zu haben, und die Melonen sind riesig dieses Jahr. Meine Kornspeicher sind voll. So seltsam, ein Begräbnis zur Erntezeit.»

«Nichts, danke, Majestät.»

Sie hörte ein Zögern in seiner Stimme, schlug die Augen auf und drehte den Kopf zu ihm. «Du bist nicht hergekommen, um dich nach meiner Gesundheit zu erkundigen oder über die Ernte zu reden. Was gibt es, Vater?»

Eje beugte sich vor in den letzten roten Lichtstrahl, der über das Bett fiel. «Darf ich deine Frauen hinausschicken?»

«Natürlich.»

Er gab einen Befehl, und die Dienerinnen sammelten ihre Spiele und Schmucksachen zusammen, mit denen sie sich unterhalten hatten, und verschwanden. Als sie gegangen waren, blieb Eje einen Moment still sitzen, die Hände unter dem Kinn zusammengelegt; Nofretête beobachtete seine nachdenklich halb geschlossenen Augen und wurde plötzlich nervös. Dann nahm er die Hände herunter.

«Ich will Tutanchaton nicht im nördlichen Palast lassen, sondern ihn mitnehmen», sagte er. «Als einziger männlicher Nachkomme aus Amenhoteps Geschlecht sollte er die Erziehung und Ausbildung erhalten, die seinem Rang gebühren.»

«Ich verstehe», erwiderte sie und beobachtete sein Gesicht immer noch. «Aber ist es nicht zu früh zu unterstellen, daß Semenchkarê und meine Tochter keinen Sohn bekommen? Sie sind jung. Sie könnten viele Kinder haben. Ein Sohn von ihnen würde den Thron erben.»

Eje seufzte. «Ich kann nicht abwarten und zusehen, was die Zukunft bringt. Ich muß jetzt Vorbereitungen für jeden möglichen Fall treffen. Wäre Semenchkarê in einem anderen Zeitalter an die Macht gekommen, als Ägypten stark war und seine Regierung gesichert, hätte sein Charakter keine Rolle gespielt. Aber er ist verwöhnt, jähzornig und schwach. Er wird nichts tun, um Ordnung in das Chaos der Regierung zu bringen, das dein Mann hinterlassen hat. Er wird umschmeichelt von jungen Männern, die Reichtum wollen, aber keine Verantwortung.» Er hielt inne, und Nofretête merkte, daß ihres Vaters Züge in der Dämmerung undeutlich wurden. «Die Hoffnung auf Rettung für Ägypten, die geweckt wurde, als dein Mann starb, wird nicht lange anhalten, wenn das Land sieht, daß Semenchkarê nicht fähig ist zu herrschen und keine Minister hat, die eine erfolgreiche Regierung bilden könnten. In Zeiten wie diesen sammeln sich die Schakale, die Mörder, die Machthungrigen, die skrupellosen Ehrgeizlinge. Wenn Semenchkarê stirbt oder ermordet wird, muß ein eindeutiger Nachfolger da sein.»

Nofretête begann mit den Ringen zu spielen, die verstreut auf ihren Laken lagen. «Ich sehe, daß du dir viel Gedanken darüber gemacht hast», bemerkte sie trocken. «Was veranlaßt dich zu glauben, daß Tutanchaton für Ägypten annehmbar sein wird? Schließlich ist er eine lebende Mahnung an den Fluch, den meine Tante durch ihre Ehe mit ihrem Sohn bewirkt hat.» Sie starrte ihn an, wollte in seinem Gesicht lesen, sah jetzt aber nichts als ein graues Oval.

«Ich werde dafür sorgen, daß er in der traditionellen Weise erzogen wird, als ein Diener Amuns, als einer, der die wahren Götter Ägyptens liebt und Amuns Diener in Karnak respektiert. Wenn Semenchkarê irgend etwas zustoßen sollte, wird Tutanchaton die Ma'at verkörpern, die alte Gerechtigkeit, die Wiederkehr eines gesunden und glücklichen Ägypten.»

Nofretête drehte sich um und schaute aus dem Fenster. Tief unten am Landungssteg, wo ihr Boot vertäut war, flackerten die Fackeln orangerot, und ihr Widerschein zerbrach auf der welligen Oberfläche des Nils zu Scherben. «Und was ist mit Haremhab?» fragte sie leise. «Er ist es doch, den du fürchtest, nicht wahr? Du befürchtest, er werde Semenchkarê beherrschen und dann vielleicht den kleinen Prinzen, und du könntest eines Tages aufwachen und feststellen, daß er Regent geworden ist, ein Mann, der sich sein Leben lang auf seinen großen Ehrgeiz verließ, um sein Glück zu machen. Glaubst du, wenn er wirkliche Macht kennenlernt, wird er sich mit dem Platz des Regenten hinter dem Thron zufriedengeben?»

Eje saß jetzt völlig im Dunkeln, und das einzige Anzeichen, daß er sie gehört hatte, war die Beschleunigung seiner Atemzüge. Nach einer Weile sagte er: «Haremhab liebt Ägypten. Er war immer der Meinung, er habe bei seinem Land eine Schuld abzutragen. Ich weiß nicht, wie sehr er sich bemühen würde, sie zu bezahlen. Sein kindlicher Glaube an die Allmacht eines Pharaos ist bestimmt erschüttert.»

«Hast du keine Bedenken, so freimütig mir gegenüber zu sein?» Nofretête schob die Ringe beiseite und setzte sich auf. Dabei stieß sie mit dem Knie an das ihres Vaters. «Ich bin eine Königin. Ich habe geherrscht, und meine Tochter Merit-Aton nicht. Was wäre, wenn ich zu Haremhab ginge und ihm die Ehe anböte? Er könnte sich leicht von Mutnodjme scheiden lassen oder sie zur Nebenfrau machen. Ich besitze die Sympathie des Volkes. Ich bin die arme, von einem herzlosen Gemahl verbannte Königin. Er und ich könnten Semenchkarê absetzen und in die Verbannung schicken.» Sie wußte nicht, warum sie so sicher war, daß Eje im Dunkeln lächelte.

«Meine liebe Nofretête», antwortete er, und ein Anflug von Humor in seiner Stimme bestätigte ihren Eindruck. «Ich bewundere deine Zähigkeit. Ich bedauere dich, weil dein Leben voller Leid war, und ich liebe dich, weil du einst mein kleines Mädchen warst, das in Achmin durch den Garten rannte, aber ich traue dir nicht wirklich. Meinst du, ich würde heute abend so offen mit dir sprechen, wenn ich glaubte, Haremhab würde dich auch nur anhören?» Er griff unvermutet nach ihrer Hand, und verblüfft reagierte Nofretête auf seine Berührung. Seine Finger waren trocken und sehr warm. «Verzeih mir das, was ich dir jetzt sagen werde, Majestät, wenn du kannst. Haremhab und ich und auch Semenchkarê haben von deinem Plan, einen Chatti-Prinzen nach Achet-Aton zu holen, gewußt, seit dein Botschafter an der Grenze von Mai aufgegriffen wurde. Für Haremhab bist du eine Verräterin.»

Nofretête wurde eiskalt vor Schreck. Sie entriß Eje ihre Hand, sprang auf und rannte zur Tür. «Licht!» kreischte sie. Diener brachten eiligst die Lampen, die schon angezündet auf dem Korridor gestanden hatten, und verteilten sie im Zimmer, ehe sie sich unter Verbeugungen wieder zurückzogen. Jetzt konnte Nofretête ihren Vater sehen. Er saß halb umgedreht auf seinem Stuhl, und sah sie bekümmert und reumütig an. «Du hast es gewußt und mir nicht gesagt», schrie sie. «Du hast mich weiter leiden lassen, du hast mich glauben, hoffen lassen – selbst heute habe ich noch gehofft . . .» Sie schluckte. «Ich hätte nie gedacht, daß du so grausam bist.»

«Damals war es zu spät, dein Komplott aufzuhalten», sagte er. «Es war einfacher, Prinz Zennanza abfangen und töten zu lassen auf eine Art und Weise, die bei Suppiluliuma den Eindruck erwecken würde, es sei die Tat der Hapiru. Jetzt verstehst du, warum Haremhab nichts mit dir zu tun haben will.»

«Meiner Bitte ist also entsprochen worden.» Sie spürte die Tränen der Demütigung aufsteigen, die schon qualvoll auf den entzündeten Lidern brannten. «Suppiluliuma hat ihn geschickt. Prinz Zennanza.» Sie ging zum Bett, setzte sich, ordnete ihr Leinengewand über den Knien mit den gewohnten kleinen Gesten und sah Eje nicht an. «Nimm Tutanchaton unbedingt mit», fuhr sie mit leiser Stimme fort. «Dann brauche ich nie wieder mit dir zu sprechen.»

Er stand auf und verbeugte sich. «Ich habe dich vor Haremhab verteidigt», sagte er. «Schließlich bin ich dein Vater, und meine Treue gehört dir. Aber, Nofretête, es ist Zeit, daß du dich mit dem Los abfindest, das das Leben dir bestimmt hat, und Frieden findest. Am Morgen werde ich Tutanchaton holen lassen.» Er wartete ab, und da sie weder auf seine Verbeugung noch auf seine Worte reagierte, ging er, und die Tür schloß sich leise hinter ihm.

Es war fast Mitternacht, als Eje, begleitet von seiner Leibwache, müde von seinem Anlegesteg kam und durch den dunklen Garten in sein Haus ging. Daß es ganz ungefährlich gewesen war, Nofretête heute abend seine Gedanken darzulegen, wußte er. Sie besaß keine Möglichkeiten mehr, sich bei irgend jemanden am Hof einzuschmeicheln, und bestimmt wollte Haremhab nichts mehr mit ihr zu tun haben. Mir vertraut er ebensowenig, dachte Eje, als er seine Leute entließ, sein Schlafzimmer betrat und seinen Kammerdienern barsch befahl, ihn auszuziehen. Unsere Ansichten darüber, wie dieses Land wieder in Ordnung gebracht werden sollte, sind immer unterschiedlich gewesen, aber jetzt verstärkt sich die Gegensätzlichkeit unserer Meinungen immer mehr und könnte zu einer regelrechten Rivalität werden. Ich hoffe, daß es nicht dazu kommt. Im Augenblick ist er verwirrt und weiß nicht, wie er vorgehen soll, aber was auch immer geschieht, ich darf nicht zulassen, daß er entscheidenden Einfluß auf Tutanchaton gewinnt. Ich muß am Hof aktiv bleiben, Semenchkarê zur Verfügung stehen, Tutanchaton ins Blickfeld rücken und versuchen, Haremhabs Ungeduld in Schach zu halten.

Er stand mit zurückgelegtem Kopf und geschlossenen Augen da und überließ sich den sanften, respektvollen Handreichungen der Männer, die mit duftendem Wasser, weichem, frischem Leinen und wedelnden Fächern kamen und gingen. Die Lampe an seinem Bett wurde angezündet, die anderen ausgelöscht. Die Diener verbeugten sich und wünschten ihm eine gute Nacht. Er lag in dem heißen Zimmer, fand trotz seiner Müdigkeit keine Ruhe und dachte an die Ermordung des ausländischen Prinzen, die er gutgeheißen hatte. Semenchkarê hatte sie schon vergessen, und Haremhab hatte sie als eine militärische Notwendigkeit angesehen. Wir hätten ihn einfach gefangennehmen und zu seinem Vater zurückschicken können, dachte Eje. Suppiluliuma hätte ein solches Vorgehen vielleicht für Schwäche gehalten, aber es hätte eine weitere Verschlechterung der Beziehungen zwischen unseren Ländern verhindert.

Er war am Einschlafen, als er spürte, daß sich die Tür öffnete, und auf einen Ellbogen gestützt, sah er seine Frau hereinkommen. Tiê hielt mit einer Hand einen safrangelben Umhang unter ihrem Kinn zusammen. Sie war barfuß, und ihr graues Haar war aufs Geratewohl aus ihrer hohen Stirn gestrichen. In dem sanften Licht waren ihre Falten nicht zu sehen.

«Es ist so spät, daß ich annahm, du würdest schlafen.» Er lächelte und klopfte aufs Bett.

Tiê setzte sich und schürzte die Lippen. «Ich habe dich kommen hören», antwortete sie. «Ich war nicht im Bett, sondern habe auf dich gewartet.» Wie es ihre Art war, fragte sie nicht, wo er gewesen war. Sie hatte sich nie in seine Angelegenheiten eingemischt, und eben ihre Zurückhaltung hatte ihn an sie gefesselt. «Ich wollte dir nämlich gleich sagen, daß eine Nachricht aus dem Palast gekommen ist, nachdem du weggegangen warst. Anchesenpa-Atons kleine Tochter ist gestorben.»

Eje seufzte. «Arme Prinzessin. Ihre Puppe ist ihr weggenommen worden. Ich muß morgen früh zu ihr gehen.»

«Kia hat sie vorläufig zu sich geholt. Echnatons heilige Sonnenfamilie wird der Reihe nach heimgesucht. Der Fluch scheint noch anzuhalten.»

«Vielleicht.» Er merkte am Ton ihrer Stimme und der Art, wie sie sich auf die Lippe biß, daß das noch nicht alles war. «Was noch, Liebste?»

«Eje, ich reise morgen heim nach Achmin. Die Diener können meine Sachen später packen und nachbringen. Du hast dein möglichstes getan, mich hier glücklich zu machen, aber ich kann die unheilschwangere Atmosphäre nicht mehr ertragen, die auf der Stadt lastet. Achet-Aton ist erledigt. Der Traum ist aus.»

Er lächelte nicht über ihre Wortwahl. Die Stadt war in der Tat ein Traum, aber der Träumer war tot. «Würdest du hierbleiben, wenn ich dich darum bitte?»

«Nein.» Sie nahm seine Hand. «Viel hat sich zwischen uns geändert, Eje. Die Liebe kann sich nie ändern, aber es besteht ein Unterschied zwischen der Ehe, die wir einst führten, als wir getrennt und doch verbunden waren, und der Ehe, die daraus geworden ist. Ich bin eine ägyptische Ehefrau, nicht die Leibeigene eines Barbaren, keine Konkubine, deren man sich bedient. Du bringst mir deinen Körper, aber schon lange kenne ich deine Gedanken nicht mehr. Du bist für mich nicht mehr so erkennbar wie früher. Seit Tejes Tod hast du dich verschlossen. Ich bin auf diese Weise einsam, wie ich es nie zuvor war, und die Arbeit, die ich hier getan habe, taugt nichts. In Achmin werde ich arbeiten, mich wieder schmutzig machen, werde zufrieden sein.»

Er hob ihre Hand und küßte sie, er war todunglücklich, wußte aber, daß sie die Wahrheit gesprochen hatte. «Ich muß hierbleiben. Ich werde gebraucht. Es tut mir leid», flüsterte er. «Ich hätte dich um deine Hilfe bitten sollen, Tiê.»

«Aber du hast es nicht getan, und außerdem hätte ich dir, glaube ich, auch nicht helfen können. Meine Anwesenheit allein war nicht genug, um dich glücklich zu machen. Deshalb sage ich dir Lebewohl, mein Gemahl. Komm nach Achmin, wie du es einst zu tun pflegtest, unvermutet, weil es dich danach verlangte.»

«Ich werde dich bestimmt besuchen, Tiê», sagte er heiser, «und natürlich werde ich für alle deine Bedürfnisse sorgen.»

Sie beugte sich hinüber und küßte ihn, aber er war zu stolz, um sie zu sich herunterzuziehen. Lange, nachdem sie gegangen war, hing der Duft ihres Parfums noch auf seiner Haut, auf dem Laken, wo sie gesessen hatte, und er wehrte sich nicht gegen die Flut der Erinnerungen, die ihn mit grausamer Macht überschwemmte und ein Heimweh zurückließ, von dem er wußte, daß die Zeit es nicht lindern würde.

26

In den Wochen nach Semenchkarês Krönung dachte Eje so oft an Tiês letzte Worte. Der Traum von Achet-Aton war noch nicht ganz aus. Die Figuren, die in ihm vorkamen, klammerten sich an seine Fetzen, als hätten sie Angst, sie würden beim Aufwachen verschwinden. Außerhalb der Stadt wankte Ägypten und rang mit den Nachwehen der Hungersnot, dem Mangel an Beamten, die wirksam eine praktisch nicht mehr vorhandene Verwaltung leiten konnten, mit der Zunahme von Plünderungen und Gewalttätigkeit, aber in Achet-Aton selbst war noch alles wohlgeordnet und erfreulich.

«Was hält sie in Achet-Aton fest wie Sterbende, die vor einem leeren Kornspeicher sitzen?» fragte Eje einmal Haremhab in einem Anfall von Niedergeschlagenheit. Zwischen den beiden Männern war es zu einem unbehaglichen, unausgesprochenen Waffenstillstand gekommen, als offenkundig wurde, daß sie beide in der neuen Regierung machtlos sein würden.

Haremhab zuckte phlegmatisch die Schultern. «Die Angst vor dem, was es anderswo gibt», antwortete er. «Nur Achet-Aton ist unverändert. Alle in der Stadt fürchten sich davor, zu reisen, zu sehen, was mit Ägypten geschehen ist, was jetzt aus Theben geworden ist.» Er lächelte grimmig. «Semenchkarê weiß, daß er unfähig ist zu herrschen, dennoch schreckt er davor zurück, Befugnisse an andere zu übertragen. Er weiß, daß er es nicht wert ist, Pharao zu sein, und das macht ihn noch ängstlicher und zorniger. Hast du dir unseren Pharao mal genau angesehen, Fächerträger?» Eje schüttelte den Kopf. «Dann schlage ich vor, daß du es tust. Wenn du zu dem Schluß gelangt bist, daß etwas getan werden muß, denn komm in mein Haus.»

Eje beschloß, die Aufforderung des Befehlshabers zu ignorieren. Er hoffte, er werde nie gezwungen sein, mit Haremhab gemeinsame Sache zu machen. Er fürchtete sich davor, in Pläne eingeweiht zu werden, die es erforderten, daß er seine Überzeugung von der Unantastbarkeit der Person eines Pharaos aufgab. Aber so bald würde ein solches Zugeständnis nicht nötig sein, denn er verbrachte immer mehr Zeit mit Tutanchaton. Der Prinz war gehorsam und gleichmütig in den Palast übergesiedelt, wo Semenchkarê kaum Notiz von ihm nahm. Für viele Höflinge war er ein Stein des Anstoßes, eine Mahnung an die kurze Verrücktheit, die Ägyptens königliche Familie ergriffen hatte und die man am besten vergaß, aber einige fanden, das geheiligte Blut in seinen Adern mache ihn würdig, umworben zu werden. Die Zeiten waren unsicher, und vielleicht würde der kleine Prinz einmal Pharao werden. Eje hörte persönlich die Schulaufgaben des Jungen ab, beobachtete ihn bei seinen Gebeten und im Streitwagen, spielte Brettspiele mit ihm und erzählte ihm Geschichten über seine Mutter. Der Prinz hatte sich angewöhnt, ein goldenes Medaillon zu tragen, in dem sich die rotbraune Locke seiner Mutter befand, und Eje fragte sich oft, ob Tutanchaton so arglos sei, wie er erschien. Vielleicht wußte er, daß er es nötig hatte, den kraftvollen Zauber dieses Glücksbringers immer bei sich zu haben. Eje tat alles, um sich sein Vertrauen zu erhalten, und freute sich, daß er gern mit Anchesenpa-Aton zusammen war. Der elternlose Knabe und die freundlose Prinzessin mochten einander. Eje wußte, daß es Möglichkeiten gab, die darauf warteten, daß eine skrupellose Hand sich ihrer bedienten.

Nichts wies darauf hin, daß Semenchkarê und Merit-Aton einen Erben hervorbringen würden. Sie waren unzertrennlich, schliefen, aßen und spielten zusammen und waren von einer ununterbrochenen Folge von Vergnügungen in Anspruch genommen wie zwei leichtsinnige Kinder, die von den Verpflichtungen Erwachsener nichts wußten. Dennoch waren sie von einer Melancholie umgeben, einer Schwermut, die sie am Rande ihrer Tage und Nächte bedrängte und die um jeden Preis in Schach gehalten werden mußte. Ihr Gelächter war schrill und gezwungen, ihr seltenes Stillschweigen von Angst erfüllt. Semenchkarês Fröhlichkeit konnte sich jederzeit in mürrische Wutanfälle verwandeln, bei Merit-Aton endete sie oft mit Tränen.

Obwohl Eje nur noch dem Namen nach Fächerträger war, wurde er oft zu seinem Neffen gerufen, um Rat zu erteilen, der indes nie befolgt wurde; doch ließ er keine Gelegenheit aus, Semenchkarê an das zu erinnern, was von ihm erwartet wurde. Das Problem, dem sich das Land unmittelbar gegenübersah und das Eje die größte Sorge bereitete, war die Versorgung mit Gold. Der Staatsschatz war beschämend und gefährlich leer, doch mußten Grabmäler bezahlt und die Bauern wenigstens einigermaßen am Leben erhalten werden, wenn sie weiterhin Lebensmittel erzeugen und bei Bauvorhaben arbeiten sollten, und ausländische Würdenträger mußten untergebracht und verpflegt werden. Gesandte begannen in die Stadt zurückzukehren, die immer noch ätherisch schön war, zu einem Hof, der sich immer noch mühte, der prächtigste der Welt zu sein, und zu einem jungen Pharao und seiner Königin, die die Rolle arroganter Götter spielten. Aber die Ausländer kamen ohne Tribut und verließen die Stadt ohne Handelsverträge, denn Ägypten hatte nichts mehr, womit es Handel treiben konnte. Haremhab bemühte sich nach Kräften, den nubischen Goldversand in Gang zu halten, aber Reichtum allein aus dieser Quelle würde den Staatsschatz nicht füllen. Immer häufiger zogen die Karawanen, die früher eine Fülle exotischer und kostbarer Dinge über das Land verteilt hatten, weiter nach Babylon und zu den Chatti, und die Schiffe, die einst das Große Grüne Meer überquert hatten, brachten, da sie sich vor Piraten fürchteten und wußten, daß Ägypten sie nicht länger schützen würde, ihre Fracht anderswohin. Auch konnte Pharao nicht auf die Schatzkammern der Tempel zurückgreifen, denn die hatte sein Bruder schon alle geleert.

Da Semenchkarê einen gangbaren Weg finden mußte, die Schulden des Landes zu bezahlen, begann er Getreide aus den Kornspeichern, die sich wieder füllten, ins Ausland zu verkaufen. Keiner seiner jungen Freunde, die jetzt der neuen Regierung angehörten, versuchte, ihm diesen voreiligen Schritt auszureden, weil alle fürchteten, die Gunstbezeigungen zu verlieren, mit denen er sie überschüttete, und schließlich war es Eje, der ein paar Tage vor dem Beginn von Choiak um eine Audienz bat. Achet, die Jahreszeit der Überschwemmung, war fast vorüber, und es wurde kühler. Die Menschen sahen dem Peret und dem Säen mit leichterem Herzen entgegen.

Semenchkarê nahm die Huldigung seines Onkels mit offensichtlicher Erleichterung entgegen. Als Eje hereinkam, war Pharao ziellos in der Empfangshalle auf- und abgegangen, hatte von den Süßigkeiten gekostet, die hier und dort auf Tischen standen, und nach den Fliegen geschlagen, die in der feuchten Luft schwirrten, während sein Gefolge hinter ihm herlief. Er blieb stehen, als Eje ihm die hennagefärbten Füße küßte, und stieg dann die Stufen zum Thron hinauf. Er setzte sich hin und deutete auf den Ebenholzhocker unten. Eje nahm Platz, und mit kaum hörbaren Seufzern ließ sich das Gefolge auf Kissen auf dem Fußboden nieder.

«Ich hasse Achet», sagte Semenchkarê. «Die Hälfte ist zu heiß, um irgend etwas zu tun, und die andere Hälfte zu naß. Nichts als Wasserflächen, wohin man sieht, und der Fluß hat zuviel Strömung, um Boot zu fahren. Alle anderen gehen hinter der Stadt auf die Jagd, aber ich finde kein Gefallen daran, Tiere zu töten. Als ich jünger war, sehnte ich mich nach dem Sinken des Flusses, weil das Angeln dann so großartig war, aber jetzt, da ich Pharao bin, darf ich natürlich weder Fische fangen noch essen. Echnaton hat es getan, aber für ihn gab es keinen Hapi im Nil, der hätte Anstoß nehmen können.»

«Deine Majestät könnte doch immer auf einem der Seen Boot fahren oder in Maru-Aton spazierengehen.»

«Nein, kann ich nicht. Heute mußte ich hier sitzen und mir das Gejammer der Aton-Priester anhören.»

Ah, dachte Eje, das ist der Grund für seine schlechte Laune. «Wäre deine Majestät geneigt, mir zu sagen, was sie wollten?»

«Wenn du willst.» Semenchkarê zupfte an einem baumelnden goldenen Ohrring. «Die Opfergaben werden spärlich. Weniger Andächtige gehen in die Tempel, und die Straßen-Schreine werden zerstört. Kurzum, Onkel, sie haben nicht genug zu tun und fangen an, sich zu langweilen.»

«Was hat deine Majestät ihnen gesagt?»

«Sie sollen sich amüsieren.»

Eje sah zu, wie die langen Finger mit den roten Nägeln an dem Ohrring zogen und zupften. «Hat deine Majestät in Erwägung gezogen, einige der kleineren Aton-Tempel zu schließen und die Priester aufs Land zu schicken, damit sie die Häuser anderer Götter wieder öffnen und in Ordnung bringen?»

Semenchkarê starrte ihn an. «Bist du verrückt?» Wer soll sie ernähren, während sie so tun, als arbeiteten sie? Und außerdem machen sich Priester nicht gern die Hände schmutzig.»

«Es wird ihnen nichts anderes übrig bleiben. Sie könnten ab diesem Sommer unterstützt werden durch die Erträge der Besitzungen im Delta, die einst Amun gehört haben.»

Semenchkarê lachte. «Du willst also, daß ich Amun sein Land zurückgebe? Bestimmt nicht. Meine Fellachen warten jetzt darauf, daß die Überschwemmung zurückgeht, damit sie auf diesem Land für mich mit der Aussaat beginnen können. Ich brauche die Ernte.»

Eje hatte Pharaos Aufmerksamkeit schon oft auf eine höchst dringende Angelegenheit lenken wollen, aber einen geeigneteren Augenblick als diesen hatte es nie gegeben. Das Gespräch über Amun gab ihm die Gelegenheit. «Großer Horus», sagte er, «es ist Zeit, eine offizielle Botschaft an Maja in Theben zu senden und ihm die Genehmigung zu erteilen, Karnak wieder zu öffnen, und Verwalter in den Palast zu schicken, damit sie sehen, was getan werden muß, um ihn wieder bewohnbar zu machen. Du kennst die Stimmung deines Volkes nicht. Glaube mir . . .»

Semenchkarê hob eine Hand. Das Lächeln auf seinem Gesicht war verschwunden. «Ich habe immer getan, was du wolltest, und viel Wesens davon gemacht, ein Grab in den westlichen Hügeln von Theben auszuhöhlen. Ich habe demonstrativ meine Gebete am Amun-Schrein hier im Palast verrichtet. Ich habe sogar Pwah –» er deutete auf einen jungen Mann in priesterlichem Weiß hinter ihm – «zum Schreiber der Opfergaben Amuns im Haus Ancheprurê ernannt. Meinem Haus. Ich habe nicht die Absicht, irgendwelche Ländereien an Amun zurückzugeben und mich zu berauben. Auch habe ich nicht vor, Achet-Aton zu verlassen. Jahrelang habe ich in Theben gewartet, in einem leeren Palast mit meiner halsstarrigen Mutter, habe mich nach Merit-Aton gesehnt und war unglücklich, während hier die Musik und das Tanzen nie aufhörte. Ich verachte Theben. Es war damals lärmend und schmutzig, das wird es jetzt doppelt sein. Sprich von etwas anderem!» Er hatte die Stimme erhoben und die goldbehängten Schultern zornig zusammengezogen.

Haremhabs Worte fielen Eje wieder ein, und als er seinen Neffen beobachtete, wurde ihm mit einemmal klar, daß er Pharao zum erstenmal genau betrachtete. Wann hat das angefangen? dachte er verzweifelt. Wann haben die Götter einen Fluch über Ägypten verhängt? Als Teje mit ihrem Sohn schlief? Oder viel früher, als sie Schritte unternahm, um gegen den ausdrücklichen Befehl des Orakels seine Ermordung zu verhindern? Semenchkarês Oberschenkel nahmen unter dem scharlachroten Linnen die ganze Breite des Throns ein. Obwohl er noch jung war, hatte er schon den Ansatz zu einem Hängebauch. «Majestät», brachte Eje mühsam hervor, «schicke wenigstens den Wesir des Südens nach Theben, damit er dem Volk sagt, es dürfe wieder anbeten, wen es wolle.»

Semenchkarê machte eine rasche Kopfbewegung. «Nacht-pa-Aton! Willst du nach Theben fahren und dem Volk das sagen?»

Der Wesir kroch zu ihm, berührte den königlichen Fuß mit der Stirn und sagte: «Ich glaube, das ist unnötig, Geheiligter. Das Volk hat immer heimlich angebetet, wen es wollte.»

«Aber es muß ihm öffentlich gesagt werden, es muß beruhigt werden, sonst . . .» Eje war aufgestanden.

Semenchkarê beugte sich zu ihm hinunter.

«Was sonst, Onkel? Willst du mir drohen wie Haremhab, als ich noch ein Prinz war? Ich habe ihm damals seinen Willen erfüllt, aber mir geschworen, mir nie wieder ein Wort anzuhören, das er sagt. Wenn du fertig bist, kannst du gehen.»

«Da ist noch etwas, mit deiner Erlaubnis.» Eje wußte, daß er Semenchkarê nicht weiter zum Zorn reizen sollte, aber er war entschlossen, die Sache zu besprechen, deretwegen er überhaupt hergekommen war. «Es handelt sich um den Verkauf unseres Getreides ins Ausland. Seit altersher haben die Pharaonen immer Getreide für Zeiten der Hungersnot eingelagert. Deine Vorgänger haben die Kornspeicher geleert im Tausch gegen Gold, und als die Hungersnot kam, sind viele Menschen zugrunde gegangen. Ägypten ist noch dabei, sich von der Dürre zu erholen, und ist noch verletzlich. Ich bitte dich, Horus, behalte das Getreide!»

«Ach, laß mich in Frieden.» Semenchkarê sah Eje wütend an. «Du bist ein lästiger alter Mann. Soll Ägypten hungern, das ist mir gleich. Das Land gehört mir, ebenso wie alles, was darauf wächst oder darauf lebt. Ich bin der Herr und Gott.» Mißmutig wich er Ejes Blick aus. «Du scheinst Vergnügen daran zu finden, mich ärgerlich zu machen, Onkel. Du läßt es an dem Respekt fehlen, der mir als Pharao gebührt.

Du bist bei Hof nicht länger willkommen.» Damit war er entlassen. Eje verbeugte sich und ging.

Als er steif an Deck seines Bootes saß, das über den stark strömenden Fluß zu staken seine Leute Mühe hatten, kam Eje der Geruch Achet-Atons zum Bewußtsein, der durch die Feuchtigkeit der Luft noch lauer wurde. Der Duft von Blumen und knospenden Bäumen und eine Andeutung von Weihrauch verbanden sich mit dem Gestank von schlammigem Wasser, nach dem es in Ägypten seit eh und je gerochen hatte. Gelächter und schwaches Klirren von Zimbeln drangen an sein Ohr, und an dem zurückbleibenden Ufer sah er flüchtig braune Glieder und weißes Leinen, als einige junge Männer und Frauen unter den Palmen entlangliefen. Er sieht seinem Bruder erschreckend ähnlich, dachte Eje, aber er hat auch viel von Teje an sich, und darum empfinde ich einige Sympathie für ihn. Er wird nichts tun, um Ägyptens Wunden zu verbinden, aber er wird dem Land auch keinen weiteren Schaden zufügen. Das ist ein kleiner Trost.

Auf dem Weg durch die kühlen Korridore seines Hauses glaubte er Tiê in ihrem Zimmer lachen zu hören. Er blieb stehen und wollte hineingehen, doch dann wurde ihm klar, daß es nur eine Dienerin war, die beim Saubermachen mit einer anderen geschwatzt hatte. Es war seine Schuld, daß sie weggegangen war, und er hatte sie nie nötiger gebraucht als jetzt.

Er versuchte gar nicht erst, in dieser Nacht zu schlafen, sondern saß in seinem Schlafzimmer, in einen wollenen Umhang gehüllt, und betrachtete das Spiel der Schatten, die von der Kohlenpfanne an die Decke geworfen wurden. Mehrmals war er drauf und dran, seinen Haushofmeister zu rufen und eine Botschaft an Haremhab zu diktieren, aber jedesmal besann er sich eines Besseren. Es war unmöglich. Er wußte, was Haremhab von ihm wollte, in was er ihn hineinziehen wollte, wofür er seine Unterstützung wollte, und er konnte sich nicht dazu bereit finden. Ich bin zu sehr ein Mann der Überlegung, nicht der Tat, dachte er, um wieder zu morden, bin ein zu traditioneller Ägypter, um die Beseitigung eines jungen Mannes in Erwägung zu ziehen, der jetzt ein Gott ist. Würde ich bei dieser Sache Haremhabs Komplice werden, würde ich für immer unter seiner Fuchtel stehen. Soll er die Verantwortung tragen, und zwar er allein.

Er ging mit einer Lampe zu seinem Schminktisch, nahm einen

Kupferspiegel zur Hand und blickte hinein. Du bist ein dummer alter Mann, dachte er, als er kritisch die schwärzlichen Tränensäcke unter den Augen, die sonnengegerbte, faltige Haut, die zerfurchte Stirn und den wulstigen, geschorenen Schädel betrachtete. Gib es auf, zieh dich zurück, geh nach Achmin. Aber er wußte, daß er es nicht konnte, noch nicht. Nicht, solange noch Blutsverwandte von ihm am Leben waren, um die Macht zu erhalten, die sich seine Familie seit Generationen erkämpft hatte. Er war Tutanchaton und seiner Enkelin Anchesenpa-Aton gegenüber verpflichtet. Er lächelte sein Spiegelbild an. «Du lügst dir selbst etwas vor, du dummer alter Mann», flüsterte er. «Du hoffst, daß Haremhab das Undenkbare tun und dir dadurch ermöglichen wird, als Regent für Tutanchaton zu herrschen, wenn der Tod dich nicht zuerst holt.»

Als Haremhab von Ejes erfolgloser und demütigender Audienz bei Semenchkarê hörte, erwartete er jeden Augenblick, daß ihm Pharaos Onkel die uneingeschränkte Zusammenarbeit anbieten werde, aber die Tage vergingen, ohne daß er eine Nachricht von ihm erhielt. Ungeachtet der Rivalität zwischen den beiden Männern hatte Haremhab Hochachtung vor Ejes politischem Scharfsinn, und wenn er nachts schlaflos im Bett lag, fragte er sich, warum Eje nicht handeln wollte. Gab es irgendeinen Gesichtspunkt, den er übersehen hatte? Einen Grund, der für seinen unkomplizierten Verstand nicht einleuchtend war, aber für Eje mit seinem diplomatischen Denken auf der Hand lag? War Pharaos Ermordung vielleicht doch nicht ratsam? Haremhab versuchte sich jedes Ergebnis eines solchen Plans vorzustellen. Ihm mangelte es nicht an Unterstützung, und obwohl er wußte, daß er am Hof nicht in Gunst stand, galt das mit wenigen Ausnahmen auch für Echnatons Leute. Schließlich war es das Heer, auf das es ankam. Er hatte seine Offiziere genau ausgehorcht. Ein wenig war das Vertrauen der Soldaten zu ihm durch Suppiluliumas Sieg erschüttert worden, aber es war wohl unwahrscheinlich, daß sie ihn nicht unterstützen würden, wenn er die Hand nach der Krone ausstreckte.

Nachdenklich versuchte er sich zu erinnern, wann der Gedanke, er selbst könnte Pharao werden, Gestalt angenommen hatte. Als die Königsgemahlin Teje gestorben war und mit ihr der Glaube an die absolute Autorität von Angehörigen der Königsfamilie? Als er Pharao, damals noch ein Prinz, mit so wenig, so sehr wenig gedroht hatte und ihm geglaubt worden war? Oder war es schon viele Jahre früher gewesen, als er einen Pharao angeschaut und zum erstenmal nur einen unsicheren, gequälten Ägypter gesehen hatte, der, um Freundschaft zu finden, auf ihn angewiesen war? Und dabei war er doch damals nichts als ein Hauptmann gewesen?

Er wußte, daß für Eje eine Wiederherstellung der Sicherheit in Ägypten mit Amuns Wiedereinsetzung als König der Götter beginnen müßte sowie mit der allmählichen Wiederaufnahme diplomatischer Beziehungen zu den noch vorhandenen Teilen des Reiches. Aber er selbst war anderer Meinung. Für ihn hatten Vorrang die Sicherung der Grenzen gegen die Chatti; ein weiterer Versuch, Ägyptens syrische Besitzungen wieder zu erobern; und die Festigung der Lage in Nubien. Erst dann sollten die inneren Probleme des Landes an der Reihe sein, die zu beseitigen viel Zeit erfordern würde. Man konnte nicht abwarten, bis Eje es erst auf seine Weise versucht hatte. Er schien die Bedrohung nicht zu spüren – dabei konnte die Chatti-Invasion schon morgen beginnen und würde das Ende der ägyptischen Souveränität bedeuten. Dann hätten sich Anliegen wie die Erhaltung der Göttlichkeit Pharaos und Amuns rechtmäßiger Platz als Ägyptens Hauptgottheit von selbst erledigt. Rette zuerst Ägypten, dachte er, als er sich unruhig neben der friedlich schlafenden Mutnodjme hin- und herwarf, selbst wenn es bedeutet, die mächtige Dynastie zu zerstören, die mit Semenchkarês göttlichem Vorgänger Ahmose vor vielen Hentis begann, als die Hyksos aus dem Land getrieben wurden. Das größte Hindernis für die Sicherheit ist Semenchkarê selbst, in dessen Händen die ganze ererbte Autorität liegt. Er muß beseitigt werden. Aber wenn ich ihn töte, wird ihm Tutanchaton auf dem Thron folgen, und hinter ihm steht Eje, der sich eisern jeder militärischen Lösung unserer Schwierigkeiten widersetzt. Würde durch den Mord etwas erreicht werden? Würde Eje zugänglicher sein, wenn Semenchkarê erst nicht mehr da war? Das waren Fragen, die erst nach vollbrachter Tat beantwortet werden könnten.

Bin ich bereit, mich durch eine solche Tat vor den Göttern schuldig zu machen? fragte er sich Nacht für Nacht in den schlaflosen Stunden. Sicherlich wissen sie, daß ich meinem König mein Leben lang gedient hätte, wenn er es wert gewesen wäre. Aber er war es nicht. Und

Semenchkarê ist es auch nicht. Aber ein Ägypter dient seinem Pharao nicht, weil dieser Pharao es wert ist, daß man ihm dient, rief er sich in Erinnerung. Er überträgt seine Untertanentreue auf den unwandelbaren Funken des Gottes in dem Menschen, auf diese unsterbliche Substanz, die unbefleckt von einem König zum anderen übergeht. Doch Echnaton hat diese Aufeinanderfolge durchbrochen. Gibt es sie noch? Ich weiß es nicht.

Viele Tage lang rang er mit sich. Mutnodjme und ihre Freundin waren nach Norden gefahren, nach Djarucha und ins Delta, um die Beendigung des Säens zu feiern. Er stand in seinem Streitwagen hinter der Stadt und sah seinen Truppen beim Exerzieren zu, und die Sonne blitzte auf den Tausenden blankgeputzter Speere und durchdrang die Wolken aufgewirbelten Staubs. Wenn er sich die Berichte der Spione anhörte, die er schon vor langer Zeit in Ejes Haushalt eingesetzt hatte, hatte er oft gegen das Verlangen ankämpfen müssen, zu dem Fächerträger zu gehen, ihm seine Qual zu gestehen und um den Rat des älteren Mannes zu bitten. Er wußte, daß er einfach das Bedürfnis hatte, seine Karten aufzudecken, sich irgendwie von der ständigen Qual eines schlechten Gewissens wegen einer noch gar nicht begangenen Tat zu befreien. Kurz hatte er daran gedacht, Nofretête einen Heiratsantrag zu unterbreiten, den Gedanken aber mit der Verachtung, den er verdiente, aufgegeben. Die Königinwitwe war in seinen Augen schon lange diskreditiert.

Als er am ersten Tag des Phamenat morgens aufwachte, war sein Entschluß gefaßt. Er ließ sich von seinen Dienern anziehen, aß ein paar getrocknete Feigen und fuhr auf den Exerzierplatz. Seit der schmählichen Niederlage des Heeres hatte er regelmäßige Manöver, Gewaltmärsche und Scheingefechte angeordnet. An diesem Morgen saß er unter einem Baldachin und beobachtete kritisch die Stoßtruppen, die in den Streitwagen auf der Hindernisbahn fuhren. Der Tag war angenehm warm, es wehte ein leichter Wind, der Himmel war kornblumenblau, und der schützende Halbkreis der Felsen warf kühle Schatten auf den Sand, aber Haremhab grübelte und merkte nichts von der Frische ringsum. Als die verschwitzten, erschöpften Truppen in Richtung auf die Ställe abschwenkten, winkte er seinen verdienstvollsten General zu sich unter den Baldachin. Nacht-Min verbeugte sich, setzte sich auf den Teppich, zog seinen blauen Leinenhelm ab und trocknete sich damit das Gesicht.

«Ich bin mit den Leuten von der Division ‹Glanz des Aton› immer noch nicht zufrieden», sagte er und nickte dankend, als Haremhab ihm einen Becher Wein hinschob. «Sie scheinen zu glauben, weil sie eine Elite sind, sei es unter ihrer Würde zu lernen, ebensogut Streitwagen zu fahren wie zu kämpfen. Ich habe darauf hingewiesen, daß eine besorgniserregende Zahl von Wagenlenkern fällt, und wer wird dann für diese stolzen Schwachköpfe die Pferde lenken? Nun ja, wir haben alle lernen müssen.»

«In der Tat», lächelte Haremhab. «Und die meisten von uns tragen noch die Narben davon.» Er wartete, bis der junge Mann seinen Becher geleert hatte, dann sagte er: «Nacht-Min, ich möchte, daß du jemanden für mich nach Tjel schickst. Ich brauche die Dienste eines Medjai-Meuchelmörders.»

Nacht-Min nickte, ohne mit der Wimper zu zucken. Er wußte, von wem Beförderungen zu erwarten waren. «Viele Leute von unserer Wüstenpolizei sind viel näher», wandte er ein. «Mahu könnte rasch einen vom Sinai herüberbringen.«

«Nein. Ich habe es nicht eilig, und ich möchte einen Mann haben, der einigermaßen ständig im Einsatz und überdies noch nie in der Nähe von Achet-Aton war. Ich möchte, daß er in mein Haus gebracht wird, nicht in die Kasernen. Wie lange wird es dauern?»

Nacht-Min überlegte. «Tjel ist unser am weitesten vorgeschobener Posten an der asiatischen Grenze. Einen Monat vielleicht. Einige der Medjai sind Hapiru-Söldner. Willst du einen Ausländer?»

«Ja. Ein Ausländer wäre sehr gut. Selbstverständlich handelt es sich um eine private Angelegenheit.»

«Ich verstehe.»

Haremhab wußte, daß man Nacht-Min eine Anweisung nicht zweimal zu erteilen brauchte. Er wechselte sofort das Thema, und nachdem sie einige Minuten geplaudert hatten, entließ er ihn.

In den folgenden Wochen aß und schlief Haremhab besser, und manchmal vergaß er sogar, daß er seinen Plan in Gang gesetzt hatte. Er besaß genug Selbstbeherrschung, um in aller Ruhe abzuwarten, was immer das Schicksal ihm senden würde. Mutnodjme kam blaß und befriedigt aus dem Delta zurück, küßte ihn matt und rührte sich vier Tage lang nicht aus dem Bett. Er gab ein Bootsfest für seine höheren Offiziere. Er betete zum Lokalgott seines Heimatdorfs Hnes und auch zu Amun.

Er war nicht überrascht, als er in der ersten Woche von Pharmuti in der Abenddämmerung in seinem Garten saß und sah, daß sein Haushofmeister Nacht-Min und einen Fremden zu ihm geleitete. Der Medjai war, wie er es erwartet hatte, ein hochgewachsener, langhaariger Mann, dessen dicke, wallende Gewänder zweifellos einen Körper ohne jedes überflüssige Fleisch verbargen. Pharao Amenhotep III. hatte sich eines eben solchen Individuums bedient, um Azirus Vater zu ermorden. Haremhab wünschte, nicht zum erstenmal, daß die ganze ägyptische Armee aus Medjais bestehen würde. Er begrüßte die beiden, ließ ihnen etwas zu essen und zu trinken anbieten, sprach über die Grenzfestungen und ihr Ergehen, und dann stand er auf, um Nacht-Min zum Bootssteg zu begleiten. Als er zu seinem Gast zurückkam, versuchte er sich noch ein bißchen mit ihm zu unterhalten, ehe er ihn in sein Zimmer brachte und ihm einschärfte, er solle dort bleiben und mit niemandem reden. Der Mann erhob keine Einwände.

Jetzt kommt es darauf an, Glück zu haben, sagte sich Haremhab, als er in sein Schlafzimmer ging. Ich weiß, wo Semenchkarê morgen abend schlafen wird. Ich weiß, um welche Zeit er sich gern zurückzieht, und wie viele Gefolgsleute ihn bewachen, denn schließlich habe ich sie ja selbst dafür abgestellt. Mehr kann ich nicht tun.

Am Morgen gab er Nacht-Min unter dem Dröhnen der Trommeln und dem Geschrei der Ausbildungsoffiziere, die Befehle brüllten, weitere Anweisungen: «Bringe heute abend zwei Leute von deiner eigenen Kompanie in meinen Garten. Der Medjai wird vom Bootssteg heraufkommen. Tötet ihn, ehe er das Haus erreicht, aber seid sehr vorsichtig. Denkt daran, daß er dafür ausgebildet ist, zuzuschlagen und am Leben zu bleiben. Wenn euch niemand sieht, beschwert ihn mit Steinen und werft ihn in den Fluß. Sollte einer meiner Diener euch entdecken, dann kannst du sagen, du seiest gekommen, um Befehle zu empfangen, und habest im Garten einen Eindringling erwischt.» Haremhabs Stimme verlor den schneidigen Befehlston. «Glaubst du, Nacht-Min, daß ich Ägypten liebe und ihm diene?»

«Natürlich», erwiderte der General und sah dem Befehlshaber in die Augen. «Ich weiß meine Pflicht zu erfüllen.»

Haremhab suchte am Nachmittag den Medjai auf. Mutnodjme, die nicht wußte, daß ein Fremder auf dem Grundstück war, hatte ihre Leibwache mitgenommen und war in die Stadt gegangen, und das Haus war still. «Ich hoffe, du hast dich nicht gelangweilt», begrüßte ihn Haremhab, als er über die sonnengetüpfelten Fliesen kam und sich neben dem Bett hinsetzte, auf dem der Mann lag, die Arme unter dem Kopf verschränkt. Der Medjai wandte dem Ägypter ein braunes, schmales Gesicht zu und lächelte.

«Gelangweilt nicht», erwiderte er in kehligem Ägyptisch. «Aber es ist schon lange her, daß ich auf einer Matratze zwischen Laken aus echtem Leinen geschlafen habe. Ich konnte mich nicht daran gewöhnen. Ich habe mich in meinen Mantel eingerollt und auf dem Fußboden geschlafen.»

Haremhab stellte zu seinem Bedauern fest, daß ihm der Mann gefiel. «Wir werden jetzt in mein Boot steigen», sagte er, «und ich werde dir zeigen, wohin du heute nacht gehen mußt. Wie du da hinkommst ist deine Sache, aber mein Boot wird dich erwarten, um dich zurückzubringen. Ich möchte, daß du einen Mann tötest, ohne Strick oder Dolch.»

Die schwarzen Augen sahen ihn unverwandt an. «Das willst du natürlich, aber du hast dir viel Mühe gemacht. Warum nicht Gift?»

«Weil Gift Spuren hinterläßt und die Todesursache dann unzweifelhaft ist. Der Verdacht wird sich dann auf mich richten, und auch auf andere. Erwürge ihn nicht.»

«Na gut. Du wirst mich bezahlen.»

«Mit Gold. Morgen. Wenn eine Frau bei ihm ist, töte sie auch.»

Der Mann zuckte die Schultern. «Ich bin ein Verehrer von Frauen. Solch eine Verschwendung. Mehr Gold.»

«Wenn du willst. Es spielt keine Rolle.» Haremhab kämpfte gegen einen plötzlichen Anfall von Übelkeit an, der begleitet war von einem skrupellosen Drang, dem Meuchelmörder zu befehlen, sie alle umzubringen, Tutanchaton, Anchesenpa-Aton, die ganze königliche Sippe, damit ihr Blut das Land endlich reinwaschen könne. Aber er erkannte diesen Drang rasch als eine Erscheinungsform von Panik und beherrschte sich.

«Weiß Pharao, was du von mir verlangst?» erkundigte sich der Medjai beiläufig.

Haremhab schüttelte den Kopf. «Nein, und er wird es nie erfahren. Komm. Ich will nicht zur selben Zeit zurückkommen wie meine Frau.

Er stakte den Mann hinaus in die Strömung, so daß sie weit weg vom Ufer waren und niemand ihn erkennen konnte, und ruderte dann am

Rand der Südstadt entlang, bis sie auf der Höhe von Maru-Aton waren. Dort angekommen, beschrieb er den von Bäumen umstandenen Sommerpalast und die Anordnung der Räume und erwähnte die Zeiten der Wachablösung. Während er sprach, bemerkte er zu seiner Beunruhigung, wie der Mann langsam die Augen zusammenkniff und offenbar mit einemmal Mutmaßungen anstellte, aber er wußte, daß die Medjais darauf gedrillt waren, nur ihren vorgesetzten Offizieren gehorsam zu sein. Die meisten von ihnen kannten von Ägypten nichts als die Grenze, und der Gedanke, einem Gott zu dienen, den sie nie sehen würden, hatte keine Bedeutung für sie. Ihre Unabhängigkeit war für Ägypten eine Bedrohung und auch eine Stärke, und jeder ägyptische Befehlshaber wußte das und respektierte ihren besonderen Platz in den Reihen des Heeres. Als Haremhab sein Boot wendete, forderte er den Mann auf zu wiederholen, was ihm gesagt worden war, und er tat es anstandslos. Es war also nichts mehr zu tun, als zum Haus zurückzukehren und auf den Einbruch der Nacht zu warten.

Semenchkarê ging an diesem Abend früh ins Bett, lag eine Weile wach und lauschte dem Wind, der die Zweige der Bäume an die Mauern peitschte. Merit-Atons Abneigung gegen Maru-Aton hatte er nie geteilt, und daß es jetzt sein Eigentum war, erfüllte ihn mit Besitzerstolz. Er hatte seinen Bruder gehaßt, mußte aber widerwillig Maru-Aton als eine Leistung anerkennen, die Pharaos Schwäche vergessen ließ. Echnaton hatte die Natur leidenschaftlich geliebt und diese Liebe in der Erschaffung des Sommerpalastes verwirklicht. Für Semenchkarê besaß der Ort eine Reinheit, die er in sich nicht mehr finden konnte. Er wußte, daß sein Bruder ihn und Merit-Aton verdorben hatte, daß sie in ihrer Jugend schon gestorben waren, aber hier, wo es nach Lotos roch und klares Wasser murmelte, konnte er immer so tun, als würden sie beide eines Tages geheilt werden.

Doch heute abend schlief er nicht lange. Er wachte bald auf und blickte mißmutig in die Dunkelheit, und obwohl die Wärme der Kohlenpfannen ihn schläfrig machte und er wieder einschlummerte, schreckte er nach einer Stunde schon wieder auf, bedrückt von einer unerklärlichen Angst. Schatten zogen am Fenster vorbei. Schläfrige Vogelrufe ertönten. Seine Leibwache ging auf und ab, beruhigende dunkle Gestalten. Wie so oft in letzter Zeit dachte er an seine Mutter, an das kalte blaue Glitzern ihrer Augen, wenn er sie erzürnt hatte, an ihre Umarmung bei den seltenen Gelegenheiten, wenn Zärtlichkeit zwischen ihnen herrschte. Er bildete sich ein, den starken Moschusduft ihres Parfums zu riechen. Sie hat mich nie wirklich geliebt, dachte er, als er sich umdrehte und das Laken über die Schulter zog. Der einzige Mann, den sie wirklich geliebt hat, war mein Vater. Wie war er, der Gott, von dem die Leute noch mit solcher Ehrfurcht sprachen? Eigentlich war es Semenchkarê gleichgültig, denn letztlich hatten sie ihn alle ausgenutzt und mißbraucht, sein Vater, seine Mutter und sein grotesker Bruder. Doch in den wehrlosen Stunden der Dunkelheit nahmen sie in seinen Gedanken oft menschlichere Ausmaße an, überrumpelten ihn und schlugen Breschen in die Mauer der Einsamkeit, die ihn schützte. Er wünschte, er hätte Merit-Aton befohlen, heute nacht bei ihm zu schlafen. Die Wärme eines anderen Körpers neben ihm hätte ihm wohlgetan. Als er seinen Diener hörte, der am anderen Ende des Raums im Schlaf seufzte und murmelte, hätte er ihn fast gerufen, besann sich aber eines Besseren. Der Mann würde ihm nicht geben, was er brauchte. Auch Merit-Aton könnte es nicht, ebensowenig wie die fügsamen jungen Männer, die er sich manchmal in sein Bett holte. Er schlief wieder ein.

Er wachte nicht auf, als der Medjai auf leisen Sohlen durch das Fenster schlüpfte und sich neben dem Bett hinhockte. Er stand am Fluß im Schatten einer Dattelpalme und sah sich selbst in der Hitze eines Sommernachmittags am Fuß der Palme schlafen, und obwohl er nicht durch die Bäume hindurchsehen konnte, wußte, er, daß er irgendwo auf dem Gelände von Malkatta war. Mit aufdämmernder Erleichterung merkte er, daß sein schlafendes Ich zu lächeln begann, und das Lächeln wurde breiter und straffer, bis der geschminkte Mund sich spannte und platzte. Es kam kein Blut, und er sah, daß sein anderes Ich nicht aufwachte. Ein gewaltiges Wohlgefühl wallte in ihm auf, und obwohl er wußte, daß er träumte, vermochte er das gute Omen zu erkennen. Etwas, wovor er sich fürchtete, würde von dem Gott erklärt werden. Ich werde gleich morgen früh Opfer darbringen, sagte er zu seinem Traum-Ich. Ich muß zu meiner Mutter rennen und es ihr erzählen.

Er wachte auch nicht auf, als der Medjai ihm vorsichtig das Kissen unter dem Kopf wegzog und einen Teil des Lakens zusammenraffte.

Der Mann ging ohne Hast vor. Einmal zögerte er, als er das zusammengeballte Laken über Semenchkarê geöffneten Mund hielt und den warmen Atem des jungen Mannes auf seinen Fingern spürte. Es war nicht ein Augenblick der Unentschlossenheit, sondern eher des Kraft-Schöpfens. Die Augen wurden aufgerissen, als er das Laken in den Mund stopfte und das Kissen auf das Gesicht drückte. Es war der gefährlichste Moment. Die erstickten Laute des Sterbenden könnten die Diener wecken, oder die um sich schlagenden Glieder zuviel Lärm machen. Der Medjai setzte sich rittlings auf Semenchkarês Brust und hielt mit den Beinen die zuckenden Arme so fest, daß die Fingernägel nicht kratzen konnten. Er tötete nicht gern auf diese Weise; es dauerte zu lange. Er drückte mit seinem Gewicht auf das Kissen und mit seinen Knien gegen die Arme, bis der Widerstand schwächer wurde und schließlich aufhörte. Gerade hatte er das Kissen wieder unter den schlaffen Kopf geschoben und das Laken aus dem Mund gezogen, als eine verschlafene Stimme fragte: «Majestät, hast du mich gerufen?» Rasch drückte der Medjai dem Toten die Augen zu und glitt neben dem Bett auf den Boden, aber die Diener kam nicht. Er spürte, daß er sich aufsetzte und lauschte, aber nach einer Minute legte er sich seufzend wieder hin. Der Medjai rührte sich immer noch nicht. Die Nacht lichtete sich. Rê war im letzten Haus seiner Wandlung.

Schließlich stand er auf, beugte sich über Semenchkarês Körper und untersuchte ihn genau. Der junge Mann war tot. Der Medjai stand entspannt da und dachte nach, und erst als er einen festen Entschluß gefaßt hatte, schlüpfte er durch das Fenster und verschwand in den Schatten. Er hatte einen Gott getötet und wußte es. Selbst wenn sein eigener Verdacht nicht durch die Frage des Dieners bestätigt worden wäre, hätte er es sich zweimal überlegt, in das Haus des Befehlshabers zurückzukehren. Er verließ Maru-Aton in der entgegengesetzten Richtung zum Fluß und machte sich durch die dunkle Wüste zu den schützenden Felsen auf.

Semenchkarês Tod war ein Schock für die Höflinge, denn normalerweise verschieden Pharaos nur in vorgerücktem Alter oder nach erkennbaren Krankheiten, doch folgte dieser Tod so dicht auf andere Tragödien im Königshaus, daß die Aufregung, die er verursachte, sich bald legte. Aber die Abergläubischeren unter den Stadtbewohnern flüsterten einander heimlich zu, daß das Schicksal des jungen Mannes unabwendbar gewesen war. Der Fluch, den Osiris Echnaton und seine Mutter über Ägyptens Herrscherfamilie und ihre unglücklichen Untertanen gebracht hatten, mußte noch seinen Lauf nehmen, und der Zorn der Götter ließ sich, wenn er einmal erregt war, nicht leicht beschwichtigen. Irgend etwas übernatürlich Wirkendes hatte Pharao heimgesucht, denn war es nicht bedeutsam, daß die Leibärzte kein Anzeichen von Krankheit entdecken konnten, obwohl das Gesicht des Königs geschwollen und verfärbt war? In den Häusern und auf Marktplätzen wurde verstohlen und ängstlich geklatscht.

Haremhabs Spione berichteten ihm von der Gleichgültigkeit des Hofes und den erschreckten Mußmaßungen in der Stadt. Das Gerede beunruhigte ihn nicht, den die anklagenden Finger waren auf die Götter gerichtet, nicht auf lebende Menschen. Nach einem kurzen Gespräch mit Nacht-Min, der die ganze Nacht im Garten des Befehlshabers auf einen Mann gewartet hatte, der nicht erschien, wurde ihm klar, daß sein zweites Opfer Reißaus genommen hatte, aber es war nicht wichtig. Der Medjai würde den Mund halten. Haremhab tat, was von ihm erwartet wurde. Er befahl, Semenchkarês Diener auszupeitschen und dann zu entlassen, und er maßregelte die Gefolgsleute, die nichts gehört und gesehen hatten. Weder seine Taten noch seine Worte erregten Verdacht.

Nur zwei Personen glaubten die Wahrheit über Semenchkarês Tod zu kennen. Eje hatte im Morgengrauen neben Haremhab gestanden und auf Pharaos Leiche hinuntergeblickt, während Merit-Aton zu Semenchkarês Füßen schrie und schluchzte und der Diener zitternd vor den Höflingen und Priestern, die sich im Raum drängten, auf dem Boden lag.

«Du hättest Tutanchaton auch umbringen sollen», sagte er im Schutz des Lärms und Durcheinanders leise zu Haremhab. «Wenn du die Krone haben willst, wirst du jetzt warten müssen. Dein Urteilsvermögen war vermindert, Befehlshaber.»

«Ich habe mir die Hände auch für dich blutig gemacht», erwiderte Haremhab sanft. «Du hattest nicht den Mut, es selbst zu tun. Sieh ihn dir doch an!» Er deutete auf die Leiche. «Er taugte nichts. Ägypten befindet sich in einer Notlage, und das geben uns die Götter! Wir haben genug gelitten. Glaube mir, Eje, ich bin kein Verräter.

Natürlich wird Tutanchaton als gesetzlicher Thronerbe die Krone erhalten.»

«Du hast keine Wahl.» Eje zog Haremhab vom Bett weg. «Im Fall eines weiteren königlichen Todes würde sich der anklagende Finger direkt auf dich richten. Ich würde nicht verdächtigt. Bin ich nicht der Onkel beider Götter? Hättest du gegen beide zusammen geschlagen, wäre es in Anbetracht des gegenwärtigen Klimas abergläubischer Scheu in Achet-Aton immer noch als göttlicher Unwille angesehen worden. Fürchtest du die Götter nicht, Haremhab?»

«Doch, alter Freund, ich fürchte sie.» Ein flüchtiges Lächeln umspielte Haremhabs Mund. «Aber es sind Amun und Rê und Chons, die ich fürchte, nicht den fiebrigen Gott der Reste dieser geistesgestörten Dynastie. Es hat in Ägypten keinen wahren Pharao gegeben seit Osiris Amenhotep.» Er beugte sich näher zu Eje und sprach noch leiser: «Ich erkenne dein neues Selbstvertrauen. Tutanchaton liebt und verehrt dich. Genieße die Wiedergeburt deiner Macht. Wenn du sie für Ägypten einsetzt, wirst du in Frieden gelassen werden.»

Ejes Erwiderung blieb unausgesprochen, denn Schweigen trat ein, als sich die Türen öffneten und die Anwesenden ihre Gewänder an sich zogen und den Blick abwandten: die Sem-Priester kamen herein. Der Gestank des Todes begleitete sie, wo immer sie hingingen, und selbst diejenigen von ihnen, die das Vorrecht hatten, die Körper von Göttern anzufassen, wurden als unrein angesehen. Mit gesenkten Köpfen kamen sie in den Raum, und einer nach dem anderen gingen die Höflinge eiligst hinaus. Pwah und die anderen Amun-Priester warteten mit Weihrauchfässern, um den Raum zu reinigen, nachdem die Sem-Priester Semenchkarê weggebracht hatten.

Nur Merit-Aton nahm keine Notiz von ihrer Anwesenheit. Sie kauerte am Bett, umklammerte die Füße ihres Gemahls mit beiden Händen, an denen sie ihr Gesicht verbarg, während die Männer vom Haus der Toten sich ihr nicht zu nähern wagten. Haremhab gab ihrem Gefolge einen Wink, und ehrerbietig wurde sie hochgehoben. «Diener, der Ma'at», sagte Haremhab plötzlich zu den Sem-Priestern, «der Gott, den zu berühren ihr euch anschickt, scheint männlich zu sein, und folglich würdet ihr ihn mit den Armen an beiden Seiten einbalsamieren. Aber dieser Horus war in Wirklichkeit weiblich, die Geliebte von Osiris Echnaton. Daher werdet ihr ihn in der Stellung einer Frau in den Sarg legen wollen. Der rechte Arm muß also ausgestreckt sein, doch der linke über der Brust gekreuzt, damit Horus in der nächsten Welt als eine Frau erkannt wird. Habt ihr verstanden?»

Die Männer nickten, denn sie wagten nicht, den Raum mit ihrem Atem zu beflecken. Eje warf einen schnellen Blick auf Merit-Aton. Sie weinte nicht mehr, schluchzte aber immer noch, und ihre großen grauen Augen waren voll Entsetzen auf Haremhab gerichtet. Ehe sie etwas sagen konnte, gab er ihren Frauen wieder einen Wink, und sie führten sie weg.

«Ich glaube, es ist nicht nötig, die Leiche fünf Tage hierzubehalten, ehe sie dem Haus der Toten übergeben wird, was meinst du?» fragte Haremhab, an Eje gewandt. «Obwohl Semenchkarê mehr Frau als Mann war, kann ich mir nicht vorstellen, daß irgendein lüsterner Sem-Priester ihn schänden will, ehe er zu verwesen beginnt.»

Eje brachte es kaum fertig zu antworten. «Ich muß gleich gehen und mich reinigen», murmelte er und ging zur Tür. Er wußte nicht, ob er sich so dringend von der Besudelung durch die Anwesenheit der Sem-Priester reinigen wollte oder von Haremhabs unerklärlicher Grausamkeit.

Der Hof in Achet-Aton war bereit, gelten zu lassen, daß Semenchkarês Tod durch die Götter geschickt war, und drängte daher nicht darauf, daß der Vorfall untersucht werde. Dennoch sah sich Haremhab bedroht, nicht durch Enthüllungen des Meuchelmörders oder seines Generals Nacht-Min, sondern durch die Qual einer Königin. Merit-Aton stieß unaufhörlich Beschuldigungen aus, als ob die Worte ihren Verlust lindern könnten; sie empfand ihn dadurch nur um so stärker. Sie ließ sich von niemandem trösten. Eje wurde der Zutritt zu ihren Gemächern verwehrt. Anchesenpa-Aton, die immer noch um ihre Tochter trauerte, ging zu ihrer Schwester und saß stundenlang stumm bei ihr, während Merit-Aton trank und weinte und jeden Fluch, den sie kannte, auf Haremhab und sein Haus herabrief.

Haremhab wartete darauf, daß der Sturm sich legte, aber Pachons verging, die Ernte begann, und Merit-Aton wurde immer labiler. Ihre Tränen waren versiegt, aber sie fuhr mit ihren Anklagen fort, und sie äußerte sie immer häufiger in der Öffentlichkeit. Haremhab sah die Zweifel in den Augen seiner Umgebung und erkannte, daß Merit-

Aton zum Schweigen gebracht werden mußte. Nichts war ihm nachzuweisen, aber die ständigen boshaften Reden der Königin erschütterten das Zutrauen derjenigen, die ihm wohlgesonnen waren. Vor allem aber begann Tutanchaton, obwohl er Haremhab nur bei offiziellen Anlässen sah, den Oberbefehlshaber aller Truppen Seiner Majestät mit forschenden Augen zu betrachten.

Wochenlang zögerte Haremhab, etwas gegen Merit-Aton zu unternehmen, denn er war zwischen Mitleid mit ihr und seinem Selbsterhaltungstrieb hin- und hergerissen. Meist vermied er, an Festmählern teilzunehmen, bei denen Tutanchaton anwesend war, aber er konnte sich nicht ganz fernhalten, weil er fürchtete, dadurch zuviel Aufmerksamkeit auf sein Verhalten zu lenken. Daher war er eines Abends gegen Ende der Trauerzeit in Echnatons riesigem Bankettsaal anwesend, als Tutanchaton und sein Gefolge dort speisten. Der kleine Thronerbe saß neben Eje auf der Empore, seine Halbschwester Anchesenpa-Aton zu seiner Linken. Sie hatte Tutanchaton ein neues Haustier geschenkt, ein Gänschen, dessen grünlicher Flaum gerade erst glatten weißen Federn gewichen war.

«Du wirst bald die Inkarnation von Amun-Rê sein, des Großen Schnatterers», hatte sie gesagt. «Die Gans ist das Symbol deiner Heiligkeit.» An diesem Abend stand die Gans im Mittelpunkt des allgemeinen Interesses. Der Knabe hatte ihr ein dickes goldenes Halsband machen lassen, und sie hockte zwischen ihnen auf dem Tisch, schnappte nach den Bissen, die sie ihr anboten, und zischte wütend jeden Diener an, der in die Nähe kam. Es ist schön, dachte Eje, sie lachen zu hören. In Malkatta wurde früher viel gelacht. Wie traurig und behutsam sind wir alle geworden!

Sein Blick schweifte zu Haremhab, der mit gesenktem Kopf in seinem Essen stocherte, während Mutnodjme ihm ins Ohr flüsterte. Eje wurde warm ums Herz, als er seine jüngere Tochter betrachtete. Trotz ihres etwas ausschweifenden Lebens hatte der Zahn der Zeit nicht an ihr genagt, und mit fünfunddreißig war sie immer noch von den Scharen bewundernder junger Wagenlenker umgeben, die sie schon gelangweilt hatten, als sie Ende Zwanzig war. An diesem Abend war die Jugendlocke, die sie immer noch trug, geflochten, am Kopf hochgesteckt und mit silbernen Glöckchen behängt. Die Augen waren silbern geschminkt, und an dem Arm, den sie locker unter den ihres Mannes geschoben hatte, baumelten unzählige silberne Amulette. Das Henna für die Lippen hatte sie mit Silberstaub gemischt, so daß ihre Zähne gelblich wirkten, die Haut bläßlich und die Augen gelbgetönt. Wie immer grenzte ihre Aufmachung ans Bizarre, wirkte aber irgendwie eher faszinierend als abstoßend. Ihr Anblick, als sie den Schwall ihrer witzigen Reden unterbrach, um Haremhabs Ohrläppchen zwischen die spitzen Zähne zu nehmen, erfüllte Eje mit plötzlicher Sehnsucht nach den Tagen seiner Jugendkraft, die nun schon lange zurücklagen. Welches Recht hat sie, unberührt zu bleiben? dachte er. Warum haben die Götter sie verschont, als wir anderen, jung und unschuldig, auf die dunklen Wege der Notwendigkeit geführt wurden und vestümmelt und besudelt herauskamen?

Sie spürte, daß er sie ansah, und schaute lächelnd auf, aber er erwiderte das Lächeln nicht, denn mit einemmal war Stille eingetreten. Eje folgte den Blicken der Menge, die sich auf den hinteren Teil der Halle richteten. Merit-Aton trat aus den dunklen Schatten zwischen den Säulen heraus. Sie taumelte, als sie sich nicht mehr am Stein festhalten konnte. Ein heißer Windhauch verfing sich in ihren Leinengewändern und bauschte sie, und ihr ungekämmtes schwarzes Haar schlug gegen ihr ungeschminktes Gesicht. Sie war barfuß. In einer Hand hielt sie das Kobradiadem der Königin, in der anderen einen Becher Wein. Verwirrt warfen sich die Anwesenden vor ihr zu Boden, als sie sich übertrieben vorsichtig zwischen den Tischen hindurchbewegte. Als sie zur Empore kam, verbeugte sie sich vor Tutanchaton, verlor dabei das Gleichgewicht und fiel auf eine Stufe. Sie blieb sitzen und wiegte sich, und ihre Dienerinnen, die ihr zögernd gefolgt waren, sahen ängstlich zu Eje hinüber. Anchesenpa-Aton ergriff die Gans und drückte sie an sich, als wollte sie sie beschützen. Tutanchaton beugte sich zu seinem Onkel: «Soll ich befehlen, daß ein Tisch für sie geholt wird, oder sie wegbringen lassen? Sie sieht aus, als ob ihr übel wird.» Eje zögerte. Merit-Aton stellte den Becher neben sich auf die Stufe, nahm das Diadem in beide Hände und setzte es sich auf. Die Gefolgsleute blickten zu Haremhab, der sich anschickte aufzustehen, aber diese kleine Bewegung veranlaßte Merit-Aton, den Kopf zu drehen.

«Euch Höflingen scheint es gleichgültig zu sein, mit was für einem Dämon ihr speist», sagte sie mit belegter Stimme und stand auf. «Ihr alle wißt, was der Oberbefehlshaber getan hat. Seine Anwesenheit hier macht euren Wein sauer und euer Fleisch giftig, doch ihr redet und lacht, als spielte es keine Rolle. O zukünftiger König», richtete sie sich an Tutanchaton, ohne den Blick von Haremhab abzuwenden, «wessen Hände werden unsichtbar die deinen umfassen, wenn du Krummstab, Wedel und Krummschwert schwingst? Wir sind ein verfluchtes Volk geworden!» Ihre Stimme war schrill und hallte von der dunklen Decke wider, und sie hatte die nackten Arme erhoben und die Fäuste geballt.

Haremhab war aufgestanden und ging ruhig zu ihr. «Majestät, du brauchst Schlaf», sagte er beschwichtigend. «Du bist bekümmert.»

Sie wandte ihm das entstellte Gesicht zu und begann zu weinen. Sie stand breitbeinig da, um das Gleichgewicht nicht zu verlieren. Sie roch nach Wein, nach ungewaschener Haut und ungetrockneten Tränen, aber die glitzernde Kobra auf ihrer Stirn verlieh ihr Würde. «Bekümmert?» sagte sie schroff. «Mir blutet das Herz, und du wagst es, vor mir zu stehen und so lästerlich zu reden? Ich frage mich, welche Gedanken deine Frau hegt, wenn sie in den Armen eines Gottesmörders liegt? Meine Arme sind leer. Leer!» Tränen erstickten ihre Stimme, und Haremhab fing sie auf, als sie auf den Boden glitt. Auf seinen Befehl hin kamen ihre Frauen, stützten sie und führten sie weg.

Niemand in der Halle wagte sich umzusehen, und nichts war zu hören als das Glucksen der Gans, die an Anchesenpa-Atons Jaspisohrring knabberte. Tutanchaton war sehr blaß geworden. Schließlich stand er auf, und dann kam Bewegung in die erstarrte Menge, alle warfen sich vor ihm zu Boden, als er mit seiner Begleitung die Empore verließ und durch die nächst gelegene Tür verschwand. Um den Schein zu wahren, blieb Haremhab noch eine Weile, trank und unterhielt sich mit Nacht-Min und den anderen Offizieren, deren Tische an den seinen herangerückt worden waren, und die ganze Zeit spürte er die unverhohlenen Blicke der Höflinge. Endlich stand er auf, sagte seiner Frau und seinen Freunden gute Nacht und machte sich durch die dunklen Korridore zu den Gemächern der Königin auf.

Merit-Atons Leibwache versuchte ihm höflich den Zutritt zu verwehren. Als ihr Vorgesetzter hätte er sich nicht um sie zu kümmern brauchen, aber er redete geduldig und vernünftig mit ihnen, da er sich über ihre unbegründete Angst klar war, und zuletzt ließen sie ihn durch. An der Tür zu Merit-Atons Schlafzimmer versperrten ihm ihr Herold und der Haushofmeister wieder den Weg. Er fand sich damit ab und wartete, während der Hofhausmeister hineinging, um sich zu erkundigen, ob er zugelassen werden sollte. Haremhab hatte mit einer Ablehnung gerechnet, wurde dann aber in die Räume geleitet, in denen Nofretête einst gewohnt hatte und in denen sie immer noch weilte. Denn ihr Abbild lächelte hochmütig von den Wänden herab, schön und königlich unter der hohen Sonnenkrone. Ihre goldenen, mit Ringen geschmückten Hände brachten dem Aton Opfer dar, während ihr Gemahl das Henkelkreuz, das Symbol des Lebens, an ihre lächelnden Lippen hielt und der Aton selbst sie mit seinen Strahlen berührte. All das gehörte bereits einer unermeßlich fernen Vergangenheit an. Haremhab ging langsam zu dem prächtigen Bett mit der Sonnenscheibe, den Sphinxen auf dem Rahmen und den klauenförmigen Füßen. Er verbeugte sich. «Warum hast du mich eingelassen?» fragte er.

«Du hast keinen Respekt vor mir als deiner Königin», antwortete sie müde. «Sonst hättest du darauf gewartet, daß ich zuerst spreche. Aber ich bin immer noch Königin in Ägypten, bis Tutanchaton gekrönt ist. Ich weiß nicht, warum ich dich hereingelassen habe. Ich glaube, ich hätte dich sowieso nicht daran hindern können, du Mörder.»

Ihre Stimme klang kräftiger, vernünftiger; sie mußte wohl den Wein erbrochen haben. «Majestät, du weißt, daß dein Vater schon lange vor mir Semenchkarê umgebracht hat», sagte Haremhab leise. «Ich brauchte heute abend nicht zu dir zu kommen. Ich brauchte mich nicht vor dir zu rechtfertigen. Du warst seine Gemahlin. Du weißt besser als ich, wie sehr er deinem Vater ähnlich wurde. Er wußte es auch.»

«Das war kein Grund, ihn zu töten.» Sie lag ganz still, die blassen Hände locker auf dem Laken, ihre Wangen waren benetzt, und Haremhab erkannte auf einmal, daß sie nicht länger eine junge Frau war. In seiner Vorstellung war sie das Mädchen geblieben, das Semenchkarê in Achet-Aton willkommen geheißen hatte, die gelassene, lächelnde Tochter des Aton. Sie sah voll Verachtung zu ihm auf. «Vielleicht brauchst du dich nicht vor mir zu rechtfertigen, Haremhab, aber sei versichert, daß der Aton dich schon verurteilt hat. Semenchkarê hätte alles getan, was du ihm sagtest, solange man uns in Frieden ließ.» Ihre Stimme zitterte. «Aber du hast uns die einzige Aussicht auf Glück genommen, die wir hatten.»

«Es war zu spät», warf er brutal ein. «Und das weißt du auch, Majestät. Semenchkarê widersetzte sich mir. Er widersetzte sich Eje ebenfalls. Er wollte in Frieden gelassen werden zu einer Zeit, da Ägypten die heilende Kraft eines Gottes braucht.» Unaufgefordert setzte er sich auf die Bettkante. «In ein paar Tagen wird er begraben. Ich lasse dir die Wahl, Merit-Aton. Ich will dir kein Leid zufügen. Du kannst den Mund halten und hier in Frieden leben. Das Gedächtnis der Menschen ist kurz. Wenn du nicht schweigst, werde ich dich in die Verbannung schicken müssen.»

«Ägypten hat schon unheilbare Wunden davongetragen, wenn ein bloßer Adeliger einer Göttin drohen kann und straflos ausgeht», flüsterte sie. «Hast du daran gedacht, Befehlshaber? Trotz der Macht, die du allmählich gewinnst, kann die Kluft zwischen dir und mir nie überbrückt werden. Du glaubst, daß es mir etwas ausmacht, ob ich am Leben bleibe oder nicht, aber in dieser Beziehung sind deine Drohungen bedeutungslos. Mir ist es gleich. Das macht mich gefährlich, nicht wahr?»

Die pathetische Herausforderung rührte ihn. Er nahm ihre kalte Hand und sagte: «Zu Anfang, Majestät, war ich deines Vaters Freund. Wir waren es alle. Wir sehnten uns nach einer Veränderung. Osiris Amenhotep hatte zu lange regiert. Aber dein Vater verfiel einem merkwürdigen Zauber und hat uns alle zugrunde gerichtet. Wir sind zu Menschen geworden, die tun, was getan werden muß, und fragen nicht nach der Moral unserer Taten. Das ist es, was dein Vater uns angetan hat. Dein göttlicher Gemahl war nicht anders. Ich wünschte, du könntest es verstehen.»

Sie zog ihre Hand nicht zurück, aber sie lag leblos in seiner. «Du bist böse geworden und weißt es noch nicht», sagte sie mit gebrochener Stimme und wandte das Gesicht ab. «Ich habe nicht einmal ein Kind, um die Erinnerung an ihn ungetrübt zu erhalten, wenn die Jahre vergehen.»

Er seufzte und stand auf. «Es tut mir leid. Achet-Aton ist das Grab der Hoffnungen von uns allen geworden. Erst in der nächsten Welt können alle Wunden geheilt werden.»

«Du Heuchler. Mögen deine Worte dir die Kehle verbrennen und deine lügenden Lippen versengen.» Sie machte eine heftige Handbewegung, und er verbeugte sich und ging rasch zur Tür. Ihre Ausdrucksweise, dachte er, war ihrer Mutter würdig. Ihr Fluch glitt nicht an ihm ab, in seinem Herzen blieb ein winziges Kältegefühl zurück.

Mutnodjme schlief nicht, als er schließlich müde die Tür hinter sich zumachte. Sie lag in ihrem Schlafgewand auf seinem Bett, das Gesicht frisch gewaschen, und sah den akrobatischen Künsten ihrer Zwerge zu. Als Haremhab hereinkam, knicksten sie vor ihm und machten sich davon.

«Ich dachte, du würdest dich heute abend in deinen Räumen eingeschlossen haben», sagte er, als sein Kammerdiener die Laken für ihn zurückhielt und er dankbar neben seine Frau schlüpfte. Der Mann zog sich unter Verbeugungen zurück, und das schimmernde Licht der Lampe, die er in der Hand hielt, wurde allmählich ersetzt durch einen Streifen Mondschein. Mutnodjme bewegte sich neben Haremhab, und ihre Stimme kam warm und nah aus dem Dämmer. «Liebe ist doch etwas Erstaunliches», sagte sie. «Hathor sieht nicht nur wie eine Kuh aus, ich denke manchmal, sie hat auch den Verstand einer Kuh. Wir, ihre Verehrerinnen, laufen ihr blindlings nach, muh, muh, nachdem die handfesteren Wonnen, die Bastet zu bieten hat, längst schal geworden sind. Von dem ziemlich anständigen jungen General, den ich geheiratet habe, ist nicht viel übrig, Haremhab. Du bist immer noch der bestaussehende Mann in Ägypten, aber was ich hinter deinen schwarzen Augen erkenne, ist nicht sehr anziehend. Ich lasse mich wohl nur nicht von dir scheiden, weil du meine fürchterlichen Schulden bezahlst.»

Statt einer Antwort zog er sie an sich und küßte sie, zutiefst dankbar für diese träge, einen rasend machende Frau, die ihm die verstorbene Königsgemahlin Teje aufgezwungen hatte. Solange ich Mutnodjme habe, dachte er, weiß ich, daß die Götter mich noch nicht verurteilt haben.

27

Semenchkarês Leiche wurde nach Theben gebracht, um in dem dort für ihn angelegten Grab beigesetzt zu werden. Den Sarg, der in der Kajüte von ‹Cha-em-Ma'at› vor profanen Blicken geschützt war, begleiteten der Priester Pwah und die schweigende, ständig trinkende Merit-Aton. Tutanchaton, Anchesenpa-Aton und Eje sowie Angehörige des Hofes folgten auf ihren eigenen Booten. Die Ernte war vorüber. Ägypten lag ausgedörrt unter einem schwer lastenden, feurigen Himmel, und denen, die langsam auf den braunen Fluten des Nils dahinglitten, schien es, als seien sie aus einer üppigen Landschaft gekommen und reisten jetzt durch eine gefährliche, feindliche Gegend. Keine Trauernden standen am Ufer und wehklagten mit ausgestreckten Armen, als die Begräbnisprozession vorbeizog. Die dürren, vertrockneten Pflanzen, die eine schmale Grenze zwischen dem Wasser und den Äckern bildeten, flimmerten in der Hitze. Die Dörfer wirkten menschenleer. Ochsen standen reglos im dürftigen Schatten magerer Palmen, und Esel kühlten sich mit gesenkten Köpfen an seichten Stellen, aber keine Dorfjungen hüteten sie. Krokodile sonnten sich auf den Sandbänken.

Als die Stunden vergingen, legte sich ein bedrückendes Schweigen auf die Flottille. Tutanchaton saß unter einem Sonnensegel auf einem Klappstuhl und starrte ungläubig auf sein Erbe. «Ägypten ist häßlich», sagte er mißmutig zu Eje. «Warum erzählen mir alle, es sei schön?»

«Hoheit, es ist Hochsommer, das ist der Grund», gab Eje zu bedenken; er begriff, daß der Junge sich nicht erinnern konnte, jemals woanders gewesen zu sein als in dem gepflegten, schönen Achet-Aton.

«Bald wird Isis weinen, das Land wird zu einem See, und wenn das Wasser sinkt, wird Ägypten wieder schön sein.»

«Es ist nicht bloß das», erwiderte Tutanchaton. «Ägypten ist ... ist ein Wrack.» Der Prinz lächelte stolz, daß er dieses schwierige Wort gefunden hatte, und Eje mußte im stillen zugeben, daß der Eindruck des frühreifen Knaben richtig war. Sie fuhren jetzt an einem kleinen Tempel vorbei, und er sah, daß eine seiner Säulen eingestürzt war und die anderen sich schon gefährlich neigten. Braunes Gras überwucherte das Pflaster des Vorhofs. Es war nicht die erste solcher Ruinen. Er hatte gesehen, daß an heiligen Stätten Wäsche zum Trocknen hing, daß die Reste von Feuerstellen die Allerheiligsten schwärzten, daß die primitiven Spielsachen von Bauernkindern um die zerschlagenen Standbilder von Lokalgöttern herumlagen. Die Aufgabe ist zu groß, dachte er, und sein Herz schlug unregelmäßig vor Hitze und plötzlicher Angst. Ägypten ist tot. Ich wollte das nicht sehen. Keiner von uns wollte es sehen. Es ängstigt mich, an den Zustand von Theben zu denken.

Sie legten für eine Nacht in Achmin an, und Eje ließ sich in der Sänfte an Land tragen, um Tiê zu besuchen. Als er durch den Garten zu dem weitläufigen Haus ging, kam er sich vor wie ein Ka, der in der Zeit zurückgeht, und er erwartete geradezu, daß Teje aus dem Schatten der Vorhalle angelaufen käme, gefolgt von Anen. Dieses Erlebnis erfüllte ihn mit Schrecken. An jene so weit zurückliegenden Jahre erinnerte er sich deutlicher als an spätere Besuche, wenn er aus Malkatta herkam, um eine Zeitlang den Anforderungen seiner energischen Schwester zu entgehen. Tiê begrüßte ihn mit verschlafener Freude. Während des Abends erzählte er ihr, was er vom Fluß aus gesehen hatte, mußte aber im Verlauf ihrer Unterhaltung eingestehen, daß er sich nicht von den Männern und Frauen unterschied, mit denen er auf der Fahrt zusammen war, daß auch er irgendwie dem Traum erlegen war und eigentlich nicht aufwachen wollte.

Theben verhieß zunächst eine Wohltat, einen Schimmer der alten Beständigkeit. Die Flottille sollte am Kai von Malkatta festmachen, doch selbst aus der Ferne ließ sich erkennen, daß sich die Stadt am Ostufer nicht sehr verändert hatte, wenngleich sie jetzt etwas kleiner aussah und viele Häuser in den Außenbezirken in schlechtem Zustand waren. Wohin Eje auch blickte, überall sah er Vertrautes: Die kleinen

Inseln in der Mitte des Nils, die sich scharf vom Dunkelblau des mittäglichen Himmels abhebenden Türme von Karnak, den dünnen Staubschleier, der über allem hing. Die Lagerhäuser am Kai waren baufällig, viele hatten keine Dächer mehr, und die meisten Laderampen waren ganz verschwunden, aber es war Theben, und Eje spürte, daß ein Alpdruck von ihm wich. Auch die sich drängelnden und sich gegenseitig beschimpfenden Menschen brachten ihn zum Lächeln, ehe sein Boot von ihnen weg zum Westufer steuerte. Sie wirkten weder feindselig noch besonders freundlich, sondern waren einfach erpicht auf einen Anblick, der ihnen seit Jahren versagt gewesen war.

Malkatta allerdings war eine Ruine. Der Kanal war versandet, die Bootsstege überwuchert von Wasserpflanzen, die Springbrunnen sprudelten nicht mehr, der große See war jetzt nur noch eine schlammige Pfütze. Ein gealterter Maja und ein Dutzend Amun-Priester warfen sich Tutanchaton zu Füßen, viele in Tränen, und nannten ihn Majestät, aber Eje sah an ihnen vorbei auf die imponierend aufragenden weißen Säulen vor Amenhoteps Palast. Die Tür zum Haremsgarten hing an einer verbogenen Angel. Der Rasen war zu einer Sandwüste geworden. Viele Bäume waren schon abgestorben und weitere lagen entwurzelt auf verunkrauteten Blumenbeeten. Die Diener, dachte Eje, die man zurückließ, damit sie die leeren Räume in Ordnung hielten, sind wahrscheinlich längst weggegangen, da sie vergessen und nicht entlohnt wurden, und nur die Angst vor den Toten hat die Thebaner davon abgehalten, alles zu plündern.

Mit Tutanchaton an seiner Seite und den Priestern im Gefolge betrat Eje die Empfangshalle. Trotz der Trockenheit der Luft roch der Raum moderig. Der Fußboden war übersät mit raschelndem toten Laub und Unrat. Als er den Saal durchschritt, an dem Thronbaldachin vorbei, dessen Fries aus Kobras und Sphinxen noch golden schimmerte, erwachten die Erinnerungen und flüsterten in seinem Rücken; er konnte ihre stummen Mahnungen kaum noch ertragen, als er Amenhoteps Schlafgemach erreichte. Hier war die Wirkung von Pharaos großer Persönlichkeit noch spürbar. Bes, fett und lüstern, wirbelte noch an den Wänden, und Trauben, deren Farbe nicht verblaßt war, hingen noch an den die hölzernen Säulen umrankenden Reben.

«Muß ich hier schlafen?» protestierte Tutanchaton. «Überall liegt Kot von Fledermäusen!»

«Nein, Hoheit», erwiderte Eje. «Ich schlage vor, du bleibst auf dem Boot. Jetzt müssen wir nach Karnak fahren und Amun Opfer darbringen.»

Tutanchaton zog ein Gesicht, erhob aber keinen Einwand. Er wurde zum Anlegesteg des Tempels gestakt, wo eine weitere Gruppe von Priestern ihm fast hysterisch zujubelte und seine Füße mit Küssen bedeckte. Auch Karnak hatte gelitten. Tiere machten sich davon, als sie über den Vorhof und durch die Pylonen gingen, die zum inneren Hof führten. Überall war der Name Amun ausgemerzt, so daß die Inschriften jetzt unvollständig und sinnlos waren. Leere Nischen ließen erkennen, wo einst Bildsäulen gestanden hatten. Alles war ungepflegt und vernachlässigt.

«Wir waren nicht zahlreich genug, um Karnak instandzuhalten», flüsterte ein Priester Eje zu, als Tutanchaton und Maja im Allerheiligsten verschwanden, «und nachdem Pharao befohlen hatte, die Tempel zu schließen und die Priester zu entlassen, haben wenige gewagt herzukommen. Amun sei Dank, daß es eine junge Inkarnation gibt, um den Lehren der Ma'at wieder Geltung zu verschaffen!»

Und wie soll er das tun? hätte Eje am liebsten geantwortet. Soll er Steine in Gold vewandeln? Dennoch überkam ihn Freude und das Gefühl, er schöpfe neue Kraft, als er in der brennenden Sonne unter dem Baldachin stand, eine dünne Weihrauchfahne über die Mauer des Allerheiligsten aufsteigen sah.

An jenem Abend befahl Tutanchaton, Eje solle sein Feldbett neben das königliche Bett stellen lassen, und zusammen lagen sie hinter den Vorhängen, während die Gefolgsleute das Deck abschritten und am Ufer Posten standen. Eje wußte, daß Haremhab nicht schlief, sondern seine Leute kontrollierte, und er war dankbar für die Wachsamkeit des Befehlshabers. Die Häuser in Theben waren dunkel, nachdem die Sonne untergegangen war, aber in den Gassen flackerten flüchtig und schwach orangerote Lichtpünktchen. Schakale heulten so laut, daß Eje hätte schwören können, sie seien nicht draußen in der Wüste, sondern durchstreiften die Stadt. Dann und wann schlummerte Eje ein und wurde dann aufgeschreckt durch trunkenes Geschrei, das laut über den Nil hallte.

«Ich will nie wieder hierherziehen», murrte Tutanchaton einmal in der Dunkelheit. «Das ist kein Ort, wo ein Gott wohnen kann! Kein Wunder, daß man Vater ihn verlassen hat.»

«Es war hier nicht so, als dein Vater Achet-Aton zu bauen begann», erwiderte Eje. «Es war der Mittelpunkt der Welt.»

«Es ist abscheulich», sagte Tutanchaton verächtlich, «wie das übrige Land. Ich bin ein Gott der Armut.»

Klugerweise enthielt sich Eje jeder Widerrede. Er war ebenso beunruhigt wie Tutanchaton.

Semenchkarês Trauerzug bestand nur aus der Familie und ein paar Höflingen. Als Klageweiber waren Frauen aus dem klein gewordenen Harem, dem einzigen noch bewohnten Teil von Malkatta, verpflichtet worden. Einige von ihnen erinnerten sich an Semenchkarê als Kind, aber die meisten, die das blaue Leinen angelegt hatten, wehklagten und sich Erde aufs Haupt streuten, hatte ihn gar nicht gekannt. So viele Amun-Priester waren anwesend, magere, zerlumpte Männer, in deren Augen wieder Hoffnung schimmerte, daß es Eje schien, als wäre es für sie weniger ein magisches Ritual des Respekts für einen Pharao als eine Zeremonie der Selbstbestätigung für die Diener des Gottes. Der Gedanke schmerzte ihn nur vorübergehend. Amuns Wiedereinsetzung war unendlich viel wichtiger als die Beisetzung eines unglücklichen jungen Mannes. Langsam näherte sich die Prozession dem Tal der Könige westlich von Theben. Während die Haremsfrauen laut wehklagten, lachte man und führte Gespräche. Rechtzeitig hob Eje die Vorhänge seiner Sänfte an, um das mächtige Standbild des Sohns des Hapu zu sehen, und schaudernd blickte er hinauf zu den weit geöffneten, gütigen Augen aus Stein, ehe er den Vorhang wieder sinken ließ.

Semenchkarês kleine Grabkammer war unfertig. Er hatte sie ohne viel Interesse begonnen, nur weil Eje ihn dazu gedrängt hatte, und sich nicht die Mühe gemacht, den Fortschritt zu überwachen. Der Fußboden war noch roh, die Wände noch ohne Inschriften, und der Sarg, der die Leiche aufnehmen sollte, stand an den Felsen gelehnt neben der Öffnung, die für eine Tür ausgestemmt worden war. Die Riten begannen eilig, ohne Ehrfurcht. Einer nach dem anderen knieten die Anwesenden nieder, um das Fußende des Sargs zu küssen; ihre erzwungenen Tränen waren schon längst getrocknet. Nur Merit-Aton klammerte sich an den Sarkophag, hysterisch vor Gram legte sie die Wange an das bemalte Holz, die verquollenen Augen fest geschlossen. Nachdem Tutanchaton als Thronerbe die Mundöffnungszeremonie vollzogen hatte, taten die Tempeltänzer lustlos ihre Schuldigkeit. Zuletzt wünschte Eje, das heuchlerische Spiel möge vorüber sein.

Der Sarg wurde in die winzige Kammer getragen und in den goldenen Schrein gestellt, den Echnaton seiner Mutter geschenkt hatte. Eje befürchtete einen weiteren Gefühlsausbruch von Merit-Aton, aber sie stand, mit Blumen in den Händen, tapfer und gefaßt da. Er sah sich um, und Scham überkam ihn. Er hatte angeordnet, daß Grabbeigaben an dem Ort ausgewählt werden sollten, an dem die Familie seit Generationen Gegenstände aufbewahrt hatte, mit denen einzelne Angehörige entweder begraben werden wollten oder von denen sie annahmen, sie könnten bei ihren Bestattungen gebraucht werden. Diejenigen, denen es oblag, Semenchkarês Grabkammer zu füllen, hatten ohne viel Sorgfalt gewählt. Möbelstücke waren einfach hineingeworfen worden, und man hatte sie durcheinander liegen lassen. Ein paar symbolische Waffen mit der Kartusche Amenhoteps III., einige Pokale von Teje, Schmucksachen, die verstorbenen Haremskindern gehört hatten, eine Kanope mit einem Namenszug, den nicht einmal Eje kannte – das waren die schmählichen Dinge, die Semenchkarê in die nächste Welt bringen sollte, vorausgesetzt, die Götter wollten ihn.

Ejes Blick fiel auf die vier magischen Ziegel, die eilig in die vier Wände eingelassen wurden. Im Schutz von Majas sonoren Gesängen beugte er sich verstohlen vor in der Hoffnung, er könne Semenchkarês Namen lesen, sah dann aber, daß die Ziegel die Kartusche von Osiris Echnaton trugen. Sie müssen, dachte Eje betrübt, in den Jahren hergestellt worden sein, als Echnaton noch sein Grab in Theben vorbereitete und noch nichts dagegen hatte, seinen Namen mit einem anderen Gott als Aton verbunden zu sehen. Welchen Schutz vor den Dämonen kann Echnatons Name diesem armen jungen Mann bieten? Merit-Aton trat vor, um ihre Blumen auf den Sarg zu legen, ehe der Schrein geschlossen wurde, und Eje senkte seinen Blick auf das Fußende des Sargs, um Merit-Atons Tränen nicht zu sehen. Dort bemerkte er eine ungeschickte Inschrift in Blattgold. Die interessierte ihn, und er trat näher heran. «Ich atme den süßen Atem, der aus deinem Mund kommt», las er. «Es ist mein Wunsch, deine süße Stimme zu hören, selbst den Nordwind. Gib mir deine Hände. Du kannst dich ewig auf meinen Namen berufen, und er soll nicht vergeblich von deinem Mund kommen, mein geliebter Bruder, der du in aller Ewigkeit bei mir bist.» Verblüfft und zutiefst gerührt sah er auf. Merit-Aton beobachtete ihn. Stolz und Liebe verwandelten ihr entstelltes Gesicht plötzlich, und er lächelte schwach und senkte den Blick.

Er konnte es kaum ertragen, die ganze Zeit das Zerrbild eines Begräbnisfestmahls über sich ergehen zu lassen, das auf Teppichen vor der Grabkammer angerichtet worden war, aber um Semenchkarês Ka willen zwang er sich zu essen. Haremhab und Tutanchaton sprachen über die Löwenjagd, die für den nächsten Tag geplant war. Die Höflinge und die Frauen lümmelten sich unter ihren Baldachinen, warfen Gänseknochen auf den Sand und schäkerten miteinander. Anchesenpa-Aton kniete neben ihrer Schwester, um sie mit Granatäpfeln und süßem Wein zu verlocken, aber nachdem sie, wie es sich gehörte, von allem gekostet hatte, saß Merit-Aton da, die Knie unter dem durchsichtigen blauen Leinen bis zum Kinn hochgezogen, und sah zu, wie die Priester Semenchkarês Grabkammer versiegelten. Überaus erleichtert stand Eje zusammen mit den anderen auf, um zu den Booten zurückzukehren. Er schämte sich der ganzen Gesellschaft, seine Person eingeschlossen.

Kurz vor der Morgendämmerung wachte er auf, immer noch eine Beklemmung in der Brust, und stellte fest, daß sein Haushofmeister neben dem Feldbett kniete. Auf dem Boot rege sich nichts. Hinter dem Damastvorhang der Kajüte atmete Tutanchaton ruhig im Schlaf. Eje setzte sich langsam auf, seine Augen brannten. «Was gibt es?»

«Etwas ist im Harem geschehen, Fächerträger», sagte der Mann leise. «Der Befehlshaber wurde vom Hüter der Haremstür geweckt, und er bittet, du mögest kommen.»

«Na schön. Wecke meinen Kammerdiener. Wenn Pharao aufwacht, sage ihm, ich bin so bald als möglich wieder bei ihm.»

Sein verschlafener Diener kleidete ihn an, dann ging er mit einem Gefolgsmann über die Rampe und machte sich auf den Weg, am Kanal entlang, durch die verfallene Gartentür und über den Haremsrasen. In der Morgendämmerung sah alles nicht ganz so trostlos aus. Der große See war zwar nur noch ein Tümpel, aber hinter dem Hauptgarten und einer weiteren Mauer war eine kleine Oase, grün und gepflegt, weil die Haremsdiener noch für Ordnung sorgten. Hier verbrachten die

Frauen, die Echnaton nicht für sich angefordert hatte, ihre endlosen, ereignislosen Tage. Die meisten waren alt oder in vorgerücktem Alter, Überbleibsel aus der Zeit ihres Herrn Amenhotep III., und in all den Jahren waren sie aus Echnatons Schatulle unterhalten worden. Keine von ihnen wagte sich weit von ihrer Unterkunft weg.

Eje wurde an der Tür von dem Hüter geistesabwesend begrüßt und zu den Gemächern geführt, die in aller Eile für Merit-Aton und ihre Schwester hergerichtet worden waren. Ehe er die Räume erreichte, kam Anchesenpa-Aton ihm schreiend entgegen. Sie warf sich ihm in die Arme, vergrub das Gesicht an seiner Brust und schluchzte: «Merit-Aton ist tot. Sie schneiden ihr das Haar ab!» Selbst wenn Eje nicht hätte anhalten und sie trösten wollen, seine Beine hätten ihm nicht gehorcht. Mit einemmal sah er sich an Tejes Bett knien, eine Hand in ihrem braunroten Haar, die andere nach dem Dolch greifend. Eine Vorahnung befiel ihn. Er schob seine Enkelin von sich, bemüht, es sanft zu tun. «Bring sie irgendwohin, wo es ruhig ist, und gib ihr Wein zu trinken», befahl er dem Hüter, und ohne sich um Anchesenpa-Atons Schreie zu kümmern, eilte er den Korridor entlang. Die Tür zu Merit-Atons Schlafzimmer stand offen, und die Stimmen aufgeregter Frauen drangen heraus. Eine angsterfüllte Dienerin kam ihm entgegen, und als sie ihn sah, warf sie sich ihm zu Füßen.

«Bestrafe mich nicht, Herr!» weinte sie. «Die Königin hat mir nicht erlaubt, bei ihr im Zimmer zu schlafen. Sie hat mich weggeschickt!»

Ein Schrecken durchzuckte Eje. Er stieß das Mädchen beiseite und bahnte sich grob den Weg durch die Frauen. Viele von ihnen schwenkten schon Haarsträhnen von Merit-Aton. Als er sich dem Bett näherte, stieg der süßliche Geruch von Blut auf, und ihm wurde undeutlich bewußt, daß seine Sandalen am Boden klebten. Die Frauen wichen zurück, und Eje blieb stehen.

Merit-Aton lag auf dem Rücken. Zuerst dachte Eje, sie habe ein schmutziges Nachtgewand an, aber eine Sekunde später erfaßte er, daß es mit Blut bedeckt war. Das Laken war befleckt, die Matratze durchtränkt. Blut hatte sich auf ihr Kissen ergossen und tropfte an ihrem Arm entlang auf den Fußboden. Noch nie hatte Eje ein solches Blutbad gesehen. Merit-Atons Gesicht war zwar braunbeschmiert, aber friedlich. Er trat näher. Halb unter dem Bett lag der Dolch mit dem elfenbeinernen Griff, den sie benutzt hatte. Er blickte auf ihre

Hände; sie hatte sich nicht die Pulsadern aufgeschnitten. Er hockte sich hin, hob an, was von ihrem schwarzen Haar noch übrig war, und fand den glatten, tiefen Schnitt unter ihrem Ohr. Er konnte nicht aufstehen, ohne die Hände auf die Matratze zu stützen. Plötzlich trat Stille ein, Eje drehte sich um und sah, daß die Frauen, sich verbeugend, hinausgingen und Haremhab hereinkam.

«Du hättest eine Wache hierlassen sollen!» schrie Eje ihn an. «Schau, was sie mit ihrem Haar gemacht haben!»

«Ich war nur einige Augenblicke weg», erwiderte Haremhab. «Ich habe keine Leute mitgebracht, ich war nicht darauf vorbereitet, nur eine Handvoll Haremswächter hat Dienst, und ich bin losgerannt, um dafür zu sorgen, daß niemand diese Räume verläßt.» Er holte tief Luft. «Es hätte ja Mord sein können, weißt du.»

«Sie war mein Fleisch und Blut», brüllte Eje. «Es ist das Blut meiner Familie, das diesen Raum durchtränkt! Du bist schuld daran!»

Haremhab war deutlich erschüttert. «Ich habe ihr kein Leid getan», beteuerte er. «Ich hatte keinen Grund.»

«Du gabst ihr Grund.» Ihm wurde schwarz vor Augen, und er hielt sich nur mit Mühe aufrecht. «Ich hoffe, du bist befriedigt. Sie ist eine Selbstmörderin. Sie kann nicht einbalsamiert werden. Ihr Ka ist verloren. Sie kann nicht einmal begraben werden. Haremhab . . .» Zu seiner Beschämung begann er zu weinen. Haremhab war zu ihm getreten und hatte seinen Ellbogen ergriffen, als eine Bewegung an der Tür beide veranlaßte hinzuschauen. Tutanchaton war gekommen, er hatte die Augen weit aufgerissen und war leichenblaß. Eje wollte zu ihm gehen, aber Haremhab sprang vor und schlug die Tür hinter ihnen zu, doch war es zu spät. Tutanchaton drehte sich zur Wand um und erbrach sich. Niemand wagte ihn anzurühren. Als er fertig war, wischte er sich den Mund mit seinem Schurz ab.

«Anchesenpa-Aton hat mich schreiend geweckt», flüsterte er. «Die Frauen, die sich vor mir niederwarfen, als ich kam, hatten Haarsträhnen in den Händen.» Er legte eine zitternde Hand auf Ejes Arm. «Onkel, ist das der Grund, warum ich ein Medaillon mit dem Haar meiner Mutter um den Hals trage?» Eje vermochte nur zu nicken. Tutanchaton wimmerte, aber als er bemerkte, daß die Männer ihn schweigend beobachteten, beherrschte er sich. «Meine Regierung hat mit Blut begonnen», sagte er, nahm die Hand von Ejes Arm und ging schwankend weg.

Merit-Atons Leiche wurde in weißes Leinen gehüllt und dem Fluß übergeben. Die Priester waren zwar mitfühlend und begierig, dem jungen Gott zu Gefallen zu sein, von dem sie hofften, daß er ihnen ihr Vermögen zurückerstatte, aber sie wagten nicht, sie zu begraben. Eje stand mit der kleinen Gruppe am Ufer, die sich eingefunden hatte, um der mit Steinen beschwerten Leiche Blumen nachzuwerfen: er wußte, daß er Haremhab niemals verzeihen würde, und sich selbst auch nicht. Denn trotz der Worte, die er dem Befehlshaber an den Kopf geworfen hatte, als er voller Schrecken und Entsetzen an Merit-Atons Bett stand, war ihm klar, daß er einen Teil der Verantwortung für ihren Tod übernehmen mußte. Er hatte gewollt, daß Semenchkarê beseitigt werde, aber so, daß seine Grundsätze unverletzt blieben. Feige, wie er war, hatte er seine Wünsche nicht in die Tat umsetzen können, war aber insgeheim erleichtert gewesen, als Haremhab die Risiken auf seine Kappe nahm, die er selbst nicht übernehmen wollte. Er hatte sich irgendwie eine Zukunft ohne Komplikationen vorgestellt, sobald Semenchkarê tot war. Die wahren Folgen von Haremhabs Tat entsetzten ihn, und als er sah, daß Anchesenpa-Aton tröstend einen Arm um Tutanchatons Schulter legte und Haremhab ans Ufer trat, um dem Beispiel der anderen zu folgen, begann er sich zu fragen, welche weiteren unvorhergesehenen Geschehnisse der Mord noch auslösen würde, in den er verwickelt war durch seinen Wunsch, den Neffen loszuwerden. Er haßte den Befehlshaber, weil er eine solche Verheerung in der Familie angerichtet hatte, aber er fürchtete auch Haremhabs Kaltblütigkeit, die es ihm ermöglicht hatte, solche Taten zu begehen. Wird, dachte Eje, nachdem er straflos davongekommen ist, seine Zuversicht wachsen, daß er über dem Gesetz steht? Er konnte es kaum ertragen, mit ihm zusammenzusein, und sobald Tutanchaton sich wieder auf sein Boot begeben hatte, ergriff Eje vor ihnen allen die Flucht.

Gegen Ende Mesore schiffte sich der Hof gen Norden nach Memphis ein, und am Neujahrstag wurde Tutanchaton mit dem ganzen, altehrwürdigen Gepränge zum König in Ägypten gekrönt. Auf Ejes Rat hin nahm er alle traditionellen Pharaonentitel an – Mächtiger Stier, Goldhorus, Schöner Gott, Herr der Zwei Länder –, und obwohl er nicht, wie alle Thronerben vor ihm, eine Zeitlang Hohepriester im Tempel des Ptah gewesen war, verrichtete er seine Gebete an den Schöpfer der Welt mit beispielhafter Ehrfurcht. Allerdings begab er sich nicht nach On. «Später kannst du in der Stadt des Rê beten», hatte Eje gesagt, «aber jetzt noch nicht. Es ist zu früh, sich im Tempel der Sonne sehen zu lassen.» Tutanchaton erhob keine Widerrede. Er war es zufrieden, sich der Verehrung der Priester und des Volkes zu erfreuen, die traditionellen Geschenke entgegenzunehmen und Festmähler abzuhalten.

Auch erhob er keine Einwände, als Eje einige Wochen nach der Krönung einen Ehevertrag zwischen dem jungen Pharao und Anchesenpa-Aton aufsetzen ließ. Der Hof hielt die Prinzessin für eine gute Wahl. Sie war beliebt, freundlich und schön und hatte bereits bewiesen, daß sie Kinder bekommen konnte. Von Ejes Standpunkt aus war sie geeignet, weil sie ihn liebte und tun würde, um was auch immer er bat. Jetzt wird es niemanden mehr in einer Machtstellung geben, den Haremhab gängeln kann, dachte Eje erleichert. Wenn er tatsächlich davon träumt, die Krone für sich zu erringen, dann kann es jetzt nicht mit Hilfe hoher Beamter geschehen. Nur eine weitere Gewalttat würde ihm den Zugriff ermöglichen, und ich halte seinen Ehrgeiz nicht für so groß, daß er noch einmal sein völliges Verderben riskieren würde.

Da die Erinnerung an die Dürre bei den Ägyptern noch frisch war, warteten alle ängstlich auf die Überschwemmung, und es gab große Feiern, als Isis Ende Paophi zu weinen begann. Aber Eje kam der Beginn einer neuen Jahreszeit kaum zu Bewußtsein. Seit der Hof aus Memphis nach Achet-Aton zurückgekehrt war, hatte er sich damit beschäftigt, Mittel und Wege zu finden, damit Ägypten seinen Wohlstand allmählich wiedererlange. Tag für Tag brachten ihm seine Diener Berichte über die Lage in Karnak, über die geringer werdende Zahl der Menschen, die ihre Andacht im Aton-Tempel verrichten, über Zu- und Abgänge von Gold in der Schatzkammer, und bis spät in die Nacht beriet er mit Vertretern der Gaue, die ihn über die Hoffnungen des einfachen Volkes unterrichteten. Er beobachtete insgeheim die Ehe von Tutanchaton und Anchesenpa-Aton und war erfreut zu sehen, daß sie gut miteinander auskamen. Er wußte, er mußte sehr überzeugt sein von der Richtung, von der er wollte, daß Pharao sie einschlage, und erst als er jedes mögliche Argument gegen seine Vorschläge überprüft hatte, erbat er eine formelle Audienz bei Tutanchaton und fragte, ob auch Haremhab anwesend sein dürfe.

An einem strahlenden Wintermorgen lag er vor Pharao, um die königlichen Füße zu küssen. Haremhab, sorgfältig geschminkt und in gelbes Leinen gekleidet, stand bereits mit gekreuzten Armen inmitten seines Gefolges, zu dem auch einige Offiziere gehörten. In der Empfangshalle drängten sich Minister, Adelige und Pharaos junge Freunde. Auf ein Wort von Tutanchaton erhob sich Eje. Lächelnd deutete der Knabe auf einen Stuhl am Fuß der Thronstufen. «Du darfst sitzen, Onkel», sagte er. «Du auch, Befehlshaber. Ich glaube, heute wird mir gesagt werden, was ich tun soll.»

«Nein, Erhabener», widersprach Eje rasch, als er den forschenden Blick sah, bestürzt über das Wahrnehmungsvermögen des Knaben. «Kein Mensch würde wagen, der Inkarnation zu sagen, was getan werden soll. Aber ich mache mir Sorgen um Ägypten und bitte deine Majestät, meine Vorschläge freundlich aufzunehmen.»

Haremhab war stehengeblieben, aber Eje protestierte deswegen nicht. Der Befehlshaber würde heute jeden Vorteil brauchen. Tutanchaton nickte ihm zu, er möge fortfahren. «Wie deine Majestät zweifellos weiß, ist die Kluft zwischen der Gottheit und dem Volk nie größer gewesen. Dein Vorgänger hat sich nicht nur aus Amuns heiliger Stadt fortbegeben, sondern hat dem Volk überdies seine Götter genommen, seinen Lebensunterhalt und sein Reich. Du hast das Vorrecht, dem Volk wiederzugeben, was dein Vater ihm genommen hat.» Tutanchaton hörte höflich zu, aber Anchesenpa-Aton runzelte die Stirn. «Deine Majestät», fuhr Eje fort, «hat wenige tüchtige Minister, auf die du dich verlassen kannst. Und ich möchte zuerst darauf hinweisen, daß der Staatsschatz leer ist. Es ist im Augenblick unmöglich, alles zu tun, wovon ich weiß, daß deine Majestät es vollbringen möchte.» Haremhab hatte ein Lächeln aufgesetzt, und Eje wußte, daß ihm klar war, in welche Richtung seine Worte zielten. «Daher muß deine Majestät entscheiden, welche Aufgaben die dringlichsten sind.» Er warf Haremhab einen Blick zu. «Der Befehlshaber wird dir sagen, es sei unbedingt erforderlich, sofort unser Reich zurückzuerobern. Gewiß, jeder Ägypter empfindet es als eine Schande, daß die Welt uns nicht mehr unterworfen ist. Aber ein solches Vorgehen würde unseren Untertanen nicht gefallen. Sie würden sehen, daß ihre jungen Männer abmarschieren, während ihre Dorfschreine ein Zufluchtsort für Eulen und Schakale geblieben sind. Krieg würde ihr Leiden verschlimmern.»

Tutanchaton hob eine Hand. «Ist es das in der Tat, was du vorschlagen würdest, Befehlshaber?»

Haremhab nickte. «Was dein Onkel sagt, ist wahr, Majestät. Ich glaube, daß nur durch die Wiedereroberung des Reiches der Staatsschatz gefüllt und Ägypten wieder wohlhabend werden kann. Die erste, die wichtigste Aufgabe, die vor dir liegt, ist die Besetzung von Nordsyrien, Retenu, Amki und Amurru. Die Fürsten dieser Völker sind jetzt Suppiluliuma untertan. Die Chatti könnten uns jeden Augenblick überfallen, und wir würden besiegt.»

«Majestät, wenn Suppiluliuma plante, in Ägypten einzudringen, hätte er es, glaube ich, inzwischen versucht», warf Eje rasch ein. «Aber Ägypten ist weit weg von Chatti, und Suppiluliumas eigenes Reich ist schon sehr ausgedehnt. Ich glaube, er greift uns nicht an, weil er weiß, daß er uns noch nicht standhalten könnte. Wir haben Zeit, zuerst anderes zu tun, was wichtiger ist. Wenn deine Majestät Krieg führt, kann dein Gold nicht dazu verwendet werden, Ägypten gesund zu machen.»

«Was schlägst du dann vor?» Die klaren Augen sahen ihn aufmerksam an.

Eje erwiderte den Blick, ohne zu zögern. «Zuerst Karnak wieder instandsetzen und Maja ermächtigen, neue Priester zu berufen. Das Volk sehen lassen, daß der Gott, der Ägypten Wohlstand gebracht hat, wieder geehrt wird. Dann schicke deine Baumeister in das ganze Land, um die Dorfschreine wiederaufzubauen. Laß den Palast in Malkatta wiederherstellen und kehre nach Theben zurück.»

«Aber Eje», wandte Anchesenpa-Aton zaghaft ein, «mein Vater hat uns gelehrt, daß es nur einen Gott gibt, die Aton-Scheibe. Wenn wir diesen Gott aufgeben, werden wir bestraft.»

«Liebe Majestät», sagte Eje freundlich und blickte in das ernsthafte junge Gesicht, «ich schlage nicht vor, die Anbetung des Aton zu verbieten oder seine Tempel zu schließen. Denjenigen, die es wünschen, sollte immer erlaubt sein, weiterhin Opfer darzubringen. Aber das einfache Volk hat die Reinheit des Aton nie verstanden und fühlt sich nicht sicher ohne den Schutz der alten Götter. Es ist Zeit, daß dein Gemahl im Land als Amun angesehen wird.»

«Und wer wird all das Herumrennen zugunsten der Götter bezahlen?» warf Haremhab hitzig ein. «Du hast selbst gesagt, daß der Staatsschatz leer ist. Eine solche Politik würde sehr viel Zeit erfordern. Ein Krieg zur Wiedergewinnung des Reiches wird ein rasches Unternehmen sein, das sofort Beute und Tribut einbringt!»

«Vorausgesetzt, wir wären siegreich», sagte Eje trocken. Ihre Blicke begegneten sich kurz. Eje wußte, daß Haremhab noch unter der beschämenden Niederlage Ägyptens durch die Chatti litt und seine Würde wiedererlangen wollte. «Wenn nicht, wird das Ungemach für das Volk schlimmer, und jede Chance, die einst von uns abhängigen Länder wiederzugewinnen, wäre für immer verwirkt. Ägypten würde ein Vasall der Chatti. Willst du dieses Risiko auf dich nehmen?»

«Hört mal her», fuhr Tutanchaton dazwischen, und sie schwiegen beide und wandten sich zu ihm um, denn sie hatten seine Anwesenheit fast vergessen. «Da ist etwas dran, was der Befehlshaber sagt, Onkel. Es wird Zeit kosten, die Macht der Götter wiederzustellen, aber auch viel Gold. Woher soll der Reichtum kommen?»

«Aus den Schatzkammern deiner Adeligen und Fürsten», erwiderte Eje. Er mußte die Stimme heben, denn in der Halle brach jetzt ein entrüstetes Gemurmel aus. «Dein Vater hat Amuns Land im Delta beschlagnahmt, sein Vieh und seine Sklaven, um die Opfergaben für den Aton zu bezahlen. Etwas wurde auch denjenigen gegeben, die der Sonnenscheibe gut dienten.» Er mußte sich vorsichtig ausdrücken, denn er wollte Echnaton nicht in Gegenwart seines Sohnes beschuldigen, für Freundschaft bezahlt zu haben. «Ich schlage vor, Majestät, daß du Amun sein Land im Delta zurückgibst und genug Vieh von den Gütern der Adeligen, damit die Diener des Gottes sich neue Herden anschaffen können. Gib ihnen auch Saatgut zum Säen, und nimm Amuns Weinberge denjenigen weg, die sie kürzlich erworben haben. Auf diese Weise können Maja und seine Priester wirtschaftlich aus eigener Kraft gesunden.»

«Und du willst, nehme ich an, auch die Schatzkammer des Gottes zurückgeben?» höhnte Haremhab.

«Teilweise, ja. Der Gesamtbetrag war nicht zu berechnen, und ein Großteil wurde verbraucht, um diese Stadt zu bauen, aber ich bitte Pharao, einen Teil der Schätze des Aton an Amun zu übertragen. Die Priester der Sonnenscheibe können von den Opfergaben der Gläubigen leben. Aber deine Rückerstattungen sollten nicht nur Amun betreffen. Die den Lokalgöttern gehörenden Grundstücke wurden den Ministern deines Vaters überlassen, Horus. Wenn du sie zurückgibst, ist dir die Liebe all deiner Untertanen sicher.» Er stand auf und wandte sich an die mürrischen Höflinge. «Ihr alle! Ihr wißt, daß es geschehen muß. Ihr seid die reichsten Männer und Frauen Ägyptens, die Söhne und Töchter von Osiris Echnatons Ministern. Wenn ihr gedenkt, euch auf Haremhabs Seite zu schlagen, um auf diese Weise euren Reichtum zu behalten, dann verrechnet ihr euch. Er wird ihn euch für seine Kriege wegnehmen. Gebt ihn dem Gott, der sein Volk nie enttäuscht hat, und letztendlich wird es euch wohlergehen.» Die Mienen der Höflinge änderten sich nicht, aber das Gemurmel hörte auf. Eje senkte die Stimme, so daß nur Haremhab und das Königspaar ihn hören konnten. «Befehlshaber, du hast die Große Königsgemahlin, Pharaos Mutter, im Stich gelassen und bist nach Achet-Aton gekommen, weil Osiris Echnaton dir die Ausbeute des nubischen Goldes übertragen hat, das vorher Amun gehörte. Wenn du es an Maja zurückgibst, wirst du die Erholung des Landes um viele Monate beschleunigen.»

«Du bockiger alter Heuchler», zischte Haremhab. «Ich bin nicht der einzige, der abtrünnig geworden ist. Du hast sie auch verlassen, deine eigene Schwester. Das nubische Gold war nicht mein einziger Grund, mich für die Inkarnation des Aton zu entscheiden!»

«Ja, ich weiß.» Eje schaute zu Tutanchaton hinauf. «Die Lehrer deiner Majestät bewundern dein rasches Auffassungsvermögen. Ich weiß, daß deine Majestät die Probleme zu begreifen beginnt. Ich würde gern hinzufügen, daß es notwendig ist, sofort mit dem von Osiris Semenchkarê eingeführten Verfahren, Getreide zu verkaufen, aufzuhören. Der ganze Handel muß eingestellt werden. Wir müssen die Kornspeicher wieder füllen, dürfen nur von Ägyptens eigenem Überfluß leben, müssen so viel Vorräte wie möglich ansammeln, bis wir die übrige Welt auffordern können, uns ihre Güter zu bringen im Austausch gegen den Reichtum eines gesunden Landes.»

Tutanchaton hatte die Hand seiner Königin genommen. «Ist das alles, Onkel?»

«Nein, Horus.» Im Geist holte Eje tief Luft. «Ich möchte, daß du erwägst, deinen Namen zu ändern.»

Schweigen trat nach diesen Worten ein, dann erhob sich ein entrüstetes Gemurmel. Ein Name war etwas Heiliges und Magisches, ein Schutz für den, der ihn trug, und ein Mittel, die Hilfe des Gottes zu erbitten, dessen Name in ihm enthalten war. Kein Kind erhielt einen Namen ohne lange Beratungen mit Orakeln und viele Gebete, und dieses Verfahren war doppelt kompliziert bei einem Pharao, einer Inkarnation des Gottes selbst. Tutanchaton war entsetzt. «Warum rätst du mir das?» brachte er mühsam hervor.

«Weil das Volk, wie deutlich es auch sieht, daß deine Majestät Amun verehrt, in deinem Namen den Namen der Sonnenscheibe hören wird mit allen bitteren Erinnerungen, die damit verknüpft sind. Das Volk wird nicht vergessen und dir daher nicht vertrauen.»

«Mir liegt nichts am Vertrauen von Vieh, von Sklaven!» erwiderte der Knabe. «Es war sehr lästerlich, wie du meinen Vater beschrieben hast. Er hat mir den Namen gegeben. Es ist ein heiliger Name!»

Eje hatte erwartet, daß es ihn erschrecken würde, aber mittlerweile kannte er seinen kleinen Neffen gut. Tutanchaton würde über seinen Rat nachdenken und vor allem Anchesenpa-Aton um ihre Meinung fragen. Das Urteilsvermögen der jungen Königin schätzte er bereits hoch ein. Er kniete zerknirscht nieder. «Verzeih einem alten Mann, der dich liebt», sagte er.

«Majestät, ich bitte um Erlaubnis, auf die Vorschläge des Fächerträgers meinerseits zu antworten», begann Haremhab, aber jetzt rutschte Tutanchaton schon unruhig auf dem Thron hin und her und begann mit dem Fuß zu wippen.

«Nicht jetzt, Befehlshaber», sagte er. «Mich langweilt all das Gerede, und ich will schwimmen gehen. Ein andermal. Ihr seid alle entlassen.»

«Vater hat recht», sagte Mutnodjme an jenem Abend zu Haremhab, als sie an dem kleinen Teich in ihrem Garten saßen. Der Tag neigte sich, und als die Dämmerung hereinbrach, verstärkte sich der Duft der Blumen. Nachtfalter begannen in den Schein der Lampe zu flattern, die zwischen den Säulen am Hauseingang stand. Das stille Wasser des Teichs wurde dann und wann lebendig durch hin- und herflitzende Goldfische, die aufstiegen, um nach Moskitos zu schnappen. Haremhab beobachtete die sich kräuselnde Oberfläche, die das Rot und

Purpur des Sonnenuntergangs widerspiegelte. «Er will nicht unbedingt die absolute Macht erringen. Er hat jetzt genug Einfluß auf Pharao. Tutanchaton ist ein Kind mit der Feindseligkeit eines Kindes dir gegenüber, aber die wird sich legen, wenn er heranwächst. Sobald Ägypten wieder auf beiden Beinen steht, werden sich seine Gedanken dem Krieg zuwenden, und Amun wird dir wieder lächeln.»

Er sah sie scharf an, verletzt durch den Sarkasmus in ihrer Stimme. Sie hatte einen weißen, wollenen Umhang umgelegt, aber da der Abend noch nicht kühl war, hing er lose von ihren Schultern herab und bedeckte ihren nackten Bauch nicht. Ein Bein hatte sie angezogen und den Fuß unter dem braunen Oberschenkel versteckt. «Er muß mich wenigstens nach Gaza marschieren lassen», erwiderte er. «Ägypten hat es besessen seit den Tagen des mächtigen Thutmosis III., und es ist unser wichtigster Seehafen.»

«Das wird er, wenn wir etwas haben, womit wir handeln können.» Sie nippte an ihrem Wein und fuhr mit der Zunge um den Rand des Bechers. «Es ist nicht so schlimm, Befehlshaber, die Goldausbeute zu verlieren. Wir werden vielleicht einige Dutzend Sklaven verkaufen müssen, obwohl nur die Götter wissen, wer es sich heutzutage leisten kann, sie zu kaufen, und wir werden vielleicht eines unserer Häuser schließen. Ich habe noch das Land in Djarucha, das mir Teje vermacht hat. Ihre alten Handelsbeziehungen sind abgerissen, aber wenn alles gutgeht, wird sich das bald wieder in Ordnung bringen lassen.» Lautes Gelächter schallte über die Mauer, die ihren privaten Garten von den Rasenflächen von Haremhabs Konkubinen trennte, und dann hörte man das aufgeregte Quietschen von Mutnodjmes beiden Zwergen.

«Teje wäre nicht so feige gewesen», sagte Haremhab bitter. «Sie hätte eine Möglichkeit gefunden, Ägypten im Inneren zu stärken *und* Krieg zu führen.»

«Das glaube ich nicht. Du hast sie sehr bewundert, nicht wahr, obwohl du sie im Stich gelassen hast? Mir scheint, du warst selbst ein bißchen in sie verliebt.»

Haremhab brachte ein Lächeln zustande. «Ich bin zu früh geboren worden, Mutnodjme, oder zu spät, welches von beiden, weiß ich nicht. Ich hätte eine herrliche Inkarnation abgegeben.»

«Leider fehlt deinem Blut das Feuer des Göttlichen.»

«Vielleicht. Aber da du die Halbschwester einer Frau bist, die einst

Königin war, enthält das deine ein bißchen von diesem seltenen Funken.»

Sie schwiegen beide. Das Licht auf dem Tisch verblaßte zu einem dämmerigen Blau, und die Schatten des Gartens begannen zu verschwimmen und mit der tiefen Nacht zu verschmelzen. Mutnodjme leerte ihren Becher und ließ ihn auf das Gras fallen.

«Merit-Atons Selbstmord war fürchterlich», sagte sie nach einer Weile leise, «und das Volk wird ihn nicht vergessen. Sei vorsichtig, mein Gemahl, und warte ab.»

Er antwortete nicht und sah sie auch nicht an. Sie waren beide befangen, und schließlich stand Haremhab abrupt auf und rief nach seinen Sänftenträgern. «Ich gehe zu Nacht-Min, um mit ihm zu spielen», sagte er und verschwand.

28

In der folgenden Woche zügelte Eje seine Ungeduld, denn er wußte, daß Pharao die Vorschläge, die er ihm unterbreitet hatte, mit Anchesenpa-Aton besprechen würde. Am achten Tag wurde er gerufen, um Tutanchatons Entscheidung zu hören. Wie Eje vermutet hatte, war Pharao mit allen von ihm gemachten Vorschlägen einverstanden.

Tutanchaton ernannte ihn zum Regenten und verlieh ihm damit eine legitime Macht, wie er sie in seinem ganzen Leben als Höfling, Berater und königlicher Vertrauter nie besessen hatte. Die Stellung schenkte ihm auch neue Energie. Die Zeit konnte ihm die Vitalität der Jugend nicht zurückgeben, aber er lernte, mit seinen Kräften haushälterisch umzugehen, und trotz seines Alters vermochte er dank seiner Klugheit und Lebenserfahrung die Regierungsgeschäfte zu führen. Auf seine Bitte hin wurde Haremhab von Pharao zum Königsvertreter ernannt, ein Ehrenamt, das er nur innehaben würde, bis die Königin einen Thronerben zur Welt brachte, das dem Befehlshaber aber weiterhin eine aktive Rolle am Hof sicherte. Nacht-Min erhielt den Titel Fächerträger zur rechten Hand.

Drei Jahre sollten vergehen, ehe Malkatta für würdig befunden wurde, wieder bezogen zu werden, und in dieser Zeit war Eje bemüht, alle seine Pläne zu verwirklichen. Ägypten begann wieder auf die Füße zu kommen. Ohne Gewissensbisse beschlagnahmte er Gold und Land, die einst Amun und den anderen Göttern gehört hatten, und gab sie ihnen zurück. Maja wurde häufig bei Hof gesehen, da er oft mit Pharao und dem Regenten verhandelte. Es stellte sich bald heraus, daß es in Ägypten nicht mehr genug Priester für die wiederhergestellten

Tempel gab. Eje sprach mit den Aton-Priestern, vor allem mit jenen, die einst Amun gedient hatten, aber unter Echnaton abtrünnig geworden waren. Er übte keinerlei Zwang aus, machte aber klar, daß es keine Rückkehr zu den Jahren der Ketzerei geben werde und kein Priester, der behaglich leben wollte, dies glauben sollte.

Majas neue Leute bereisten die Gaue, warben Priester an und bildeten sie in ihren Heimatdörfern aus. Tempeltänzer wurden vom Palast angestellt und die Kosten für sie aus Pharaos Privatschatulle bestritten, die auch zur Bezahlung herangezogen wurde, wenn die Bildsäulen von Göttern umgestaltet und ihre Heiligtümer wiederhergestellt wurden. Herolde gingen in alle Dörfer und verkündeten, daß Echnatons Verbot aller Götter außer dem Aton aufgehoben sei. Hier und da waren schon Aton-Schreine geschändet worden, und Eje befürchtete, daß eine Stimmung gewalttätiger Reaktion zu Blutvergießen im ganzen Land führen könnte, doch obwohl viele Monate lang auf öffentlichen Gebäuden ungelenke Kritzeleien erschienen, die Echnaton als Verbrecher und Fluchbringer beschimpften, legte sich die Entrüstung des Volkes bald.

Pharao unternahm einen weiteren Versuch, seine Verbindung mit der ägyptischen Vergangenheit zu stärken und seine Beziehung zu Amenhotep III. zu betonen. Eje hatte ihm schon vorgeschlagen, seine Baumeister und Steinmetze zu beauftragen, den Tempel Amenhoteps III. in Soleb fertigzustellen und ihrer beider Namen dort deutlich sichtbar anzubringen. Auf den Löwenskulpturen für den Tempel hatte er ihn als seinen Vater bezeichnet. Tutanchaton unternahm auch die Fertigstellung von Amuns südlichem Heim in Luxor, ein Bauvorhaben, an dem Amenhotep so interessiert gewesen war, daß es mit der Zeit mehr mit dem toten Pharao als mit Amun selbst in Verbindung gebracht wurde. So taktvoll wie möglich, denn er wollte Tutanchatons Erinnerungen an seinen Vater nicht schmälern, hatte Eje auch vorgeschlagen, er solle seine Verwandtschaft mit Amenhotep stärker hervorheben, und wenn es den Knaben gekränkt hatte, dann zeigte er es nicht. Vergnügt vertiefte er sich in die Pläne, die seine Handwerker ihm vorlegten, freute sich über jede Einzelheit und gab auch selbst viele Anregungen.

Mit Pharaos Erlaubnis erlegte Eje den Bauern erdrückende Steuern auf, um Malkatta wieder instandzusetzen, neue Hafenanlagen in Theben zu bauen und mit der Verschönerung der Stadt zu beginnen. Er gab einen Erlaß heraus, der vorsah, daß die Ernteerträge aller Adeligen bei der Ernte taxiert und ein Teil des Getreides von ihren Gütern in den Kornspeichern der benachbarten Dörfer eingelagert werden sollte. Die wohlhabenden Höflinge murrten, wußten aber, daß solche harten Methoden letztlich ihre Bereicherung zur Folge haben würden, sobald die Volkswirtschaft wieder im Lot war.

Trotz der vielen Minister, die tagtäglich in sein Amtszimmer kamen, war Eje einsam. Er diktierte umfangreiche Briefe an Tiê in Achmin und las ihre weitschweifigen Antworten viele Male hintereinander. Mit der Zeit haßte er die Nächte in Achet-Aton. Zwar hatte Pharao angefangen, große Festmähler zu geben wie jene, die in Malkattas Glanzzeiten den ausländischen Gesandtschaften imponiert hatten, doch konnte ihre Fröhlichkeit die dunkle Flut der Erinnerungen an früheres Leid nicht eindämmen, die in vielen stillen Winkeln des Palastes lauerten, sobald die Gäste aufgebrochen waren. Eje hatte einen leichten Schlaf und wachte oft in der Nacht auf. Manchmal ließ er seinen Schreiber kommen, der ihm Geschichten vorlas, aber öfter stand er auf und wanderte durch die Korridore, wo er gelegentlich andere Höflinge traf, die aus Träumen von Blut und Trauer aufgeschreckt waren.

Eje wußte, daß der Fluch fortbestehen würde, solange die Stadt bewohnt war. Der mißgestaltete junge Pharao, der Achet-Aton ersonnen und erbaut hatte, übte jetzt einen stärkeren Zauber der Verrücktheit auf die Stadt aus als zu seinen Lebzeiten. Manchmal erwischte sich Eje dabei, daß er den Atem anhielt, wenn er im Fackelschein in einem wenig begangenen Winkel des Palastes stand und voll Angst auf irgendeinen schrecklichen Ausbruch wartete, der nie kam. Teje rief ihm dann aus der Dunkelheit etwas zu, und Echnatons tote Kinder schluchzten im Hintergrund. Die Soldaten, die die Gräber in den Bergen hinter der Stadt bewachten, erhielten schon das Doppelte ihres normalen Solds. Teje hat diesen Ort nie gemocht, dachte Eje immer wieder. Schon lange, ehe Achet-Aton gegründet wurde, hat sie gesagt, es sei ein unheilvolles Gelände, die Berge wachten argwöhnisch über seiner Unberührtheit.

Aber solche Wahnvorstellungen erfaßte Tutanchaton nicht. Er entwickelte sich zu einem gutaussehenden jungen Mann mit fröhlichem

Gemüt, und obwohl er gelegentlich Ausbrüche von Tejes schlechter Laune nicht verhehlen konnte, sahen diejenigen, die ihn insgeheim daraufhin beobachteten, ob er Anzeichen von Labilität erkennen lasse, nur einen Pharao, der sich nicht gern ruhig verhielt, der laut lachte, ein begeisterter Jäger war und spät und widerstrebend sein Bett aufsuchte. Er erinnerte Eje an Thutmosis, Tejes erstgeborenen Sohn, der am Hof so geglänzt hatte. Auch die Königin blühte auf. Obwohl Tutanchaton in seinem dritten Regierungsjahr erst vierzehn war, hatte er seine Ehe schon vollzogen und bereits begonnen, seinen Harem zusammenzustellen; viele der älteren Frauen seines Vaters hatte er in den Ruhestand versetzt und nur die jüngeren für sich behalten. Die siebzehnjährige Anchesenpa-Aton war schwanger und spiegelte den neuen Geist der Erholung wider, der allmählich den ganzen Hof erfüllte.

Vier Tage, ehe Pharao endgültig von Achet-Aton Abschied nahm, saß er in vollem königlichen Schmuck vor Maja und der zum Bersten gefüllten Audienzhalle, die Doppelkrone auf dem Haupt, Krummstab, Wedel und Krummsäbel in den Händen, und diktierte feierlich seine Namensänderung. Tutanchaton hatte «das lebende Bild des Aton» bedeutet, aber als er sein Siegel auf die Schriftrolle drückte, wurde er Tutanchamun, «das lebende Bild des Amun». Anchesenpa-Aton folgte seinem Beispiel und war sichtlich betrübt, als sie zum erstenmal ihren neuen Namen Anchesenamun hörte, «durch Amun lebend». Für sie war es ein Verrat an ihrem Vater und dem Gott, den zu verehren ihr beigebracht worden war. Sie saß blaß und schweigend da, als die Anwesenden brüllend ihren Beifall kundtaten, und legte die Hände schützend auf ihren gesegneten Leib, aber sie verstand es mittlerweile, ihren Kummer für sich zu behalten.

Am nächsten Tag wurden Tutanchamun, Anchesenamun und Eje über die Königsstraße zum nördlichen Palast getragen, umgeben vom Lärm und Chaos des bevorstehenden Umzugs. Mit Möbeln und Hausrat beladene Karren verstopften die Gassen. Haustiere retteten sich flatternd und flitzend vor dem königlichen Zug, verfolgt von verzweifelten nackten Kindern. Über die hohe Palastmauer und die Gärten hinweg, die sich bis zum Fluß hinunterzogen, hörte man deutlich die Rufe und Flüche der Bootsführer. Der Fluß wimmelte von Fahrzeugen aller Art und Größe, und an jedem verfügbaren Steg wurden Schiffe beladen. Eje wußte, daß es an dem Teil des Flußufers, wo die Landhäuser der Adeligen lagen, nicht viel anders war, und daß Haremhab selbst heute mit den Mazoi in der Stadt unterwegs war, um zu versuchen, Ausbrüche von Gewalt in den verstopften Straßen zu verhindern und den Wohlhabenden Schutz zu bieten. Nur im Bereich des Aton-Tempels war alles ruhig, der leere Vorhof lag brennend unter Rês mittäglicher Glut. Die wenigen Priester, die hier bleiben sollten, unter ihnen Merirê, waren im Heiligtum verborgen. Staub hing golden in der Luft. Fliegenschwärme umkreisten überall die Unmengen von Abfall und Müll, die aus den Häusern herausgekehrt worden waren. Die hübschen Aton-Schreine, die jede Straßenecke zierten, waren schon kahl und beschmutzt, die Weihrauchmulden geschwärzt und kalt. Hunde lagen keuchend im Schatten der Schreine, und Sand trieb über die kleinen gepflasterten Flächen vor ihnen, wo sich einst die Tänzer gewiegt hatten. Eje hielt sich ein parfümiertes Leinentuch vor die Nase und war froh, daß die Sänftenvorhänge der Königin geschlossen blieben. Achet-Aton glich einer Stadt, die von einem anrückenden Heer bedroht war und deren Bürger zu entkommen versuchten.

Die Doppeltore in der Mauer, die den nördlichen Palast von der übrigen Stadt trennte, waren geschlossen, aber Nofretêtes Wächter öffneten sie, ehe die Herolde sie erreicht hatten, und die Sänften wurden hindurchgetragen. Als der Aufstieg über die lange Treppe begann, betrachtete Eje die Terrassen, die sich eine nach der anderen darboten. Das Gras glitzerte von Wasser. Blumen blühten in allen Farben, und die Baumgruppen auf jeder Terrasse streckten ihre Zweige über den Wipfeln der tieferstehenden Bäume aus. Hier wehte der Wind keinen Staub heran, sondern Blumenduft, hier hörte man keinen Straßenlärm, sondern nur das leise Plätschern der Springbrunnen.

Die Sänften wurden abgesetzt und das Steinpflaster eilig mit Milch und Wein befeuchtet, um Pharaos heilige Füße aufzunehmen, und die drei stiegen aus. Weit unten floß der Nil blau und silbern und bildete kleine Strudel, wo er an die Pfähle von Nofretêtes Anlegesteg schlug. Ihr goldenes Boot blitzte auf, als es auf den Wellen eines rasch vorbeifahrenden Schiffs vom nördlichen Zollhaus schaukelte. Anchesenamun seufzte. «Nichts hat sich hier verändert», sagte sie. Ihre Stimme klang wehmütig.

«Ich glaubte, ich hätte es vergessen», erwiderte Pharao, «aber es fällt mir jetzt alles wieder ein. Dort ist der Baum, auf den ich kletterte, und von dort konnte ich von einem Ast zum anderen die ganzen Terrassen hinunterschwingen. Der Aufstieg zurück war allerdings hart.» Seine Diener warteten, während er die Aussicht bewunderte, den Garten, den Verlauf des Flusses. Eje wußte nicht, ob er seiner Königin Zeit lassen wollte, sich zu sammeln, oder ob er, ohne sich dessen bewußt zu sein, ihre Qual verlängerte, aber schließlich drehte er sich zu dem ausgestreckt vor dem Eingang liegenden Haushofmeister Merirê um. «Steh auf und führe uns zu deiner Herrin», befahl er.

Merirê erhob sich und verbeugte sich mehrmals. «Es ist eine große Ehre, Mächtiger Stier», sagte er feierlich, und sie folgten ihm in die willkommene Kühle von Nofretêtes kleinem Reich.

Die Eingangshalle war voller Statuen. Eje sah sich ungläubig um. Von überall starrte Nofretête sie an, mal trat ihr Gesicht aus der dunklen Glätte von Ebenholz hervor, mal aus dem gestreiften Schimmer von Marmor, mal aus der Wärme von Sandstein. Einige der Werke waren Büsten, einige bloß Köpfe, aber die meisten waren Skulputuren der ganzen Gestalt. Einige Bildnisse waren sehr förmlich, in ihnen trug sie auf dem Kopf die Perücke und das Kobradiadem oder die männlich wirkende Sonnenkrone, ihr Körper war steif und bis zu den Sandalen mit gefälteltem Leinen bedeckt, die Arme hielt sie starr an den Seiten. Aber viele waren geschmeidig und fließend mit weiblichen Rundungen und den angehaltenen Bewegungen des lebenden Modells. Die künstlerische Schöpferkraft, die Echnaton hatte fördern wollen, hatte hier ihre Entfaltung gefunden in der verborgenen Huldigung eines Mannes für die Frau, die er liebte. Jedes Stück stellte Nofretête mit all ihren Charakterzügen dar. Thutmose machte sich keine Illusionen über sie. Die Halle war erfüllt nicht nur von ihrer Sinnlichkeit und Schönheit, sondern auch von ihrer Arroganz, ihrer Kleinlichkeit, ihrer seltsamen Schutzlosigkeit. Das ist meine Tochter, dachte Eje benommen. Eine Statue veranlaßte sie alle stehenzubleiben. Nofretête in weißem Kalkstein, die Schwere des mittleren Alters in ihren Schenkeln, den hängenden Brüsten und dem Leib, beugte sich zur Seite. In der ausgestreckten Hand hielt sie eine Lotusblume. Sie lächelte leicht. Die Augen waren geschlossen und die Nasenflügel gebläht, als schnuppere sie den Duft der Blüte. Ihr Haar fiel glatt herunter auf die Schultern, und sie trug ein schmales Diadem, an dem über der Stirn ein Henkelkreuz hing. Auch an der Halskette hingen Henkelkreuze. Die ganze Skulptur brachte eine sehnsüchtige Verehrung des Lebens zum Ausdruck.

«Ihr Götter!» rief Tutanchamun voll Abscheu aus. «Bildhauer sind keineswegs mehr als die Diener von Höherstehenden, aber dieser ist bloß ein Sklave. Er würde verhungern, ehe er einen Auftraggeber findet.» Eje riß sich von dem Anblick der Statue los und ging weiter.

Der Korridor, der zur Empfangshalle führte, war ebenfalls mit Reliefs von Nofretête geschmückt, und offenbar war Thutmose auch Maler, denn die Wände der Halle selbst trugen riesige Abbildungen von ihr. Hier hatte er sich an die traditionellen Ausdrucksformen gehalten, aber Eje fiel auf, daß der Körper rot gemalt war, eine Farbe, in der Männer dargestellt wurden, und das Haar blau – das Lapislazuli der Götter.

Merirê hatte sie zu einigen Stühlen geleitet, die dicht an einen niedrigen Tisch herangerückt waren, auf dem Erfrischungen und Blumen standen. Als sie näher kamen, standen Nofretête und der Bildhauer auf. Thutmose flüsterte ihr etwas ins Ohr, und sofort kniete sie nieder, erhob sich mit seiner Hilfe wieder und blieb, ohne zu lächeln, mit gefalteten Händen stehen. Sie trug ein schlichtes weißes Gewand, das in vielen Falten von ihrer Onyx-Halskette bis auf den Fußboden fiel. Auch ihr Gürtel war mit Onyxen besetzt, und an beiden Armen hatte sie schwere Armbänder. Ihre Perücke war ebenfalls schlicht, das schwarze Haar ungelockt, überragt von einem Diadem, das aus winzigen Sonnenscheiben bestand. Eje fand, sie sehe aus, als stamme sie aus einem anderen Zeitalter. Ihr Gesicht war stark geschminkt, aber die Krähenfüße um ihre Augen und die Falten auf ihren Wangen waren dadurch nicht verborgen. Auch Thutmose war geschminkt und trug eine Perücke, aber unter der zeremoniellen Aufmachung erkannte Eje einen schlanken Mann von ansprechendem Äußeren und großmütigem Wesen. Anchesenamun lächelte ihre Mutter an, aber Nofretête schien sie nicht zu bemerken. Unaufgefordert setzte sich Tutanchamun auf einen Stuhl und sagte: «Es ist schön, dich wiederzusehen, Nofretête.»

Die anderen nahmen auch Platz. Anchesenamun blickte auf ihren Schoß, verletzt und enttäuscht.

«Deine Majestät ist sehr gewachsen, seit ich dich zuletzt sah», sagte Nofretête, «und du, Vater, bist dicker geworden.»

Eje sah sie neugierig an, denn in Wirklichkeit hatte er abgenommen, seit er die Pflichten eines Regenten übernommen hatte. Sie hatte ihre frühere Lebendigkeit verloren, ihre Bewegungen waren merkwürdig gemessen. Als Thutmose Ejes Blick bemerkte, beugte er sich mit einer kleinen beschützenden Geste zu ihr. Eje nahm Anchesenamuns Hand.

«Aber nein», antwortete er. «Ich bin im Dienste meines Königs schlanker geworden.» Er wandte sich zu Anchesenamun um und legte den Finger auf die Lippen. «Nofretête, leider konnte deine Tochter heute nicht kommen. Du hast sie erwartet, aber sie fühlt sich nicht wohl.»

Der breite Mund verzog sich nach unten. Nofretête schien zu lauschen, den Kopf zur Seite gelegt, und dann lächelte sie kühl. «Du bist altersschwach, Regent. Anchesenpa-Aton, bist du nicht bei guter Gesundheit?»

«Du bist blind, nicht wahr?» fragte Eje leise, ehe die Königin antworten konnte. «Oh, Nofretête, wenn wir das gewußt hätten . . .»

«Wenn ihr es gewußt hättet», höhnte sie, «hätte ich das Mitleid von jedermann ertragen müssen. Arme Nofretête, einst so mächtig, jetzt eine alternde, blinde Verräterin, die keinen Schritt ohne Hilfe gehen kann. Wollen wir ihr ein bißchen Mitgefühl bekunden, obwohl die Götter es bestimmt nicht von uns erwarten. Schließlich hat sie gesündigt und wird nun bestraft!» Sie fuhr sich mit der Hand rasch über das bleiche Gesicht. «Nein, ich bin nicht völlig blind. Ich kann zwischen hell und dunkel unterscheiden.»

Die Worte bedrückten sie alle. Mit einem Schrei stand Anchesenamun auf und umarmte ihre Mutter. Nofretête zog sie an sich.

«Du mußt Achet-Aton sofort verlassen!» rief Pharao. «In Malkatta kannst du Gemächer und Diener bekommen, und meine eigenen Ärzte werden dich behandeln. Komm mit uns, Nofretête.»

Sie betastete mit den Fingerspitzen Anchesenamuns Gesicht. «Malkatta? Nein, Majestät, dafür ist es zu spät. Ich will nicht Tag für Tag das schweigende Gelächter des Hofs hinter meinem Rücken ertragen. Hier bin ich noch Königin. Mein Gemahl ist tot, meine Kinder sind bis auf eines gestorben, kein Sohn von mir sitzt auf dem Horus-Thron. Aber wenigstens ein gewisses Maß von Frieden habe ich gefunden. Wollt ihr ihn zerstören, um eure Barmherzigkeit zu bekunden?»

Verletzt durch ihren vorwurfsvollen Ton, sagte Tutanchamun hitzig: «Wir sind nicht verpflichtet, dir Barmherzigkeit zu bekunden! Wir schenken den Bitten unserer Königin Gehör!»

Nofretête schob Anchesenamun sanft von sich und nickte. «Mein Gemahl hat mich heilig gemacht», sagte sie. «Die Stadt Achet-Aton ist ein Lobgesang auf den Aton und auf mich. Es ist meine Stadt. Ich werde sie nie verlassen.»

«Ich kann deine Sicherheit nicht gewährleisten, sobald die Mazoi weg sind», gab Eje ihr besorgt zu bedenken.

Sie zuckte die Schultern. «Ich habe meine eigenen Soldaten. Vier meiner Töchter ruhen hier im Fels, Vater. Ich will sie nicht verlassen.»

«Du hast eine Pflicht Anchesenamun gegenüber, der noch lebenden Tochter!»

«Anchesenamun? Dein Vater würde weinen, wenn er den Namen dieses Gottes hörte. Was meine Pflicht betrifft, Eje, ich habe sie erfüllt.»

Sie hatte zugelassen, daß sich die Erinnerungen verzerrten, ihre Form änderten, damit sie zu ihren weitreichenden Ambitionen paßten und ihre alten Enttäuschungen verschleierten. Hier im nördlichen Palast hatten ihre Träume eine Art Wirklichkeit erhalten. Er war ein Schrein für sie, eine heilige Stätte der Anbetung, und der Mann, der mit solcher Gelassenheit neben ihr saß, hatte ihr endlich die Liebe geschenkt, nach der sie sich immer gesehnt hatte. In ihrer neuen Erfülltheit erweckte sie kein Mitleid mehr.

Eine Weile saßen sie noch zusammen und sprachen von harmlosen Dingen, während Merirê auf einen unauffälligen Wink von Thutmose hin ihnen Leckerbissen anbot. Das Verhalten des Bildhauers ließ keine Spur von Selbstherrlichkeit erkennen. Als sie aufbrachen, war Eje überzeugt, daß Thutmoses Liebe zu Nofretête aufrichtig, uneigennützig und beständig war. Er und sie warfen sich vor Tutanchamun zu Boden und begleiteten ihn hinaus in den sonnigen Spätnachmittag. Nofretêtes Hand lag auf Thutmoses Ellbogen, der sie führte. Im letzten Augenblick, als Pharao in seine Sänfte stieg, drehte sich die Königin um und umarmte ihre Mutter.

«Ich werde jeden Tag für dich Weihrauch vor dem Sohn des Hapu verbrennen», sagte sie weinend, «und dir viele Briefe schicken.»

Nofretête blickte mit blinden grauen Augen in Richtung ihres Gesichts. «Schenke Ägypten einen Sohn, Anchesenamun, und mische dich nicht in Dinge ein, die dich nichts angehen. Ich liebe dich.»

Immer noch schluchzend bestieg Anchesenamun ihre Sänfte. Das letzte, was sie von ihrer Mutter sah, waren Nofretêtes starres Gesicht, das weiße Leinen, das der Wind an ihren stattlichen Körper preßte, und der Sonnenstrahl, der ihre Ringe aufblitzen ließ, als sie nach Thutmoses Hand griff.

Zwei Tage später saßen Pharao und Anchesenamun in der Kühle des frühen Morgens auf dem Deck von ‹Cha-em-Ma'at› und wurden zum letztenmal vom Anlegesteg des Palastes weggestakt. Als die Königin die Stadtmitte vorbeiziehen sah, versuchte sie so zu tun, als wären sie bloß auf einem Bootsausflug und würden abends zurückkommen. Aber es war schwierig, die Illusion aufrechtzuerhalten, denn Achet-Aton hatte sie schon ausgeschlossen. Die am Ufer stehenden grünen Palmen raschelten im frischen Wind, die mit Kletterpflanzen bewachsenen weißen Mauern schimmerten in der Morgensonne, und bunte Blumen waren hinter dem üppigen Grün der Bäume erkennbar, und doch waren die leeren Häuser und verlassenen Gärten bereits von einer Atmosphäre des beginnenden Verfalls umgeben. Hinter den versiegelten Türen und mit Brettern verschlagenen Fenstern waren viele Räume unverändert geblieben, Stühle warteten darauf, benutzt zu werden, auf den Tischen standen noch Vasen mit welkenden Blumen, in den Schlafzimmern verwühlte Betten und Lampen, die von der Nacht noch warm waren. Denn einerseits waren die Menschen von plötzlicher Panik ergriffen und wollten eine von Gespenstern heimgesuchte und unheilvolle Stadt verlassen, und andererseits herrschte Unsicherheit in bezug auf die Zukunft. Vielleicht würde sich Pharao nicht endgültig in Theben niederlassen, sondern zurückkehren. Vielleicht würde er Heimweh nach der schönen grünen Stadt bekommen; vielleicht würde der Aton auch nur für kurze Zeit ein Schattendasein führen und Pharao, nachdem er reifer geworden war, dem Gott seines Vaters wieder den ihm gebührenden Platz einräumen. Trauer trübte die Gärten und erfüllte die stillen Straßen mit Melancholie.

Als das königliche Boot an Haremhabs Grundstück vorbeiglitt, stieß Anchesenamun einen Schrei aus und wandte sich zu ihrem Mann um. «Tutanchamun, schau doch mal! Was ist da los?»

Nackte braune Kinder sprangen, vor Vergnügen kreischend, von den weißen Marmorstufen an Haremhabs Anlegeplatz in den Fluß. Eine Frau kniete an seinem Goldfischteich und wusch da ihre Wäsche. Zwei Ziegen waren an den Säulen der Eingangshalle angebunden. Die Obdachlosen hatten sich bereits der Stadt bemächtigt, noch ehe alle ihre Bewohner sie verlassen hatten.

Pharao sah fasziniert hin. «Ich sollte wohl befehlen, sie rauszuwerfen», sagte er. «Aber heute will ich großmütig sein. Außerdem hat es sowieso keinen Zweck. Ich glaube nicht, daß ich je zurückkommen werde, und vorläufig können wir es uns nicht leisten, Soldaten Sold zu zahlen, damit sie eine leere Stadt bewachen. Die Glas- und Keramikwerkstätten sind noch in Betrieb. Diese Bauern wollen vermutlich da arbeiten.»

Anchesenamun stand auf und stellte sich an die Reling. Das ätherische Maru-Aton zog vorbei, und sie glaubte, flüchtig den von Bäumen beschatteten Pavillon zu sehen. Schon waren sie fast auf der Höhe des südlichen Zollhauses und am Ende der langen Kette von Felsen, die Achet-Aton beschirmten. Sie sah zurück. Die Stadt war eine über dem Hitzedunst schwebende Fata Morgana in Weiß, Grün und Gold, mit der Gegenwart nur verbunden durch die Nabelschnur der hintereinander fahrenden Boote. Anchesenamun drehte sich erst um, als die Felsen und die Biegung des Flusses Achet-Aton ihren Blicken entzogen.

An Bord eines der Boote befanden sich die Leichen von Echnaton und Teje, die auf Anordnung von Eje in Theben bestattet werden sollten. Die Höflinge hatten die Reise guten Muts begonnen und sich die langen Stunden auf dem Fluß in geselligem Beisammensein unter schützenden Sonnensegeln an Deck vertrieben, aber es dauerte nicht lange, bis die Anwesenheit der beiden königlichen Särge und die Besorgnis darüber, was sie in Theben erwartete, die Stimmung dämpften. Sie schliefen schlecht und unruhig. Die empfindsameren Frauen unter ihnen begannen schlechte Omen zu erkennen, und viele hatten böse Vorahnungen. Es wäre besser gewesen, tuschelten sie untereinander, den Verfluchten und seine Mutter-Ehefrau in der heißen Stille der Felsen zu lassen. Ihre Verderbtheit würde sich auf Malkatta auswirken. Es brachte Unglück, die Toten zu stören.

Lange bevor Pharaos Boot in Malkatta anlegte, hatten sich schon viele Menschen am Ufer eingefunden, die sich ehrfürchtig unter den Palmen zu Boden warfen und dann aufstanden, um ihm zuzujubeln, und als sein Kapitän den Befehl gab, nach Westen zu drehen, sah man, daß sich am Ostufer ganz Theben vesammelt hatte; die Leute drängelten sich und schrien vor Begeisterung. Die Boote bogen in den Kanal ein. Er war ausgebaggert worden, der große See gesäubert und wieder gefüllt und die Anlegeplätze ausgebessert. Blau-weiße Fahnen wehten an den hölzernen Flaggenmasten vor der eindrucksvollen Palastfassade. Als Tutanchamun und sein Gefolge über die Rampe schritten, schickten Priester in wallenden weißen Leinen Wolken von Weihrauch gen Himmel, und das Pflaster war schon klebrig von Milch und Wein. Am tragbaren Altar wartete ein bekränzter Stier geduldig auf das Aufschlitzen durch Pharaos Messer.

Es war mehr als ein Heimkommen. Es war eine Rückkehr zur Vernunft, zu den unwandelbaren Bräuchen der Ma'at, und die Zeremonien wurden in unbeschwerter Fröhlichkeit vollzogen. Die Höflinge wanderten lachend und singend durch den wiederhergestellten Palast. Köstliche Düfte wehten aus den Küchen. Im Harem gesellten sich die neuen Frauen zu den alten, in ihren Gemächern türmten sich ihre Habseligkeiten, durch die sich ihre Dienerinnen mühsam einen Weg bahnten, während die Frauen selbst sich im Haremsgarten ergingen und zum See stürzten. Das Willkommensgeschrei der Thebaner hallte stundenlang immer wieder über den Nil. Weihrauchwolken stiegen über Karnak auf. Das Festmahl, das Tutanchamun am Abend gab, währte bis in die Morgenstunden. Pharao selbst zog sich kurz nach Mitternacht in seine Gemächer zurück, und kaum lag er auf Amenhoteps breitem Bett, da war er auch schon eingeschlafen. Als Rê den Horizont erreichte, wachte er auf, und Maja und dessen Akolythen begannen vor seiner Tür den Lobgesang: «Heil der lebenden Inkarnation des im Osten aufgehenden Rê! Heil, göttlich unsterbliche Quelle von Ägyptens Gesundheit.»

Später am Tag stand Tutanchamun in vollem Schmuck in Amuns dunklem Heiligtum. Vor ihm ragte der Gott auf, eine von Tutanchamuns eigenen Künstlern gestaltete Statue und mit seinem eigenen Gold bedeckt. Schüsseln mit erlesenen Delikatessen standen zu seinen Füßen, und sein Hals war mit Blumen bekränzt. Freundlich lächelte er seinen gehorsamen Sohn an, während die Priester die Weihrauchfässer schwangen und Maja im priesterlichen Leopardenfell sich ehrfürchtig vor ihm verneigte. «Die Sonne dessen, der dich kennt, geht nicht unter, o Amun», sangen im Vorhof die Tempelsänger. «Der Tempel dessen, der dich angriff, liegt in Dunkelheit!» Der befriedigte Triumph in den Worten war unmißverständlich. Tutanchamun hörte ernsthaft zu. Er hatte jetzt keinen anderen Vater als Amun.

Als die Särge von Teje und Echnaton in die eilig bereitgemachte Grabkammer im Tal westlich von Theben gestellt worden waren, glaubten alle, die zusahen, als die Nekropolen-Diener das Seil über dem Eingang verknoteten, sie seien Zeuge gewesen, als die Vergangenheit endgültig begraben wurde. Lehm wurde auf die Knoten geschmiert, das Siegel der Nekropole hineingedrückt und die feierlichen Warnungen vor Schändung und Diebstahl wurden gesprochen. An der kurzen Zeremonie hatten nur das Königspaar und eine Handvoll ausgewählter Höflinge teilgenommen. Als sie sich dann von den Gräbern zu ihren wartenden Sänften begaben, hatten sie das Gefühl, eine Last sei von ihnen genommen. Der letzte Verstoß gegen göttliches Gebot durch ein dem Untergang geweihtes Regime war getilgt.

Auf dem Rückweg zum Palast hielt Anchesenamun am Totentempel des Sohns des Hapu an, brachte dem Seher Opfergaben dar und betete um die Wiederherstellung des Augenlichts ihrer Mutter. Eje, der zusah, wie die zarten königlichen Finger Weihrauchkörner auf das Gefäß streuten, dachte bei sich, es würde dem toten Edelmann eine boshafte Befriedigung bereiten, Anchesenamuns inbrünstigen Gebeten keine Beachtung zu schenken. Ihm war kein Gehör geschenkt worden, und infolgedessen hatten sich seine schrecklichen Prophezeiungen erfüllt. Er würde sich nicht bei den Göttern verwenden für die Frau eines Prinzen, den zu töten er schon vor so langer Zeit befohlen hatte, sondern sich freuen über sämtliche Konsequenzen des Ungehorsams seines königlichen Herrn.

Doch jene, die das Begräbnis der großen Königsgemahlin und ihres Sohns als ein Zeichen dafür angesehen hatten, daß in Ägypten nun alles gut stünde, wurden in ihrer Hoffnung enttäuscht, als Anchesenamun kurz darauf eine totgeborene Tochter zur Welt brachte. Die Höflinge beobachteten ihren Schmerz mit wissendem Lächeln. «Die königliche Familie ist dünnblütig», flüsterten sie. «Ihre Mutter hat Ägypten nur Mädchen geschenkt, und auch sie ist nicht fruchtbar genug für Söhne. Die Götter sind dieses weibischen Geschlechts überdrüssig geworden.» Viele Augen folgten Haremhab heimlich bei seinem Kommen und Gehen im Palast. Der Königsvertreter sah gut aus und war tüchtig, ein Mann der Tat zwischen Kindern und alten Männern, aber in dem immer erfreulicher werdenden Leben in Malkatta war Politik nicht mehr als ein unterhaltsames Thema, das bald durch weniger gewichtige Dinge verdrängt wurde.

Haremhab schien sich mit seiner untergeordneten Stellung abgefunden zu haben. Wenn er nicht seine Pflichten als Königsvertreter wahrnahm, konnte man ihn im Amt des Schreibers für Heeresangelegenheit finden oder bei seinen Offizieren und Soldaten in den Kasernen. Eje hätte ihn des Kommandos über die Gefolgsleute Seiner Majestät enthoben, wenn er es gewagt hätte, aber er wußte, weil die Götter wieder stark wurden, daß die Gründe, die er gegen Haremhab angeführt hatte, mit jedem vergehenden Jahr an Glaubwürdigkeit verloren. Eje gestand sich ein, daß er vor dem Mann Angst hatte. Obwohl in Ägypten mit Tutanchamun ein beliebter junger Pharao herrschte, den alle schätzten, hatte eine tiefgreifende und unumstößliche Veränderung stattgefunden seit den Tagen des erhabenen Osiris Amenhotep, als Pharao durch Göttlichkeit geheiligt war und der herrschende Gott, welche menschlichen Schwächen er auch hatte, unfehlbar war, geschützt durch die steife Formalität des Protokolls. Seitdem hatte Ägypten einen Pharao erduldet, der sich als nicht nur irregeleitet, sondern als geradezu verbrecherisch erwiesen hatte, einen Mann, dem die Götter selbst entgegengewirkt hatten und dessen peinliche Fehlbarkeit sogar jedem armen Bauern offenkundig geworden war.

Ohne seine traditionelle Unverletzlichkeit war Pharao nicht länger unangreifbar. War nicht schon einer von Ägyptens Herrschern eines gewaltsamen Todes gestorben? Es handelt sich nicht nur darum, dachte Eje, daß Pharao nicht länger göttlich ist. Seine Göttlichkeit ist seinem Fleisch erlegen, und jedermann weiß, daß ein Dolch Fleisch bluten läßt. Und das weiß niemand besser als Haremhab. Welche Ambitionen hat er eigentlich? Ist es die Doppelkrone, die in seiner Einbildung schimmert, oder bloß der Traum von einem Ägypten, das wieder ein mächtiges Reich beherrscht? Wenn es das Reich ist, wird er sich gedulden, und Tutanchamun hat nichts zu fürchten, aber wenn es die Krone ist, dann wird er einfach den rechten Augenblick abwarten, um zuzuschlagen, und sofern er seine Absichten nicht irgendwie verrät, werde ich eine Tragödie nicht verhindern können.

Später in jenem Jahr erhielt Eje einen Papyrus aus Achet-Aton. Er entrollte ihn und las geistesabwesend, aber dann erstarrte er. «Sie ist tot», stand da. «Ich wachte eines Morgens auf und fand sie leblos neben mir. Ich habe sie in den Bergen begraben. Ich verlasse den nördlichen Palast und nehme nur mit, was mir gehört. Dir, Regent, langes Leben und Glück.» Die Unterschrift lautete: «Thutmose, Bildhauer.» Eje ließ die Schriftrolle auf seinen Schreibtisch fallen, und das kleine Geräusch rief eine Flut von Erinnerungen hervor. Das Kind Nofretête, an einem heißen Nachmittag im Garten in Achmin zu Tiês Füßen sitzend, die Hände voller billiger Perlen, die Augen fragend auf ihn gerichtet, als er sie ruft. Er wußte nicht, warum er diese unwichtige Szene so deutlich im Gedächtnis behalten hatte. Nofretête, schmollend und schlecht gelaunt, versucht, sich mit Mutnodjme zu streiten, die sich aber nie zu einer Reaktion aufraffen kann. Nofretête hoch über den Köpfen ihrer Anbeter, kühl und schön unter der Sonnenkrone, der rote Mund leicht lächelnd. Und jetzt in aller Stille begraben, von einem Nichtadeligen zur Ruhe gebettet. Wenn er trauerte, das wußte Eje, dann um das kleine Mädchen im Garten.

Er nahm die Schriftrolle, ging zu den Gemächern der Königin und wartete, während ihr Herold für ihn die Erlaubnis erbat einzutreten. Anchesenamun begrüßte ihn fröhlich, sie hatte lose einen weißen Umhang angelegt, ihr Haar war naß und zerzaust. Ihre braune Haut glänzte von frisch aufgetragenem Öl.

«Bitte nimm doch Platz, Großvater», forderte sie ihn auf. «Ich komme gerade aus dem Bad. Pharao sagt, ich verbringe mehr Zeit damit, mich zu reinigen als ein Priester. Er hat mir heute morgen neue Ohrringe geschickt. Gefallen sie dir?» Sie hielt sie ihm hin, er nickte und zwang sich zu einem Lächeln. Sie wurde ernst. «Bringst du mir schlechte Nachrichten?»

Statt zu antworten, gab er ihr den Papyrus und sah schweigend zu, als sie ihn überflog. Sie legte die Schriftrolle beiseite, setzte sich auf den Bettrand und zog mit beiden Händen den Umhang fest um sich. «Ich hasse diese Gemächer», sagte sie nach einer Weile. «Ich habe sie schon in dem Augenblick gehaßt, als ich zum erstenmal über die Schwelle trat. Sie sind dunkel und alt und riechen nach einstigen Sünden. Tutanchamun glaubt, ich mag sie, und freut sich darüber, weil die Königsgemahlin Teje hier wohnte, aber ich denke nur daran, daß meine Mutter in diesem Bett schlief und hier aus und ein ging.» Ihre Stimme zitterte. «Ich schlafe nicht gut.»

«Dann sage es ihm, um Seths willen! Er liebt dich innig, Majestät. Er wird einen neuen Flügel für dich bauen!»

«Es sind nicht neue Gemächer, die ich brauche. Ich kam ins Bett meines Vaters, als ich elf Jahre alt war. Ich war arglos, Eje, ich verstand es nicht. Nicht einmal die Geburt meiner Tochter hat mir den Schleier von den Augen gezogen. Was mein Vater mir antat, meinen Schwestern antat, war für einen Pharao kein Verstoß gegen das Gesetz der Ma'at, doch hier in Malkatta erkenne ich mit einemmal, daß es mehr als eine dynastische Notwendigkeit war, was ihn dazu trieb. Da mir diese bösere Sache jetzt klar ist, komme ich mir wie eine verbrauchte alte Frau vor, deren schöne Erinnerungen sich plötzlich als Lügen herausstellen.» Ihre Augen füllten sich mit Tränen. «Thutmose hat uns erst Nachricht geschickt, als es zu spät war, um zu ihr zu fahren, zu trauern, ihr beizustehen! Ich verstehe es nicht.»

Eje versuchte nicht, sie zu trösten, denn er wußte, daß ihr Stolz das nicht zulassen würde.

«Ich verstehe es», erwiderte er. «Sie gehörte ihm, nicht uns. Er wollte sie bis zuletzt für sich haben. Er konnte den Gedanken nicht ertragen, daß eine Schar Höflinge in die Stille des nördlichen Palastes eindringt, und ich glaube, es war sein gutes Recht. Ich werde Pharao bitten, hier einen Totentempel für sie zu bauen.»

Sie hob das Kinn. «Das ist es nicht. Malkatta ist ein einsamer Ort, und jetzt noch einsamer, da ich weiß, daß sie tot ist.»

Er legte einen Arm um ihre zarten Schultern. «Anchesenamun, du bist erst siebzehn Jahre alt, schon eine Königin, schön und geliebt. Die Zukunft ist verheißungsvoll für uns alle. Schau nicht zurück.»

Sie wandte sich ab. «Ich kann nicht anders», sagte sie kalt. «Die Vergangenheit läßt mich nicht los.»

29

Nachdem Tutanchamun volljährig geworden war, gab Eje seinen Posten als Regent auf, aber da das gute Einvernehmen mit Tutanchamun, das er in dessen Kindheit hergestellt hatte, zwischen ihm und dem jungen König weiter bestand – Pharao erbat Ejes Rat in allen wichtigen Fragen und befolgte ihn auch –, übte Eje in Wirklichkeit nach wie vor die höchste Macht in Ägypten aus. Die Höflinge staunten über sein langes Leben und sahen es als einen Gunstbeweis der Götter an, denen er wieder Vorrang eingeräumt hatte. Doch gleichzeitig regte sich ihr Groll, denn Zugang zu Pharao erhielten sie nur über seinen Onkel, und Eje duldete nicht, daß er irgendwelche Vollmachten an andere übertrug. Die verschiedenen Minister hatten zwar ihre Ämter zurückerhalten, durften aber nicht selbständig handeln. Infolgedessen waren die hoffnungsvollen Ansätze in Malkatta nicht zum Tragen gekommen.

Anchesenamun hatte noch einmal empfangen, aber das Kind kam wieder tot zur Welt. Sie trug ihre Demütigung tapfer, was ihr durch die Tatsache erleichtert wurde, daß keine von Tutanchamuns Nebenfrauen oder Konkubinen überhaupt hatte empfangen können. Aber die Sorge um einen Nachfolger begann die Unterhaltungen der Höflinge zu beherrschen. Ägypten brauchte einen Thronerben, einen Hoffnungsträger, daß Ma'at weiterbestehen würde, daß die erst so kürzlich wiederhergestellte alte Ordnung gesichert werden könne. Es wuchsen keine vielversprechenden königlichen Prinzen im Harem auf, keine neue Generation von Horus-im-Nest, auf der die Augen besorgter Minister ruhen konnten. Statt dessen waren diese Augen auf Haremhab gerichtet, der immer noch als Königsvertreter hinter Pharao einherschritt und alle dadurch, daß er dieses Amt innehatte, das eigentlich einem Thronfolger zustand, an die gähnende Leere der Zukunft erinnerte.

Haremhab war sich der forschenden Blicke, die ihm folgten, wohl bewußt. Eje fürchtete ihn aus Gründen, die, wie Haremhab sich sagte, bisher nicht stichhaltig waren. Ägypten war mit Tutanchamun gut gefahren, wenn auch nicht auf die Weise, die Haremhab selbst gewählt hätte, und er war bereit gewesen, sich Ejes Einschätzung der Bedürfnisse des Landes und ihrer Befriedigung zu fügen, sobald er sah, daß der Erholungsprozeß begann. Über seine Ernennung zum Königsvertreter hatte er sich gefreut – sogar noch, als sich zeigte, daß Eje Pharao diese Ernennung nahegelegt hatte, um ein wachsames Auge auf den Oberkommandierenden zu haben –, denn er nahm an, in dieser Eigenschaft werde er ebenso Zugang zu Pharao haben wie der Regent. Weil er glaubte, daß Tutanchamun, wenn man ihm Zeit ließ, seine Aufmerksamkeit militärischen Dingen zuwenden werde, wie Mutnodjme vorausgesagt hatte, war er zufrieden.

Doch als die Jahre vergingen und Ägypten wieder stark zu werden begann, wollte Pharao von seinem Vertreter immer noch nichts hören außer Floskeln der Verehrung, wie die Etikette sie vorschrieb. Mehrmals versuchte Haremhab, sich bei Tutanchamun für die Armee zu verwenden, aber wann immer er die Mobilisierung vorschlug, stieß er auf Ablehnung. Zu seinem Ärger erkannte er, daß es nicht Pharao, sondern Eje war, der jeden Versuch, das Weltreich zurückzuerobern, verhinderte. Ejes Blick war mehr und mehr auf die Vergangenheit gerichtet, auf die Zeit, als Ägypten selbstgenügsam war, ein Volk, das mit anderen Völkern Handel trieb, aber nicht von Eroberungen träumte und sich stolz von der übrigen Welt fernhielt. Der Regent glaubte so fest an die Richtigkeit seiner Politik und daß es auf viele Jahre hinaus – und vielleicht für immer – nicht ratsam sei, irgendwelche Gebiete zu erobern, daß er darauf beharrte, seinen jungen und fügsamen Neffen noch enger an sich zu binden.

Haremhab fand einigen Trost in dem Gedanken, daß er durch den Mord an Semenchkarê wenigstens ein Ziel erreicht hatte, nämlich die Wiedereinsetzung Amuns und die Rückkehr der Regierung nach Theben. Aber seine Hoffnung, daß eine zukünftige Generation königlicher Prinzen ihre Aufmerksamkeit auf den anderen Wunsch richten würde, der Haremhab am meisten am Herzen lag, schwand, als die Königin eine zweite totgeborene Tochter zur Welt brachte. Wenn es in den kommenden Jahren keinen Thronfolger gab, würde Tutanchamun einen der jungen Adeligen unter den von Eje ausgewählten Ministern dazu bestimmen – zweifellos einen Mann, der dieselbe Friedenspoltiik betreiben würde, die Pharao von seinem Onkel übernommen hatte, und Ägypten würde auf immer die untergeordnete Stellung behalten, in die es geraten war. Der Gedanke war unerträglich, doch war Haremhab noch nicht ganz bereit, die Alternative zu erwägen, solange er sich nicht davon überzeugt hatte, daß Pharao niemals auf seinen Rat hören würde.

Er suchte ein Gespräch mit Tutanchamun, als Pharao an einem heißen Abend im Mesore am See spazierenging. Nacht-Min stand neben dem König, den weißen Straußenfächer auf der Schulter, und auch Eje stand unter dem Baldachin. Andere Höflinge folgten und unterhielten sich leise. «Faltet den Baldachin zusammen», befahl Tutanchamun den Dienern. «Rê nähert sich dem Horizont, daher ist er jetzt nutzlos. Ich werde gleich baden gehen.» Er richtete einen gleichgültigen Blick auf den Königsvertreter. «Jetzt ist nicht der richtige Augenblick, um Staatsangelegenheiten zu besprechen, Haremhab. Zum Denken ist es noch zu heiß.»

Haremhab hatte seinen Fußfall gemacht und sah Pharao jetzt entschlossen an. «Dann wird mir deine Majestät morgen eine Audienz gewähren?»

Tutanchamun seufzte, setzte sich auf den Stuhl, der für ihn hingestellt worden war, und winkte seinem Gefolge, sich auf dem Rasen niederzulassen. «Nein. Morgen gehen Nacht-Min und ich auf die Jagd, und dann müssen die Vorbereitungen für die Neujahrsfeier erörtert werden. Besprich deine Probleme mit meinem Onkel.»

Haremhab setzte sich mit gekreuzten Beinen auf den Boden und sah zu Eje auf. Die Sonne ging hinter dem Regenten unter, so daß sein Ausdruck schwer zu erkennen war. «Das habe ich schon getan, Unsterblicher», sagte er eisig, «aber wir reden aneinander vorbei, der Regent und ich. Ich bin dein Vertreter und der Befehlshaber deiner getreuen Armee. Meine Bitte ist klein.»

«Aber dringend, nehme ich an. Nun gut, aber fasse dich kurz.»

Forschend, wenngleich respektvoll betrachtete Haremhab das hübsche Gesicht. Der neunzehnjährige Tutanchamun hatte die sinnlichen Lippen und die wohlgeformte Nase seiner Mutter und auch ihre forsche Redeweise, aber die großen, sanften Augen seines Vaters, die selten Gedankentiefe verrieten. Er hätte einen guten Höfling abgegeben, erfreulich anzusehen, mit Sinn für feine Lebensart, einer verträglichen Veranlagung und einer Begabung für leichte Konversation. Haremhab hielt ihn für unreif und machte es Eje zum Vorwurf, daß er ihm jede eigene Entscheidung versagte.

«Majestät, ich wünsche mir sehnlichst deine Erlaubnis, mit einer halben Division nach Norden zu ziehen und Gaza wiederzuerobern. Wie deiner Majestät bekannt, ist Ägypten bereit, wieder einen schwunghaften Handel zu beginnen, und ohne Gaza können wir keinen nennenswerten Handel treiben. Wir müssen es zurückgewinnen.»

«Majestät», fiel Eje ihm ins Wort, «Haremhab weiß sehr wohl, daß die Chatti einen Überfall auf Gaza als Auftakt zu einer ägyptischen Offensive auslegen könnten. Dafür sind wir noch nicht bereit.»

«Ich spreche mit Horus, nicht mit dir!» sagte Haremhab hitzig. «Halte dich heraus, Eje. Du denkst und sprichst wie ein vertrottelter alter Narr.» Kaum hatte er die Worte ausgesprochen, bereute er sie schon. Ich werde reizbar, verfluchte er sich. Ist das die Arroganz, die Mutnodjme mir vorwirft? Er sah, daß sich ein herablassendes Lächeln auf Ejes Gesicht ausbreitete. Tutanchamun sah sich kurz um. Alle Anwesenden lauschten begierig in der Hoffnung auf einen Skandal.

«Du bekundest mir wenig Ehrerbietung, wenn du in meiner heiligen Gegenwart Beleidigungen ausstößt», sagte Pharao. «Ich bin der Meinung meines Onkels. Es ist zu früh, um an eine militärische Operation zu denken. Ein solches Vorgehen würde die Befürchtungen des Volkes wieder wecken. Es beginnt gerade erst, an den neuen Wohlstand zu glauben, den wir ihm bringen. Ein Krieg würde ihn ihm wieder nehmen.»

«Ich spreche nicht von Krieg», verwahrte sich Haremhab. «Gaza kann mit einem kleinen, raschen Überfall eingenommen werden. Das wäre das Ende des Beutezugs.»

«Wirklich?» Tutanchamun sah ihn scharf an. «Ich kenne deinen Wunsch. Ich gedenke nicht zuzulassen, daß du ihn dir erfüllst.»

Haremhab wußte, daß der Gott wieder einmal Ejes Worte nachbetete, und war wütend. «Wenn deine Majestät auf meinen Rat nicht hören will, dann befrage wenigstens einige deiner anderen Minister. Sie haben auch eine Meinung.»

Die unausgesprochene Kritik hatte Tutanchamun verletzt. Er beugte sich vor und schlug Haremhab mit seinem Fliegenwedel auf die Wange. «Sofern du nicht deines Kommandos enthoben werden möchtest, würdest du gut daran tun, mir aus den Augen zu gehen», sagte er barsch. «Ich habe dich nie leiden können. Du darfst dich entfernen.» Das Schweigen war erfüllt von der Schadenfreude der Zuschauer. Blaß vor Demütigung, stand Haremhab auf, verbeugte sich und ging erhobenen Hauptes davon. Die Blicke von allen brannten ihm auf dem Rücken.

Den Rest des Tages verbrachte Haremhab in der Wüste hinter dem Palast, schrie die Pferde an und hieb auf sie ein, während sie seinen Streitwagen durch den Sand zogen. Bei Einbruch der Nacht ging er nach Hause, aber seine Wut hatte sich noch nicht gelegt. Er hatte nichts gegessen. Pharaos leichter Schlag mit dem Fliegenwedel brannte immer noch wie ein heftiger Peitschenhieb, und er ging im Schlafzimmer vor Mutnodjme auf und ab und strich mit den Fingern über den unsichtbaren Striemen auf seiner Wange.

«Ich habe sie alle nachgerade satt, Mutnodjme», sagte er. «Meine Geduld ist erschöpft. Echnaton, ein Prinz, dem ich meine Freundschaft schenkte, aber was war er? Ein Verbrecher. Semenchkarê, ein verdrehter, verderbter Bengel. Tutanchamun, ein Schwächling. Er hat mich geschlagen. Mich! Eine solche Vergeltung meiner Treue habe ich nicht verdient.»

«Du sprichst von Göttern», ermahnte ihn Mutnodjme. Sie lag bäuchlings auf dem Bett, nackt, das Gesicht dem Windfänger zugewandt.

«Götter», höhnte Haremhab. «Seit Amenhotep hat es in Ägypten keinen Gott mehr gegeben. Dieser junge Schnösel hat mich geschlagen!»

«Du sagtest es.» Sie drehte sich auf den Rücken um. «Aber ich glaube, es war dein Stolz, den er schlug, nicht dein Gesicht. Was macht es schon aus? Ich verstehe deine Wut nicht, Haremhab. Komm und liebe mich.»

«Du bist wie alle Frauen. Du denkst mit dem Unterleib», erwiderte er. «Wo bleibt dein Mitgefühl?»

Mutnodjme setzte sich seufzend auf und stopfte sich Kissen in den Rücken. «Ich habe Angst um dich», sagte sie. «Nichts gefällt dir mehr. Du trinkst zuviel, du schlägst deine Diener, du schreist alle an. Warum? Das Leben ist schön.»

«Das Leben ist schön? Nein, Mutnodjme, das Leben ist nicht schön. Ich trage Fesseln um die Handgelenke. Ich bin ein Gefangener. Hörst du mich?» Er starrte sie an und schleuderte dann plötzlich seinen Becher durch das Zimmer. Er stieß an eine zierliche Alabasterlampe, ehe er an die Wand knallte. Bruchstücke der Lampe schlitterten über den Fußboden, und das Öl tropfte auf das Bett. Mutnodjme hatte sich nicht gerührt, sondern sah ihn unverwandt an. Er atmete schwer, die Schultern hochgezogen, und mit einemmal kam er zum Bett, ließ sich darauf fallen und zog sie unter sich. «Du irrst dich», zischte er. «Das hier gefällt mir immer noch.» Einen Augenblick ertrug sie seinen Kuß, dann schob sie ihn weg und stand vom Bett auf.

«Das ist kein Vergnügen», sagte sie, «und mir ist heute abend nicht danach zumute, wilde Spiele mit dir zu spielen, Haremhab. Ich werde auf dem Dach schlafen. Rufe eine Konkubine, wenn du jemandem weh tun willst.» Sie griff nach ihrem Schlafgewand und ging hinaus.

Lange Zeit blieb Haremhab ausgestreckt auf dem Bett liegen, wie Mutnodjme ihn verlassen hatte, die Augen offen, das Gesicht auf die Laken gedrückt, die nach ihrem Parfum und sehr aufdringlich nach dem verschütteten Öl rochen. Er fürchtete sich davor zu denken. Dann und wann traf ihn ein Schwall heißer Luft aus der unverschlossenen Öffnung des Windfängers und ließ ihn von neuem in Schweiß ausbrechen. Da oben würde sie sitzen, auf Kissen gelagert, schläfrig, aber empfänglich für jede Liebkosung desselben Windes auf ihrer glatten Haut, unter den schweren Lidern würde sich das Sternenlicht in ihren Augen spiegeln, ihre Sinne würden jede Bewegung der Nacht aufnehmen. Vielleicht hörte sie Musik. Vielleicht hatte sie schon nach ihren Freunden geschickt, damit sie ihr halfen, sich die Sommernacht mit Spielen und Geschwätz zu vertreiben, oder auch bloß nach einem Freund, in dessen Armen sich die heiße Pikanterie der Dunkelheit noch erhöhen könnte. Er stellte sie sich da oben mit einem Mann vor, das erstickte Gelächter, das Flüstern, zwei nackte Gestalten, schwarz gegen den Trichter des Windfängers, aber zuletzt widersetzte sich sein Verstand der Ablenkung und war bereit für die Überlegungen, die er anstellen mußte.

Müde setzte er sich auf. Tutanchamuns Mangel an Respekt heute war nicht einfach der Ärger eines Gottes über einen Untertanen, der sich zuviel herausgenommen hatte, dachte er. Nein. Es ist das Recht eines Pharaos, sein Volk zu behandeln und über es zu verfügen, wie er will. Dieser Schlag mit dem Fliegenwedel war ein Zeichen, daß er keine Achtung vor meiner Stellung hat und meine Ansichten ihm gleichgültig sind. Ich kann nicht länger glauben, daß Pharao mir je seine Aufmerksamkeit zuwenden und mir endlich die Erlaubnis erteilen wird, Ägyptens Ehre wiederherzustellen. Jetzt weiß ich, daß ich, sofern ich es nicht verhindere, in mein Grab in Sakkara gelegt werde, ohne etwas für mich oder das Land, das ich liebe, vollbracht zu haben. Pharao wird nie Krieg führen. Wäre ihm erlaubt worden, mich anzuhören, hätte ich allmählich sein Vertrauen und seine Mitwirkung gewonnen, aber der junge Mann ist gegen mich aufgehetzt worden.

Er dachte so angestrengt nach, daß er nicht mehr still sitzen konnte, sondern zum Fenster ging, die Arme auf das Fensterbrett legte und sich über das kaum erkennbare Blumenbeet unten hinauslehnte.

Ich bin kein gewalttätiger Mann. Was immer Mutnodjme auch denkt, die unvermeidlichen Grausamkeiten des Krieges haben nichts zu tun mit einem perversen Verlangen zu zerstören, einem Verlangen, das ich nie gehabt habe, das kein Befehlshaber sich leisten kann. Also was will ich dann? Um des Goldes willen habe ich die Königsgemahlin Teje im Stich gelassen, und weil ich glaubte, daß ich mehr Einfluß auf ihren Sohn gewinnen würde. Ich habe Semenchkarê ermordet, um Ägypten eine weitere Tortur zu ersparen. Aber sein Tod brachte mir auch nicht mehr Einfluß auf den Horus-Thron. Wodurch könnte ich ihn erreichen? Ich habe kein königliches Blut in den Adern, das mir den Respekt und die Aufmerksamkeit eines Pharaos sichern würde. Ah, aber Mutnodjme . . . Ist es also das, was ich wirklich will? Die Doppelkrone auf meinem Haupt? Die Möglichkeit, mit Ägypten zu tun, was ich will? Er stöhnte und fuhr sich mit den heißen Händen über das Gesicht. Ich will nicht wieder töten, aber bestimmt muß Amun voll Verachtung auf den jämmerlichen Rest seiner göttlichen Familie herabschauen. Ich bin würdiger, sein

Sohn zu sein, als Tutanchamun, dessen Blut befleckt ist durch die Sünde seiner Eltern.

Oh, wie kannst du dir Rechtfertigungen ausdenken, spottete er über sich selbst und lächelte matt in der Dunkelheit. Was für einen frommen Unsinn du erfinden kannst! Du willst Pharao werden, weil du es willst, du brauchst keinen Vorwand. Angenommen, du tötest Tutanchamun? Es wäre einfacher als beim letzten Mal. Die Götter haben dich nicht für das gestraft, was du getan hast. Und wenn ich ihn töte, wird sich Eje dann den Thron sichern wollen? Wahrscheinlich, und beide kann ich nicht töten. Mit einem Todesfall würden sich die Höflinge abfinden, könnten aber vor zweien nicht die Augen verschließen. Ich kann nicht so weitermachen, warten, warten und mich fragen, was mit Ägypten geschieht, wenn ich tot bin, wenn Pharao tot ist. Mich fragen? Ich weiß es doch. Das ist es ja, was an mir nagt. Ich weiß es. Es würde Anarchie, Armut und Blutvergießen geben. Soll Tutanchamun im nächsten Monat noch das Neujahrsfest feiern. Bis dahin werde ich irgendeinen Plan ersonnen haben, aber diesmal kann ich niemandem trauen außer mir selbst.

Nachdem er sich darüber klargeworden war, was er wollte, war er plötzlich hungrig, rief einen Diener und ließ sich Wein und etwas zu essen kommen. Während er darauf wartete, dachte er an Mutnodjme. Sollte er sich ihr anvertrauen? Es war nicht nötig. Sie würde Bescheid wissen.

Bei der traditionellen Überreichung von Geschenken anläßlich der diesjährigen Neujahrsfeier waren nicht nur Gesandte aus Nubien anwesend, sondern auch Botschafter aus Alaschia und Babylon, die ersten Ausländer seit Echnatons zwölftem Regierungsjahr, die gekommen waren, um neue Handelsabkommen zu schließen. Eje, der vor Monaten versuchsweise Botschafter zu diesen Herrschern entsandt hatte, war überglücklich. Die Schatzkammer wurde geöffnet und zum erstenmal, seit Tutanchamun das chaotische Erbe seiner Vorgänger angetreten hatte, wurde freigebig Gold verteilt.

Sechs Wochen später, um die Mitte des Monats Paophi, nahm ein fröhlicher Pharao die Einladung seines Vertreters zu einer viertägigen Löwenjagd an. Haremhab hatte das jährliche Niederwerfen zu Füßen seines Herrn mit gebührender Demut vorgenommen. Sein künstlicher

Kranz hatte aus Goldsilber bestanden, die Blüten aus Lapislazuli. Sein Geschenk waren ein neuer in Gold gefaßter Bogen mit Blumenmuster und ein elfenbeinerner Wurfstock mit eingelegten silbernen Papyruswedeln. Er war darauf bedacht gewesen, seine Verehrung nicht allzu unterwürfig zum Ausdruck zu bringen. Die Jagd hatte er selbst ausgerichtet: die Einladungen an alle Minister, die Beschaffung von Dutzenden von Damastzelten, die Bereitstellung von Streitwagen und Pferden aus den Ställen der Stoßtruppen und von unzähligen Sklaven, die unzählige Proviantkörbe packen und den Wein ausschenken würden, den er von seinen Gütern im Delta hatte kommen lassen. Für Musikanten und Tänzerinnen hatte er gesorgt. Sein einziger Fehlschlag war Mutnodjme, die sich weigerte, an der Jagd teilzunehmen.

«Ich hasse es, in Zelten zu schlafen», sagte sie. «Zuletzt hat man den Mund voller Sand und morgens schmerzende Glieder, weil die Feldbetten so hart sind. Hättest du Pharao zu einer Bootsfahrt eingeladen, wäre es etwas anderes. Ich werde nach Achmin fahren und meine Mutter besuchen, während der Hof in dünnen Zelten schwitzt, sandigen Wein trinkt und so tut, als wäre das wunderbar.»

«Was wird die Königin sagen? Sie wird dein Gast sein.»

«Nein, mein Gemahl», erwiderte sie leichthin. «Anchesenamun wird dein Gast sein. Sie kennt mich gut. Sie wird verstehen, warum ich nicht da bin, und wird zweifellos wünschen, sie wäre auch nicht da.»

«Wie meinst du das?»

«Du packst mich zu fest», sagte sie, und er ließ ihr Handgelenk mit einer gemurmelten Entschuldigung los. «Ich meine nur, was ich sage. Anchesenamun schätzt ihre Behaglichkeit.» Sie sah ihn seltsam an. «Jage nicht zu verwegen, Haremhab. Trotz deiner abscheulichen Laune mag ich dich recht gern.» Sie war rasch weggegangen, als wisse sie, daß er wünschte, einer Antwort enthoben zu sein. Es stimmte, was sie gesagt hatte. Ihre Abneigung gegen das Jagen und das Wohnen in Zelten war allgemein bekannt, und niemand würde es merkwürdig finden, daß sie nicht dabei war. Dennoch machte er sich Sorgen. Ihre Abwesenheit könnte später falsch ausgelegt werden.

Am Tag des Aufbruchs zog die glänzende Gesellschaft langsam hinter den westlichen Felsen hinaus in die Wüste und wirbelte eine rote Staubwolke auf. Haremhab fuhr auf seinem Streitwagen neben dem von Pharao, ein Ehrenplatz, der ihm als Gastgeber zukam. Er verhielt sich äußerlich liebenswürdig und lächelte, aber innerlich war er verkrampft vor Erwartung und Angst. Er hatte keinen genauen Plan machen können und wußte, daß er bereit sein mußte, jede sich bietende Gelegenheit zu ergreifen. Tutanchamun war fröhlich gestimmt, redete und lachte unter dem kleinen Baldachin, den Nacht-Min über ihn hielt, während er mit angeborener Geschicklichkeit seinen Streitwagen lenkte. Eje folgte auf einer Sänfte und fand ausnahmsweise einmal keine Beachtung. Hinter ihnen kamen die Höflinge in ihren eigenen Sänften, und die Nachhut bildeten die königlichen Leibwächter mit den leeren Streitwagen und Kisten mit Waffen für diejenigen, die später ihre Geschicklichkeit erproben wollten. Gegen Ende des Tages erreichten sie die bereits auf geharktem und geglättetem Sand aufgeschlagenen Zelte. Auch die Schreine waren schon aufgestellt, die Küchen standen bereit, und die gelangweilten, verlegenen Sklaven hatten sich auf den Teppichen niedergelassen und vertrieben sich die Wartezeit mit Würfeln.

Nachdem am Abend die Gebete um eine gefahrlose und erfolgreiche Jagd verrichtet worden waren, überließ sich die Gesellschaft dem Essen und der Unterhaltung. Das Dröhnen von Trommelschlägen und das Wimmern von Flöten hallten über die Wüste. Tänzerinnen umkreisten die flackernden Feuer, und die Gäste wanderten von Zelt zu Zelt, ihre Becher in der Hand. Auf Einladung von Pharao ging Haremhab in das königliche Zelt. Eje war nicht anwesend. Mehrere Stunden sprachen der junge König und der Oberbefehlshaber von der Vergangenheit, der Gegenwart und Tutanchamuns Hoffnungen für die Zukunft. Haremhab stellte fest, daß er den eitlen, impulsiven jungen Mann fast gern hatte, und dennoch bereute er nicht, was er tun mußte. Dafür war es zu spät.

Zwei Jagdtage lang wartete er. Er hatte die Achsnägel an einem Rad von Tutanchamuns Streitwagen gelockert. Er wußte, daß das Rad die Beanspruchung einer normalen Fahrt aushalten würde, und nahm an, Pharao werde das leichte Vibrieren des lockeren Rads auf der unebenen Wüstenfläche nicht bemerken. Nur die Überbeanspruchung bei einer schnellen Hetzjagd würde es abfallen lassen.

Haremhab hatte sich schon damit abgefunden, daß die Jagd auch ohne Unfall enden konnte. Zwei Tage lang fuhren sie hinter den Felsen gemächlich über den Sand, sahen am ersten Tag nichts und verpaßten am zweiten einen Löwen, den sie in den Bergen kurz sahen und der dann verschwand.

Aber am dritten Morgen brach ein goldfarbenes Tier aus den Schatten am Fuß der Felsen hervor und raste über den Sand. Tutanchamun hatte wie so oft beschlossen, selbst zu fahren. Mit einem Schrei deutete er auf den Löwen und ließ dann die Peitsche auf die Flanken der Pferde sausen. Der Streitwagen schnellte nach vorn. Haremhab, dem sich plötzlich die Kehle zusammenschnürte, spreizte die Beine und beugte sich vor, während sein Streitwagen Pharao nachjagte. Die übrigen Jäger, etwa sechs oder sieben Höflinge, folgten langsamer, denn traditionsgemäß gebührte Pharao die erste Jagdbeute. «Brich, brich», murmelte Haremhab zwischen den Zähnen und kniff die Augen zusammen gegen den warmen Wind, der ihm den Schurz an die Schenkel preßte. Er lenkte seine Pferde nach rechts, damit er und sie nicht den Sand in die Augen bekamen, den Tutanchamuns Tiere hochschleuderten.

Dann begann sein Herz wie rasend zu klopfen. Ein schimmerndes Rad wackelte, fiel vom Streitwagen ab und rollte davon. Er hörte den Pharao schreien, mehr überrascht als ängstlich. Die Achse schlug auf den Boden auf. Tutanchamun ließ die Zügel los. Die Höflinge hinten stießen Entsetzensschreie aus, als er hochschnellte, sich mehrmals überschlug, auf die Pferde prallte, die mit einem Ruck stehengeblieben waren, und zusammengekrümmt in den Sand fiel. Haremhab sah nach hinten. Er und Pharao hatten einen weiten Vorsprung gehabt. Er zerrte wie wild an seinen Zügeln, sprang hinunter, rannte hin und kniete rasch nieder. Zu seiner Verwunderung schlug Tutanchamun die Augen auf. Er lag auf der Seite, sein safrangelber Schurz war zerrissen, sein Helm verrutscht, sein Atem flach. Er war bloß betäubt. In diesem Augenblick hätte Haremhab beschließen können abzuwarten, oder vielleicht hätte er Pharaos wunderbare Errettung als ein Zeichen ansehen können, daß der Gott ihn schützte. Aber ein rascher Blick zeigte ihm zweierlei. Der Boden war übersät mit kleinen Felsbrocken, und in Reichweite und in der Sonne glitzernd lag einer der Achsnägel. Er zögerte nicht. Schon näherten sich ihm Männer, winkend und schreiend. Er ergriff den Achsnagel und einen Felsbrocken und drehte Tutanchamun auf den Bauch um. Ein Finger suchte nach der Einbuchtung am unteren Teil des Schädels, die der verrutschte Helm freigelegt hatte. Der Kopf lag nicht im richtigen Winkel. Er verschob ihn leicht, setzte die Spitze des goldenen Achsnagels auf die Einbuchtung und schlug dann mit dem Felsbrocken auf den Nagel. Es gab einen kleinen Widerstand, und dann glitt der Nagel nach oben. Pharao stieß einen winzigen Laut aus, wie das Miauen eines Kätzchens. Haremhab zog den Nagel heraus. Ein wenig Blut quoll langsam hervor, ließ nach und quoll von neuem. Er rieb den Felsbrocken in dem Blut, zog den Helm herunter und legte Tutanchamun wieder auf den Rücken. Er hatte keine Zeit nachzuprüfen, ob Pharao tot war. Er ließ den Felsbrocken fallen, stieß den Achsnagel tief in den Sand und wandte sich um. Schon sprangen Männer aus ihren Streitwagen und rannten herbei. Ejes Sänftenträger kamen im Laufschritt. Er lag nicht, sondern saß und schlug sie. «Ist der Arzt da?» rief Haremhab, selbst erstaunt über die Festigkeit seiner Stimme. «Wir müssen Pharao aus der Sonne bringen. Ich glaube, er ist schwer verletzt.» Eje stieg aus, drängelte sich an den Höflingen vorbei und blieb erstarrt stehen. Das einzige Geräusch im Augenblick war sein röchelnder Atem. Als er die frische Blutspur in Tutanchamuns Nacken und auf einer Schulter sah, stieß er den blutbefleckten Felsbrocken mit dem Fuß beiseite, kniete sich hin und legte das Ohr an Pharaos Brust.

«Er ist nicht verletzt, er ist tot», flüsterte er. «Es ging so schnell. Ich kann es nicht glauben.» Er stand auf und wies seine Sänftenträger an: «Legt ihn auf meine Sänfte.» Dann sagte er zu Haremhab: «Es ist wie bei Prinz Thutmosis vor so vielen Jahren. So schnell . . .»

Haremhab trat zu ihm. Er selbst war blaß und unsicher auf den Beinen. «Wir müssen zur Königin fahren, ehe jemand von diesen Leuten hinkommt», stieß er mühsam hervor, und seine letzten Worte wurden schon übertönt von dem Wehklagen, das sich erhob, als die Vorhänge der Sänfte geschlossen wurden. «Versuche, dich zu fassen, Eje.»

Eje nickte. Zusammen stolperten sie zu Haremhabs Streitwagen und stiegen ein. Soldaten spannten die Pferde von Tutanchamuns beschädigtem Wagen aus und untersuchten die Achse, die sich beim Aufprall auf dem Boden verbogen hatte. Haremhab ergriff die Zügel, und zugleich mit der kleinen Bewegung breitete sich die Erleichterung in ihm aus. Er hatte es getan. Pharao war tot.

Die Nachricht hatte Anchesenamun bereits erreicht, und als die beiden Männer vor ihrem Zelt hielten, kam sie schon herausgelaufen, die Augen vor Entsetzen weit aufgerissen, und stürzte an Eje vorbei, der sie zurückhalten wollte. Sie zog die Vorhänge auf, dann sank sie auf die Knie und begann sich die Haare zu raufen. «Alle seine Kinder waren verflucht», schluchzte sie. «Und die Götter werden nicht zufrieden sein, ehe nicht auch ich tot bin. Ich bin die letzte! Tutanchamun, mein Bruder, mein Geliebter!»

«Nein, Majestät, das ist ein törichter Gedanke», sagte Eje beschwichtigend und beugte sich über sie. Aber sie ließ sich nicht trösten. Noch lange, nachdem die Sänfte schon auf dem Weg zum Haus der Toten war, und als die schweigenden Diener die Zelte abbrachen, kniete sie in der Wüste und wehklagte, schaufelte mit beiden Händen Sand auf und streute ihn sich aufs Haupt. Es war erschütternd, ihren Kummer mitanzusehen – tragisch und bedrückend war der Anblick der jungen Königin, deren zarte Züge entstellt waren, deren langes schwarzes Haar, mit Sand bedeckt, im heißen Mittagswind wehte, während hinter ihr die Felsen im Dunst braun schimmerten und der tiefblaue Himmel sich über ihr ins Unendliche erstreckte. Ihr Weinen schien alle Tränen einzuschließen, die von den Angehörigen ihrer dem Untergang geweihten Familie schon vergossen worden waren, doch kein Gott erhörte dieses verzweifelte Flehen.

Als die siebzig Tage der Trauer begannen, trauerte wirklich ganz Ägypten. Tutanchamuns friedliche Reformen hatten ihm die Verehrung aller Bürger eingetragen, denn sie hatten sich unter seiner Regierung sicher gefühlt. Jetzt war ihnen diese Sicherheit genommen, und zu ihrem Kummer trat nun noch die Sorge um die Zukunft. In Malkatta zogen sich die Höflinge niedergeschlagen in ihre Gemächer zurück. Nur Eje befragte, da er von einer inneren Unruhe erfüllt war, die er sich nicht genau erklären konnte, den Arzt, der die Leiche untersucht hatte.

«Er ist mit ungeheurer Wucht auf den scharfkantigen Felsbrocken geschleudert worden», erklärte ihm der Mann. «Da war ein tiefes Loch direkt oberhalb des Nackens. Wie tragisch, daß er gerade an dieser Stelle getroffen wurde, obwohl ich nicht verstehen kann, warum Horus so schnell starb. Ein Schlag auf die Schläfe wäre ein wahrscheinlicherer Grund für seinen sofortigen Tod gewesen.»

Weil Pharao schon tot war, als er in den Palast gebracht wurde, hatte ihn der Arzt offenbar nicht so gründlich untersucht, wie er es getan hätte, wenn Tutanchamun seine Verletzung überlebt hätte. Seine Antwort befriedigte Eje nicht. Ihm stand immer noch das Bild vor Augen, wie Haremhab sich über Pharao beugte und den Blick auf ihn versperrte; doch er sagte sich, daß sein Argwohn unbegründet sei. Gleichwohl erlebte er diesen Augenblick immer wieder in einem Traum, der ihn auch tagsüber quälte, und je länger er darüber nachdachte, um so mehr wurde der Verdacht für ihn zu einer Gewißheit. Hätte Tutanchamun damals den Befehlshaber nicht mit dem Fliegenwedel geschlagen, wäre er womöglich noch am Leben.

Aber andere dringliche Angelegenheiten nahmen Ejes Aufmerksamkeit in Anspruch. Auf seine Jugend vertrauend, hatte Tutanchamun sich keine Gedanken über einen Nachfolger gemacht. Eje und Maja berieten viele Stunden lang miteinander und mit den Wesiren des Südens und Nordens.

«Es spielt keine Rolle, wen wir wählen», sagte er. «Wir alle wissen, daß Haremhabs Schatten auf diese Beratungen fällt. Um keinen Preis darf er die Krone erhalten. Amun will nicht, daß sein neuer Reichtum in einem Krieg zerfließt, und das Volk will es auch nicht. Das Heer untersteht Haremhabs Kommando, und ich fürchte, er wird es einsetzen, um den Thron zu erringen, wenn wir keine Entscheidung treffen können. Aber würde er es auch tun, wenn die Krone schon einem anderen übertragen wurde? Das ist die Frage.»

Kein Pharao wird gewaltsam herrschen wollen, ohne Unterstützung durch Karnak, dachte Eje. Noch nicht, nicht solange die schrecklichen Erinnerungen an Amuns Entmachtung noch so frisch sind. Jede Inkarnation, die nicht Majas Segen hat, würde einen Fluch fürchten, den anklagenden Finger eines Orakels, eine von Priestern geschürte Revolte. Sogar Haremhab würde das fürchten. Eje räusperte sich. «Ich schlage vor, mir die Krone zu übertragen», sagte er. «Ihr alle wißt, daß Ägypten unter meiner Regentschaft aufgeblüht ist. Amun hat von mir nichts zu fürchten. Ich bin ein alter Mann und habe nicht mehr viele Jahre vor mir, doch mein Leben lang habe ich jedem Pharao treu gedient, seit meine Schwester den großen Amenhotep heiratete.» Er hatte die anderen wohlüberlegt an sein gutes Verhältnis zu seinem Schwager erinnert. Er beobachtete sie genau, während sie seinen Plan erwogen. Er wußte, was sie dachten. Stolz hob er den Kopf. «Zumindest läßt es euch Zeit, nach einem geeigneten Thronfolger zu suchen», fuhr er fort. «Auch du bist ein alter Mann, Maja. Du erinnerst dich gut an die Große Königsgemahlin. Weder du noch ich werden noch lange leben. Der verderbliche Einfluß, der so viel Unglück über Ägypten gebracht hat, ist fast überwunden. Ein neues Zeitalter beginnt. Wir müssen so viel wie möglich vom alten bewahren. Unterstütze mich und laß mich zum Gott erheben.»

Die besorgten, müden Augen ruhten auf ihm und wandten sich dann ab, und schließlich kniete Maja nieder und küßte Ejes Füße. Die Huldigung verschaffte Eje keine Genugtuung. Er dachte an Tutanchamuns strahlendes Gesicht, an Semenchkarês mürrische Unfähigkeit, an Echnatons verzweifelte Suche nach seiner Wahrheit. Er erbte eine Krone, die mit dem unsichtbaren Gewicht der Enttäuschung und des Verfalls auf ihm lasten würde.

Nachdem er mit seinem Schreiber und den beiden Wesiren mehrere Stunden damit zugebracht hatte, einen Ehevertrag aufzusetzen, ging Eje an jenem Abend durch den stillen Palast zu Anchesenamuns Gemächern. Er konnte sich das vage Gefühl der Dringlichkeit nicht erklären, das ihn jetzt, da die Entscheidung gefallen war, dafür zu sorgen zwang, daß sie auch durchgeführt wurde. Er wußte nur, seine Enkelin mußte heute abend seine Gemahlin werden, der Vertrag mußte besiegelt und die Herolde ausgeschickt werden. Malkattas Bewohner hatten schon erfahren, was bevorstand, und die Verbeugungen derjenigen, die er zufällig auf den dunklen Korridoren traf, waren übertrieben unterwürfig. Von plötzlichem Abscheu erfüllt, ignorierte er sie.

Vor Anchesenamuns Tür begrüßte ihn ihr Oberhofmeister höflich, machte ihn darauf aufmerksam, daß die Königin niemanden empfange, und ging hinein. Dann kam er zurück und geleitete Eje zur Königin. Anchesenamun erhob sich von dem Stuhl neben dem Bett und neigte den Kopf, als er sich verbeugte. Sie trug ein weißes Leinengewand, das in anmutigen Falten bis zum Boden reichte, und stand sehr aufrecht da. Sie war ungeschminkt, das Haar ungekämmt, Arme und Finger ohne Schmuck. Sie hatte geweint, die Augen waren verquollen, aber die Tränen getrocknet. Sie blickte auf die Schriftrolle in seiner Hand und sah ihm dann ins Gesicht.

«Sag mir, was du möchtest, und verlasse mich dann», sagte sie matt. «Du bist der Regent, Eje. Kannst du mich nicht mit Problemen des Staates verschonen?»

«Mit diesem kann ich es leider nicht, liebe Majestät», erwiderte er. «Ich bin nämlich nicht mehr Regent.» Ihr müder Blick ließ keine Überraschung erkennen. So schonungsvoll, wie er nur konnte, erklärte er ihr, welche Entscheidung getroffen worden war und warum. Dann hielt er ihr die Schriftrolle hin. «Ich brauche dein Siegel sowie deine Titel und Unterschrift auf diesem Ehevertrag. Es wird natürlich nur dem Namen nach eine Ehe sein, Anchesenamun, damit ich legitimiert bin. Ich bin viel zu alt, um auf den Gedanken zu kommen, mit einer zweiundzwanzigjährigen Frau zu schlafen.»

Teilnahmslos nahm sie den Papyrus, rollte ihn auf und las. «Du weißt ebensogut wie ich, daß mir keine Wahl bleibt», sagte sie tonlos. «Aber es macht mir nicht viel aus. Mein Leben lang war ich ein Spielzeug, das von Hand zu Hand weitergereicht wurde. Die deine wird nicht anders sein. Ich hätte nicht erwarten sollen, daß die Götter mir etwas Glück mit Tutanchamun zugestehen.» Ihre Stimme zitterte, als sie seinen Namen erwähnte, aber sie beherrschte sich rasch. Sie ging zum Tisch, nahm einen Pinsel, tauchte ihn in die Tinte und schrieb ihren Namen und ihre Titel. Sie hielt Wachs über die Lampe, ließ ein paar Tropfen auf die Schriftrolle fallen, nahm ihren Ring und drückte ihn auf das Wachs. «Da.» Sie warf Eje die Schriftrolle zu. «Ich hoffe, Ägypten ist zufrieden. Tiê wird es nicht sein.»

«Es wird ihr nicht viel ausmachen, ebensowenig wie dir, Majestät. Du hast mein Wort.»

«Bitte verlasse mich, Prinz.» Sie wandte ihm den Rücken.

Prinz, dachte er verblüfft. Na ja, das bin ich jetzt. Die Lächerlichkeit dieses einem alten Mann so leichthin verliehenen Titels ließ ihn erröten. Er verbeugte sich und ging.

Auf dem Korridor wäre er fast mit Haremhab zusammengestoßen. «Wohin willst du denn?» platzte er heraus.

Haremhab zog unter dem schwarz-weiß gestreiften Helm die Augenbrauen hoch. «Ich will natürlich der Königin mein Beileid aussprechen.»

Ein schrecklicher Verdacht stieg in ihm auf. «Sie empfängt heute abend niemanden außer mir. Gewiß könnte Mutnodjme dein Mitgefühl passender zum Ausdruck bringen.»

«Vielleicht.» In den dunklen Augen tauchte eine Andeutung von Belustigung auf. «Jedenfalls sehe ich, lieber Schwiegervater, daß du das Ziel vor mir erreicht hast. Ich habe gerade erfahren, daß du ein Gott werden sollst. Mein Glückwunsch.» Jetzt drückte Haremhabs Gesicht nichts als Anerkennung und eine gewisse Herzlichkeit aus, und Ejes Verdacht wurde plötzlich zur Gewißheit.

«Natürlich, natürlich», murmelte er. «Du bist zu schlau für mich gewesen, Befehlshaber. Du hast Tutanchamun da draußen in der Wüste getötet.»

Haremhab blickte sich rasch um. Der Korridor war leer. Er trat näher an Eje heran. «Du hast recht. Ich habe es getan, und es ist gut, daß du es weißt, Prinz. Vergiß es nicht. Und glaube nicht, daß du mich unauffällig beseitigen lassen kannst. Du kannst mir nichts nachweisen. Es gibt in Ägypten keine Hand, die jetzt gegen mich erhoben werden kann. Überlege dir das.» Er strich über die Narbe auf seinem kantigen Kinn. Seine unruhigen schwarzen Augen wanderten fast mitfühlend über Ejes Gesicht. «Nur ich stehe jetzt zwischen deiner Herrschaft und dem Chaos, das auf deinen Tod folgen wird. Jeder, der Ägypten liebt, weiß das. Ich bin sogar noch gesicherter als du.»

«Und mir wirst du kein Leid tun, nicht wahr?» sagte Eje. «Du brauchst es nicht. Ich werde friedlich sterben, dieses Jahr oder nächstes Jahr, und du wirst den Thron besteigen, wenn es dir beliebt.» Er schürzte die Lippen. «Ein einfacher Soldat!»

Haremhab lächelte verkniffen. «Vor den Göttern bin ich gerechtfertigt. Die Ketzer sind alle tot, und ich gedenke alle Spuren ihrer verfluchten Anwesenheit in Ägypten zu tilgen. Langes Leben und Glück für dich, Majestät.» Er verbeugte sich, machte auf dem Absatz kehrt und ging davon. Er brachte den Wunsch eines Hofs zum Ausdruck, der die verantwortungslose Herrschaft, Tod und Unheil leid war, und Eje wußte es. Es war die bitterste Wahrheit, der er sich je gegenüber gesehen hatte.

Als Haremhab nach Hause kam, schlief Mutnodjme. Er weckte sie nicht. Er setzte sich auf einen Stuhl neben dem Bett, beobachtete ihr ruhiges Atmen und döste ab und zu ein. Bei Tagesanbruch wurde das Haus lebendig. Türen wurden aufgerissen, in der Küche Feuer angemacht, und Haremhabs Priester sangen die Morgengebete vor dem

Haus-Schrein. Aber Mutnodjme schlief weiter, bis der Haushofmeister an der Tür klopfte und ein Tablett mit Obst und Brot brachte. Haremhab nahm es ihm selbst ab, wartete, bis sich seine Frau mühsam aufgesetzt hatte, stellte es ihr dann auf den Schoß und setzte sich wieder auf den Stuhl.

Mutnodjme gähnte, starrte mit vom Schlaf verquollenen Augen ins Leere, fuhr sich mit der Zunge versuchsweise über die Zähne und zog eine Grimasse. Sie trank einen Schluck kalten Wassers aus dem großen Krug, der die ganze Nacht über auf dem Flur gestanden hatte. Haremhab wartete ab. Schließlich nickte sie, er stand auf und zog die Fenstervorhänge hoch. Ein Schwall duftloser Morgenluft ergoß sich zugleich mit funkelndem Licht und Vogelgezwitscher ins Zimmer. Mutnodjme blinzelte und wandte den Kopf ab.

«Ich bin eingeschlafen, als ich auf dich wartete», sagte sie. «Es tut mir leid.»

«Es macht nichts.» Er setzte sich wieder hin, kreuzte die Arme und sah zu, wie sie mit den zierlichen, unaufmerksamen Gesten, die er so gut kannte, an dem Obst knabberte und dabei auflebte wie eine verwelkte Blume, die mit Wasser besprengt wird. Er hatte sie in letzter Zeit erschreckt und geärgert, das wußte er, doch mit der ihr eigenen Geduld und Beherztheit hatte sie das nicht als Bedrohung empfunden. Er wußte nicht, warum er sie immer noch liebte. Es lag nicht allein an ihrer trägen, animalischen Sinnlichkeit, die sich in jeder ihrer Bewegungen äußerte; vielleicht eher an ihrer Ichbezogenheit, ihre Gleichgültigkeit gegenüber allem außer ihren eigenen Bedüfnissen, die ihr eine Aura der Selbstgenügsamkeit verlieh und die von Männern wie auch von Frauen irrtümlich als herausfordernd empfunden wurde. «Mutnodjme, bist du jetzt ganz wach?» fragte er. «Kannst du aufnehmen, was ich dir zu sagen habe?»

«Mußt du zu dieser Tageszeit über ernste Dinge reden?» Sie schob das Tablett weg, lehnte sich zurück und sah ihn lächelnd von der Seite an. «Ich ziehe es vor, über Probleme abends zu sprechen.»

«Es handelt sich nicht um ein Problem. Ich möchte, daß du den Dienern sagst, sie sollen mit Packen anfangen. Nach Tutanchamuns Begräbnis ziehen wir auf das Gut in Memphis.»

«Warum?»

«Aus zwei Gründen. Eje wird Pharao, und ich möchte ganz aus

seinem Blickfeld verschwinden. Er hat mich gestern abend einen einfachen Soldaten genannt. Na ja, das bin ich, trotz meines Reichtums und meiner Titel, und ich werde mich wie einer verhalten. Ich werde in die Grenzgebiete reisen, die nördlichen Divisionen ausbilden, mich in meiner Freizeit um meine Feldfrüchte und Herden kümmern und die Edlen der Umgebung bewirten. Das Delta ist schließlich die Gegend, in der sich meine Vorfahren niedergelassen hatten.»

«Das klingt schrecklich langweilig.» Sie sah ihn forschend an. «Hast du Angst vor meinem Vater?»

«Nein. Wenn er der Staatsmann ist, für den ich ihn halte, dann weiß er, daß er es nicht wagen kann, mir etwas anzutun.»

«Dann willst du also aktiv die Unterstützung der Offiziere fördern, die dich so selten sehen. Planst du einen Bürgerkrieg, Haremhab?»

Er lachte verblüfft. «Wiederum nein. Allerdings möchte ich tatsächlich, daß das Heer mehr von seinem Befehlshaber weiß als nur seinen Namen, aber es ist auch Zeit, mich vorübergehend zurückzuziehen. Mutnodjme, wärst du gern Königin?»

Sie starrte ihn an, dann brach sie in ein rauhes Gelächter aus. «Nein, danke, Liebster. Die Krone der Königin würde auf meiner Jugendlocke nicht gut sitzen, und außerdem werden die Seitensprünge einer Göttin sehr streng bestraft. Obwohl ich andrerseits bezweifle, daß ich in den Provinzen amüsante Liebhaber finde. Hast du vor, unsere Landgüter zu einem unabhängigen Königreich zu erklären?»

Wider Willen lächelte er über ihren Scherz. «Ich hätte nicht Königin sagen sollen», berichtigte er sich. «Ich meine Große Königsgemahlin. Mir ist es ganz ernst, Mutnodjme.»

Ihr Gelächter verstummte. «Ich habe die Gründe verstanden, aus denen du den armen Semenchkarê umgebracht hast, obwohl die Folgen schrecklich waren. Ich glaube, daß auch Tutanchamuns Blut an deinen Händen klebt, wenngleich ich dich nie direkt fragen werde, ob du verantwortlich warst. Du bist ein doppelter Gottesmörder, Haremhab. Wenn du noch einmal tötest, muß ich mich von dir scheiden lassen und mich mit allem, was mir gehört, nach Achmin oder Djarucha zurückziehen. Eje ist mein Vater. Bei seiner Ermordung könnte ich nicht beide Augen zudrücken.»

«Ich bin immer ein harter Mann gewesen», erwiderte er, «aber ich bin nicht rücksichtslos grausam. Ich schwöre bei Amun, daß ich deinem Vater kein Leid tun werde. Es ist nicht nötig.»

«Nein, das ist es wohl nicht. Aber wenn es nötig wäre, würdest du nicht zaudern, nicht wahr?»

Er schüttelte zögernd den Kopf. «Wenn mir die Entscheidung aufgezwungen würde, dann bin ich nicht sicher. Aber ich glaube, ich würde mich vor allem dafür entscheiden, dich zu behalten.»

«Du hast diesen täuschend arglosen Ausdruck in den Augen», sagte sie. «Jedenfalls wird dir eine solche Entscheidung erspart bleiben, weil mein Vater sehr alt ist. Du brauchst nichts mehr zu sagen. Ich verstehe alles.»

Er stand auf, küßte sie kurz auf die Stirn und ging zur Tür. Dann hielt er inne und drehte sich um, und sein Gesicht ließ eine Schalkhaftigkeit erkennen, die sie seit Jahren nicht bei ihm gesehen hatte. «Es ist sowieso Zeit, daß du deine Jugendlocke abschneidest», neckte er sie. «Es ist zuviel Grau drin.»

«Und du, mein eitler Befehlshaber, solltest aufhören, ein Vermögen für Schminke auszugeben, und dich mit deinen Falten abfinden. Bitte, sage draußen Bescheid, sie sollen das Wasser für mein Bad heiß machen, wenn du hinausgehst.»

Er wußte, daß er ihr vertrauen konnte, hatte es gewußt, ehe er sie verblümt danach gefragt hatte, aber ihm wurde plötzlich leicht ums Herz, als er zwischen den sonnenbeschienenen Säulen des Portikus in die Frische des Morgens hinaustrat. Sie würden in den Norden gehen und das weitläufige Haus vor den Toren von Memphis beziehen, das er zu bauen begonnen hatte, als er noch Hauptmann war. Er würde sich um sein unfertiges Grab in Sakkara kümmern, an den Kanälen neben seinen Äckern spazierengehen, an den köstlich kühlen Abenden in Memphis mit seinen Offizieren über Taktik diskutieren und vielleicht sogar einige der schlichten Freunde von einst wiederentdecken, die dann seinem Ehrgeiz zum Opfer gefallen waren. Es würde nicht genug sein, das wußte er. Es war nie genug gewesen. Aber vorläufig würde er sich damit zufriedengeben.

30

Der Bewahrer der königlichen Insignien kniete nieder, um Krummstab, Wedel und Krummsäbel in Empfang zu nehmen, und küßte sie ehrfurchtsvoll, ehe er sie in den goldenen Kasten legte. In demütiger Haltung stieg der Schminkmeister die Stufen zum Thron hinauf, murmelte eine Entschudigung, tupfte dem Gott den Schweiß vom Gesicht und erneuerte vorsichtig die Augenschminke. Die große Halle füllte sich langsam mit prächtig gekleideten Höflingen, Botschaftern, Ministern und Statthaltern, die nach den langen Zeremonien des Vormittags erschöpft waren. Vor der Empore standen die Gefolgsleute und musterten mit wachsamen Augen die Halle, und die Herolde, ihre weißen Stäbe in der Hand, warteten geduldig, ehe sie alle aufriefen, sich niederzuwerfen. Der Sandalenträger kniete auf den Fliesen, die leere Schachtel vor ihm. Rechts und links vom Thron hielten die Fächerträger die bebenden weißen Symbole von Pharaos unübertragbarem Recht auf Schutz, und vor dem Thron hielt ein griesgrämiger und alternder Maja, im Leopardenfell prangend, Weihrauch über die Menge.

Die Gespräche in der Halle waren sprunghaft, erwartungsvoll, und alle blickten zur Empore hinauf. Haremhab ließ sie warten. Er drehte sich um und lächelte Mutnodjme zu, die sich in ihrem golddurchwirkten Leinengewand vor lauter Juwelen kaum rühren konnte, und die gehörnte Scheibe und die Federn der Krone der Großen Königsgemahlin schimmerten matt über ihrer Stirn. Er legte eine hennagefärbte Hand unter ihr Kinn, wobei seine Ringe glitzerten, und sie erwiderte sein Lächeln. Er hatte darauf bestanden, daß sie die Krone während der Zeremonie erhielt, nicht weil das Weltreich schon zurückerobert war, sondern damit die glanzvolle Versammlung es als ein Zeichen dafür ansehe, daß das Reich wiedererstehen werde. Er ließ die Hand sinken und winkte Nacht-Min. Der Fächerträger verbeugte sich.

«Deine Majestät wünscht?»

«Heute ist die Zeit des Neuanfangs», sagte Haremhab. «Alte Minister werden entlassen, neue ernannt, Adelsprädikate verliehen, Belohnungen verteilt. Es ist mein göttlicher Wille, daß du vom Posten des Fächerträgers zur rechten Hand abgelöst wirst, Nacht-Min.» Nacht-Min bemühte sich, sein Erschrecken zu verbergen. Es war die begehrteste Stellung in Ägypten und führte unvermeidlich zum Amt «Augen und Ohren des Königs» oder «des Königs eigener Schreiber». Haremhab beobachtete, wie er um Selbstbeherrschung rang, und lächelte insgeheim. «Wie deine Majestät wünscht», brachte er hervor. Haremhab lachte.

«Ich habe eine andere Aufgabe für dich, General. Hast du in den vier Jahren unter Pharao Osiris Eje vergessen, was du eigentlich bist?»

Nacht-Mins Gesicht hellte sich auf. «Nein, gewiß nicht, Großer Horus.»

«Gut. Ich möchte, daß du den Oberbefehl über das Heer übernimmst. Drei Divisionen stehen im Delta. Es ist Zeit, nach Südsyrien vorzustoßen. Das ist die erste Anweisung in meiner Regierungszeit. Ich habe vor, den jungen Ramses zum Wesir des Südens zu ernennen, aber vorläufig möchte ich, daß er dein Stellvertreter ist. Der Posten des Wesirs soll ihn bei Laune halten. Er ist ein guter Soldat.» Er tat Nacht-Mins Dank mit einer Handbewegung ab und blickte nachdenklich zum hinteren Teil der Halle, wo die ausländischen Botschafter standen, die sich hier in Memphis eingefunden hatten, um herauszufinden, woher der Wind des neuen Regimes wehte. Haremhab fiel das dunkle Gesicht des Chatti-Botschafters auf, den sein junger Herrscher Mursilis, Suppiluliumas Sohn, hergeschickt hatte. Er lächelte im stillen. Mursilis würde mehr als höfliche Grüße von Ägypten bekommen. Er sprach wieder mit Nacht-Min. «Deine letzte Aufgabe als Fächerträger soll sein, meinen Baumeistern zu befehlen, einen Triumph-Pylon für mich in Theben zu bauen. Nofretêtes Tempel in Karnak soll niedergerissen werden, um die Steine dafür zu liefern. Auch Echnatons Tempel in Karnak soll vollkommen zerstört werden, und du kannst verlauten lassen, daß jeder, der Baumaterial für sein Grabmal braucht, sich ungestraft in der toten Stadt Achet-Aton holen kann, was immer er will.» Er gab den Herolden einen Wink, die sofort ihre Stäbe hoben und seine Titel riefen, und alle warfen sich zu Boden.

Haremhab überblickte die huldigende Menge mit stiller Befriedigung. So werde ich die Erinnerung an sie auslöschen, dachte er, und die Götter werden mir alles verzeihen. Morgen kehren wir nach Malkatta zurück, und ein neuer Tag wird für Ägypten anbrechen. Ich werde die Königsgemahlin Teje aus der verderblichen Atmosphäre ihres Sohnes herausholen und in der Heiligkeit des Grabes ihres wahren Gemahls beisetzen. Und Echnaton? Ihn werde ich verbrennen wie das reinigende Feuer seines Aton. Mein Wille ist das Gesetz, denn endlich bin ich ein Gott geworden. Er spürte, daß Mutnodjmes Hand die seine berührte, und kam zu sich. Die Anwesenden hatten sich erhoben und warteten geduldig. Es war Zeit zu beginnen.

«Maja, tritt vor!» befahl er. «Höre meinen Wunsch für das Haus des Amun . . .»